诗性解蔽：此岸烛照与彼岸原乡

——文学湘军的个性追求

聂茂 ◎ 著

中南大学出版社
www.csupress.com.cn

·长沙·

图书在版编目（ＣＩＰ）数据

诗性解蔽：此岸烛照与彼岸原乡 / 聂茂著. --长沙：
中南大学出版社，2018.11
ISBN 978 - 7 - 5487 - 3034 - 7

Ⅰ. ①诗… Ⅱ. ①聂… Ⅲ. ①小说研究－中国－当代
Ⅳ. ①I207.42

中国版本图书馆 CIP 数据核字（2017）第 249474 号

诗性解蔽：此岸烛照与彼岸原乡
SHIXING JIEBI：CIAN ZHUZHAO YU BIAN YUANXIANG

聂茂　著

□责任编辑	沈常阳
□责任印制	易红卫
□出版发行	中南大学出版社
	社址：长沙市麓山南路　　　　邮编：410083
	发行科电话：0731 - 88876770　　传真：0731 - 88710482
□印　　装	长沙市宏发印刷有限公司

□开　　本	710×1000　1/16　□印张 20.75　□字数 383 千字
□版　　次	2018 年 11 月第 1 版　□2019 年 4 月第 2 次印刷
□书　　号	ISBN 978 - 7 - 5487 - 3034 - 7
□定　　价	262.00 元

总序：中国经验与文学湘军的赓续和发展

雷 达

一

习近平指出，推动文艺繁荣发展，最根本的是要创作生产出无愧于我们这个伟大民族、伟大时代的优秀作品。文艺是铸造灵魂的工程，好的文艺作品就应该像蓝天上的阳光、春季里的清风一样，能够启迪思想、温润心灵、陶冶人的情操，能够扫除颓废萎靡之风。文学创作与文学批评彰显出来的真善美和向上向善的力量，能引导人们增强道德判断力和荣誉感。向往和追求讲道德、尊道德、守道德的生活，实现中华民族伟大复兴的中国梦，文学创作和文学批评有着不可替代的作用和价值。

毋庸讳言，文学既有中心地带，又有边缘集群，即文学具有地域性，这是一个基本事实。一个国家文学的繁荣与发展是由一个个地域性文学的繁荣与发展支撑起来的。而地域性文学的发展，既与整个国家的政治、经济、文化的发展息息相关，又与一个地域的民族气质、审美情趣、生活习俗密不可分。《文心雕龙》称北方的《诗经》"辞约而旨丰"，南方的《楚辞》"耀艳而深华"时，就明确提及地域与文学的关联性。丹纳在《英国文学史》引言中，把地理环境与种族、时代并列作为决定文学的三大因素。地域性对 20 世纪以来的中国文学的影响非常深刻，如京派作家和海派作家等地域性作家群对中国现代文学的贡献是显而易见的。

世界与中国、中国与湖南原本就是互为彼此、互为关联的命运共同体。如何认识包括文学湘军在内的中国文学在世界文学大家庭的位置，某种程度上决定了今天我们对中国历史、现实和未来的理解；而我们对地域性作家群的认知，也取决于我们对中国文学乃至世界文学的合理想象。

湖南是一个拥有悠久文化传统和深厚历史根基的文学大省，湖湘文化成为许多湖南作家创作的精神资源和价值追求。湖南作家自觉地把"感时忧国"和"敢为人先"作为人生的要义，把"经世致用"和"文以载道"作为写作的基本原则，有着普遍的政治情结、现实关切和使命意识。沈从文、丁玲、周立波等一大批作家为五四运动以来的新文学谱写了浓墨重彩的一章。中华人民共和国成立后，经过近40年的积淀，至20世纪80年代，形成了老中青三代蔚为壮观的湖南作家群。改革开放最初的12年，湖南作家在全国性文学大奖中获奖的有30多人次。首届茅盾文学奖，莫应丰和古华双双获奖。全国优秀短篇小说评选中，周立波、韩少功、蔡测海、彭见明、何立伟等人的作品榜上有名，1979年至1985年，连续7届共9部作品获得殊荣，成为全国唯一的"七连冠"省份。与此同时，孙健忠、水运宪、谭谈等4人的作品获全国优秀中篇小说奖，湖南作家因此获得了"文学湘军"的美誉，这标志着湖南文学进入了黄金时代。

二

然而，20世纪80年代末及整个90年代，湖南文学进入一个沉静期。与此同时，文学陕军以及北京、上海等文学中心地带的作家佳作频出，风光无限。人们不禁要问：为什么在中华人民共和国成立之初，湖南作家创作的长、中、短篇小说接连斩获全国性大奖，崛起的文学湘军为中国文坛瞩目？为什么文学湘军的历史题材、民族题材和官场小说创作一直处于全国领先水平？为什么从20世纪80年代末到90年代的10多年时间里，除少数民族文学获大奖外，湖南作家的作品竟无一篇获全国性大奖？文学湘军究竟怎么了？

对上述问题的耙梳、厘清与回答，正是中南大学教授、博士生导师聂茂先生的"中国经验与文学湘军发展研究"书系创作的时代背景和书写初衷。老实说，我跟聂茂以前不熟，但晏杰雄是我的博士生弟子，与聂茂是关系亲密的同事，他俩共同努力，为文学湘军在全国发声做了不少工作。杰雄多次跟我说起聂茂的文学创作和学术成就。有一天，我收到一本聂茂赠送的《名作家博客100》一书，感觉作者眼光很独特，视角很新颖，是一部有较高学术价值的开创性的著作。接着我了解到聂茂本人从20世纪80年代开始进行文学创作，在《人民文学》《诗刊》等发表过不少作品，《散文选刊》《小说月报》和《读者》也转载过其不少作品，《文艺报》和《理论与创作》等报刊还发表过有关他作品的评论文章，他还获得过包括湖南省青年文学奖在内的一些大奖，算得上名副其实的文学湘军中的重要成员。1999年3月聂茂出国留学，2003年8月取得博士学位，2004 年 7 月被中南大学以海外高层次人才引进，当年即由助教直接破格晋升为教授、学科带头人。这套书系就是 10 多年来聂茂在教学之余集中思考的智慧结晶，非常有雄心，非常有勇气，也非常不容易。

某种意义上说，包括聂茂在内的文学湘军的这些经验、生活、故事就是中国经验、中国生活、中国故事的缩影。20 世纪 80 年代初期文学湘军的辉煌是中国新时代文学辉煌的一部分。而 20 世纪 80 年代末到 90 年代以来，湖南文学经历了 10 余年的沉静期，它是市场经济条件下文学失去轰动效应和作家日益边缘化的真实写照。喧哗与骚动之后，包括文学湘军在内的中国文学开始呈现平稳的态势，走向成熟，彰显从容与自信。这个时期全国涌现出一大批传播中国核心价值和文学理想的精品力作，唐浩明的《曾国藩》、阎真的《沧浪之水》、彭见明的《玩古》以及残雪、王跃文、何顿等人的小说融思想性、艺术性于一体，充分展示了中华文化和美学精神，为文学湘军赢得了新的声誉和尊重。而 21 世纪以来的 10 余年（截至 2016 年底），文学湘军又有 15 位作家的 16 部作品获得全国性文学大奖，其中，田耳的《一个人张灯结彩》、欧阳友权的《数字化语境中的文艺学》、王跃文的《漫水》先后斩获鲁迅文学奖，阎真和何顿分别凭借《活着之上》和《黄埔四期》成为备受社会关注的第一届和第二届路遥文学奖得主。

文学评论工作者应深入研究这些有筋骨、有血肉、有温度的作品，弘扬主旋律，传递正能量。聂茂抓住时机，顺势而为，聚焦"中国经验与文学湘军发展研究"这个宏大课题，对包括文学湘军在内的中国作家在历史进程中书写和记录中国人民伟大实践的优秀作品给予充分阐释和及时评判，积极为传承与赓续中华文化基因、实现中华民族伟大复兴的中国梦提供应有的学理支撑。本书系紧紧围绕"中国经验与文学湘军"这个主题，透视其丰富多样、特色各异的创作形态，将个体研究与群体融合、思想资源与现实际遇、文本剖析与路径追溯、精神辨析与文化解读、审美阐发与理性反思结合起来，探讨新时期以来中国作家为什么创作和以怎样的方式表达，形成了自己的文学热点；面对不断涌现的现实生活和文学理想，文学湘军又有着怎样丰富的内涵、复杂的创作心理和个体的审美追求，以及对国家未来、民族前途有着怎样的价值预判。这样多维度、多层面的深入研究，强化了问题意识、前沿意识、批判意识和整合意识，使得本书系既具学理深度、学术高度，又具现实针对性和实践指导意义。对于聂茂这样的创作动因和学术成就，我感到很欣慰，并为之鼓掌。

三

所谓经验，通常是指过去发生的事情。其隐含的意义在于：人在过去的所为在现在形成的与现在相关的"历史记忆"。经验既是国家的、集体的，也是民族的、个人的，是一种可供选择、自然积累的回顾、省思、体味与总结。所谓中国故事，当然是指发生在中国历史和中国社会上的一切事情，中国故事不只是中国作家的个人经验，它的读者也不仅仅局限在中国，而是面向全世界、面向全人类的。从这个意义上，文学湘军的写作不仅仅是局限在地域性上，也不仅仅是对湖湘文化精神资源的汲取，而是以更加宏阔的视野，去发现中国元素、中国气质、中国精神和中国智慧。换言之，文学湘军将以什么样的思想情怀和艺术立场为我们这个时代、为有着命运共同体的人、为整个世界提供精彩的生活样本、文化镜像和价值观念？对这些问题的考察和思考，正是聂茂学术聚焦和研究重心之所在。

可以说，"中国经验与文学湘军发展研究"书系是聂茂从事中国现当代文学特别是对新时代文学和文学湘军研究 10 余年的集中奉献；倘若算上他文学创作的前期积淀，则是其近 30 年置身文学现场，观察、感受、参与和见证中国人民的伟大实践、中国作家书写中国经验的总体思考和学术结晶。

该书系共由 7 部专著组成，分别是：《人民文学：道路选择与价值承载》《家国情怀：个人言说与集体记忆》《民族作家：文化认同与生命寻根》《湘军点将：世界视野与湖湘气派》《政治叙事：灵魂拷问与精神重建》《70 后写作：意境闳阔与韵味悠长》以及《诗性解蔽：此岸烛照与彼岸原乡》。这 7 部专著以国内外最新学术成果为基础，全方位、多角度、立体式地对世界视野下中国新时期文学的精神资源、叙事模式与创作风格，中华优秀文化的赓续与传承、家国情怀、人民文学与文学湘军的深刻关联，70 后作家的创作特点，以及改革开放以来文学湘军的文化记忆、生命寻根、文本特征、审美态势及创作成就、困境与突围等，进行了全面客观、深入细致的总结、阐释、评论和分析，回答了伴随着经济崛起的中国作家应当以怎样的文化自觉和文化自信来书写中国故事，彰显中国立场、中国道路和中国价值等重大命题，该书系对重塑科学、健康、锋利的文学批评精神具有很强的针对性、学术性、理论性和前瞻性，对中国新时期文学，特别是湖南文学的繁荣和发展具有重要的理论价值与现实意义。

据悉，本书系自 2006 年开始启动，各部专著既相互独立，又相互关联，既相互支撑，又相互印证。作者立足于世界视野下中国经验的思想结构与内在逻

辑，深入探讨了中国作家无论是个人言说还是集体记忆所共同拥有的家国情
怀，重点阐释了人民文学对中国作家道路选择与价值承载的重要意义，对民族
作家心路历程所彰显出来的文化认同与生命寻根给予了积极的肯定，并从制度
层面和诗性追求上对政治叙事中的灵魂拷问与精神重建做出了全面细致的学理
分析。中华美学和中华优秀文化的赓续和发展，有助于增强中国人民的文化自
信、政治自信和道路自信，这样的研究充分体现了问题意识与创新精神，为新
的历史时期重塑国家形象、凝聚人心和提高民族自信心提供了理论支持。中国
文学和中国精神之于世界意味着什么？可以说，历史上没有任何一个时代像今
天的中国这样丰富而深邃，对中国经验与文学湘军的文化源头、内部机制、审
美特征等全方位、多角度的深入分析，是文学评论工作者在借鉴、吸纳人类丰
富经验的同时，更多地关注中国立场、中国智慧、中国价值的客观需要，因而
本书系具有丰富的文学理论价值和重大的学术原创价值。

　　近年来，伴随着中国经济崛起和世界对中国的关注，有关中国经验的文学
评论文章或专著不少，有关文学湘军的评论文章或专著亦有一批，但将中国经
验与文学湘军关联起来并做全方位的考察和研究的则并不多见。同时，学界关
于文化自信和世界视野下中国文学的发展现状、机遇与挑战等方面的学术成果
虽有一批，但是，由于依据理论的偏颇和研究方法、解释框架、价值导向等方
面的缺陷，这些成果存在明显不足：一是多以现代西方理论和方法作为阐释立
场，而非依据中国理论的内在资源确定和解读包括文学湘军在内的中国文学的
发展变化，对中国文学所呈现出来的鲜明的中国特色和中国作家对人民文学追
求的价值导向等研究发掘得不够；二是多遵循现代学科知识逻辑，而非针对中
国传统社会与现代学术的浑融性提出的整合性解释框架，因而在对澄明中国文
学对社会、文化、政治问题等层面的思考与实践上缺乏自信，对文化建设与中
华文化传承的重要性也认识不够；三是多坚持"检讨中国"的刻板模式与审美知
识的自主性立场，贬斥国家主义和功利主义的政治美学理念，不能发现中国制
度优势所蕴含的合理性和普遍性价值，对中国文学在全球化语境下所形成的中
国模式、中国智慧和中国道路的诠释缺乏全局性眼光，对包括文学湘军在内的
中国当代文学发展也缺乏前瞻性和针对性的指导意义。而"中国经验与文学湘
军发展研究"书系力图弥补这些缺憾，聂茂十年磨一剑，他不仅对湖南作家的
研究做出了创新性和开拓性的贡献，而且对全国其他省份的文学研究亦有积极
的启迪意义。

四

　　繁荣文艺创作，离不开文艺批评的健康发展。聂茂作为一名作家型教授，对"中国经验与文学湘军发展研究"有着先天的优势和个性特色，其开阔的国际视野，深厚的理论基础，丰富的创作经验，为整个书系的质量提供了保障。

　　"中国经验与文学湘军发展研究"书系的可贵之处在于，它站在全球化语境下，以中国经验和中华诗学的艺术立场，对传统文化视域下中国当代作家与作品，特别是对湖湘文化视域下文学湘军的研究做一次总结，使之成为该领域研究的代表性著作，为日后学术同行的相关研究提供重要的学术资源。纵观整个书系，我认为作者主要从以下五个方面做出了积极探索和不懈努力。

　　第一，夯实了世界视野下中国当代文学研究的学理基础，提升了中国精神和中国优秀文化在世界图景中的重大价值与时代意义。作者以中国经验与文学湘军为切入点，把中国智慧、中国道路、中国模式置于世界文学视野下，对改革开放以来文学湘军的巨大成就、内部构成、创作特点、叙事路径、审美趣味，以及中华传统优秀文化与湖湘文化之间的赓续、传承与发展的动态过程进行整体把握和深刻阐释，深入分析中国作家如何在世界图景中认识自己，将中国精神、文化建设与中华文化传承等一系列关乎民族盛衰、国家兴亡的重大课题呈现在世人面前。

　　第二，探究了中国作家的家国情怀和对人民文学执着追求的心灵冲动。该书系立足全球化语境下中国文学的宏大背景和湖湘文化丰厚的理论场域，研究新时代以来中国作家为什么心怀家国情怀，对人民文学的创作诉求产生强烈的心灵冲动，并探寻包括文学湘军五少将在内的70后作家的集体崛起的社会深层原因。

　　第三，重新认识和发掘了中国制度优势与中华诗性对中国作家创作资源所提供的深厚底蕴与精神投射的启迪意义。该书系针对中国当代文学，特别是文学湘军的创作与研究、评价中存在的问题和困惑，以中国制度优势和湖湘文化为切入口，聚焦"诗性追求"及其时代认知这一具有共同性、源头性和枢纽性的考察角度，对中国文学在新的历史条件下如何塑造自己、中国作家如何为丰富人类的精神生活做出贡献进行深入思考，全面厘清文学湘军的政治地缘、创作特色与形成路径，审视当前小说创作为何出现丰富、复杂乃至矛盾对立的现实尴尬。

　　第四，探寻民族作家的心路历程，增强民族团结和民族文学的影响力。湖南是全国少数民族大省，沈从文等作家在现当代文学史上留下了厚重的一页，改革开放以来中国巨大的社会变革创造了丰富的中国经验，也带给中国民族文学取之不竭的创作资源。中国作家坚持自己的个性和品格，充分展示中华民族的精神命脉和命运共同体。作者以江华瑶族作家群为例，用"解剖麻雀"的方式，找出了他们的文化传承及其与汉文化的共生共融的关系，深入分析了他们作品的审美特征、身份认同和民族寓言等，着力思考面对强势文化的挤压，他们的文明何以保存，他们的文化何以弘扬，他们的文学何以生存。每个民族都有自己的梦想，"中国梦"当然也包含江华瑶族的作家群"作家梦"。通过从文学、民俗学、叙事学和传播学等视角对江华瑶族作家群及其作品的集中考察，可以获得探寻全国少数民族作家心路历程的钥匙，为民族文学的繁荣和发展提供实证意义。

第五，彰显了中国当代文学为实现"中国梦"的重要意义。该书系运用历史的、人民的、艺术的、美学的观点评判和鉴赏作品，聚焦人民文学的丰富性和家国情怀的书写启示以及70后作家写作的新的艺术特质，揭示了优秀作家应选择怎样的叙事路径，才能充分彰显传统文化价值和功能内涵，才能彰显文学创作和文学批评为先进文化建设和民族伟大复兴的"中国梦"服务的终极意义。

总之，本书系以马克思主义为指导，站在全球化视野下，立足中华传统文化特别是湖湘文化对文学湘军的影响这一价值目标，综合运用社会学、文化学、文艺学和传播学等多种方法，全面概括中国新时期以来文学湘军的总体特征和创作规律，探索应该怎样认识和表现颇具中国特色的地域文化及时代意义，为文化自信背景下如何讲好中国故事、如何建立健康有序的文学批评提供了新的研究视角，是当代中国文学特别是文学湘军研究的新收获。

（作者系我国著名文学评论家、中国小说学会会长、兰州大学博士生导师）

目　录

绪论：此岸的困境与彼岸的烛光

  王小波在《我为什么写作》中写道："有人问一位登山家为什么要去登山——谁都知道登山这件事既危险，又没什么实际的好处，他回答道：'因为那座山峰在那里。'我喜欢这个答案，因为里面包含着幽默感——明明是自己想要登山，偏说是山在那里使他心里痒痒。除此之外，我还喜欢这位登山家干的事，没来由地往悬崖上爬。……当然，如果硬要我用一句话直截了当地回答这个问题，那就是：我相信我自己有文学才能，我应该做这件事。"①换句话说，"那座山峰"在王小波那里，就是生活中的诗性。不管别人是否看到，也不管别人是否愿意或者能够攀登，反正，他是会去的。好像他活着的全部目的，就是为了登上那座山峰，去看看山峰上面有什么不一样的风景。

  这种诗性在秘鲁作家略萨看来，更多的是一种超验。正如略萨在诺贝尔文学奖颁奖典礼上指出的那样："文学是对生活的一种虚假的再现，却能帮助我们更好地理解生活，在这座我们出生、穿越、死亡的迷宫之中引领我们。当我们在真实的生活中遭受不幸和挫折时，文学是我们的抚慰。正因为有了文学，我们才得以破解，至少是部分地破解存在之谜。这个谜团困扰着很大一部分人，特别是像我们这样疑问多于确信的人。正因为有了文学，我们才得以在面临这样一些主题时坦白我们的困惑：超验，个人和集体的归宿，灵魂，历史的意义或荒谬，理性的此岸与彼岸。"②为了消除困惑，或者为了抚慰生命中的不幸或挫折，略萨在文学之光的引领下，完成了对超验的确认，即"理性的此岸与彼岸"。

  实际上，"此岸"和"彼岸"概念最初源自佛家经典，在《佛学大辞典》中的

---

① 王小波. 时代三部曲[M]. 广州：花城出版社，1999.

② 略萨. 阅读颂 虚构颂[J]. 世界文学，2011(2).

解释是"此岸者生死也，彼岸者涅槃也"①，《般若波罗蜜多心经讲义》中也指出，佛把现实世界称作此岸，理想善美的真理世界为彼岸②。在最初的解释中已经明确，此岸是现实的，而彼岸是虚幻的。"此岸"与"彼岸"的概念也常被用到文学作品的解读中，如在《老庄之道与言意之辨》中，论者将"此岸"和"彼岸"与康德哲学的"现象界"和"本体界"对应，认为老庄的哲学之中就涉及关于人类此岸可识而彼岸不可知的哲学认识③。又如《此岸与彼岸——论王安忆的小说体系》中论道，"此岸"是作品中关注平常人的生活体验，而"彼岸"是探索精神空间来表现人文理想。④ 虽然两者的论述方向不同，但可以总结出一点，即"此岸"就是可以体验的现实生活，而"彼岸"就是与现实对应的理想或本质，是不可轻易认识和达到的。残雪的小说中描述的不是现实社会里的平常人，而是想象空间里本质的人，注重的不是行为的表述而是精神能量的挖掘，所以说，残雪小说是倾向于"彼岸"叙述的。她将精神书写称作"交合的大自然"⑤，即对日常经验高度总结而成的理性整合。不可否认的是，精神的"彼岸"是形而上的虚无，一旦到达即转化为"此岸"，人在"此岸"上，而精神永远在"彼岸"，接近的唯一通道就是通过某种方法架起一座桥梁。残雪将东方的自然观与西方的哲学观融合作为接近的方式，在小说中极力创作出无限循环的精神追求的态度，以期获得强大的精神原力，虽然"彼岸"的性质决定了永远处于迷雾之中，但追寻的过程才是成长的必要。

　　纵观中外古今，所有作家的创作都是源自现实又高于现实。现实才具有力量，真正的力量，感染力、带入感和震撼力，更重要的是植根于现实的文字才能最终产生诗性和生发梦想。高于现实的现实表达，以现实写作为主，又非仅仅局限于现实写作，其形式和内容是多样的。《战争与和平》《红楼梦》等是现实写作，也是最经典的写作模式，但是，卡夫卡、马尔克斯、普鲁斯特的方式也是创造现实，是一种高级现实；杜甫、白居易的诗歌是现实写作模式，李白的很多诗歌看似脱离了现实，实现的却是高级现实；茨维塔耶娃、里尔克的诗歌则完全脱离了经典现实，但是，其指向依然是抽象现实。也就是说，文学的创

① 丁福保.佛学大辞典[M].北京：中国书店出版社，2011.
② 文殊法师.般若波罗蜜多心经讲义[A/OL].http://www.dizang.org/fjtj/xinj/p03.htm.
③ 罗维明.老庄之道与言意之辨[J].广州大学学报，2003，2(3)：21-26.
④ 吴芸茜.此岸与彼岸——论王安忆的小说体系[J].华东师范大学学报，2002，34(5)：62-67.
⑤ 卓今.关于"新努斯的大自然"——残雪访谈录[A/OL].(2012-11-08)[2013-02-23].http://blog.sina.com.cn/s/blog_558e677d0101c8ym.html.

作多种多样，无论是现实主义、批判现实主义、浪漫主义、现代主义、魔幻主义或者意识流等，大凡可以引起受众共鸣并流传下来形成文化沉淀的作品无一不是源于现实，唯其如此，作品才能呈现源于一群人、形成于一个人、可影响所有人的文学模式。作家通过一个文本、一个主人公、一个故事将集体的或者世界的精神特质表达出来，言外之意也就是作家代表人类表达出了植根于现实的人性，作家的文字和语言才最终具有诗性。诗性是所有作家写作追求的最高目标之一，诗性也是语言和文字最高的属性，所以，诗歌才被称为"文学之王"。但是，诗性也并非仅仅存在于诗歌。诗歌是经过提炼和加工而成的最"具象"的诗性，《诗经》和《荷马史诗》是东西方文化中诗性的具象代表，但是，其他文本并非就没有诗性。《哈姆雷特》的诗性绝对不亚于但丁的《神曲》，《复活》与《红楼梦》的诗性甚至比它们所产生的时代的所有诗歌的诗性还要高。是的，小说也要求有诗性，没有诗性的语言和文字只能是哗众取宠、苍白乏力与乏善可陈，这样的作品一般都带有鲜明的功利性和目的性，它们只服务于某一类人或者某一个时间，而无法穿越历史，也无法最终抵达文化的核心层面。莎士比亚、托尔斯泰和曹雪芹的诗性则具有高度的共性：他们的作品源自作者对现实的深度体验和高度提炼，挖出人性的善良、嫉妒、罪恶、美丽、丑陋、真诚、虚伪、贪婪、欲望、贞洁、理智、情感、傲慢、偏见……现实的力量和诗性的梦想首先在作家那里交织、发酵和熔炼，这是一个痛并快乐的过程，作家在现实中用文字捕捉人性，用小说加工诗性，并建立触发受众通感应和的渠道，最终，让现实的力量和诗性的梦想传达到所有人。

一、理想的人生与诗意的追求

一直以来，阎真秉承的是现实主义书写，他是一个追求经典写作的有思想的作家。作家刘亚洲说过："思想看不见，摸不着，但是思想是最性感的器官，只有思想才能造成伤口，也只有在伤口处才能长出思想；有思想的人，在这个时代，或者说在任何时代，都注定是少数。"阎真就是这种少数的致力追求思想深度的作家。他的作品并不多，但每一部都有品位和高度。第一部长篇小说《曾在天涯》通过自由投稿的方式由人民文学出版社推出后，阎真的名字并没有引起文坛太多的关注。毕竟，他不像许多作家那样，先写短篇小说，再是中篇小说，然后才是长篇小说。而且大多名家都是在短篇小说和中篇小说不断发表引起文坛关注、有了较高知名度之后才进行长篇小说创作的。而阎真不一样，他走的是另一种道路，即基本不写短篇小说（他仅仅是在考上北京大学之前写过一篇《菊妹子》的短篇小说），也基本不写中篇小说（仅仅写过一篇中篇小说作为硕士毕业论文）。就像当年的短篇小说发表一样，《曾在天涯》的出版虽然没有引起较大反响，却让阎真感到兴奋，也看到了自己在文学上的潜力，因而以更加自信的步伐在写作的道路上昂首前进。2001 年，阎真的长篇小说《沧浪之水》在国内著名文学期刊《当代》第 4 期上发表，立即引起了社会和文学界强大的反响。同年 11 月，该书由人民文学出版社出版，在几乎未做宣传的情况下，短短几年内重印了几十次，至 2015 年 5 月，已经销售了 80 余万册，而且持续热销，成为曾经彷徨困惑甚至挣扎的一代中国知识分子的必读经典。2008 年后，阎真的第三部长篇小说《因为女人》出版，虽然不同于《沧浪之水》的热销，但该书因为直视女性在理想与现实中的困境而再次受到读者、特别是女性读者的追捧。2014 年，阎真推出他的第四部长篇小说《活着之上》，该小说先是在上海《收获》杂志上摘发，很快斩获首届路遥文学奖，随后由湖南文艺出版社隆重推出，在社会上引起巨大反响。

现实的人生与诗意的追求是什么？阎真用个人的创作默默地实践着自己的追求，一次又一次实现并超越自我的人生价值。阎真的成功并非偶然。2001 年底，备受文坛瞩目的第二届《当代》文学大奖在京揭晓。湖南作家阎真的《沧浪之水》从众多名家力作中脱颖而出，获得评委全票，与宁肯的《蒙面之城》并列冠军，分享 10 万元奖金。媒体惊呼："本届大奖得主阎真为不知名的青年作家，其稿系投《当代》的自由来稿。《沧浪之水》能够胜出，实属不易。"

实际上，这部 38 万多字的长篇小说《沧浪之水》一经刊出，作品所迸发出的浓烈的现实批判性无异于引爆了一枚重磅炸弹。《小说选刊》紧跟着将其刊载，西安电影制片厂捷足先登买得作品的影视改编权，《新华文摘》发表了 1 万多字的故事梗概。雷达、周政保、孟繁华等著名评论家纷纷在《中华读书报》《中国青年报》《中国文化报》《文艺报》《文汇报》《北京青年报》《北京晚报》等媒体撰文评介，不约而同地将其列为"2001 年度最值得一读的小说"。

2004 年元旦，《沧浪之水》获得第二届毛泽东文学奖长篇小说奖，其授奖词是："获奖作品《沧浪之水》揭示了权力意识对知识分子精神世界的颠覆和改造，在旧道德旧观念旧价值摇摇欲坠、新道德新观念新价值趋向多元的时代，知识分子的良知和人格受到空前的考验，志大才高，无权无职也苦，时来运转，有名有利亦难。在《沧浪之水》中时隐时现的反讽、幽默，以及主人公池大为贯穿始终的自省，提升了小说的阅读快感，增强了作品的思想力度。"

其实，在笔者看来，《沧浪之水》的最大魅力在于：凝重质朴，宁静淡定，经典的品相，思想的高度，细腻精准的审美纹理，单纯明净的叙事风格，对生命价值的追问所渗透出来的现实力量，对精神逼宫的拷问所带来的彼岸情怀，以及由此形成的强大的诗性穿透力和艺术震撼力。这样的内容品质和艺术张力决定了该书不可能是市场上昙花一现的畅销书，而是出版社最乐意见到的"年年岁岁花相似，岁岁年年人不同"式的长销书。

2012年6月的一天，阎真略带欣慰的语调亲口告诉笔者，所谓"重印三十九次"之说已经是老皇历了。目前该书已经纳入人民文学出版社"中国当代作家经典作品"中。最近几年，该书每年的重印数都在5万册以上，且每年都有递增的趋势，而社会上流传的盗版书更是数倍于这个印数。这样骄人的成绩，令那些专事畅销书的作者、出版商等都大跌眼镜。与《沧浪之水》遥相呼应的是，阎真后来的作品延续了他的写作风格，《因为女人》《活着之上》也都收获了文学和市场的双重认可。这就是文学品质所带来的力量，它透露出无法掩蔽的诗性的光芒。由此也可以得出结论：不是我们的读者不关心文学，而是真正好的文学作品委实太少。

基于这种背景，本书试图从文学场域中的文本视野和读者接受等多重维度找出阎真小说获得成功的深层原因或奥秘，尤其是最具代表性的《沧浪之水》，这样一本小说，出版社并没有做多少宣传，更多的是靠读者的口口传播，就一而再地刷新重印的次数，为什么？又比如：这真是一本官场小说吗？如果是，那为什么作者本人并不承认，说是大伙误读了他？如果真是误读了，为什么会出现这种误读，误读带来的后果是什么？再比如：如果不是官场小说，这又是一本什么样的小说？喜欢阅读或购买这部小说的读者大多是些什么样的人？为什么是这些人而不是别的什么人？……这些都是我们聚焦该课题的兴趣和动力所在。

众所周知，在当下的文学环境中，大部分文学作品的产生和结束一样，没有掌声，没有喝彩，甚至没有骂声；还有一部分作品受到了专业人士的好评乃至激赏，但是，读者却不买账，文学成了作家和批评家的自娱自乐，墙内开花墙内香的尴尬处境反衬出文学的无力和无奈。

饶有意味的是，和其他大部分的文学作品不同，上文提到过：阎真在出版《沧浪之水》之前，只发表过一篇叫《菊妹子》的短篇小说，出版过一部虽然品质不错但毫无影响的长篇小说《曾在天涯》。换句话说，阎真的知名度并不高，甚至进入不了一般读者、出版社和评论家最为常见、熟悉的名单。然而，仿佛得到了命运女神的特殊青睐，《沧浪之水》甫一发表和出版，就点爆了沉闷的图书市场，其不断叫好的影响力迅速超越了传统文学圈子的藩篱，在社会上引起了巨大反响，该书成了许多人（特别是知识分子和政府工作人员）手中和床头的必备读物，颇有洛阳纸贵的火热态势。但这种热烈的景况绝不说明它是一本简单的市场畅销书，充当市场的宠儿后迅速撤去，然后消失得无影无踪。事实上，如前所述，该书从 2001 年出版至今，已经 16 年过去了，它还在一次又一次地重印，而且有越来越"热"的征兆。由此可见，无论社会如何发展，大众的阅读趣味发生怎样的变化，《沧浪之水》仍然以其精雕细琢的叙事策略和鲜明独特的艺术个性在读者心目中占据着重要地位。也就是说，这部小说在普通读者和以文学为研究对象的专业读者中均获得了难能可贵的认可。而且随着时间的流逝，尽管具体社会环境基调未变，但是很多领域的面貌已经今非昔比，这部小说仍然保持着罕见的关注、鲜有的美誉度和市场保有率，就绝对不能说它是靠奇巧的情节和迎合社会心理而取得的短暂成功。相反，这部小说强大的野性生命力正慢慢进入到阎真本人所企盼的中国经典小说的行列之中。如果有人批评这种预判，我们无意就此论争。时间是最好的裁决者！

阎真在《这是我的宿命》一文里，曾充满野心地写道："如果我对创作有什么梦想，那就是，在一个自己已经不存在的世界中，还有人在读自己的书。这是痴心妄想，但也是最大的生命诱惑，一个比千万富翁的梦想更大的梦想。"①在阎真看来，写作不是谋生，不是游戏，不是消遣，而是一种生活方式，一种生命的存在，一个无法割舍的梦想。可见阎真是以一种神圣的心态来写作的，简单迎合市场的写作是违背了阎真的写作信仰。

然而，市场的销畅只是事情的一个方面。另一方面，这部小说被严重误读了。这种美丽的误读超出作者的想象，也是作者无法控制和阻止的。换言之，阎真以极其严肃而认真的写作态度雕刻出来的"作品"在读者的具体接受中却被作了简单化和"实用化"的处理，作品的表层哲学意蕴被弃之不顾，深层哲学命题更是在功利性的阅读中被漠视或者说被遗忘。

所以，当阎真本人一再否认《沧浪之水》是官场小说时，并没有多少人响应，相当一部分读者依然把它当作官场的教科书来读，依然在为小说最后结果的处理而感到不解，并认为池大为当上厅长以后，小说就失去了说服力，变得轻率而难以相信。更由于这种功利性的阅读，小说精心设计的《序篇》只被简化成池大为低调的出场方式，忽视了《序篇》给整部小说定下的精神基调。而实际上，小说中主要人物的出场方式就是作家的出场方式，是作家的哲学思考和价值追问之镜像！这样一来，文本的艺术质地和作家命意与实际接受之间出现了一个巨大的裂缝。由于社会环境、文本结构、读者的功利性阅读心理等多方面

---

① 阎真. 这是我的宿命[N]. 文艺报，2004 - 11 - 20.

原因，人物形象被简单化，作品的哲学意蕴和形而上的诗性品质被遗忘，细致入微的现实描摹被对应成对现象的精细扫描和对规则的洞悉，作家的精神拷问和"彼岸情怀"则被彻底抛弃或置之不顾，这难道是作家的宿命吗？

一直以来，我们对《沧浪之水》这本小说的读者接受状况有着持续的好奇和深层的关注，与作家阎真本人进行过多次深入的交谈，做了大量的阅读笔记，搜集了相关方面的资料，做过数百份读者调查问卷以及接受采访的个人访谈，掌握了翔实的第一手材料。目前，关于《沧浪之水》读者接受方面的研究只有个别论文出现，该书的诗性光芒、误读状况及其成因的分析尚处于空白阶段，我们试图站在时代的背景和复杂多变的现实语境中，选择从读者接受的角度研究《沧浪之水》，重点阐析作品中的诗性与误读成因，以期抛砖引玉，引起学界应有的重视。

2014年，阎真的另外一部作品《活着之上》隆重问世，在中国最重要的文学期刊之一《收获》发表了20余万字，并获得了第一届"路遥文学奖"，同时，该书由湖南文艺出版社出版，迅速引爆图书市场，制造了不亚于《沧浪之水》的轰动。在书中，阎真用锋利的笔触揭开高校腐败的内幕和中国知识分子的堕落，一切都是为了名利，而在大学里活得最好的就是那些不学无术的投机钻营分子。这些人极其聪明，能够利用任何机会，把握所有能为我所用的人际关系①。乍一看上去，它的主题似乎还在"官场"，只是阵地转移到了高校，实际上，它和《沧浪之水》有着相同的精神机理。阎真将笔触直接对准一个标准的高级知识分子"高校老师"，一个制造知识分子的机构代表，他表达的同样是对一个中国的知识分子、一个中国人的精神拷问和求索，正所谓活着应该在活着之上，他在思考他的精神信仰。看到这个书名，我们直接就会联想到余华的《活着》。《活着》缘何能够成为新世纪中国文学的经典和伟大？我们以为，余华用一个普通的中国人写出了整个中国所有中国人的精神特质：活着就是中国人的信仰！而阎真做的也是同样的工作，他用一个普通的中国知识分子写出了整个中国所有知识分子的精神，以及对于这种精神消逝的拷问与追寻。一本小说写出了全部，一个主人公刻画了所有，这正是阎真的难能可贵之处，这也注定了阎真在创作之中需要经受自我良知的拷问。活着应该在活着之上！这有关知识分子的良知，良知是我们活着的最低标准，也是当下我们看似摇摇欲坠的最高标准。阎真在尝试着解构和重建，这和他在《沧浪之水》中做的工作其实是一脉相承的。《活着之上》里的"曹雪芹"和"石头记"就如同《沧浪之水》中的"屈原"和

---

① 阎真. 活着之上[M]. 长沙：湖南文艺出版社，2015.

"沧浪之水"，它们代表着中国知识分子的精神传承，更代表了知识分子的心灵敬畏和精神拷问。

二、阎真小说的思想路径

如上文所述，阎真的小说在语言风格上自成体系，精神血缘上又一脉相承，无论《曾在天涯》，还是《沧浪之水》，或者《因为女人》，乃至《活着之上》，阎真最擅长也最着力的是不同语境与环境下的相同的灵魂素描和精神追问，因此，研究他的小说的思想路径，本书决定以他最具代表性的《沧浪之水》为例，以此揭开阎真创作的心灵冲动与精神态势。

(1)关于《沧浪之水》研究状况和水平

由于《沧浪之水》在读者当中的美誉度和巨大的社会影响力，以及自身细腻的艺术纹理，对《沧浪之水》进行研究分析的论文相对较多，评论界和学界对阎真作品的研究主要集中在以下五个方面：

一是叙事艺术的精细和创作主体的精神拷问。有关这个论题的主要文章有：雷达《阎真的〈沧浪之水〉》(《小说评论》2001 年第 5 期)，贺绍俊《卸去精神十字架后仍然是惶惑》(《文艺报》2001 年 12 月 11 日)，两位大评论家都认为阎真的创作从艺术上已经达到了炉火纯青的地步，进而从人物塑造的高度上进行深刻分析，充分肯定了阎真的创作态度，都惊讶于阎真表达的功力：即把人性中某种不易觉察的阴暗玄机不经意地揭开了，让人难堪和痛苦。李建军写有一篇《没有装进银盘的金橘——评阎真的长篇小说〈沧浪之水〉》(《小说评论》2001 年第 6 期)，李建军的这篇文章是论述阎真的文章中最有分量的论文之一。这篇文章中提及的一些看法、观点在几个方面有开创性意义，比如，文章中提到的"不成熟的讽刺与过度化的议论"，显得客观公允而有力度，"作者的主观态度过于显豁，情感过于外露，因而属于不成熟的缺乏力量的讽刺"，"阎真这部小说的一大不足就是用力太过，渲染失度"[①]。这些命题的提出在阎真作品的研究中有建设性的意义。而杜兴、黄忠顺在《从〈沧浪之水〉看当代知识分子的精神困境》(《东莞理工学院学报》2005 年第 4 期)中，从精神困境视角对李建军的论说进行了学理上的支持。

二是知识分子的良知、价值选择和尴尬的现实境遇。聚焦这方面的文章

---

① 李建军. 没有装进银盘的金橘——评阎真的长篇小说《沧浪之水》[J]. 小说评论，2001(6)：43-48.

有：阎晶明《比真实更重要的》(《文艺争鸣》2002 年 3 期)，齐成民《〈沧浪之水〉与当代知识分子的价值选择》(《文艺争鸣》2002 年 3 期)，邢小利《当代知识分子的现实境遇与精神状况——读长篇小说〈沧浪之水〉》(《文艺争鸣》2002 年 03 期)，孙德喜《拿什么拯救人文精神——读〈沧浪之水〉》(《湖南师范大学社会科学学报》2002 年 3 期)，姜文姬、马梅萍《悲哀的蜕变——由阎真的小说〈沧浪之水〉说开》(《宁夏大学学报·人文社会科学版》2006 第 4 期)，余三定《当代知识分子人格失落的悲剧——评长篇小说〈沧浪之水〉》(《云梦学刊》2003 第 2 期)、张小夫《透视当代知识分子心境——评〈沧浪之水〉》(《人文》2002 年第 6 期)，钟友循《幻灭，还是堕落？——再论〈沧浪之水〉兼及中国知识分子的生存境遇与选择》(《湖南科技学院学报》2006 年第 9 期)，等等。这些文章，除了《文艺争鸣》上的专题集中讨论了《沧浪之水》中知识分子面对现实与理想的尴尬境遇时所做出的价值选择是多么的心酸和无助外，更多地表达了知识分子无论多么艰难也应保持社会的良知、保持精神的洁净的美好愿望。而卢学英在《"官本位"意识毒化灵魂的透视》(《江西社会科学》2002 年第 8 期)中，直接指出《沧浪之水》是官场文学中的一部力作，作者塑造了"成功的失败者"这一人物形象。不过，龚伯禄在《从悲壮的坚守到主动的放弃》一文中，通过阎真《沧浪之水》与张炜《柏慧》的对比，不无遗憾地指出："《沧浪之水》还不够现实主义，在某种程度上，沧浪之水提供了我们这个时代的某些真实画面，但这些都是表面现象、局部现象，它没有写出这种历史现象必将溃灭的历史趋势，也没有看到基层民众的防抗力量。"①显然，这种论断留下了阶级斗争时期旧有思维的浓重痕迹，缺乏对艺术更深层次的敏锐感悟力。

三是通过对池大为的深度解读，探寻新时期和小说的精神走向。相关文章主要有：罗益民《知识者的生前身后——读阎真〈曾在天涯〉与〈沧浪之水〉》(《小说评论》2004 年第 5 期)，陈才生《此水本自清，是谁搅令浊？——长篇小说〈沧浪之水〉的一种解读》(《当代文坛》2004 年第 3 期)，廖斌《从〈官场〉到〈沧浪之水〉——论官场小说在新时期的深化与发展》(《文艺理论与批评》2007 年第 2 期)，郭艳红、祖秉钧《心灵的挣扎——评长篇小说〈沧浪之水〉》(《电影文学》2008 年第 4 期)，其中，李清中《坚守意义，还是追求生活？——详读〈沧浪之水〉》(《当代小说·下半月》2010 年第 9 期)中指出：中国知识分子历来胸怀天下，关注国家前途和民族命运，并为之奋斗与牺牲。然而，由于性格缺陷的无形束缚及现代社会的生存挟持，导致了他们性格具有二重性，即既有正

---

① 龚伯禄. 从悲壮的坚守到主动的放弃[J]. 文艺理论与批评，2004(2)：61-64.

直、善良、反抗的一面，又有懦弱、妥协、顺从的一面，这种二重性直接造就了他们的悲剧命运。《沧浪之水》中以池大为为代表的知识分子就是其典型。郑坚在《末代文人的"事业"成功史与精神蜕变史——读阎真的小说〈沧浪之水〉》一文中把《沧浪之水》视为当代的"官场现形记"，最后作者反而提出一个问题"知识分子在进入真实的合理的生活的同时，是到思考自身如何承担起一种独立、健硕、丰盈文化品性的时候了！知识者能重建关于自己社会身份和社会责任的神话吗？《沧浪之水》在这方面是悲观的"。① 这个思考回答了许多正面和反面的质疑与不解，但是，重建知识分子的社会身份和社会责任最重要的是社会土壤的改变，知识分子的主观担当和良知只是一颗种子，没有合适的土壤，谈不上生根发芽。

四是知识者的生存困境、精神沉沦与异化以及与阎真小说的艺术价值。相关文章有：赵佃强《阎真〈沧浪之水〉解读》（《长城》2009 年第 12 期），黄声波《权力·人性·知识分子——阎真和小说〈沧浪之水〉研究述要》（《湖南工业大学学报·社会科学版》2010 年第 2 期），黄新春《困境中的游离与守望——浅论阎真小说中知识分子的生存状态》（《湖南工业大学学报·社会科学版》2010 年第 2 期）。而孙培云在《沉沦与超越——由〈沧浪之水〉引发的有关知识分子问题的思考》中指出，随着社会的转型，市场经济体制的确立，知识分子也逐渐走向分化的道路，阎真的《沧浪之水》就是知识分子的精神沉沦、价值崩溃的心灵通史②。梁振华则认为，在市场经济历史语境中，当代知识分子的价值根基被解构，精神空间被排挤，虚无主义盛行，小说拓宽了知识分子题材作品的精神深度。③ 尤龙觉得池大为的转变是知识分子道德失落、人格扭曲和自我死亡的过程，池大为的蜕变谱写了一曲知识分子的悲歌。④ 王吉鹏、董毛毛《一个当代中国知识分子的孤独者——阎真小说人物塑造鲁迅因子试论》（《湖南工业大学学报》2008 年第 4 期），文章指出《沧浪之水》中的池大为作为中国当代的知识分子，再次演绎了鲁迅笔下知识分子的生存悲剧，主要论述了池大为与鲁迅笔

① 郑坚. 末代文人的"事业"成功史与精神蜕变史——读阎真的小说《沧浪之水》[J]. 理论与创作，2003(1)：53 - 54.

② 孙培云. 沉沦与超越——由《沧浪之水》引发的有关知识分子问题的思考[J]. 美与时代，2004(1)：20 - 21.

③ 梁振华. 彷徨者的哀痛与归途——评《沧浪之水》[J]. 甘肃社会科学，2003(2)：8 - 11.

④ 尤龙. 从坚守信念到自我死亡——《沧浪之水》中池大为的蜕变历程透视[J]. 零陵学院学报，2004(3)：61 - 62.

下人物的精神共通点。

五是小说在展示人的尊严或人文精神方面有着深刻的见地和独到的价值。"大多数时候虚拟的尊严比真实的尊严更有尊严。多少人跟施厅长一样，退了休门可罗雀才看清事实的真相，精神就垮了，身体也垮了。"这是小说中池大为说过的一段话。"虚拟的尊严"在现实中被无情的撕毁，作者的人文关怀以极其无奈和悖论的方式彰显出来。不少研究者看到了这一点。例如，蒋雨岑的《人文精神的坚守与毁灭——读〈沧浪之水〉》(《电影文学》2007 第 22 期)和周睿、王玉林、龙永干《人文精神与和权势对接的可能及悖谬——也论阎真的〈沧浪之水〉》(《理论界》2008 年第 5 期)都看到了《沧浪之水》在人文精神方面表现出来的矛盾对立性，并认为坚守还是毁灭，两个完全不同的价值判断能够同时并存于一个人的身上吗？谢永新在《市场化下人文精神的缺失——读阎真的〈沧浪之水〉》(《钦州师范高等专科学校学报》2005 年第 4 期)中认为：人文精神在人类社会中总是表现为人们对于意义世界和价值世界的追求，是真诚和真情转化为美的体现，它强调超越性。人文精神的缺失就意味着人们失去了对理想信念的坚守。这种缺失与经济的市场化和诸如"官本位"等社会历史文化的因素有关。面对这样的人文精神的缺失而令人深思的是：在市场经济不断发展的今天，人们究竟能有多少时候可以为纯粹的"自由灵魂"而活着？在众多关于人的尊严与人文精神的阐释中，只有中国社科院文学研究所研究员孟繁华评得最为深刻与到位，他十分善意地提醒广大读者："小说可以从多角度进行解读。如知识分子与传统文化的关系、特权阶层对社会生活和精神生活的支配性影响、商品社会中人的欲望与价值的关系等，这足以证实小说的丰富性和它具有的极大价值。但在我看来，小说最值得谈论的，是人与人在对话中被左右与被强迫认同，并因此反映当下社会承认的政治与尊严危机，池大为放弃独善其身的坚守，困难不仅来自他自己，更来自他与周围的'他者'的对话过程。他在与马厅长、妻子董柳等人的对话过程中，感觉不到'承认'，不被承认就没有尊严可言，这是种深刻的伤害，也是他变化的动因。他不做人生转向就不可能改变自己低劣卑贱的形象，不可能获得尊严，不可能从'贱民'阶层分离出来。于是'承认的政治'就这样在日常生活中弥漫开来，这是小说表现的强迫性认同。"①

此外，有人对阎真的《曾在天涯》和《沧浪之水》进行了对比研究。如吴轮、明丽丽的《论当代知识分子的性格坚守——从〈曾在天涯〉到〈沧浪之水〉的继承、反思和超越》(《长沙航空职业技术学院学报》2008 年第 2 期)就是如此。而

---

① 孟繁华. 承认的政治与尊严的危机[N]. 学习时报，2002 - 06 - 17(2).

最为深刻和颇有创见地阐释的是著名学者谭桂林，他认为：《曾在天涯》《沧浪之水》在精神品质上强烈地显示出一种对话性，既有东西文化的对话，也有历史与现实、真与假、仕与隐、虚无与实在的对话。在这种对话中描述了当代中国知识分子的文化尴尬与人格失落，从而揭示了中国当代知识分子在世俗化潮流中的精神守望与自救问题。①

还有人看到了阎真创作的连贯性和内在关联性。例如，宋晓英就是把阎真出版的三部长篇小说作为一个整体放在同一个阅读视野内进行全方位考察，认为一个成熟作家的创作思想既有其一贯性又有复杂多变性。作者指出，虽然评论家和学界对阎真的《沧浪之水》《因为女人》《曾在天涯》三部长篇小说的连贯性表示认同，但对其精神立足点的定位却多有分歧。如果我们从文本出发，联系作家创作的时空因素，得出的结论应该是：阎真的作品所主要展示的是独立的生命个体于生命长河、历史长空、社会之海洋中的存在价值，通过对人物蜕变为生存的奴隶、政治的附庸、欲望的动物、被迫的虚无主义者等历程的展示，作家否定了向传统寻求精神资源的可能性，而将建构人文理想的历史要求提上了当代思想议程。心理学家认为"他者"的存在是"自我"认知的必要条件，用拉康的话说"他人的存在可以引导自我由混沌进入清晰"。阎真小说人物"自我意识"的确认均是通过"他者的存在"而达成的。《曾在天涯》中借加拿大社会达到中国知识分子对自我作为世界整体体系中个体身份的确认，《沧浪之水》由对于"权力场"及其文化辐射的认知达到对知识分子作用的再认识，《因为女人》则是对男性主宰的社会中女性地位的深入探究。②

当然，有的研究选择了新的视角，试图剑走偏锋，如胡笑梅《浅析〈沧浪之水〉中董柳姓名的隐喻意义》，多少有些牵强附会，文章指出的几层隐喻意义，"有心插柳柳不开，无心插柳柳成荫"，"在中国文化中柳树是耐心和柔弱力量的标志"，"古代地中海地区的人们认为，柳树的种子在成熟前就播撒在地上了，柳树并不是有性繁殖，而是无性繁殖，折取一只倒插之，不受地域的限制，不受环境的变动，皆能够正常茁壮成长，足可见柳树顽强的生命力，董柳也是如此"③，等等。这种分析和解读一定程度上丰富了《沧浪之水》的意义范畴，生硬却在所难免。陶春军竟然从话语权的角度分析池大为地位变迁前后的权力心

---

① 谭桂林. 知识者精神的守望与自救——评阎真的《曾在天涯》与《沧浪之水》[J]. 文学评论, 2003 (3)：62－67.

② 宋晓英. 阎真小说对精神建构的拆解与对生命价值的还原[J]. 齐鲁学刊, 2011(3)：152－155.

③ 胡笑梅. 浅析沧浪之水中董柳姓名的隐喻意义[J]. 九江学院学报, 2008(4)：100－102.

态变化①，角度虽然新鲜，但说服力不够。也有人从公共人力资源方面探寻人生意义上的最大成功值，②感觉是在做文章，为了某种预设的理念而去生硬阐释。

值得一提的是，有学者看到了《沧浪之水》中的文化气质，认为这部作品的确有一种富有民族风情的特色在里面，始终使人内心深处有一种莫名的亲切，或者说是一种似曾相识的感觉，尤其在乡土情怀方面表现得淋漓尽致，使得小说带有一种乡土色彩的"文化气质"。③ 而注意到《沧浪之水》中"仰望星空"这个独特意象的是杨海亮，他在《还有谁在仰望星空——读〈沧浪之水〉》一文中较为准确地分析了小说的星空意识。④

与此同时，以阎真《沧浪之水》作为硕士毕业论题的也有一批，仅 2010 年一年就有 15 篇之多，如吴泽荣的《20 世纪 90 年代以来反腐小说表现形态研究》（广东技术师范学院），李碧录的《当代"官场小说"研究》（山东大学），周固林的《权力浮世绘》（安徽大学），李娇的《转型期学院知识分子群像的深层书写》（重庆师范大学），王凤娟的《新世纪文学中知识分子身份问题研究》（四川社会科学院），孙潇雨的《社会转型期知识分子的突围和迷惘》（河北师范大学），等等，但这些论文并没有出现丰富的多个侧面，相当一部分内容是挤在一个维度上彼此观望，似曾相识，富有创见的论文少之又少。

（2）关于《沧浪之水》读者接受的研究状况

从读者接受的视角来研究《沧浪之水》的很少，从网上搜索到的只有张春泉在《论接受心理与修辞表达》（2003 年复旦大学博士论文）中对阎真的作品进行了分析，而且这种分析并非是独一的，而是将其与梁晓声、张炜、韩石山等 20 位著名作家、诗人一起进行研究，作者设计了 1030 位一般接受者的问卷调查，并进行了田野作业式的考察后指出：接受心理与修辞表达是对立统一的，接受心理与修辞表达二者呈一定的函变关系，前者对后者具有一定的制约作用。接

① 陶春军.《沧浪之水》中池大为丢失话语权之剖析[J]. 湖北职业技术学院学报，2009(1)：38－41.

② 孙滋英，张晢，季晓丹，蔡俊. 由《沧浪之水》看公共人力资源管理[J]. 现代商业，2008(8)：235－236.

③ 李广奇. 以平民之身跻臻仕途的价值期许——读《沧浪之水》有感[J]. 今日南国(中旬刊)，2010(12)：123.

④ 杨海亮. 还有谁在仰望星空——读《沧海之水》[J]. 娄底师专学报，2003(7)：62－65.

受心理对修辞表达制约是人之所以为"人"的本质属性之一。修辞是人与人的一种以语言为媒介以生成或建构有效话语为目的的广义对话。修辞是表达和接受的对立统一体。换句话说，作者关注的是文本的修辞表达与受众接受心理的内在联系，对《沧浪之水》并未从受众心理上进行深入细致的分析。

难能可贵的是，钟友循的《试论〈沧浪之水〉及其接受效应》（《长沙铁道学院学报·社会科学版》2002 年第 2 期），这篇论文是到目前为止，我们所能够查阅到的资料中唯一一篇公开发表的从读者接受的角度研究《沧浪之水》的文章。

（3）关于《沧浪之水》误读成因的研究状况

文学作品的误读是一个普遍现象，关于误读的理论研究也很充分。误读也并非是一个坏的事情。2012 年 7 月中旬在惠州的一个诗会上，一个叫湘莲子的诗人对笔者表达了她对于"误读"的"乌托邦式"的看法，她甚至用开错车同样可以抵达目的地来形容对"误读"的偏爱："我喜欢并享受这种曲折，就像我喜欢并享受诗歌中的'曲'味；喜欢并享受那种一错再错、又不断自我修正的过程；喜欢并享受那种执迷不悟的快感。"笔者的母亲是一个文盲，普通话也不完全听得懂。可有一回，笔者发现母亲在看一个台湾电视连续剧，看得老泪纵横。而当她给我讲述电视连续剧中的情节时，我惊讶地发现，她完全弄错了，完全是按她自己对于世界的理解去理解电视剧中的人物命运。当时我就感慨，一个电视剧能够让一个饱经沧桑的老人感动得泪流满面，我们还有理由去责备她"误读"了、没看懂吗？也许正因为此，学者和评论家对文学作品的误读并不一定关注。

具体到《沧浪之水》这部小说上来，我发现许多人都误读了这本书，可是，学界和评论界似乎并不在意，比起大面积的所谓知识分子困境和小说的评论而言，有关"误读"方面的论文少之又少。尽管如此，还是有评论家注意到读者对《沧浪之水》的误读，比如谭桂林的《知识者精神的守望与自救——评阎真的〈曾在天涯〉与〈沧浪之水〉》（《文学评论》2003 年第 3 期）一文就这部小说的结尾提出了较有见地的观点。杨海亮的《还有谁在仰望星空——读〈沧浪之水〉》（《娄底师专学报》2003 年第 7 期）也从这个意象作为触发点，提出了小说的精神彼岸性。不过，即便评论家看到了误读并做出相应的分析，但关于误读的成因，目前还没有相关方面的研究，这也是本书的价值点之一。

三、社会转型与知识分子品格重塑

中国人有一种轻逸的，一种几乎是愉快的哲学，他们的哲学气质的最好证据，是可以在这种智慧而快乐的生活哲学里找到的。在林语堂的笔下，沉重的肉身转为了轻灵的舞者，悲剧与沉重都被舞蹈所化解。他的人生就是风行水上，下面纵有旋涡急流，风仍逍遥自在。但是，这种原本轻逸的、愉快的东西，现在却变得越来越压抑、越来越沉重。

众所周知，同三十年前相比，每一个中国家庭的财富都是增长的；每一个人的知识积累也都成倍增加。但是，绝大多数人会感觉自己在精神领域经历的是一个相反的过程。更有钱了、知道的也更多了，但是感觉却更差了。为什么出现这种情况？因为许多人被物质遮蔽了诗性的光芒以及对诗性的追求。

多年前，在阎真长篇小说《沧浪之水》的作品研讨会上，著名评论家李敬泽先生曾毫不吝啬地做出了如下的评价：这是一部令人惊骇的书，它直接冷峻地展示了人的沉沦。①"宿命"的力量运行于日常生活之中，生活以无可抗拒的合法性、合理性和真实性逼迫着每一个人，人们在把自己交给生活的同时，也在退却、放弃。人有选择的机会吗？或者说，人们在反抗生活的"暴政"时是否有一处坚实的立足之地？这是本书作者思考的一个问题。

关于文学作品的"误读"自古以来就存在，在我看来，"误读"至少可以分成三类：一是阅读主体有意识的误读，二是阅读主体无意识的误读，三是两者兼而有之。本书从"误读"——主要是阅读主体无意识的误读——精神原点出发，以一部以具体作品作为研究对象，从接受美学的角度来研究《沧浪之水》的，力求视角独特，视界开阔，论述精当。之所以选择阎真的《沧浪之水》这一单一的文本作为研究对象，是因为这部小说的受众很广，接受的时间持续很长，并且阎真本人反复表达了作品被"误读"的尴尬，以及阎真这部小说从 2001 年出版到现在，学界当中的讨论从未止息，读者当中的反响也未曾间断。

任何历史都是当代史，文学史也是如此，某一个时期的文学史是特定时期对作家、作品理解现状的集结，是对作家、作品理解的汇总、排列而构成的一个文学史文本。在我的概念里，文学史也是文本。既然很多文学作品的意义都会有一个逐渐释放的过程，文学史的写作也不会是一个最终的定稿，时时更新

---

① 雷达，贺绍俊，陈晓明，等. 当代知识分子的精神困境——笔谈《沧浪之水》[J]. 书屋，2002(3)：55 – 57.

倒没有必要，世世重写当是必须。换言之，经典作品的意义不是一次生成的，它有一个逐渐认识和释放的过程。这是文学的特性所决定的，也是这部著作带给我的一点其他的感想。

如前所述，"误读"在读者接受当中是一种较为广泛的现象，甚至有"一切解读都是误读"的说法。文本意义生成的受制因素很多，有读者的立场、观点、经历、认知水平等个体主观性因素。有时是相对客观的，也有社会思潮和社会环境的影响等，这种误读的隐蔽性最强，还体现出集体误读的大致相似性。比如鲁迅的作品，在历史的特定时期，整个时代都在误读，拿二元对立思维和阶级斗争模式做套子，把作品往这个套子里放。社会思潮和社会环境已经渗透人们的思想，读者以此为标准和参照去解读，误读自然就产生了。而在当时，身处其中，当局者迷，视角决定了阅读感知和精神体验，很少人认识到这是一种误读。这种误读在其产生的时代被认为是当然的权威。在写作时，作家是文本的创造者，而阅读时，读者就成了文本的主宰。这是文学活动的特性所在。

作为一部成功的长篇小说，《沧浪之水》存在着多重意蕴，任何把作品的意义单一化的理解都违背文学自身的审美规律。而且，作品的伟大价值有待在时间的淘洗中逐渐被发掘，还原作品审美属性的解读能够扩宽作品的价值空间。这部小说之所以出现大面积的集体性误读，原因是多方面的。本书试图通过详尽分析误读的成因，重拾被遗忘的诗性，并希冀通过重新阐析和深入解读，丰富《沧浪之水》的意义空间，还原作品的诗性价值。

更为重要的是，在新媒体语境和当下特别复杂的社会背景下，研究一部小说的"误读"以及造成这种"误读"的原因，对于创作主体认识作品置于文学场域的命运，对于读者在特定时代的接受心理，以及相关文学现象的探讨都有较大的启迪和借鉴意义。而这种"误读"正是社会转型期、新媒体语境下多元思想充斥造成的直接"后果"。作者与读者的视域总是有着或多或少的差异，作者遵循自己的内心而创作，读者则根据自己的价值判断和大众普遍的思维模式思考。所以，功利化的阅读也就这样产生了。实际上，阎真所要尝试的正是在这种充斥和混沌中找回"知识分子"和"人"原本应有的价值态度和精神信仰。

相同的"误读"其实也体现在最近的《活着之上》，我们以为阎真描写的是"学术腐败"，但是，他要表达的内容却远在"腐败"这个层次之上，一如活着应该是在活着之上。可以肯定地说，阎真是中国当代少有的具有强烈自省意识和追求经典的作家。无论是高力伟的苦闷，池大为的挣扎，还是柳依依的妥协，他都毫无例外地将自己置身于血淋淋的现实中，不仅与作品中的主人公同呼吸、共命运，为他们鼓与呼，而且自觉地成为生活的体察者、伤痛的安抚者和信仰的呐喊者，他直面知识分子的生存困境和面对诱惑的艰难选择，表现出作家对他们命运与前途的深切关怀。

当作品中的主人公由于现实的残酷而做出有违道德或良心的选择时，阎真总是为之辩护，他理解并尊重这些主人公的艰难选择。这种直视和坦诚的勇气，在新近推出的长篇小说《活着之上》中，有着更为集中、更为丰富和更为深刻的展示，阎真把自己所见、所闻、所思、所想以及所追求的信念以高超的技艺和细腻的手法，非常生动、真实地写了出来，其艺术感染力和历史穿透力不仅超越了同类题材如《教授之死》等一批小说，也比余华的《活着》更为厚实、凝重、大气和丰富，甚至超越了前期为他赢得巨大声誉的《沧浪之水》。

列宁评价托尔斯泰的作品是"俄国革命的镜子"。阎真的作品也是中国当下知识分子的一面镜子，他像托翁一样，反复告诫自己"不要向读者撒谎。"他在提起笔书写时，首先想到的是人的生存境况，每个人的悲欢离合，都会引起他的深思，甚至是心灵的震颤。我们以为，阎真几十年如一日的一切坚持实际都是在知识分子品格重塑的维度之内。

四、方法与视角：现实的力量

由上所述，读者接受中产生的功利性阅读阐释与文本实际表现出来的思想、旨趣之间出现了巨大的裂缝，本书就两者之间产生错位的原因进行分析。结合《曾在天涯》《因为女人》《活着之上》，尤其是《沧浪之水》的阅读与分析，由此而展开本书的研究和书写。

首先是文本分析。文本是文学的载体，一切文学活动都是围绕文本来进行的：作家创作文本，读者阅读文本，批评家研究文本。只有从文本本身出发，才有发现被遮蔽或被误读的可能。尤其《沧浪之水》这样的一部小说，要对读者接受状况和误读成因做出合适理性的分析，首先就必须要对文本进行细读。通过细读，指出小说中的诗性因素，发现读者为什么置作者的呼吁（不是官场小说）于不顾，自行解读这部作品。可以说，文本分析将渗透在整部著作当中。

二是典型意象分析。意象不仅是诗歌理论批评的范畴，作为一把打开文本的钥匙，小说中也有大量具有象征意蕴的意象，这些意象或者寄托着作家的审美理想，或者折射着作家的情感倾向和心理潜意识。如《红楼梦》中的玉和顽石等，当代学者钱理群先生在鲁迅研究中所使用的一个重要研究方法就是意象分析法，对鲁迅作品中如"吃人""死亡"等意象都要进行准确而精当的文化学分析，开拓了鲁迅研究的新境界。《沧浪之水》中，阎真也塑造了一些意蕴深刻的典型意象。根据论题的需要，本文抽取"星空"作为主要分析对象。笔者认为阎真对这个意象的反复书写，远非简单的景物描写可以解释，更远远超出了这个词的表层含义。"望星空"是阎真苦心孤诣塑造的一个人物造型，它是作家寄托在池大为身上的审美理想和情感慰藉，这是一个经常被忘记却不应该被忽视的意象。

三是调查问卷分析。作为一个以读者阅读接受状况为主要内容的论题，必须有具体的调查资料作为依据和论说的对象。本书采用了两种方法，首先是调查问卷。笔者特地设计了 1000 份调查问卷发向了全国各地，而收回的 856 份调查问卷足以让我对读者的阅读接受状况有一个准确而全面的掌握。对读者选择的答案作数字化的处理，计算出每一种类型的人数和比例，以准确掌握读者的详细接受状况，通过这项工作对整体、细节的理解出现的倾向性有更加客观全面的认识。唯其如此，在论证时才能有的放矢。与此同时，笔者做了具体的个案访谈，有代表性、针对性地先后访谈了四个《沧浪之水》的读者，作为读者阅读心理脉动的个案记录，原生态地呈现于本书中。

四是深度访谈与个性对话。由于笔者与阎真本人有多年的友情和各方面的便利条件，笔者与他进行深度访谈和个性对话，这种访谈和对话是全方位的，既有创作主体对作品本意的表达，又有访谈者对作品的深入解读，还有作者的经历、教育背景和生活阅读等对于文学的影响，等等。

当然，作为一部学术著作，所用的研究方法也不可能是这样几种简单的归纳，为了行文的方便和论证的需要经常会交叉使用。限于篇幅，笔者这里只重点说明了这四种主要的方法，另外像文化分析、引用论证、归谬推理、归纳演绎等方法也会用到，在此不再详述。

五、消费社会的价值坐标与诗性梦想

事实上，每个生命个体可以分成三个部分：即代表欲望和直觉的个体（inpidual）、代表反思能力的自我（self）、代表社会的关系人（person）。第一个小人个体代表着欲望，是对自我利益近乎本能的追求，它不需要任何教育和刺激，以近乎生物性的存在寄于身体当中。第二个小人自我，是一种反思性和伦理性的存在，会用价值规范作为衡量标准来看待自己和各种事物。自我具备反思能力，它会在我们的头脑中跳出来，观照其他小人。这个小人不一定给你带来幸福，甚至会带来困扰。但是一旦有了这个小人，你很难再将它塞回去，它有自我生长的机制。第三个小人是关系人。这个小人主要是基于社会生活发挥作用和采取行动的，它希望不断寻求社会认可。从 1949 年到 1978 年改革开放，这三十年，中国人做人框架中的主线是"自我反对个体"；改革开放后到现在，做人框架中的主线是"自我反对关系人"。有了这个转变，就回答了为什么现在中国人虽然在物质上和知识上比过去都更好，精神生活上却感到纠结和焦虑。

《沧浪之水》中的池大为是消费社会里的可怜人，他从拒绝入俗、保持清高到最后认同和主动跳进社会的大染缸，不是诗性的失败，而是社会异化过于强大，它不动声色地消融你的锋芒和理想。这也是这部小说自出版后在学界和读者当中都引起了相当大反响的原因，从池大为身上，读者也看到了自己的影子。

阎真的《沧浪之水》在出版社不断再版和印数不断被刷新，相同的还有《活着之上》的热销大卖，这在文学日益边缘化的社会和时代背景下的确算得上是一个奇迹。但是，由于社会思潮、文本结构等多方面的原因，该小说在具体接受上却出现了不同程度的误读。批评界对小说的解读大致集中在体制对人的异化问题以及知识分子人格堕落的悲剧上；普通读者则仅仅把它视为官场小说或机关生活之类的职业指南。总之，小说中蕴含的诗性光芒被有意无意地遮蔽，甚至完全被遗忘。本书力图廓清误读现状，指出并归纳文本中的诗性体现，重点分析造成这种误读的原因所在。

本书的创新之处在于：主要聚焦一个文本，用多种方法研究"误读"这个复杂的文学现象，重点把《沧浪之水》作为具体的分析文本，但又不仅仅止于对《沧浪之水》的个案研究，它对于当下文学当中的许多现象都会有所启发。原因是，该书把接受因素引入文学研究的范围，从文本自身的视野出发，把读者对本文的具体接受纳入文本意义的构成要素之中去，运用接受美学的方法，从读者接受的维度展开，把研究的范围和视角转移，从长期以来"作家—作品"的研究模式调整和扩大到"读者—作品—作家"的维度上来，从而丰富文学研究的意义。因为对于小说研究领域来说，这项工作不仅能够较大程度地拓展"阎真小说"研究的视野，丰富研究的话语空间，更为重要的是，这样具体的文本研究对小说研究具有普适性，对于梳理读者和作家的复杂关系也有一定的借鉴价值。

值得一提的是，本书从文本视野和接受美学的角度研究单一的作家作品在国内学界还是首次，具有较强的开拓性意义。之前的读者研究基本上都集中在中华人民共和国成立以前的现代文学，大多从历时性研究的角度展开，比如鲁迅作品近百年的接受史，比如巴金作品的接受史……新时期以来中国作家创作的作品发表或出版时间不长，从接受美学的角度进行历时性研究难成链条，无法凸显研究的历时性意义。而且历时性研究的时间区间一般是从作品进入读者接受延伸至当下，而这本书则以当下具体的社会思潮、价值取向和文化镜像为中轴，以小说出版后的读者接受和"阎真小说"的经典品相呈现的接受预判为两端，构成了一个纵向的三点一线的历时性读者接受研究。它为接受美学提供了一个新的思维向度。

与此同时，本书更多的还是围绕共时性的基本分析，比如"精英读者"和"普通读者"的具体讨论等等。因为它指向的误读主体在当下，历时性的研究只是一个手段和方法。共时与历时相结合，纵向和横向对举，构成了一个十字交叉结构，而交叉点就是误读的所在。

本书的正文部分由十四个章节组成。第一章首先就"诗性"本身做出一个界定，作为全文的核心概念支撑；然后指出小说中蕴含的诗性因子以及文本中具体的诗性体现。第二章则阐述社会思潮对诗性的遮蔽，分析市场经济环境的形成与消费主义思潮的盛行是作品被误读的背景因素，这是造成功利性阅读的重要原因。再者是知识分子身份神圣性的瓦解和被戏仿造成了读者对知识分子理解的惯性思维。第三章则认为分析困境、隐忍、坚守、审痛、选择等五个关键词，是切开小说剖面、分析文本的关键，并以此切入，探析知识分子的现实忧虑与精神矛盾。第四章阐述作家对生存痛感的理性表达，分析生存和发展的时代命题在小说中的深刻表现，追问"渔父"形象的价值，然后指出时空坐标下异国游子的文化乡愁催生了对诗性故乡的向往。第五章认为，小说中语言的艺术价值与诗性的追求被现实消解，大众对女性的生存状态等更为关注。消费时代下，女性的诗情遭到限制，反而欲望无边界，女性陷入一种新的道德尴尬。第六章则指出在消费时代下，女性遭遇了欲望的沉沦和爱情的毁灭，探析在这种情况下，女性该如何生存以及女性救赎的启蒙意义。第七章指出，小说中的主人公始终具有对知识分子的身份认同，具有历史担当和道德立法的深刻自觉，是知识分子的心灵叙事。叙事主体处于介入与退隐的交替中，表现着时代的优和劣。第八章则认为，作家在审视了知识分子的精神痛楚后，既有悲苦又有超越。在时代的巨型话语下，良知与生存始终处在一种博弈的状态。在这种博弈中，知识分子若坚守良知，必然会被现实拉扯得头破血流，具有难以言表的悲剧意味。第九章则认为，作家的叙事是一种经典叙事，并阐述了这种叙事的文本建构和意义喧哗。本章通过分析小说文本，阐述经典叙事的符号力量、艺术手法与叙事视角。第十章则对小说的"期待视角"进行阐述。小说"前结构"的慢热基调是小说的强大助力，应克服对小说类型化的先在理解，对小说的丰富意蕴进行更深刻的解读。第十一章则分析了小说中带有哲学意蕴的形而上品质。哲学小说有两种类型，一是直白的哲学小说，是对哲学思想的解释；二是真正意义上的哲学小说，将哲学思想寓于生动的小说叙述。阎真小说属于后者，具有双重哲学意蕴，蕴含着"意外之旨"和忏悔意识。第十二章对市场经济下知识分子的处境与抉择进行论述，主要从时代知识分子的心灵之路、男性视角下小说人物的文化心理以及妥协与坚持、困境中的辩证法三个部分进行展开。第十三章则分析了小说从单向度到多声部的审美嬗变，作家既有的理念逐渐在读者中发展成"多声部"。此外，作家逆流而上，描写从失望中寻找"希望"的彷徨者，体现了后现代社会的"理性之光"。第十四章从读者接受的角度展开分析，把读者分为两大类别：以文学为研究对象的专业读者和这个范围之外的普通读者，就这两类读者分别论述。此外，历史向度下的小说研究应当将当下的读者和未来的读者共同当成文本的理想读者。因此，小说的意义潜能也不可能为某一时代读者所穷尽，它将在不断延伸的接受链条中逐渐由读者展开。

　　总之，本书站在文本自身的意义原点，通过对"阎真小说"的阅读接受分析，探寻在今天这样一个时代背景下，读者对文学阅读的具体接受状况是什么，造成这种现状的原因又是什么，从中发现：文学不是一个孤立的文本存在，它是由文本、世界、作家和读者共同构成的命运共同体。希望以具体读者接受为对象的分析能对当下文学研究起到有益的补充作用，也希望对其他一些文学现象的阐释也能有所裨益。

第一章　世界视野下中华美学的诗性表达

　　所谓诗性，也就是人性，是关于人的存在与价值的判断，也是人与物的应和，诚如康德所言："我所唯一敬畏的是头上的无限星空和人类的道德律。"这里的道德律也就是人性，是人的自觉与感知，这种自觉与感知形成了文化的核心，它首先是一种世界性的通感，其次是一种民族性的共鸣。世界性即世界视域，人的存在追求自由平等与博爱，实际上这衍生的是哲学的核心问题，人之所以为人是因为他的主体性、独立性和精神能动性。而在全球化视野的今天，世界性的普世价值判断越来越影响人的存在的主体性、独立性和精神能动性，于是，民族性也就越发显得重要。在这一点上，文化认同就与诗性达成了一致。文化认同是人类对于文化的倾向性共识与认可，它的结果是为了在文化上取得归属感，它体认与模仿的对象是自己群体或者他人的文化，这种体认与模仿是人类对于自我文化或他者文化的一种升华，并以此形成支配自身行为和思想的价值取向及行为准则。文化认同作为民族和国家的一种文化心态，被迪尔凯姆称之为"集体的良知"①，这种集体的良知是将一个松散于不同地域的人们团结起来的内在凝聚力，形成民族。回顾漫长的文学史，我们可以说所有时代的所有作家都是通过书写自己民族的诗性而成为不朽，即由地方性走向世界性，比如荷马、但丁，比如福克纳、马尔克斯，相同的，阎真进行的"中国知识分子的良知书写"也是同样的工程。

　　以世界性的视域，阎真以诗性和人性的思维充分肯定和尊重人的主体性和独立性，着力进行的是人的精神能动性的解构和重建，而这种解构和重建的本质正是中华美学之上的文化认同的追寻与再造。从老庄孔孟到屈子贾太傅，再到清代的曹雪芹，中国传统文化的至美在于"天将降大任于斯人也"，在于"仁

---

① 贺彦凤，赵继伦. 全球化时代中国文化认同的构建[J]. 马克思主义与现实，2007(1)：202-204.

义礼智信"，在于使命感、责任感；同样，中华文化几千年以来也一直存在着佛禅的悲悯与善念，存在着苦难和升华，以及此岸与彼岸。这一切在阎真那里都可以称之为知识分子的"良知"，也正是传统文化的良知和中华美学所蕴藏的诗性。

本章将从世界视域下的中华美学来解读阎真小说的诗性，并着眼于诗性这个核心来发现和挖掘阎真的世界视域，以及阎真小说中的中华美学的血缘。

第一节　诗性之根：彼岸的召唤

诗性的界说首先从意大利思想家维科开始，维科不是文学理论家，但是，在他的《新科学》中，维科对文学的理解达到了许多专门的文学理论家所不能企及的高度。虽然他没有专门的著作去谈美学和文学理论，但是维科却构筑了属于自己的文学理论体系，这个见解独特、论证严密的理论体系用一个核心概念去支撑：诗性。维科把整个人类历史的长河当作一个整体，同时，作为一个哲学家，维科的思想坐标系是多维的，对于文学在这个坐标系中的维度以及在某个具体维度上的坐标，维科有着自己清晰的认识和宏观的俯瞰视角。具体到文学研究的内部，维科在文本的语言、比喻、意象等因素上都有细微的分析。但是，维科的微观和宏观并不是两块分别独立的体系，诗性贯穿维科对文学理解的全部内容，是维科切开文学这个剖面的利刃，所以回溯诗性的源头，要回到维科的《新科学》，从而把诗性作为打开阎真小说的一把钥匙。

现代社会的思维方式是经过严格格式化的，一定程度上说，现代人的思维方式和计算机的运行逻辑有很大的相似性，以比特为基本单位，所有的图像、文字、影像、声音都是比特的叠加和不同的排列组合。维科认为人类原始民族的创造者都是诗人和哲人。和现在的思维方式不同，他们的思维是一种诗性的思维，以隐喻的原则创造事物。一如中国的《周易》，也是以一种隐喻的方式来揭示客观世界，《周易·系辞》中有"子曰：书不尽言，言不尽意。然则圣人之意，其不可见乎？子曰：圣人立相以尽意"，当然这里说的是意象，但是，意象作为一种介质，它的作用和目的还是"尽意"，和西方文论中的隐喻殊途同归。从这个意义上讲，诗性的重要品性之一是形象性和含蓄性，意象的出现避免了直白，使审美对象和审美主体之间保持了一定的距离，审美主体通过意象把握抽象的意义，实现了文学诗性的品质。

钱钟书就曾说文学就是比喻，他的《围城》就是由比喻砌成的，因为钱钟书深刻理解文学和诗性逻辑之间的关系。维科在《新科学》中明确指出"凡是最初的比譬都来自这种诗性逻辑的系定理或必然结果"①，"一切表达物体和抽象心灵的运用之间的类似的隐喻一定是从各种哲学正在形成的时期开始，证据就是在每种语言里精妙艺术和深奥科学所需用的词都起源于村俗语言。"②看得出来，维科非常看重原生态的语言，即他所说的"村俗语言"，诗性的源头保证就是现实生活中的语言，这和我们文学理论中的"艺术来源于生活"有着精神上的同质性。维科特别注意用生活中的具象来表现抽象的思想和人的具体情感。他指出"值得一提的是在一切语种的大部分涉及无生命的事物的表达方式都是用人体及其各部分以及用人的感觉和情欲的隐喻来形成的。最初的诗人们给事物命名，就必须用最具体的感性意象，这种感性意象就是替换和隐喻的来源"。③特别值得注意的是，维科用了"感性意象"这个词，在意象这个词前加了一个感性，更突出了文学形象性的重要。

对维科而言，诗性智慧是人的本能，即使原始人也能够以隐喻、象征和神话的形式对周围的世界做出自己的阐释。他们不会用一些抽象的概念和理论体系去理解世界，因为那是靠不住的。概念和对象完全是两码事，能指和所指通常情况下是分裂的，人们试图通过语言表达出来的东西和语言实际传达出来的东西并不重合，它们之间从一出现就不默契，比如馒头这个词或者这两个字，与放在桌子上的馒头并不同一，甚至南辕北辙。能指与所指之间的裂缝通过一种介质弥补或缝合，这个介质就是用另外一种形象。这种形象在不同时期和不同的文学体裁中有不同的表现形式，有时是意象，有时是象征，有时是神话……

诗性是人性中的浪漫基质，如果一个人被现实的物质需求完全占有，不能自拔，就会陷入异化，自我内心世界的空洞使个体只有通过追求欲望得到满足，而欲望是无止境的。心灵没有了审美，没有了纯洁、美丽、高雅、安静、智慧，就会陷入迷失，"人需要一个目标，人宁可追求虚无，也不能无所追求"④。在这里，虚无不能划入贬义词语的范畴，它是相对物质和欲望而言的。在尼采看来，一个人必须有诗性的追求，即使这种追求是虚无。虚无作为一种追求，比很多现实中的东西要高贵得多，有了这种虚无，人便不会成为物质的奴隶。

所以，诗性是人性中的真纯，是一种超越现实物质泥潭的自我心灵拯救，

① 维科. 新科学[M]. 朱光潜，译. 北京：商务印书馆，1989：189.

② 维科. 新科学[M]. 朱光潜，译. 北京：商务印书馆，1989：190.

③ 维科. 新科学[M]. 朱光潜，译. 北京：商务印书馆，1989：201.

④ 尼采. 论道德的谱系[M]. 北京：生活·读书·新知三联书店，1992：76.

是心灵的世界里虚无的彼岸召唤。此岸是足下的生存根基，因为离开衣食住行去谈精神彼岸没有任何的理论空间和现实意义。诗性并不排斥此岸的物质需求，它是人性中的一种元素；于是，脚踏此岸，仰望彼岸。从另一个意义上讲，诗性是人内心世界的一种自我满足，又不同于宗教。宗教是群体自设的神性坐标，每个人都知道那是一个虚空的乌托邦，却又心甘情愿地在静默中祈祷。诗性的设置与他人无关，它是自设的图像、理念、意象、田园……

彼岸的召唤有时是一首诗，"仰天大笑出门去，我辈岂是蓬蒿人"支撑起的是傲岸的飘逸人格，"采菊东篱下，悠然见南山"指向一个花自飘零水自流的牧歌田园；有时是一个遥远的声音，在那里，面朝大海，春暖花开，海子循着那个声音的踪迹跟随而至；有时它是凝结了精神内蕴的意象，比如梅、兰、竹、菊，联结着我们与历史远处的雕像；有时它是一个或几个历史人物侧面的剪影，孔子、孟子、司马迁、嵇康、陶渊明、李白、杜甫、苏东坡、文天祥、曹雪芹、谭嗣同等绘就的人物群像昭示着综合了中国传统知识分子精神共有因子的理想人生。《沧浪之水》中的池大为在这种理想人生模式的召唤下走出三山坳，走向京城的中国最高中医学府，走进侯门深似海的省城卫生厅，最后还是冥冥中的召唤使池大为回到父亲的坟前。从坟墓前出发，再回到坟墓前，那个锥形的土堆下平躺着一个纯粹的灵魂，坟墓内外进行着无声的对话，纸灰飞扬，诗性凝滞。

诗性就是那个彼岸的召唤，是对现实的精神性超越，是留给自己的一块心灵空间，它使我们的心灵不被冰冷的现实堆满，从而留下丰盈灵动的自由空隙。精神的筋脉溪流可以在现实的石头间迂回、穿过，这是诗性之根本，是引诱作家在文学艺术的征途中永远前行的信念之灯、力量之源。

第二节　阎真小说的诗性特质

海德格尔说"存在之思"，因为诗人是这个世界的一种"存在"。所以诗人就必然在"存在"中思考，就一定会跟其他的"存在"存在着这样那样的联系。而哲学家洪堡则认为："语言乃是永远复现着的精神活动。"对作家而言，"复现"当然就是因为他的社会性和创作的心灵冲动，作家、诗人和他们创作出来的文本不是"孤苦伶仃"的，它们来自社会生活和文化母土。

应该说，我们每个人的灵魂深处本来都是有诗意的，不只是作家或诗人才有诗意，因为生命里本身就存在着诗性。某种意义上说，我们每个人至少有两个故乡：物质上的故乡和精神上的故乡。书籍是属于精神上的故乡或者说第二故乡。阎真作品中《曾在天涯》向往的故土，《沧浪之水》中的中国历代名人传，以及《活着之上》中对"无法见证的牺牲者"曹雪芹等先贤的膜拜等，都是精神故乡的具体呈现。品味阎真，可以从《曾在天涯》开始；阅读阎真，他的最新出版的《活着之上》是很恰当的选择；但是，如果要懂得阎真，《沧浪之水》就绝对必不可少。阎真始终坚守着他的精神家园，上下求索，在我看来，这都和诗性有关。

一、创作主体的非欲望化特质与非功利倾向

自己的小说有多少盗版？阎真也不知道。盗版却说明很多问题。新时期文学有一个几乎公认的定律——被盗版的书通常情况下都是畅销书。在文学领域内的畅销书基本可以划入通俗文学的范畴，于是《沧浪之水》也被贴上了官场文学的标签，和其他揭隐私、曝黑幕、泼污水并置在一起，通过展示官场的黑暗面以获得读者欢声雷动的喝彩。鲁迅在批评谴责小说的堕落时说："抉摘社会弊恶自命，撰作此类小说者尚多，故什九学步前数书，而甚不逮，徒作谯呵之文，转无感人之力，旋生旋灭，亦多不完。其下者乃至丑诋私敌，等于谤书；又或有谩骂之志而无书写之才，则遂堕落为黑幕小说。"①尽管社会背景已经发生了很大的变化，中国官场小说的发展路径和清末民初的谴责小说却经历了大致相似的轨迹。

官场小说的大部分作品正如鲁迅所说，是"徒作谯呵之文，转无感人之力，旋生旋灭，亦多不完"，没有起码的艺术感染力，和车站、路边的翻印的杂志混杂在一起，这些书印制粗糙，封面常常用一些暧昧或者暴露的画面吸引读者，目录中充斥着一些耸人听闻的字眼。官场小说和谴责小说在命名的指向上不同，谴责小说是指小说所处的批判立场，而官场小说只是写作领域的概括。应该说，这两种小说的形成环境和社会背景均有着很大的不同，但是，精神底色的苍白和哲学意蕴的空洞使得两者呈现出了相似性，除了在篇幅上规模更大以外，似乎找不到两者之间的更多差异。

把《沧浪之水》归入官场小说的领地，其实是以写作对象作为评判尺度而采取的一种简单化处理，并未得到作家本人的认同。如同上文所述，官场小说已经被贴上了标签，被纳入官场小说的范畴就意味着和一连串的标签和作品粘连在一起，情节模式化、人物脸谱化、语气雷同化、手法相似化，等等。所以，在一次访谈中，面对读者的大面积的误读，阎真旗帜鲜明地指出，自己的小说不是官场小说。他说：

---

① 鲁迅. 中国小说史略[M]. 上海：上海古籍出版社，1998：219.

　　有人将《沧浪之水》看成是官场小说，但我的小说的关键词不是"官场"，而是"知识分子"。当然，我的小说写了官场，但写法与其他小说有所不同。以前有两种写法，一是写正义与腐败的斗争，如《抉择》《大雪无痕》等，这种写法对事情的理解有善恶二分法倾向；另一种是以揭露黑幕为主，如《国画》《羊的门》。我的态度在这两种之外。我不想以极端的态度表现现实。在我看来，现实的形态相当复杂，不是黑白二字分得清的。我要表现的是，知识分子在这种时代背景下，何去何从，以及他们的心态变化。歌颂和批判都不是我要表达的东西，我要表达的是知识分子的心灵史。①

　　很显然，《沧浪之水》在思想深度、哲学意蕴、理想情怀等方面均是官场小说不能涵盖的。一方面，《沧浪之水》表现出了冰冷而坚硬的现实，池大为刚刚走进卫生厅时，怀着知识分子的清高和单纯，父亲身上修身、治国、平天下的担当意识在池大为身上根深蒂固；但是，另一方面，还体现出了高亢而温润的理想情怀，两者常常纠结在一起，池大为的痛苦挣扎和心灵搏斗就是冰冷现实与温润理想的反复对撞。

　　典型来说，阎真不是一个职业作家，他不以写作为业，阎真身为大学的教授，首先有了起码的经济保障。更不是出于经济上的动机，尽管《沧浪之水》带给阎真可观的经济收益，包括稿费、版权费和电视剧改编权转让所带来的收入。这里有一个细节很能说明问题，据阎真本人介绍，《沧浪之水》引起反响后，西安电影制片厂找到阎真，他以八万元的转让费同意由西安电影制片厂拍摄《沧浪之水》的电影版。而事过才两个月，另一个电影制片厂直接出价十五万，欲买断《沧浪之水》的影视改编权，但为时已晚。阎真对于金钱并没有一个准确的概念，或者说，他对于金钱的数量定位与实际相去甚远。在常人看来，阎真有些天真，让人不能相信，这就是那个在小说中对官场洞若观火的阎真，那个《沧浪之水》的缔造者。人的性情和品格与其文章有如此之大的反差，难免不会让那些信奉文如其人的拥趸改旗易帜。

　　但是，这些相对庞大的经济收入并没有给阎真带来实质性的生活改变，《沧浪之水》之前的阎真与其后的阎真一样，依旧骑一辆破旧的电动自行车往返于单位与家庭之间。直到前几年，在朋友们的不断"打压"下，他才买了一辆小车。

---

① 肖迪. 阎真:《沧浪之水》不是官场小说[N]. 湘声报, 2005 - 01 - 13.

长沙是相对多雨的地区，而且高温的持续时间远远超过全国平均水平。从五月到十月，不下雨的日子，或者烈日当空，或者闷热异常；下雨的时候，出行成了一个很大的问题，雨水泼洒的滋味与在轿车中的遮风避雨、冬暖夏凉形成了截然的反差。但是，阎真依然我行我素。从一定程度上说，阎真不是要坚持什么、标榜什么，他亦没有必要向谁昭示什么。对他来说，这不过是一种生活方式，一种几十年来渗入骨髓的生活方式：教书育人，著书立说。但这并不是说，阎真就是喜欢过那种苦行僧式的生活，阎真本人曾形容单位第一次给他分配房子时的惊喜，他趴在地上摸了又摸，不敢相信那是真的。可以想象，当时阎真对房子的渴望到了什么地步。这从一个侧面说明阎真对物质生活的一种态度，不排斥，不崇拜，更谈不上为物质所奴役。

阎真迄今为止出版了四部长篇小说，《曾在天涯》《沧浪之水》《因为女人》和《活着之上》，《曾在天涯》发表在 1997 年，《沧浪之水》是 2001 年，《因为女人》在 2008 年，《活着之上》发表于 2014 年。从这四部作品的写作时间来看，一般是五到六年，这是一个较长的写作周期。从经济上考虑是很不划算的，因为现行稿酬计算的标准是字数，所以出书的速度直接决定了稿酬的多少。五年写作一部长篇小说的速度虽然不是十年磨一剑，也堪称精益求精了。而且以阎真在《沧浪之水》后所积累的人气和读者群，他的作品根本不用考虑出版的难度和稿酬的高低。但是，从《沧浪之水》到《因为女人》，中间隔了将近七年，从《因为女人》到《活着之上》中间隔了六年，这自然不是经济收入所能解释的。

那么，我们可以推断，除了在写作上对自己近乎苛刻的要求外，阎真肯定是写作过程中遇到了障碍。对于这一点，阎真直言不讳。他说，近现代知识分子中最幸福的是 20 世纪初"五四"时期的那代人，上下左右，到处是空白，随手的一个题材就可能开启一个崭新的空间，就是独创。有很多作家，一个人同时开创几个领域，并有很高的建树。那个时期的一些作家在思想、历史、哲学等方面均成为一代宗师。现在，你的思考和写作一不小心就陷入了和别人的重复，而优秀的作家是耻于重复别人的，无论在艺术层面还是思想表达上。所以阎真的写作周期很长，在写作《沧浪之水》之前，他经过了两年的思考。他曾撰文自述：

> 很多人都注意到了，我的写作周期很长，要五六年才能出一本书。这种状态是由我的文学观念决定的。在动笔之前，我要经过长期思考来选择一个多少有点思想创意的方向，这个方向需要有比较大的精神背景，比较鲜明的历史因素，还需要很多鲜活的细节来支撑。方向选定之后，还不能马上动笔，还需要

思考再思考，把问题想深、想透，用笔记的形式把这些思考记录下来。我觉得笔记非常重要，思想的闪光，生活中精彩的语言，对话，我如果不在那个发生的瞬间把它记录下来，就再也追不回来了。有时候身边没有纸和笔，我就把关键词输在手机上，回家再记录下来。①

　　这段表明阎真写作心迹和写作流程的话语，透露出他对于文学的基本态度。阎真曾告诉我说，他的四部长篇，除了第一部《曾在天涯》外，其他三部都做了两千条左右的笔记。略萨说："只有那种献身文学如同献身宗教的人，他准备把时间、精力、勤奋全部投入到文学才华中去，那时才有条件真正成为作家，才有可能写出领悟文学为何物的作品。而另外那个神秘的东西，我们称之为才能、天才的东西，不是以早熟和突发的方式诞生的——至少在小说家中不是，虽然有时在诗人或者音乐家中有这种情况，经典性的例子可以举出爱伦坡和莫扎特——而是要通过漫长的程序、多年的训练和坚持不懈的努力才有可能出现。没有早熟的小说家，任何大作家、任何令人钦佩的小说家，开始都是练笔的学徒，他们的才能是在恒心加信心的基础上逐渐孕育出来的，那些逐渐培育自己才能的作家的榜样力量，是非常鼓舞人的。"②勤奋是毋庸置疑的，关键是数十年来的一以贯之，这就必须要有信仰的支撑。阎真的写作态度和法国作家福楼拜有着很大的相似性。福楼拜把自己的写作比喻为参加远征，他怀着狂热的信念日日夜夜投身其中，对自己的苛求达到难以形容的程度，结果他终于冲破了自身的局限，写出了《包法利夫人》和《情感教育》这样的长篇小说。对于他的文学史地位，我们无须使用其他文字来叙述。没有写作信仰，要突破自身的局限几乎是不可能的。没有写作信仰，福楼拜将始终在咬文嚼字和亦步亦趋的早期幼稚写作中徘徊。

　　阎真不是激情写作型的作家，激情写作的作家一旦进入状态，情绪达到一种高峰体验的癫狂状态，自身与作品合为一体，自己都无法区分自我与作品中的人物，他们忘我、痴迷，必须进行封闭写作。阎真的写作却深深地打上了学者的烙印，他用严谨的现实主义态度表达身边的这个时代。阎真在经典中寻找现实世界的表达方式，经典是阎真衡量作品语言、人物造型、情节构制、精神背景成败与否的标尺，当然这种寻找不是简单机械的复制。比如，作为一部三十万字的小说的开头，《沧浪之水》从主人公池大为父亲的肖像开始，虽然这个

---

① 阎真. 崇拜经典　艺术本位——自述[J]. 小说评论，2008(4)：44 - 46.
② 略萨. 中国套盒[M]. 赵德明，译. 天津：百花文艺出版社，1999：10.

人物在整部小说当中根本就没有出现，但是，他在池大为的人生道路上构成了最大的动力支撑和精神背景，这就是阎真的创造。池永昶只是一个精神背景，他的纯粹和崇高是池大为的人生标尺，《沧浪之水》中的所有知识分子在这把标尺面前都会比照出其全部的人格污点。既然是标尺，就必须是完美而规格标准的，但是作为一个生活在现实中的人物，一旦出现，就要表现出他的欢颜和泪水、快乐和无奈，如此一来，精神的纯粹性就要大打折扣。阎真只让他出现在"星空"中，出现在池大为的意识里，这样才能具有彻底的精神超越性，才能走上《中国历代文化名人素描》的排位，和屈原、司马迁、李白、杜甫共同成为池大为的精神坐标。所以这个开头很有创意性。《因为女人》也是如此，开头从柳依依的意识开始，用女性细腻的心理触角感受周围的世界，哪怕是昔日情人从空中飘来的气息。《活着之上》则由人类永恒的主题——死亡引入，以往事刻画中国人的生死观，并最终带出"石头记"这个全书的精神象征。阎真曾经说，托尔斯泰的《安娜·卡列尼娜》修改了几十次，才有了那个经典的开头，这还仅仅是一个开头。所以阎真总是用这样的标准来比照自己的作品，这就能够解释阎真的写作周期为什么如此之长。这自然不是"负责任""认真"一类词语所能够解释的。

认真造就优秀，信仰产生卓越，因为信仰的烛照，作家才会以近乎自虐的态度对待自己笔下的每一个人物、每一个细节。所有这一切都要靠写作信仰的支撑，写作信仰是文学作品真正的精神内核所在。略萨说："文学抱负不是消遣，不是体育，不是茶余饭后玩乐的高雅游戏，它是一种专心致志、具有排他性的献身，是件压倒一切的大事，是一种自由选择的奴隶制，让它的牺牲者（心甘情愿的牺牲者）变成奴隶……文学变成了一项长期的活动，成为某种占据了生存的东西。它除了超出了用于写作的时间之外，还渗透到了其他所有事情之中，因为文学抱负是以作家的生命为营养的，正如侵入人体的长长的绦虫一样。福楼拜曾经说过：'写作是一种生活方式。换句话说，谁把这个美好而耗费精力的才能掌握到手，他就不是为生活写作，而是为了写作而生活'。"①不仅如此，把写作当成信仰还表现在，他从不用电脑写作，敲击键盘使他找不到写作的感觉，只有当笔尖触碰到纸张的一刹那，他才知道，写作开始了。这种长期形成的写作氛围，已经成为阎真写作的宗教般的"仪式"。这种书写方式无疑是非常缓慢的，写一遍，还要誊抄一遍。但是，有了速度，没了感觉，速度何用？略萨认为，在作家群体中，小说家和诗人是两种类型，诗人可以是天生的，

①　略萨. 中国套盒[M]. 赵德明，译. 天津：百花文艺出版社，1999：8 - 9.

可以是早熟的，爱伦坡从少年时期就是个天才诗人。音乐上也可以有早熟，比如莫扎特。但是长篇小说的作者没有早熟，他们必须有丰富的写作经验，有对世界理解的独到眼光，更重要的是，还要有宗教般的虔诚。

阎真在谈论曹雪芹为什么创作《红楼梦》一文中发出如此追问："付出一生的牺牲，写这一部'字字是血'的生命之作的心灵动力是什么？"是为了"荣华富贵"，还是为了"名声"、至少是"身后的名声"吧？"但如果是这样，为什么他的生平事迹全然埋没呢？我觉得，一生行迹的埋没，是曹雪芹生前作出的经过了充分考虑的安排。"接着，他指出曹公创作的动力所在："《红楼梦》，只是为了一吐胸中之郁结，并希望后人理解这份情怀。这就够了。至于自己，他希望完全隐退。"阎真认为曹雪芹"文学天才和道德圣者如此偶然而奇妙地结合在一个人身上！"①也就是说，阎真崇敬的不仅仅是能够创作出伟大作品的作家，更崇敬超乎俗世、不为名利、具备完善道德的伟大人格的人！

对曹雪芹的推崇和热爱彰显了阎真本人的创作原动力。他用"崇拜经典，艺术本位"来概括自己的写作信仰，并曾经在多个场合表达过自己的观点。他说，从中国文学史的发展来看，基本上是按照艺术的标准来选择作品的，因为政治、社会等其他因素而暂时获得声名的作品或者作家，都已经在时间的水流冲刷中被淘汰了。一个严格按照艺术的标准来写作的作家不可能迎合社会流行心态支配下的阅读需要，而去做出媚俗的写作姿态。某种意义上来讲，因为尊崇曹雪芹，才会有《活着之上》，我们可以将阎真看成曹雪芹在当代的"知己"，我们也不难看出阎真的"野心"很大，但是，他配得上也担得起这份野心。

阎真对自己的经济收入有时会漠然视之，比如在对待盗版的态度上。有时，阎真的学生受到同学的委托，会带来他们自己买的《沧浪之水》，希望能够得到一个签名。学生所买书籍是盗版的情况并不鲜见，阎真碰到这种情况时，总是欣然签名。在与笔者的访谈中，阎真说："如果你是个学生，我就原谅你。我也当过学生，一块钱也是一笔财富啊。"在这里，阎真首先想到的不是自己的经济利益受到了损害，而是学生的生存处境。如果说阎真对学生的理解出于长期以来自己在学校与学生结成的浓厚师生情谊，然而，面对社会上大量的盗版书籍，阎真也是心知肚明，但是从来没有想过通过维权保护自己的合法经济利益。他的性格相对单纯，从不想节外生枝，不想破坏自己平静的生活和已经在轨道上顺利滑行的思维方式。

① 阎真. 无人见证的牺牲[A/OL]. (2009-08-02)[2012-07-30]. http://blog.sina.com.cn/s/blog-6074a56c0100eoij.html.

非欲望化特质与非功利化倾向的命题旨意是就物质欲望和现实功利而言的，从广义的角度来讲，阎真并非无欲无求，他想成为有经典意味的作家，或者经典殿堂里的大师级人物。他在谈及自己的理想和生命欲望时说：

> 如果我对创作有什么梦想，那就是，在一个自己已经不存在的世界中，还有人在读自己的书。这是痴心妄想，但也是最大的生命诱惑，一个比千万富翁的梦想更大的梦想。①

看得出来，现实生活中的物质追求并没有划入阎真的理想版图，"在一个自己已经不存在的世界中，还有人在读自己的书"浓缩了阎真的人生理想和生活目标，当下的生存质量在这幅图景中没有出现在中心的位置，甚至没有边缘空间的一席之地。这并不是说阎真是一个物质生活方面的清教徒。曾经，单位分给了阎真一套房子，告别单身宿舍和第一次得到属于自己住房的双重惊喜让阎真欣喜若狂，他自己描述当时的情景是"趴在地板上摸了又摸"。食五谷杂粮的阎真并不奢求精致的生活细节，不奢求人前的尊贵，但求文学史的版图中青史留名，用作品告诉历史，我来过，那是一个不能被覆盖的阎真。

阎真曾经说，创作《沧浪之水》的最初触动是在一个深夜，看到《李白传》所引发的思考：

> 那天夜里，我失眠了，拿起《李白传》，竟然看到了天亮。合上书本时，泪水也掉了下来。千古奇才，晚景如此悲凉，又何止李白呢？中国历史上几乎所有文化名人，从屈原到曹雪芹，风华无涯，却无一例外遭遇厄运。卑微、孤寂和贫穷，几乎成了他们的宿命。几千年过去了，无限的时间像几页教科书一样被轻轻翻过，我们只能从传记里看到沉重，感知那些不朽的灵魂。那些为了纯粹心灵的理由而坚守的人，在苍凉的历史瞬间茕茕独立，带着永恒的悲怆与骄傲。为什么会这样？他们是创造者啊！创造，特别是第一流的创造，不但需要天才，更需要心灵的真诚和人格的坚挺；但正是这种真诚和坚挺，给他们带来了命运的凄凉……②

可见，从最初的写作动机上来说，阎真也不是要去批判什么，揭露什么，

---

① 阎真. 这是我的宿命[N]. 文艺报, 2004 - 11 - 20.
② 阎真. "知识分子之死"的忧虑和抗拒[J]. 中国青年, 2002(2).

而是来自像李白这样的知识分子命运际遇的心灵共鸣。文中特别提到了"心灵的真诚和人格的坚挺",并且把它置于比天才更重要的位置。那么我们有什么理由认为《沧浪之水》仅仅是写知识分子人格的异化和体制对人的压制?尽管在文本中有这样的意义因子,但是,一部优秀的文学作品中出现多种意义解读的可能性和理解空间是其之所以成为经典的重要质素,不能凭此认定其中的一种解读就是文本的唯一合法化阐释,从而导致小说内蕴的诗性光辉被掩盖、消解甚至歪曲。官场在小说中只是一个展开叙述的场域,一个躯壳,一种小说修辞,壳在外,而魂在里。官场中的诸种潜规则不是作者力图呈现的场景,而是在市场经济、消费主义、"官本位"思想的合围中,传统的知识分子价值观正在承受着空前的挑战,价值选择迷茫,人生意义标准需要重估,精神苍白与宦海沉浮复杂交映。

由此可以看出,从创作主体的角度来讲,《沧浪之水》的表现对象与写作重心不是官场和体制,而是知识分子,初衷不是批判、揭露,而是展示一种人格的力量和文学的诗性光辉。

二、受叙者的"星空意识"与"彼岸"情怀

所谓"星空意识",是人们对于未知世界的敬仰。在人类历史上,当面对自身无法认知、无法理解,在特定时代无法解决的一些问题或者现象时,通常会采取回避、迷信或者干脆自暴自弃的态度,或者把视角投向"星空"。实际上,这种意识在人类思想的历史长河中寥若晨星,在中国更是匮乏,"中国人只有曾向皇帝下跪、向大人下跪、向庙宇中的神位下跪和向冥冥之天下跪的习惯……中国人还有伟大的自得其乐、大智若愚和难得糊涂的智慧。因此,中国人永远站立着。这一切都是事实"①。"站立"是中国人典型的群体生存姿态,这并不是说,中国人有着严苛的人生准则;相反,他们没有信仰,缺少敬畏,于是"冒天下之大不韪"就见怪不怪了。西方世界中的宗教总是提醒人们,现世中的一切在冥冥之中都有一种精神力量在注视着,这种源于内心世界的"自律"对人的规诫作用一定程度上甚至超过了用监狱、法庭、警察构筑的"他律"防范体系。尽管在人类历史上,宗教的这种"自律"更多的充当了另一种桎梏个体思想的角色。而在中国,从来就没有一种真正的宗教主导过中国人的精神世界,"与别国人相比,中国人一向是最不关心宗教的"②。不关心也就谈不上信仰,

① 刘小枫. 走向十字架上的真[M]. 上海:上海三联书店,1994:164.
② 冯友兰. 中国哲学简史[M]. 北京:北京大学出版社,1984:1.

所以中国人缺少宗教意义上的敬畏。在宋代程朱理学的伦理原则主导中国之前，思想开放，科学技术发达，知识分子能够把目光投向浩渺无边的未知领域。当程朱理学以严格的伦理准则把中国人按照纲常依次放置在不同的位置上以后，民族的活力被压制，心灵的枷锁不曾有过丝毫的松动。

中国人的精神脐带上就带有浓重的自闭色彩。冯友兰在《中国哲学简史》中提及孔子和孟子的视野所及，两个人各有一次提及海，孔子说："道不行，乘桴浮于海。从我者其由与。(《论语·公冶长》)"孟子同样简短："观于海者难为水，游于圣人之门者难为言。(《孟子·尽心上》)"孔子是山东人，从地理意义上说，应该有很多机会接触到海洋，但是，和其他的先人一样，土地仍然是神圣的生命皈依。圣人尚且如此，更毋庸谈其他人了。

"古代中国人以为，他们的国土就是世界。汉语中有两个词语都可以译成'世界'，一个是'天下'，另一个是'四海之内'。"①这是中国人的思想局限，所以，"仰望星空"就显得更加可贵。从总体上说，星空意识是与现代大工业社会相伴而生的一种思维类型，现代工业信息化社会愈发达，个人就愈发感受到个体的渺小和不足，人类的视线越长，就愈发体会到宇宙的浩渺无穷。这样说并不是否认农业社会里星空意识存在的合理性，从地理意义上讲，中国是一个大陆国家，与海洋国家相比，农业发达，农耕经济长期占统治地位。和现代大工业共同放置于一个经济参考系里比照，则属于小农经济的范畴，小农经济的典型特征是自给自足，在思想意识上的体现就是自高自大，因为他们的视野里从来没有碧涛万顷的无边水面。而在机器大工业社会里，所有的事情都要通过协作完成，一个人只能完成其中的一个环节，没有人可以无所不能。小农社会是小而全，现代社会则是大而细，所以，农业社会没有出现星空意识潮流的土壤。但是，漫长的历史长河总有星光闪耀，作者通过池永昶的遗物展示了一副由知识分子构成的星空图案，这种星空图案上文已有充分的论述。

在《沧浪之水》中，"星空"有两种不同的存在样态。首先是显性的，比如，小说的主人公池大为仰望"星空"，就是一种显性的表达，这个动作一方面在小说中充当了一个情节单元，它是一个造型，一个物象的存在。再者它还是一种象征，"仰望星空"是在仰视浩渺的苍穹，是对未知世界的沉思，因为，能够认识到自己的渺小和未知世界的浩瀚本身就是颇具现代意味的人生姿态，这个动作背后蕴含着兼收并蓄、渴求进取的精神，既能认识到自己的力量和价值，又不盲目自大。

---

① 冯友兰. 中国哲学简史[M]. 北京：北京大学出版社，1984：3.

星空意识的隐形表达内嵌在文本当中。在小说的开头，作家就设置了一个星空图案：《中国历代文化名人素描》，孔子、孟子、李白、陶渊明、司马迁、嵇康、杜甫、苏东坡、文天祥、曹雪芹、谭嗣同等。第一层面的星空意识比较抽象，而这个层面非常具体，它是一个知识分子的坐标群体。作为一个总体纲要，它在不同的情节单元有不同的具体体现，但是所指向的深层意蕴差异不大，比如作者在《序篇》中如此写道：

　　睡在青草中仰望无边的星空，真有临环宇而小天下的豪迈气概。为了一个问题我们可以争上大半夜，似乎结论有关民族前途人类命运。

这里，池大为仰望星空，意义所指非常明确——"临环宇而小天下的豪迈气概"和"民族前途人类命运"。少年池大为在没有受到社会磨难之前，心中充满了抱负和理想，壮志凌云中不乏豪气，这种值得尊重的崇高理想在没有受到社会的驳杂形态淘洗之前，无疑是单薄而脆弱的。但是，任何事物的初始阶段都不免单纯稚嫩，池大为的理想同样如此。

三种途径完成了池大为人格的初期塑造。首先是池永昶的言传身教和感染渗透，按照儒家思想对知识分子的要求，必须做到"穷则独善其身，达则兼济天下"，范仲淹把它阐释为"居庙堂之高则忧其民，处江湖之远则忧其君"。这不是生活方式的选择，或者说根本不是选择，而是两种假定情景的人格规定，就是当这种情况出现时，要这样，当那种情况出现时，要那样。池永昶身居山野，按说能够做到独善其身就已经是难能可贵了，但是"居江湖之远"的池永昶用自己高明的医术无怨无悔地治病救人，池永昶是否有"宁为良医，不为良相"的自我价值设定不得而知，但他却用自己的方式践行着儒家思想的律条，把人生的境界和价值高度定位在《中国历代文化名人素描》所描绘的十个人身上，"高山仰止，景行行止，虽不能至，心向往之"。由传统文化的博大资源浇灌而成的池永昶无疑具有强大的人格魅力，这种魅力有一种磁场效应，表现为对周边事物的吸引力和渗透力，而且距离磁场源头越近所受到的感染就越强。这样一来，最具可塑性的少年池大为就继承了父亲大量的人格因子。此时的池大为尚且不谙世事，但是，埋下的种子终归会发芽。

再者是高等教育的直接训练。如果说父亲池永昶对池大为是一种言传身教的话，高校的思维方式和生活方式则以直接的方式"格式化"了池大为。在北京中医学院，从本科到研究生总共八年的校园生活足以重塑一个正处于成长期的青年，八年的高校生活不仅赋予池大为严格的学术训练，还以权威而毋庸置疑的价值观教育了池大为。八十年代的高等教育是一种名副其实的精英教育，所有能够进入高校的学生都被称为"天之骄子"，上大学是一种无上的荣光，大学毕业就意味着能够在社会上充当各种重要角色。而且，当时施行的是毕业分配制度，大学毕业后的工作是由组织分配到各个岗位上的，房子是工作的伴生物，所有的衣食住行都由组织上解决。也就是说，只要跳进大学这个门槛，找到一个属于自己的方格，一切都是自动生成的。在这样一种社会背景下，他们无须考虑毕业后的工作，不用去考量哪个饭碗里的油水更多。这样，大学生们考虑的事情就不仅仅是学习，放眼天下、许身社会的豪情便自然而然地产生了。这个时期，池大为和其他同学一起到农村做社会调查，写了三万字的调查报告，寄给国务院。甚至一场足球赛也同爱国、责任等宏观大词联系起来：

> 在大学四年级那一年，八一年，一个春天的夜晚，我从图书馆回到宿舍，活动室的黑白电视正在放足球比赛，人声鼎沸。我平时很少看球，这天被那种情绪感染了，也搬了凳子站在后面看。那是中国队与沙特队的比赛，中国队在〇比二落后的情况下，竟以三比二反败为胜。比赛一结束，大家都激动得要发疯。宿舍外有人呐喊，大家一窝蜂就涌下去了。有人在黑暗中站在凳子上演讲，又有人把扫帚点燃了举起来当作火把。这时，楼上吹起了小号，无数的人跟着小号唱了起来："起来，不愿做奴隶的人们，把我们的血肉，筑成我们新的长城……"火光照着人们的脸，人人的脸上都闪着泪花，接着同学们手挽着手，八个人一排，自发地组成了游行队伍。走在队伍中，我心中充满了神圣的感情，哪怕要付出生命也在所不惜。我忽然想起了文天祥，还有谭嗣同，那一瞬间我入骨入髓地理解了他们。挽着我左手的一个女同学痛哭失声，我借着火把的微光望过去，原来就是班上的许小曼。前面有人喊起了"团结起来，振兴中华"的口号，这口号马上就变成了那一夜的主题，响彻校园上空。那一天是三月二十日，北京几乎所有的大学都举行了校园游行。"三二〇之夜"使我好几天都处于亢奋的状态，我觉得自己的灵魂受到了圣洁的洗礼，也极大地激发了我的责任意识。我坚定了信念，它像日出东方一样无可怀疑，无可移易（第10页）。

仅仅是一场足球赛，仅仅是众多体育比赛的众多项目中的一个！足球赛的胜负说明不了什么，胜利了不意味着国家的繁荣昌盛，失败了也不说明民族的羸弱无力。巴西队是世界杯足球赛中的王者之师，美国在巴西队面前根本不是对手，也只能说明巴西的足球项目搞得好。但就是这样一场足球赛，在特定的社会环境当中却被赋予了特殊的意义，喊的口号是"团结起来，振兴中华"，唱的是激昂的国歌，球赛成为激发爱国热情的触发点。也就是说，人们心中火一样的热情，借助足球赛这样大规模人群的集聚迅速蔓延，彼此叠加，成就了神话一样的"三二〇之夜"。即使球赛已经结束了，"我好几天都处于亢奋的状态，我觉得自己的灵魂受到了圣洁的洗礼，也极大地激发了我的责任意识"。这是当时的大学校园独有的氛围和力量，正是在这样的氛围中，池大为的理想主义气质逐渐形成。

　　这不是作家的道听途说，也不是书籍报章中的历史回忆，而是带有作家自传性质的亲身经历，至今回忆起来仍然让内敛的阎真神采飞扬。毋庸说是震撼心灵的真实经历，哪怕是编造的故事都是作家的经验，或者是心理认同，或者是实际经验的变形。略萨说："任何故事的根源都是编造这些故事者的经验，生活过的内容是灌溉虚构之花的水源。当然，这并不意味着一部长篇小说永远是作者伪装过的传记。确切地说，在任何虚构小说中，哪怕是想象最自由的作品里，都有可能钩沉出一个出发点，一个核心的种子，它们与虚构者的大量生活经验根深蒂固地联系在一起。我可以大胆地坚持说：就这个规则而言，还没有例外。因此还可以说，在文学领域里，不存在纯粹化学般的发明。我还坚持认为：任何虚构小说都是由想象力和手工艺技术在某些事实、人物和环境的基础上竖立起来的建筑物。这些事实、人物和环境早已经在作家的记忆中留下了烙印，启发了作家创造性的想象力。自从下种以后，这个创造性的想象力就逐渐竖立起个世界，它是那样丰富多彩，以至于有时几乎不能（或者完全不能）辨认出在这个世界里还有曾经构成它胚胎的那些自传性材料，而这些材料会以某种形式成为整个虚构小说与真实现实的正、反两面的秘密纽带。"①

　　作家设计了池大为在大学期间的一段青春往事，这是阎真在主人公身上种下的一颗理想主义的种子。作家"每一触动他的主题，都一定会表明他对主题的看法；他的主题，他以他选择的生活片段提供的作品，纯粹是他的见解、他的判断、他的看法的表现"②。所以，我们有理由认为，这个情节的构制系作家刻意为之，而且是其对人物的一种理想寄托。正如卢伯克所言，关键是"他选择的生活片段"，选择就意味着方向。这段洋溢着理想和激情的回忆永远地留在了池大为的记忆深处，后来在举行同学聚会时，池大为同许小曼见面，提及

① 略萨. 中国套盒[M]. 赵德明，译. 天津：百花文艺出版社，1999：12.
② 卢伯克. 小说技巧[M]//卢伯克，福斯特，缪尔. 小说美学经典三种. 上海：上海文艺出版社，1990：78.

的往事就是"三二〇之夜"。其时的池大为正处于最落魄的人生阶段，其他同学或者在生意上顺风水水，或者在官场上春风得意，唯有池大为在卫生系统最不起眼的中医学会，于钱于权都相形见绌。所以在这种特殊的境况下，提及那段有些青涩的往事时，多少有些自嘲的味道。但从侧面可以看出这件事情对他们的影响。人生是诸多事件单元组成的累加，大多事情都随着时间的流逝而烟消云散了，真正能够对人的思想和行为产生影响的事情和话语寥寥无几。

最后是当时的社会环境，池大为的青少年时期在二十世纪七十年代和八十年代两个时期度过，关于八十年代的社会环境对池大为的影响，在上文已经做了论述。这里重点论证池大为进入大学时期的七十年代。二十世纪七十年代的大部分时间可以划归到"文化大革命"的历史范畴。"文革"时期的中国处于激越的氛围中，尽管脱离现实，尽管有种种的弊端，尽管被历史彻底地否定和覆盖，但是，无法否认的是"文革"中的理想主义气息，这里暂先搁置种种的先见和定论，也不做那种综合的考评与辨证式的结论，这种理想主义气息正是当下缺失的营养元素。激越的社会氛围最容易根植在尚且处于思想成长阶段的青年身上，此时的池大为在两种力量的混合冲击下，放眼天下，仰望星空。也许处于今天市场经济环境中的读者会哑然失笑，但是，仰望星空在青年人身上的表现就是年少轻狂。没有理想的种子永远都会是无根的浮萍，视线永远限制在以自己为中心、以自己的个体利益为半径的狭小圆圈之中。

荀子说："故不登高山，不知天之高也；不临深溪，不知地之厚也；不闻先王之遗言，不知学问之大也。"登高山、临深溪、闻先王之言，池大为都做到了：在大学生尚且是凤毛麟角时，池大为已经完成了研究生学业，并在学术上有自己的见解，是谓"登高山"；进入卫生厅后，因言获罪，得罪官场，被权力体系边缘化，排挤到一个被遗忘的角落——中医学会，三代人挤在一间筒子楼里边，要靠木板隔开才能避免尴尬，是谓"临深溪"；对父亲留下的《中国历代文化名人素描》用心领悟，并在心中留下"仰望星空"的种子，是谓"闻先王之言"。所以，池大为堪称一个全新的人格类型。

"星空意识"之所以珍贵，就因为它与彼岸情怀紧密相连，有彼岸情怀，人类才可能在苦难面前乐观、在灾难面前镇定，"星空"是照耀彼岸的神性之火，是观照当下的精神指针。如同温家宝所指出的那样，"一个民族有一些关注天空的人，他们才有希望；一个民族只是关心脚下的事情，那是没有未来的。"①

---

① 温家宝2007年5月14日在同济大学的演讲。

第三节　阎真小说的诗性表现

　　基于阎真小说的诗性表现拥有相同的纹路和质感，故讨论这个主题，我们决定仍然以阎真最具代表性的《沧浪之水》的文本而展开。《沧浪之水》的诗性表现集中体现在以下几个方面。首先是小说的开头，也就是小说的序篇，序篇中的池永昶高举理想的大旗，用响亮的人格阐释了知识分子的气节，《中国历代文化名人素描》其实是一个标尺，又是一个神殿里端坐的众多雕像，标尺标示出的是一个高度，而雕像则在时刻警示历史长河中的每一个人，每日三省吾心，在醒悟中比照内心世界：是在向标尺的高度靠近？还是背离了这些文化名人群像构成的磁场？池永昶通过自己的行为，用生命的陨落和精神的升华实现了对传统文化的精神皈依。他孤独而不绝望，清高而不孤芳自赏。序篇为小说定下了精神基调。

　　其次是小说的结尾，池大为在当上高官后，并不是在人格的堕落中继续滑行，而是迅速调整姿态，施行一系列的改革措施，对老厅长马垂章留下来的许多弊政，或者纠正，或者叫停，而且对那些根深蒂固的错误，在改革时力图建立长效机制，根除积弊。池大为在卫生厅从决心放下从前的自己，竭力向权力的高峰攀登，一直走到卫生厅的权力顶峰——厅长，这是一个解构权力的过程，同时也是解构自己的过程。作为一种策略，把过去的自己彻底拆解，把在父亲的影响下建立起来的人格结构粉碎；而当权力的印符置于自己的股掌之间，池大为开始重新建构自己的人格，解构马垂章留下的一切不合理的现行体制，靠近了小说开头"父亲"池永昶的人格定位，实现了理想的回归。也就是说，开头和结尾共同构成了小说的整体和人物，有了这种复杂性，人物丰满才有保证。这也就是亚里士多德所说的情节的整一性，他认为："情节里边的事件要有紧密的组织，任何一部分一经挪动或删削，就会使整体松动脱节，要是某一部分可有可无，并不引起显著的差异，那就不是整体中的有机组成部分。"①亚里士多德的一些理论主张有其时代的局限性，在今天已经失去了适用的范围。但是大部分还是能够穿透时代，迄今仍然有指导性意义，包括情节的整一性理论。

　　再者是小说的两重哲学意蕴，这在论文的最后一章中会有集中的论述。

　　第四是小说中人物的"星空意识"和彼岸情怀，作品中共五次提到"望星

---

① 亚里士多德. 诗学·诗艺[M]. 罗念生，译. 北京：人民文学出版社，1962：28.

空"，这是作家的审美寄托和诗性追求的意象体现。

一、序篇：全书的诗性基调

序篇蕴含的审美寄托与"焚书"映照的理想回归奠定了全书的诗性基调。

在研究者中，大多对小说的序篇持一种漠视的态度，而整个小说的灵魂就是这块不足二十页的序篇。很多小说家重视小说的开头，因为开头就意味着为小说定下了基调，像普鲁斯特的《追忆似水年华》的第一句话是："在很长一段时间里，我都是早早就躺下了。"表面上平淡无奇，实则气象万千，普鲁斯特前后五年尝试了十六种写法才确定了这一句，这表明作者是在回忆中写作，在写作中回忆。马尔克斯的《百年孤独》那个经典的开头风靡世界，曾经影响了一代的作家，开创了一个时代。中国的作家也很重视开头，而且留下了经典范例，张爱玲的《封锁》的第一句："开电车的人开电车"；阿城的《棋王》"车站的人是乱得不能再乱，成千上万的人都在说话"，甚至王蒙的"那天的火锅吃的很不成功"。不论是普鲁斯特开头尝试了十六种写法，还是马尔克斯的开头构思了十五年，都说明他们十分重视这个切入小说的第一笔。小说家戴维·洛奇说："就我所知，每创作一部新小说总是反复构思，不想出满意的书名和开头一句绝不动笔。小说的开头就是一个门槛，是分隔现实世界与小说家虚构的世界的界线。因此，正如俗语所说，它应该把我们引进门。"①现实世界和文本虚拟世界之间的分界点就是小说的开头，所以开头直接决定了作家以一种什么样的方式把读者带入自己的艺术世界，以及带入一个什么样的世界。这就如同舞台上演员的出场，一般称之为亮相。亮相之后，观众就会从这个演员的服饰、装扮、造型看出他的角色是文官还是武将，是皇帝还是大臣，由脸色的黑白还可以判定是奸臣还是忠臣，而且在亮相时都会有一个造型，这个造型在向观众明确地传递着关于角色个性特征的信号，这和小说的开头非常相像。小说也是如此，作为一个学院出身的作家，阎真对开头的处理一定不能是平庸的，起码要有一点点的创意，而且文本开头的方式就是作家的出场方式。

回过头来看《沧浪之水》的开头："父亲的肖像是在整理他的遗物时发现的。他已经死了，这个事实真实得虚幻。"池永昶的出场就从他生命的结束开始，这是阎真独具匠心的设计，因为池永昶在小说中是一个精神标杆，一个用来衡量其他知识分子精神世界的尺度，所以他必须是固定的、恒久的，而活的生命则有着多种可能性，有可变的弹性，当然不能充当小说赋予的这项功能。

---

① 洛奇. 小说的艺术[M]. 王竣岩，译. 北京：作家出版社，1998：3.

整个序篇都在写父亲及父亲的死带给自己的影响。和现在不同，以前的人在父母亲晚年都会找人给他们画像，意在去世后作为遗像，缅怀前辈。但这个肖像不是找人画的，在第三页有这样一段话：

我准备把书合上的时候，发现最后一页还夹着一张纸，抽出来是一个年轻的现代人的肖像，眉头微蹙，目光平和，嘴唇紧闭。有一行签名，已经很模糊了，我仔细辨认才看出来：池永昶自画像，一九五七年八月八日。

这段文字明确地告诉我们，开头所说的那张画像是父亲的自画像，而且是年轻时的自画像，这就产生了一层悬疑。这样处理，究竟是作者悬挂在人物头顶冥冥中的征兆，还是池永昶对自己的命运结局有预感呢？

接下来是"这个事实真实得虚幻"，这个看似荒谬的句子表现了一种艺术上的真实，心理的真实，那就是池大为对于父亲的死感到不可思议，父亲的去世对池大为造成的空虚与空白使他"失去了悲痛的感觉"，所以有理由相信，小说中反复提到的"仰望星空"中的"星空"布满了父亲的影子。

这个开头笼罩着整个序篇，但序篇似乎与全书是游离的。也就是说去掉了这个序篇，仅就故事情节的整体性而言，对全书的阅读不构成大的影响。书的开头是这样的："在那个炎热的上午，我走进了省卫生厅大院……"在接下来的情节中插上一段文字说明一下池大为的往事就可以了。那么显然序篇的作用不仅仅是小说情节上的一环，告诉读者池大为优越的学历背景（在当时），这样一个功能作者完全没有必要用将近一万五千字的篇幅去做铺垫，也不符合阎真惜墨如金的风格，作者显然有更深的寄寓在这部分文字中，而不仅仅是有意扔出的一块诱人的香蕉皮（注：1982 年，哥伦比亚黑绵羊出版社推出了加西亚·马尔克斯与另一位哥伦比亚作家兼记者普利尼奥·阿普莱约·门多萨的谈话录《番石榴飘香》。在这部谈话录中马尔克斯谈到这样一件事：有一位评论家看到书中描写的人物加布列尔带着一套《拉伯雷全集》前往巴黎这样一个情节，就认为发现了作品的关键所在。这位评论家声称，有了这个发现，这部作品中人物穷奢极侈的原因都可以得到解释，原来都是受了拉伯雷文学影响所致。其实，我提出拉伯雷的名字，只是扔了一块香蕉皮；后来，不少评论家果然都踩上了）。

"父亲"留下的全部遗产就是几十本医学书，其中重点提到了一本很薄的书——《中国历代文化名人素描》：

书的封面已经变成褐黄，上海北新书局"民国"二十八年出版，算算已经二十八年了。我轻轻地把书翻开，第一页是孔子像，左下角写了"克己复礼，万世师表"八个铅笔字，是父亲的笔迹。翻过来是一段介绍孔子生平的短文。然后是孟子像，八个字是"舍生取义，信善性善"……屈原司马迁陶渊明，一共十二人。

这十二个人物是中国几千年来知识分子的代表和缩影，他们的精神品格代表着中国知识分子所能达到的高度，他们浩然正气敢于担当。而到最后是一张父亲的自画像，折射出池永昶宽广的精神世界与高洁的生命品格，他完全是把这十二个人物当成自己的标尺，既用来比照自己，又把自己放到和他们相同的高度上。这就和小说的主体部分池大为在官场的起降沉浮构成了鲜明对比，围绕在池大为周围的一大群知识分子钩心斗角丑态百出，其中找不到一个正面的知识分子形象，在商品经济的裹挟下都迷失了自我，马垂章、丁小槐包括"我"自己都在风潮的影响和生活的重压下变形以自保，变形和被压扁也是一种适应和生存的手段，你不去变形，不同意被压扁，就只能选择被压碎，这是一个残酷的事实和霸道的逻辑。失去反抗的力量本身就说明知识分子脊梁的缺失，精神退位与人格阳痿使现代中国知识分子集体失语。在这种大背景下，池永昶的坚守在高贵的同时也掩不住透心的悲凉。当这样一个人物出现的时候，显得是那样的另类，孤零零的，在和现行社会规则的交手中屡战屡败，像一枝压伤的芦苇。池永昶的死和王国维的跳湖一样，为中国传统文化心甘情愿的殉葬，即使池永昶在"文革"中不被朱道夫恩将仇报、反咬一口，也一定会在以后的风暴中被拧得粉碎。他在死前的最后一句"苍天有眼，公正在时间的路口等待！"喊出了生命的最强音，同时也薪火相传，把全部的希望与期待寄托在池大为身上。

从走进卫生厅的那天起，池大为的思想和精神世界就不断地受到冲击，简单纯真、孤高自许在侯门深似海的卫生厅里，像一个傻小子，竟然冒天下之大不韪的提出厅长用车太浪费，招致不动声色的马垂章的清除。他必须清除这个不懂规矩的年轻后生，很快池大为研究生的高学历优势化为乌有，最后竟然被调到了卫生厅的下属单位中医学会，如果没有特殊事情的发生，池大为的政治生涯就结束了。在这个过程中，池大为没有分房子，妻子生了孩子后和岳母住在一间房子里，中间用一层木板作为隔墙；没有职务上的升迁，也就没有了一切，连捡丁小槐用剩下的东西都难。造成这一切的原因，是池大为从父亲那里承袭了太多，一直在固守清高的知识分子立场，还笼罩在《中国历代文化名人素描》的神性光辉之下。"灵魂像它逃避价值规律那样，逃避着物化……哪里有灵魂的呼声，哪里就超越着人在社会进程中的偶然境地和价值。"①

所以薄薄的《中国历代文化名人素描》就构成了《沧浪之水》全书的精神轴心。（为了叙述的方便，把结尾中池大为焚烧《中国历代文化名人素描》放在这里一起分析）在小说的最后，作者再次提到了它：

> 我在坟前跪下，从皮包中抽出硬皮书夹，慢慢打开，把《中国历代文化名人素描》轻轻地放在泥土上。十年来，这本书我只看过两次，我没有足够的心理承受能力打开它去审视自己的灵魂。我掏出打火机，打燃，犹豫着，火光照着书的封面，也灼痛了我的手指。

可见这本书对"我"的影响之深。"焚书"是小说中的重要细节和场景造型，它说明我已经焚烧了这本有形的书籍，把这些（包括父亲在内的）人物融进了自己的血液里，是所谓化有形为无形；同时也宣布了这些历史名人在当代的"死亡"。它既阐释池大为对现世的理解，也是他人生姿态的展现。这个场景成为池大为这个人物与其他小说人物的典型区别特征之一。犹如黛玉葬花，惜时伤春，宝钗葬不得，王熙凤更葬不得。"焚书"是池大为给父亲上坟的一个片段，上坟象征着回归，因为坟是最终的归宿。小说整体上是一个"离去—归来"的结构模式，序篇中"去北京之前我到了坟地，在父亲的墓前跪下了"，这是池大为离开三山坳去上学、工作的起点，而在小说的最后，"我"再次来的父亲的坟前，"上坟也需要勇气，这是我没有料到的"。因为那是一个圣洁而不屈的灵魂，所以，"与父亲的灵魂对话"，"我心中忽然有一种怯意"，因为面对这样一个灵魂，任何人都要接受来自内心的拷问，任何的龌龊猥亵都显得卑微。回到父亲坟前，就是在一定程度上实现了精神的回归；坟既是起点，又是终点。这些因素的存在，使小说在具有令人震撼的现实主义力量的同时，又散发出一种诗性的光辉。

《沧浪之水》的审美寄托除了通过设定《中国历代文化名人素描》这个精神坐标原点和"焚书"这个情节去体现外，作家甚至直接通过主人公池大为的抒情表白直接表达了出来。从艺术技巧上说，这违背了小说通过形象塑造人物，而不是由作家或者作家"委托"的主人公直接去进行大量的说理，所以有论者指

① 马尔库塞. 审美之维[M]. 李小兵，译. 北京：生活·读书·新知三联书店，1989：22.

出，"作者的主观态度过于显豁，情感过于外露……失败的另一个因素，是过度化议论"①。尽管如此，它从另一个侧面说明作家的这些直接的议论点出了作品的命意，池大为在一次心灵独白中说：

别人愿意用世俗的方式体验世界，那是他的可怜选择，我决不会走上那条路的。似乎有一种神秘的声音，从灵魂深处生长出来的声音提醒着我，我注定是要为天下，而不只是为了自己活着的，这是我的宿命，我别无选择。我在内心把那些将物质的享受和占有当作人生最高目标的人称为"猪人"，在精神上与他们划出了明确的界限，并因此感到了心灵上的优越。人应该追求意义，意义比生活更重要，不然怎么还叫作人呢？

这样说并不是否认池大为在后来进入卫生厅后心灵挣扎和搏斗的真实性，相反，我们要问：为什么要挣扎？为什么会有那样剧烈的心灵冲突？外部环境的挤压力量足够强大，没有房子住、小孩上学难等等，这充分说明了之前池大为的精神根基之牢固，纵然有这样的力量也并没有在刹那间就像飓风一样把池大为刮得无影无踪。

二、尾声：从解构到结构——理想的回归

《沧浪之水》为人所争议或"诟病"的地方之一就在于小说的结尾，也就是池大为当上卫生厅厅长之后。对于池大为性格的突然转向，阅读小说时把序篇跳读过去的读者难免会感到无所适从，池大为在宦海沉浮中反复调整姿态，用尽各种解数向权力的顶峰靠拢，此中的艰难在小说中已经有了淋漓尽致的表达。按照读者的阅读惯性和小说情节的惯常发展逻辑，接下来，池大为就会变成第二个马垂章，如同民间俗语所说："谁变蝎子谁蜇人"。角色塑造人，人进入了某个角色，就要按照角色的设定去演出，否则就乱了舞台规则。池大为成为厅长，就要像马垂章和他的前任施厅长那样，厅长就是那个角色，当上了厅长就要穿上这个角色的戏服，拿起这个角色的道具，说这个角色的话语，这就是潜在的惯性逻辑，以前如此，现在也要如此。那么按照这个逻辑，池大为当上厅长后，依照卫生厅的潜规则继续滑行，血吸虫病依然瞒报、小金库依然存在、诸如陈列室一样的荒唐举动依然维持……这时候作者突然把人物拽了回来。

---

① 李建军. 没有装进银盘的金橘——评阎真的长篇小说《沧浪之水》[J]. 小说评论，2001(6)：43 –48.

这样的结尾其实在之前有很多的铺垫，只不过这些铺垫被读者有意无意地遗忘了。读者关注池大为的随波逐流，却忽视了他可贵的坚守。孟晓敏充满青春活力，而且对池大为非常痴情，至少在小说当中没有显现出权色的交易成分；孟晓敏甘愿奉献而不图回报，池大为经过了摇摆和挣扎，最后拒绝了。从这个意义上讲，池大为是没有风险的，他不是把这个问题放在风险指数的天平上去衡量而后做出的抉择，他有欲望，有动摇，精神上的部分出轨是池大为真实的情感记录，选择了拒绝，说明底线没有被突破。资助三山坳几个读书的孩子等，都不是政治姿态所能解释的，对于这些行为，池大为没有暗示人去宣传，也不是在别人面前显示慈善。工作方面，马垂章当政时重点推出的厅史陈列馆，纯属为了展示个人功绩而浪费国家财力，池大为当政后中止了这项荒唐之极的举动。如果说，停止厅史陈列馆的项目是在马垂章下野之后，这样做既能把前任踩在脚下，又能显示自己的政治决心，其实没有什么难度；那么治理小金库则直接触犯了所有卫生厅同事的经济利益，但池大为没有避重就轻。当上厅长之前与当上厅长之后截然不同的反差，只是由于身份地位的变化，这是一个策略与技巧的问题。之前的所有被指认为"堕落"的行为，都是池大为适应力的典型表现，面对无法破解的局面，要想改变现状，首先改变自己，没有调整，就没有飞跃。

在池大为从一个单纯的知识分子转变成为权力体制一员的过程中，灵魂的搏斗反复进行，如果不能从自我矛盾中解脱出来，不能自己说服自己，肯定会走向人格的分裂。自我图像的混淆必然导致精神错觉，从而变成傻子或者疯子，依照这个思路，就落入了传统悲剧的窠臼，用鲁迅"将人生有价值的东西毁灭给人看"①去解读就会恰如其分，小说的意旨和主题也会发生歧变和转移。

这里尤其需要说明的是，池大为最后在父亲的坟前焚烧《中国历代文化名人素描》，并非昭示着告别了传统价值观念的精神血脉和对现世价值体系回流或者认同。如果说，这个细节意在说明知识分子经过痛苦挣扎后，在现实面前彻底沦陷，城池尽丧，无疑与池大为当上厅长后的所作所为是背道而驰的。池大为回到父亲坟前谈不上衣锦还乡，他很低调，只是回到父亲的坟前。回到坟墓前是完成了一次轮回，是向父亲袒露自己的灵魂。在厅长的位置上有所作为使他敢回到父亲的坟前，对此池大为是有信心的，他无愧于父亲的在天之灵，露出的怯意只是与父亲灵魂相遇时的敬畏，毕竟那是一个纯洁而高贵的灵魂。在中国的文化当中，祭坟蕴含着特定的心理内容，愧对祖先是最深度的心灵谴

---

① 鲁迅. 再论雷峰塔的倒掉[M]//鲁迅. 鲁迅全集：第五卷. 北京：人民文学出版社，1985：137.

责。在西方文化里，神是无所不在的，所有的善行和恶念上帝都在看着；而在没有真正宗教的中国，冥冥之中存在的祖先是对人的一个极大约束和监督。在中国人的概念里，一切神都是符号，玉皇大帝、观世音、关羽都可以成为尊崇的对象，从来没有一个统一信奉的神，自己可以按照自己的具体需要造神；神的性格和特点靠近哪个历史人物，那个历史人物就可能成为供奉的对象。张飞是屠宰行业的祖师，关羽是行业帮会的神灵，观音是送子的特使，等等，但是，每个人都知道那只是一个心理慰藉或者符号，他们真正信奉的是自己的祖先。祈求祖先保佑是中国人真正的心理之神，最危险的时候，最艰难的时候，都到祖先那里去寻求精神资源和力量支撑。先辈和祖先安息的地方是坟墓，他们知道每一个下世的先辈都躺在那个特定坟墓的下面。所以，坟墓寄托着中国人的审美理想和现世欲求，比如装殓尸体的棺木叫棺材，与"官""财"谐音，暗示着死后给后代带来官运和财富。

因而，坟墓前的灵魂是最纯粹的灵魂，与逝去的先辈对话是一个终极的精神寄托和灵魂归宿。回到坟前需要信心和勇气，池大为回到坟前，为的不仅仅是祭奠，更是汇报和自我拷问。

知识分子在权力体制面前，无非两种选择，第一是无力的坚守，捍卫自己的知识分子良知和责任立场，坚壁清野，寸步不让，坚守的结果势必像池大为最初进入卫生厅那样，四处碰壁、无疾而终，这种做法通常会得到坚守文人精神的知识分子的更多喝彩，却被世俗讥笑为迂腐不化。第二种选择是彻底堕落，超越社会常规的去索取和拥有，一切规则、底线、良知、道德全部搁置一旁，只要不是公开、直接地走到法律的背面，一切皆有可能。这种沦陷是人文意义上的彻底堕落，他们没有忏悔和反省，没有丰富的心灵生活和精神诉求。池大为则完全不同，他选择了一个中间道路，这是一种崭新的审美范式。

"池大为在春风得意之时想到了自己的父亲，于是到父亲的坟上祭奠，与父亲的灵魂做了一场为自己辩解的对话，他在赞赏自己父亲的同时又希望父亲理解他代表的另一种真实。"①而有的读者认为：

众所周知，此时的池厅长正处在春风得意时，正处在服用权力春药的兴头上。他哪能突然来个一百八十度的大转弯，又对自己来个灵魂的拷问呢。如果池大为此时受到了挫折，比如有人来调查他使他进入了困境中；或者受到某些

① 谭桂林. 知识者精神的守望与自救——评阎真的《曾在天涯》与《沧浪之水》[J]. 文学评论, 2003 (2)：62 – 67.

事情的影响使自己的人生观产生了突发的转变，那也是有可能的，比如马厅长终于落马了（这种灵魂的拷问，在一个权力得不到有效监督和制约的官员身上是微乎其微的）。那样的话，根据作者前面所描写的池大为的性格和故事来论，池大为这种受到灵魂的拷问是必然的。但作者在池大为那些困境都还没有来临之前，就拉出池大为来搞灵魂的拷问，是很没有道理的。①

　　不管是专业读者的大学教授还是普通读者的网友，都注意到了池大为已经是大权在握的厅长，主管着一个省的卫生系统，此时回到父亲的坟前分明是春风得意、衣锦还乡，"我在坟前跪下，从皮包中抽出硬皮书夹，慢慢打开，把《中国历代文化名人素描》轻轻地放在泥土上。十年来，我只看过两次，我没有足够的心理承受能力打开它去审视自己的灵魂。"（第523页）如同上文的读者所说，此时的池厅长"正处在服用权力春药的兴头上"，怎么就突然转向了呢，还来了个灵魂拷问。似乎这样一个转向是没有依据的，从理论上讲，"小说中的人物必须带着他们各自的必然性进入作品。当我们读到一篇故事的人物时，我们会感到这些人身上具有一些多半会把他们带到某种不可避免的命运、某种不可避免的结局的东西。如果这种必然性没有贯彻始终——如果作家强迫人物做出一些我们本能地感到他们不可能做的事情，我认为这时我们就会感到小说的真实性出现了瑕疵。"②所以问题的关键就在于，池大为的所作所为是不是合乎人物必然性的，关于人物的必然性，前文已经做了较为详尽的论证。

　　文学作品中的人物不能像艺人手中的木偶一样随意。小说中人物必须能够自己站立起来，必须有连现实生活都代替不了的鲜活。他的生命是一个自在自足的体系，一旦人物形象开始生动起来，它甚至会脱离作家的控制，与作家对话、和他辩论，作家必须按照这个艺术人物自身的生命脉动去演进，如果不这样，作家就会痛苦不堪。而事实情况是，连阎真自己都认为小说在池大为当上厅长之后的部分是平滑的，没有感觉很纠结，更不是处于某个理念的驱动，刻意地往这个理念上靠才有了这样一个结尾。

　　这是阅读惯性所引起的误读，读者在池大为从一个普通小科员一直当上厅长的过程中也正"吃着权力的春药"，做着平民的仕宦梦想。当情节已经走向尾声，池大为经过淬变，又部分重新回到自己的灵魂深处，读者是不情愿的，回

① 严立真. 沧浪之水不沧浪[A/OL]. (2008-04-08)[2010-12-08]. http://blog.sina.com.cn./s/blog-463dade401090l7.html.

② 鲍温. 小说家的技巧[M]//吕同六. 二十世纪世界小说理论经典. 北京：华夏出版社，1995：590.

归内心哪有权力斗争来得跌宕起伏、扣人心弦？在读者看来，如果池大为受到了挫折，陷入了困境，也许有可能受到灵魂的拷问，毕竟在现实生活中，人们总是看到那些不可一世的官员只有走上了法庭的审判席，戴上了镣铐，才会痛哭流涕地忏悔，这是日复一日的生活片段相叠加从而堆积成的常识。阅读快感和生活经验带来的双重惯性使读者深信不疑地认为，作家弄错了，或者说这是一个败笔，人物的行为脱离了之前的轨道。

这样认为确实有其自身的道理。但是，在小说的最后，"我仰望星空，一种熟悉而陌生的暖流从心间流过，我无法给出一种准确的描述。我缓缓地把双手伸了上去，尽量地升上去，一动不动。风呜呜地从我的肩上吹过，掠过我从过去吹向未来，在风的上面，群星闪烁，深不可测"（523 页）。小说的最后一笔，作家再次让池大为"仰望星空"，这个特定的人物造型在小说中已经多次出现，前文已有专门论证，在此不再详述。

谭桂林在《知识者精神的守望与自救——评阎真的〈曾在天涯〉与〈沧浪之水〉》中指出了两个细节，第一个是"我心中忽然有一种怯意，不敢这么走过去，似乎活着的父亲在那里等待了很多年。上坟也需要勇气，这是我没有料到的。"（520 页）第二个是在"书页在黑暗的包围之中闪着最后的光。我死死地盯着那一点亮色，像要把它雕刻在大脑最深处的褶皱之中，那里是一片无边的黑暗，一点亮色在黑暗中跳动。"（523 页）并且指出只要这一丝"怯意"还会升起，只要这一点"亮色"还在跳动，就说明在世俗化大潮中随波逐流的当代知识分子对道、对精神的守望欲求一念尚存，中国知识分子的精神自守与自救就没有理由过于悲观。①

应该说，谭桂林的这个观点基本契合文本的精神命意。

而在内容上分析完这个结尾之后，我们荡开一笔，就技巧层面做一个讨论和分析。

关于这个结尾，阎真曾自豪地说："其他的也许我做得不是那么好，我认为我的这个结尾在世界文学史上都毫不逊色。"可见阎真对这个结尾的自信程度，他解释说结尾池大为是在矛盾和彷徨着结束的，小说的结束并不意味着思考的结束，所以从这个意义上说，这是一个开放式的结尾。亨利·詹姆斯率先采用了这种开放式的结尾方式。在此之前，结尾被认为是绝大多数作家的弱项，戴维·洛奇就此解释说："结尾是非常棘手的，因为他们总是受到来自读者和出

---

① 谭桂林. 知识者精神的守望与自救——评阎真的《曾在天涯》与《沧浪之水》[J]. 文学评论, 2003
　　(2)：62 - 67.

版商的压力，让他给小说一个圆满的结局。在写作这个行当里，最后一章被称作'收尾'。亨利·詹姆士曾讥讽地把它描述为'对奖金、抚恤金、丈夫、妻子、婴儿、芸芸众生、附加段落和令人愉快的话语的最后分配。'"①在思想和技巧方面都一直对传统情有独钟的阎真却在结尾上实现了与现代小说意识的对接。

开放式结构小说的典范是托尔斯泰。骄傲的海明威很少佩服别人，尤其在晚年，他的文学成就得到全世界的承认之后，就更加有点不可一世的味道。但他仅仅佩服的两个作家就是托尔斯泰和莎士比亚。托尔斯泰的文学成就和被认同度可见一斑。托尔斯泰对文本的处理，包括从开头到结尾的设计，经典范例比比皆是，托翁堪称作家中的作家。《安娜·卡列尼娜》的那个成为教科书式的开头——"幸福的人都是相似的，不幸的人各有各的不幸"——已使人惊叹不已。这里要分析的是这部小说的结尾，"我依旧会对车夫伊凡发脾气，依旧会同人争吵，依旧会不得体地发表意见，依旧会在我心灵最奥秘的地方同别人隔着一道鸿沟，甚至同我的妻子也不例外，依旧会因自己的恐惧而责备她，并因此感到后悔，我的智慧依旧无法理解，我为什么要祷告，但我依旧会祷告，——不过，现在我的生活，我的整个生活，不管遇到什么情况，每分钟不但不会像以前那样空虚，而且我有权使生活具有明确的善的含义！"②这个结尾是一个总结式的，生活中的一切都匆匆流过，列文与当时俄国社会的隔阂依旧，无法被理解的孤独感依旧，即使是近在身旁的妻子也无法理解自己的智慧和理想。开放式小说的大师却在小说的最后做了一个封闭的结局。与《沧浪之水》的结尾有相似性的是《一个青年艺术家的画像》。

劳伦斯的《一个青年艺术家的画像》的结尾有这样一段话，"去吧！去吧！臂膀与声音的魅力；大路伸开白色的臂膀，仿佛要紧紧拥抱过来，大船伸开黑色的臂膀，直指月空，讲述着遥远国度的故事。它们伸延着，说道：只剩下我们了——来吧。"小说的主题风格是平淡的叙述，甚至有些单调，类似于注释一样的文字。这也是一段在简单景物描写中带有隐喻的结尾，又回到斯蒂芬的清纯年少时期，浪漫笔调取代了平淡叙述。就这一点上来说，它和《沧浪之水》的结尾有一定的相似性，《沧浪之水》的结尾"风吹过肩""蓝蓝的天幕""群星闪烁"，总之出现了少有的清新和松弛。这样一个开放性的结尾，隐喻着池大为没有被完全异化，同时仰望星空也不是池永昶式的单纯的天下情怀。

实际上，世界文学史上的经典作品，结尾却粗糙而平庸的例子比比皆是，

---

① 洛奇. 小说的艺术[M]. 王竣岩，译. 北京：作家出版社，1998：249.
② 托尔斯泰. 安娜·卡列尼娜[M]. 草婴，译. 上海：上海译文出版社，1988.

只是他们在某个方面具有了突破性和经典性而已。所以我们有理由对小说的这个结尾的艺术感和思想延伸力度充满信心。

三、核心：池大为人物形象的重新定位

池大为是一个崭新的人物形象，这个人物既有此岸的现实依托，又有彼岸的精神召唤；池大为能够妥协，选择妥协；他在现实面前退后，而又在心灵深处保持那片宁静的天空。

池大为的精神世界里有星空，有彼岸，更有信仰。信仰的力量是无穷的，耶稣告诉他的门徒说："如果你们有足够的信心，没有不能做的事。便是叫一座山从这里挪到那里，山也遵命不误。"拥有信仰，拥有信心，一切皆有可能，这种力量的支撑是池大为主政后一系列"仁政"措施的精神底气所在。

池大为没有被异化，相反，他是一个既能仰望天空、执着理想，又有社会适应能力的人格类型。这是一种具有弹性张力的人格类型，他一直在调整姿态。池永昶似的纯洁理想和马垂章治下的冰冷社会现实是天平上的两极，一端是水至清则无鱼；一端是长此以往，国将不国。在一端，池大为秉承父亲的薪火衣钵，却在现实中屡屡碰壁；于是矫枉过正的滑向了另一端，阳奉阴违也好，明枪暗箭也好，总之在一路顺风顺水中取代马垂章成为卫生厅的厅长。但仕途上的春风得意并不能释去池大为内心的矛盾痛苦，因为他是池永昶的儿子，他不能成为将物质享受和占用当作人生最高目标的"猪人"。于是他往中间滑动，既能切入当下的社会和眼前的官场，又能因为自己站在机关的位置上做一些举手之劳的利民举措，只是因为内心有一点起码的情怀，"我和别的官最大的不同，就是还有一点平民意识，愿意从小人物的角度去想一想问题。"在两极之间滑动的过程也是池大为的人格调试过程，调试到最佳状态是在当上厅长后。

当上了厅长，就意味着池大为"从必然王国走向了自然王国"，他可以按照自己的方式和思路去处理问题，没有什么事情是必须这样或者必须那样。所以，在更大程度上，当上厅长之后的池大为人物性格特征更为复杂，融合了池永昶和马垂章的双重特征，只是池永昶的比重更大一些，做个不恰当的量化比例就是六比四。这多少影响了人物作为一个文学典型的魅力，也为一些人对最后一部分的诟病留下了口实。如果把这个比例反过来变成四比六，也就是马垂章的比例大一些，可能会更加合理。但瑕不掩瑜，总的来说，小说的最后一部分对人物性格转向的塑造还是成功的，符合人物性格的发展逻辑。

误读的原因还包括对人物行为驱动理解上的误区。通常一个成功的人物形象不是靠作家的理念或者意念去塑造，"塑造"这个词在某种程度上根本不能准

确描述作家和其笔下人物之间的关系，甚至是一种歪曲，这个词语的频繁使用本身就是一种观念误区下的惯性使然。如上文所述，"塑造"过于强调作家在创作时的主观性。而实际上，人物必须按照自身的逻辑去发展。所有的人物行为都必须有一个先决性的条件：生存。王安忆说，我看一部小说是不是成功或者靠谱，首先看这个人物怎样活着，它是怎样解决吃饭、穿衣、睡觉这些问题的，是什么样的动力驱动着人物做出那些事情，如果不能解释，那小说还写什么？有些小说中的人物每天驾着名车，住着豪宅，出入一些高档的场所，说一些不知所云的话。一个起码的问题是，这些东西是从哪儿来的？人物突然歇斯底里地叫嚷是因为什么？恐怕很难有一个合乎逻辑的解释。

劳伦斯说："在长篇小说里，各个人物什么都不能干，就是能活。要是他们墨守一定的程式老那么好，或者老那么坏，或者甚至于老那么反复无常，那他们就没有活气，小说就一命呜呼了。一个小说人物非活不可，要不他就等于零。"[①]所有的行为都必须围绕"能活"这个核心去展开，小说的艺术真实性才有依托。而且人物不能是一成不变的，"老那么好，老那么坏，或者甚至于老那么反复无常，那他们就没有活气，小说就一命呜呼了。"那么我们为什么认为池大为就是堕落，而且一旦"堕落"之后就不可救药？先前所受到的高等教育熏陶长达八年，从父亲那里所受到的影响从孩提时代到考上大学也有数十年，传统文化的浸润自始至终，这些在池大为身上难道就没有留下些许的痕迹？退一步讲，即使池大为堕落了，堕落的灵魂就只能在肮脏的道路上一直滑行下去？堕落就一定意味着万劫不复？为人物盖戳或者定性是我们在其他领域思维方式在文学阅读中的延伸。

在一定程度上说，读者被人物形象所刺痛，或者在读完全书之后对人物的处理出现抗拒是必然的。作为阅读主题的大学在读学生（包括本科生、研究生），他们中的大部分人一直在学校进行着教育，对社会的理解显得较为单纯，即使从诸如电视、网络、报纸等媒体知道一些骇人听闻的社会现状（一般情况下都是一些个例），媒体通过针对性的剪辑，以及一些吸引眼球的标题来获得收视率和浏览量。更多的时候，看这些新闻的心态更像是看故事。类似《沧浪之水》这样的小说在叙述时，经常以娓娓道来的慢炖让读者不知不觉里完全沉浸其中，而当小说中的精细描写以渗透性的力量进入到读者的心理世界时，读者对小说叙述的一切都深信不疑，甚至认为比生活更生活。在调查中有读者感

① 劳伦斯. 长篇小说为什么重要[M]//洛奇. 二十世纪文学评论：上卷. 上海：上海译文出版社，1987：251.

慨："如果不是看到这本小说，还不是像傻子一样？"其心情怎一个"庆幸"了得？一方面是感慨不已，另一方面又为现实是如此残酷，和自己先前所的认知有着极大的反差而感到心痛。

一旦沉浸其中就很难自拔，并形成一个心理定式。而当作家用另一个新的图景取代那个在读者心中形成的定式时，读者必然会产生拒斥，指责作家的处理方式不合理，或者干脆认为作家的处理有文学之外的动机。

这种现象在文学作品的实际接受中非常普遍，劳伦斯在《道德和长篇小说》这篇论文中指出："读一部真正新颖的长篇小说，总是会多多少少把人刺痛的，总是会有坑拒的。新的图画、新的音乐也一样要断定它们的真实性，可以根据一个事实：它们的确引起了某种抗拒，而最终又使人不得不表示某种默认。"①这不正契合了《沧浪之水》在目前的接受状况吗？唯一没有确认的是，劳伦斯最后的那句话"最终又使人不得不表示某种默认"，时间流逝，环境变迁，劳伦斯的论断必将再次得到印证。

最后，让我再次用池大为的一句话作为他的人格代言，也作为我观点的辩护陈词："毕竟我是苦出来的，毕竟我是池永昶的儿子，毕竟我还算个知识分子。"

---

① 劳伦斯. 道德和长篇小说［M］//洛奇. 二十世纪文学评论：上卷. 上海：上海译文出版社，1987：241.

第二章　社会思潮对诗性的遮蔽

每一个读者都生活在具体的社会环境当中，其对文学作品的认知和理解必然带上时代的烙印。更为重要的是，社会思潮还直接影响读者接受的形成，比如商品化经济大潮、消费主义思潮、出国留学热潮、政治体制改革，等等。这里仅就影响阎真小说的读者接受的市场经济、消费主义和知识分子的由精英而世俗化做一分析。需要指出的是，知识分子的世俗化已经成为一种带有趋势性的社会现象，和传统的知识分子相比，他们的功利性和社会性更加明显。所谓社会性，是指知识分子很难有传统知识分子那种明显的人格标示和突显于社会群体的精英性特征，大众更加强调其作为社会分工的一分子和社会角色而存在。当然，这和教育的普及化程度提高也有着密不可分的联系。

在市场经济逐步形成的背景之下，人的思维方式和社会价值是在消费主义的炉火中炙烤而成的。因此，消费主义和小说文本形成了一种复杂的交映形态。知识和信仰在市场和权力的面前不堪一击，也使知识分子的价值被无声地否定，神圣消解，意义融化。读者浸润在这样的社会环境当中，必然把这种先在理解和先在经验带入文本，所以其对文本的理解作为社会具体背景下的意义生成，使文本中的诗性被遗忘或者忽略。

同时，文本之内渗透出来的社会思潮在某种程度上与当下的社会思潮形成共振，其合力使读者有理由相信知识分子斯文不再、信仰丧失。由此而形成对诗性的覆盖。

第一节　市场经济与消费主义思潮的盛行

20 世纪 90 年代以来，随着市场经济体制的逐步确立，人们的价值观念也发生了相应的变化，经济在社会框架中的控制作用日显，人们在市场这根指挥棒的驱使下调动起了前所未有的能量。毕竟在人的本性当中，逐利是本能，而这种一直被掩盖的本能一旦在伦理上合法化，潮水般的欲望随之被调动起来。市场经济的重要特征是平等交换，这是市场经济得以确立的刚性条件，于是获得的越多，享受的就越多。"只有经济能改变人的生存境遇，人们也只相信经济利益构成全部生活的意义。商品拜物教与消费主义构成社会的外表，没有人相信精神生活存在的可能性与必要性。"①消费思潮也并非当代所独有，巴尔扎克在 1835 年发表的《高老头》中，就有"钱就是生命，货币创造一切"的豪言。社会进入到消费欲望为驱动的阶段，财富就是消费符号，在消费社会里，新的物质需要和新的欲望不断地被生产出来，于是，在欲望的支配和推动下，消费已经超出了普通的实用功能，在 20 世纪末到本世纪初成为一种崇拜和象征。

消费主义是市场经济发展的必然产物，它不再把商品的使用价值作为消费的目的，而是以奢侈作为资本进行炫耀，也就是说，消费的是符号，而符号是无止境的，脱离了使用价值的轨道，消费与享受就会变得毫无节制。

与经济环境的发展相适应，文化语境也相应地发生了变化，20 世纪 80 年代那种启蒙主义和精英思想悄然离开了社会舞台，都市开始进入到人们视野的中心。张颐武说："今天的中国都市既是文明的消费中心，又是文明的消解地——那里活跃着人生的各种欲望。都市，那是欲望的百宝箱、欲望的燃烧炉、欲望的驱动器。在这被驱动着、燃烧着的欲望里，一些属于文化的东西被烧毁了，一些属于文化的东西在火中生存着。"②现代都市作为现代文明的象征和财富的集散地，极大地方便着生活在这里的人们，只要拥有代表财富的货币，城市会让你生活在自动化当中，舒适和快捷等各种诱惑使得敢于冒险的人投入其中，投资者、农民工等自觉或被迫离开家园，涌入城市寻找商业广告中宣传的梦想生活。而事实上，物质的丰富使人在役使他人的同时产生满足感和成就感，同时使人与人之间的关系产生疏离。生存方式的根本改变以最强有力的方式改变着人的思维方式和世界观。

于是，理想主义失落，消费主义兴起。具体到文学领域，文学的启蒙性被消解，神圣性被解构。消费主义的规则和运行程序根本不理会所谓的经典，经典不就是"江湖地位"？改朝换代了，哪还有什么江湖？过去的江湖只属于过去。于是文学被推到了社会的边缘，曾经长期占据社会舆论思潮中心地位的文学在失去了轰动效应后，寻找机会进行了反击。1993—1995 年，以上海学者张

① 李洁非. 新生代小说（一九九四—）（续）[J]. 当代作家评论, 1997(2)：71-81.
② 张颐武, 刘心武. 九十年代文坛的反思与回顾[J]. 大家, 1996(2).

汝伦、陈晓明、朱学勤、陈思和为开端，展开了一场颇具声势的"人文精神"大讨论，命名为"人文精神寻思录"。这些涵盖了文史哲等学科的知识分子试图通过讨论、思考，带给社会一些启示，从而重现曾经的人文精神。今天看来，这是当时知识分子努力夺回中心话语权的重要尝试。当时对话发表在《读书》上，"我们大家都切身体会到，我们所从事的人文学术今天已不止是'不景气'，而是陷入了根本危机。造成这种危机的因素很多。一般大家较多看到的是外在因素，在一个功利心态占主导地位的时代，人文学术被普遍认为可有可无，不断有人要求人文学术实用化以适应市场经济的需要，各种政治、经济因素对人文知识分子的持久压力等。但人文学术的危机还有其内部因素，往往被人忽视，这就是人文学术内在生命力正在枯竭"①。

　　尽管承认市场经济作为外在的冲击力量，这些知识分子还是觉得人文学术内在的原因导致了人文学科的严重边缘化，这是中国知识分子在20世纪90年代前期失语后试图重新发声的一次冲锋，也是急剧市场化进程中人文知识分子倍感失落后的必然反应。这一讨论涉及的话题非常广泛，但始终以"知识分子"作为问题的关键词，但不是讨论知识分子的角色如何重新定位和调整，而是探讨知识分子的价值。言外之意非常明确，恢复人文知识分子的启蒙立场，夺回精英的光环。

一、阎真小说与当下文化消费的复杂交映

　　阎真小说似乎总是与消费主义有着千丝万缕的关系，以《沧浪之水》为例，主要体现在两个方面，即作品形成的社会环境和文本中的消费主义端倪。

　　作为精细展现知识分子精神境况的长篇小说，消费主义并没有成为小说的主要背景色调。小说构制情节的关键词是权力，但在市场经济和消费主义初步形成的社会大背景下，读者对很多事情所采用的考量尺度必然会带上浓重的市场痕迹。比如，权力不再简单被理解为"控制""自由""尊严"，它还和经济利益紧密联系在一起，就是这种权力和经济利益是等价的。如果真像池大为刚进入卫生厅时申科长所说的那样，"马厅长到厅里几年了，还住在中医研究院，每天来回折腾，不愿来挤着别人，三八作风！"（第24页），马垂章这个厅长的位置也就没有那么抢手了。权力不仅仅体现在对他人命运控制时欲望快感的满足上，还直接体现在生活质量的对比优越感上。马垂章的前任施厅长在退休后，

---

① 张汝伦，陈晓明，朱学勤，等. 人文精神寻思之一——人文精神：是否可能和如何可能[J]. 读书，1994(3).

像个傻子一样，整天念念叨叨，无非是退休后再也用不成单位的"皇冠"了。用不成了就站在车库门口骂人，这种叫骂反倒成为笑柄，谁用车，谁不用车，不取决于曾经处于什么位置，而取决于现在是什么。按说，施厅长退休后对权力肯定没有了任何的念想。但是，在他的概念里边，那些司机以前在他面前就像只蚂蚁一样可怜，自己可以随便用脚踩他。现在，他就是想偶尔用一下车，却连商量的余地都没有。在这里，权力和利益的等价关系直接联系在了一起。它具有即时性，这和有形的货币财富形成了截然的反差，因为物质财富可以存储甚至增值。所以，权力要实现其价值的最大化，就必须在自己的任期内、在律条许可与禁止的边缘地带尽可能获取利益。但是，市场经济又是法制经济，法律监督具有一定的约束性，于是，"马垂章"们的处境就变得非常尴尬，既不能"十年清知府，十万雪花银"，又不甘权力控制下的财富从指尖悄然溜过。这样，马垂章的许多行为就得到了合理的解释，建设卫生厅厅史陈列馆，耗资巨大。不去耗费，这些钱也不会归自己所有。正是在市场经济的大背景下，权钱交换才变得是那么的直接和方便。

再者是文本体现出的市场经济影响和消费主义端倪。池大为对市场的敏感度远远不能和胡一兵相提并论，甚至有些迟钝。在池大为进入卫生厅的初期，只求一些最基本的物质需求，比如一套并不大的房子，在董柳的概念当中，有个厨房就行，但是这样最基本的要求在现实中是奢侈的。所谓的奢侈从来都没有统一标准，对当时的马垂章来说，三居室的房子都是节俭，对池大为来说，两居室的房子也遥不可及。但是，随着池大为后来走进卫生厅的权力体系，真是运气来了门板都挡不住，从一间单身宿舍到两房，再到三房，最后再到卫生厅专门为他们建造的大房子。这是一道明显的上升曲线，透过住房这个窗口，可以看到池大为住房方面的"大跃进"。在现代社会，住房是一项巨大的消费，在大部分人的支出中占据着最大的比例。房子的频繁更替是消费主义社会的一个缩影。

如果说住房还只是池大为在"吃穿住行"的基本需求上阔步前行，至多是稍微放纵自己一下的话，那么当上厅长后，通过卫生厅所属企业的重组、上市，利用自己的位置和内部消息，获取大量经济利益的这个过程则典型体现了市场经济无孔不入的巨大渗透力。在这种力量的裹挟之下，池大为的确为自己谋取了一些经济利益，但是，这种利益的获得与其他同级别的官员相比，仍然显得微不足道。这样说，并不是为池大为的非法所得辩护，相反，池大为在整个奋斗过程中，显得很有尺度和分寸感：尺度体现在适可而止，分寸感体现在并不贪婪。

　　刘跃进的老婆凌若云到港资的金叶置业去当公关经理，和老板传出了绯闻。刘跃进、池大为和胡一兵一起聚会，胡一兵说：

　　人非得用新的眼光看世界不可，人生看大势，跟上了大势烧水都能发动汽车，跟不上大势喝水硌牙、烧水都粘锅，早晚成为一个问题人物。我看小凌有她的长处，看大势跟潮流，潮流从来不考虑哪个人的情绪，它把人像蚂蚁一样淹了。毛主席说历史潮流不可抗拒，我有刻骨铭心体会的。什么叫潮流？升官发财。

　　什么是"新的眼光"，什么是"大势潮流"，胡一兵给出的答案非常明确：升官发财，这就是历史潮流，刻骨铭心而又不可阻挡。这个结论的潜台词其实是对市场经济力量的认可和臣服。"以后凌若云又每天开一辆丰田车回来，把刘跃进气得半死"（第457页），丰田车是一个价值符号，是一种可以向其他力量示威的工具，刘跃进的导师身份在丰田车面前成了不堪一击的嘲讽对象。后来，凌若云也到他们三个所在的茶室，"我和胡一兵到楼下去等，有丰田车开过来就注意一下。快到时间了，一辆凌志车从我们身边开过，胡一兵说：'这是辆好车'。"（第458页）很明显，在胡一兵的意识当中，丰田、凌志等轿车牌子就是凌若云的身份标签，或者说，人的身份都要通过特定价值的物质符号去体现，
　　诸如此类，传统的价值标准就遭到了前所未有的赤裸裸的挑战，最终"轰塌"。在传统的价值体系里，人通过立功、立德、立言获得意义的肯定。和平年代立功的机会很少，而且，在新的价值范畴内，"立功"是荣耀还是犯傻，尚且还是一个值得讨论的课题。立德更是彻底地被边缘化，道德的堤坝一次次被突破，信仰的危机一次次被重提，更说明道德在社会的价值天平上，与经济利益和物质消费相比，越来越倾斜。失衡的天平昭示出的不仅仅是道德立场的后撤，更反衬出市场经济的出场和强势突进。至于立言，胡一兵质问作为导师的刘跃进："你每天趴在桌子上写那些东西，又有什么用呢？"（第457页）立言是为了不朽，为了给人当精神导师，可事实却是，在这样一个时代，又有谁需要精神导师呢？又有谁会在意是否能够不朽呢？现世的享受才是最重要的。
　　这是时代的影子在作品中留下的胎记，"每一个作者都会在自己的作品中流露出自己的感情心态，而每一种感情心态的形成，又都与作者性格以及所生之时代，有着密切的联系。财智杰出之士虽可以突破环境之限制，在作品中体

现出更为深广的观察和体会，但终究仍不会真正超过历史的限度。"①

并不是说作品中大量显现出了消费主义的痕迹，以至于构成了作品的底色，而是在消费主义初步形成的背景之下，人的思维和社会价值思潮都是在消费主义的炉火中炙烤而成的。所以，消费主义和小说形成了一种复杂的交映形态。

二、阎真小说对消费主义的反抗与迎合

阎真是一位严肃的作家，某种意义上来说也是心怀世界的传统中国作家。他的精神追求决定了他对消费主义始终持一种警惕的态度，比如，《沧浪之水》在文本之内和作品之外均体现出对消费主义的刻意反抗。本篇论文重点讨论的是诗性遗忘之源，前文已从各方面做了具体论证，比如，阎真的经典情结和对经典意味的追求等，所以这种反抗在文本当中的体现就不在这里详述。

消费主义和市场经济在文学消费上的表现形式很多。比如，一次性的快餐阅读，阅读只是为了寻求刺激和新鲜的故事，故事的离奇程度直接决定了作品的销售量，至于叙述的艺术性，语言的个性化等，均不在考虑的范围之内。与这种阅读目的相对应，其阅读方式大多是一目十行，概览和扫视式的阅读居多，二十万字左右的小说一天即可看完，快感仅存在于阅读本身。也就是说，这种快感呈现出与阅读并行发展的线性并行状态，阅读过程的结束也就是阅读的结束，没有余味延伸。这就是这种阅读被称为快餐的原因所在，谈不上营养价值，最多只是低层次的充饥而已。当然这里没有孰优孰劣的高下比较，只是两种不同的文化类型在不同的读者中充当的功能不同。美国文论家莱斯利·费德勒说："流行文化的产品制造出来并非让人去珍藏，而是让人去扔掉。一本简装书就像一块任人处置的尿布，或一只牛奶纸杯。它虽则十分完美，却不能像当年的小牛皮封面书一样保存在落满灰尘的书架上。"②费德勒所说的流行文化就是我们语境中的快餐文化，这说明流行文化在产生时就没有试图在时间这个衡量层面上去和经典文化一较高低。牛奶和维生素好，方便面也有其存在的价值和空间，关键取决于作者的写作价值取向。张资平后期在自我复制中迅速膨胀，以水漫金山之势铺天盖地般地攻城略地。从 1928 年后的四五年间，他以平均每年四部长篇小说的速度出书，短篇小说集 4 部，长篇小说共 24 部，而且内容全部是以迎合当时小市民猎艳心理的肉欲小说，所以被鲁迅称为"三角、

---

① 叶嘉莹. 迦陵文集二[M]. 石家庄：河北教育出版社，1997：162.

② 费德勒. 中间反两头[M]//洛奇. 二十世纪文学评论：下卷，上海：上海译文出版社，1993.

多角恋爱小说家"。曹雪芹一生仅有一部《红楼梦》也是源于其价值取向。张资平得到的是庞大的销售量和不菲的收入，尽管被鲁迅等人讥讽。曹雪芹生前的败落和潦倒与身后的万世辉煌相映照，反差巨大，可以想象这是一种怎样的信念！只有虔诚的信仰忠诚才可能获得如此之大的精神支持，这是一种冷静而极端的写作信仰。这种信仰激发着曹雪芹按照自己的价值追求在中国文学史上按下自己永不磨灭的指印。

回视《沧浪之水》，读者在阅读时的感受大多是"灵魂的震颤"和"天机泄露的惊恐"，这种直达灵魂的文字是任何快餐文学作品所不能替代的。同样的精神洗礼和灵魂拷问也发生在《活着之上》的文字和语言之中，振聋发聩。

时间是衡量经典的最好标尺。没有经典意味的快餐文学并不追求天长地久，只在乎市场号召力的一朝拥有。快餐文学适用不同的衡量尺度，而经典文学则追求的是对历史的渗透长度，所以，考量这种类型作品的标准是纵向的时间和横向的影响力度。阎真曾毫不讳言地指出："在一个自己已经不存在的世界中，还有人在读自己的书。"很明显，阎真对文学作品的经典因子和衡量尺度非常清楚。作为一个活在当代的作家，自信固然可嘉，过分乐观就未免狂妄，所以，阎真只是把自己作品的历史影响界定在"自己已不存在"的时间区域内。就目前来说，《沧浪之水》仍然在不间断地出版着，十六年在历史上也许是一个短暂的瞬间，在中国文学史上十六年也不足以支撑一个辉煌灿烂的盛世时代。但是，在我们这样一个长篇小说制造大国，又有多少作品能够经受住十六年时间的考验？换个角度来说，出版社不断地出版与读者不断地购买只是反映作品接受状况的一个侧面，还不能够全面体现准确的阅读状况，比如一部小说通过正规渠道出版有一百万册，流通到读者手中以后，这一百万册有多少读者接触、阅读？在出版状况如此复杂的状态之下，有多少盗版的图书流入市场？又有多少读者通过网上下载的途径阅读了这部小说？总而言之，如果把各种阅读渠道和方式都计算在内，这本小说的实际受众有多少？粗略的估算和调查在一定程度上能够说明作品的实际阅读状况，这一点在详细的问卷调查中加以分析。即使放下这些因素不论，《沧浪之水》《活着之上》等阎真小说的阅读接受依然是惊人的。

市场经济和消费主义社会的典型特征是世俗化。世俗化社会里，不但公开承认欲望的合法性，而且欲望是推动社会前进的重要动力。物欲狂欢以身体为中心，以生存快乐为价值准则，生理快感和原始性本能的释放开始井喷式地涌现。如此一来，"性"必然成为焦点、看点和卖点，文学生产在消费需求的指引下调整姿态，保证供给。李国文说："当代小说中，为什么有那么多活塞动作式的性描写，很大程度上属于商业操作，并非文学行为，一句话，是金钱在作怪。"①作家的创作目的是为了最大限度地满足自己的物质需要，情感宣泄和生理欲望的无节制描写是为了针对市场需要，功利性的生存需要取代了审美性的艺术诉求，写作就是为了赚钱，作家格调和趣味低下并不影响作品的市场行情，甚至助长了市场卖点。在这样的形势之下，商业行为法则直接控制和约束着文学生产的内容。作家卫慧曾公然宣称："我们的生活哲学由此而得以体现，那就是简简单单地物质消费，无拘无束的精神游戏，任何时候都相信内心的冲动，服从灵魂深处的燃烧，对即兴的疯狂不作抵抗，对各种欲望顶礼膜拜。尽情地交流各种生命狂喜包括性高潮的奥秘，同时对媚俗肤浅、小市民、地痞作风敬而远之。"②

在这样的社会思潮和背景下，产生具有经典意味作品的难度增加和可能性变小。居于主流地位的社会背景犹如滚滚而去的大潮，在大潮中随波逐流，轻松简单而又洒脱自在；相反，在潮流中逆向而行就需要极大的勇气、智慧和代价。阎真在主动反抗潮流。仅仅在小说题目的选取上，就能明显体现出作家的价值取向，比如莫言的《丰乳肥臀》，池莉的《有了快感就叫喊》，铁凝的《大浴女》。耐人寻味的是，毕淑敏的《拯救乳房》，一开始叫"癌症小组"，只是在出版前才应出版商的要求改成了"拯救乳房"。阎真把小说的题目定为"沧浪之水"、"活着之上"，拒绝哗众取宠，并非沽名钓誉，这样的题目具有明显的哲学意味和"形而上"色彩。对于阎真而言，故事只是一个躯壳，一个手段，真正要表达的是《渔夫》当中的诗歌寓意。一如托尔斯泰的《复活》，用题目直接点明作家的精神指向。英国小说家戴维·洛奇说："书名对作者比对于读者总是更为重要。每一位作家都知道，读者对于一部据说很欣赏的作品的名字也常常会忘记或误记。"③就是说，作品的题目经常是作家本人的寓意寄托或思想所指，它把焦点对准直接要涉及的问题。就这一点来说，这不是阎真的有意反抗，而是写作信仰支配下的必然反应。

《沧浪之水》出版后的几年里，阎真几乎没有做过商业宣传，比如常见的作家签售和读者与作家的见面活动。阎真活在心灵的自由自在之中，但不是"泛若不系之舟"的逍遥，而是随性自然，没有什么是刻意为之。主动迎合消费者是市场经济机制发生作用的重要表征，《沧浪之水》没有主动迎合，没有被动适

---

① 李国文. 中国文人的活法[M]. 北京：人民文学出版社，2004：259.

② 卫慧. 像卫慧那样疯狂[M]. 珠海：珠海出版社，1999：81.

③ 洛奇. 小说的艺术[M]. 王竣岩，译. 北京：作家出版社，1999：8.

应，以纯朴外观包装的文本挺直站立，一如阎真天生不喜欢在聚光灯下生活。情况在《活着之上》问世之后有了一点变化，阎真开始出现在签售现场和宣讲会现场。在我们的理解中，这也非作家的妥协和应和，而是文化环境出现了微妙变化，作家从在作品背后沉默转变为开始主动出击。他依然那样真诚，作为知识分子的良知和精神卫士，他迈出了于他自己而言有些艰难的一步，但是，他毕竟做到了。

阎真并不是一个没有欲望的清教徒。文学从来离不开欲望，关键是看作家给自己的欲望表达赋予什么样的精神实质。如果欲望只是欲望本身，把欲望当作看点和卖点，作家就成了欲望的奴隶；相反，欲望背后有人性，有性格的依托，这种欲望的表达就会不朽。莎士比亚的四大悲剧哪一个不是欲望的极致书写？或者情欲，或者权力，或者复仇，但是欲望没有淹没人性的光辉。《白鹿原》中的田小娥作为欲望的化身挑战了整个白鹿原的既定秩序，情欲的旋风把整个白鹿原颠覆得七零八散。这种欲望的表达就是成功的，它是小说叙述中的一个有机组成部分，既不突起，也不洼陷，更不影响作品的平滑叙述。这样的例子在中外文学史中比比皆是，但"在一般人的眼里，欲望和文化成了一组二元对立，二者永远处于颠覆与被颠覆的关系之中。似乎不是欲望打败文化，就是文化打败欲望一般。其实文化与欲望的关系远不是这么简单。任何时代的文化创造都必须面对当时的欲望表现。不能对当时的欲望发言，谈什么文化创造？当然，放纵欲望，更没有文化创造。这就需要正确处理欲望与文化的关系。"①

以《沧浪之水》为例，小说中均是欲望在支撑着人物的走向，马垂章、池大为、丁小槐等卫生厅的所有人都在权力欲望的炙烤下忘我奋斗，池大为在孟晓敏的纯情和温柔攻势下节节败退。但是，小说表现得很有节制，所有的欲望表达均服务于"知识分子在社会转型时期的精神面对"这一大的精神背景。欲望不是表现的对象和吸引眼球的砝码，它只是作为自然人的本能和社会个体行为的内在驱动。池大为自始至终没有被淹没在金钱和美色的欲望之海当中，当然这样说的出发点是不能把池大为作为一个道德模范和精神标兵这个尺度上去考量。

吊诡的是，作家反抗消费主义，反而获得了更多的读者和市场。在接受媒介如此便捷多元的情况下，如果是简单的消费与感官刺激，人们大可不必借助于书籍，网络信息可以随时调阅并且海量存储，互联网的触角伸向打开电脑的

① 程文超. 瓦城上空的麦田[M]. 沈阳：春风文艺出版社，2004：251.

每一个人，音频、视频无所不有，随时切换频道的电视传媒不间断地释放出当下每一个角落的万千世界。这是书籍所不能比拟的，人们既然选择了书籍，就是选择了审美，选择了一种相对静止的审美世界，书是放在那里不动的，书中的人物与情景没有声音与动感。对接受者而言，其他诸如电视、网络等传播方式是一种被动传播，而阅读则是主动阐释，是一种参与和创造，它要靠读者的想象。阅读给读者提供一种理性的思辨思维与发现、理解世界的视角，或者是愉悦世界的审美之维。所以，《沧浪之水》在反抗消费与感官刺激的同时，契合了社会心理对书籍的内在需求，因为当感官欲望铺天盖地的时候，理性和审美就成为稀缺。与其说是作家创造了《沧浪之水》，不如说是转型期的社会环境和读者的审美期待共通营造了包括文本、读者、世界在内的四位一体的《沧浪之水》，这样的境况于阎真的其他小说来讲也是大抵相同的。正是从这个角度出发，阎真小说在反抗消费主义的同时，对市场经济也是一种无形的迎合。《沧浪之水》就被西安电影制片厂改变成了电视剧，无疑这是市场经济环境和文学的互渗表现，这种文化趋势不可阻挡。唯其如此，阎真小说才能产生最大范围的影响力，实现对更多知识分子的良知哺育。

第二节　知识神圣性的瓦解与知识分子被戏仿

在中国的传统文化当中，知识分子是一个最具心理优越感的群体，尽管每一个阶层和群体都有属于自己的文化和传统，但仅有知识分子群体的文化用文字的形式固定了下来，这是知识分子阶层的固有优势。知识分子之所以成为知识分子，不仅仅是因为他拥有可以直接转化为生产力的科技知识，更重要的是他自身形成并散发出来的责任与担当意识、精英意识和人文精神。知识分子的职责转型和价值再认定也是科学技术发展后的产物。

近代以来，知识分子的价值范式和对象领域发生了一个重大转换，从以启蒙和管理大众为其价值定位，到以解决现实问题为其主要功能，从精神领域到转移到物质领域，总之更多地体现为一种社会分工。就是由掌握了科学技术的人去解决人类面临的生产力发展障碍，用科学造就理论也好，用技术成就产品也好，概而言之，知识分子要处理的是物质领域的问题。读书不再是一部分贵族的专利，它不再必然性地与精英联系在一起，谈论社会担当和历史责任多少有些自欺欺人。于是，知识的神圣性瓦解，知识分子身份被戏仿。

这种戏仿有两个方面的表现，首先是知识分子身份不再神圣，在部分人的视界当中，知识分子只是一个职业。王朔曾经露骨而夸张地指出："作家和妓女的区别是所从事的行业不同，出售的东西不同而已。"①在王朔看来，知识分子身份背后所蕴含的所谓意义只是一种人为的设定，并非内在的规定。这种人为的设定是知识分子的自我设定，因为知识分子区别于其他群体的身份特征在于其知识和精神的薪火传承。而到了近代，知识的传承和扬弃把自然科学和社会科学推向前所未有的高度，精神的流脉却被功利之刃横刀砍断。另外，知识和信仰在市场和权力的面前不堪一击也使知识分子的价值被无声地否定，神圣消解，意义融化。

任志强可谓是一个早期市场经济环境下如鱼得水的操作大师。市场经济的原则是"天高任鸟飞，海阔凭鱼跃"，与传统的自然经济相比，它是一种开放的经济形态，鼓励使用一切合法手段获取财富，它调动了包括资金、技术、智力等在内的全部生产力因素，使经济发展迸发出前所未有的活力。市场经济同时也是法制经济，它必须要有各种完善的法律、法规、制度作为约束市场行为的准绳，明确指出什么是合法的，什么是非法的，什么是禁止的，什么是提倡的。但是在市场经济早期，定下来的只是经济运行的原则和框架，原则和框架之下具有操作可行性的法律、法规却相对滞后，这就使市场经济环境异常宽松，经济框架漏洞百出。而且由于监管手段缺位，管理方法单一，一些头脑"灵活"的人就利用这些漏洞赚取了早期市场经济的第一桶金。他们在这样的环境中如闲庭信步，纵横捭阖，玩弄市场于股掌之间，而更多的人却充当了早期市场经济的实验品和炮灰。

任志强的暴富有其合理性，他有非常灵敏的市场嗅觉，尤其善于洞察人们的心理和消费心态，比如在高科技产品展销会上推销"气功魔掌"：

任志强果然在门口等我。他说："今天是高科技产品展销会，我们公司要推出一种新产品，请你来促销，现在国外的生意做不动，先在国内烧它几把火。"我知道了今天的任务是在他们的展台前推销气功魔掌。他说："气功魔掌是按中医的经络原理设计出来的，可以治全身的病。你把其中的原理讲给顾客听。"说着从皮包里掏出一个给我看，并把它的功能讲了一番。连任志强也来跟我讲经络理论，这个世界真是充满了黑色幽默意味。我接过魔掌一看，是一个手掌形的东西，铜柄铝质，全封闭，中间是太极图，八卦环绕着太极图，旁边两行字是"依图找方位，时空信息来"。翻过来是手掌上与全身相对应的部分，头背腰尾肛，脑鼻喉胸腹等等，旁边两行字是"六格是九宫，太极是全息"。我

---

① 王朔. 我是王朔[M]. 北京：国际文化出版公司，1992：192.

看上面煞有介事，心中实在好笑。里面也许有几块磁铁几根铜丝，说到治病，那只能哄愚夫愚妇。我说："这个高科技产品真的能治那么多病？"他说："人体的所有部位上面都有，不能治病那我们还搞展销？"又要我仔细看说明书，"按照上面讲也就差不多了。"说明书非常精美，可都是一些鬼话。为了别人赚钱，要我来讲这些鬼话，做人真是太没尊严了。可是我能不讲吗？我问他魔掌多少钱一个，他说："才两百九十九，十个以上批发七折。一个月的工资就可以买这么一个高级保健品，真便宜啊。"我想这玩意的成本绝不会超过十块钱，我没说出来。

　　任志强在推销这种产品时首先想到了池大为，让他去充当产品有效性那个大证明，这是非常具有说服力的方法，充分利用了人们对知识分子的信任和对知识的崇拜。作为一款保健产品，仅有生产厂家和经销者的鼓吹，说服力还远远不够，那么医学专家的推介就成为博取消费者信任的一柄利器。二十世纪八九十年代，知识取代阶级斗争成为时代的新图腾，任志强看重的正是这一点，此外知识作为生产者和消费者之外的第三方，最为公正可信，不会偏袒任何一方。而知识要发挥作用，除了产品说明书上天花乱坠的功能宣传外，还要通过知识的携载者即知识分子去实现其由静而动的说服，毕业于北京中医学院的硕士研究生池大为就成了最佳人选。在硕士研究生还非常稀少的年代，这种层次足以有专家的成色了。再者是他利用了人们对健康的重视心理，把视点投放在保健产品上。作为一款"概念"产品，除了任志强外，少有人知道它究竟有多大的利润空间，他说"才两百九十九，十个以上批发七折。一个月的工资就可以买这么一个高级保健品，真便宜啊。"池大为估算了一下，"我想这玩意的成本绝不会超过十块钱。"任志强知道人们购买的不是这款"无所不能"的魔掌本身，而是这款产品背后的"神奇"功效，但究竟神奇与否又有谁去论证？天花乱坠、信誓旦旦加上专家的"合理"说辞使消费者彻底缴械。最后是借壳生财，把这个推销放在"高科技产品博览会"上，更使人们相信这是一款具有知识含量的高科技产品。三个因素的巧妙使用使钱从别人口袋里轻松地落入自己囊中。

　　如果说任志强是一个伪知识分子，池大为就是一个纯正的知识分子。面对困窘，其知识的神圣性已经荡然无存，任志强把池大为叫到这里，就是利用池大为的知识分子身份和那一套说辞。任志强让人"把一块标牌挂在我的胸前，上面写了我的名字，标明了是北京中医学院的硕士"。在任志强的操作流程里，"北京中医学院"、"硕士"都只是一种用来标榜的标签，他要利用的是这个标签背后的符号价值。除了池大为这个准专家外，连礼仪小姐都是中医学院的学生。任志强可谓熟谙经商之道。

到了展台前几个小姐披了绶带站在那里，是请的中医学院的学生。任志强说："大家按说明书的介绍统一口径。"又示意一个小姐把一块标牌挂在我的胸前，上面写了我的名字，标明是了北京中医学院的硕士。我站在那里很不舒服，今天逃不脱要当一回骗子了。快九点任志强说："马上就进场了，说明书看熟了吧？"我说："看当然看熟了，只是……"他打断我说："姐夫你等会千万别这样说话，只是一条，能治病，特别是脑血栓、肾病、肝病、胃病！"说着抱拳拱一拱，"拜托。"又说："我们随便动一动都要钱，钱从哪里来？还是要从生意上来。"他没说装电话要钱，就是给我面子了，我还能说什么？我想，好在这玩意儿也不会伤着人，骗只骗别人的钱，又不骗他的命，何况也不会有穷人来买。有人过来了，我站在一边，任志强对小姐说："靠边点站。"我下意识地移动脚步，站到了最显眼的地方，用唾液润了润桑子，马上有小姐把垂在我胸前的标牌放在正中间的位置。有人走过来，站住了，小姐马上说："先生，愿意试一试我们公司新开发的产品吗？您会收到意想不到的效果的。"任志强说："这是高科技的结晶。"有个人拿起一个回来翻看，仔细研究上面的图形。任志强望我一眼，我说："产品的基本原理，是根据《黄帝内经》的经络学说，结合现代中医最新的研究成果生产的。"那人注意到了我胸前的标牌，我打着手势说："中医把人看作一个整体，身体各个部位的信息在手掌上都有反映，经络是相通的。手掌的信息通过一个逆向的过程，可以传到全身。"那人说："不知道是不是适合我？"我叫他坐下，仔细地给他把了脉说："先生脉跳弱，是肾虚之象。"他马上信服了说："是的是的。"我说："强肾固本，一通百通。"又对着图形详细地给他说了一番道理，他说："先生都说得对，我病了这么久，也是半个医生了。"任志强说："池主任是北京中医学院毕业的硕士，他说不到点子上，那还有谁？"那人毫不犹豫，买了一个，一边说："不到三百块钱的东西能治好病，我要舍不得，那我是对不起我自己。人为钱活还是钱为人活？"

一旦进入到特定的情景之中，人就很容易受到环境的感染。在这个任志强设置的甜蜜销售陷阱中，池大为无形中半推半就地充当了一个举足轻重的角色。他充分利用了自己熟稔的专业知识，用这些知识对付那些常年体弱多病且对医学略知一二的中老年人游刃有余。如同那位老先生所说的"我病了这么久，也是半个医生了"，池大为驾轻就熟地把那些中医学的专业名词和经典理论结合消费者的脉相逐一解说。黄帝内经、经络学说、肾虚跳脉一系列的噱头，使那些在任志强设置的消费环境中已经将信将疑的准患者慷慨解囊。他们有他们的消费理念，"不到三百块钱的东西能治好病，我要舍不得，那我是对不起我自己。人为钱活还是钱为人活？"不但义无反顾地消费了，而且在消费之后还无怨无悔。知识在这里不是文明和进步的代名词，相反，它还充当了帮凶的角色。知识的神圣性已经完全消解。那些在"魔掌"推销中推波助澜的中医学院学生，在得到一天十五块钱的工钱之后（注：当时的货币购买力和现在差异很大），"嘴都乐歪了"。她们只是按照任志强的指示去说那些被指定的话，至于这种行为的价值、作用，又有谁去理会？看得见的实惠才是硬道理，哪怕只是十五块钱。

这也是一种社会的真实，难道要我们用知识分子的良知和天下大义去衡量这些行为？用知识分子的担当去谴责这些中医学院的学生？显然是不合时宜的，毕竟天之骄子的辉煌已经成为消逝的历史。高等教育的逐步普及极大地推进了世俗化，精英标准已经失去了作为衡量尺度的历史语境。

其实在比这更早的时候，已经露出了知识分子精英身份的边缘化趋势，这些在阎真小说中有着深刻体现。《沧浪之水》中，池大为初到卫生厅报到时，满怀一腔热血，在他的意识当中，知识作为"力量"的一种高级形式理应受到隆遇和厚待，起码在流程上如此。带着这种不合时宜的想法，池大为开始了在卫生厅的仕宦之旅。"我把派遣证摊在桌上，一根指头顺势在'医学硕士'几个字上一划"，硕士在20世纪90年代是一个稀有的高知群体。那是一个"科学技术是第一生产力"的时代，按照马克思主义的基本原理，生产力是社会前进的决定性力量，而知识分子是科学技术的载体和实施者。于是一个顺理成章的逻辑便是，知识分子是社会前进的第一推动性力量，所以池大为有理由理直气壮。这几个被喊得像三大纪律、八项注意一样的口号在现实中遭受到了无情的冷遇。池大为到卫生厅报到，办公室的人对他这个"医学硕士"很冷淡。他问怎样办报到手续，得到的回答只能是，"你没看见我在给马厅长写材料？马厅长的事重要呢，还是你的事重要？"一边把双手五指捏拢撮着，头晃过来晃过去两边看着："'哪个大，哪个小'？"办公室的人没有温情，没有正面的理睬，答案是直接简单的对比"哪个大，哪个小"，这个回答的弦外之音意味深长，权力的大小次序与受重视的程度成正比，没有权力就天经地义地被冷落和讥讽。知识分子的身份在这个以拳头衡量大小的天平上没有没有添加一个哪怕是微不足道的砝码。

戏仿的另一种表现是山寨知识分子大举入侵。知识分子身份作为炫耀资本的标签被任意挪移和换用，如任志强博士学位的获得。没有权力和市场的支撑，纵使知识分子的精英标签是罩着光环的金字招牌，博士学位本身也是脆弱无力的。博士学位成了潜规则支配下的游戏场，大家心知肚明而又心照不宣。中医研究院的宁副院长在池大为那一届共招了四个博士生，实际情况是"只有我是正经学中医的，其他三人，一个是云阳市委副书记，一个是省计生委副主任，再一个就是任志强"。其中池大为、云阳市委副书记和省计生委副主任均是权力的化身，按说池大为的级别不够格参与这四人一桌的游戏，但是他背后有马厅长，权力的热量透过池大为散发出来，就具有了和市委副书记同等的效力。在权力的势力范围之外，唯一的一点裂缝是金钱，任志强则代表市场。"当初任志强也来参加考试我感到意外，也觉得可笑，谁知他真录取。从没学过中医的人可以跳过硕士直接读中医博士，这世界真的是改革开放了，老皇历是翻不得了。这些怪事离开了权和钱就根本不可能发生，我不用去了解就明白，否则他们凭什么？什么事都是人在做，规则只能限定那些没有办法的人。对有办法的人来说，规则还不如一张揩屁股纸"。从中可见，这是一个典型的"权钱"牌局。

　　具有反讽意味的是，"中医学院药物系有两个副教授和我们一起考的都没考上"，不管专业知识是否博大精深，是否具有攻读博士学位的能力和水平，毕业后是否具有授予博士学位的资格，关键看是否够那个"份"。中医学院的副教授不具备录取的资格，计生委的副主任却堂而皇之地在微妙的权力操控下成了中医学博士。博士学位本是对学术研究能力的认可与定级，但作为最高学位的学术内核已经被抽离，成为镀金的附庸和工具，成了交易的砝码。

　　这里讨论的还只是知识分子外在硬性条件缺失而导致知识分子被戏仿的两种情形。与此相对应的是知识分子精神筋骨的缺席，华源县的赤脚医生在卫生厅前求助的情节体现了知识分子的精英立场和意识在面对生命无情坠落时的无奈与悲怆。赤脚医生在向卫生厅求助时，面对偌大一个机关，却不知道走向哪一扇门，虽然它们都开着，却让人无法步入，这就直击问题的核心，一个由现代文明装备的、知识分子组成的群体，作为专门处理医疗问题的政府部门，面对病痛，无动于衷。他们有自己的专属逻辑，所谓逻辑就不能是大张旗鼓宣传的口号，它每时每刻都在发生作用，却只能靠"悟性"去无声领会和自我解读。此时，不谙规则和逻辑的池大为仍然依照旧有的思维方式，以知识分子的良知，在权力面前斡旋，最终拿到了经由自己签字、厅长特批才从出纳那里支取出来的十五块钱。这是一个量化了的知识分子良知的价格。温情的"仁者"情怀与现行的冰冷逻辑发生了生硬的碰撞。

　　但这在池大为的人生和仕途中只是一个小小的插曲，是池大为充分认识社会实际的必要的环节，并不妨碍其仰望星空，回归曾经的理想田园。知识分子神圣性的瓦解和身份被戏仿并不意味着诗性的消弭，而是知识分子在面对这样一个从未有过的社会转型，在动摇、徘徊后，还是有一部分知识分子既保留了传统文化的精华，又变换姿态，适应现实，以一种交叉型的人格面对世界，这是一种脱胎换骨的升华，池大为即是一例，在此不再详述。

毕竟，单纯的爱国"死士"没有经过社会复杂因素的淘洗，最多只是幻想型的诗人，精神可嘉，却脆弱无力。犹如大海中的珍珠，只有经过大浪冲刷，石沙磨洗，才会有晶莹剔透美丽。毋庸讳言的是，人类的精神领地不能荒芜。人文领域的知识分子要勇挑重担，自然科学领域的知识分子也不能为物所役使。

知识分子神圣性的瓦解和知识分子被戏仿是小说文本中体现出来的一个重要特征，同时也是社会现状的一个维度。文本之内和文本之外的力量合力使读者有理由相信知识分子斯文不再、信仰丧失。由此而形成对诗性的覆盖。

第三节　知识分子的两种走向

进入 20 世纪 90 年代，市场经济环境逐渐形成。但是，旧有的官本位思想依然根深蒂固，它是等级森严的封建官僚制度在中国当代社会的延续。在这种语境的支配下，官位不再简单解读为社会赋予的一种公共服务岗位，而是通过掌握社会资源获取一己私利的最佳工具。两种因素的交织使知识分子面临前所未有的艰难抉择：一方面是如水银泻地般无孔不入的市场洪水，强大的消费诱惑考验着在清贫中守望政治理想数千年的知识分子；同时官位所带来的直观效益也炙烤着知识分子干涸的政治欲望。在这种崭新的处境之中，知识分子面临的选择呈现出双水分流的态势：走向体制和市场。这些都是阎真小说描述和思考的主题，两种力量的撕扯无处不在：阵痛和妥协，继续或回归。

在《沧浪之水》中，两种人生选择的集中展示是北京的同学聚会。小说通过这种形式有效地展示了这群知识分子的生存境遇和思想变化，而且是最节约笔墨的情节设计。这群恢复高考以后的大学生在体制和市场两条道路上分头前进。他们毕业的时间在 20 世纪 80 年代中前期（读了硕士研究生的池大为时间要长一些，他在高校待了八年），中国刚刚打开改革开放的闸门，其后又逐步确立了市场经济体制。由于"文革"十年，中国知识分子经历了一场浩劫，许多知识分子在这场劫难中殒命，知识界出现了罕见的断层，知识分子队伍亟须补充。一方面，所以，恢复高考后的最初几批大学生迅速填补了空白，在各个行业的舞台上充当了重要角色。这是一个历史的关节路口，机遇与挑战并存。

所以，许小曼组织的这个同学聚会具有象征性意义，堪称时代的最佳镜像。知识分子的生存境遇和精神状态通过这个窗口得以展示，通过这种集中展览的方式，把他们放置于一个平台之上，每一个人才可评、可测、可观，才反衬出此时池大为的窘迫。他们在体制和市场两条战线上分头行进。许小曼在卫生部当了干部，匡开平也在地方机关当上了干部，伍巍是省长秘书，汪贵发也当了处级干部……在这个体系里，级别自然是衡量成功与否的唯一标准。

从改革开放的前沿广州坐飞机过来的几位同学则意气风发，"以凌国强为中心在大谈生意经，一个个雄心勃勃要走上国际舞台。凌国强说：'我一辈子的理想就是让中药走向世界，市场可以说是无限的。我想起那种前景经常激动得通晚无法入睡，百万算什么，千万又算什么？'"（192页）这是市场荷尔蒙在野心推动下的一种显现，目光不仅仅在国内，更在全世界；百万、千万……财富要以几何级的速度增长。在一次聚会上，做生意发了财的同学都认了捐，有四千的，有五千的，在机关上班的许小曼也捐了一千。相比之下最为落魄的池大为，其时正在省卫生系统最不起眼的中医学会，无论从权力还是在金钱上都无从谈起。"其他同学基本都是坐飞机来的，池大为连卧铺都没坐上。"和其他同学自然的鲜明对比，许小曼一眼就看出池大为的落魄现状。

包裹着人的各种"无形"又不可抗拒的攀比同样出现在了《活着之上》里，带来的是无时无刻关于进与退、放弃或者坚守的自我质问。某种意义上来说，《活着之上》就是《沧浪之水》的继续和深入，深刻地阐释着知识分子的两种人生选择，无关乎理想和价值，进入市场不是为了社会主义现代化建设，进入体制也不是为了"治国平天下"。这些都为读者寻找与现实对接的凭借提供了依据。

一、走向体制：个人地位和荣誉的象征

体制在中国具有魔力的磁场，其强大的吸引力足以使进入到这个场域中的所有人都必须洞悉体制的运行规则。他们这个群体的身份很特殊，首先在经济上，他们与已经在市场中站稳脚跟的商人无法相提并论。处于经济领域上层的商人凭借任意挥洒手中的"金元"，也可以把"金元"转化为"大棒"，打击处于对立面的对手。处于上层的官员拥有丰富的社会资源和随时可以调配的便利设施，其隐形资本和影响力足以使其在社会体系当中占有甚至超越上层商人的地位。正因为这样，知识分子和知识分子出身的底层公务员便处于夹层处境之中，要适应这种环境，他们必须对自己进行控制，首先是自己的立场，池大为能够当上卫生厅厅长的重要契机便是一次正确的立场选择。马垂章五十七岁时

正好一届任期结束，正好处于退休的边缘，按照惯例，以这个层次的官员而论，就意味着要从和岗位上退下来。几位副厅长分为不同的山头，摩拳擦掌，展开暗战，似乎马垂章的政治命运就此已经结束，此前所有在马垂章面前一直俯首帖耳的下属分别倒向不同的派系。立场常常就是命运，彷徨中的池大为从老乡朱秘书那里得到了真传。

池大为把拥护的一票坚决投向了马垂章，实践证明，这是一次正确而又充满风险的抉择，也正是这次选择，池大为得到了马垂章的完全信任。马垂章得以连任，五年的政治生涯足以把池大为从处长扶到厅长的位置上。这就是立场问题。立场要通过姿态体现出来。直接选择立场的机会很少，更多的时候是通过展示自己的姿态向居于上位者表明立场，这是一个相对简单且有利无害的行为，所以姿态是他们最基本的功课。丁小槐和马厅长一起出差，晚上把马垂章的袜子洗了，然后晾在暖气管道上，至于看《围棋初步》这样的书籍，以投马垂章所好，更是把恭顺的姿态做到了骨子里，虽然丁小槐没有当上厅长，但依然在自己的官位上有所作为。

姿态的展示方式多种多样，但关键是控制自己，通过控制言语甚至眼神去表现自己的立场。普通大众相比之下要率性得多，他们所遵循的社会规则相对松散，但大众在体制之外。

对待体制的态度最能体现知识分子的价值观，中国的知识分子把它视为地位和荣誉的象征，他们普遍把能够成为某个级别的政协委员作为一种政治待遇和无上的荣光，而在欧美国家则完全相反。梁晓声举例说："我在家里接待德国某大学的一位教授，他同时是某市的一位议员。陪同他的中国翻译，按照国内惯例，首先向我介绍他是议员。没想到他能听得懂而且能讲几句中国话。他立刻予以纠正，以不熟练的中国话说'我是教授，我是教授，议员只是……'。他一时找不到准确的中国话表达他的意思，情急之下，伸出一只手，然后攥紧四指，仅指小指。我理解他的意思是——议员仅仅是他的最后一种身份，可能还包含着根本不值得在一位中国作家面前被首先介绍的意思。他甚至向我讨要回名片，认真看看是否给错了，是否将印明自己是议员的那一种给了我了……"[1]两者对比，中国的知识分子是把政治身份作为自己生命成就的侧面佐证，或者说是一个重要的考量尺度；在西方学者的思维格局中，政治对于具有学者身份的人来说，至多是业余和附属工作，对他们来说，作为一个学者如果不能在学术层面上有所作为，政治身份就失去了存在的意义。这彰显了两种文

① 梁晓声. 中国当代知识分子[J]. 世纪观察，1998(2).

化影响下思维模式在价值观依托上的不同。

知识分子的入仕情结与官僚梦想在当下的典型体现是公务员考试。国家公务员考试被称为"国考"，其考取的比例与热度超过其他任何性质的考试，这固然和公务员具有较高的社会地位和稳定的经济收入有关，而且工作压力相对较小，大学生就业难等社会外因也推波助澜，但更重要的是公务员辉煌的政治前景。它是官本位思想的延续与再现。

其实，政治不需要优秀的特殊人才。社会是一个框架，制度、律条、道德都对社会人群构成约束性力量，人们在这个框架中各行其是。稳定的社会结构和约定俗成的民间习俗维系着社会基础，知识分子前赴后继地投入这种热浪滚滚的考试之中，其动因是复杂而多样的。一个典型的例子是大学生村官的设置。大学生等同于"村官"，这个称谓本身就很暧昧。村一级的机构在中国的政治治理结构中是自然的，它不构成一级政府，中国最低的行政层级是乡镇。但是国家对大学生村官明确定位是"官"，是常驻农村的国家工作人员，如此村干部就被赋予了一个较为响亮的名分。当然大学生村官制度是合理而必要的，它使大学生能够展示自己的才华，在底层实践中了解实际情况。这里只是出于讨论知识分子进入体制分析的一种展开。

昔日的天之骄子，彻底被边缘化，能考中公务员已是欢呼雀跃，尽管大多数会像19世纪俄国现实主义作家契诃夫的《小公务员之死》中的切尔维雅科夫一样，在战战兢兢中惶惶度日，要想摆脱这种压抑与失望的地位，必须在权力体系中找到自己的位置。出于这样的阅读动机，一部分读者在《沧浪之水》中看到的是池大为从一个普通的工作人员一直当上厅长，在《活着之上》中看到的是聂致远如何从一个普通教师一路扶摇直上。小说细致入微的心理分析、丝丝入扣的情节推进，使读者完全沉浸在"平民的英雄梦想之中"，于是小说的诗性底色被遗忘，以作为做官指南的《沧浪之水》、处世之道的《活着之上》取而代之。

池大为进入卫生厅这座政府大院之初，并没有真正融入体制，其所思所想、所作所为和真实的环境是分裂的，必然发生抵牾。这个时期的池大为，生活条件极为简陋，一家三口和岳母共同住在筒子楼的一间房里，"房子中间有一道布幔，晚上拉开就变成两间。岳母睡在门边的小床上，和我们脚对着脚"（第130页）。他只是保留着心理上的自足和精神上的优越感，启蒙性与精英性更是无从谈起，内心的高傲在坚硬的现实面前不堪一击。狼狈不堪的生活与精神上的优越感形成了巨大反差，一方面，他看不起那些"猪人"，另一方面又被那些"猪人"视为异类。而且缺乏物质依托的精神优越性与周边环境发生了剧烈冲突，彼此嘲讽与讥笑，这就形成了一个悖论：生活在体制之内，又与体制冲突；脱离了体制又无法生存。曾经一度不得意的时间里，池大为尝试着脱离体制，下海经商，但事实证明他在商海中不过是一个只会溺水的低能儿。

比池大为更早进入体制，而且和池大为年龄相仿的丁小槐，是与池大为形成对照的一个人物。对官场规则和机关逻辑有着较好的领悟能力，在权力面前持一种完全屈从的姿态。他是 20 世纪 80 年代中期的大学毕业生，是出身于农民家庭而后通过高考选拔进入高等院校的知识分子典型。知识分子阶层不是一个封闭的凝固体，它常常处于一种不稳定的状态。这种不稳定状态，具体表现为它对整个社会的开放性。物质财富可以在意愿前提下随便传递，它对被继承者没有资质和能力上的要求。知识则不具有无条件的可传递性，它对学习者能力上的要求较高，具备一定条件的人通过学习都可以成为这个阶层的成员。所以丁小槐是知识分子群体竞争机制下的成功者，但他被现实生活占据了全部的内心世界。所有的行为、所有的姿态都是为了自己和家人生存得更好。当然这是无可厚非的，但可悲的是，他的心灵世界里没有为自己留下哪怕一寸的诗性空间。他不具备自觉性人格的理性意识，缺乏有效的价值支点。他的牢骚和不满与知识分子的批判性无关。和马垂章一块出差，因为说了不合时宜的话，被马垂章当众训斥。他在喝了酒之后，表达了自己的郁闷、可怜和无助，但之后迅速调整好情绪，如同什么都没有发生，充分说明了其自我克制能力，但是小说并没有继续深入，把他塑造成一个颇有城府的阴谋家。在小说的设计里，他和契诃夫《小公务员之死》中的切尔维雅科夫大致相似。

但这是一个具有复杂特点的人物，他没有池大为那样的传统文化背景，在官场中也就没有心理上的重负。对农民而言，生存是最重要的，所以姿态就要比知识分子灵活得多。于丁小槐而言，大学教育在知识层面上的改变多于在精神面貌上的革新，他只是在醉酒之后才会对践踏尊严的冒犯者有一点点微词，借助酒精的暂时麻醉鼓起无意识中微不足道的勇气。更多的情况下，他的表现是溜须拍马、察言观色，极尽奴颜婢膝之能事，他最在意的是自己在权力体系中的位置。池大为的到来使他有了显示资历的机会，但是池大为是卫生厅里唯一的研究生，所以丁小槐就对池大为怀有戒心。对高于自己的人只能恭维逢迎，如果连初来乍到的池大为都压不住，还谈什么仕途？他与池大为的最大区别就是缺乏忏悔意识和负疚感，只要能够捞取实利和上升的机会就会心安理得。体制对于丁小槐意味着一切，意味着所有的生存资本和光耀门楣的可能性，甚至家人到厅里看门都要依赖于自己的位置。

和池大为在官场上磕磕绊绊相反，师出同门的许小曼和匡开平则顺利得多。许小曼的起点较高，是一个纯粹的高官子弟。从小就在官场规则和政治文化的熏陶中成长，自然也把工作和生命价值定位在仕途之上。而池大为只是一个乡村赤脚医生的儿子，尽管池大为对许小曼出自内心的爱恋，但是门第差距使池大为又有一种拒斥感。门当户对的观念在中国已经存在了数千年，在人类历史上，对婚姻爱情的组合也起着举足轻重的作用。所以，池大为只有放弃这段美好的恋情，尽管这段恋情曾经超越了各种偏见，走上了漂亮公主爱上穷小子的典型模式。但最终仍然是池大为选择了放弃，恋爱的时候没有杂质，分手的时候也不出于功利。这也许是最后池大为和许小曼还能够保持一种合理尺度的朋友关系的原因所在。许小曼和池大为的婚姻都遵循了门当户对的观念。就故事来讲，它甚至稍微有些俗套，但这并不是阎真要表达的重点。两个人在毕业后都进入了体制之内，一个在中央，一个在地方；一个在卫生部，一个在卫生厅。这样，两个人的人生就有了很大的可比性。同在体制之内，甚至同在一个系统之内，不同的人生姿态，终究铺就了不同的人生道路。许小曼在池大为还没有弄清楚机关是怎么回事时，就已经是定了，掌握着卫生系统的项目审批权，这种生杀予夺使许小曼更加理解机关和权力的实质。在北京的同学聚会间隙，许小曼和池大为有过一次关于"自由"的对话，在一个茶楼上坐下之后，服务小姐来送茶。

这时外面有人敲门，是服务小姐送点心来了。我正想应一声，许小曼用一个手势制止了我说："等等，让她敲。"外面敲了一会，又停一会，再敲。我说："让她进来吧，她端着东西老站在那里也不好。"她说："你还是那么心软，你总是心太软。"就应了一声，小姐进来，脸上还陪着笑，把小笼汤包放在桌上去了。许小曼说："她心里不火？火还得笑着，谁叫她是个服务员？小人物就是这样的命运，她有自由？自由是有些人的特权。"

当池大为自认为没有处在权力的中心，起码有了自由时，许小曼以发生在他们身边的事例去向池大为说明，是否有自由只取决于自己所处的位置。处于底层的位置，就只有被人支配，在这样的情况下，他们有自由？最后许小曼得出的结论是，"自由是有些人的特权"。言外之意很明确，你池大为不要认为自己没有处在权力的关系网中，你就有了自由。自由的定义是，"想出国抬脚就走，好像在自己家里上厕所"，乍看起来很有道理，即使我们口头上不赞同，内心深处仍然为许小曼的"深刻"所震撼。读者极其容易被这些话语所深深感染，并引起深层的共鸣，但这不过是被谬论扭曲的强权逻辑。

英国的阿克顿勋爵对自由和权力有过精彩的论断，他认为缺少监督的权力产生腐败，没有制约的权力产生绝对的腐败。这种观点产生了重大影响，并在一定程度上地推进了人类的政治文明化程度。他在《自由与权力》中说："自由的本义：自我驾驭。自由的反面：驾驭他人。自由是防止自己被他人控制的保障之法。"①这个说法和许小曼的说法是完全相反的，在许小曼的定义里，自由就是驾驭他人，驾驭物质，她明确指出"自由是有些人的特权"。换言之，普通人是没有自由的，那么我们如何解释这两种截然相反的观点呢？难道阿克顿勋爵的"箴言"只是教科书里的说教？抑或许小曼在强词夺理？阿克顿的观点已经成为至理名言，许小曼的话似乎更有其强大的现实逻辑。他们似乎都没有错，那么究竟是什么原因造成了这样一种悖谬呢？

许小曼式的结论如果是正确的，必须有一个前提，那就是少数人的自由必须建立在对大多数人的支配之上，这种逻辑毫无疑问是封建专制思想以及由此而衍生出来的官本位思想在当代的延续。由于中国有两千多年的封建社会史，这些思想形成的强势逻辑早已根深蒂固，尽管经过20世纪数次革命的风雨洗礼，中华人民共和国成立以后新的社会制度也扫除了专制赖以存在的基础，但不可否认的是，这些思想的残留仍然很多。社会发展是一个渐进的过程，它有赖于社会文明的整体提高，而思想意识层面的改变则需要更长的演进过程。在鲁迅的小说《风波》中，辛亥革命前后，人们在辫子的留与不留间来回摇摆；阿Q对革命军队的理解就是白盔白甲……当然，那时中国才刚刚在国家形式上脱离封建社会，但起码说明一个问题：社会群体的思想认识常常落后于实际的历史进程。它有着强大的历史惯性，犹如一辆疾驰的汽车，对于出现在眼前的景物先是看见，而后才有了一个轮廓性的认识。所以，人们能够清楚意识到的永远是上一个路标。

所以，许小曼看似合理的说辞，其前提却建立在一种已经成为历史烟尘的制度逻辑基础之上。

这就能够解释为什么读者在看到许小曼的言说之后，觉得很有道理，而且还很深刻。简而言之，读者的思想意识中有着和许小曼大致相似的观点。许小曼似乎使他们恍然大悟，而后产生共鸣，实际上，这是一个典型的时代语境下的误读。

随着时代的进步和文明程度的提高，读者与许小曼式逻辑之间的共鸣将会越来越弱，由现在的认同到此后逐渐疏离。那时，读者将会以历史的眼光俯视今天的文学文本。犹如今天的读者在看待历史上的文学作品时会采用更加纯粹

---

① 阿克顿. 自由与权力[M]. 侯健，范亚峰，译. 北京：商务印书馆，2001：135.

的欣赏视角。由于和文本的产生同属于一个时代，读者很难剥离参与性的心理。"据我的经验，无论是对自己的作品，或是对古人今人的作品的鉴赏和评价，都因时间的推移而有所变化，有大的变化，也有小的变化。始终一贯持同样评价的文艺批评家，要么是非常卓越，要么是特别迟钝。"①《沧浪之水》同样如此，这是毫无疑问的。《沧浪之水》以艺术的方式切开了一个珍贵的历史断面。文学的作用不是去批判、揭露，实利主义的工具文学背离了文学的独特存在方式。

《沧浪之水》中，晏之鹤是体制内人物的失败者，最初到卫生厅时和池大为一样单纯。他是在屡屡碰壁后，洞悉了官场的潜在运行规则，将没有机会咸鱼翻身的苦闷化作冷眼旁观的清醒智者。他对人情世故洞若观火，只有在棋中消磨和慢悟，直到池大为在划过一道和自己相同的轨迹砰然落地后，晏之鹤认识到机会来了，他要把自己的经验和领悟在池大为身上得到实现。如果自己不能成为巨人，就塑造一个巨人，同样有无法言说的成就感和满足感。这是传统知识分子价值观在当代的具体再现，张良辅佐刘邦建立西汉政权，不为利禄高位，只求一展宏图，把自己的才华由图纸变成大厦，而后转身离去。所以晏之鹤的一生是寂寥落寞的落败和功成名就的诗意人生相结合的典型范例。

二、走向市场：解构传统的精神力量

中国知识分子的人格类型随着社会现状的不断转换而调整。转型与分化的图景在池大为、胡一兵和刘跃进的身上得到了淋漓尽致的体现。池大为秉承父亲对中医学的执着进入了北京中医学院，其他两个人分别到武汉大学去学哲学和到复旦大学学新闻，大学毕业后胡一兵被分配到省电视台做《社会经纬》栏目，刘跃进在华中大学教书。三个知识分子流向了不同的方向。研究哲学的刘跃进在哲学世界里流连忘返，最后妻子跟她们公司的老总好上了，这对刘跃进是一个巨大的打击，形而上的哲学败给了形而下的金钱。曾经试图脱离体制的池大为败走麦城，还是退回到体制内调整姿态，重整山河。和时代轨迹相一致的是胡一兵，省电视台是一个全民所有制事业单位，有着体制内的所有权和体制内的运作方式。但是胡一兵最终选择了经商下海。

"对知识分子来说，市场经济是一个严峻的精神挑战，甚至是一种解构性的力量。市场经济是一种经济体制，同时又是一种价值体系，一种世界观。市

---

① 川端康成. 美的存在与发现[M]//吕同六. 二十世纪小说理论经典：下卷. 北京：华夏出版社，1995：156.

场的力量无处不在，这不是任何人凭着一种精神力量可以对抗的。这就是马克思所说的存在决定意识。这种力量所具有的解构性，以利益冲动的合法性，解构着一切形而上的价值，包括中国知识分子的传统精神，如天下情怀，即承担精神，又如人格标高，即君子之风。市场的出发点是利润最大化，而'君子'的出发点是'义'，即孔子所言'君子喻于义'，两者水火不相容。在市场面前以一个纯粹的'君子'面目出现，就与生活产生了极大的距离，完全不能发生有效联系。一个不能与现实发生有效联系的人，他怎么生存，怎么处世？这就是你所说的精神逼宫吧？一个人能够凭着纯粹的精神动力去抗拒市场的力量吗？"①正是认识到了这种力量的不可对抗，知识分子才选择了以不同的方式调整自己的姿态。既然这种对抗是无效的，对抗的价值是可疑的，为什么还要在这上面纠结呢？

中国的知识分子发生了分化，一部分卷入了专业化体制的漩涡，另外一些人溢出了体制的边缘。池大为进入了体制，胡一兵办起了公司，顺应了市场潮流，屈服于权力和市场，服从于马垂章，服从于股票市场。任志强在尚不成熟的市场中如鱼得水，但他充其量是个伪知识分子，胡一兵的选择则有着明晰的思路和强烈的市场导向。面对那些严峻的话题——"生存才是唯一的真实"，胡一兵如果还在坚持那些已经过时的使命意识，就必然失去当下生活中的话语权。适应不是随波逐流，趋利也不是唯利是图，知识分子的价值体现方式多种多样。

与池大为在茶座里聊天时，胡一兵说：

金叶置业的余老板真的给人启发，他八年前还是一个泥水匠，有什么亲戚移民到了香港，摇身一变就成了大老板了。现在是什么境界了？他喝瓶酒都上千块，他皮带上万元，你信不信？你想一想那么多钱都是自己的吧。他双手在桌子上一搂，收到怀里，你就不能沉得住气。想一想那么多钱吧，一个人还有什么放不下？该走水路走水路，该走陆路走陆路。

这段话中的余老板是胡一兵最大的启蒙，喝上千块的酒，用上万元的皮带，与八年前的泥瓦匠形成了巨大的反差。这个反差深深刺激着胡一兵，成为他投身商海的动力，他憧憬这种挥金如土的物质欲望满足，所以在与多年的好朋友聊天时，胡一兵就把这种理解告诉了在仕途上不顺的池大为。胡一兵有他

① 聂茂，阎真. 转型期的精神逼宫与知识分子的良知拷问——与阎真对话[J]. 芙蓉，2007(2).

的困惑，不是说知识就是力量吗？但此时，三个名牌大学的毕业生又有什么力量可言。池大为在机关中失魂落魄、节节败退，刘跃进更是穷酸。他们这些知识分子怎么就没有那个泥瓦匠混得好？当然胡一兵的困惑有不可否认的合理性，但问题的关键是知识本身并不是力量，它需要个体付诸行动，需要灵活操控，才有可能转化为力量。最后胡一兵认识到了，池大为也认识到了。

　　不管是走向市场还是走向体制，改变的只是对象和领域，不能改变的是心底尚存的自由的、超越的精神领地。"知识分子首先不是一个道德人，而是一个知识人，知识是知识分子赖以存在、证明自己的最根本的理由，是其他非知识分子所不具备的。传统知识分子死亡了，但知识分子的精神却是不死的，只要这种自由的、批判的、超越的精神不死，知识分子就将获得永恒，尽管其存在方式会一代一代发生蜕变。"①

---

① 许纪霖. 中国知识分子死亡了吗？[J] 出版参考, 2003(15): 9.

第三章　阎真小说关键词

作为高校教授，阎真深受中国传统人文精神文化的熏陶，又在留学经历中受到国外文化的浸染。在此双重文化背景下，他有着独特的审美认知与个人体验。在创作上阎真似乎一直钟情于知识分子题材。但是他不是仅仅拘泥于此类型叙事的创新或者表现手法上的新颖，而是采用最传统和质朴的现实主义创作方法，直面生活本身，去感受和传达生活对一个知识分子内心的改变和磨炼。这有别于所谓的"身体写作"。虽然在创作上比较质朴，但是在这种自然中，又有着属于他自己的独特的叙事架构，在表现方式上有着属于自己的特色表达。在叙事伦理上，他通过表现主人公个体生命的诉求来判定艺术的规范，研究怎样的表达方式才能够让价值判断的表达足够深刻，让人们能够更深刻的意识到生命的本质，去深入思考生存与精神两个层面的矛盾与统一。这种叙述伦理有别于我们日常所说的生活的伦理。伦理是"人以什么样的方式活着？"文学本身就是关于"人学"的探索，即关于"人应该怎样生活"的探索。作家通过何种叙事因素、以什么样的方式来处理伦理问题即为叙事伦理。自从中国开始由计划经济转到市场经济以来，社会环境给知识分子的生存带来显著的影响。知识分子的身份被日益边缘化，其精神导向价值也日益衰落。在这个方面，文学应该以自己的方式进行清醒的认知和反思。

阎真最新长篇小说《活着之上》集中反映了知识分子在所处时代境遇中的生存和精神状态，体现了人类生存的纠结和内心挣扎，小说塑造了以"我"（聂致远）为代表的追求真理、不为世俗绑架、努力超越平庸的知识分子形象，深刻描述了当下高校知识分子的精神困境。小说以主人公聂致远在求学历程、教学科研、职称评定等过程中的遭遇为主要线索，将其置身于中国大的教育背景之下，揭示在高校教育系统中，相关利益链条的种种藏污纳垢。该小说在揭示了教育制度弊端的同时，深刻揭露了商品经济环境下的社会本质，在利益诱惑下种种人性的扭曲异化，人文价值的缺失与沦陷。《活着之上》的两个人物形象反差鲜明。历史学博士聂致远坚守知识分子的独立人格，找工作，发论文，评职称，处处遭遇坎坷，婚姻生活亦是举步维艰。尽管深陷生活的泥潭中，他依然坚守良知，守着传统知识分子的信仰。他的同学蒙天舒，学问平平，却善于钻营人际关系，靠着巴结逢迎的手段，30 岁就已经当上校长助理。如小说中所言："钱和权，这是时代的巨型话语，它们不动声色，但都坚定地展示着自身那巨轮般的力量。"

必须承认，阎真不是一个靠量取胜的作家，他的作品在于精，每一部都是精雕细琢，目前，他出版了四部小说，四部小说几乎都是一个人群和一个核心主题：知识分子的自处。无论是高力伟、池大为，还是柳依依、聂致远，他们看似身份不同，性别不同，所处的环境不同，实际上他们都处在相同的境地中，只不过他们的选择不尽相同，生命的轨迹不尽相同，但是，从精神的层面去考量，他们都是殊途同归的。困境、隐忍、坚守、审痛、选择，这是阎真笔下的知识分子在谋求工作进步和获得生活富足的过程中时常面临的现实忧虑和精神矛盾，也是切开他小说剖面的关键词。如何超脱于世俗，换取自身存在的价值与生活的意义，这是处于精神困顿中的知识分子应当迎接的挑战和所做的选择。尽管阎真的创作起源于《曾在天涯》，但是，《曾在天涯》的阎真还没有完全找到和施展出他全部的写作抱负和野心。我们以为无论是从市场反应，还是从文本分析，《沧浪之水》都是最具代表性的，《沧浪之水》的问世标志着阎真的横空出世，这不仅仅是市场上的反应，不仅仅表现在阎真由此受到关注和名声大噪，而是更多体现在阎真自身的创作生涯。如果说《曾在天涯》刻画的人物和主题还有一定的小众色彩和文化局限性，那么，由《沧浪之水》开始，阎真则真正找到了自己的"文学领域"。一个池大为让千千万万的中国人看到了赤裸裸的自己，并为此赧颜、羞愧和思考，阎真找到了他的"中国主题"，他的创作真正成熟了，他的小说也真正开始了。他后来的创作则和《沧浪之水》有着相同的血缘，《因为女人》我们可以看作"女性版"的《沧浪之水》，而《活着之上》则是《沧浪之水》的极致和升华。所以，讨论阎真小说关键词时，我们认为选择《沧浪之水》最恰当不过，它可以成为阎真小说创作的缩影。因此，论者在本章进行分析时，主要用《沧浪之水》的文本叙事作为聚焦或讨论的主要内容。

第一节 困境：难以摆脱的庸常人生

庸常人生的处境无人能避免，难得的是如何能一以贯终地坚持自己的常态和与世无争。在小说《沧浪之水》中，父亲与池大为这对父子，在社会的不同时期，面对着不同的诱惑和一次次措手不及的暗算，一个选择了坚持自己的生活操守，面对困境时淡如止水，并最终宁静地回归苍天；另一个则选择了曲意逢迎，在忍无可忍的困境中无法抵挡住生活的艰难与官场的无常，在利欲熏心与生活所迫的压力中，选择了沆瀣一气的官场，并最终站在了权利的巅峰。

池大为的父亲是一位农民，同时也是一名救人无数的赤脚医生。年轻时的池父也曾为坚守人格而义正词严，却因此被错划为右派分子，在批斗中他无奈地选择了沉默，但当同事朱道夫身处困境时，父亲在他的请求下勇敢站出来向组织讨一句公道话。在当时清浊莫辨的世态之下，父亲的行动被视为大逆不道，甚至成了之后朱道夫为自己邀功请赏的把柄，但父亲的一举一动始终契合着他"高山仰止，景行行止，虽不能至，心向往之"①的人生座右铭。

父亲淡泊名利，甘于寂寞，他的一生虽静如止水，实则举步维艰，防不胜防的险境与不测伴随着他的一生。年轻时的父亲带着一身的才华来到了偏僻的三山坳，在这个与世无争的偏远小镇，父亲施展着自己救人无数的医术，赢得了生前身后的好名声。在集体利益至上的时代，个人的能力根本不被重视，父亲空有一身本领却无人赏识，难成气候，这无疑是阻碍人生发展的一道屏障。与繁华的大都市相比，三山坳只是一席小舞台，容不下如此才华横溢且品学兼优的有志青年。这是时代的困境，父亲无法逃脱时代的作弄。但在这片狭小的天地间，父亲以他特有的处世之道与精湛的医术赢得了名声。化困境为顺境，父亲的反庸常的生活品性让他摆脱了原本庸碌无为的人生，这是他做人的境界，更与儿子池大为在之后追求飞黄腾达的官运中所表现的利欲熏心形成鲜明的对比。

父亲一生甘于平静，不与俗世同流合污。他的超凡与脱俗虽然看似与时代格格不入，但正是在无休无止的斗争与迫害间，父亲在经历着那个时代最习以为常却也最无理取闹的庸常人生间，其困境与庸常已然在自己无欲无求的内心获得了释怀。

与父亲淡泊明志、宁静致远的生活志趣相比，年轻气盛时的池大为秉承了父亲的高尚节操，并始终与不公的世道保持着距离。他秉承父亲生前清高的气节，并对父亲的藏书《中国历代文化名人素描》爱不释手。他曾辱骂对父亲下黑手的朱道夫，尽管随后遭到了父亲严厉的训斥。学生时代的他拒绝了高干子弟兼校花余小曼的追求，选择了默默地承担因身份地位的悬殊和思想观念的差异

①　阎真. 沧浪之水[M]. 北京：人民文学出版社，2013.

而带来的不公正的待遇。研究生毕业后的池大为甚至放弃了原本可以留在北京的机会，选择了回到属于自己的世界。初出茅庐的池大为在父亲"虽不能至，心向往之"的人生座右铭的影响下，也以独善其身的坚忍与兼济天下的豁达控诉着世间因欲望的膨胀而带来的炫耀与嫉妒。最初的池大为就是在清与浊的灰色地带中保全着人格的操守。

但残酷的现实并没有给予这个不谙世事的年轻后生一丝怜恤与同情。池大为最终走入了庸常人生的围城，无法自拔。池大为的妻子董柳就是一个为着现实生活和物质利益甘愿做牛做马的世俗之人。一开始，董柳是一名护士，因打针技术过硬而有了"董一针"的绰号。尽管打针技术在医院里首屈一指，但董柳并没有因此获得任何物质性的奖励和职务提拔，而不热心于追功逐利的她对此也只是不闻不问，任由他人摆布。结婚后的董柳不嫌弃郁郁不得志的池大为，新婚燕尔甘愿住在生活起居不方便的筒子楼，并一住就是多年。婚礼也只是"几件家具，几十包糖果"①。婚后的她专注于自己的家庭生活，"她对其他事情不感兴趣，她不下棋不打牌，不串门不聚会，在家里就是呆得住……她早出晚归，每天早早起来，把早餐做好。每天买什么菜，买多少，她都写在台历前一天那一页上"②。那时的她为了操持家庭而放弃了自己绝大部分的物质享受。董柳兢兢业业地为家庭操劳本无可厚非，但当生活的欲望与出人头地的决心日益萦绕心头且挥之不去时，原本平平凡凡、有滋有味的小生活已无法满足这样一位世俗之人的爱好，更为光鲜的物质享受和利益追求激起了原本单纯无邪的董柳的幻想。董柳希望借助丈夫的地位和职权改变自己原本平庸的生活。但当她越想逃避曾经寄人篱下般没有尊严且得不到实惠的日常生活时，欲望的枷锁反倒将她推入了另一处更难挣脱的世俗人间。凭借着运气的降临和职权的运作，已经是厅长夫人的董柳早已褪去了当年那个小护士的羞怯与懵懂，生活的重心已不再是一日三餐的日常生活。此时的董柳更多的是装饰自己的面子工程，送儿子出国、做美容、装修住宅、担心老公外遇等诸如此类的琐事成了董柳每日的牵挂。无论是当年那个不谙世事、整日操心于柴米油盐酱醋茶的护士小柳子，还是现在身居要职的厅长夫人，董柳的困顿依旧没有随着时光的推移和身份的变更而改变。董柳在权利与金钱间寻找着安逸与幸福，而真正的享受与生活却与她渐行渐远。当欲望的满足没有到达幻想的高度时，董柳又陷入利益的苦恼中，不得解脱。如此死循环，最终消磨的只是生命的美好与生活的质

---

① 阎真. 沧浪之水[M]. 北京：人民文学出版社，2013：99.

② 阎真. 沧浪之水[M]. 北京：人民文学出版社，2013：104 - 105.

地，而早已俗不可耐的董柳深陷其中，浑然不知且无法自拔了。

池大为作为小说的主人公，他的身份具有双重性。一方面，农民出身的家庭环境，让他见识了生活底层人士的艰辛与权力斗争的残酷。池大为的父亲是一位舍生取义的生活智者，在崇尚仁义礼智信的家庭环境的影响下，池大为的骨子深处是对底层人民的同情与对权力斗争的厌恶。另一方面，作为知识分子的池大为，因精神修养和道德操守在一般人之上，"穷则独善其身，达则兼济天下"的济世安民思想在他心中占有一席之地，因此，踏入社会，初期的池大为不满于阿谀奉承的官场作风，而是选择了站在世俗之人的对立面，不愿同流合污的池大为无形中与官场划开了一条界线。

池大为的庸常人生来自个人婚姻的变更和与官场的格格不入。池大为的第一任女友许小曼是学校校花，且是高干子弟，二人的交往原本是令人羡慕的一对，但许小曼高人一等的优越感让身为寒门学子的池大为无法承受因家庭背景的悬殊而带来的世俗的偏见。池大为无法将平民意识注入许小曼的观念中，身份观念的隔阂在许小曼和池大为之间无形中构成了一道无法逾越的鸿沟，许小曼与池大为的关系也就此走到了终点。可以说，许小曼是权贵阶层的代表，而心中尚存清高和不与世俗同流合污观念的池大为是无法接受权贵的压迫和指责的。池大为的第二任女友屈文琴是一名大学生，但她善于奉承和拍人马屁的手段让池大为甚为不悦。屈文琴对厅长夫人沈姨的套近乎和对权力野心的追逐让胆小怕事的池大为无法接受，二人最终也走向了分手的结局。池大为的第三任女友董柳，学历是大专毕业，职业是一名护士。董柳在工作中和生活上时常遭到同事的排挤和打压，但心无大志的董柳并没有和他人计较。这样一个甘于平凡的女人最后成了池大为的妻子。在池大为看来，董柳的安于平静和不爱计较正符合自己不愿与世俗同流合污的处世观念。池大为和董柳的结合也说明了当时二人的人生观和生活志趣达成默契。

池大为以消极避世的态度面对官场上阿谀奉承的官僚习性，他坚持了父亲的操守，守住了自己的气节，秉持了一个知识分子该有的责任感。但官场风云莫测，清浊难明。池大为最初选择与物欲横流的官场决裂，本身就是难以摆脱的困顿。池大为愈想证明自己的清白与孤傲，愈被这秽浊不堪的官场孤立与隔绝。最终他陷入了困顿的深渊，难以脱身。在情感上，许小曼的官僚习气和屈文琴的阿谀奉承让原本甘于平静的池大为敬而远之，董柳的世俗反倒迎合了池大为不愿与官场沆瀣一气的最初设想。但池大为的选择仅是与世俗的困境和谄媚的俗态擦肩而过，与董柳的结合则是陷入了另一处更为难以摆脱的庸俗的人生。池大为最终在董柳的唆使下和自己日益膨胀欲望的威逼利诱下，迷失了踏入官场的初衷，放弃了当初的选择，最终走向了权力的巅峰，成为金钱的奴隶和权力的附庸。池大为未能摆脱庸常的困境，这是他作为一个知识分子的无奈，而在这无奈的背后实则是内心的俗不可耐和利欲熏心。

第二节　隐忍：一种自保的生存方式

作为一名知识分子，池大为最初怀着兼济天下的心态来到了省卫生大院，作为单位同事中学历最高的一位，池大为原本是希望利用自身本领为民谋利，而风起云涌的官场并未垂青于刚踏入其中的年轻后生。为了独善其身，池大为只能舍弃之前兼济天下的梦想，以自保的生存方式和隐忍的生活态度获得一席存在的空间。

池大为的隐忍是为了获得不被人尊重的自尊，选择一种自保的生活方式则是为了接受现实的残酷和获得生存的一席之地。这种消极避世的生活并非长久之计，如何面对官场上变幻莫测的危机和难以揣度的人心则成了池大为出人头地的立足点，隐忍和自保在池大为最初的官场生涯中俨然成了"低声下气"的代名词，缺乏自尊的生活与工作让池大为陷入了缺乏存在感的危机。池大为面对的第一件棘手的事就是如何与自己的同事丁小槐相处。池大为上班第一天，丁小槐从中作梗，安排位置不佳的办公桌、指使池大为下楼梯打水、擅自挪用池大为桌旁的落地扇等。丁小槐的一举一动让初入官场的池大为甚为不满，"想着丁小槐是这么一个牛角尖也要钻一钻的人，看着他的后脑勺，越看越不顺眼，总觉得有说不明白的不对劲。我池大为还没堕落到要跟他来争这点鸡屁眼事的地步吧"①。城府未深的池大为对自己同事的排挤心知肚明，但为了明哲保身，隐忍的做法成了池大为最初的选择。"我翘一翘嘴角，把这几个字轻轻吐出来：'不屑于！'声音轻得只有自己的心感觉得到。我不觉得这些小事有什么计较的价值，可心里还是像卡着一块鸡骨头似的"②。池大为有苦无处说，选择自保的生存方式也只是无可奈何。

池大为对于谄媚之流如丁小槐尚且如此忍气吞声，而卫生厅中掌握实权的位高权重之辈，池大为在他们面前就更显得微不足道了。一次会议上池大为对厅里车辆开支问题表示不满，提出了自己的看法。但出人意料的是池大为有理有据的凭证在众人眼中成了大逆不道之言，"在别人都发言之后，我觉得那些

---

① 阎真. 沧浪之水［M］. 北京：人民文学出版社，2013：26.

② 阎真. 沧浪之水［M］. 北京：人民文学出版社，2013：27.

发言都不痛不痒不过瘾，空空泛泛，连皮毛也没触及"①。更令池大为意想不到的是，一次正义的发言带来的是同事的冷眼旁观，甚至是耻笑。最终池大为在同事的不解和非议中，被马厅长安排到了卫生厅的下属机关中医学会工作。原本处于权力阶层核心位置的池大为，拥有无限美好的前途，但一次充满正义的对话让他跌入了深不可测的低谷。职位的变动虽然是平级，但"平级"的背后隐藏的是晋升的无望和受人排挤的苦闷。生活中的池大为又何尝有自己的安宁之所。董柳的不解和不屑，儿子出生后的抚养重担，与岳母同房而居的尴尬处境，和丁小槐的过节，以及接踵而来的告密、揭发、与同事的隔阂……危机四伏的官场上再难以安放一颗平静的心。原本心地单纯的池大为在权力博弈间委曲求全。但职位的调遣和生活的重担并没有给这个七尺男儿留下生活的尊严和内心的安宁。池大为以"农民的儿子"的身份，曾为一息尚存的良知寻觅一丝余留的价值。他只是期望以隐忍和自保的生活方式，在尔虞我诈的官场斗争间寻得一处无欲无求的安宁处所，但早已清浊莫辨的现实没有给这位心存良知的有志青年一丝喘息的空间。池大为在进与退、清与浊、黑与白的灰色地带间寻觅一丝温情与怜恤。但现实的残酷将他从生活的一侧推向了另一处不可捉摸的边缘，隐忍和自保也顺理成章地成为他保持希望操守的权宜之计。

池大为坦然接受了现实安排的一切。面对似乎早已挥去了心中杂念而显得一尘不染的生活，在中医学会，池大为将原本索然无味的生活投入到了博弈间，并找到了一位和自己志同道合的另一位落寞者晏之鹤。二者的对弈与闲谈成了一种委婉的自保。在博弈与对峙间，池大为或许能真正拥有属于自己的一席喘息之地，按照自己的意愿走好人生的每一步。

"沧浪之水清兮，可以濯吾缨；沧浪之水浊兮，可以濯吾足。"池大为选择了隐忍的态度和自保的生活方式在物欲横流的官场间特立独行，他希望出淤泥而不染，濯清涟而不妖。他的坚守是一个知识分子的良知，他的甘愿寂寞是一名农民儿子的责任和担当。年轻时的池大为自己最初的梦想选择了与官场决裂，尽管受人耻笑和不解，但这种强者的姿态和不屈服的决心令人钦佩和叹服。

第三节　坚守：在幽暗人性中前行的微光

无论是之前的穷愁潦倒，还是之后的飞黄腾达，在池大为的官场生涯中，

---

① 阎真. 沧浪之水［M］. 北京：人民文学出版社，2013：71.

有两个人的意志和信念成了他前行路途中不可或缺的推动力量，如同一盏明灯，在危机四伏的官场中为池大为的蜕变指引着方向。

父亲骨髓中浸透着农民的质朴和为官即为民的信守，是池大为初入官场时时刻牢记左右的座右铭。父亲一生清廉，尽管只是一个偏远山区的赤脚医生，在那个政治利益至上的年代，父亲的坎坷与遭受的迫害是时代的悲剧与命运的无奈。尽管如此，父亲依然秉持救死扶伤的医德。父亲生前最爱的《中国历代文化名人素描》是父亲精神的信仰，"高山仰止，景行行止，虽不能至，心向往之"是父亲的人生座右铭。从小在父亲崇高人格的熏陶下，池大为坚持了"人之初，性本善"的操守与德行，"那种庸人哲学轻如鸿毛，我觉得实在很可笑，也实在是不屑一顾"①。池大为不愿堕落为附庸于官场的奴才，更不愿意为获得一时的利益而如跳梁小丑般卑躬屈膝。在踏入官场之初，池大为的一言一行、一举一动始终坚持父亲生前的言传身教和对自己的嘱托，"似乎有一种神秘的声音，从灵魂深处生长出来的声音提醒着我，我注定是要为天下，而不只是为自己活着的，这是我的宿命，我别无选择"②。池大为坚守住了对自己宿命的唯一选择，他甘愿在一人得道，鸡犬升天的官场中，保持着自己清高的本性和为官清廉的操守。在为官之初，池大为抵挡住了金钱的诱惑和对权力的欲望，在"众人皆醉我独醒"的省卫生厅中，他屏蔽了别人的不解，甚至是嘲讽，独自面对人性中难得的一丝温存。来自父亲的信守让孤军奋战的池大为在踏入官场之初坚守住了自己的阵地，诠释了身为一名父母官应该为人民所做的一切，在清浊难辨的时代面前，池大为最终拨开了一片云雾，迎来了一缕阳光。

时代在变，官场在变，人性也在不知不觉间变得令人难以捉摸，无所适从。如果说父亲的言传身教是对自己久经沙场的历练和对人性伪善的戒备的话，第二位精神导师晏之鹤的出现则成了池大为仕途生涯的转折。在为官清廉与顺应民意间徘徊时，池大为遇到了自己官场上的第二位精神导师晏之鹤。"我左边坐着厅里有名的闲人晏之鹤，二十年前是厅里一支笔，后来潦倒了，这几年虽有一张办公桌却什么事也不用做，经常上班时间在图书室与人下象棋"③。晏之鹤是一位官场不得志的能人。他虽不是位高权重之辈，却在官场上摸爬滚打了二三十年，看破了物欲横流的尔虞我诈和灯红酒绿的花花世界，以下棋赢得生活的意义。池大为刚进卫生厅时，因为生活上和工作中的不如意事，晏之鹤

① 阎真. 沧浪之水[M]. 北京：人民文学出版社，2013：71.

② 阎真. 沧浪之水[M]. 北京：人民文学出版社，2013：71.

③ 阎真. 沧浪之水[M]. 北京：人民文学出版社，2013：40.

成了池大为无话不谈的好友。晏之鹤的才能在人脉关系复杂和钱权利益至上的官场上被埋没，在碌碌无为的二十多年的官场生涯中，与其说晏之鹤的闲暇和博弈是与官场决裂和保持自我操守，毋宁说这种寄情于对弈的闲情雅致是对狼狈为奸的官场的深恶痛绝，以及对当下不正之风的鞭笞。晏之鹤的生活哲学俨然成了与官场作战的兵书，虽无一兵一卒，但气场和架势却有过之而无不及。在他看来，掌握了官场上游戏的规则，才能左右逢源，仕途顺畅。"卫生厅是一个圈子，圈子里有一条基本的游戏规则……这个规则是什么？就是要站在掌权的那个人的角度考虑一切问题……你这么看问题，你就全面了，不偏执了，就没有动机不纯的针对性了，就看惯了，也就视而不见听而不闻了"①。池大为在晏之鹤的引导下，无论是在中医学会的七年，还是到卫生厅后的不得志岁月，池大为都能心甘情愿接受现实安排的一切。

　　晏之鹤的哲学虽然让身处窘境的池大为获得了心灵的开拓和精神的洗礼，但是，当一个人沉溺在受人冷落的世界中，时间过长时，内心的欲望便会煎熬，人性的伪善也会借机暴露。池大为在自己的儿子因烫伤而四处求医的过程中看清了人性的虚伪，他也从甘于平静向呼风唤雨的政治仕途迈进。而这其中的舒少华联名举报马厅长的事件也成了池大为咸鱼翻身的契机，为他出谋划策的就是晏之鹤："这个信息是一笔财富，你要好好利用。你马上打电话向马厅长汇报"②。最终，晏之鹤将原本心从向善的池大为拉向了官场的深渊。"我这时非常清醒，晏老师是对的！而我的本能指向的方向总是错的……忽然，鬼使神差地，我身子往前一蹿，双手就撑在地上了。我四肢着地爬了几步，昂着头把牙齿龇了出来磕得直响，又把舌头伸出来垂着，在心里'汪汪'地叫了几声"③。内心早已不坚定的池大为最终没能抵挡住官场的诱惑和晏之鹤的怂恿，他成了自己口中所谓的"猪人""狗人"之流，尽管这是在模糊了是非观念的情况下池大为所做出的无奈之举。

　　如果说父亲的言传身教让池大为懂得了善的初衷和为人的根本以及生活的真谛的话，那么晏之鹤的官场哲学则让身处窘境的池大为获得了精神的慰藉和宁静，也让他在飞黄腾达的日子里获得了左右逢源的机遇和仕途无限的可能。对父亲不戚戚于贫贱、不汲汲于富贵的豁达，池大为最初选择了站在正义的一面，尽管这种浩然正气是与社会中畅通无阻的所谓公正背道而驰的。而在晏之

---

① 阎真. 沧浪之水［M］. 北京：人民文学出版社，2013：81.

② 阎真. 沧浪之水［M］. 北京：人民文学出版社，2013：304.

③ 阎真. 沧浪之水［M］. 北京：人民文学出版社，2013：304.

鹤的官场哲学的引导下，池大为在此之前所坚持的"穷则独善其身，达则兼济天下"君子理想并没有实现。当池大为不再坚持父亲临终前对自己的嘱托，而是顺应了时下流行的所谓"游戏规则"之后，池大为真正的官运亨通才刚刚开始。

父亲的哲学在政治利益至上且颠倒了是非黑白的年代，在人性缺失、生活无望的岁月里，让池大为坚守住了一缕最难能可贵的人文关怀与存在的价值，而晏之鹤的哲学在权钱当道的官场中让原本心地单纯的池大为变成了官场上呼风唤雨的风云人物，甚至站在了权力的巅峰。父亲的坚守是背离了畸变的人性，而晏之鹤的坚守则顺应了日益颓败的官场文化。作为徘徊于黑白之间的池大为，最终内心欲望让他没能守住心中的最后一缕微光，成了幽暗人性的附庸。

第四节　审痛：无人见证的牺牲

审痛，不是不知道痛，而是知道痛苦之烈而不回避，反而去正视，去审定，超越自我。韩国前总统朴槿惠在竞选时曾说："我没有家庭，没有丈夫，没有儿女，国民就是我的家人，让大家幸福是我参政的唯一目的。"反对者说她是"冰公主"或"冰山女王"，不具亲民的魅力，她听后淡然道："冰，是坚硬万倍的水，结水成冰，是一个痛苦而美丽的升华过程！"从这里可以看出，审痛，是一种信仰。"当世界以痛吻我，我仍报以欢歌。"这是大彻大悟后的定力。就像曹雪芹书写《红楼梦》一样，这种审痛，其实就像是一种无人见证的牺牲。而这种无人见证的牺牲成为阎真创作的动力和超越自我的理由。

阎真笔下的知识分子或无奈于世俗的强权与利益的诱惑，在良知与正义间寻寻觅觅，最终或迷失了原有的方向，或在一意孤行间被世人摒弃，消失于茫茫人海间，无法自拔。

无论追逐权力，抑或贪婪于金钱，在追求欲望的路途中，痛苦的考验成了一道挥之不去的阴影。《沧浪之水》中的池大为为了最终登上权力的巅峰，摘得所谓"人上人"的桂冠，审痛成了他的必经之路。

池大为的审痛和牺牲经历了两个时期。初入官场时的池大为因坚持内心的原则和不愿与官场同流合污的决心，他在看似光明磊落的官场中不得志，最终在颠倒黑白的官场中牺牲了自己大好的前程，屈身于不被人看好的中医学会，过着无欲无求的生活。第二次的审痛是当池大为不再愿意过着庸碌无为、枯燥乏味的平凡生活，他人的富足与安逸已经无法让池大为视而不见时，池大为感受到了因权力和地位的悬殊而带来的巨大的落差。此时的池大为不再为了名节和正义而放弃自己的尊严与存在的价值，他内心的质朴与良知已经被最后一丝欲望和诉求所占领。在池大为看来，活着的价值已经不仅仅在于生存，"人这一辈子，最现实的就是鼻子底下的那一点东西，人其实就是这么可怜，可悲。但只有在可怜可悲中，才可能与现实发生联系，才可能萌生出一点点希望的萌芽"①。池大为最终向无情的现实展示了自己的懦弱和无能。审痛的过程即对自我堕落的见证，而牺牲则是对正义的摒弃和对生命前途的迷茫及对现实的捉摸不定。

池大为初入官场时的稚嫩与羞涩见证了他审痛的历程。无论是对丁小槐肆意妄为的不屑，还是对马厅长颐指气使的不满，无论是屈居筒子楼时的不快，还是安逸于中医学会无欲无求的生活，池大为眼之所见、耳之所闻无不是对自己之前济世安民思想的背弃和逃避。池大为所受到的不耻和嘲弄是对自我价值的否定和对格格不入的生存环境的抗拒和愤恨。初期的池大为为了坚守住父亲对自己的嘱托，选择牺牲自己作为卫生厅中学历最高的唯一一位研究生知识分子的尊严和身为知识分子心忧天下、为民谋利的操守，默默忍受着权力阶层的暗箱操作，为了争取自身利益而放弃百姓利益的勾结中保住自身尚存的一丝良知和操守。池大为的牺牲不再是为了维护大众的利益，他的选择也并非发自内心。在暗箱操作的官场中，池大为的牺牲和隐忍无疑是一种自保的生存方式，尽管他无时无刻不在经受着良知的叩问和内心的挣扎。他承受了因自己的无能而带来的家庭的抱怨，因自己的无权而在工作中遭到的排挤和嘲弄，因自己的无助而在生活中遭到的孤立和无援，因自己的无望而在人生的叉道路口中遭受的煎熬与痛苦。此时的池大为是以牺牲自己正义的操守和对生活的追求而审视自己的痛苦，这种审痛虽尖酸却充满着小人物的无奈与困惑。

儿子的意外烫伤让池大为心中最后一丝人性彻底毁灭，随之而来的舒少华事件也为池大为的东山再起提供了转折的契机。池大为抛弃了之前自己所珍重的正义和良知，他成了阿谀奉承者的同流。在金钱与权力占主导地位的时代，池大为顺应形势，游刃有余地穿梭于位高权重者和阿谀奉承者之中，成了马厅长的心腹，并顺着杆往上爬，最终得到了厅长的宝座，站到了权力的巅峰。

池大为的所作所为并非发自内心，而是时代使然。阎真在《时代语境中的知识分子——说说〈沧浪之水〉》一文中对《沧浪之水》的创作动机做了深入的剖析，他尖锐地指出，市场经济通过将个人利益的合理化，"将人的理想从形而上

---

① 阎真. 沧浪之水[M]. 北京：人民文学出版社，2013：264.

的层次牵引到了形而下的层次"①，彻底动摇了中国知识分子存在的精神根基。

究其根本，人作为社会动物，对自身价值的认定建立在与其他社会成员的"对话"基础上。池大为作为农民的儿子，在父亲宁静致远、心忧天下的"语境"下成长，潜移默化中将这一旧式知识分子品格视为信仰。而当池大为离开象牙塔、走向社会时，他原本坚守的价值体系却受到了时代"语境"的全方位冲击。小说中的马厅长、董柳甚至是晏之鹤所代表的都是市场经济体系之下，追求个人利益最大化的价值取向。马厅长作为池大为的上司，通过手中的权力从高处阻断池大为的晋升路径，将池大为边缘化，排除在主流"话语"之外；妻子董柳是典型的小市民人物，高度重视物质生活，喜欢攀比，全副身心关注着生活中点点滴滴的琐事，她在两人的亲密关系中不断对池大为施压，向池大为索要更好的物质享受，让池大为失去了从日常生活中寻求宁静的可能；而在池大为看来，晏之鹤与自己算是同路人，两人同样清高自负，同样在现实面前不愿意低头，但是人到暮年的晏之鹤却没有了池大为身上的韧劲，他早池大为一步经历了生活排山倒海的压力，一家人蜗居在两室一厅的小房子里，女儿在郊区上班无法调回工作，旁人的冷眼都日复一日地折磨着晏之鹤的心，也让他看清楚了官场的种种规则。晏之鹤以自己的亲身经历点拨池大为，用自己的谋略与悟性引导池大为走上权力之路，却也让池大为的坚守显得更加苍白无力。压垮池大为的最后一根稻草是儿子的烫伤事件，当无权无势的池大为抱着儿子四处求医而无门时，池大为第一次发现自己为了尊严而坚持的东西，却反过来让他变得更加渺小而卑微。池大为因父子亲情而守护的火炬，最终也在父子亲情前熄灭。

福柯在1977年接受法国《新闻观察》的专访时曾说："会有那么一位摆脱了自明与全能的知识分子，他努力在时代的惯性和约束网中探查并指明弱点、出路与关键联系。他不断更换位置，既不知明天的立场也不去限定今后的想法，因为他对现状的关切超过一切。"②福柯对后现代时期知识分子的预言是如此的精确，这位先贤穿过时间的洪流，预见了市场经济时代不可违逆的庸俗化潮流。在历史面前，任何个人的反抗都无异于螳臂当车。池大为一退再退，只想独善其身却依旧被逼得走投无路。与其将池大为的堕落归因于自身的逐利性，不如说是时代背景之下知识分子世俗化的必然结果。池大为为了利益所付出的代价是昂贵的，理想破灭的痛苦甚至比肉体的伤痛更加锥心蚀骨。

---

① 阎真.时代语境中的知识分子——说说《沧浪之水》[J].理论与创作，2004(1)：52.
② 赵一凡.欧美新学赏析[M].北京：中央编译出版社，1996：147.

　　无论是之前为了维护正义而牺牲自己的尊严和身为知识分子的价值，还是之后为了维护自己的价值和博得生活意义而背弃初衷，成为谄媚奉承的官场老手，池大为终究没能摆脱官场中潜行的"丛林法则"和受制于人的隐形枷锁。池大为的选择，无论是为了实现作为一名官员的利益，还是为了维护当初作为一个农民的儿子和知识分子的利益，他都成了既得利益者的牺牲品。尽管在上任之后，池大为为自己之前所犯下的错误亡羊补牢，但这只是良心的安慰和蒙蔽自己的谎言。在池大为自己精心编制的谎言中，他的一举一动既光明磊落又顺其自然。池大为虽最终摘得了令人艳羡的桂冠，但为之付出的牺牲与经受的痛苦也不少，令人可鄙的同时，也让人感受到了些许的悲凉与痛心。

第五节　选择：在绝望的深处实现超越

　　庞大而未经筛选的信息、对物质的崇拜、道德失去底线等现代社会的弊病，严重冲击着中国沉淀千年的知识分子文化。摆在知识分子面前的难题是：在固守精神世界和顺应时代之潮两者中应该作何选择。《沧浪之水》对这一问题的回答让人无端生出一丝绝望。

　　在奉行丛林法则和弱肉强食的官场上，生存的权利和价值就在于权力的诱惑与利益的争夺，而操纵着权力的变局和利益的变更的是人们内心的欲望与不断攀比的虚荣心。池大为自己刚踏入官场时坚持着自己内心的原则，他敢于拒绝阿谀奉承的前女友屈文琴的爱情，对同事丁小槐的做法不屑一顾，敢于在讨论会上对用车问题提出自己的看法，对马厅长的不当之处也大胆地发表自己的看法。但池大为的用心良苦却换来了同事的不解和排挤。直到自己的儿子因烫伤而无处救治时，池大为才感受到了脱离主流的困顿与惶惑。沉溺于自己庸碌无为的世界中的池大为幡然醒悟，"使我有了最后的勇气，把心中的想法付出行动"①。儿子的意外烫伤成了池大为转折的契机和动力所在，面对日益落魄的生活和无处可诉的忧愁和烦恼，原本特立独行的池大为在坚持自我原则的道路上虽形单影只，直到被人冷落与隔绝时，生活的压力和精神的救赎让池大为在绝望和徘徊间最终选择了在沉默中爆发，在鱼龙混杂的官场中重新实现自身的超越。

　　池大为在官场中突破重围，他的超越不仅表现在不再屈服于之前与世无争的安逸和自在，而是敢于向浑浊莫辨的官场发出挑战。池大为在官场中借助人

---

① 阎真. 沧浪之水[M]. 北京：人民文学出版社，2013：264.

性的萎靡与欲望的膨胀，顺势而为，在官场中左右逢源，最终坐上了厅长的宝座。在当上厅长后，为了安抚良心的谴责和内心的不安，池大为又在获得了至高无上的荣誉之后选择了回归现实，服务百姓，为民请愿。

池大为在绝望中实现的第一次超越是对舒少华联名举报事件进行揭发，这次经历让他重新获得了马厅长的赏识。池大为借此机会进一步顺杆爬，他带着自己的妻子董柳来到马厅长家中和沈姨套近乎，甚至利用了自己儿子池一波和厅长侄女之间的玩伴关系为自己今后的官运铺平道路。这种阿谀奉承是之前的池大为所不耻和不屑一顾的，而此时的池大为竟然放弃了自己的尊严和清高，选择在尔虞我诈的官场中出人头地。与官场决裂和最终皈依官场，这是池大为在看清了生存的本质和无望于仁义礼智信的道德实践后，对生活道路重新做出的规划。池大为最终屈服于官场，对自己的人生道路所做出的选择和调整，尽管有悖于自己之前所坚持的无为而治、无欲无求的生活哲学。而无欲则刚的真理带给池大为的不再是精神上的富足和物质上的充实，恰恰相反的是，在物欲横流的时代，人的无知和欲望的膨胀成了生活的主导，甚至左右着人生的格局。在颠倒了是非黑白的官场上，一个人的欲望愈强，权力愈大，生活才会愈好，自我价值的实现才能愈充分。池大为看清了这一点。他最终选择与之前正义凛然、刚直不阿的自我分道扬镳，虽是人性的泯灭和道德的败坏，但更多的是时代风气使然。池大为在身处绝境时所做出的选择，看似利欲熏心，实则是在人性泯灭和道德败坏的夹缝中寻求生存的价值和前行的意义，也是无奈于现实。

这里阎真抛给读者一个巨大的问号：当代知识分子在面对精神困境时，除了向卑鄙的现实妥协之外，是否还有别的选择？很多时候世人提起知识分子精神时，想到的是陶渊明不为五斗米折腰的风骨，是伯夷、叔齐饿死不食周粟的高风亮节，但培育陶渊明和伯夷、叔齐的是封建王朝一元化的政治思想环境，当统治者将"为天地立心，为生民立命，为往圣继绝学，为万世开太平"的儒家文化奉为圭臬时，知识分子视"君子喻于义，小人喻于利"的道德取向为正统，便是再正常不过的事。但是时代会变，处在时代当中的人也不可避免地发生着变化。当马厅长把池大为勇于谏言当作不识时务，将其"流放"，丁小槐这等宵小之辈靠着谄媚之态平步青云，却无人觉得诧异之时，就证明中国的士大夫文化已经被时代所遗忘，无人再称颂气节，也没有史官为知识分子抱节而死记上一笔。以池大为为代表的当代知识分子已经无法单纯依靠高尚的品格获得成功，甚至得不到社会的认可，向世俗妥协已成为他们保证自己不被边缘化的唯一选择。

　　萨义德在《知识分子论》中说："知识分子是一小群才智出众、道德高超的哲学家——国王，他们构成了人类的良心。"萨义德所述即知识分子的根本，良知注定了这样一个群体可以妥协却不会沦丧底线，所以池大为在顺应官场潜规则获得权力之后，又回归到了对知识分子理想的践行之中。

　　池大为在绝望中实现的第二次超越是重新践行了一名父母官应该肩负的责任和履行的义务。池大为当上厅长后，重新回归正义。"毕竟我是从农村走出来的，毕竟我在下面苦了那么多年，毕竟我是池永旭的儿子。我还是想当个好官，做点好事"①。重新进行身份定位的池大为不再唯利是图。他整理了之前马厅长的工作，重新调查了血吸虫事件，并亲自进行医护救治。除此之外，池大为为医务人员评职称、处理各处室间的小金库问题、缩减财政开支等，都体现了他为官的清廉和为人民服务的责任感。当池大为拜祭自己的父亲时，他最终选择了向影响自己一生的父亲袒露一切，变革自己的意志。"而我，你的儿子，却在大势所趋别无选择的口实之中，随波逐流地走上了另一条道路。那里有鲜花，有掌声，有虚拟的尊严和真实的利益。于是我失去了信念，放弃了坚守，成为一个被迫的虚无主义者。②"池大为最终对父亲的忏悔和焚烧了象征着父亲精神永存的《中国历代文化名人素描》，说明了此时的池大为看似洗心革面，重新步入了正义的仕途，但时代在变，人性的捉摸不透和千变万化在时代变革间也寻找着自身的利益和栖身的场所。池大为最终皈依用人情、金钱和权力编织的官场上，与父亲的操守显得格格不入、背道而驰。而他正是在之前为了争权夺利而放弃了自己的尊严和操守的困顿中重新审视自己的存在和身为一名知识分子的价值。池大为这次的重整旗鼓虽非凤凰涅槃般崇高而永恒，但他在顺应时代变化的同时，扼住了命运中不可预测的险要和阻隔。这种被迫向时代臣服，虽然是池大为身为一名知识分子和父母官在官场上无奈的自保与求生，但他实现了对受制于人的官场的超越和对之前缺失自由和人性的生活的挣脱。这是池大为在被权力和欲望所左右的官场上，在他身处绝境之时的第二次人格上的变更，尽管这次超越实则是为了保全自身和为生活所累。

　　池大为从立志于当好"农民的儿子"、百姓的父母官到身处绝境、生活无所适从的不得志者，在这之中，池大为在生活上和事业中虽不尽人意，但精神上坚持了士人的操守，实现了超越。而当生存的压力和欲望的诱惑无限逼近处处不得志的池大为时，他又从一名甘于平静、无欲无求的官场的失意者转变为为

①　阎真. 沧浪之水[M]. 北京：人民文学出版社，2013：406.
②　阎真. 沧浪之水[M]. 北京：人民文学出版社，2013：522.

了自己利益而不择手段、左右逢源的当权者。池大为的精神世界在金钱、权力和欲望的左右围攻中最终全面崩塌。他选择了牺牲精神世界的富足来换取物质世界的享受，从而获得物质生活的超越和对权力的无限追求。

无论是之前兢兢业业、安于平静的池大为，还是之后争权夺利、出人头地的池大为，时代的变迁和人性的堕落让一个年轻后生在社会的大染缸中最终迷失了自己前进的方向和为之安身立命的根本。无论是事业上的风起云涌，还是生活中的衣食无忧，池大为最终成了权力的傀儡和金钱的奴仆。在拜金主义横行的今天，池大为的一言一行、一举一动不再听从自己内心的意愿，外人的亲疏冷淡和时代潮流的人心向背成了自己争取一席之地的凭据。灵魂的畸变与时代精神的堕落本身就是一种文明的倒退和社会精神的崩塌。无论是之前意气风发的知识分子池大为，还是之后善于阿谀奉承的池大为，世事的变换和人心的向背是时代的始作俑者，而池大为作为身处其中的一粒微弱尘埃，无力挣脱，也无法左右。

经济基础的变化势必导致上层建筑的重新洗牌，处在十字路口的中国知识分子，面对已经逐渐崩坏的旧秩序和尚未建立的新秩序，不可避免地产生了精神焦虑。阎真写出了这一现象，却没能找到一条出路。小说的结尾，春风得意的池大为来到了父亲墓前，以复杂的心情焚毁了那本《中国历代文化名人素描》，一个时代似乎就此终结，但是小说的却写道："我双手撑着泥土站了起来，在直起身子的那一瞬，我看见深蓝的天幕上布满了星星，泛着小小的红色、黄色、紫色，一颗颗被冻住了似的，一动不动。我呆住了。我仰望星空，一种熟悉而陌生的暖流从心间流过，我无法给出一种准确的描述。我缓缓地把双手伸了上去，尽量地升上去，一动不动。风呜呜地从我的肩上吹过，掠过我从过去吹向未来，在风的上面，群星闪烁，深不可测。"①即使一张张画像在火焰里灰飞烟灭，其背后的精神价值却永远如明星高悬头顶，这是阎真在绝望中留给读者的一丝希望。尽管池大为渐渐在官场风气的浸染下，无法知行合一，但是对美好品格的向往却深入骨髓，引导他在登上权力巅峰之后，实践一个父母官的使命。这不禁让人想到葛兰西在《狱中札记》中所提出的"有机知识分子"概念。在中国的传统观念中，知识分子往往指的是读"圣贤书"的读书人，而将众多有着专业知识技术的专业人员归为工匠的行列，葛兰西在《狱中札记》里拓宽了这一理念，将"具有专业特征"，"参与社会建设"，通过"专业分工，承担起组织

---

① 阎真. 沧浪之水[M]. 北京：人民文学出版社，2013.

整个社会的职能"的所有社会成员都归入到"有机知识分子"的行列。① 这一概念弱化了知识分子身上的道德含义，强调知识分子作为市民和国家之间桥梁的作用。以池大为为代表的知识分子在世俗化之后，实际上可以被归入"有机知识分子"的行列，这些人处在社会建设的各个环节之中，有限度的与市场经济相结合，构成了一般民众和国家暴力机器之间的缓冲带。也许这是中国知识分子在新时期所能选择的最佳出路。

---

① 仰海峰. 葛兰西论知识分子与霸权的建构[J]. 吉林大学社会科学学报, 2006, 46(6): 88 – 95.

第四章 生存痛感的理性表达

　　阎真是一个有精神信仰的人，这注定了他需要承担生存的疼痛和沉重，现实对他精神逼宫，他没有选择退步，更不愿意被同化。于是，他自己也主动对自己进行精神剖析，以自己的经验和体验咀嚼、雕刻生存的疼痛，进行理性陈述与表达。

　　阎真的生存痛感主要集中在"我是谁"和"我应该是谁"的问题上，这是他的主体自觉，也是他追寻的文化认同和精神认同。"我是谁"和"我应该是谁"的问题并非简单地说你来自哪个地方，不仅仅是地域和泥土，也不仅仅是现在、当下，更有关地域和泥土之上的文化与精神，有关所有的过去和未来。彼岸也绝非只是隔着一条大洋，那只是时空上的尺度，彼岸更有关灵魂，我们一生眺望的都是精神的彼岸。这个精神，是建立在中国传统文化的超越价值之上的，即以儒家思想为主脉的彼岸世界。具体来说就是阎真对文化母体的忠诚和他对母体文化的皈依。

　　首先，文化母体和母体文化都是具象的，比如《曾在天涯》中，高力伟为追求梦想，不远万里到异域生活时，所面临的身份认同困境和现实生存困境，体现的正是阎真对文化母体的忠诚。《曾在天涯》只是一个起点，这种对文化母体的忠诚一直贯穿着阎真的小说，这种忠诚在《沧浪之水》《因为女人》《活着之上》中都有体现，只是没有《曾在天涯》那么明显，却比它更深刻，因为，《曾在天涯》更多地上升到了形而上，升华为文化母体。

　　生存痛感绝非只会在物质落差或者地域落差的条件下才产生，精神的落差反而才是其本质根源。在这里我们必须弄清楚：母体文化和文化母体并不是一个概念。母体文化往往是客观的，你可以将它界定为地域性之上的故土，以及土地上的社会，阎真在国外承受的正是母体文化与西方文化所带来的差异。文化母体则在一定意义上是主观的，尽管生活在同样的国度，每个人的文化母体却是各不相同的，原因就在于其所坚持的信念和信仰不同。阎真回到了国内，但是，他的文化母体或者说精神血缘却与中国大多数人"背道而驰"，生活在肉体的故土，却不能生活在精神的故土之上，他只能眺望"彼岸"，虔诚地拥抱自己的信仰，在精神上孤独，这远远要比生活在国外的肉体上的折磨要痛苦得多，也沉重得多。实际上，阎真所坚守的文化母体正是我们的母体文化的根基，它一直都在，就在屈原那里，在曹雪芹那里，在《渔夫》那里，在《红楼梦》那里。他选择逆流而上，拾起那些不应被遗忘的纯粹与美好。这也注定了他要做特殊的一个，与众不同的一个，代价就是承担和承受生存的疼痛。

在他人的土地上，面对无数陌生的陌生人，询问"我是谁"和"我应该是谁"，这是个人的痛感；在自己的土地上，面对无数熟悉的陌生人，询问"我是谁"和"我应该是谁"，这应该就是大众和社会的痛感了，而最痛的仍然是主动和自觉者，比如阎真。"我是谁"和"我应该是谁"是人的终极问题，是理性人的终极思考，理想与现实的双重作用下，人被撕裂，异化随之产生，这个问题变得格外重要，也格外沉重。阎真并没有选择沉默和妥协，他咀嚼所有的孤独和沉默，坚定地做着理性表达。

第一节 生存与发展的时代命题

《曾在天涯》其实故事情节很简单，就是讲高力伟到了加拿大以后，怎么样找到自己的一片立足之地，在这个寻求生存之路的过程中，他遭受了种种煎熬，发现了自己的本心。简言之就是讲生存与发展，以及如何得到发展。对阎真而言，身处异国他乡可能不是他的发展之途。毕竟，他是一个用母语思考和创作的人。首先要生存，为此，他做了许多与他的身份差别很大的工作，增加了他的生存痛感。相比较而言，他后面的几部小说，不存在这样面对生存所展现出来的焦虑和灼伤感。后面的小说主要是发展的命题，即在文化母国里，一个知识分子如何面对外面的压迫而坚持内心的宏大与崇高。

像读者了解到的一样，《曾在天涯》中的高力伟是怀着对加拿大的憧憬和向往去的，那些骨感的现实是他之前没有想到的。现实是此岸，理想是彼岸，这两者之间隔着不可逾越的鸿沟。所谓彼岸，就像昆德拉的"生活在别处"一样，有着形而上的意义，精神上的巨大价值，它可以引领人突破困境，实现自我生命价值。

彼岸是一个永恒命题，在现实生活中，大多数人不会去思考它。然而，在阎真的小说《曾在天涯》中，这个彼岸命题始终穿插其中，主人公高力伟从国内到国外，从陆地到大海，这个空间的转换，就是彼岸的物质再现，为彼岸命题提供了栖息的场所和可能，而居于时空中，对人生意义与价值的探讨，则是彼岸命题的具体体现。

高力伟夹着物质上的功利性追求和知识分子独有的敏感的心，踏上了太平洋彼岸这一块土地，因为物质欲求，对金钱名利有着强烈的欲望，又因为心灵敏感，对周围环境变化有着异乎常人的感受。"敏感的灵魂总是被痛苦永恒地覆盖，在苦难的炼狱中挣扎不起，至死方休"。因而，他深切地体验到了妻子角色变化引起的自卑，被白人不公平对待所带来的耻辱，工作劳累与艰辛产生的痛楚，"现实总是冷漠的，它逼得你不断地接受你不愿意接受的东西。痛苦吗？痛苦！痛苦完了你还得接受。你得把自己的心锻炼得跟铁一样，铁还不行，还要淬火"。

在现实生活中遭受了残酷对待，就必然得从其他方面来寻求安慰，以求得生存的平衡。高力伟对现实的残酷做了顽强的抵抗，想要通过不断挣扎来摆脱现实的烦恼，寻找心灵的停泊之地，而疲惫心灵的停泊地，就是彼岸命题的巨大力量所在。

小说中的墓地和海边，给了高力伟宁静遐想的机会，使他的心灵得以稍稍喘息。墓地是个有格式的地方，特别是国外的墓地，幽静甚至还有点诗意的浪漫，不像中国的坟山，只有阴森和恐怖，墓碑底下躺着数百上千死去的人，也许是刚刚死去，也许是死了几十年，最容易让人感叹生命的有限。"生命的有限性不再是一个遥远的概念，它像墓碑表面一样有着真实的质感。""时间使伟大变成渺小，骄傲变成悲哀，使少年的意气风发变成老年的沉默不语，使一切都变得意义模糊，唯有它永恒存在。它以寂然的平和把许多趾高气扬的人都打败了，想到这一点我感到了一种公平，一点安慰。""从小我就在内心强烈地感到历史深处有一双无所不在的眼睛在注视着，这使我有一种模糊的使命感，觉得自己这生命存在的重要。在这一片墓碑面前，生命的短暂渺小无可掩饰地显示着本来面目，我感到了那些幻想的虚妄。"高力伟希望在形而上的思索中找到一个避难所来逃避现实的残酷，让他觉得生存的烦恼失去了其本质意义，仿佛为自己寻到了一个出口。但是，"人的仰视直薄云天，立足之处仍在尘寰"[①]，他不得不从思考中回到残酷的现实中来，他不得不回家去给豆芽浇水，匆匆地赶回家。阎真也曾谈到发豆芽的经历，这些故事，凝聚着他对豆芽特别的感情，也是区别于其他非官场小说的显著标志。

---

① 原野. 海德格尔——"诗意地栖居"理论的解析[D]. 沈阳：辽宁大学，2007.

海边也一样，只不过墓地表达的是人生命的有限，而海表达的是生命的无限、时间的无限，但其本质是不变的。在墓地，高力伟是用生命的有限来稀释现实的痛苦，而在海边他是用时间的无限来稀释现实的痛苦。时间的无限，痛苦的虚无，似乎减轻了他心灵的疲惫，只不过，在思索的极限后，前面再无路可走，烦恼依然存在着。

"在这个无边无际的宇宙之中，在无穷无尽的时间之流中，这苦恼连大河中的一滴也算不上，却是我这个人最痛切最沉重的生命感受，这种感受仅仅只属于我一个人"，"一个人还是要现实的存在着，即便他透彻的了悟了一切。""人总是要回到掌握生存的现实，这种现实对生命的遥想是一种刻薄的否定和嘲笑，正如这种遥想对生存的现实也是一种刻薄的否定和嘲笑一样。"在生存的现实中，不断挣扎，不断抵抗的高力伟，最终还是缴械投降了。

彼岸是不确定的未来，是不可捉摸的命运，只是北美却不是高力伟的理想彼岸，在那片土地上，他只能靠虚无的形而上思想来抵抗现实的痛苦，甚至用消极逃避的想法来维护脆弱的自尊，"我像蜗牛似的缩在自己的壳里，在寂寞中获得那种安全感。""人这一生不能细想，细想就太可悲了，就灰心了。"然而，在他回国之后，他重新有了对人的存在与人生意义的思辨，在小说的引子中把这种思想描绘得清清楚楚，那是一段意识流般的话语："我想对周围的人说，太阳在明天、明年、一万年以后仍然是这样灿然照耀，能够行走在这阳光下是多么巨大的幸福多么领受不起的命运恩泽"，"我当时明确意识到这是生命的一次挣扎，挣扎的唯一意义就是不挣扎更没有意义，它至少给这个生命的存在一个暂时的渺小的证明"。很明显，回到了祖国，高力伟对人的存在和人生意义的思考透露出丝丝乐观，不再是虚无，不再是极度悲观，渐渐地将他从生存的困境引向了实现自我生命价值之路。痛苦又如何，挣扎又如何，人生还是得做些什么，给这是世界留下些许证明。由此而看，祖国，才是他的精神家园，是他疲惫心灵的停泊之地，是他的理想彼岸。

小说中的"彼岸"，不仅代表着理想，是心灵的皈依之地，具备形而上学的意义，还暗含着某种宗教情怀，是超越凡俗生活的精神高地。例如，在高力伟回国前和周毅龙见的最后一面，周毅龙走时，独自唱道："跛子要跳舞，哑巴要唱戏，瞎子最爱要杂技，聋子要听收音机。"它的歌词好像来自《圣经》，在末日审判中，以赛亚宣布："上帝将解放他的子民，新天新地将奇迹般的从天而降，神必来报仇，必来实行极大的报应，那时瞎子的眼必睁开，聋子的耳必开通，瘸子必跳跃如鹿，哑巴的舌头必能唱歌。"彼岸命题承载了更神圣的含义，被提升到了哲学认知层面。

20 世纪 80 年代以后，知识分子的心态发生了一些变化，他们充当的精神角色不再光芒四射，一大批的知识分子也开始了各种各样的掘金之旅。高力伟的出场也是在这样的背景下，他要获得进一步生存与发展的资本，他也是追求金钱的。而这时，现实加给他的一些不公降临了，他靠什么来抵抗世俗的诱惑，保持原本的真我？这成了一个疑问。周毅龙可以说是高力伟的一个参照物。周毅龙没有选择回去，而是追求那张绿卡。相反，高力伟在《圣经》末日审判的歌声中，折回到以前的知识分子集体信仰中。他的精神在那样扭曲的环境下，还能不趋向物质化，还能有所收敛，是难能可贵的，也正是这种难能可贵，他才能眺望岸，坚守精英立场。

第二节　渔父形象的价值追问

渔父形象是中国传统文化中一个特殊的文化现象，它的来源主要有三：一是《庄子·渔父》，二是《楚辞·渔父》，三是《吕氏春秋》中写到的太公。其中，文学作品中的渔父形象最早见诸《楚辞·渔父》。屈原怀才不遇，被排挤放逐，一日，他苦闷异常而游于江潭，偶遇渔父，向渔父感叹：“举世皆浊我独清，众人皆醉我独醒。”渔父便以“圣人不凝滞于物，而能与世推移”的思想点化屈原，用“沧浪之水清兮，可以濯吾缨，沧浪之水浊兮，可以濯吾足”的沧浪歌来劝诫屈原。屈原和渔父分别代表的是两种不同的人生价值选择，屈原身上体现的是自奉高洁，是积极入世，是仕者；而渔父是顺应自然，是随时而易，是隐中的仕者。实质上，沧浪歌染上的是历经沧桑后不堪言说的苦涩和酸楚，二者的对话体现的是屈原对自身灵魂的质询与回应。[1] 在后来的诗词歌赋中，渔父形象都有所体现，并且被赋予复杂而深刻的内涵，最后演化成了一种精神的象征、存在方式的寄托。例如，白朴的散曲《沉醉东风》，以典型的渔民形象为寄托，表现他甘于平淡的生活心境。

实际上，渔父是一位痛苦的清醒者，是一位无奈的洞达者，在“一竿风月，一蓑烟雨”的与世无争、冲淡平和背后，看到的是一种潜藏着的对仕的理想的追慕以及对道之不行的哀悯。在《曾在天涯》中，主人公高力伟的形象便着上了文学作品中渔父的色彩。高力伟，一名国内优秀研究生，怀着对现代童话世界——北美的憧憬和对天堂般美妙的加拿大的向往，用给了一个伟大梦想的真正实现以权威证明的黄色小方卡，即护照代替了去北京读博士的通行证，携着

---

① 吴替. 中国文人的渔父情结[J]. 国韵文学刊, 2000(1)：13.

屈原般入世的心理，踏上了加拿大的土地。就如众多古代知识分子前往高堂，力图大展身手，尽显才能那般，只是背景换成了他国异乡，他在情感上和事业上需要得到肯定，一种来自内心的肯定，以证明自己是被别人需要的，被社会认可的，从而得到自我存在感。然而，现实是残酷的，屈原最后被流放，沉江而亡，来到加拿大的高力伟，亦没有好到哪里去，等待他的不是机会和荣誉，而是一系列的生活尴尬和生存艰难。曾经温顺美丽、处处听从他的妻子，变得强势逼人，他的言行举止需要妻子来引导和约束，在妻子面前，他丧失了一个男人该有的威严和自信，自卑感占据了他的内心，国内的那份从容与淡定早已销声匿迹，甚至需要依仗执拗来掩饰内心的不堪。曾经是国内的高才生，受到著名教授的赞赏，如今为了获得一份奖学金，他要假造论文，甚至在上课的时候，要以躲在墙角来获得心理上的安全感。为了找到一份糊口的工作，手无缚鸡之力的书生，去做洗碗工，去做厨师，甚至偷偷摸摸地在公共厕所发豆芽，于大雪天推着自行车去售卖，搞得自己疲惫不堪，险些丧命。在家里，他没有了自尊自信，在外面，他又受到歧视和排挤，精神和人格都受到了百般摧残和折磨，情感也好，事业也罢，都处于一种边缘状态。

"钱毕竟是身外之物，如果它以一种莫名其妙的力量使我把这种日子无穷无尽地过下去，那我就完了，就把生命变成了追求数字的游戏"。对于这样一种情感毫无尊严，心灵毫无栖息之地的生活，高力伟却有着渔父般强烈的自省和清醒的认识，没有尊严，没有人格，没有自由，只有身体的疲惫，麻木的劳作。试问碌碌无为的生活，真的有意义吗？是该有的生存态度吗？什么才是生存的意义，又是否有终极意义，他不断在质问自己。在这种精神放逐和沉沦的生活中，他有过残忍而痛楚的认识："那些终极意义的追问从来就没有结果，也永远不会有结果"，"自己只是一个普普通通平平凡凡的人，并没有一种伟大的使命等着我去完成，也没有一种神秘的许诺使这生命在某一天放出神奇的光彩。世界并不需要我去承担什么，上帝并不是为了某种特定目的创造了我，宇宙间也没有一种不可知的力量在为自己的存在作过特别的安排。我不过就是活着的我罢了。一个人哪怕他心比天高也只是活着而已。那些以前认为有着不平凡意义的追求，原来也只是一种对自己来说可能更好的生存方式"。真正的梦想，伟大的使命，只不过是一种自我安慰，一场自我欺骗罢了。

其实不全然如此，"人生了脑子就是要拿来想的，又念了几句书还想得多一点，一件事还要去想它的意义，我就是不能忍受那点意义"。在高力伟的心中，他一生都在等待，一直觉得"在现实生活的世俗世界后面还有着一个深邃的精神世界，那是个无比真实的永恒的世界。生命的意义只有在那里才能够得到最终的证明，而眼前的生活只是真正的生活展开之前的准备而已"。这也是为什么小说中多次出现一股奇奇怪怪的力量，它若隐若现地在反抗着，阻止着他完全地与那样毫无尊严、毫无质感的生活融合。那股力量，我们可以说是他所接受的传统文化，即文人的自尊自傲，或者说是他对生存的价值思考，在提醒着他，他不能对这样的生活听之任之，不能向它妥协。因而他一直在挣扎，他的自我被分成两半，一半是接受，一半是抗争，他说："我可以承认所有的现实，承认自己的无能，承认自己不配有一份像样的工作，承认自己赖以生存的唯一基础就是吃了饭有一把力气，这是我自己的问题，我没有什么可抱怨的。可是我不能因为自己的不成功就在家里畏畏缩缩。我可以在所有的方面压抑自己以屈求伸，只有在思文那里不行。"这份对自己要始终在情感上处于精神优势和心理优势的认识，促使着他无法不顾忌自己心灵的感受，最终选择了和妻子思文离婚，以求获得自己在精神上的自由。即使是和自己情投意合的情人张小禾，他也选择了舍弃，他说："我没有办法改变自己，换句话说，我痛恨自己无法改变，我说出这样的话，不是在拒绝什么，这对我自己来说也是很残酷的。我头脑中有根神经在提醒自己直面惨淡的人生。有些很美好的东西我无法承受，我没有能力给别人带来幸福，我就要舍弃别人给我带来的幸福。"对待这样一种真诚的感情，他有着残忍的清醒，"虽然刻骨铭心，虽然终身难忘，但却不是生命中的唯一"。在后来，他凭着自己的才能，以孟浪的身份在《星岛日报》和《世界日报》投稿，也算小有名气，并且，在餐馆也有着自己的立足之地，绿卡即将到手。荣誉名气也算有，金钱也要滚滚而来，但是，他毅然决然地选择了放手，抛弃了一切，主动回归自己的故乡。

在北美的三年生活，是他潜藏的三年，是一种精神的自我放逐，他在不断地挣扎和困惑中悟人生和体验痛苦。就像渔父姜太公手中的"钓竿"，一直在等待时机，在不可预测的偶然和未知中等待着赏识的君主，以求流芳百世，就像他在小说的尾声中所写的："我感到了自己这个生命来到这个世界不是偶然的，有一种神奇的力量在安排着，注定了自己要承担某种使命。就在那个时刻，我在心中对自己立下了宏誓大愿，在自己的一生中，要毫不犹豫地拒绝那种平庸的幸福，在某一天给世界一个意外的惊喜，意外的证明。"高力伟的回国便是平静垂钓背后内心涌动的"宏誓大愿"，是他放逐后的崛起，是他灵魂和精神的力量在叫嚣，"毕竟人在任何处境中都有什么在前面召唤，这种召唤因为自己心灵的需要而被看得神圣，它给生命的存在一种证实。""活着就是活着，就要挣扎，要奋斗，其他的都是虚幻""该做的事还得继续努力去做，生命的挣扎不能放弃。"即使是平庸的生命，也有选择抗争的权力，回国就是他对自我生命的抗争，是自我人生实现的一种方式。

屈原的沉江，是避世；高力伟的回国，是避世后的入世；前者是警醒的，后者是积极的；沉江也不是逃避，是对自我价值的一种坚守；回国也不是被动，是经历种种屈辱后的觉醒，是对自我精神独立和灵魂自由的依恋。高力伟在屈原和渔父这两种价值选择中，他有着渔父般的清醒和洞察，直面残酷的现实，以回国来唤醒生命和生存的精神价值，他是一位痛苦的清醒者，是一位无奈的洞达者。

第三节 诗性的故土与存在之美

德国著名诗人荷尔德林有一句著名的诗："人充满劳绩，但还诗意地栖居于这块大地之上。"也就是说，人们在劳累的现实生活中，在物质追求的同时，也要给心灵一片栖息之地。然而，在科学技术的进步、市场经济的发展背景下，人们越来越趋向于海德格尔所说的："我们今天的栖居由于劳作而备受折磨，由于趋功逐利而不得安宁，由于娱乐和消遣活动而迷迷惑惑。"①人日益被物化，尊严、价值和自由全部让位于物质需求，人的劳作，人的行为成为一场追名逐利的游戏，在这种身心疲惫的游戏中渐渐失去了生存的本真意义，忘却了"在纯属辛劳的境地中，人能够抽身而出，透过艰辛，仰望神明"。

《曾在天涯》这本小说，透过主人公高力伟在艰难生存中的不断自我反思，透过时间的永恒与生命的短暂的矛盾，用返乡这条永恒的精神道路，叩响了人生的终极意义，展现了存在的本真之美。路遥《平凡的世界》为什么深受读者朋友的喜爱？主人公在贫穷状态下那种孤傲的心态和坚守本心的行为，打动了读者。《曾在天涯》也是如此。

高力伟在市场经济浪潮中，在出国淘金的热浪中，卷入了一场无休无止的焦虑、痛苦、失望和抗争的人生旅途。他出国的动机首先来源于对北美的神奇想象，踏上目的地之后，经历了一系列挫折，例如妻子的歇斯底里，找工作的艰难，便把目标对准了五万加元，也就是说在幻想破灭后，试图以物质拯救来补偿他心中的失落，心灵上的自尊。他说："男人需要的是成功，成功的压力压得他们透不过气来，成功在这个社会主要就是钱"，"钱它不是生活就完了，还是这颗心的支点"，"人活着就要好好活着，好好活着就离不开这个东西，我不敢说自己小看钱。钱它不是钱就完了，钱它还证明一个人的能力，给一个人活

---

① 原野. 海德格尔——"诗意地栖居"理论的解析[D]. 沈阳：辽宁大学，2007.

着所必需的自信。没有钱你的自尊心都没处搁，老板的脸你乖乖看着，你有志气不看？才知道原来钱还不只是钱"。但是，在钱欲的驱使下，为了获得这五万加元，他没日没夜地劳作，心灵却从来没有停歇之处，书中是这样描写的"左边走过去，右边走过来，在风里雪里走了一中午，几条街都走遍了，问了十几家餐馆，还有加油站，一无所获，靴子里已经进了水，湿湿的，脚趾一动便觉着黏糊糊的"，"每天跑两个地方工作十几个小时，路上还要两三个小时，晚上又睡不好，我整天头昏沉沉的，四肢骨头相接的地方像是塞了棉花"，"每天上午出门，像赴汤蹈火似的，几乎没有勇气想怎么度过这一天。深夜回来，又担心着思文这一夜不能安神"。于陌生的国度，白天拼命地为钱劳作，晚上又因为妻子的学业压力，而忍受妻子的无故责骂甚至厮打。在物质与情感的双重挤压下，他的生命陷入了前所未有的困境，紧张、焦虑甚至抑郁状态。

　　可以说，高力伟的这种精神状态是一种创伤性体验，弗洛伊德对此有过这样的定义："一种经验如果在一个很短的时间内，心灵受到一种最高度的刺激，以致不能用正常的方法谋求适应，从而使心灵的有效能力分配受到永久的扰乱，我们便称这种经验为创伤的。"①这对于高力伟来说是深刻的，持久的像吃下一碗螺蛳粉，他整个人都弥漫了螺蛳粉的味道一样。虽然他和妻子林思文生活在一起，即使林罗文离开以后，他也和张小禾相依为命。但是她们都是没办法理解高力伟的人。虽然有人陪伴，还不如说是孑然一人。相反的，她们还给他带来了很多的困扰，让他的胸口堆满了沙石。可是高力伟是倔强的、不屈的，他对诗性故土的眺望、儒家文化的自省，迫切需要追求心中的自由和独立，虽然一次次陷入失望和孤独，与周遭的一切格格不入。高力伟通过写作对抗现实的苦难，去海边、去墓地倾诉，给自己创造另外一种生活的想象和可能。

　　可是换个角度，如果没有加拿大的漂泊之旅，阎真或许没有这么深刻的生存体验。在各种饥饿、贫穷、寒冷的折磨中，在个人尊严和情感的伤痕累累中，阎真写高力伟，其实写的就是他自己。高力伟受伤的心灵不甘于堕落，他进一步思考着人生的旅途，人类那种形而上学的精神的漂泊。

　　上面陈述的是高力伟的崛起动力之一，然而，真正唤醒他的，是高力伟作为中国传统知识分子的某种强烈的自省意识，让他不如常人般，在钱的欲海中沉睡不起。亦如荷尔德林诗云："既然辛勤劳碌宰制人生，人还须仰望苍天倾诉；吾欲追求汝之高洁？人必得如此。"高力伟在迷茫中，在麻木中，于深夜徘徊在了墓前，仰望苍天，思索起人生，叩问着生存的价值。《曾在天涯》如此描

---

① 黄浦晓涛. 萧红现象：兼谈中国现代文化思想的几个困惑点[M]. 天津：天津人民出版社，2000.

述："就在这一瞬间，我觉得自己洞悉了一切世事的秘密，参透了生死，生与死，痛苦和欢乐，伟大和渺小，成功与失败，希望与失望，爱与恨……扭结着，渗透着，汇聚掺揉，相互激荡，直至最后的界限渐渐消失。我忽然有了一种滑稽感，为什么名和利会像木偶后面的提线人，用苍白的双手操纵了人世间的一切。太可笑了真的太可笑了。""就在这一瞬间，在圣约翰斯这偏远的人间一角，人们生活着，为了生活忙碌着，这些与世界都没有关系。世界已将这人间一角忘记。生活着，为了更好的生活忙碌着，过去如此，永远如此，这就是生命，这就是被重重蒿莱掩盖着的简单事实。""人生最宝贵的东西是生命，这生命像无尽时间之流中的电光一闪，无法也没有必要去追寻最后的意义，那电光一闪的瞬间就是终极的意义。人不是为了承受苦难而来到这个世界的，苦难没有绝对的价值，苦难使苦难的意义化为乌有。在时间之流中每一个生命都那么微不足道，却又是生命者意义的全部。"海德格尔有一种理论叫"向死而生"，他说："也许任何不是从危险所在之处而来的其他的拯救都还无救。用无论多么好的补救方法来进行的任何拯救，对于本质上遭受危害的人，从其命运的长远处看来，都是一种不耐久的假象。拯救必须从终有一死的人的本质攸关之处而来。"①向死而在，使人得以从沉沦中惊醒；向死的自由，使人从沉沦中获得拯救，高力伟面对着大片墓场，面对着死去的百千人，以理性精神反思一切，透视一切，心中达到了一种澄明的存在之境。不管是伟人，还是平常人，终有一死，所有的都将飘散在历史的尘埃中，名利是可笑的，忙碌是无意义的。在死亡面前，在时间的永恒面前，生命显得微不足道，其他一切都没有价值，因而，钱、权和势的追逐，也显得那么虚幻，唯有心中的那点感受才是最真实的。也可以说，是苦难造就了高力伟，他身上浸透的悲剧感，凝结成了他的精神资本。

　　"无家可归状况是从存在之天命而来，在形而上学之形态中引起，通过形而上学得到巩固，同时又被形而上学作为无家可归状态掩盖起来。"②高力伟正是在生存艰难的基础上，由自己敏感的那颗知识分子的心，引起了对存在的反思："我想到生存的现实对我，也许对每一个人，都是这样的坚硬而冰凉，带着一种不动声色的残忍，你无法回避也无法突破"，"而我，也和曾在远古、曾在天涯的那些无名的逝者一样，来了，又去了，如此而已。我不能再依据古往今来的那些伟人的事迹去设想自己的人生，不能再去设想所有的牺牲和痛苦将在岁月的深处得到奇怪的不可理解的回报，痛苦不过只是痛苦者自身的痛苦体验

---

① 　原野.海德格尔——"诗意地栖居"理论的解析[D]. 沈阳：辽宁大学，2007.

② 　海德格尔. 路标[M].孙周兴，译. 北京：商务印书馆，2000：430.

罢了"，"自己生活着的岁月并不就是人类历史上最伟大的岁月。过去的日子，眼下的日子，未来的日子，都是生活着的日子，如此而已。在时间的后面，是一片浩渺的空空荡荡。在又一段生命进程完结之后的今天，痛苦而轻快地，我明白了自己在这个世界的位置。明白了之后更加清醒，心中似有不甘，却感到无可奈何，徒劳无益。"在生命与时间，短暂与永恒，有限与无限的矛盾隔阂中，高力伟意识到了自我存在的渺若微尘。这渺若微尘的个体暂时性存在，使人无从谈起自我对于无限世界的意义，但是如果不谈自我对世界的意义，人生的价值又何在？高力伟没能超越其中的矛盾障碍，把握瞬间中的永恒，他向往着终极意义，却又无法向自己证实终极意义，反而流入了虚无缥缈之中，悲观苍凉之中，走向了精神无所寄托的境地。

　　一个人，特别是一个现代的知识分子，如果失去了形而上意义的向往与追求，那么他心中的缺失是不可能用物质欲望的满足来弥补的。人不可能仅仅作为一个物质性的存在，他需要有超越自身现实功利性的意义来给生命存在以更高层次的证明①。因而，故土，只有诗性的故土，才是解救他的唯一出路，因而，作者最后让主人公高力伟抛弃了在加拿大即将得来的荣誉，毅然决然地踏上了回国之路。回国之后，高力伟仗着故土的情感依托，有着安身立命的文化之根，他对存在似乎有了点信心，在引子中写道："终于我下了决心要来写点什么"，"在这种虚妄与真实的缝隙中，我意识到了生命的存在"，"我想在漫无边际的岁月虚空中奋力刻下一道轻浅的印痕，告诉在未来的什么年代什么地方生活着的什么人，在很多年以前，在天涯海角，那些平平淡淡的事，庸庸碌碌的人，也曾在时间里存在。"之前觉得一切挣扎都是徒劳，是无意义，而如今，即使一切终将消逝，依然要为自己的存在留下些许痕迹，这便有了一种抗争的精神意味，对存在有了积极的蕴意。

　　归国，是高力伟的选择，也是作者的选择；回到故土，是高力伟在寻找自我，超脱自我，也是作者在寻找自我，超脱自我。德国的雅斯贝斯讲"存在"包含三个层次：一个是作为人而存在；二是人不仅存在，他还知道自己的存在，也就是人有了存在的意识；第三个存在的层次，也就是存在的有限和无限之间的冲突。高力伟的存在就是人的第三层次。他以无限清澈的精神世界对抗着肉身的有限。

　　人一出生便无缘无故地被抛到世上，总是陷入庸碌的生活中，而且，在疲惫无味的生活中，逐渐遭到沉沦异化，被挤入虚假的存在之中。人只能通过自

---

① 朱小平. 洞达者的无奈——评《曾在天涯》[J]. 理论与创作, 1999(3): 31.

我超越和自由选择，在艰难困苦中塑造自己和寻找自己。人的真正价值，就在于被抛入沉沦中却不甘于沉沦，并跳出沉沦的苦海，摆脱存在着的羁绊，达到存在的澄明境界。①

从某种意义来说，《曾在天涯》不能单纯地归纳为海外题材小说，它仅仅展现了海外留学生的生活和情感经历，更是一部精神探索之作，一部价值追问之作。作者用细腻的笔端刻画主人公复杂矛盾的心理，对他的精神和心灵世界进行深入剖析，表现了主人公在"传统文化"和"西方价值观"上的冲突，"宏誓大愿"与"平庸人生"间的徘徊，"金钱追求"和"精神家园"中的挣扎。并且以现代知识分子的眼光，在天与地之间，尽情理性的遨游，透过追问这个世界的终极意义，反思自我存在的个人价值，来缓解残酷现实的生存痛苦，追寻理想彼岸的精神意义。最终，以归国这个答案揭晓了，自己在不断挣扎、不断抗争过后的价值选择和精神归宿，自己的家园情怀才是最真切的，自己的内心感觉才是最真实的。

主人公高力伟内心的声音，按照鲁迅的解释，是来源于中国传统文化的"善"，就像孟子所说的"四端"。现在是向内转的时代，其实就是一个倾听内心声音的时代，这种声音穿越嘈杂，穿越灯红酒绿，配合诉说，不断从一个小圆点，慢慢扩散，慢慢蔓延。高力伟就是这样的人。他以清醒者和洞达者的身份去看待历经一系列屈辱痛楚过后的人生与生存，尽管痛苦，依然要直面残酷的人生，尽管无奈，依然要以清醒的姿态找回自我的存在方式。

第四节　时空坐标下异国游子的文化乡愁

在汉语里，乡愁一般是指漂泊在外的游子对家乡、故土的思恋情怀。乡愁是一个时空概念，它是人类羁旅异域的一种普遍的心理状态，离故乡愈远，乡愁愈浓重强烈，乡愁还是个文化概念，因为有时故乡故园不仅是狭义上的出生地或是籍贯地，更包括了广义的精神家园。乡愁是潜藏于每个人心底的一种思念情绪，一旦远离过去与故土，它便会或急或缓地涌流而出。②

一般而言，乡愁可以分为三个层次：第一层次是对亲友、乡亲、同胞的思念；第二层次是对故园情景、故国山河、旧时风景的怀念；第三层次也是最深层的，就是对作为安身立命之根本的历史文化的深情眷恋。

---

① 张腾. 海德格尔存在哲学的诗意性[D]. 曲阜：曲阜师范大学，2010：17.

② 种海峰. 全球化境遇中的文化乡愁[J]. 河南师范大学学报（哲学社会科学版），2008（4）：57－60.

《曾在天涯》是一部关于海外留学生题材的小说。阎真曾谈及这个小说题目的意义,"曾在"是一个时间概念,"天涯"是一个空间概念。① 就标题而言,它的精心设置,带我们导向了一个时间和空间观念,奠定了小说"乡愁"意味的基调。再从内容来看,小说主人公高力伟在妻子林思文的帮助下,离开祖国,前往加拿大,谁知深处异国他乡的三年,与妻子离异,找工作艰辛,自尊心粉碎,自卑感滋生,饱尝人情冷暖,历经无尽沧桑,最后又返回了祖国。但这么一种"回归"不仅仅是因为生活压力,生存艰难,更多的是精神上的漂泊,是心灵上的寻根,是文化上的无所依傍,而对母国情感的皈依,染上的是异国游子的文化乡愁。

李白早已远去,文人骚客的客寓之思在这里注入了新的时代内涵。文化乡愁也不再是李白个人化的表达,而成了流动人群的情感宣泄,还顺带载负着回归传统的文化情怀。

高力伟是中国传统知识分子,带着中国传统文化的烙印,当他踏上北美那片土地后,与之相遇的是另外一种迥然不同的西方文化体系,他要忍受两种不同文化在他心里的碰撞。在残酷的现实面前,对一直受儒家思想影响的中国传统知识分子而言,这种碰撞的最后结果往往是排斥西方文化价值观,坚守中国的家园情怀,退回到根深蒂固的母体文化中,以寻求心灵的力量。

高力伟去北美,很大一部分原因是为北美的富裕所吸引。相对于中国的物质贫乏,他有着对北美城市的向往,心中是充满着激情的。可是,处于一个陌生的国土,他面临着语言的障碍、思维方式的不同以及种族的歧视,找工作时更是处处碰壁,甚至受到了白人的无形指责。他心中"万般皆下品,唯有读书高""学而优则仕"的传统观念,更加让他在那些所谓不体面的工作如洗碗工、厨师上受尽心灵的痛苦和折磨,不要说想在北美得到认同、拥有立足之地,就连生存都艰难。有一句话叫作"男人通过征服世界来征服女人",也就是小说中所说的"一个男人,他不能征服世界,就不可能征服女人"。因为事业的不成功,他在精明能干的妻子林思文面前总是抬不起头,自卑感油然而生。但是,在中国的传统观念中,夫妻相处方式一直都是夫唱妇随,男强女弱。在传统文化的熏陶下,高力伟又有着文化的无比自信,夫妻之间,他必须占精神优势、心理优势。只是,林思文接受了西方的文化价值观,并且在现实的锻造下,已然不是一位柔弱的女性,她有着自己的精明和强干,绝不可能屈于丈夫之下,因而他处于现实的自卑和文化的自信中摇摇欲坠,痛苦不堪。他说:"在这个

---

① 阎真. 渴望澄清之水[M]//阎真. 阎真文集. 北京:人民文学出版社,2012:217.

陌生的国度什么都要自己去争取，什么都是从零开始，要她在外面应付裕如，而在家中温柔谦顺，这种要求也不太现实，她不可能随时完成这种角色的转换，毕竟女人不是上帝为了谁的需要造就出来。我能够理解她，但却仍然难以接受她。在这里，我们在家庭中的角色已经转换，我想不清楚这种家庭角色随着环境变化而转换是不是必然。"他觉得"她并没有错，环境也不允许她像我所希望的那样去生活；我也不以为自己错了，我不能去强迫自己的心灵感受"。深处西方土地，他明白应该入乡随俗，这里的文化环境和价值观念，给了他理解妻子的可能性。然而，内心烙印的传统文化，知识分子的自尊自傲，又不允许他接受这种行为，在这种矛盾中，他失去了对妻子的情感依恋。也就是说，来到北美的唯一情感纽带没了。当初来到北美很大一部分得益于妻子，妻子是他在这片土地上最亲近的人，而此时，妻子于他，也是陌生人一般。加拿大的白人歧视他，中国同胞也对他排挤，现在连妻子也不再和他有相同心理，他被抛在了世界之外。感觉自己是被遗弃的人，没有人再需要他，他的精神处于一种被孤立的状态，所能抓住的是本身具备的家园情怀，他说："也许有人把爱国当作一种义务一种责任，对我来说这是一种本能是我自己内心的需要""爱国对我来说永远不是一种姿态一种负担。也许有一天我会得到加拿大护照，但我这一辈子还能在心灵上成为一个加拿大人么？"无论是最开始的海滨城市圣约翰斯还是后来的多伦多，都没有给予他精神救赎的力量。唯一能给他力量的是对故土的依恋以及深藏于心的那份传统文化认同感，只有这份情感才可以给他自信，给他尊严，给他归属感，使他得以生存。

　　回过来看，他之所以产生陌生感、疏离感、失落感、自卑感，直接原因是北美这块空间的环境张力。处于中国的高力伟，有着熟悉的文化氛围、稳定的生活方式、良好的人际关系、正常的体验方式。被抛到加拿大的高力伟，面对的是陌生异己的文化氛围、受歧视的社会关系、紧张的生活方式、冷漠的人际关系以及变异的体验方式①。因为"天涯"这一空间的转变，所有的东西都发生了变化，连最亲密的人也被"这种环境"所同化，他自己也在两种文化夹击下，失去了心灵固有的平衡，精神处于一种漂浮状态。而想要让灵魂有所着落，要么安于加拿大的生活，全盘接受西方的价值文化，要么回国，退守本土的传统文化。这么一种选择，有了"曾在"这一时间的过程参与，就可以解释为什么高力伟在有了爱他的张小禾，情感有所依附，有了五万加元，生存无须忧虑，又可即将拿到绿卡，而且在文坛上小有名气之后，还要回到祖国。他本身出国，便

---

① 郑坚. 时间之妖空间之魅——《曾在天涯》时空意识探究[J]. 中国文学研究，1998(4)：86.

是奔着辉煌事业、大干一场的目的去的，但是在时间的无涯中，他渐渐体会到了自己的渺小。书中这样表述："时间什么也不是却又是一切，它以无声的虚空残酷掩盖着谋杀着一切，使伟大的奋斗目标和剧烈的人生创痛，最后都归于虚无。""时间使伟大变成渺小，骄傲变成悲哀，使少年的意气风发变成老年的沉默不语，使一切都变得意义模糊，唯有它永恒存在。""眼前的岁月显得重要，这只是现在还存在着的生命的感受，时间在均匀地冷漠地移动，它并不理会这些。历史以不动声色的沉默，掩盖了这些逝者的奋斗足迹，他们的伟大和荣光。只有回到历史的情景中才能体会到历史的无奈，前人其实已经做了他们能够做的一切。哪怕是自己吧，就这么回到历史中去，其实并不能真的做点什么，真的不能。"在时间的无限与生命的有限这一矛盾中，他领悟到了自己的一切挣扎都是徒劳，都是无意义。那么，不顾自己的心理感受，违背自己的精神心灵，只为拿这么一张绿卡，赚一点点钱，值得吗？所有的所有，最后都会消逝，能把握的只有眼前的岁月，因而，回到文化母体，回到自己想呼吸的空气中，回到心仪的时空境界，回到传统文化之河流经的岸边，也就是他的必然选择。

阎真对此的感受是真切的，他笔下的"我"——高力伟，也凭借着作家的心灵体验，凝聚着生动的情绪和心理活动方式。以特有的方式诉说正在北美大地上，异乡游子的生命和生存的声音，传达历史文化给他们的念想。

北美，没有熟悉的人和事，没有安身立命的文化之根，他的心里始终放不下祖国的那片故土，怀念的始终是祖国的那套文化方式。在时间的大彻大悟中，他要寻找自己的根，返回自己的精神家园，这是在饱尝了人生悲凉和无奈后的醒悟，也是在经历社会蜕变的无情洗礼后，在这么一种痛楚和清醒中，加重了他的文化乡愁，坚定了他的回国之心，用他的"饱受创伤的心灵"深情回眸故乡。

正如海德格尔所说："唯有这样的人方可还乡，他早已而且许久以来一直在他乡流浪，备尝漫游的艰辛，现在又归根反本。因为他在异乡异地已经领悟到求索之物的本性。"①小说《曾在天涯》存在的时空结构，让人产生一种历史的感触，时间的裂纹，更深层次的是精神的流浪。"在过去的日子，眼下的日子，未来的日子，都是生活的日子，如此而已。在时间的后面，是一片浩渺的空空荡荡。"虽然西西弗斯整日推动滚石，毫无意义，虽然贝克特笔下的戈戈和多多，毫无目的；他们也不明白意义存在的意义。人生闪电，意义自在心中。高力伟想要的意义就是能够找到自我，找到那份归属感。于是在海外挣扎纠缠的

---

① 海德格尔. 人，诗意地安居[M]. 郜元宝，译. 桂林：广西师范大学出版社，2000：76.

日子，他日日期待能够归国，希望遵循本心、本我。小说中设置的情节，犹如耶稣受难，是一个必须经历的过程。那么就可以理解餐馆打工，发豆芽，狠心拒绝张小禾的温情，等等，诸多情节的设置，受难的经历，就变成了一种数学公式的演化，受难变成了验算过程里必须的符号。高力伟在遍布文化等级的秩序中，艰辛漫游，他就更能理解豁然开朗之后的水到渠成。

教皇大格雷高里在罗马接受古典文学教育时，看到很多研究这类学问的人，陷入放荡和荒淫的生活，于是他决定"抛弃掉书籍，舍弃父亲的家财，带着一颗专诚侍奉上帝的决心，去寻找一个什么地方，用以达成自己的神圣心愿。①"同样，高力伟因为明白在海外的经历只不过是社会身份给人施加的暴力罢了，不同身份的人得到不同的反应。他要找到属于自己的文化因子，找到自我之处就显得能够理解了。

无论是追寻生存的意义，还是"渔父"情结，高力伟从开始对海外生活的向往转变成逃离，主要还是因为20世纪中国文化人的悬浮状态。他们找不到生存的依据和背景，又惊恐时代的阴影而急功近利。他们孤苦无依、身心疲累，在心灵的膨胀与萎缩中，矛盾地进入了滑稽的历史命运。② 在觉醒之后，他们用理性的艺术触角转向人类灵魂深处的潜意识层面，将社会结构、阶级向社会深层次延伸。

总的来说，阎真的文化时空，是体验式的。另外艺术本质上，他的生存方式、生活态度，他赖以支撑的精神，成就了他的文学品质。这种诗与生命相伴的文字书写，也让我们看到，置身于生命进程中的自己。他的真实故事本身所负载的情感意蕴和审美信息功能，就成为作品中最厚重的存在。《曾在天涯》小说中的人物，高力伟也好，林思文、张小禾、周毅龙也好，是阎真审美感悟的直接表达。尤其是主人公高力伟，大段的心理陈述，如"我望着窗外的白云，好像是时间的帷幕在轻轻飘动，遮掩了后面浩漫的生存景象。我意识到这种景象无限地周而复始，我只是其中偶然的一环。"环境描写的渲染，如"冬日的太阳郎朗地照耀着，冰封的湖面无边无际，细碎的光在冰上跳跃着，一直延伸到看不见的远处。"按照格式塔心理学的观点，阎真在加拿大的遭际，正是小说《曾在天涯》强大的心理场，也影响着人物高力伟的塑造。他那苦涩的激情，把知识分子个体的生存与发展，"渔父"形象的传统价值，诗意的故土与存在之美，还有异国游子的文化乡愁勾连到一起，成为作品的真正核心。

① 罗素. 西方哲学史：上卷[M]. 何兆武，等译. 北京：商务印书馆，1997：465.
② 刘起林. "文学湘军"的跨世纪转型[M]. 北京：人民出版社，2017：184.

第五章　文学的悖论与文学的创新

　　阎真在创作倾向上偏爱现实主义，在审美理念和文学价值观上坚持艺术本位论，并用八个字概括了自己的文学观：崇拜经典，艺术本位。不可否认，他就是在这样的文学观念引导下进行创作的，是真正追求经典书写的作家。他的长篇小说有一个共同的写作焦点，那就是知识分子。从古至今，知识分子作为时代的精英，文明发展的中坚力量，文化传承的领航人，国家权力的掌控者，身系"传道授业解惑"、价值观念弘扬、道德风尚净化、法律法规制定的重任，他们的生存状态、人格信仰、价值追求代表了人类精神的高度，影响着整个文明的发展与进步。阎真秉着艺术的良知，以敏锐的洞察力、精准的判断力和独特的眼力，密切关注着知识分子的生活百态。他对知识分子的生存有着辩证哲学的思考，并以勇者的姿态对他们的生存境遇进行真实描绘，尖锐剖析，深挖隐藏在表象后的人性丑恶，欲望膨胀，信仰缺失，反思现代人精神的空洞、灵魂的堕落和道德的沦丧。在继《曾在天涯》和《沧浪之水》两部以书写男性知识分子生存困境的力作后，2008 年阎真推出了以表现女性知识分子命运为主题的长篇小说《因为女人》，也是他的第三部长篇小说。小说以柳依依的情感经历为主线，苗小慧、阿雨等女性知识分子的爱情穿插其中，相互交织，相互推进，纠结着关于女性价值的悖论，构筑了物欲社会男女之间情感的博弈。她们因爱情观、人生观、道德观的差异，选择了不同的生活方式，但对男性的依附、物欲的追求，自尊自爱意识的丧失，以及最终带有悲剧意味的结局却是一样的。

　　从创作的视角看，这是阎真叙事"惯性"的一次有意识调整，将关照、审视的对象放到了当代知识女性的身上，在宏观的时代氛围中，探寻女性微观的心灵波动、情感纠结，揭露在物质主义、消费主义和自由主义时代女性地位边缘化、情感游戏化、信仰虚无化的悲惨命运。《因为女人》以一个新的角度关注中国知识分子的状态，从性别的生理差异阐发男女命运，从男女二者的维度思考性与爱，在文学创作中无疑是一次大胆的实验与创新。但是，作品中女性基于生理性因素成为男性的消费对象，沦为男性的"附属品"，处于屈辱地位的处境，引起了女读者的极大愤慨。即使作家的创作动因是出于对女性的同情与关注，对欲望化社会氛围的愤慨与批判，也没能得到女读者的认可和接受。她们认为作者是在男性中心机制下，片面扭曲地表现女性生活，在无意识的"男权主义"观念下，塑造男性理想的女性形象。事实上，是男女生理、文化等的差异，共同导致了女性价值的悖论。社会地位的不平等，性别的歧视，以及女权运动的发展也造成了两性的对峙，而"上帝造人只有两种：男人和女人。这决定了他们必须相依相偎才能维系这个世界。"①也就是说，男女之间应是和谐的关系。两性关系的对峙与和谐，被作家不断书写，也成了文学的悖论之一。可以说，《因为女人》中男女情爱的构建，是对两性关系不平衡的一次深入探寻。

第一节　诗性的追求与现实的消解

"语言艺术家中那些最伟大的人物的最伟大的功绩也许恰恰在于，他们对不可说的东西保持悲剧性的沉默。"②然而并非如此，语言艺术家们不能就此沉寂，而是要调动高度凝练的语言进行情感的铺陈，提升作品的艺术感染力。

《因为女人》对知识女性严峻情感生存状态的正视，物欲膨胀的残酷剖析，引起了广泛的关注和讨论。刊载在 2008 年第五期《北大评刊》上的《〈因为女人〉讨论专辑》，对小说内容所描绘的女性生存状态的真实性及作者对此现象的态度和理解，展开了一场唇枪舌剑的讨论。多数女性读者和评论者对作者在小说中建构的女性情感困境和屈辱地位表示愤慨，认为这是男权主义对女性的一种轻蔑，并进行了一系列的反击。而多数男性读者和评论者则对小说书写的女性窘境表示理解，对阎真妙趣横生的对话，细腻情感的捕捉，直面残酷真实的勇气给予了高度的认可和赞赏。由于读者和评论家把目光过多地集中在小说的内容、人物形象、思想内涵及作者的写作姿态上，其语言的艺术价值被彻底忽略。《因为女人》内容上的亮点，几乎遮蔽了小说语言的诗性。

文学艺术归根结底是语言的艺术。"文学是一种把语言本身置于'突出地

---

① 迟子建，阿成，张英. 温情的力量[J]. 作家，1999(3).

② 孙盛涛. 诗性的文人话语——论王泽群小说的叙事艺术[J]. 青岛师范学院学报，1995，12(4)：16 - 24.

位'的语言。"①阎真曾表示："一部文学作品，如果缺乏艺术的支撑，缺乏在语言的经营、形象建构方面的创造性，不论其表达了怎样强烈尖锐以至深刻的思想，在文学的意义上都是苍白的。跨越艺术而直接面对思想的文学批评，在我看来是有着重大缺陷的。"②在文学的历史长河中，一部经典作品必须具备精神上的原创性和艺术上的开拓性，"经典作品首先是一种艺术存在，艺术性是其第一品格"③。对小说而言，语言的艺术性赋予作品更多的艺术生命。阎真小说创作在艺术上的魅力是不能被忽视的，其诗性的语言和描述，个性化的言语表达，既是作家以认真态度对待写作的表现，又是其作品艺术品位和审美价值所在。

阎真的小说语言深受曹雪芹、鲁迅和茨威格的影响，他对语言的操控能力和展现能力炉火纯青，《因为女人》则集中体现了其语言艺术的高度。小说正文第一句就运用了一个反复修辞，"那声音好像有点熟，有点熟，有点……是的，是有点熟。"(阎真：《因为女人》，人民文学出版社，2013 年版，后面对原文的引用只注明页码，第 1 页)"有点熟"是对隔壁包厢传来声音的描述，柳依依无意间被这个声音触动，却一时不能明晰这声音与自己的关系，反复在记忆中搜寻。"有点熟，有点……"这不断地重复既是柳依依内心的一种思索与探求，又将读者瞬间带入主人公的思绪中，融入小说渲染的氛围。反复，作为一种修辞手法，就是为了强调某种意思，突出某种情感，特意重复使用某些词语、句子或者段落等。开篇第一句的反复叹息，犹如柳依依心灵的自我诉说，充满无奈和历史的沧桑感，奠定了作品富有张力的情感基调，具有精神叙事的意味。

钱钟书的《围城》是中国现当代文学史上一部经典长篇小说，其中最为人称道、最出色的是比喻艺术的运用，一个个妙喻把作者的想象力发挥得淋漓尽致，人物形象刻画得入木三分。诗评家李元洛说："钱钟书是位运用比喻的高手，在小说《围城》和他的学术著作中，那精彩的层出不穷的比喻，累累然如贯珠，粲粲然若繁花。"阎真尤为赞赏《围城》的比喻特色，在小说《因为女人》中，他运用了诸多恰当贴切的比喻，把自己对人生社会的真知灼见浓缩于其中，使小说的语言显得机智俏皮、尖锐深刻、幽默诙谐。"声音像蟋蟀的触须，在不经意间触动了她心中的某个角落"(第 1 页)，夏伟凯的声音对柳依依内心的触动，勾起了她本已经深埋在某个角落的回忆，给她带来一种似有似无的微痒，这种

① 卡勒. 文学理论入门[M]. 李平，译. 南京：译林出版社，2014：30.

② 阎真. 崇拜经典，艺术本位——自述[J]. 小说评论，2008(4)：44-46.

③ 阎真. 崇拜经典，艺术本位[J]. 小说评论，2008(4)：44-46.

微痒恰似触须的触动，激起探求的欲望。作者把声音比作触须，凸显了这个声音对柳依依的非凡意义，暗示了小说人物之间某种特别的关系，自然而然的牵引出下文的故事。"一种记忆陡然鲜明起来，像一头抹香鲸刷地跃出海面，在蓝天下显出那清晰的身姿，在空中画出优美的弧线"（第2页）。"记忆像一只狼，在严寒的冬季把深埋的骨头从雪地里扒出来，细细地咀嚼"（第5页）。

小说开头采用的是倒叙方式，记忆是故事的支撑。作者对"记忆"的比喻，不落窠臼，新颖奇特，令人叹为观止。把"记忆"比作"抹香鲸"既展现了记忆被唤醒的动态感，又暗示了这段回忆容量的庞大，显露出来的仅仅是"冰山一角"。第二节又把"记忆"喻为"狼"，则又隐含了这段记忆深埋内心，掺杂痛苦与残忍，一直不愿被重新提起。现在，这段记忆被迫唤醒，其中五味杂陈，难以言说。简单的语言在阎真的笔下经过变异，显得意味丰富深刻、精妙恰当。小说的结尾作者运用的象征性暗喻，同样极具想象力，留下无尽的想象空间和回味余地。"她轻轻地把手镯褪了下来，举到眼前，就把黑色的太阳套住了。突然，眼前的光影模糊起来，开始转动，越转越快，形成了一个黑色的漩涡，旋转，旋转……似乎要把她吸了进去"（第353页）。"黑色的漩涡"是社会欲望的膨胀、人心的冷漠、道德的缺失共同形成的，它有着双层的寓意，表层意义指日食引起的太阳光影变化，深层意义指柳依依未来人生的不可预知，内心的痛苦和绝望似乎要吞噬她，将她的人生推向绝望的边缘。理性的思考，深邃的思辨使小说的语言充满哲学的色彩。"惨不忍睹。这个词跳上她的心头，她不由自主地把头偏了一下，像避开一块迎面飞过来的石头。"柳依依跟夏伟凯分后手，她心中原本神圣的爱情慢慢地消逝了，留给她的精神慰藉也慢慢在其他人的冷漠中啃噬殆尽。她要如何承受以这一切打击？"石头"的比喻把两者之间拉得很宽，看似没有共同点，实际上，两者之间的内涵还是一致的。主人公柳依依不甘心就这样被别人践踏自尊，她要偏头，她还要挣扎。而她"偏头"的动作也似乎预示着她的下一步行动，找其他更加优秀的男人。

阎真在《因为女人》中层出不穷的比喻，独具韵味，体现了他丰富的想象力，及对文学艺术性精益求精的态度。此外，小说中还有诸多意蕴丰富的潜台词。"我一个人在麓城"简短的七个字就包含多重的意味，机智的表达出了人与人之间欲说还休的微妙关系，以及话语的多意性、含混性、模糊性。《因为女人》的修辞语言生动、幽默、风趣，含义深邃，它使抽象化为具体、平淡化为神奇，极大地满足了读者的审美愉悦，具有鲜明的艺术色彩，是语言的诗性表达。

抛开《因为女人》的修辞不谈，阎真融情于景的手法，更见其对艺术的娴熟：

"窗外，太阳已经落到山后面去了，眼前那一片植物显得特别的宁静，像懂得自己似的。藤生植物蓬勃地生长着，几根藤尖高高扬起，夸张而狂妄。几年来，它们是年年强大了，橘树只能在它们那肥大的叶片的密幛下露出一片两片叶子。远处那棵樟树上飞来了两只不知名的鸟，刚刚停稳，又飞开了。"

自然与人、景和情在这里写意地交融在一起，在淡淡地韵律中透出古典美的诗境。小说这里的设置是在柳依依与情人秦一星分道扬镳之后，这些很有一种微妙的味道——争抢与被压迫描写得淋漓尽致。另外，这些复杂矛盾的情绪在文本的话语中，对上下文形成一种链接和过渡。

阎真自己也表示自己的艺术理想是："用毕生的心血才情去寻找创造那些属于自己的句子"①。值得一提的是，小说的叙述语言还有和鲁迅一样尖锐、苛刻、一触见血的风格，给人一种鲜血淋漓的感觉。心理语言细腻丰富，独具心理特质，小说所有语言的魅力，都增强了作品的艺术感染力，使之具有较高的文学、美学价值。

除此之外，文人，从积极的意义上讲，只有超脱于物质纠缠、诗意栖居的人，才会在"文字的捡拾"中传达情感和思想，这也是他们的乐趣之一。作家作为一个特殊的群体，而阎真又是这个意义上更具涵养的作家。他的一些生活变迁、个人体验都成为他生活与心灵里最宝贵的财富。语言文字经过作家的洗涤，纯净的文学语言，变成了言有尽而意无穷的诗性美。

第二节　女性视角与文化强权

性别是人类与生俱来的基本特征，随着文化的积淀和文明的发展，女人与男人的区别已经远远不只生理方面，而更多的是心理，是身体之外的身份、文化等。母系氏族公社转向父系氏族公社建立起了以父权为中心的氏族组织与文化结构，男性成为人类文明的主要创造者，掌握了绝对的话语权，形成了一个"男权主义"社会，女性地位下降，沦为被压迫、被歧视的对象。19世纪女性为了争取与男性同等的社会权利，发起了"女权主义"运动，旨在反对包括性别歧视在内的一切形式的不平等。法国的西蒙·波伏娃作为女权运动的代表人物，

---

① 阎真. 这是一个重新定义爱情的时代？——致友人书[M]//阎真. 因为女人. 北京: 人民文学出版社, 2013.

站在女性的视角，认为："女人并不是生就的，而宁可说是逐渐形成的。在生理、心理或经济上，没有任何命运能决定人类女性在社会的表现形象。决定这种介于男性与阉人之间的、所谓具有女性气质的人的，是整个文明。"①波伏娃认为女性的气质及社会的表现形象不是生就的，是由文明决定的。

阎真对她的"文明决定论"表示了不同的看法，在《因为女人》的卷首语里，针锋相对地指出："女性的气质和心理首先是一个生理性事实，然后才是一个文明的存在；也就是说，其首先是文明的前提，然后才是文明的结果。生理事实在最大程度上决定了女性的文化和心理状态，而不是相反。把女性的性别气质和心理特征仅仅描述为文明的结果，就无法理解他们生存的真实状态。在这里，文明不仅仅是由传统和习俗形成的。在这个意义上我们可以说，性别就是文化。"阎真的观念是基于男性立场的另一种表现，他看到了男女性别差异和文化产生的双重影响，"对波伏娃的论断，我不是反对，也就是说，我并不否定文明的意义，而是补充。有了这种补充，才是一种完整的理论表述。这也是我构思这部小说的思维基点之一"②。

"社会和经济的开放，使人们的思想观念、价值观念和生活状态都发生了巨大的变化。在两性关系上，道德取向宽容，自由失去边界，身体成为财富，欲望不再羞羞答答。"③阎真敏锐地捕捉到在市场经济的时代氛围中，欲望优先，爱情贬值的触目事实，认识到"这种时代氛围对女性，特别是知识女性造成了极大的情感困境"④。因此，他试图表现具有历史意味的重大命题。作为一个男性作家，阎真对女性的不公处境，满是忧虑、关切与同情，然而女性读者并不接受作者的体贴与仗义执言，多数的态度却是气愤与指责。"《因为女人》写的是女人，阎真以为自己感同身受，却被认为隔岸观火。"⑤从女性视角看，透视出的是她们对小说描绘的严峻情感挑战、女性依附男性、自我沦陷现象的强烈不满以及对男性文化强权的鄙视和激烈反抗。在作者看来，小说中柳依依、苗小慧等人与男性的周旋，对男人的依恋，真爱的缺失，于消费主义时代是普遍现象，他表现的是一个平均数。然而女读者，没有对柳依依的情感困境

---

① 波伏娃. 第二性[M]. 陶铁柱，译. 北京：中国书籍出版社，2004：251.

② 赵树勤，龙其林. 还原知识分子的精神原生态——阎真长篇小说创作的访谈[J]. 南方文坛，2009 (4).

③ 杨柳. 情感的困境：读《因为女人》[M]//阎真. 因为女人. 北京：人民文学出版社，2013.

④ 阎真. 关于《因为女人》答北大校友[N]. 羊城晚报，2008-05-10.

⑤ 邵燕君.《因为女人》讨论专辑[J]. 北大评刊，2008(5).

表示过多的认可，认为她们的遭遇仅仅是个例，不具代表性。"也许，作为男性作家的阎真，并不能真正热爱女性，也并没有真正了解女性——最有力的证据还有，小说倾力塑造的柳依依，能真正代表中国的知识女性吗？"①在女读者视野中，社会上绝大多数的女性知识分子是独立、自尊的，拥有崇高的信仰和价值追求，很多甚至成为佼佼者。柳依依作为现代知识女性，有学历有文凭，完全可以靠知识获取生活资源和空间，但她随波逐流，自我沉沦。在广告公司工作，遇到业务上的困难，她没有想方设法解决，而是自怨自艾，选择逃避。柳依依自身主体性是严重匮乏的，"始终将自己的生活价值寄托在以男人为中心的情感世界里，并将男人看作是自己人生保障的根本性力量和生命支柱"②。她的悲剧有时代的原因，更多的是她咎由自取的结果。

以女性视角解读《因为女人》，看到的是时代背景下男性文化强权对女性的压迫，男权中心的思想渗透其中。"事实上，作者的意图始终统领其间，潜意识渗透其里，'体贴'女性不过是一种叙事的姿态，通过女性心灵碎裂的讲述来重新收复男权的领地，才是作品的'意义'。"③"纵然小说没有施展太极的拳术维系男性话语所确立的秩序，也还是选取了柔道的招数碎裂女性的梦想！而小说之所以始终以体贴的姿态耐心地倾听女性心灵的碎裂声，是因为它试图逐个逐层地颠覆本土女性写作和西方女权主义联袂发起的行动和主张！"④这是男性文化的霸道，男性将文化强权作为手中的有力武器运用于女性身上，强用自己的文化价值观来塑造心中的女性形象。"男性通过自己想象的女性形象，给女性制定了一个个标准，而女性也就逐步陷入受文化制约的符合'男权视野'的行为规范之中。"⑤女性从小说中获得的同男性截然相反的感受，其实正是两性生理差异、文化差异的一种外在显现。

女性的生理特征是先天性的，地位是具有历史性的。"沿袭千年的"阳刚阴柔"和"男主女从"的情感需求依然作为双重价值判断标准的基础沉淀在人格

---

① 吴彦彦. 以女人的名义维护爱情——评阎真《因为女人》[J]. 文学评论, 2009(12).
② 马藜. 花落的声音：女性的身体与年龄——从《因为女人》看当代女性的生存困境[J]. 兰州学刊, 2009(7)：157－160.
③ 徐妍. 以"体贴"的姿态倾听女性心灵的碎裂声[J]. 北大评刊, 2008(5).
④ 徐妍. 以"体贴"的姿态倾听女性心灵的碎裂声[J]. 北大评刊, 2008(5).
⑤ 马藜. 花落的声音：女性的身体与年龄——从《因为女人》看当代女性的生存困境[J]. 兰州学刊, 2009(7)：157－160.

中，不自觉地成为传统性别角色与秩序的自觉恪守者。"①男权文化根深蒂固，男性居于社会活动的中心地位，掌握着社会事务的主导权，女性只是配角和附庸。这种男性文化强权对女性的束缚在家庭文化上表现最为明显。男性将女性的幸福和出路局限在爱情、亲情和家庭上，高学历和强势的女性并不被男性接受。

小说中的柳依依之所以放弃读博的机会，只因为宋旭升的话："从你收到读博通知书那天起，我就不敢跟你见面了。我没想过找个女硕士，更没想过找女博士，我只是个本科呢，你真的要我怕你啊！"（第 158 页）可见，女性被囿限在男性的世界里。尽管阎真一再强调自己是站在人道主义立场同情和关切女性，嘲弄男人，批判男女的不平等，却仍然没有给出女性的出路，找到真正解决两性关系的方法。其实，社会是由男性和女性共同构成的，它本身就是两性互补的完美结合，应该承认并尊重性别差异引起的认识差别，接受文化的多元性。性别歧视是我们要共同反对的，男性应该给女性更多的尊重和自由，女性知识分子不必也不可能完全摆脱男性而独立生存。男性霸权或者女性霸权都不利于两性关系的和谐发展，男女两性应当彼此认识对方，因为"一个性别压迫另一个性别的历史已经太久太久，我们期待的目标绝不是历史的另一种翻版。双性和谐共存已成为真正关心这一问题的人们的共识"②。

不单阎真的《因为女人》如此表现女性生理上的差异，他们写女性，把性别作为一个最大的区分。贾平凹的《废都》、苏童的《黄雀记》、毕飞宇的《玉米》（There Sister）、莫言的《丰乳肥臀》等，他们假借"生理性和母性特征"继续去加固男性强权下女性固有的欲望，从而维护男性作为社会核心地位的既得利益。这种利益也是建立在女性生命性的掠夺之上的。而男性甚至女性作家本身，如此大范围。可以说是集体无意识的书写，更加稳固了男权原本的主导地位，把女性那些裸露的、性欲的、窥探性的糟粕一面，揭示得更加体无完肤了。

第三节　消费时代女性的诗情

改革开放和社会主义市场经济的建立，物质日益丰富，心灵日益自由，观念日益开放。进入新世纪，高度的商品化让人完全坠入了一个消费时代，女性

① 马蓼. 花落的声音：女性的身体与年龄——从《因为女人》看当代女性的生存困境[J]. 兰州学刊，2009(7)：157－160
② 潘延. 历史、自我与女性文本[J]. 苏州科技学院学报（社会科学版），1999(2).

的青春和身体也成了消费对象。西莉亚·卢瑞的著作《消费文化》一书，就提及在消费文化和消费实践中，女性的竞争力远低于男性，与此同时，还充当了主体和客体两种角色。

"在这个自由和欲望的时代，消费主义以水银泻地之势渗透到社会每一个细胞，使两性关系的格局大环境发生了历史性的变化，女性特别是知识女性的情感生存遭遇了严峻挑战"。① 消费主义作为一种价值体系，迅速蔓延扩散，其思维方式渗透到生活和男女两性的关系中，人的欲望无限膨胀。伴随思想观念、价值观念的解放，女性彻底摆脱了"三从之道、四德之仪"的束缚，获得了更多的权利。虽然依旧是处于男权制度下，但是女性消费中，女性不单是为了满足自身的需要或者享受，而是趋于一种取悦他人，而获得个人价值的欲望。②

基于天性，女人往往比男人细腻、浪漫、有诗情，她们喜欢五光十色、富裕充实的生活，追求纯真永恒、从一而终的爱情。但是，在消费主义时代的氛围里，女人的诗情、梦想，随着女性年龄的增长、身体的衰老、容颜的消逝，不断消减。"以貌取人"的价值标准大行其道，男人盲目片面地看重女性的青春，忽视女性成长过程中增加的内在人格魅力。女性在无理性消费物质资料的同时，男性也在无理性消费她们。女人固有的诗情，终究抵不住男人现实的眼光，在暗流涌动的现实中被消解。

柳依依作为阎真在小说中塑造的主要女性形象，"依依"的名字本身就充满"杨柳依依""小鸟依人"的诗情画意，她聪明、美丽而又柔弱，典型的诗情女孩。在从边远的县城考入省城名校时，她满怀希望，理想高远，对自己下铺爱打扮、爱社交、还有点狐媚气的苗小慧根本看不起，颇有洁身自好的清高姿态。"可一年下来，倒是服了她，那点狐媚气渐渐地看惯了，竟成了交心的朋友。大二的时候，柳依依就把自己看透了，不是什么干大事的人！大事干不了，小事还得干。小事吧，就是找份好的工作，再找个好男人，还有一套房子，一个孩子"。（第5页）柳依依远大的理想和交友原则，在一年的大学生活中破灭了，满满地信心和自豪败给了现实的生活。"放弃远大理想她并没有痛苦，反而感到了如释重负的轻松"（第5页），轻松下来，她开始幻想自己的爱情，虽然没有行动，但心中已经清晰的描绘出了心动的男性形象。她把爱情看得很神圣、珍贵，即使室友都陆续交了男友，她依旧在耐心等待自己真正的"白马王子"，

① 阎真. 这是一个重新定义爱情的时代？——致友人书[M].//阎真. 因为女人. 北京：人民文学出版社，2013.

② M Mccaracken. Culture and Consumption[M]. Indiana University Press, 1988, 46(3)：347-348.

保留着那份初恋的美好。然而，在雅芳公司的一次兼职，多少还是动摇了柳依依的爱情观。雅芳公司的薛经理劝导柳依依利用青春开发优质资源，享受人生："女孩的青春是有价的，在哪里才能使这种价值最充分地体现出来呢？哪里？但青春不是人民币，不能存银行保值，也没利息。……从经济学角度说，那不是把优质资源浪费了吗？"（第24页）出于对爱情的坚守和抵抗，柳依依拒绝了薛经理的建议。可这种放弃，也意味着失去一种梦幻生活，她觉得有点遗憾。柳依依在诱惑和坚守中纠结、挣扎，但还是把爱情作为自己唯一的信仰，还固守着古典社会的爱情理想，憧憬着浪漫淳朴爱情的降临。

　　夏伟凯阳光健壮的外表，是柳依依理想爱情的载体，她再也抵挡不住男性的魅力，有了第一段恋情。她原以为和夏伟凯的爱情会"像简·爱和罗切斯特的那样，缓慢的，优雅的，从容不迫的，绅士和淑女般的，在精神上渐渐靠近"（第47页）。实际上，她完全被夏伟凯裹挟着走，一步一步突破自己的防线，献出了贞洁，最终怀孕、流产。他们之间的心灵交流被淡化，"肉欲"成了爱情的主体，在得到柳依依的身体后，夏伟凯满足了自我的欲望，很快就移情别恋。柳依依想要的是忠贞不渝、相濡以沫的爱情，无法忍受他的始乱终弃，为了自己的青春和生命选择了凄惨的分手。在这段恋情中，柳依依一败涂地，惨不忍睹，对爱情、生活的奢望幻想，同夭折的初恋一起埋葬，再没有经典爱情的天真想象和诗情。后来柳依依和郭博士有过一段昙花一现般的恋情，郭博士潜意识里的"处女情结"，给他们的情感设置了一道无形的障碍，失去贞洁的柳依依已然"贬值"，失去了恋爱的信心。寂寞中，柳依依邂逅了阿裴，两人发生了一夜情，染上性病也没得到阿裴的真心关爱，心灵再次受伤，诗情再次消减。

　　被秦一星包养，是柳依依诗情的彻底瓦解，以往所有的美好信仰、理想都被残酷的现实消解，她甘愿作为秦一星的情人，用青春美貌换取金钱和依靠。秦一星与柳依依各取所需，虚假的情感背后是性与肉的交易，爱情变得虚幻陌生，被物质和肉体取代，山盟海誓、海枯石烂的爱情成为"稀世珍宝"。在青春即将逝去时，柳依依听从了秦一星的建议，嫁给了追求自己多年、"一穷二白"的宋旭升。婚姻没有让柳依依获得真正的归宿，她患得患失，捕风捉影，感情的空虚促使她偷偷寻求各种约会。在经济拮据的那几年，宋旭升对柳依依还能言听计从，但富裕后在感情上把她完全放逐了。爱情的一再破灭，让柳依依坠入了一个"黑色的漩涡"中，无法自拔。从夏伟凯到宋旭升，柳依依仿佛被投入一个消费女性的男权轨道，通过性被"消费"，在消费中逐渐"贬值"。"女性通过性解放被'消费'，性解放通过女性被'消费'，这并不是文字游戏。这种身体与物质的同质进入了指导性的深沉机制"。① 性解放和性消费引发了情感危机，身体与物质的同质"深入人心"，柳依依在"身体"的不断消费中，由爱情至上的纯情少女沦为了历经情感磨炼的旷世怨妇，女人的魅力消失殆尽。

在消费时代的氛围中，人性被扭曲，女人的青春被商品化，美貌保证着价值的真实性，贞洁则诠释了价值的可利用性。男女之间的爱情不再是心灵的沟通和情感的共鸣，而成了物质利益和身体欲望的代名词。柳依依的这个名字除了"小鸟依人"的意味，更有《诗经》"昔我往矣，杨柳依依，今我来思，雨雪霏霏"的悲壮，虽然是两种不同的场景与环境：一个是背井离乡，奔赴战场；一个是青春逝去，韶华不再。柳依依身上原有的诗情，被金钱与欲望蚕食，最后不堪一击，化为乌有。何其壮美？

女人的诗情需要物质的支撑。男人的欣赏，脱离物质诗情何以存在？没有青春又有谁会去欣赏？消费时代的核心就是消费主义，柳依依没有金钱，徒有短暂的青春，因此她的诗情很难延续。在看清现实后，她用青春换取了另一种"诗情"，这是苗小慧和阿雨式的"诗情"，把感情当作消遣品，不断地打扮自己，保养青春，吸引男性，及时享乐。美貌与魅力，成群结队的异性追求者就是她们的"理想"，只是这种"诗情"和"理想"，在消费时代同样不能永久。

另外，消费主义语境下，宏大的民族叙事变得罕见和稀有，个人化的叙事及言论甚嚣尘上，感觉的、体验的、情绪化的叙事大面积存在着，文学的一些理性诉求进而淹没。而女性合理的诗性追求，替换成了身体写作。

第四节 生存面前的道德尴尬

人，作为自然的生命体，有着和动物一样的本能需求，但人在根本上又不同于动物。"动物和它的生命活动是直接同一的。动物不把自己同自己的生命活动区别开来，它就是这种生命活动。人则使自己的生命活动本身变成自己的意志和意识的对象。他的生命活动是有意识的"。② 用简单的一句话来概括，人是有人性的。人在得到基本的生存条件后，有着超越动物的更高追求，比如爱情、个人价值、文化知识。

然而，人性是不完善的，需要道德的约束，自私、贪婪、好色都是人性的缺陷。随着人类文明的进步与发展，人性不断地被认识、完善。道德，作为一种

① 鲍德里亚. 消费社会[M]. 刘成富，全志钢，译. 南京：南京大学出版社，2000.
② 马克思，恩格斯. 马克思恩格斯全集：第42卷[M]. 北京：人民出版社，1979：96.

社会意识形态，是人们共同生活及其行为的准则和规范，是人类通过对客观世界的不断探索而形成的明灯。它以宇宙之理制定，顺理则为善，违理则为恶，以善恶为判断标准，不以人的意志为转移。它对人性的净化、改善、约束，起着不可替代的作用，在生活中自觉自我地约束着我们。但是近代以来，社会和经济的发展，思想观念、价值标准的开放，道德趋于宽容，欲望失去了边界，在生存面前，传统道德被颠覆破坏，处境尴尬。阎真作为一位现实主义作家，洞察到了当下现实中道德遭遇的严峻挑战。小说《因为女人》在直面知识女性情感生存困境的同时，也是在严肃反思道德危机，追问道德的价值和意义。

《因为女人》以现代人作为爱情的主角，因此，他们都具有"先锋性"的精神特征、价值信仰。小说中的男性角色，薛经理、夏伟凯、阿裴、秦一星、宋旭升，在这个自由和欲望的时代，过度脱离了道德的束缚，自动解除了男性的担当和责任感，任由灵魂沉沦。自私、欲望越来越成为他们的主流选择，传统道德的仁爱、知耻、务实、敦厚等合理成分被膨胀的欲望所侵占挤压。夏伟凯作为高校的研究生，接受着高素质教育、先进文化的熏陶，却没有树立道德的典范。他追求柳依依时用尽心机，第一次在校园偶然遇到柳依依，就用低俗、猥琐的眼光打量她，赤裸裸地暴露了本能的肉欲。"这样想着他放慢了脚步，以最佳的距离去观察她，惊奇地发现她的身材相当好，属于惹人想入非非一类。"（第37页）身体的欲望让夏伟凯将心动变成行动，摸清了柳依依的行踪，就创造机会逐步接近。他"见多识广、阅人无数"的室友们，是他的智囊团，积极为他出谋划策。在夏伟凯猛烈的攻势下，柳依依稍作抵抗，便弃械投降。快速升温的感情，激起了他们内心压抑已久的欲望，不断突破爱情的底线。"每次见了面，就要亲密亲密，突破突破，是急峻的，粗俗的，如饥似渴的，总之身体在这里扮演着主角"。（第47页）在一次潇洒的双人游中，夏伟凯实现了自己的目的，占有了柳依依，在缠绵时，肉欲快感淹没了羞愧耻辱。"半途中夏伟凯停了下来说：'需要我吗？'柳依依拍打他的胸叫着：'死人！'夏伟凯说：'你说。'柳依依说：'需要。'夏伟凯还不行动，说：'你说，没有我不行。说！'柳依依顺从说：'没有你不行。'夏伟凯说：'好乖。'"（第77页）被唤醒的性和欲如脱缰的马，再也无法控制。性爱，成了他们必要的身体需求。直到柳依依"出事"，才暂时浇灭了彼此的激情。在性爱上，柳依依也曾有过纠结、抵抗，礼义廉耻的道德观念并未彻底遗忘，只是抵抗的力量微乎其微，道德在同欲望的博弈中不战而败。"爱情在柳依依那里是生命，但在夏伟凯那里则是欲望。"①夏伟凯把

①　王娟娟. 因为女人，所以种种——阎真《因为女人》中的男权意识[J]. 小说评论，2008（5）.

爱情当作游戏，在乎的是"身体"的享乐，根本不打算和柳依依一生一世相偎依，很快暴露了见异思迁的本性，无情地抛弃了柳依依。

秦一星作为一个有家室儿女的男性，无视家庭责任、丈夫的职责，背叛妻子，包养情人柳依依长达五年，同时周旋于多个女性之间，毫无忠诚。他用金钱供柳依依生活、学习，换取她的青春。在他们的生活中，性和欲不再显得神秘隐蔽，赤裸裸的金钱权力和肉体交换不再羞羞答答，彻底摆脱了道德的束缚。夏伟凯、秦一星等男性始乱终弃的爱情观，追求享乐、抛弃家庭的恶劣行径，是被传统的道德观念无情批判反对的，但在消费主义盛行的生存环境面前却显得合情合理。道德与欲望并存，境遇尴尬。

小说中的柳依依、阿雨、苗小慧等知识女性，并不真正懂得运用知识争取个人的独立，她们普遍缺乏主体性，虽然有明确的自我意识，能随时对自身所处的情境做出深入思考，但却不能自尊自爱、自立自强。她们缺失高尚乃至神圣的爱情、婚姻、生活理想，自觉跟随"感觉"前进，大胆放纵地表现真实的情欲追求，以毫不避讳的姿态来追求情欲的快感，坦然自若地进行欲望的表达。生存需要成为她们冠冕堂皇的理由。柳依依一直与不同的男性进行感情博弈，任由情感的泛滥，不加节制。在婚后，她没有遵从基本的道德规范、婚姻原则，与秦一星藕断丝连，与丈夫宋旭升同床异梦。在感情上被丈夫放逐后，柳依依也没有把情感寄托在家庭和女儿的亲情上，耐不住寂寞的她盲目寻求网恋。在婚姻、爱情上，柳依依冲破旧道德的约束，为满足性和爱的快感，一次又一次挑战道德和良知的底线。

韩少功在著名的随笔《性而上的迷失》中说："旧道德的解除，似乎仅仅只是让女性更加的色欲化，更加玩物化，更加要为迎合男性而费尽心机。"小说在末节富有意味地写道："欲望优先，这是一个世纪性的错误，也是一个世界性的错误。"（第 352 页）在市场化、消费化时代，欲望化、性自由，有其存在意义，甚至人性上的合理性，也许，宽容是必要的。但是，道德的评价和约束是必不可少的，更不应该被忽视和抛弃。"道德既是一种调节社会关系的特殊手段，同时，道德又是人实现自身统一、精神完善的一种特殊方式，使人不断形成、完善德性，从而获得自身存在的意义和价值。"[①]道德是人的存在方式，人类的社会生活、人之持续生存和发展，都必须以道德来调节和维系。没有道德，没有共同的生活规则，也就没有人类社会的存在。人要努力超越物质欲望之上，并以道德约束生存欲求，以道德评价人生意义，而不是纵容本能，让道德在生

---

① 吕前昌. 悖离与重建：走向生命关怀的道德教育[J]. 理论月刊，2010（7）.

存面前陷入尴尬境地。遗憾的是《因为女人》中没有为我们树立一个道德的典范，指引我们走出这种尴尬的境地。

市场经济的勃兴和观念的开放，消费主义价值体系的渗透，使爱情理想主义、信仰主义的生存空间越来越小，因坚守这种理想主义而受到伤害的可能性越来越大。信仰的遗失，观念的解放，冷冻了真情，破坏了道德。改革开放以前，爱情因为伦理道德的约束，而给女性一方生存的热土。张艺谋的电影《我的父亲母亲》，更是以明亮的色彩，提升了女性的温暖形象，却不免给男性抹上了阴影。

然而，随着市场经济的发展，强大的现实把女性推向社会边缘的无奈窘境，破灭了女性的"爱情梦"，消解了女人的诗情。现实中，宣扬男女平等的女权主义，其理论与实践之间还存在巨大差距，男性文化霸权压制女性权利的现实根本上没有改变。站在男女两性不同的角度，审视《因为女人》，我们体会到的是对世界、对人性更独特、更意味深远的感悟，事实上，这既符合人的认识特征，又遵循文学作品的审美原则、评价标准。文学的意义在于揭示人性及社会的病灶。在消费主义和物欲主义席卷一切、价值根基惨遭解构的时代里，阎真无畏地直面真相，他用冷酷之笔解剖现代生活中被扭曲的人性，并从男性的感受出发，细细切入人的情绪和心理层面，对女性命运进行绝望叙述，深入探析现代人思想意识、精神状态、情感欲望、个性表现的混乱和迷失。《因为女人》带有极端色彩的女性情感困境的建构，一方面是对社会病症的集中展现和批判，另一方面是作者对女性生存赋予深刻理解与同情的心灵表达，对社会文化赋予女性太多束缚、男性太多自由的深刻反思。单从这一点看，《因为女人》表现的命题就已经具有了重大的历史意味和崇高的文学价值、思想内涵。

不得不说，无论是女性也好，男性也罢，都是万千浮华中的黄粱一梦，因为性别而带来的种种差异，皆是社会存在的一个循环。生命是一出悲剧，在这个悲剧中，我们总是冷眼旁观片刻，然后就扮演起自己的角色。柳依依对于苗小慧巴结男人的不解与不屑，但是她的纯真也最后为自己的行为犯下过错。道德又是什么？说到底，它是一种制约，是一种仪轨，它也是相对于法律的一种劝诫。与其等到最后才明白俗世的繁华荣光，不过昙花一现，还不如高傲而又悲天悯人地看着虚无的人生。女性不能要求男性放弃天性——与生俱来的肉感，也不能在爱情之后，把过错加在男性身上。这样的道德责任也是一种不道德，那么，怎么看就显得很重要了。

第六章　女性救赎的启蒙价值

　　虽然女性主义的出现改变了新石器时代以来的社会结构，女性逐渐站在和男性同等的地位上，但是这是因为性别差异的存在而带来的社会分工的差异。女性作为一种社会角色，可能在很长的时间内，仍无法摆脱男性主义而存在。男性主义盛行的时代，谈女性主义自然是虚无的。更多的时候，女性主义是一种策略，一种女性生活、处世的原则，或者当作女性自我救赎的途径。

　　《因为女人》是阎真继《曾在天涯》《沧浪之水》后的第三部力作，他一改以男性为主要描写对象，转向了探索女性生存境遇。他以冷静的态度，敏锐的观察，用细腻的笔端描绘着校园里女大学生柳依依的情感与人生，表现她在欲望化的社会下内心的挣扎，以及在与男人的博弈中遭遇的种种无奈。他用柳依依的三段情感生活——与夏伟凯的青春爱情，导致信仰破灭；与秦一星的情人生活，意识到青春的消逝；与宋旭升的夫妻生活，醒悟女人悲凉的结局——突出女性知识分子，或者说是整个女性生存的困境和命运的悲剧。阎真，一如既往地，遵循生活真实、艺术真实的原则，用手中的笔勾勒出知识分子在新的时代与社会境遇中所面临的生存转型，所遭遇的尴尬与困惑。有人评价这部作品"深刻细致地写出女性在当今时代的生存困境和精神危机"[①]。也有人认为它"恶毒地描述了生活"，"让年轻人学会了憎恨和绝望"。[②] 不管他人的评价如何，作品的重大影响力是无法否认的，它的文学价值也是无法忽视的。

　　从微观上来说，论者认为这是一部爱情小说，是一部将爱情毁灭了给人看的小说。它集结了作家的生活体验和感悟能力，为柳依依这位"将爱情当作信仰的女孩"注入了毁灭性的力量。这股力量，从作品内容来说，是女主人公生

---

① 刘华沙.女性生存困境的深刻透视——读阎真的长篇小说《因为女人》[J].小说评论，2008(5).
② 肖严.婚姻是女人命运的陷阱——剖析《因为女人》[J].出版广角，2008(4).

活的社会环境，即欲望化的社会——男性以身体欲望为享受，女性以物质欲望为追求；从作品来源来说，是作家的"主题先行"的观念，即作家认为的"因为女人"，这一性别所产生的性别文化，女性固有的弱点，身体的和心理的，造成了女性不可更改的宿命。

从宏观上，它属于中国女性文学，是一部关注女性启蒙的小说。它以启蒙叙事中的"弱叙事"，将女性在新时代遭遇的追求自由和个性解放与现实中女性自身的内在需要的矛盾困境娓娓道来，并且提出了"肉体"与"精神"、"时代"与"精神"、"沉沦"与"救赎"等命题，说出了男权依然是"女性解放"的真正受益者，更是造成女性精神与肉体饱受磨难的实际加害者这一真相。这部小说在某种程度上，反映了女性的启蒙任重道远，依然前行在路上。

本章主要是围绕"女性救赎"这一主题，分成三个部分展开细说。一是从小说的主要内容"欲望"和"爱情"的关系出发，认识女性的生存困境，探讨女性的自我救赎；二是从作者的写作探源，男性的思维之下的写作，女性的命运悲剧应运而生，从而呼唤男女两性的平等；三是从作品的意义出发，寻找作品中具有的女性启蒙思想对女性生存产生的价值。

第一节　欲望的沉沦与爱情的毁灭

爱情是人类亘古苦苦追求的一个生命主旋律，尤其是女性，她们对爱情的渴求比男性来得更强烈、更持久。每个人可能都在心里幻想过那么一份爱情，纯洁无瑕，与伴侣彼此唯一、相伴白首，人们听过、看过、感受过、经历过，为别人痛哭、因自己流泪，无论经历了什么，大多数人心里对爱情还是有种美好的向往，这种向往高于性别、职业、阶级，是藏在心底的，平凡生活中的隐秘梦想。

《因为女人》这部小说，作者以细腻的笔墨，详尽的描述，将这种隐秘梦想的真实面目，像剥洋葱一样，一片一片地揭下来，让读者身临其境般地感受爱情的残酷。作者首先以中年的主人公在中西餐厅吃饭为起点展开叙述：她恍惚听见了熟悉的声音，于是正准备离去的她选择了停留，并且在对方离去时选择了尾随。一样的对白，相似的动作，曾经的他，也是这般对待她，作者叙事的笔端被拉到主人公过去的回忆。曾经的她，柳依依，年轻漂亮，纯洁骄傲，如众多怀春少女般，把爱情放在了高高的神坛上，甚至把爱情当成了生活的信仰。她拒绝了无数围绕在身边的男生，但是唯独遇见了他，帅气阳光的夏伟凯。他仿佛是她生命中逃不掉的劫，聪明如她，拒绝了再拒绝，拖延了再拖延，最后，还是在一起了，并且，拒绝不了身体的邀约，发生了性行为，怀孕了。

　　开头的场景已预见了这是一个悲剧，作者没有让主人公奔向幸福的婚姻殿堂，而是把她从高高在上的爱情神坛上拉了下来，让她的爱情幻想摔得支离破碎。她爱着的那个男人，在做爱之前，他认为不和他做就是不够爱他，做了之后又跟她大谈男女平等，身体自由解放。之后，柳依依被这个不负责任的男人拉去堕胎，被苦等这个男人好多年的异地女友找上门，乃至自己又最后被第三者插足。作者仿佛觉得这样的悲惨，还不足以表明爱情的残酷，他一定要把这个将爱情看作生命唯一要义的女孩彻底毁灭了才甘心。柳依依，没有从爱情的失败中爬起来，而是顺着男性的意愿，沦为了身体的俘虏。一次堕胎的无可逆转，使柳依依放弃对爱情的坚守，有了不理智的一夜情，还因一夜情而染上了性病。一次的堕落，换来的是无数的不眠之夜，她彻底地放弃了神圣的爱情，成为成功男人秦一星的情妇，一做四年。时间的流逝，在女人身上留下了痕迹，抗拒不了年老色衰的她，无奈地选择嫁给自己并不爱的人，在等待和怨恨中度过自己的余生。

　　是什么摧毁了爱情，是什么摧毁了柳依依的爱情，或许是众多读者看完这部小说之后，头脑中首先蹦出的问题。可能是背叛或者不贞。那个貌似白马王子的夏伟凯，让柳依依梦想中近乎完美的爱情裂开了缝隙。柳依依与夏伟凯似乎神仙一对，但在那个篮球宝贝的诱惑下，夏伟凯离开了柳依依，柳依依看作天大的忠贞不堪一击。可能是可怕的寂寞与生活。柳依依委身于秦一星，也许柳依依还在幻想着其中的情与爱，但她骨子里是为了对抗自己的寂寞，是为了在生活压力下能轻松地喘口气。至于秦一星，就更没有去想什么情与爱，在他眼中这不过是一桩交易，一桩用金钱满足欲望的交易而已。可悲的是，柳依依明知道这是一桩交易，内心里却不肯面对。也可能是宋旭升的不解风情。柳依依把宋旭升当成了一条退路，当成了一条爱情战场上进可攻退可守的退路。然而，柳依依错了。爱情似乎是一条不归路，不管前路是光明大道还是水深火热，只能埋了头向前、向前。当前道路没有回头路，想回头时却发现，回不去了。柳依依把宋旭升当成退路时，这说明在内心里，柳依依已经向爱情这场战役举起了白旗，爱情之梦已经破灭了，不过柳依依不肯面对。

　　阎真认为在现代的爱情中"精神"是缺席的，爱情的另一个名字就是"欲望"[①]。不管是夏伟凯的背叛，秦一星寂寞的消遣，还是宋旭升的不忠，归根到底都是欲望使然，是欲望摧毁了女人的爱情。男人屈服在身体的欲望之下，女

---

① 龙其林.欲望时代的严峻挑战——评阎真长篇小说《因为女人》[J].湖南工业大学学报（社会科学版），2010，15（2）.

人匍匐在金钱的欲望之下。正如苏童《黄雀记》中的女主人公"仙女"，她的生活一次次陷入侮辱和损害的漩涡之中，生活的绝境使她辨不清方向，她对于自己的贪婪和欲望没有把握，从一个城市奔赴另一个城市，相同的是肉体和肉体之间的跳跃。夏伟凯和柳依依的爱情，输在身体的欲望之下。夏伟凯控制不了自己的身体，对漂亮的女孩拒绝不了，因而，总是要求和女主有性行为，即使后来两人发生了关系，还是满足不了他无穷无尽的性需求，出轨、背叛成了他们情感的必然结果。而柳依依之所以会和秦一星在一起，是因为秦一星有钱，有地位，他给柳依依租房，付住院费、老家装修费，供她读研究生以及多次出手大方的给钱。秦一星用金钱买下了柳依依年轻漂亮的身体。宋旭升一开始是个好男人，对柳依依无微不至、细心体贴，可是，当他有了钱，他也迷恋上了年轻的身体，用金钱收买年轻的身体。柳依依年老色衰的身体，已满足不了他膨胀的欲望了，只能悲伤而无奈地等待着时间的判刑。小说中的男人"爱"上女人，无一例外，都是因为与肉体感官"欲望"相关的"漂亮""年轻"，女人能不能得到男人的"爱"则取决于能否引起男性的"欲望"，"爱"能维持多久则在于"欲望"能够保持多久。① 然而，女性的"漂亮"和"年轻"又是有限的，她们在时间的蹉跎下，皱纹渐生，皮肤松弛。秀色的阿雨，因为爱情的失败，变成了一个对生活满心绝望、身材臃肿的中年妇女；就是潇洒如苗小慧，亦只能守着钱过日子，完全无法管自己的老公在外面怎样花天酒地，反而要费尽心思把这种男人留在身边。原本出色的女人在默默隐退，时间刻下的本该有意义的痕迹成了被嫌弃的根由。但是，原本不出色的男人却渐渐走向了成功，迎来了生命的黄金时期，他们更有了出轨的资本，有了承接欲望的可能性。

实质上，在欲望和爱情，肉体和精神这两个命题之间，有个不可更改的载体，有种无法言说的宿命，那就是性别文化。在小说的前面，作者提到了波伏娃的一段话："女人并不是生就的，而宁可说是逐渐形成的。在生理、心理或经济上，没有任何命运能决定人类女性在社会的表现形象。决定这种介于男性与阉人之间的、所谓具有女性气质的人的，是整个文明。"②但是，作者显然不赞同波伏娃的观点，他认为"女性的气质和心理首先是一个生理性事实，然后才是一个文明的存在；也就是说，其首先是文明的前提，然后才是文明的结果。生理事实在最大程度上决定了女性的文化和心理状态，而不是相反。把女性的

① 龙其林. 欲望时代的严峻挑战——评阎真长篇小说《因为女人》[J]. 湖南工业大学学报（社会科学版），2010，15(2).

② 波伏娃. 第二性[M]. 陶铁柱，译. 北京：中国书籍出版社，2004：251.

性别气质和心理特征仅仅描述为文明的结果，就无法理解她们生存的真实状态。在这里，文明不仅仅是由传统和习俗形成的。在这个意义上我们可以说，性别就是文化。"①在这种性别文化中，女性存在着先天的劣势。小说将这种性别劣势展现得淋漓尽致。男人，差不多都是用下半身思考的动物，他们把爱情交给了身体。夏伟凯使尽浑身解数要求与女主人公发生性关系，而且他的背叛也是因为愿意时刻与他做爱的篮球宝贝。秦一星，仅仅把柳依依当作情妇，解决他的身体需求。就连宋旭升，有了钱之后，也去外面找漂亮的姑娘，嫌弃柳依依这个残花败柳。他们觉得因为是男人，所以可以随心所欲的祸害女性，害了就害了，完全不用负责任。而小说中的女人，她们一开始追求的是一种爱情的信仰，即使是在身体沦陷之后，她们依然渴望着卑微的爱的给予，她们要的是心灵的交流。但是，追求心灵交流的主人公被男性用追求，并以爱的名义夺走了纯真，等待着她的也不是宽容和理解，和她有交往的男性，全在嫌弃她不是处女。你是女人，所以你要承担所有的罪过，我是男人，所以我可以放纵肉体的沉沦。正如柳依依在和夏伟凯的交流中谈到的："因为他是男人，生下来就叫他把所有的道理占全了，正如我们把所有的灾难占全了。"

欲望化的社会，只是小说的必要背景，这种欲望的扩大化，就是要凸显"女人"这种性别，在社会中遭遇的种种无奈和困境。因此，作家刻意描绘了如柳依依般的知识分子，她有美貌、青春与纯洁，却因为女人这一心理气质，身体里隐藏着特有的感性。她会缺失必要的理性，常常跟着感觉走，不时被情绪牵着鼻子走，有时明明觉得这事不该去做，却又不由自主地去做，很难控制住自己，抗拒不了男性的花言巧语，不敌社会中花红酒绿的诱惑，在追求纯真情感的道路上，也时常夹在物欲和肉欲的陷阱中，摇摆不定。又因为女人这一生理性质，经受时间的摧残，红颜易老。在一次欲望的沉沦之后，她就丧失了爱情的自信，也失去了与男人继续博弈的资本，时间越往后推移，女性的青春越稀少，她所拥有的骄傲也就没有了稳固的立足点。于是，一步一步，以"因为女人"为借口，选择了一时的满足，沉浸在情欲中，沉浸在安闲中，输给了人性最软弱的部分，不去反思自己的人生责任，不去思考自己应该如何脚踏实地的营造美好生活，应该如何去实践自己纯真的爱情梦想。从客观的角度来看，柳依依其实是有很多次机会可以脱离悲剧的。首先，第一次爱情失败之后，她依然拥有足够的美貌和青春，只要她足够坚强理智，就不会再把爱情当作唯一可做的事，不会因为一次死亡就放弃重生的机会。其次，当她沉沦情欲做了秦一星

---

① 阎真. 因为女人[M]. 北京: 人民文学出版社, 2013: 卷首语.

的情妇之后，她依然拥有才华和智慧，作为那个年代的女研究生，只要知识扎实，未来就掌握在自己手中。而她却一心只想着：不趁青春嫁掉，生活就完蛋了。似乎是作者有意安排她一点一点地滑入深渊，她就像一个提线木偶，挣扎反抗不能。作者的笔就是操纵她的线，与其说柳依依身为女人，在与男人的博弈中屡屡失败，倒不如说是小说人物无法反抗作者的意志。柳依依是作者刻意创造出来的形象，反复地说着反复的台词，反复的纠结着反复的问题。"因为女人"成了毁灭女人的标签，"因为女人"成了囚禁的牢笼。捷克已故总统哈维尔在狱中给妻子写信说："监狱给了我整个存在提供了一个不言而喻、不可避免的框架、背景和坐标系，在某种程度上，只有监狱环境才能够成为人类普遍境遇的隐喻。"欲望的存在正是这一普遍困境存在的基础。

"女人"这一性别文化导致的种种生存困境，是真实存在的，作家以一种近乎冷漠的心态，将这种真实残酷摆在了读者面前，就好似给了沉浸在美好的梦幻中的少女一记闷锤，把她们从自我欺骗中唤醒出来，极其具有震撼作用。但是，醒是醒了，也认清到了事实的残酷，不在沉默中爆发，就在沉默中灭亡，她们是否又会有种无路可走的心态，或者是干脆认命，自暴自弃？反正无论如何，我已经是女人了，既然是女人，都逃不掉女人的宿命，她又能如何呢？也许，这么一个"因为女人"的命题，倒是给了她们不遵守社会道德规范而找来借口和理由，成为他们为自己的好逸恶劳、不求进取而找来挡箭牌。因为是女人，似乎这一切就都被注定了。仿佛自己所有的不幸，都有了合理的理由，若是有了这么一种影响，让她们对爱情失去希望，对生活失去希望，那将是大大的不幸。想来，作家不仅要以现实主义的手法揭露现实的残酷，让人们清醒地认识到自己的处境，还应该给读者一份心灵引导，给她们一种希望，让她们可以有足够的信心面对生活中的重重挫折与困难，成为她们战胜困难的精神食粮。

第二节　男性视角下的女性悲剧

《因为女人》是切入社会现实、逼视灵魂深处的情感小说，作家用男性独特的视角，很残酷而又十分沉重地书写了一个对爱情充满信仰的女人半生的恋情经历。主人公柳依依把她最好的爱情理想给了大学同学夏伟凯，但得到的只是他欲望性的回应，最终柳依依遍体鳞伤地斩断了这段感情。后来她也经历了诱惑，成了成功男人的情人，对方回报她的物质生活也许并不丰厚，她却总以为在青春的时候只要有爱也是足够了，即使是和人分享。最后当青春只剩下尾巴，情人也有了更新鲜的情人，甚至情人想要回归家庭，她才发现之前的付出，所谓爱的信仰，换来的只是一无所有，只能在一切都要完结之前匆匆嫁掉。好在丈夫还有能力奋斗，能够满足自己的物质欲望，可是丈夫有钱了也在外面有了别人，自己的生活除了家庭之外再没有丰富的可能，最终一腔情化怨，渐渐陷入绝望的黑洞。这一切就像跳一场圆舞，经历的一切都在更多人和自己身上循环重演，但岁月流逝，回不去从前，自己无能为力，只剩幽怨。

夏伟凯的确对她一见钟情，可更多的却是将她当作欲望化的工具；柳依依尽管在挣扎，却也贪恋他对她的甜言蜜语，低声下气，阳光健壮。但她最终还是赌气离开了他，因为她觉得她还是一个有魅力的女人。虽然夏伟凯改变了她认为爱情是崇高的想法，把她直接带到赤裸裸的情欲中去，也让她从一个纯情的大学生变得成熟。从前，她总觉得爱，就应该是缓慢的，优雅的，从容不迫的；而不会是那样的急功近利。原来男人和女人对于爱的诠释是那么迥异，男人因为爱身体而爱女人，女人则是因为爱男人而爱他的身体。

在秦一星面前，他们似乎是有真爱。这个男人包容她，呵护她，体贴她。他没有什么缺点，事业成功、性格温和，除了一点——他是另外一个女人的丈夫。柳依依应该是爱这个男人的，全身心都在爱，她满足不了只当他的地下情人。而他，从来没有想到过为一个年轻漂亮的姑娘放弃自己的婚姻，影响自己的事业。20多岁的女孩，就像刚刚开放的花朵，娇嫩欲滴。可是花儿总有谢去的时候，这个道理，柳依依非常明了，秦一星也一再催促她把握好自己的机会。

柳依依嫁给了宋旭升，尽管她不爱这个男人，从心到身体，甚至在婚后，她还主动找过秦一星。可是没有人能够抗拒岁月的力量。她曾经光滑的皮肤变得松弛，她曾经娇美的容颜显现斑点，她被别人唤作大姐、阿姨，而她当时才35岁。直到曾经很爱很爱她，爱到曾为她拿出仅有的400元以及叠了那么多千纸鹤的老实丈夫，也敢明目张胆地彻夜不归时，她的所做所为已不像一个正常思维的女性。她以女儿为要挟，她像个泼妇般歇斯底里。

曾经渴求的爱情，在这个真实的世界中，没有了容身之处。这似乎已经成为柳依依命定的事实。在小说的结尾，她不仅自己相信了这种现实，而且担心自己的命运会延续到女儿身上。"多么希望将来会有一个人，一个男人，会真心真意地爱她、疼她、忠于她。要说自己还有什么人生理想，这就是最大的人生理想了。"她对自己的爱情已不抱什么希望，但是，对自己女儿的爱情还是有憧憬的，虽然这种憧憬似乎又是她的一种自欺欺人。"她知道这个理想是一个奢望。既然是宿命，琴琴又怎么躲得过去呢？"她并没有反省自己的爱情方式，而是将自己爱情的失败归咎为宿命，并且推而广之，给女儿的未来也蒙上了一层悲凉的阴影。"会不会有那么一天，在遥远未来的某一天，被一个在岁月深处隐身的男人随手扔下，像扔一只烟蒂一块破抹布？她心中有着一种越来越清晰的声音：琴琴啊，你千万不要长大！"她以一种消极的方式——"不要长大"来抗拒女儿未来人生可能遭遇的种种困境。

其实，女主角柳依依的故事是社会的一个普遍现象，她是属于"向往美好生活却又得不到"的那一种，信仰爱情却又被背叛，想坚持信仰却对已婚男人的诱惑自我欺骗，嫁了一个完全不是心目中的男人又会为自己不值，自己的丈夫被人分享，她闹过，但还是得向现实妥协低头。那书中还有其他高高低低的女人，比如看破男女关系，总觉得能在第三者战役中取得胜利但最终失败的孤独一生者，也有聪明淡漠、利益为先的所谓聪明者。

在这个物欲横流的世界里，女人这样柔弱而美丽的生物，似乎不可避免悲剧。千百年前，白居易就说，人生莫作妇人身，百年苦乐由他人。不过，若是说女人的悲剧根源，乃是如作者所言因为她是女性，未免有失偏颇。从整部小说来看，作家探讨女性的悲剧，前提是把环境设置在男性制度之下的，还是摆脱不了男性去写女人那种高高在上的思维惯式和自以为是的心态。

其一，作者无意识地弱化了女性的独立精神，首先承认了女性的经济上的依附，精神上的依赖。柳依依悲剧的最根本原因是缺乏饱满而独立的人格和精神。小说中的柳依依软弱，无主见，少原则，贪慕虚荣，并不是放之四海而皆准的女性特质；小说中的柳依依也不具备知识女性的很多品质，比如脚踏实地、努力拼搏、独立自强。她从没有认真为自己的前途奋斗过，只是无数次将自己的未来幸福寄希望于男人；她也没有自己的想法，没有自己的原则，她唯一在做的一件事情，就是随波逐流。她的一生，是被许多个偶然串联起来的片段。她不曾用她的双脚踏实地站在大地上，让她的爱情以某种精神内涵得以长存，她只是飘乎乎、晕乎乎地编织着一个美梦，指望着某一个别人来帮助她实现自己人生的最高幸福。梦想若没有现实支撑，是最虚弱无力的东西。舒婷说，我如果爱你，定要做一棵跟你并肩的木棉树。而柳依依一直在当一株菟丝草，紧紧缠缚着男人。她最大的满足来自别人对她青春美好的倾倒。一旦青春凋零，她便无可赖以生存。作家有意识地将人物定位在知识女性的社会地位和文化层次上，但是却没有让读者看到知识文化对女性的武装。相反，小说中的女性甚至比非知识女性显得更没有理性和尊严。而事实上，女性，尤其是知识女性，应该具备一种自我完整的人格、理想和追求。她们自有她们的一套世界观、价值观和生活哲学，以此来保护自己。这恐怕也正是女性真正实现和男人平等的最根本条件，而不是什么商品经济、社会制度和男人的优劣。

不仅主人公如此，小说中的其他女性，苗小慧、阿雨、闻雅等人，她们所渴望的、所追求的，无一例外，都是一个优秀的男人。所谓优秀，在她们看来，就是有钱，有权，有势。只要有这些东西，她们可以不择手段地诱惑，或者心甘情愿地被诱惑。利益为先，是商品社会的一个普遍现象，而许多人也承认和接受了女人这种趋利性，好像女人天生就是如此。《因为女人》的作者亦如此，首先承认了这种天性，接续了这种思维定式，然后才来创作的。鲁迅曾就《玩偶之家》发表过《娜拉走后怎么办》的演讲，探讨过女性的独立，并说女性要独立首先经济得独立。而在小说中，作者却首先承认了女人在经济上的无能和依赖，然后才去探讨社会对女性的压力。

还有，对于女性的这种困境，作者给出的答案是在婚姻中培养亲情。这个答案有它的合理性，但是忽略了女性的主体地位，没有指出从根本上来说，女性的出路还是在自身。舒婷说："我必须是你近旁的一株木棉，作为树的形象和你站在一起。"席慕蓉说："佛于是把我化作一棵树，长在你必经的路旁，阳光下慎重地开满了花。"不做凌霄花，也不做蒲草，不是流水也不是风。

作为女人，首先应该实现独立自强。"开始就想好，谈不成怎么办，结了婚离婚怎么办，离了婚孩子怎么办？没想好就别谈。""自由就是你愿意怎么样就怎么样，然后，付出代价。"在面临爱情、婚姻和孩子时，做最坏的打算，看看自己有没有足够的心智承受这些。要拥有足够的心智，就得学会自己一个人处理问题，不要依靠男人，不把所有的希望寄托在男人身上，而是要自信自强，做一个独立自主的女人。其次是追求自我价值，一个女人有了自己的事业，就会有成就感，有自豪感，有自信心；一个女人有了自己喜欢的东西，就不会无聊，不会寂寞，不会空虚。她能更加能够游刃有余的把握自己的人生，过好自己的生活，而不会轻易地丢掉良知，动摇心智，随波逐流；更不会成为男人的附庸品，随意被摆弄，任意被抛弃；最后是相信爱；爱情不是唯一的，但是，确实是女性生活中美好的调剂品，一次爱情的失败，不代表爱情的永远毁灭，而是应该鼓起勇气，以阳光的心情，迎接下一段恋情的到来。始终心怀希望，看到世间善的事物、美的事物，以一种乐观的心态，对待生活给予的打击。

其二，作者对女人的同情，是居高临下的同情，甚至是残忍的同情，基于一种不对等的关系。实际上，女性不要同情，她们需要的是尊重和理解。从小说看，薛经理，夏伟凯，发达后的宋旭升，他们的淫欲、放纵、出轨，作者没有极力地批判，而更多的关注于其对女性造成的巨大的伤害，这使女性在感情上、在生活上，被逼迫到无所转身、退无可退的地方，于是她们也选择放纵、出轨，用一颗冷漠麻木游戏的心态去对待生活、对待人生。如果这个命题倒过来，将后一个条件成为前提，也就是女性的出轨、放纵，能够对男性造成多大的伤害？在欲望化的社会，既然不能苛责男性的放纵的话，为什么女性放纵却要被苛责？男性的放纵没有伤害到他们自己，那么有什么理由说女性的放纵伤害了她们自己？假若肯定后者的话，那就是一种偏见。社会可以容忍男人的偷情，不加以强烈地批判，而一旦女人做出这类事情来又加以无情地鞭挞。作者按男性的思维去审视女性的坚守、选择、困惑等一系列行为举止，把一种男性的思维强加给了女性，把一种制度强加给了女性。

　　另外，薛经理、夏伟凯、秦一星，以及发达后的宋旭升，这些男人，他们的淫欲、放纵、出轨，对女性的情感空间和生存空间进行了无情的挤压。其实，这种欲望化，对男性的情感空间也存在着挤压。宋旭升，本是一个体贴细致、真心疼爱柳依依的男人，但是，随着时间的推移，宋旭升发达致富，他也开始在外面找女人。是不是男人一有钱，就会在外面花天酒地？不可否认，确实存在这么一种倾向，但是，也有可能是一种痛苦的无处发泄。在宋旭升和柳依依结婚的第一晚，宋旭升就知道了柳依依的真实状况，并且心里对这个状况是不满的。"柳依依明白了，马上追问说：'什么事不高兴？'宋旭升说：'她还问我呢，若无其事呢。'马上又说：'松的。'"他心里对这个事实是有疙瘩的。但是，此时的他没有钱，没有其他的选择。如果他不要柳依依，可能就找不着好的老婆，他只有隐忍着不发。直到后面，他有了资本，有了金钱，他才表现出了这种不满，进而出轨。宋旭升被其他有资本的男人挤压，只能委曲求全地娶了柳依依；娶了柳依依，又不能平等地看待柳依依，把她当作了自己的耻辱。因而，又去外面找女人来发泄自己的这种痛苦。女人做了小三，嫁了人之后，老公又去找其他的小三，如此反复又反复，女人在这种循环中，倍受伤害，男性在这种循环中，也好不了多少。不管是男人，还是女人，始终是希望有一个可以安定的家，有一个心灵栖息之所，而不是任由无处安放，到处漂泊。但是，在这一种欲望化的环境下，男人和女人，重复着同样的事情，也承受着相应的痛苦。

　　不过，作者在强调柳依依遭受男人背叛时的无助和绝望的同时，却有意地弱化处理了宋旭升这个男人。一消一涨，女人的痛苦放大了，男人的痛苦却缩小了，甚至看不见了。作者写宋旭升，只是表现主人公柳依依最后那点希望和安全感的破灭。柳依依作为妻子，她是失败的；作为母亲，她也是失败的。她是一个受害者，但是宋旭升在开始也是一个受害者，最后才由一个受害者变成了加害者。就连秦一星这样一个有钱、有地位的人，他其实也是悲剧的。他占有了柳依依，可以享受柳依依的青春美貌，但是，每月要给柳依依支付大笔费用，而且，很可能面临情妇的敲诈，如怀孕、孩子的牵制。另一方面，他有家庭，有妻子，有孩子，他需要对自己的妻儿负责，要承受社会的压力。他也是夹在两方中间，必须得为钱奔波，忙得连鞋子破了线都不知道。笔者在这里不是为这种人辩护，而是想强调一点，女人在充当受害者的同时也是施害者。男人是施害者的同时也是受害者。女人的悲剧，自然还有男人的悲剧，是男女双方共同作用的结果，而不是单独一种性别群体造成的。

　　一段美好的感情不能寄希望于天赐良缘。感情的世界里是平等的，每个人要求幸福的权力是对等的。女人应该珍爱自己，要学会独立自强，脚踏实地，但并不一定要求爱自己的人一味地为自己付出。男性，在这个过程中，应具备男人该有的担当，以尊重女性、尊重生命为前提，平等地对待女性，看待欲望的存在，认识人性的本质，继而努力平衡二者。无论男人、女人，只有具有道德的人格才是走出困境的唯一出路，拥有人格的女性，每个年龄阶段都将具有不同的人格魅力。拥有人格的男人，可以是永远的好丈夫、好父亲，而女人则是男人永远的港湾，男人和女人的关系便成为分工合作的"和美"关系。梅根·特里的名剧《走向西蒙娜》的女主角西蒙娜，就是自省自强女性的代表，处在男权社会和传统观念中，她也遭受过很多的挫折，但是她能够倔强地与命运抗争，虽然饱受饥饿，却还想着自己的同胞。她能够超然地、微笑着离开世界，走向了性的救赎之路。

第三节　女性的生存与启蒙价值

　　尽管在男性作家的笔下，女性的悲剧意义是无力而惨痛的，或许正是这些苦难与忍受，才有着一定的启蒙价值。女性在这些遭遇面前，是选择消解的轻，还是拒绝受难的重，这不仅是女性要面对的精神抉择，更是多数作家在选择女性这一题材时要面对的。正如美国哲学家赫舍尔所说："在我们这个时代，离开了羞耻、焦虑和厌倦，便不可能对人类的处境进行思考。在我们这个时代，离开了忧伤和无止境的心灵痛苦，便不可能体会到喜悦；离开了窘态的痛苦，便看不到个人的成功。"[1]

　　《因为女人》中的柳依依从一开始就是欲望的载体，夏维凯对她的追求，也是从性的层面出发的。而柳依依的理性意识不断消解，感性占据上风，这种改变就隐含着欲望化的社会现实，有其造成了女性生存困境的寓意。作者把矛盾聚焦于此，并认为最大的积极意义在于使女性意识到：女性解放的最大敌人跟以前有了很大不同，已经不是性别，不是道德，而是欲望化的社会氛围下，人

---

① 赫舍尔：人是谁[J]. 隗仁莲，译. 贵阳：贵州人民出版社，1994：13.

的意志选择。选择被欲望左右，还是卓然独立地凭借感情生活，是这本书真正要说的。若想要生活变得可以令人忍受，就得让灵与肉和谐，就得让灵与肉自然平衡、相互尊重。在复杂多变的现代社会中，面对令人眼花缭乱的新鲜刺激，女性生存的普遍意义到底是什么？从启蒙话语的角度思考《因为女人》，或许会有所收获。

一、启蒙叙事里的"弱叙事"

在启蒙现代性的人生大舞台上，女人的个性主义、个人主义得以伸张，但启蒙现代性本身的理性主义、功利主义又带给女性以什么样的人生修辞呢？"在文学艺术的创作实践中，启蒙哲学精神与启蒙美学建构表现于审美结构中就是启蒙叙事，中国现代启蒙主义的建构虽是以救国、立国或政治叙事作为缘起的，但当启蒙主义转化为可操作性的启蒙叙事策略时，启蒙又是从人的本能欲望、生命力以及中国的国民性作为源头的。"①

哲学史上对"什么是启蒙"做出正面回答的代表思想家有康德和福柯。康德认为："启蒙运动就是人类脱离自己所加之于自己的不成熟状态。不成熟状态就是不经别人的引导，就对运用自己的理智无能为力。"②在康德看来，人类的不成熟状态就是尚未摆脱宗教神学的蒙蔽，启蒙就是自由地运用自己的"理智"从而"脱离"宗教神学的"引导"。康德的启蒙思想与启蒙运动的口号是一致的。这种思想构成了现代性思想体系的基础。而福柯则站在后现代的立场上，把启蒙看作一种态度和方法，对"什么是启蒙"做出了新的回答："启蒙是为了永久地激活某种态度，也就是激活哲学的气质，这种气质就是具有对我们的历史存在永久批评的特征。"③康德和福柯尽管站在不同的立场上对"什么是启蒙"做出了不同的回答，但在根本上二者却是一致的，那就是，启蒙的质疑精神和批判精神。福柯引出的问题是，启蒙会不会引发新的迷信？启蒙的后果会不会给人的存在蒙上新的精神阴霾？

事实上，这些问题已经是现代人最大的精神困境。从这个意义上说，启蒙远未结束，"我们的历史存在"永远需要"启蒙"。《因为女人》作为一部典型的女性文学作品，其启蒙意义似乎应该是对现行婚姻制度或者经济制度的一种反叛。启蒙的基础是人的意识，启蒙的根本目标是人的解放和自由，譬如"五四"

---

① 张光芒.论中国现代文学的启蒙叙事[J].北方论丛，2001(4).
② 贝斯特.艺术·情感·理性[M].季惠斌，等，译.北京：工人出版社，1998：151.
③ 贝斯特.艺术·情感·理性[M].季惠斌，等，译.北京：工人出版社，1998：168.

思想启蒙的女性先驱们，她们的创作不仅展示了女性细腻的感情生活，而且表达了女性的独立自尊，如庐隐的《前尘》《胜利以后》《何处是归程》，丁玲的《莎菲女士的日记》，林淑华的《绣枕》、冰心的《关于女人》……这些作品或不甘于婚姻生活的平庸琐屑，或者着笔于家庭与事业的两难取舍，或抱憾于灵肉无法统一的爱情的无奈，或探微于"高门巨族"内闺秀、太太们的幽怨，不过，无论是以上哪一种探索，女性的出路在这里均有明确的目标，即以自由选择爱人、追求婚姻自主为主要目标。可以说，现代意义上的女性文学从她诞生之日起就旨在扫除女性的蒙昧，使她们从几千年的男权压迫下解放出来，在人的意义上获得与男性同等的地位和权利。然而，抱着这样的认知去解读《因为女人》，我想是说不通的，在这部小说中，女性个体渴望独立，但是社会并没有为女性提供发挥才能的自由天地，她们虽然渴望爱情婚姻自由，但又深深地怀疑现代爱情神话。

于是，新女性受"自由恋爱"社会之风的深刻影响，集体堕入到了放纵自我的时代泥潭，她们不仅没有得到自己想要的那种幸福，相反还在恋爱游戏中遭受到了前所未有的心灵重创，遭受重创之后也没有变得坚强起来，而是抱着无比悔恨的抱怨心理，走向了"自认天命"的绝望之途。

作为一名表面看起来的新时代的知识女性，柳依依俨然一振成为新世界的身心合一的女豪杰，在与夏伟凯的相处中不倚强，也不示弱、不依赖，她不是非理性之海上浮游的泡沫，也不具备无价值的心理和情感弱势。在作者的叙述下，柳依依有着与周围世界进行能量交换的自觉和慧悟，她脚踏实地、坚韧地与初恋情人夏伟凯进行博弈，"她没有别的信仰，爱情是她唯一的信仰"，爱情到了信仰的高度，人自然就会虔诚起来。

然而，这种博弈并不持久，也不能让她收获丝毫成就感，因为柳依依是女人，或者心与身并不能在女性的生命意识层面获得毫无挂碍的契合和舒展。柳依依因为拒绝，也许挣得了作为女人伸一伸头、直一直腰的权力，感受到作为一个人的神采，但却感受不到精神的、审美的愉悦。

柳依依听见那边发出簌簌的轻响，是夏伟凯起来了。她马上躺了下去，睁着眼，等他过来。如果他一定要，那就一定是要的，自己也就不必再坚持了。夏伟凯下了床，没有过来，在门口摸索了一会儿，开门出去了。一会儿他回来了，拿着什么在身上擦，原来他刚才是摸了毛巾洗澡去了。她以为他会过来，但他把毛巾放在书桌上，又躺回去了。柳依依感到意外，想弄出一点响声来提醒他，告诉他自己还醒着。她动了动喉咙，在黑暗中听见了喉咙蠕动的声音，就打算轻咳几声，听着那边已经没了动静，就放弃了。①

　　显然，柳依依在发现夏伟凯没有进一步动作的时候是空虚和失落的。这时候，作为女人就会发现，爱并不是两性平等的催化剂。对女性而言，"爱"等于"心甘情愿"地妥协、屈服与牺牲。在这里，柳依依放弃了"自我"，想要得到爱情的欢愉，甚至将女性解放的内涵狭隘地理解为追逐两性间无拘无束的交欢。于是女性不得不一步步放弃了自己，牺牲了自己的主体性。当夏伟凯前女友出现以及亲眼看到他拥着一个艺专女生的时候，接受了各式思想启蒙的柳依依只有声嘶力竭地高声呐喊"男人是靠不住的"。

　　休谟曾谈及这样一段话："野心、贪心、自爱、虚荣、友谊、慷慨、公益精神，这些情感混合程度虽有不同，却是遍布于社会中的，从世界开辟以来就是而且现在依然是我们所见到的人类一切行为和企图的源泉。"②

　　《因为女人》中，柳依依的诉求就是拥有物质丰富的生活，她在这个欲求下，只是一味渴求男人能满足她这一欲望。大学本科和研究生的学习并没有给她一定的文化启蒙，相反，她沉醉在爱情的幻想中，没有去寻求解决自身问题的途径。这是小说中对于女性启蒙意识的淡化。

　　相对于"五四"启蒙时期的强叙事来说，阎真专注于外在的身体叙事，忽视了女性内在的生命意识。不过这对社会经济转型中女性人格的异化剖析还是带有积极的警示意义，至少反映了她们从盲目追求时代风尚，到重新认识女性命运的理性回归，在属于女性生命体验的世界里，充满女性对如何获得自身地位和身份的真诚思考。

　　柳依依固然羡慕简爱和罗彻斯特的爱情，但是她忽略了一个重要的角色，就是一直被罗彻斯特关在阁楼上的妻子。试想，如果罗彻斯特没有变成瞎子，庄园没有被毁，他的妻子也还存在，简爱还能够和罗彻斯特结合吗？在中国，"家"的概念根深蒂固，没有一个完整的家庭，没有男人所驱使的权力，男女关系难以稳固，即便看起来稳固，也矛盾重重，危机四伏。林白《一个人的战争》、陈染《私人生活》等作品，其作者发动全身心去感知作品下的人物，她们与男人冷漠隔绝，尝试造就一种新的自我的屏障，祈求如此行为能够减少男人对自己的伤害。她们的欲望得不到满足时，便找同性去释放快感。但是抛弃已然存在的男权价值体系，并不意味着女性启蒙意识中独立与自我的建立，这也

---

① 　阎真. 因为女人[M]. 北京：人民文学出版社，2012：62.

② 　休谟. 人类理解研究[M]. 关文运，译. 北京：商务印书馆，1997.

是另一种封闭与逃避。

池莉的《不谈爱情》中，庄亦非和吉玲在一种微妙的情况下走到一起，各取所需，作者没有大面积铺陈这种没有爱情下的婚姻，而是以一种理解和无奈宣告着这灰色的人生。波伏娃《第二性》的结论就是："要取得巨大的胜利，男人和女人首先就必须依据并通过他们的自然差异，去毫不含糊地肯定他们的手足关系。"①

无论是《一个人的战争》《私人生活》《不谈爱情》，小说中的女性都洋溢着很强的自主性、自爱性。她们不奢求男人给她们爱情的甜蜜，也不在人性中自甘沉沦，她们是富有启蒙意识小说里的强力书写。而《因为女人》中不同的女性角色，都有与之对应的结局。隐藏在柳依依、苗小慧中间，伊帆或许不是被牺牲的代名词，但是要心机的她也是世俗的代名词。她的那一句"还是小夏阳光些……"，正是激起柳依依抛弃郭博士的动力之一。柳依依在小说的前半部分追求神圣的爱情信仰，后半部分执着于纸醉金迷、肉性之欲。她的存在正是启蒙不足，意志不坚的体现，于是成就了启蒙叙事中的"弱叙事"。

二、轻盈的理性与沉重的肉身

"五四"以来一个重大的社会命题：从鲁迅主张女性人格独立首先要实现其经济独立，到现在大肆提倡职业女性的自强不息，人们似乎都认为"女子果真有独立的职业，果真经济能够独立，那其余的问题，都容易解决"。可是阎真从头到尾都携带着一股无可奈何的哀叹的笔触，彻底否定了男权话语强加于女人的解放前景，没有男性视角的耀武扬威，相反给予了女性以同情慰藉和深刻的理解。让读者充分意识到了男权既是"女性解放"的真正受益者，更是造成女性精神与肉体饱受磨难的实际加害者。

尽管女性都曾是新生活的热情企盼者与狂热追求者，可是现实社会所带给她们的经验教训，就是女性性别悲剧。无论古今中外，这都是一个难以从理论上讲清楚的复杂问题。实质上，男性在其视角下对性别做出的价值判断，也不过是男性在对女性体质和生理做出歧视判断后，再披上社会整体文化判断的外衣而已。

虽然，女性不同于男性，但性别和分工并不构成弱势，是其背后的文化影响了两性的平等。女性的生理和分工特点本身并不成为女性寻求平等的障碍，生理和分工是女性行为受到制约的一种因素，作家通过柳依依从表现女性自身

---

① 波伏娃. 第二性(第二卷)[M]. 陶铁柱，译. 北京：中国书籍出版社，2004：827.

困惑迷惘等角度阐释自己细腻而敏感的内心。新时代女性的痛苦不仅仅是来自社会的压制，更多的是来源于女性自身被规定的角色与女性内心真实的需求所产生的矛盾，即轻盈的理性与沉重的肉身之间的矛盾。福柯说过"人体是权力的对象和目标"，社会的运作是被控制人身上的权力的运作。这种运作难免会有惩罚制度，即人先是遭受身体的冲击，随之而来的是心理的异化，遭受一系列的折磨和扭曲，还有精神的损失。

在《因为女人》中，透过人物的命运，可以见到作者是从身体与精神、生理与心理的反差中去观照人性的脆弱与迷障。在柳依依那里，她明明知道自己在沉沦，但却只能眼睁睁地任由自己坠落下去，坠落到虚无与无奈的深井中去，在身体本能的控制下毫无办法。精神与灵魂，拒绝与决断，理性与意志，是那样的遥不可及且不堪一击。正如奥弗夫雷德所说："肉体总是如此轻易地受到伤害，如此轻易任人宰割。"

夏伟凯的"爱"的要求、裴总无聊的裹挟、江教练的召唤眼神、秦一星的巧妙安排……柳处处处于被动，但却处处莫名顺应；处处心知肚明，但处处任其滑落……阎真的才情，充分体现在这部切合时代的小说中。他的目光如清凉的小溪，潺潺地流过现代女人焦灼的创口，把她们的挣扎展示给人看。感情用事、意志薄弱、犹豫不决、华发易生，作者懂女人的缺点，也懂女人的痛苦。他细致入微地描绘了柳依依这个纯洁得近乎理想的知识女性，让她隙落于一个两难的处境，并且一层深入一层地展示了她陷入如此悲惨归宿的必然。对爱的追求是我们每个人与生俱来的权利，柳依依，她也曾有着天真的思想，某种执着的憧憬，让人嗅到一股春的气息。但空有炽热的心，却从来没有品尝过男女爱情的甘美，竭尽全力的努力并没有结果，自己追求的美好最终破灭为一摊零碎的瓦砾。于是，柳依依便学会了"自欺欺人"。

"柳依依躺在那里，以为自己马上要流泪了，可是，很意外地，没有眼泪。她心里只有一个恨，恨，恨。恨秦一星，更恨自己。可恨完了，还是找不到方向。就这样离开他吗？她把自己问住了。无论如何，自己是需要他的，他真的就像自己的太阳，他来了，光明有了，温暖也有了。柳依依看清了自己心底的那个结论，有点不敢正视似的。意识到这一点，柳依依回过头想，作为一个男人，秦一星也的确太艰难了。能够给自己的，他的确也全都给了。"①

---

① 阎真.阎真文集·因为女人[M].北京：人民文学出版社，2012：206.

自我欺骗和安慰可以免使柳依依在幻梦倏地破灭之后,直眼面对冷酷无情的现实结果,可以减少心理受到的创伤和压力,可以在面对赤裸裸的现实时,让心理承受有个缓冲的阶段,慢慢适应这个现实。

事实上,启蒙主义的情感在本质上具有引发人的理性思考、理性探索的能力。就人类的情感体验来说,无论是社会的物质现状还是意识形态(包括社会制度、文化思想、社会舆论等)都会对它有直接的影响。当这种影响引起情感向着不满足、受压抑乃至痛苦不安的方向活动时,主体必然会重新思考审视社会、人生及其自身的关系,产生改变现状从而满足情感需求的愿望及行动的趋向。这样情感的需求也就逐步转化、上升为理性的需求。女性之所以可以把"女人"当成终身"事业",寄生在男人身旁,是源于这个历史事实早已凝结成男权表达的一种"文化",性别只是表象,女性仍是文化的产物。

柳依依说:"谁像你们男人,端起碗是吃,放下碗还是吃。我只要你心里爱我就够了,爱!我一辈子最想得到的就是这个字,最难得到的也是这一个字。女人啊,她再潇洒,她还是逃不脱这个字啊!"秦一星说:"我不是给你了吗?"柳依依说:"今天给了我,明天呢?我不知道自己的明天在哪里。"①

小说大量使用了这样具有揭露性的痛感语言,既表示她对男权社会的本质认识,又表示她对于男性人格的极度蔑视。从对男性性别压迫的控诉转向女性自身生命的探求,《因为女人》一边在细说女人在社会转型中的精神状态和价值取向,一边在思考"性"之于女性人生的重要意义。

在主人公柳依依的成长过程中,"性"从一开始的神秘和保守,变得边缘化,夏伟凯的再三要求,使她突破底线,而后郭博士的"性"观念使她受辱,与秦一星的交往,又使她重拾了对"性"的价值和意义。这个变化的生理与心理过程,"性"因为贞洁和易获取性,变得微妙起来。柳依依也因为性的约束成了一个弱势的女性,她把自己当作一种可以博弈的棋子,而不再是精神意义上的生命个体。她屈服,在生活的欲望下投降。

对于柳依依来说,现实(物质)与理想(精神)是不一致的,即灵肉是不一致的。作家以敏锐热烈的感性和他细腻的文笔,浑融出现代女性的理性的觉醒,将对女性生存的哲学思辨与审美上的直观把握融为一体,在骚动不安的现代审美意识中,发现了与现实不相一致的东西,转而在具体的体制中,质询漫漫长

---

① 阎真.阎真文集·因为女人[M].北京:人民文学出版社,2012:216.

夜中蕴藏于普通人，尤其是处于社会结构最底层的、与中国现代化命运紧密相关的女性心灵中的曙光和希望，表露出轻盈的理性与沉重的肉身之间与生俱来的动荡与冲突：无根的理性与无法消灭净尽的欲望。体现着作家和读者的现代性，即关于女性的肉身之思、心旅之思。

三、启蒙之后的理性回归

生态女性主义批评家斯普雷内认为启蒙的概念是与人类生存和发展密切联系的文化概念，是一种理性的文明。在现有的文化观念中，父权或者说男权是至上的，具有统治地位。阎真笔下的父权体系对身体约束显得十分严苛，而又面面俱到。他借助女性的身体所要表达的启蒙与理性在各种悖论之后，显得虚弱无力。

柳依依，爱着又压抑着，婚前隐忍，所嫁非人后，为了孩子为了家，隐忍得更加强烈，却始终没有得到一份踏实的爱。这绝不是一个女人的悲剧，几千年来中国女性以供男人们得到个人欲望的满足，她们在这种欲望中得到浅薄的快意。柳依依后来也感到围着一个男人转的人生太无味与不平，希望自己生出两片强有力的翅，向上飞去，但迟迟做不出更大的背离和反叛。这种二元性贯穿婚前的她和婚后的她，她心中虽然潜藏着疏远的想法，但又渴望爱情，哈姆雷特式的软弱阻碍她做出越轨之举，使其不得不屈服于强者的控制之中。

可以说柳依依的这种悲剧原因，一定程度上也是社会发展变革和经济理性的必然结果。这种变革受到深刻的文化观念上的性别不平等的制约，导致女性在社会生活和个人生活中的依附性仍然继续存在。女性社会经济依附性的特征就体现在靠他人获取必需的生活保障资源的关系方面。[①] 早年王安忆的小说《我爱比尔》中的艺术生又何尝不是经济附庸下的派生品？

性别纳入了生产劳动之中。"这些劳动也赋予了男人一切官方的、公共的、表象的，尤其是所有名誉交换活动的专利。"[②]女性成了交换对象，男性在不同的场所中都有着他自身出现的统治欲望，在社会这场人人都投身其中的游戏中，男性会选择更为严肃的游戏，而那些幼稚的游戏则往往留给女人。男性很早就认定自己的统治地位，而且社会的分配给予其统治欲望。在这中间，女性既依赖社会，也依赖男性在游戏中给她们的幻象。康德就说过："女人作为个人无法维护她们的公民权利和事务，如同她们没有权利一样，她们只能通过一

---

① 巴拉巴诺娃.女性经济依附性的实质原因及后果[J]. 国外社会科学, 2007(5).
② 布迪厄. 男性统治[M]. 刘晖, 译. 北京：中国人民大学出版社, 2011：65.

个代表来实施。"①

秦一星也好，宋旭升也罢，柳依依的生存和选择，都基于这种内在的社会规律。这种爱是趋于男性统治者的爱，是爱慕男性权力，男性也抓住女性这种无知的心理，把对统治者的欲望——追求他人精神情感成长的行为，加以利用。柳依依对统治欲望的放弃，也注定她得不到真正的爱情。不过，在两性博弈过程中，有一个转折值得注意，那便是广泛意义上的传统"家国"文化内涵影响下的女性的作用。在中国传统社会里，大于个人的"天人合一"家国同构模式在推崇"生生不息"的"生生之德"和"广大和谐"的生命精神的同时，运行在社会机体里的压迫机制同样体现了一种父权世界观，融合了无法分割的对一个女人的爱的陶冶②。

作者还将目光集中在探询家庭中女性角色的重构和价值的实现上，与古代女性拘囿于狭小的生活圈子对人伦关系和两性关系题材做出的无奈选择不同，与封建的家庭伦理无涉，它是新女性的一种自主行为和成熟思考，是在走向社会后出于对女性疲于事业和家庭两难后的理性选择。

在男性强壮的身体和旺盛的精力面前，作家找到的女性资本就是女性生命旅程的两端，即年轻时的貌美和老去时的亲情。可以说温暖的亲情贯穿女性从走向社会到回归家庭，这不仅暗示着新女性对于自己社会角色的重新定位，更反映出新女性对于自身命运悲剧的深刻认识。还是那句老话，女人之所以为女人，就因为她是女人，一种强烈的宿命意识，几乎完全主宰了她的生命体验。

美国社会学家西美尔认为，男性创造了工业和艺术，科学与贸易，国家管理和宗教，因此它们不但具有男人的特征，而且在不断重复的施行过程中特别需要男人力量。他的研究发现："盛行的劳动分工和劳动合作将这些工作同需要男人体力的其他工作因素联系在一起。由于这种历史的、尽管不是完全必要的关联，这些职业打上了纯粹男性文化劳动的标记。""如果向女人开放所有的男性职业(它们具有客观专业化的特点)，就给女人硬套上了分化的图式，在这个图式中，女人最深邃的本质力量根本无法表达，从而夺走了女人身上文化劳动的创造性。"③

西美尔的论述似乎逃避了人与人之间的对抗和对立，默认了存在的就是合

① E. Kant, Anthropoligie du de vue pragmatique, trad. M. Foucault, Paris, Vrin, 1964, p.77.
② 尤小立.生命精神与人文途径：一种回到文本的阐释——简评《东方美思想研究》[J].哲学研究，2007(2).
③ 王明丽.女性生态主义与现代中国文学女性形象[M].北京：中国书籍出版社，2013(1)：47.

理的，默认了人类有史以来建立在最基本的男性与女性命名差异之上的文化秩序和结构的"合理"演进，忽视了女性存在所蕴含的离心力和离散性。或者说将这种离心力和离散性通过男性中心范式文化的话语空间重新缝合、建构。这是对女性形象的一种模式化的相对静止的把握，在这种模式中，自然与文化相分离，把人类社会逼入危险的境地，而人类生活在更大的生态系统中。从自然女性主义的角度来看，女性不可能永远停留在被塑造的模子中，而是有自己作为独立的生命个体的知觉、意志和欲望——生命韵律。

因而，特别是在一场不爱却装作爱的婚姻关系中，婚姻会令女人的心灵更加叛逆，女性的血液里仍然有一种强烈的愿望，对自己进行开垦，完成对自我的发现，寻找到属于女人自身的价值。而男性中人性的存在，很多是由于他的动物性。人和动物因为意识的存在而区分，而柳依依依靠这种生理的动物性，要求男性满足自我欲求，她的这种愿望损害着自我，也损害着他我。理性被束之高阁，侵蚀了原本应该存在的伦理和价值体系。凡是不理性的都是动物性的一面，或者说动物性的就应该被贬斥为非理性。这种对完美"人性"的追求甚至成了以理性为核心的人性伦理的全部内容。如玛格丽特·阿特伍德《盲刺客》中姐姐和妹妹不同的生活曲线，姐姐最终的结局走向，都在昭示着要解决"人性和其他生命形式的冲突"。

女性既要顺应社会性，又要遵循自我价值，建立家庭之后，还要去忍受、去消解生活中面临的和男性的冲突。女性的价值承载，一方面在"母亲"身份，另一方面是"女性"的理性化。在心灵"出走"之后，把爱情不再作为唯一的选择，剔除知识分子带有的软弱性，应该是新时代女性接受启蒙之后的理性回归。

第七章　知识分子的心灵叙事

在《沧浪之水》畅销 15 年之后，阎真推出了新作《活着之上》，一经推出即获得了路遥文学奖。他站在知识分子的立场，将场景搬到了高校之中，叙述了主人公聂致远生活的各方各面。纵观阎真的作品，从 1996 年的《曾在天涯》，到 2001 年的《沧浪之水》，再到 2008 年的《因为女人》，然后到如今的《活着之上》，似乎总有一根无形的线在贯穿始终，连接着四部作品，但细看每一部作品，又都是全新而独特的。首先，四部小说的主人公都是知识分子；其次，他们每个人都生活在当今市场化的时代语境中，面临着各种各样的诱惑和困境。这四位主人公做出的抉择又都不尽相同，或回归，或改变，或堕落，或坚守，展现了不同的生存状态。

阎真创作的周期不同于如今快速高产的网络写手，他每两部作品问世的间隔时间都很长，《沧浪之水》是继《曾在天涯》问世之后 5 年出版，《因为女人》又与《沧浪之水》相隔 7 年，之后再过 6 年才创作出了《活着之上》。自 20 世纪 80 年代后，中国意识形态环境的突变，在这个过程中，中国的知识分子的精神领域也呈现出与此前截然不同的面貌，即知识分子不再作为社会存在的一个主体身份，随之而来的是乐观和自信心的崩塌，困惑和迷茫接踵而至。阎真的四部作品，都是这种意义上的衍生品，着眼点大同小异。只是领域不同，生存状态有个别差异。阎真也曾批评过巴赫金的"狂欢理论"。阎真认为狂欢文化的理论体系的文化根基和历史依据是不充分的，"解构"也只是顺应社会心理，不是在于其结构的断裂性。

阎真以其学者的眼光写作，审视世界，研究文本的外延之意，所以说阎真的每一部作品都是精雕细琢，反复思索下的产物，具有精神上和艺术上的原创性。通过阅读《活着之上》，再回顾以往的三部作品，笔者获得了新的阅读体会。

第一节　历史担当与道德立法

自古以来，以儒家为代表的中国传统知识分子阶层都非常清醒地知道自己"修身、齐家、治国、平天才"的历史担当。正因为肩负着这么一种社会责任和历史使命，所以中国知识分子的身份认同自然都指向"立法者"角色。正如有人指出的那样，自古中国知识分子（士人）"首先为自己立法，成为'自律'的道德完人；然后为社会立法，成为具有'他律'功能的'道'的承担者、表现者"。而所谓的立法者，即是这样一种角色："他们超越了各种不同的帮派利益和世俗的宗派主义，以理性代言人的名义，向全体国民说话。"

"人生的不幸成就文学的大幸"，确实如此，人生的坎坷也成就了他们创作的辉煌。古往今来的文化名人，几乎都是一生饱受磨难的，可即使遭遇困苦、排挤，忍受贫穷、孤独，不被重用，他们也不愿违背自己的本心，放弃纯粹的坚守。在他们眼中，出仕固然重要，却终不及心灵的真诚、精神的不屈和人格的坚挺，哪怕一生无依、一生卑微、一生穷苦，也决不能放弃道德的追求。虽然生活窘迫，可这些古仁人仍心怀天下，视天下兴亡盛衰为己任，将先"自律"再"他律"作为终极的价值追求。

李白厌倦御用文人的身份，晚年颠沛流离，生活困窘，仍相信"乘风破浪会有时，直挂云帆济沧海"。杜甫饱受战乱之苦，却始终胸怀家国，祈望"安得广厦千万间，大庇天下寒士俱欢颜，风雨不动安如山"。范仲淹秉公直言，屡遭贬斥，依然"先天下之忧而忧，后天下之乐而乐"。苏轼一生坎坷，可却在文、诗、词以及其他很多方面都有极高的造诣，对后世产生了深远的影响，他乐观旷达、豪迈坚韧的心境，进退自如、宠辱不惊的人生境界，坚持操守、心系天下的人生追求，更是让世人景仰，如"为报倾城随太守，亲射虎，看孙郎"。还有屈原的"长太息以掩涕兮，哀民生之多艰"，陆游的"王师北定中原日，家祭无忘告乃翁""位卑未敢忘忧国"，曹植的"捐躯赴国难，视死忽如归"，顾炎武的"天下兴亡，匹夫有责"，字字句句都给人以震撼的力量，蕴含着儒家"修身、齐家、治国、平天下"的思想精髓。还有司马迁虽受尽屈辱却留下传奇著作《史记》，曹雪芹连生平都未留下却默默创作出《红楼梦》。孤独困苦始终包围着他们，却永远无法浇灭他们心中的那团烈火。

一直以来，阎真都是推崇古人的这种精神追求的。失眠的夜里，他捧着《李白传》阅读，会不知不觉感动到泪流满面，他感知着这些不朽的灵魂。心灵的坚守带来的是生活的困苦、命运的凄凉，这些古人似乎无法摆脱这样的命运，因为在价值追求和发财扬名之中，他们永远选择的是前者，毫不犹豫。阎真认同这样一种固执的骄傲，他敬佩，他觉得这些不肯俯就的人，才是真正意义上的人。他特别敬重曹雪芹，也在小说《活着之上》借主人公聂致远之口不断追问，是什么让曹雪芹在那样物质匮乏之时写就了《红楼梦》？曹雪芹安于寂寞，安于清贫，不为金钱，不为盛名，只为了自己的一个梦和一种信仰，创作出《红楼梦》，终于流芳百世。

所以，在《活着之上》里，曹雪芹和《红楼梦》贯穿始终。小说在最开始就写到爷爷枕着《石头记》出殡，带着它一起离开这个世界，这也是他唯一的遗嘱。而后在火车上聂致远遇到赵教授，与他聊到曹雪芹和《红楼梦》，分别时收到他自己写的《红楼梦新探》。到后来在门头村再次巧遇赵教授，听他说曹雪芹和这个村子的故事。在门头村，有一棵或许曾见证过曹雪芹一生的老槐树，赵教授抚摸着这棵槐树，就好像是在抚摸一个孩子。在城市建设中，他想保住这棵老槐树，跑去海淀区园林局说，但人家却只要证据。这棵老槐树就如曹雪芹一样，意义重大而深邃，却受不到应有的重视。小说最后，"我"又去到了门头村，却再也不是记忆中的那个村子。成片成片的房子，寥寥无几的路人，满满的都是城市的模样，就连当年的那棵老槐树也没人能再说清楚。短短几十年过去，一切全都变了样，人们不知道老槐树，不知道正黄旗，只知道"上佳锦苑"，人不在，景不在，神也不在了。

《沧浪之水》也有着异曲同工之妙。小说开头，池大为在清理父亲遗物时发现了藏在软牛皮箱中的《中国历代文化名人素描》，孔子、孟子、屈原、司马迁、嵇康、陶渊明、李白、杜甫、苏东坡、文天祥、曹雪芹、谭嗣同，一共十二人的画像和父亲的题字。多年后，他成为"池厅长"，在父亲坟前亲手烧掉了这本名人素描。他没有和父亲一样，在这些文化名人的光辉下坚守一切，他走上了另一条不同的道路，从而升官发财，生活优越。

阎真就是在对这些文化名人的敬仰之下，描绘在如今市场经济条件下知识分子的精神状态和生存困境，展现当下知识分子群体的追求和选择，引发读者思考：何种选择才是值得和正确的。

第二节　身份认同的心灵史元素

阎真所写的主人公都是知识分子，他们也都认同这个身份，受到了传统文化和名人的深刻影响。但是，时代的变迁，又让他们有别于传统，在历史、时代和经济、环境的影响下发生了一系列改变，他们面临着复杂的抉择和思索。

这种历史、时代、环境、经济（收入）等因素的总和被称为心灵史元素。

一、知识分子的身份认同

"知识分子"最早的含义来源于启蒙运动，到后现代，它已不再是简简单单的才智的代称，而成了公理、正义和弱势的代表。福柯也表明知识分子应该用专业人士的水准，而不是大众的普遍意识，应该为了批判而批判。

那么什么是"身份认同"呢？身份认同的基本含义是指个人与特定社会文化的认同，尤其是对传统的固定体系，因为人在英雄模范程度上是一定社会历史的产物，传统在每个人身上都无可避免地打上深刻的烙印。这种身份认同常常概括为这样的命题：我是谁？从何而来？到何处去？

在阎真的作品中，从《曾在天涯》的高力伟，至《沧浪之水》的池大为，及《因为女人》的柳依依，到如今《活着之上》的聂致远，无一不是知识分子的典型代表。虽然走过弯路、错路，可是他们依然从心底里认同自己的这一身份。《沧浪之水》中的池大为虽然走上了一条有别于父亲的道路，为了获取地位经营算计，但是他时刻都在进行自我审视和自我拷问，他对自己这种精神蜕变感到自责。在他终于爬上去，获得了利益和权力之后，依然没有忘记儒家"达则兼济天下"的情怀，心系底层职工，努力为单位谋发展。他不吝伸出援手帮助他人，在竞争时懂得适可而止，能为职工争取修建福利房，他和那些奴颜婢膝、贪婪自私的官员不同，他不忘自己知识分子的身份，以儒家的中庸思想为原则，坚持着最低的人文精神和道德底线。他知道自己在大环境下走过的路有损知识分子的尊严，可他勤于自省、自我剖析，这让他自己和那些卑劣的官员划出界线，进行着最后的挣扎和坚守。

《曾在天涯》中的高力伟，抱着大赚一笔的想法出国，却处处碰壁。华人在加拿大毫无归属感可言，最后，他甚至失去了自己在异国唯一能够相互扶持和依靠的人，妻子与他离婚，他彻底变成了一个人打拼。可就在最艰辛的两年过去，绿卡和爱情唾手可得，五万加元的存款也终于到手的时候，他却选择了放弃，回国。当然，高力伟的这种回归无法和钱学森这样学成归来报效祖国、救国救民的知识分子相提并论，但他还是回来了。或许有些许逃避和退缩的意味在里面，但不可否认的是，他回来了，他遵从自己内心的召唤，遵从本土文化对他的召唤，放弃辛苦获得的一切，回到自己内心真正归属的地方。李白一生都寓居四方，游历人间，他的身份就是在扁舟子和宦游人之间来来回回。推而及之，阎真《曾在天涯》中的高力伟，也是知识分子的代表，不得不说，他也是离乡的漂泊之人。在这种意义上，小说《曾在天涯》伴生出社会转型时期和地缘文化带来的强烈的身份认同危机，具有精神寻找的意味，更有文化探讨的空间。

《活着之上》中的聂致远，心里一直有一杆很踏实的秤，何事可为，何事不可为，他都清楚地知道。小说毫不手软地把聂致远逼入一个又一个生活窘境，考验他，让他做出选择，可喜的是，聂致远始终拥有着正面的人性，坚守着作为知识分子的良知。毕业被分到郊区，感情因买房安家的问题而面临危机；读研导师被换，论文遭抄袭，考博士未果；博士毕业后找工作困难，发论文、评职称受挫，还有老婆的转正指标问题，聂致远屡屡碰壁。而自己的同学蒙天舒却借着小聪明，不学无术，坑蒙拐骗，一路走得顺风顺水：毕业留校，考博被优先考虑，抄袭论文却被评优，评职称顺利，还被提拔为院领导，从投靠副校长导师开始就一路顺畅。可聂致远即使清楚地知道这些捷径，却依然坚守本分。他和赵平平在为"安家"发愁的时候，内心挣扎道："这种状态让我害怕，一个知识分子，他怎能这样去想钱呢？说到底自己心中还有一种景仰，那些让自己景仰的人，孔子、屈原、司马迁、陶渊明、杜甫、王阳明、曹雪芹，中国文化史上的任何正面人物，他们每一个人都是反功利的，并在这一点上确立了自身的形象。"①而且，聂致远在慢慢顺利之后，也不忘帮助那些向他过去那样还在挣扎中的人。学校讨论进人的问题，聂致远代表学院去投票。在历史学院图书馆工作的李灿云，二十年前因为丈夫是商学院的副教授，被照顾来麓城师大工作，当时单位承诺有了编制会优先给她解决。可十年前丈夫跟她离婚，并离开学校下海了，她的编制一直到现在都还悬而未决。投票前一天，李灿云提着东西，带着女儿来找聂致远，跪着求他帮帮自己。五十岁了，这是她最后的机会，如果能解决编制，拿到一份退休工资，生活还不至于太难熬。第二天，聂致远在投票会上为李灿云说了很多话，终于让险些再次被淘汰的李灿云得到了机会。由此可见，聂致远始终牢记并谨守着属于知识分子的道德标准，坚持并贯彻着自己作为知识分子的精神，铭记并使用着自己知识分子的身份。

《因为女人》出现的几个主要角色，像柳依依、宋旭升、夏伟凯、秦一星，他们都是知识分子，当然小说主要讲的是女性知识分子。比起男性知识分子，女性比男性在更大程度上接受了"五四"以来的新思想。一大批女性挣脱封建家族的桎梏，带着美好的憧憬，学习大量的知识来谋求生存。只是当知识和女性结合在一起时，她们天然的矛盾也暴露了出来。首先是知识女性的存在没有肥沃的土壤供给滋养。与此同时，她们的知识大部分来自男性，接受了他们的

---

① 阎真. 活着之上[M]. 长沙：湖南文艺出版社，2014.

价值观的集体传输。也正是由于她们有知识，这把双刃剑才更加厉害了伤害了她们。

在《因为女人》中，最开始柳依依认为爱情是神圣不可侵犯的，这是她的信仰，是比任何都要纯粹的东西。她鄙视一切亵渎爱情的东西，她觉得苗小慧还没想着要跟樊吉定下来就跟他"发展"了，是一件不可思议的事情。可自从她去兼职，遇见薛经理，薛经理约她出来，带她去高级场所，对她说女孩的青春如白驹过隙，要最大限度地表现出来之后，她甚至找不到理由去辩驳薛经理的这席话。她开始犹豫，开始徘徊，到最后一步一步走入了万劫不复的境地，什么道德、坚守都被她通通抛到了脑后。的确，站在金钱至上的立场上，或许薛经理曾对柳依依和苗小慧说过的这些话真的难以找到破绽，但是柳依依显然忽略了至关重要的一点，那就是——道德、良知和节操。柳依依是大学生，是知识分子，并不是商人。金钱不是全部，无论是过去、现在，还是将来，都不可能成为全部的价值标准。小说中充斥着与大款约会、恋爱、堕胎、逛街消费、一夜情、小三等故事情节，代替了原本应该积极向上、青春洋溢的大学生活。从柳依依，到苗小慧、伊帆、夏伟凯、郭博士、秦一星，都是如此，几乎完全没有了作为一个知识分子的该有的道德和良知，仅剩金钱、欲望和交易。当然，阎真只是放大了大学校园中一个很小但客观存在的部分，现实中仍不乏单纯和美好，可这很小的一部分却无法被忽视，须时刻警惕和警醒，告诉读者什么才是正确的。

二、时代语境下的心灵叙事

祖上是书香门第，高校毕业，留学经历，大学执教多年，阎真从身份到精神都可以说是一个十足的知识分子，对知识分子有着深刻的体认。他敬佩先贤，却也了解当今的现状，市场经济条件下催生了拜金主义和实用主义，这是我们无法忽略和逃避的现实。在这样一个物欲横流的社会，产生了这样一条约定俗成的规律：要想往上爬，人情关系少不了。

可是作为知识分子，一方面既想实现自己的身份价值，一方面又不屑于采用这样违背本心的做法。要么飞黄腾达，要么甘于平庸，二者不可兼得。所以有人说《活着之上》中的聂致远智商高而情商低，不愿说，不愿做，不去溜须拍马、阿谀奉承、送礼求情，不懂为了升职加薪而做出相应的调整，这在人们看来就是一种低情商的表现，不懂变通，死守顽固。这在当今社会已经成为一种共识，你要想成功，要想往上爬，你就得这样做，别人都做了，而你不做，那你注定要被压下去，都是这个道理，让你没有驳斥的余地。所以阎真在《沧浪之水》和《活着之上》中向我们呈现了两个十分鲜明的例子。池大为起初诸事不顺，处处碰壁，但在妻子董柳为马厅长的孙女扎好了针，自己告发了中医研究院原院长舒少华之后，一切就开始变得顺风顺水，最后当上了厅长。《活着之上》中，聂致远的同学蒙天舒也是这样，熟悉各种人情世故，靠着自己的小聪明和小伎俩一路顺利往上爬，终也获得了成功。池大为和蒙天舒都是这样一种规律的典型代表。

阎真在一次采访中曾谈道："知识分子的历史处境有了根本性改变，他们遭到严峻的挑战，这动摇了他们的生存根基。如果不对新的历史处境作出说明，却只是展开道德上的批判，那不但是苍白的，而且是在逃避。"所以，他"力图写出知识分子日常生活中那种宿命性的同化力量，它以合情合理不动声色的强制性，逼迫每一个人就范，使他们失去身份，变成一个个仅仅活着的个体"①。市场经济催生的种种畸形思想对当今知识分子产生了极为深刻的影响，也给他们提出了严峻的问题，"究竟是'活下去/活着至上'还是'有尊严地活下去/活着之上'成了一种艰难选择"②。

在《活着之上》腰封上有这样一段文字："钱和权，这是时代的巨型话语，它们不动声色，但都坚定地展示着自身那巨轮般的力量。"在这两大巨型话语的挤压下，人文话语和人文精神被逼到角落，得不到伸展。西方说"知识分子死了"，只盯着金钱和权力，注定会失去属于知识分子的责任意识和献身精神。阎真的小说就是通过琐碎生活细节的描写，向我们展示了知识分子面临的这一现状，他们渴望现实生活的愉悦舒适，但又无法忽视自己知识分子的身份，想要坚守住人文精神的可贵。他们徘徊、犹豫、挣扎，最后做出不同的选择。

通过文学作品表达一个国家的"感情与思想"，感情越是高尚，思想越是崇高、清晰、广阔，人物越是杰出而又富有代表性，作品的历史价值就越大，它也就越清楚地向我们揭示出某一特定国家在某一特定时期人心内心的真实情况。因此，所谓心灵史，就是"尽可能地深入地探索现实生活，指出在文学中得到表现的感情是怎样在人心中产生出来的"。阎真在作品中通过一件一件的小事将现实生活真切地还原在读者面前，让读者找到与自己生活中的相似之处，感受与小说主人公相同的境遇，获得深刻的阅读体验。阎真就是这样，以平实的生活描写，给读者带来最深刻的阅读效果，感受到他想要传达的思想感情，引人思考。阎真说："当市场以它无孔不入的力量规定了人们的思想方式和行为方

---

① 陈敏. 阎真：活在经济社会更需要心灵的力量[J]. 中国青年，2013（18）：9.

② 聂茂. 从人生的悲苦中寻找超越[J]. 中国图书评论，2015（3）：11－12.

式，人文精神到底还有多大的操作空间？我没有力量回答这些问题，我只是提出问题，通过自己的小说提出问题，问自己，请教别人。"①这就是阎真想要通过作品传达的东西。

阎真从知识分子的当代良知而提出这一命题，他将他的热情义无反顾地扑在小说的写作中。阎真的这一选择，除了对高尚道德的坚守以外，还有一个原因，就是阎真身上崇尚本心的气质。从这个意义上讲，他是这个时代真正的文人。他有能力供养道德之心，又能够把这种言论传播给更多读者、知识分子的心中。阎真始终坚持着知识分子的操守，另一原因就是他决心在对知识分子的书写中，成就自己伟大的人格魅力。《曾在天涯》中的高力伟，"相信人性，相信自己的心，有时被一时的热情哄着了"，他认真思考自己到底是留下还是归去，只是爱他的人、他爱的人不能理解他的决定。托尔斯泰曾说过："自人类出现以来，在所有民族中总是出现一些领袖人物，他们教给人们一门学问就是，人最需要知道什么。这门学问教给人们的总是，人的使命是什么，及其因而带来的每个人以及所有人真正的安康。唯有依据这门学问才能够判断所有其他知识的作用。"阎真选择的就是这样一种性质的学问。这种学问的作用就是改善人类的生活，提升人的精神境界。阎真的身份抉择，并非简单的身份抉择，它体现的是阎真对于生存和发展之路的一种探索。

第三节　叙事主体的介入与退隐

作家的叙事主体的确立和发展是随着社会的发展而不断变化和丰富的。适逢市场经济的不断深入，消费主义席卷而来，生存与发展成了小说里不可或缺的表现主题。在这个过程中，作家笔下的人物难免受到各种不公正的待遇，或者要损害其他人的利益。原来平静的叙述主体或隐或现，主人公自我矛盾，自我迷失，或者重新回归。

这样一来，作家或多或少地会在作品中留下自己的影子。其人其文，知人论世，了解作家对理解作品很重要，同时，阅读作品也能够反过来帮助读者熟悉作家。在阎真的小说中，我们就能够清楚地看到他自己的痕迹，他生活的很多部分都深深地烙印在作品中，但同时又有所区别。

《曾在天涯》常被说成是阎真的自传小说，因为主人公高力伟在各方面都与

---

① 阎真. 中国当代知识分子的困惑和尴尬——谈《沧浪之水》《活着之上》的创作[N]. 中国艺术报，
2015 - 04 - 20(03).

阎真本人有着太多的相似之处。高力伟留学北美，阎真也于 1988 年远赴加拿大留学、工作。留学期间，高力伟四处找工作，为了生存，他拿救济、发豆芽、站油锅，因为异国人的身份而到处碰壁，毫无归属感，生活艰辛，心理压抑。再看阎真，他在加拿大的生活也并不轻松，为了支付留学费用，他努力打工赚钱，三年时间，在毫无半点优势的异国他乡里，他当过厨师、清洁工、广告派送员，还当过塑料厂的工人，也同样是困难重重，过着最底层人的生活。高力伟在小说最后选择放弃国外辛苦打拼来的一切，渴望回归，而阎真也放弃了在加拿大得之不易的"绿卡"，选择了放下一切回归。阎真 1992 年回国，到 1996 年创作出《曾在天涯》，时间间隔很短，可以说，这部小说很大程度上就是他对其留学生涯的记录和反思，小说中的很多故事情节都与其生活轨迹有着重合之处。阎真的写作是在自我的行动中体验内心，依靠不断的自言自语把内在的个人感受表达出来，这样一来，整个叙事带有明显的自我特征。这是阎真的艺术感受方式和审美叙述策略。小说成为折射某些隐秘经历和意象的一个载体，断断续续地在小说文本中隐现。甚至说，有些"私人性"的经验和意象是阎真小说构思的某种原型。这些原型也寄托了阎真的某种隐秘的依恋和渴望。

除了痕迹最重的《曾在天涯》，《沧浪之水》《因为女人》以及《活着之上》也无不贴近阎真自身的生活环境和身份地位。北京大学中文系毕业，湖南师范大学文学硕士，加拿大圣约翰大学学成归来，从事高等教育事业近 30 年，现任中南大学文学与新闻传播学院教授，所有这些都昭示着阎真知识分子的身份。作为一名知识分子，他清楚知识分子的责任和坚守，也了解他们如今的徘徊和失落，他归属于知识分子群体，在精神上也与知识分子一脉相承。《沧浪之水》中的池大为和《活着之上》中的聂致远在他笔下鲜活而立体。池大为是医药学研究生，父亲因为当年替同事说了几句公道话而被划为右派，来到了大山深处的三山坳村，做了一名乡村医生。父亲对池大为的一生影响巨大，那本《中国历代文化名人素描》贯穿小说始终，一直给池大为以警醒。《活着之上》的聂致远更是如此，历史系博士，高校任教，为发论文和评职称费神，俨然一个知识分子的形象，和阎真的身份有着更多的相似之处。多年的高校经历让阎真熟悉高校中的一切人和事，尤其在湖南师范大学这个女学生众多的环境中，他阅尽了人情世故，写出《因为女人》可谓信手拈来。虽然小说有夸大成分和绝对化之嫌，但小说也确实在一定程度上反映了高校中真实存在的一些现象，展现了柳依依和苗小慧这类女大学生的堕落、沦陷和价值观的扭曲畸形。

其人其文，我们可以说阎真的小说有其生活的痕迹，但是绝不能说这完全就是他的生活再现。《沧浪之水》逼真刻画了官场的浮沉，同事间的你争我斗，仅仅看他的文字，也许很多人都会觉得文字背后的他一定也是个城府极深的人，可是见过阎真的人都知道，他其实是个直爽而淳朴的人，不会去钩心斗角，贪权争位。他有自己坚持的原则，甚至有时候说话太直爽还会容易得罪人，可是即使这样，他也愿意一直保持这样沉默的诚实，而不是像池大为那样抛弃坚守，升官发财。虽然阎真不会溜须拍马，谄媚奉承，借着大树的枝蔓迅速往上爬，但是他熟悉官场的种种规则，只不过熟悉归熟悉，他还是愿意选择通过自己的方式来获得成功，全力以赴将自己的专业技能练扎实，即使成功的过程相对缓慢，却始终在一步一步、一点一点地向上走，不是不能为，而是不愿为。

小说创作是作家思想的产物，所以不可避免地会带上作家自身的烙印，叙事主体会一定程度上介入到作品中来，其现实生活的部分也会偶尔出现在作品中，我们现在常常进行的原型批评就是在做着这样一项工作。但是，文学作品源于生活，但也高于生活，机械化地照搬生活没有任何意义，只有从生活的基础上出发，对生活进行加工锻造后，才能成为一部有意义的作品，这时候，叙事主体就已退隐于作品之后。因此，可以这样说，阎真一方面将自己的生活搬入了作品，另一方面也将自己的生活搬出了作品。

第四节　时代精神：文学生命的血液

对于一个作家来说，具有决定性意义的，便是他的心灵应当有意识地或无意识地受到他那个时代最进步思想的渗透。无论是积极体现时代精神的作家还是消极避世的作家，都无不体现时代的进步与局限。

阎真就是用现实主义的笔法，通过记叙生活中的点滴小事，来展现自己在时代影响下的思想情感。在阎真的小说中，多的是日常生活中的琐碎，柴米油盐，安家买房，情侣夫妻之间的吵架赌气，同事上下级之间的钩心斗角，送礼求情办事，考研考博发论文，转正评职称……都是生活中经常会遇到的真实点滴。所以看阎真的小说就好像是在看生活，主人公都是自己身边的那些人物，立体可感，发生在这些主人公身上的事也真真切切地发生在我们的现实生活中，他们遇到的问题也都是我们会遇到的问题。阎真就是通过小说的叙述将这个问题呈现在读者面前，引发读者思考。曾有人问阎真，在现代是否还能够追求干净的成功？如果他是池大为，又会做何选择？是安静地屈于底层，还是随波逐流获得成功？阎真是这样回答的："一般我不做这样极端的选择。我不会去锤炼察言观色、溜须拍马的本事，靠着大树好乘凉，也不会一味寻求世外桃源，任由小人宰割。我会全力以赴地把自己的专业技能练好，再一步步往上走，即使是缓慢的，但也会坚持向上的趋势。"①知识分子如果甘于平庸，那必然无法发挥出自身的价值，可如果钩心斗角、不择手段，又失去了作为知识分子的良知和坚守。知识分子陷入了两难的境地，墨守成规可能就意味着被动挨打，为还是不为，全在一念之间。

《因为女人》中有这样一段话："欲望优先，这是一个世纪性的错误，也是一个世界性的错误。"②如果这个社会只剩下欲望，那后果简直不堪设想。金钱至上观念盛行的社会，欲望、权力和金钱就是全部，所以柳依依会被薛经理简单的一席话动摇，是因为除了金钱她看不到其他，她忘了自己大学生的身份，一步一步越陷越深，最后除了整天怨天尤人、惶惶不安，什么也做不了。《活着之上》以鱼尾镇人们去世的场面开篇，有人去世是镇上的一件大事，这些离去的人在之后的生活中几乎不再被人提起，可他们的逝去对活人来说意义重大，出殡时各家放多少鞭炮关乎的是人情和面子，这人情和面子简直已经快成为这里的人们活着的理由了。当今社会，人们活得谨小慎微，生怕自己一步行错、一句话说错，毁了大好前程。那些原本恪守本分的人，也被指责为不懂变通，慢慢被"调教"得融入这个社会。

试想，如果不去追逐这些利益和权势，难道我们就无法安然生活在这个社会吗？外界物欲横流，可如果我们有足够的定力不被打扰，那就不会被影响。我们现在惋惜曹雪芹的落寞，可或许他自己从未觉得窘迫，有梦想和信念陪着，他怎会寂寞？他不在乎当时人的认可，不希冀未来人的景仰，他想要的只不过是完成自己内心的理想罢了。《活着之上》在最后就提出："他没有获得现世的回报，使自己从极度的贫窭潦倒中得到解脱；也不去追求身后的名声，在时间之中刻意隐匿了自己的身世。对一个中国文人来说，淡泊名声比淡薄富贵更难，可曹雪芹他就是这样做了。一生行迹的埋藏，是他生前做过充分思考的安排。牺牲精神是伟大的，但牺牲者希望得到世人的理解和见证，这是人之常情，无损于牺牲者的伟大。可曹雪芹他做出了既不为现世功利，也不为千古流芳的牺牲，无人见证，也无须见证。"③曹雪芹在当时可能算不上是成功者，可在如今看来却是值得我们不断追思的伟人，他留下的是无人能超越的经典。如果把曹雪芹放到今日社会，我想他依然会毫不犹豫地选择平庸隐世，名和利是和他无关的一切。

---

① 陈敏. 阎真：活在经济社会更需要心灵的力量[J]. 中国青年, 2003(18)：9.
② 阎真. 因为女人[M]. 北京：人民文学出版社, 2007.
③ 阎真. 活着之上[M]. 长沙：湖南文艺出版社, 2015.

　　或许有人会说，这种假设根本无法成立，因为谁也不是曹雪芹，谁都不能也没有权力为他做决定，而且我们只是凡夫俗子，没有曹雪芹那样的境界，也无法成就他那样的功绩。可不仅仅是一个曹雪芹，还有王夫之、李白、杜甫、苏轼、范仲淹、司马迁……离我们近一点的也有钱学森、詹天佑、华罗庚，还有很多未曾留下姓名的有志之士，放弃唾手可得的优越条件，回来赌上这未知的一把。追名逐利不是必须，而仅仅是你想，所有举着被现实逼迫当幌子的堕落都是虚妄的，充其量只不过是自我安慰的借口和自我辩解的理由。"毕竟在自我活着之上，还有先行者用自己的人生昭示意义和价值，否定了这种意义，一个人就成了弃婴，再也找不到心灵的家园。"①

　　选择"活着"还是"活着之上"，全在自己内心。有才华、有能力的人，总有一天会实现价值，只不过如果没有外力的推波助澜，这个过程会有点漫长，安心于这一漫长过程也是一种难得的能力。《活着之上》聂致远说："活着就是道理，好好活着就是硬道理。这是正常的人生。除此之外还有道理吗？细想之下，似乎有，又似乎没有。我说有就有，我说没有那就没有，全看自己怎么想。也许，既定的意义真的像有些人说的那样，是不存在的，所有的意义都由自己来确定。"②所有一切都由自己来定。面对不断的诱惑和困难，聂致远坚守住了底线，"心中的那些文化英雄似乎要被打倒，可最后发现他们还是挺立在那里"③。作为知识分子，当然要明白自己的理想信念，要为实现自身价值，达成"修身、齐家、治国、平天下"的使命而努力追求，但如果这种追求无法通过正常手段实现的话，我们唯一能做的或许就是"等"和"静"，静心等待，有则我幸，无则我命，处之淡然，做好自己该做的事情。小说中还有这样一段话："生存是绝对命令，良知也是绝对命令，但这两个绝对碰撞在一起就必须回答哪个绝对更加绝对。"④我们每个人在生活中都会遇到这样的问题，不同的人会做出不同的选择，有些人在重压下改变了，像池大为一样，有些人则在这样的困境中更加清楚了自己的信念，坚定了纯粹的内心。面对困难的抉择时，如果你感到不堪重负，难以下定决心，挣扎徘徊，那证明你尚有良知，还没有被这物欲横流的社会啃噬殆尽。

　　虽然说，依照李泽厚的观点，中国文化是一种乐感文化。中国文学的书写

①　阎真. 活着之上[M]. 长沙：湖南文艺出版社，2015.

②　阎真. 活着之上[M]. 长沙：湖南文艺出版社，2015.

③　阎真. 活着之上[M]. 长沙：湖南文艺出版社，2015.

④　阎真. 活着之上[M]. 长沙：湖南文艺出版社，2015.

也是依靠书写世俗生活的圆缺为主题。但是阎真的四部作品是不同于那些的，他一直在追问困境与寻找精神救赎的方法。当然典型的是《活着之上》，聂致远对于曹雪芹的追缅，对知识分子存在意义的叩问，就像陀思妥耶夫斯的"复调"小说，其中尽管穿插着众多的声音，但是对主人公精神状态的剖析是清晰而明显的。个人或其他人一遍一遍审视，审问自我的存在，即自我辩论。

　　阎真也就是通过一系列细致的描述，呈现出我们生活中也会出现的选择和诱惑，清楚地表现了当今市场经济背景下知识分子的身份和处境。这个时代赋予知识分子的是考验，也是挑战。历史变迁，我们不能一成不变，不能死守着传统的一切不肯接受新事物，要做出相应的调整，但也不能随波逐流，被金钱和权力牵着鼻子走，失去了独立思考和自由选择的能力。阎真用其小说展现时代优劣，也把选择和决定的权力留给了读者。

第八章 审痛之后的悲苦与超越

"生存或者毁灭？这是一个问题"，这个问题超越了一切，在一切之上。同样，活着也不仅仅是活着，活着也存在着活着之上。阎真一直思考的就是活着之上的问题，就在绝大多数人当下亦步亦趋又按部就班地活着的环境中，这是阎真最难能可贵的地方：宁愿独自上路，承受这份解剖与重构自我的疼痛。如果难得糊涂，那么，我们可以活得很自在，可是，阎真显然不愿意不明就里地活着，所以，他将视角对准最普通、最真实的每一个小人物，观察每一个小人物以及他自己，体味每一个疼痛，让自己更痛，然后，批判性地书写与思考现实。阎真擅长审痛，这可能并非他的本意，没有人愿意那么痛地活着。事实是现实，这本身就很疼痛，而文学源于现实，悲剧也就这样诞生了。实际上，《曾在天涯》《沧浪之水》《因为女人》都是在审痛，只是还不够彻底，在这些作品当中我们能看到小说主人公在疼痛面前的妥协，但是，这阎真却没有妥协，所以，就有了《活着之上》。

《活着之上》中的聂致远同样生存于疼痛之中，但是，他始终没有妥协，就像疼痛版的堂吉诃德，最平凡的小人物与最平凡的小事，却深刻又彻底地阐释了活着与活着之上的博弈，也就是说疼痛之中，我们每个人其实都是被割裂的。有人觉得《活着之上》更像是一个郁郁不得志的小人物的自怨自艾与无病呻吟，其实，这正是一种"谈几句人生别人就觉得你做作"的当下后现代语境中的误读。试问一下，《活着之上》的情景谁的生命里没有遇见过？其实，我们每个人都活在疼痛里，阎真则是活在众人疼痛的集合里。《活着之上》就是阎真的精神自白，他无时无刻不在逼问自己，直到把自己逼进死角，只是，这一次与前几次不同。如果说前几次他都选择了无奈妥协的悲苦，那么，这一次他选择了坚持到最后，哪怕是玉石俱焚，飞蛾扑火，他要的就是那瞬间的活着的升华和超越。

诚如他在书中所言："生存是绝对命令，良知也是绝对命令。当这两个绝对碰撞在一起，你就必须回答，哪个绝对更加绝对。"这句话真是振聋发聩。世俗与现实的牢笼对大学精神的禁锢似乎让人心生绝望，但是阎真并没有止步于这种绝望，而是将更多的笔力投入到对抵抗精神的书写。聂致远没有像《一地鸡毛》中的小林那样沦为只关心生计的小市民，也没有像《春尽江南》里的诗人谭端午一样"躲进小楼成一统，管它冬夏与春秋"。面临现实与世俗的泥泞，聂致远依然选择坚守中国传统知识分子独立人格和超越精神的一方净土。因为有着对活着之上的期许和希望，他有了抵抗绝望，战胜现实世俗的信念和力量。如聂致远所说："毕竟，在自我的活着之上，还有着先行者用自己的人生昭示的价值和意义。否定了这种意义，一个人就成为了弃儿，再也找不到心灵的家园。"

《活着之上》除了描绘出以聂致远为代表的高校教师的真实生存图景与精神现状之外，阎真对知识分子写作的独创性，更在于他较为深刻地揭露了知识分子在现实生活的生存压力下内心深处强烈的分裂与矛盾。《活着之上》中的两组冲突就深深体现了这种分裂与矛盾，同时使小说在叙事结构上呈现复调性。其一是聂致远与妻子之间的"务实务虚"之争，其二是聂致远自身灵与肉的对话。一方面在生活的步步紧逼之下，聂致远不得不认同妻子所谓的"活着至上"的生存之道；另一方面，当面临世俗生活与精神守望的抉择时，聂致远坚定地捍卫着知识分子的独立人格。这种抉择其实也是大多数知识分子真正面临着的生存与精神的抉择。他们或妥协于生存的压力，自甘沉沦，或坚守人格而放弃欲求，走向逃避。但在此之外，有着另一种生存图景，他们不甘沉沦而又不愿逃避，所以他们选择在坚强活着的同时，去守望活着之上的精神家园。

第一节　直面时代的巨型话语

阎真是中国当代少有的具有审痛意识和追求经典书写的作家。他的作品常常聚焦普通知识分子，善于描写社会文明发展进程中人的尴尬处境和生存痛感，表现出作家对人的命运的时刻警醒与深切关怀。在长篇小说《活着之上》①中，主人公聂致远有着独立的人格，立志以曹雪芹、王阳明这样伟大的灵魂作为人生楷模，希望在历史学研究中有所突破，可残酷的现实让他困惑、郁闷、愤懑和悲苦，究竟是"活下去/活着至上"还是"有尊严地活下去/活着之上"成

---

① 本章在分析中所引小说内容皆出自《活着之上》，不再一一标注。

了一种艰难选择。全书用一个个生动的细节清楚地表明：当今社会，坚守知识分子的良知和守住道德底线需要付出巨大的代价。阎真的写作非常诚实和扎实："小说中几乎每一个细节，都有原型。"他认为："活着就可以，活着就是一切"这样的观念是必须批判的，因为人不能盲目服从本能的驱使，进而丧失价值判断，膨胀的欲望是造成人格分裂的重要原因。

阎真毫不隐讳自己的价值判断和创作诉求。出道至今，无论是《曾在天涯》高力伟的苦闷，《沧浪之水》池大为的挣扎，还是《因为女人》柳依依的妥协，他都毫无例外地将自己置身于血淋淋的现实中，直面他们的生存困境和面对诱惑时的艰难选择，不仅与作品中的主人公同呼吸、共命运，为他们的不平鼓与呼，而且自觉地成为生活的体察者、伤痛的安抚者和信仰的呐喊者。列宁评价托尔斯泰的作品是"俄国革命的镜子"，阎真作品浓缩的也是中国当下知识分子的一面镜子，他像托翁一样，反复告诫自己"不要向读者撒谎"。他在提起笔书写时，首先想到的是人的生存境况，每个人的悲欢离合，都会引起他的深思，甚至是心灵的震颤。当作品中的主人公由于现实的残酷而做出有违道德或良心的选择时，阎真总是为之辩护，他理解并尊重这些主人公的艰难选择。这种直视和坦诚的勇气，在《活着之上》中，有着更为集中、更为丰富和更为深刻的展示，阎真把自己所见、所闻、所思、所想以及所追求的信念以高超的技艺和细腻的手法，非常生动、真实地写了出来，其艺术感染力和历史穿透力不仅超越了同类题材如《教授之死》等一批小说①，甚至超越了前期为他赢得巨大声誉的《沧浪之水》。当它的节选版在《收获》杂志 2014 年第 6 期上甫一发表，立即受到读者和评论家的普遍关注，并成功斩获了首届路遥文学奖的桂冠，这表明阎真的创作达到了一个新的高峰，为他野心勃勃进入经典作家的队列又增加了一份应有的自信。

在康德看来，人们行为、意志、动机所遵循的原则有两种，即主观的准则和客观的法则。主观的准则只是个人的行为原则，只具有主观情感或感性经验的因素，因而不具有客观的普遍性和必然的有效性；客观的法则没有任何主观的或感性上的成分，因而具有普遍性和必然的客观有效性，可以作为人人行事的法则。正如阎真在该书腰封上那一句振聋发聩的心灵独白："钱与权，这是时代的巨型话语，它们不动声色，但都坚定地展示着自身那巨轮般的力量。"这种力量是市场话语的力量，是当下所有的凡夫俗子面对生活本身所展示出来的

---

① 郑飞. 新世纪以来大学题材长篇小说的基本类型[J]. 中南大学学报（社会科学版），2014（1）：201 －205.

物质的力量。但是，这种物质的力量是不是能够摧毁个体的精神坚守？聂致远，也就是书中的主人公"我"，用一直以来的痛苦坚守和心灵煎熬，为自己赢得了"活着"的尊严，给他一样的"位卑者"垒起了一道心灵的防腐墙，也让许多知识分子在黑暗的泥沼中看到了良知的微光和前行的力量。因为聂致远知道：出生而入死，是生命的自然规律，但不是人生的归宿；人生的真正归宿，是出死而入生，这是一种古老的人类始祖之灵魂所发出的深情呼唤。

第二节　生存与良知的博弈

道德是人类理性行为的基本准则和判断依据，就其本身而言，是在人和生存之上的，具有其自身的超主观性和先验性，是一种普遍有效和适用的道德准则。在这双重压力的夹击之下，对于身处其中的阎真及他笔下的主人公而言，生存和道德的力量是相当的，无孰轻孰重之分，高力伟、池大为、聂致远，特别是柳依依等人将二者放置在天平两端苦苦衡量孰轻孰重的时候，我们可以看到在生存的威胁下，道德地位的被迫下降——从高高在上、神圣不可侵犯到沦为与生存同处天平两端，可见这种普遍性的道德准则在遭遇具体的个人及其生存环境时的尴尬。当处于具体情境和处境，尤其是极端的生存威胁中时，这种人人适用的超验性普遍道德准则无法不让位给具有个人感性和经验的主观道德准则。

亚里士多德说："遵照道德准则生活就是幸福的生活。"在阎真笔下，这种价值秉持不但丝毫无用，还显得十分荒谬。在《活着之上》里，面对良知的坚守，道德得以暂时逃出时间和空间的捆绑，有了回旋的余地，于是也留给我们这样一个问题：在一次作恶后是否还能回到作恶之前的状态？道德的崇高性被破坏之后如何再重新建立呢？从初犯到惯犯到底有多远呢？如果道德考虑重新接纳那也意味着要削弱自己的地位，用高度来换取长度，尽管这也许是道德维护其自身存在的一种不得已的策略。但人是在基于道德基础上的存在意义和价值的自我肯定后，才会身不由己地守住自己的防线，一旦被攻破，也意味着这种道德感被不同程度地消解，即这种存在的价值感被削弱。如果这种是生存还是道德的选择可以循环，又没有道德补偿的迫切需求，无疑道德就会一次次地败北。换言之，透过道德与生存的激烈角逐，阎真对人性的要求与现实的处境有了深刻的了解，他试图借助于良知的力量打破生存的尴尬，彰显出对不可触及的普遍道德审判地位的怀疑和超越。因为客观道德准则对生存威胁下的主观道德并不适用，这种要求生命个体与生存割裂的普遍道德是不人性的。

从小说文本上看，《活着之上》是从聂致远小时候看到村里死了人、放鞭炮写起的，用童年视角表现年少无知，也表现年少时人性的单纯。正是通过描写小时候对死的懵懂无知，与长大后为"活着"奔忙的挣扎与纠结，两者形成强烈的反差和对比，从而告诉人们：活着是需要勇气和力量的；活着之上还有良知、精神、品格和灵魂。① 小说开篇不久，作者就写到美国威斯康星大学研究精密仪器的赵教授，他一辈子最大的兴趣就是研究红楼梦，并写了一本《红楼梦新探》。他将聂致远带到北京一棵槐树下，说："这棵老槐树，四年前我专门从植物园请了专家来看，看了说有三百多年的树龄了，我相信曹雪芹是看见过它的。"赵教授想保护这棵槐树，认为它与曹雪芹有关。可人家问他：证据呢？赵教授一下子傻眼了说："曹雪芹一辈子怎么活过来的都没有证据，我怎么拿得出这槐树的证据？这也许就是曹雪芹当年的最后一个遗迹，也保不住了。"尽管如此，他还要努力去发现和寻找。因为，找到曹雪芹曾经生活过的蛛丝马迹，正是赵教授活着的理由和生命的价值，他的理想就是要成为一个见证者，因为："一个圣人不能无人见证。"聂致远读完赵教授赠送给他的书时，感动得流泪了。男人有泪不轻弹，聂致远之所以流泪，是意识到作为一个知识分子应有的责任与担当。有了这份责任与担当，他们就会执着甚至是固执地做一些被称之为"迂腐"的事情。比方，有人穷其一生研究李白的出生与死亡；有人几十年如一日考证《史记》叙事的虚与实；甚至有人从鲁迅小说《孔乙己》多次出现的"十九"虚拟数字，联想到《左传》重耳出亡"十九"年的实际意义，进而考察到《庄子》《史记》和《汉书》等经典中出现"十九"这个数字的象征意义。知识分子孜孜不倦地考证，不关心能不能得到金钱、地位，能不能得到权贵们的赏识，他们这样做，纯粹是出于一种道义和良知，是对知识的尊重以及内心深处呼唤的深沉回应。事实上，通过这样的考证，不仅可以激发读者对孔乙己的生命悲剧进行深刻反思，而且可以引导读者对曹雪芹有意无意地让贾宝玉经历"十九年"人世红尘、最终皈依佛门而感悟到个体生命的终极意义。② 正如阎真在《活着之上》的封面上所清楚表达的："毕竟，在自我的活着之上，还有着先行者用自己的人生昭示的价值与意义。否定了这种意义，一个人就成了弃儿，再也找不到心灵的家园。曹雪芹们，这是真实而强大的存在，无论有什么理由，我都不能说他是他，我是我，更不能把他们指为虚幻。"

---

① 彭学明. 活着之上是什么[J]. 长篇小说选刊, 2015(3).

② 魏耕原. 数字十九实虚反复转化的意义——廉论鲁迅小说中的数字内涵[J]. 中南大学学报(社会科学版), 2015(2): 38 – 42.

这部小说的成功不仅在于它直面人生的勇气，更在于它在直面中思考，并尖锐地提出一系列问题，勾勒出一幅幅触目惊心的精神图像，引起人们对自身庸碌生活的质疑和不满，因而具有巨大的社会意义。在阎真看来，受金钱支配所造成的灵魂的畸形，道德的沦丧，以及风气的败坏，等等，都是不符合"人性"的自然发展的。而这些丑陋和阴暗的东西之所以普遍地存在于社会中，是因为人的欲望过于强大，但欲望不是推动活着的唯一动力，与欲望相对的良知也有着强大的活力。尽管许多时候，良知被迫让位于欲望，但并不表明良知已经泯灭。小说中，有这样一句经典的话："生存是绝对命令，良知也是绝对命令。当这两个绝对碰撞在一起，你就必须回答，哪个绝对更加绝对。"这是每个读者必须直面的一个问题，与莎士比亚那句"生存还是死亡"有着一样的锐度和力度。

鲁迅先生的人生观是："一要生存，二要温饱，三要发展。"后来他又进一步解释道："我之所谓生存，并不是苟活；所谓温饱，并不是奢侈；所谓发展，也不是放纵。"①在许多人看来，生存不是问题。但生存不是活命，即不是鲁迅先生批评的"苟活"，发展也不是放任自己的欲望，而必须守护"活着"的尊严和心灵的信仰。这原本是最简单和最基本的生活常识，但这种常识却被强大的现实尖锐地撕裂，以至于你要维护这种常识，需要更为强大的精神力量做支撑，否则，你就有可能倒在常识的背面，成为可怜的牺牲品。小说中，聂致远报考博士，与吊儿郎当的蒙天舒一起竞争，他想："别的我比不起他，考试我也考不过吗？"然而，命运就是这么戏弄，聂致远被"无情地"刷下来，而蒙天舒"意外地"考取了。当时聂致远的心理活动是这样的："我的外语比他多了十一分，可专业竟比他少了十五分。不可能的事情就这样发生了，自己的命运似乎已被别人精心设计。"不爱读书，却擅长"关系学"的蒙天舒不仅考上了博士，而且还通过送礼物送金钱（甚至还向原本就缺钱的"我"借钱去送）等手段，居然弄了一个"优秀博士论文"，真让人大跌眼镜。蒙天舒坚信"搞到了就是搞到了"，为达目的，不择手段，这是他的生存哲学。他认为"现在是做活学问的时代。死学问做着做着就把自己做死了，还不知是怎么死的"。这是"人比人，气死人"的生动写照。现实如此残酷，生活如此沉重，像昆德拉笔下的托马斯，命运的无常令人无法承受。蒙天舒的博士论文评上"优秀"之后，一系列"实惠"以马太效应的方式出现了："教育部给了（他）二十五万元研究资助，学校配套二十五万，破格评上了副教授，还补给他一个按教授标准集建房的名额，这个名额也

---

① 叶继奋. 鲁迅现代生存观的伦理学阐释[J]. 鲁迅研究月刊，2012（2）.

值二十多万。"这就是"搞到了就搞到了"所带来的"实惠"，一下子拉开了聂致远与蒙天舒的差距，而这种差距在以后的生活中会越拉越大。最具讽刺意味的是：蒙天舒的博士论文的"第二章就是我的硕士论文改造而成的"。就是这样的"文抄公"，蒙天舒不仅事业上飞黄腾达，还因此抱得美人归，女孩是外国语学院的系花，本科生原本不能留校，但因为有蒙天舒的"优博"效应，学校特批她留校。不仅如此，成绩排名靠后的"系花"还补上了保研名额。用"一人得道，鸡犬升天"来形容毫不过分。面对种种议论，童校长发话为之撑腰："还有谁能为学校争取这个荣誉，学校同等待遇。"这种"不看过程，只重结果"的评价和晋升体制，无疑助长了钻营者的为所欲为，也让更多的势利者们朝着"功夫在诗外"的学术和人生之双重的"不归路"上越走越远。更具讽刺的还是：蒙天舒很快当上了院长助理，聂致远博士毕业，求职路上十分不顺，在经历种种屈辱而痛苦的折腾后，最终成了蒙天舒的部下。面对"有恩于己"的聂致远，蒙天舒不是感激和报答，而是阳奉阴违，让聂致远吃尽了苦头。

阎真的书写不仅具有精神的能动性，更充满了冷酷、苦闷和探索的意识，他不只是记录生活的现状，释放个人的悲愤，洒下同情的泪水，还从根本上否定现存社会秩序的价值承载和犬儒主义者的精神追求。不仅如此，阎真还将批判的锋芒无声地潜移于作品的深层结构中，让读者看清那些阴暗世界和生活在底层的小人物的挣扎的灵魂是多么的焦虑、抗拒，甚至绝望。可贵的是，深陷压抑、悲愁和绝望的聂致远并没有沉沦，更没有倒下，而是被内在的定力和反对绝望的推力所吸引，他以"飞蛾扑火"般的勇气寻找人性幽暗中的光明，并艰难地保持着飞翔的姿势，他为自己的执着所感动。他直面生活中的丑陋和苦痛，从绝望的最深处昂起高贵的头颅，因而超越了绝望，或者说，比绝望更绝望，这就是一种难能可贵的审痛意识。所谓审痛，是指对道德的、心灵的、内在痛苦的承受和咀嚼，是一种良心的折磨、内心的谛视、欲望的祛除和精神的自洁。孔子说弟子颜回："一箪食，一瓢饮，在陋巷，人不堪其忧，回也不改其乐。"孔子倡导淡泊明志，以苦为乐。人，只有自觉地进入到悲苦经验的最脆弱、也是最强大的地方，才能发现人生最重要的东西究竟是什么。有了这种审痛意识和从容心态，也就有了活下去的勇气，这是一种痛苦的升华。

第三节　美的凋零

作为一种精神叙事，阎真用《活着之上》力图证明：人不是注定如此的物欲动物，人的光荣正在于以"鸡蛋碰石头"的勇气探求一种超越物质的、形而上的存在可能。小说写的虽是生活小事，人们也许司空见惯，或见怪不怪，但透过作者冷静的观察和深沉的反思，彰显出现实主义文学强大的坚实精神和优秀作家的叙事自觉。正如书中所写：这是一个大师远去再无大师的时代，芸芸众生再难产生令人高山仰止的灵魂；这也是一个平民英雄辈出的时代，无数小人物虽时时卑微却仍要坚持仰望星空。"你不曾经历，却正如你经历。"①阎真的可贵在于，他没有回避人性的幽暗和生命的尴尬，相反，他一反知识分子的含蓄，勇敢甚至是鲁莽地将穿在身上的衣服，一件件地脱下来，直到把自己全部脱光。他脱光自己的衣服，并不是要读者看到他的裸体，而是去看他灵与肉上的一道道伤痕。面对那或深或浅的累累伤痕，有谁说，那一道道伤痕不是你刻下的？又有谁敢说，那一道道伤痕不是你自己曾经、现在或未来也拥有的？小说中，这种质询和不安定因素十分突出，造成物质和精神、自我和现实的空前对质，这样的拷问和对质不仅表现在沉重的字里行间，也表现在作者的苦恼和读者的压抑中。应当承认，触目惊心的残酷现实与内心信念之间的敌对，可以视为整个社会和个体生命紧张对峙的文化镜像。这种镜像虽然一而再、再而三地被小说中一个个生动鲜活的细节所打破，但当代人的命运遭际却一次又一次地因为打破而发出在物质世界诱惑之下灵魂挣扎的哭泣的声音。

小说有一系列"残忍"的情节。女友赵平平跟别人好过，弄了八万元，作为买婚房的首付款，聂致远认为："一个女孩利用青春为自己的生活打个基础，说真的我能够理解，也愿意理解。只要她不是赵平平。"因为是自己的未婚妻，所以聂致远就无法做到理解，即便赵平平忍受委屈不仅是为了这个家庭，还为了她的母亲孙姨，也是为了聂致远本人，他也有着无法忍受的屈辱和苦痛。"为什么是赵平平？"聂致远不能释然，小人物的痛苦纠结是如此的生动真实。赵平平"211 工程"大学毕业，最高理想就是"当一名有编的小学老师。这理想非常卑微，对她来说却很神圣"。然而工作六年，却一直没有弄到这个编制。为此，她一而再去请客送礼、委屈自己去求人，好不容易找到一个面试评委，但这个道貌岸然的评委居然暗示她要"潜规则"，她本能地"掀开包厢帘子"，仓皇而逃。赵平平忍无可忍，最终把这个消息告诉了聂致远，聂致远愤怒得要去杀人，当然也只是说说而已，"君子动嘴不动手"，只能用阿 Q 精神骗骗自己。他不能行动，却能听到心灵的哭泣，这是一个男人想要尊严却无法得到尊严的哭泣，一个男人想要体面地生活却无法做到体面地生活的哭泣。阎真是人生黑暗深切的体验者，他对人性的阴暗保有清醒的认识，作品中人格残缺的表现变得

---

① 《活着之上》封底及腰封上的推荐语。

极为残酷。他不仅是现实生活的反省者，更是精神世界的写实者。他揭示了人的内在欲望，尽力将隐藏在人类表象世界后的某种本质触目惊心地呈现出来，加深了人类认识自我的程度。

黑格尔指出，悲剧就是把不该毁灭的东西毁灭了。① 鲁迅也说过，"悲剧将人生的有价值的东西毁灭给人看"。《活着之上》小说中，悲剧无处不在。例如，郁明是个实用主义者，不看专业书，专弄古玩字画钱币方面的东西，他告诫聂致远："数清楚曹雪芹有几根头发有什么用？在知识经济时代，最要紧的就是把知识变成生产力。"郁明读博，目的非常明确，就是顶着博士帽成为收藏行业的权威，而不是在专业方面做什么贡献。聂致远不为所动，继续看王阳明的《传习录》。不久，郁明为聂致远揽了一个活：山东企业家郑天民愿意出四万元写一部传记。为了买房子，聂致远违心地接了单，才知道企业家出了六万元，作为中介的郁明轻松地赚了两万元。同学之间的友情没有了。聂致远花了两个月，终于写成了一本《从一个人看一种精神——郑天明传》，郑老板说："看了你的书，我突然发现自己是个多么好的人啊！"这让聂致远有了恐慌："我看了那么多历史著作，是不是看到了历史的真相？"正因为有了这样的反思，当郁明交来更大的单要给一个孟老板写传记时，在利益诱惑的紧要关头，聂致远拒绝了。这种拒绝，是经过痛苦的矛盾纠结后做出的，小说中是这样描述这个过程的："这么多钱，是我一辈子没见过的，也已经跟赵平平讲了，她已经都做了安排了。我不写也会有人写，又不必署真名，怕什么？"但当自己"掏出手机给许小姐发信，信息写好了我呼吸急促起来，胸口感到一种压迫"。这是知识分子的良知带给他的压迫。最终，信息竟然改成："我恐怕写不好。""不等自己犹豫，就发了出去。"聂致远不能有犹豫，否则，良知带来的压迫就会被这份犹豫打败，从而与现实达成同谋。聂致远发出短信有一刻的痛快，但接下来就是更深的和更现实的痛苦：先是想起给妻子的许诺泡汤了，接着宾馆服务台让聂致远退房，火车票也是他自己"排一个小时的队，买到一张站票，在候车室等了七个多小时，又铺张报纸在车厢连接处坐了十个小时，回到了北京"。阎真把聂致远对良知的坚守以及坚守的内心煎熬写得淋漓尽致，作者并没有拔高主人公的形象，相反，只是真实生动地写出了小人物要坚守一种理想是多么的艰辛和痛苦。这个活最后由聂致远的师兄张维接了，写成的传记书名叫《从一个家族看一个民族的崛起之路》。为此，聂致远悲愤不已。这种悲愤与其说是对师兄的不满、对自己放弃这个活儿的后悔，毋宁说是对社会现状的不满。因为，

---

① 朱光潜. 悲剧心理学［M］. 北京：人民文学出版社，1983：134.

这就是真实的生活，就是残酷的现实。① 这种类似"美的凋零"式的写实，构成了特殊的悲剧效应，仿佛灵魂上撕裂的伤口，流出的血止都止不住。

第四节　活着之上的价值与理由

当今社会，大部分人都有一个共同的心理疾病或者心理危机。这样的危机主要体现于每个人都要面对的一个复杂的、决定性的、关键性的选择：要么选择表面上的、慢性的精神痛苦，让自己远离所不满意的现实，去创造个人的虚拟花园，使自己的"良心"趋于平和；要么陷入人格分裂，把个人对现实不满所造成的精神痛苦摆脱掉或者刻意隐藏起来，从而顺利地成为社会的盲从者和"合理的存在者"。这样，每个人都有几十个假面具，按照不同的情况，使用适合每个情况的不同的假面具，这对他们来说不仅是无辜的、无罪的，也是无可指责和无可非议的。因为现实太残酷，人要活下去，因为每个人的生命只有一次。为了绝无仅有的"这一次"，每个人不断改变自己以适应社会，这种改变也使自己逐渐失去自我，甘愿让现实的残酷泯灭那颗不安分的心。

为了"这一次"，生命有着与生俱来的强大韧性。就像余华的《活着》，福贵老人一家七口人全部死了，老人亲手埋葬了一个个亲人。他孤零零的，依旧要活下去，甚至不知道对生活抱怨。② 在福贵这里，活着不仅是目的，是生命意义的展示，也是在创造新的生活，一种通过活着本身而创造的新的放大了意义的生活。因为，福贵不仅要为自己活着，更要为那些年纪轻轻就失去生命、没有活够的亲人们活着。与余华的《活着》不同，阎真的《活着之上》不仅要让聂致远活着，而且要尽可能有尊严地活着。活着虽然艰难，但活着就有未知的可能，活着就是希望的所在。阎真在书名上也是颇费心思的，取名"活着之上"，而不是"活着至上"，一字之差，意义迥异。"之上"表明"活着"的上面还存在着更高的价值和闪光的理由；而"至上"表明"活着"就是目的，而且是唯一的目的。毕竟，福贵老人与聂致远是两种完全不同的人。

阎真的这部小说直面社会的潜规则与学术生态的阴暗面，以锋利的笔触揭开高校腐败的内幕和中国知识分子的堕落，在大学里"活得最好"的不是聂致远这样有理想有良知的人，而是那些不学无术的投机钻营分子。这些人极为聪明，人格严重分裂，能够利用一切机会，把"功夫在诗外"的戏演得淋漓尽致。

---

① 汪怀君. 物、符号与符号消费的伦理意蕴[J]. 中南大学学报（社会科学版），2014(5)：28.

② 余华. 活着[M]. 北京：作家出版社，2008.

阎真的书写并不局限在揭短或暴露上，这不是他的创作诉求。实际上，现实生活阴暗面还有更多更残酷的事情，阎真本人都见过、听过或经历过，但他写得内敛，写得很克制。因为对高校揭短和暴露黑暗不是《活着之上》的创作初衷，阎真更多的是聚焦以聂致远为代表的一群人在现实环境下无奈生存的真实境况。这些人虽然也屈服于现实，但内心深处始终保有一丝对中国传统知识分子独立人格的向往，始终不忘良心和梦想。在阎真看来，只要良心和梦想存在，你心中那一缕精神的火苗就不会灭绝，你就总会设法找到一种力量让你不甘沉沦，战胜困境，超越自我。这种强大的精神力量，在《曾在天涯》中是高力伟对"彼岸""家园"和"星空意识"的向往和守望，在《沧浪之水》中演化成池大为父亲整理的《中国历代文化名人素描》带来的警醒与自省，而到了《活着之上》则变成了聂致远等人对曹雪芹、王阳明等传统文化精神血脉的追溯和探源。

阎真经典式写作正是体现在这种持之以恒的"深耕"和"挖井"中，他用全方位、多视角和众声喧哗的方式，不仅生动真切地呈现了中国社会知识分子的生活现状，反映了个体生命在社会转型中被扭曲、被践踏、被侮辱的苦难历程，而且把现实世界的丑陋，坚守的艰难与苦恼，赤裸裸地置于精神家园的火炉旁。在小说的最后，阎真不无深情地写道："我只是不愿在活着的名义之下，把他们指为虚幻，而是在他们的感召之下，坚守那条做人的底线。就这么一点点坚守，又是多么的艰难啊！"这是时间深处传来的"召唤"，是审痛之后的悲苦和超越，它既是社会的歌哭，也是人性的歌哭，更是精神战胜物质、良知战胜欲望的歌哭。而这样的歌哭所彰显的现实主义的批判力量，传达了难能可贵的正能量，不仅是广大读者所希望的，也是当前社会所迫切需要的！

第九章　经典叙事的文本建构与意义喧哗

　　当传统伦理价值遭遇消费意识形态与权力话语的双重剧烈冲击时，新时期当代作家所塑造的知识分子形象主要呈现为以下两种模式：其一：在市场经济的吞噬之下，知识分子在人生道路上面临人生选择，而后在这种选择中的幻灭、动摇、软弱、妥协乃至悲哀失败，在现实生活中随"欲"而安，即沉沦模式；其二，在遭遇现实重创之后，潜藏在自己狭小的私人空间自怨自艾，内心悔恨却也无力和放弃去改变事实，最终在歧路彷徨中成为一个"零余者"，即逃离模式。所幸，在此二种模式之外，阎真的长篇小说《活着之上》以全新的视角对知识分子叙述，让我们看到了一种新的视野和表达，在他的笔下，知识分子有了除"沉沦"和"逃离"之外的另一种姿态——"绝望与抵抗"模式。

　　这种"绝望与抵抗"，是一种辩证的存在形式，它在消极与积极之间寻求着某种平衡，一方面表现出在活着之下知识分子的种种苦痛与迷茫，另一方面则透露出知识分子对活着之上的情怀与期许。

　　总体来看，从《沧浪之水》到《活着之上》，阎真的作品中都有一个贯穿始终的主题：坚守还是妥协？每一部作品的主要人物都面临着这样一个艰难的抉择。在时代大背景下，市场经济繁荣，钱与权成了人们追求的东西，良知和尊严倒成了难得的"附属品"。知识分子群体深受传统文化的影响，他们有着自己的精神价值，可这种精神价值在世俗化的社会里却显得不堪一击，不同的主人公做出了不同的选择。其中，《沧浪之水》中的池大为就选择了妥协，流于世俗。

　　《沧浪之水》对主人公池大为面临的困境进行了细致描绘，通过这一个特定人物，折射出整个社会中知识分子的艰难处境。从坚守到妥协，池大为无可奈何，在道义与利益的博弈之中，他败给了利益。小说对池大为前后的态度、做法以及心理都进行了强烈的对比，也对池大为与丁小槐等其他人物之间的区别进行了比较。即使最终妥协，池大为这个人物也并不是十恶不赦，而是值得同情和反思的。作者为池大为的妥协设置了诸多外部条件，坚守良知而导致工作上的不如意，生活上的困窘，妻子和儿子带来的压力，让他一步一步放弃坚守，最终在儿子烫伤后彻底"醒悟"。生活逼着他放弃了自己的精神价值，让小说人物带有了悲情色彩，他和丁小槐等良知几乎丧失殆尽的人物不同，即使在得势后也没有完全抛弃知识分子的修养和操守。在就任厅长时，他决定重建崇高，并解决了被马厅长压下去的三十多人的职称问题。可以说池大为是一个矛盾而悲情的人物形象。

《沧浪之水》就是在生活小事的娓娓道来中呈现整个社会的面貌，以小见大，揭示深刻主题，引发读者思考。本章节重点探讨《沧浪之水》中以池大为为代表的知识分子的妥协，从阎真小说的时代特色和精神价值、经典叙事的符号力量，以及《沧浪之水》的对比艺术三个方面展开论述。

与此同时，误读几乎成为阎真小说（以《沧浪之水》最为明显）经常发生的阅读经验。因此，本章试图从文本结构与深层内蕴原因（特别是文本对话中的众声喧哗）来分析误读的成因。《沧浪之水》以池大为的人生动向为主线，所以我们把池大为的人生分为三个阶段：大学和研究生生活的学生阶段（包括埋葬父亲），进入卫生厅之后到当上副厅长的仕途爬升阶段，成为厅长和之后的人格回归阶段。由于文本中三个部分的比例并不呈均匀分布，所以比例较大的中间部分成了读者理解文本的核心内容。

读者津津乐道于作品主人公的仕途过程，除去读者的接受需求之外，与作者把主要的文墨放在第二阶段也有很大关系。全书523页，其中对池大为第二人生阶段的描写占了423页，而且这一部分的确显示了作品的现实主义力量。第一阶段和第三阶段放在一起，尽管只有一百来页的篇幅，却寄寓了作者全部的文化理想和人性关怀，它不是鲁迅在《药》的最后放在夏瑜坟上的一束白花，仅仅是平添的一点亮色。这种文本内在的分裂助长了误读产生的可能性，但也正是这种分裂使作品有了多种解读可能性，从而聚变出独特的魅力，多重意蕴是经典作品的必要内核因子和作品得以产生经久魅力的素质。我们有必要回到作品，从小说的整体出发，结合"序篇"和池大为当上厅长之后的第三个人生阶段，希求一个更为全面的结论。

再者是艺术手法上的微妙转换，在小说的第二阶段，即从进入卫生厅之后到当上副厅长的仕途爬升阶段，小说的一个重要表现手法是心灵剖析和人物内心独白。这给读者留下了深刻的印象和直击灵魂的震撼。而在第三阶段，小说则转向全知叙述，原因是池大为当上了厅长，其叙述视角自然也发生了转移，这是从小说艺术和技术角度做出的必然选择，但是，读者与文本的心理共振戛然而止。读者在生成意义上受制于这种转换。由此小说的两个板块之间出现了一个巨大的裂缝，后半部分隐匿的诗性被这个突然转向冲到了路基之下，读者对小说的理解也偏出了小说的诗性轨道。

第一节　阎真小说的时代特色与精神价值

作为文化之境的知识分子，向来以较高的文化素养、对情感的细腻感觉以及对社会文化现象的敏感，将社会中传统与现代的冲突凸显得十分明显。阎真将典型的知识分子形象置身于现代性的历史语境中，一方面是以其知识分子的身份为前提，另一方面是在对知识分子的精神和生存双重困境的聚焦之上，以典型人物的典型性格反映出精神世界与现实生存的新悲剧。法国批评家朱利亚·克里斯蒂娃曾说："任何作品的文本都像许多行文的镶嵌品那样构成的任何文本都是其他文本的吸收和转化。"可以说任何一部作品都或多或少有其他作品文本的影子。优秀作品往往也暗合经典作品的叙事结构，比如乔伊斯的《尤利西斯》和荷马史诗《奥德赛》就有这样一种互文性曲式结构关系。《尤利西斯》借鉴《奥德赛》的叙事结构来完成自己的叙事架构，只是这种借鉴是以反讽的形式体现的。中国新时期文学也有许多作家喜欢互文性，像卢新华的《伤痕》就借鉴了鲁迅先生的《祝福》，使这两篇小说形成明显的互文性；贾平凹的《老生》也借鉴《山海经》中的故事和内容，而搭建起互文性叙事结构。

除了作为一名小说家，阎真还是一名研究巴赫金的专家，他对朱利亚·克里斯蒂娃等人的互文观点表示尊重，但他并不对这一类西方小说理论膜拜有加。他依旧喜欢用自己特有的叙事方式讲述他所熟悉的中国经验。《沧浪之水》和《活着之上》以批判现实主义的笔触，深刻揭露了当代知识分子的生存现状，在揭露之外，写出了以池大为、聂致远为代表的知识分子在苦苦挣扎中虽然屈服于现实，但是内心依然保持对中国传统知识分子独立人格的坚守的艰难心理历程，读来让人感同身受，沉重而压抑。

一、主题的现实性与超越性

阎真的创作都是从现实生活出发，是对人类终极超越性主题的探寻。这种探寻主要集中于对人的存在和人生终极意义的追问，同时也涉及对时间的困惑。从《曾在天涯》到《活着之上》，从北美到中国，从留学生活到体制批判，到女性命运，再到高校知识分子境况，作者其实都只是在不同的生活空间、以不同的角色，探讨人活着的意义和人生的终极价值。在四部小说中，作者都界限分明地把世界分成了两极，是坚守本心，还是屈从于现实，不同的选择，将小说的不同人物分为了追求精神价值和流于世俗两极。可以说，阎真长篇小说展现了一幅绝大部分普通中国现代知识分子的生活图景。他们夹在这两极中间痛苦挣扎地活着，不愿放弃固有的价值理念，又无法在坚守的情况下轻易获取较好的物质生活条件。

而在主题现实性和超越性方面，作者选择了市场经济条件下对传统文化的坚守和艰难的生活处境作为两个最基本的立足点。传统文化教育影响着人们的价值追求，《曾在天涯》《沧浪之水》和《活着之上》中，主人公精神气质的来源几乎是相同的。《因为女人》中柳依依对爱情的执着，作者始终强调这是一种女性与生俱来的最高价值，但在具体的行文中，柳依依与苗小慧的差别并不是因为柳依依的天性保留得更加完整，而是面对新的社会价值体系，带着传统价值观念的柳依依显得太格格不入。对现实的呈现，作者主要抓住了"金钱"和"权力"这两个关键词，它们既是主人公们面对的恶，同时也是在两极拉锯中更加强大的一方力量。在这种拉锯战中，作者有意让所有的主人公没有第三条路可走，所有的反抗都可以说是无力的，《曾在天涯》是逃离北美，《沧浪之水》是被体制同化，《因为女人》是承认了爱情的虚无。比于前三者，作者在《活着之上》的聂致远身上呈现了一个新的境况，在评职称时他遇到了阻碍，却因为别人的争斗，意外地走出了困境。这与《沧浪之水》的结局形成了鲜明对比，但我们也不得不看清，一切只是源于难得的意外。有了这个意外，聂致远坚持着活着之上的意义；没有这个意外，池大为在父亲的坟前焚烧了《中国历代文化名人素描》。

由此可见，作者特意运用小说的手段，对拥有着精神自觉却无法立足的当代中国知识分子的生存困境与复杂心理进行多种可能的探索。这种探索超越了对人物生存状况的具体呈现，而是以一个知识分子为代表，表现了整个群体乃至这个时代的全部人们所共同的精神难题。

二、以家庭为中心的生活再现

阎真长篇小说最突出的特点就是立足于生活，通过对小说人物生活琐碎的描绘，揭示深刻的主题，引发读者思考。这种生活的呈现能够迅速引起同情，产生较大的影响。而家庭生活（私人生活）构成了小说最主要的情节和小说最主要的动力。作者以最普通的家庭矛盾入手，原原本本地插入了生活中的大量对话和语言细节，近似生活笔记式的描写把人物置身到一个极具现实质感的环境中。家庭生活成为塑造人物形象和推动情节发展的主要手段。这与作者大量记录生活语言素材的努力是分不开的。

比如,《曾在天涯》中的高力伟,因为妻子出国、夫妻两地分居就跟着也到了北美;因为不能忍受花妻子的钱又退学去打工,家庭的矛盾以及家庭解体之后他与张小禾的关系,成为高力伟进行物质追求和精神思索的最重要的动力。再如《沧浪之水》和《活着之上》,来自妻子和孩子的压力是推动人物转变最重要的动力。《因为女人》虽然表现的很大部分不是家庭生活,但写的仍是私生活的内容,是一个女人追求进入幸福家庭却最终生活不幸的故事。

以家庭为中心呈现生活有几个好处:第一,家庭一定是最贴近人物真实面目的部分,最能够表现人物的真情实感;第二,家庭也是人物最无力摆脱的部分,尤其是对孩子的责任,是他们的软肋,所以也就成为推动人物命运最重要的动力;第三,家庭生活是社会生活的一个重要组成部分,准确而细致的家庭生活描写也能在一定程度上展现社会面貌。

但应该注意的是,阎真笔下的生活是针对一个先行主题的。他笔下的生活是根据自己预先设定的表达目标去选择生活素材再进行创造的。比如《因为女人》,柳依依的命运,乃至每一个生活细节的描写,都是作者在写作之前,就已经预设了欲望化时代女性命运这一主题,他在选材的时候便不得不反复涉及婚恋与肉身欲望等情节,并且有意识地强调爱情的死亡和肉欲的横行,从而抹杀个体差异。这使得柳依依脱离了任何一个具体的时空,成为理念化的人物,难以取得共鸣。

三、小人物的生存尴尬

"活着"的艰难和挣扎,在阎真的全部长篇小说中,都是在社会大环境下主人公内心的彷徨和困难抉择。社会的大环境,可以概括为"金钱和权力是这个时代的两个巨型话语",而主人公自身的因素对他们命运的完成起着极大的作用。所有的主人公都敏锐地感觉到了来自社会的恶意,并且明白与之相对的"正确"乃至"崇高"。所有的主人公在被迫妥协时,都能够清晰地看见自己妥协的姿态,并没有比初始增加丝毫的麻木。这种清醒状态下妥协的呈现,营造了强烈的悲剧效果。

从《曾在天涯》到《活着之上》,阎真长篇小说的主人公均是受过高等教育的"知识分子",高力伟、池大为和柳依依是硕士,聂致远是博士,其中高力伟和聂致远学的还是历史学。教育背景对主人公的性格有决定性的影响。传统文化的教育和影响,让他们坚守自尊和清高,但现实却是坎坷的,因为他们面临的并不是一个支持清高的时代，甚至是个不容许清高的时代。在几本书中都多少涉及中国古代的潦倒名人，如屈原、曹雪芹等，但主人公们面对的却是一个世俗化的时代。传统的价值操守在市场面前无足轻重，更可怕的是，处于这个市场中的人，内心的堡垒终将失守，无法选择一种哪怕是潦倒的方式来守住情操，而是不得不被卷入游戏。高力伟在国内是个过得还不错的老师，在出国留学成为全民梦想的时代，终于凭妻子的关系出了国。他出国之后入学、退学、打工乃至到最终回国，有加拿大社会排外的原因，但推动他做出种种改变的最重要的原因，还是自尊心受挫，这种打击主要来自本应彼此相依为命的妻子。池大为在儿子住院之前，处处碰壁，从最初与许小曼分手，到留校失败，再到在省卫生厅里的诸事不顺，皆因清高、自尊而起。从第一次向马厅长送礼开始，池大为的路越走越顺，于是成功的首要前提变成压抑自己的清高与自尊。柳依依和聂致远没有屈服的过程，前者是在重重打击中从理想主义走到了虚无主义，后者是在坚守困境中意外获得赦免，于是有了坚持下去的可能。

由此可见，这种清高和自尊与社会大环境处处矛盾，知识分子能做的，要么放弃追逐继续坚守，要么接受这个时代的规则，要么等待奇迹。但不论是哪一种，这种粉末式渗入生活方方面面的矛盾，延伸出的便是主人公们都带有敏感、脆弱乃至神经质的特点。他们都敏感地感觉到了内心与外部普遍规则的格格不入，却没有办法因为普遍而融入，同时还时时因此内心受伤。他们只要与人接触，内心便波涛汹涌，不论是身边的人，还是外人，独处时更是拿出来反复琢磨。在这种琢磨中，主人公们甚至还显现出了神经质的特点。比如高力伟在房间里裸身走动、上蹿下跳做着各种舞蹈动作并哈哈大笑，池大为趴在地上像条狗一样伸长了舌头喘气，聂致远对着镜子哈腰作揖，等等。这些神经质的行为都展现了他们对现实的屈服与无奈。

在具备以上特质之后，阎真长篇小说的这些主人公便可以被归类于尴尬的小人物一行。加入游戏违背内心，退出又无法对社会、对身边的人乃至对自己的一生有个交代，他们仰慕的圣贤们被社会彻底遗忘之时，自己也难免有些动摇，直至清醒地看着自己向现实妥协。

四、理解与同情的书写立场

对笔下一系列尴尬的小人物，作者不是进行批判，而是细致呈现他们的无可奈何，进而把批判的笔触伸向时代和社会。不论是对向体制屈服了的池大为，还是最终回国的高力伟，或是悲情的柳依依，抑或是坚守的聂致远，作者的基本情感立场都是理解和同情的。四部小说的主人公以高级知识分子的身份出现，却都没有多少行动能力，既没有能力去守护自己内心的价值，也没有手段去攫取物质的生活。作者以一种俯视的姿态，对这种略带软弱的无能寄予了怜悯。

比如《曾在天涯》，高力伟在北美的处境充满压力，妻子及其他人造成的自尊心的失落，他都无力改变。与妻子离婚可谓是在感情上的逃跑，因为不论怎么努力，他都无力改变妻子的态度。这种无力改变的原因主要还是他无力改变自己窘迫的生存处境，事实上他的社会地位比林思文低下。高力伟与林思文的矛盾其实是很容易理解的，矛盾被激化到最终导致婚姻的破裂，很大程度上是因为高力伟的敏感与无能。再如《因为女人》，柳依依从在大学里、到踏上社会、再到重新考研究生，她没有多少远大抱负，也不算优秀，这种个人能力的缺失是她在感情受伤后没能离开秦一星的重要原因。在感情上她也是无能的，从夏伟凯到最终的丈夫宋旭升，她的感情经历基本就是从一厢情愿地投入、到默默地忍受、再到被抛弃，甚至和健身教练的一夜情，她也没有占据主导地位。而《沧浪之水》和《活着之上》的池大为和聂致远的行动力，很大程度上都是妻子逼出来的。

这些多少都带着懦弱无能的主人公们，在作者笔下都没有显出多少猥琐，不但没有面目可憎，反而很容易引起读者的同情。在书中，作者通过大段的心理独白，细致到位地表达了他们的挣扎。同时还通过对主人公身边的其他人物的对比式描写，反映出主人公的生存和精神状态，比如《活着之上》的蒙天舒。作者通过聂致远与蒙天舒性格的完全对立，极力表现蒙天舒的钻营取巧。其实，在这个物质化的时代，像蒙天舒这样投机取巧的小人物随处可见。但作者显然是表达了自己的价值立场的，即同情肯定主人公，批判蒙天舒之类的物质化的人。

所以，阎真的长篇小说批评的笔触并不指向个体存在的人物，而是指向社会畸形的价值观念等大环境的负面内容。

第二节　经典叙事的符号力量

如上文所提到的，知识分子作为"文化之镜"，以其特殊的身份和思维方式将传统与现代的冲突显像化，包括本身的文化素养、对社会现象的敏感，以及对情感的细腻感知。阎真笔下描写的主人公们是现代性历史语境下典型知识分子，在这种知识分子身份之外，更多的是聚焦于中国当代知识分子的精神困境，用这些典型人物来展现人类生存本质上的现代性悲剧。在现代复杂的社会大环境之下，知识分子面临种种人生道路和思想上的艰难抉择，在理想与现实的夹缝中艰难前行。

就是在这样一个时代背景和主题下，《沧浪之水》以犀利如刀的文笔为我们呈现了一个完整且生动逼真的故事，讲述了省卫生厅公务员、医药学研究生池大为从无职无权、空怀壮志，到时来运转、大展宏图的过程。酸甜苦辣的人生况味，暗藏硝烟的职场斗争，道义与利益的心灵博弈，人情冷暖世态炎凉，无不扣人心弦，发人深思。这部作品引起了巨大反响，受到一致好评。

人物是小说的灵魂，主角配角大大小小上百人物的命运，都围绕文章中心娓娓展开。《沧浪之水》以时间为线索，巧妙地安排了各式人物。这故事有主角有配角，看似配角是为主角而生，实则每个人物都是自己的主角，演绎了一个完整故事。书中池大为、丁小槐、马垂章等人物形象生动，人物塑造手法高超，本节主要围绕人物进行论述。

一、文学典型性的价值回归

要推人物形象塑造之首，非四大名著之一《水浒传》莫属，其一百零八位好汉，个个性格鲜明，活灵活现，深入人心。深究其人物形象塑造方法，施耐庵先生特别擅长在每一个人物出场时为其量身打造一两件典型事例，以小见大，在其中突出其典型性格特征。以李逵为例，众所周知，李逵是一个心粗胆大、有勇无谋、鲁莽好战却特别忠诚的武将角色。为了塑造这个人物，施耐庵先生为他量身打造了沂岭杀四虎、杀害小衙内、饮毒身亡等几个经典情节。李逵接老母上梁山，过沂岭时母亲被老虎吃掉，李逵一怒之下空拳打死四只老虎，一人敌四虎，其胆识、力气可见一斑，正是这样一个事例，李逵勇猛无敌的形象跃然纸上。《沧浪之水》主要塑造了池大为、丁小槐、马垂章、董柳等人物形象，其人物形象塑造手法和《水浒传》有异曲同工之妙。

池大为是小说的第一主人公。小说给池大为打上了自命清高、坚守传统道义、固执倔强等一系列标签，而后期人物性格发生了巨大转变，他学会了投机，人格和价值观在现实的压力下逐渐被摧毁，却又在艰难的精神处境里保护其内心的人文道义。在生动有力地展现主人公性格形象及前后变化方面，作者很好地学到并运用了《水浒传》里的人物形象塑造方法，通过打造典型事例、以小见大，突出人物性格特征，这是传统书写的价值回归。

池大为前期是一个典型的中国传统知识分子形象，怀揣着"修身齐家治国平天下"的热血和理想出场，他的身上呈现出太多与中国传统知识分子共同的精神气质——使命感、责任感、人道情怀、良知原则、人格意识等，这种品质深受其父影响。正是这样的"精神气质"，使他放弃了与许小曼的爱情、与屈文琴的恋爱，因为他受不了许小曼表现出的优越感，"那种居高临下和恩赐的意味"，使他觉得十分压抑和无法接受；也受不了屈文琴对权力与物质的过分追求，太善于逢迎领导，迫使自己"进步"；尽管董柳各方面都比不上前两位，但因为她淳朴、没有自恋性的优越感，不逼着他去钻营，所以他最终选择了与董柳走入婚姻。也因为这样，他嫌恶甚至憎恨丁小槐那样为了一丁点利益和升迁机会而趋炎附势的丑恶嘴脸，丝毫不顾忌自己的前途升迁，践踏所谓的职场规则，只凭着良心说话做事。这是池大为前期的形象特点，作者为了深刻表现，讲述了几个典型事例。第一个是池大为和丁小槐一起去地方考察中药市场，全省十七个大市场只能留八个，而吴山地区只能三选一。池大为在调查过程中实事求是，一丝不苟，发现鹿鸣桥市场交通方便管理好，而马塘铺市场假药成灾，准备实报，却在写报告时和丁小槐发生冲突。因为马塘铺市场在马厅长老家，丁小槐很在意这个调查结果，想保留马塘铺市场。池大为却坚持按事实说话，哪怕得罪马厅长，只为对得起良心。另一个事可以说改变了他的人生轨迹。池大为作为厅里第一个研究生，本应该受到重视，混得风生水起，却因为与职场规则的格格不入而空怀壮志，甚至一步步走下坡路。因为看不惯厅里开会用公费娱乐吃喝，觉得厅里买车是一种资源浪费，池大为在大会上提出了自己的意见，认为厅里办事应该先有准确预算，把车等设备的费用都算细了，然而事情并没有按照他预想的方向发展，没有一个人应和他，大会在一片沉默中尴尬地结束。池大为道义情怀的坚守是以他的前程为代价的，他成了领导口中"看问题有片面性的年轻人"，并且被调到中药协会，女朋友离他而去，他在那个冷板凳上一坐就是八年。对于这样一个人，我不知道该叹息还是保持敬意，他以自己的前程为代价，似乎生活如何过并不关自己的事，把所有的力气都献给了良心。这是前期的池大为形象，作者用这样两个典型事例突出了其性格特点，特别容易引发读者共鸣。

后期的池大为性格发生了明显转变，他向生活臣服了，把他的道德底线往后退了一步。在柴米油盐的日子里，他的人格和价值观被逐渐摧毁，导致这一变化的是两件与儿子有关的事。第一件事是儿子想上省政府幼儿园，他跑遍了关系、求尽了人，没能成功，他瞧不起的任志强和丁小槐却做到了。第二件事是儿子被开水烫伤，情况危急，却因为一千块钱得不到及时救治，哪怕他跪下高傲的膝盖也没用，而当上主任的丁小槐说了一句话却起到了作用。这让他意识到了权力的力量，有权和无权所遭遇的社会对待有着天壤之别。在生活的压力和这些事的打击下，池大为头脑中的旧观念轰然崩塌，渐渐地他改变了自己的清高。如何使人物性格转变显得自然，作者在这一个细节上下了功夫。通过这两个典型事件，池大为感受到了巨大的生活压力，尽管他前期那么坚定，这两件事却给了他一个重击，让他心里痛苦不堪，最终选择改变自己，这样的转变显得顺理成章而不突兀。

后来，池大为逐渐学会了职场规则，实现了自我人格的蜕变，时来运转，步步高升。在混沌的职场中，池大为的精神阵地节节失守，最后变成了一个善于投机的知识分子。最后，池大为终于达到了权力的中心，可贵的是，他没有倒在欲望之下，任自己腐化堕落下去，心中并没忘记"天下千秋"，理智和传统的精华在掌控着他的方向。因此就任厅长时，他下决心"要在自己心中重建崇高，重建神圣"。为了凸显这一形象特征，作者讲述了池大为如何突破压力解决被马厅长压下去的三十多人的职称问题，这一事件导致他和马厅长的决裂，却也反映他坚持了自己的精神操守。

这是作者通过典型事例塑造人物形象的成功典范，而小说中其他人物形象也用了这样的手法，比如写丁小槐深夜为马厅长磨豆浆、洗袜子，生动地展现了一个趋炎附势、阿谀奉承的小人嘴脸。通过典型事例使人物形象活灵活现，是这部小说的成功之处。

二、细节就是生命力

除了典型事例的运用，细节描写也是小说人物形象塑造的重要方法。作者对每一个人物的语言、神态、动作、心理等进行了细致入微的揣摩和刻画，尤其心理描写是小说的一大亮点。小说以第一人称叙述，池大为的心理独白占据了大量篇幅，既可以看作是旁白，推动故事情节发展，也是池大为的内心深度剖析，可以从中看出他性格一步步转变的原因和过程。

针对池大为这个人物，心理描写着墨较多，尤其是他性格的转变过程，大段大段的心理描写把他内心的煎熬展现得淋漓尽致。在初期，心理描写主要展现为他对丁小槐的蔑视、厌恶甚至憎恨，在丁小槐咧着嘴拍马厅长的马屁时，池大为是一种不屑的态度。在安南县做报告时，马厅长随手一摸发现口袋里没烟了，丁小槐马上站起来从身后送上一盒烟，在马厅长摸到打火机之前把烟点燃了，池大为"看着丁小槐，心里好笑：真的只少一根尾巴了。"[1]而在丁小槐得到利益好处时，池大为的心理是一种讽刺、蔑视，带点厌恶却又无法改变的愤怒，这样一来语气又显得酸了。在出去视察时，会议桌上丁小槐抓住时机发了

① 阎真. 沧浪之水［M］. 北京：人民文学出版社，2003.

言，地方上的汇报人员把他当作了一个人物，池大为却因不言语只默默做着记录而被冷落。"丁小槐兴奋得脸上发光，一副过足了瘾的样子。我看那神态觉得可笑，这有什么过瘾的？要过瘾你过去吧你！丁小槐越是容光焕发，那几个人就越是神态谦恭，甚至连'丁主任'都叫出来了，丁小槐也不去纠正。我看着他们，心里不住地叹气，我都替他们难为情啊！"①这一段惟妙惟肖的心理描写，极其生动地展现了池大为看不起丁小槐的举动，觉得他不配受到这样的待遇，一方面骂丁小槐不要脸，一方面替那些人叹气，觉得不值得，又有一种恨铁不成钢的味道，自己的处世原则得不到认同，在怀才不遇的同时看着自以为比不上自己的丁小槐混得风生水起，又有一种酸溜溜的滋味。如此这般复杂的情绪，在这一段心理描写里流露出来，需要读者细细品味。而在后期，当池大为步步高升仕途坦荡时，他之前的价值观被自己推翻，也学会了马厅长之前的做派。在过年去拜访马厅长时，阅读了他的对联听出了他的牢骚，却不像当年一样诚惶诚恐，而是"心想着他再不阴不阳地说话，我也来不阴不阳地顶一顶，别搞错了，今天已不是当年了"②。这一番描写，和先前那样的池大为又是两个人了。正是这些细微的心理描写，自然地把池大为前后截然不同的性格特征做了衔接和过渡，把池大为塑造成一个有血有肉、真实鲜活的人物。

而对于第二主人公丁小槐，主要采用了动作描写和神态描写，尤其他阿谀奉承的动作和模样，被无限地放慢和放大，生动得似乎这个人就出现在眼前，那样地卑躬屈膝，恨不得让人揍他一顿。丁小槐是一个很会来事的人，一方面在其他人面前，他喜欢占小便宜甚至摆点架子，比如在接待池大为报到时，由于池大为是新人直接不予理会，"他品一口茶，很有表情地吞下去，咂着嘴慢悠悠地说：'下午，OK？'尾音长长地拉上去，不知是轻蔑呢还是嘲讽"③，这样一副傲慢的嘴脸浮现出来，让人忍不住厌恶；另一方面他在马厅长面前又阿谀奉承，甚至卑微得毫无尊严，反而以马厅长的"看得起"为骄傲。在安南地区视察时，丁小槐在酒桌上自作主张替马厅长挡酒被呵斥之后，尴尬地回到宾馆醉酒，向池大为吐露了自己牺牲尊严只为谋得一官半职，为家里人谋点方便的心酸，让人不由得又同情起他来。而当酒醒过来，他又立马恢复了"狗人"的姿态，仿佛刚才那副模样根本不存在过。听说马厅长来看望过自己，自己却睡着了，"他着急地说：'大为你怎么不叫醒我？可能是叫我磨……磨……下棋？'一

① 阎真. 沧浪之水[M]. 北京：人民文学出版社，2003.
② 阎真. 沧浪之水[M]. 北京：人民文学出版社，2003.
③ 阎真. 沧浪之水[M]. 北京：人民文学出版社，2003.

边抓了衣服要穿，就要过去"，一边要求池大为重复马厅长的原话，一边甚至"撅着屁股趴在地上看房间里有没有灯光"，①让人既好气又好笑。在当上主任后，对池大为是一副高人一等的嚣张姿态；而当池大为当上厅长后，见面则是唯唯诺诺的小人嘴脸。丁小槐是一个为了利益出卖自己，却赚的不多的可怜人，他麻木不仁，其实是不敢让自己清醒，假装生活得很愉快，在各等级人面前不断转换角色。作者花大力气塑造这样一个人物，一方面和池大为相比较，另一方面丁小槐是当今职场上很多人的一个缩影，这也深化了小说的内涵，引导我们进行深入思考。

作者针对不同人物的性格设定，运用细节描写相当成功，丰满了人物形象，极大地增强了感染力。

三、权力场域的话语变化

这部小说的主人公是池大为，丁小槐、晏老师、马厅长、董柳等是贯穿小说始终的重要人物，还有诸如许小虎、申科长、许小曼等诸多小人物，虽着墨不多，却不可或缺，这些人物的存在和行为对表现主人公的性格形象起着至关重要的作用。整部小说出场人物虽达上百个，却主要是围绕着池大为和丁小槐的斗智斗勇。在二人错综复杂的交往关系和职场地位的相互转化中，体现出权力场域的话语特色和人物性格的转变，引发读者对社会、对人生深层次的思考。

小说主人公池大为是一个复杂的知识分子形象，他的前后半生发生了重大的转折变化。年轻的时候，他自命清高，是非分明，疾恶如仇，胸怀理想却和这个社会格格不入；时间沉淀了他的个性，后来他变得左右逢源，了解了社会的生存法则后如鱼得水，用他自己的话说，"别把自己看得这么重"，虽然看似失去了自我，内心却始终坚守自己的道德原则。要塑造这样一个纠结的形象，仅靠对主人公直白的描写远远不够，从侧面对他的性格形象及其变化进行细腻的勾勒描绘，则有了更大的感染力，反衬手法的运用在这部小说中体现得淋漓尽致。

衬托就是对主人公的侧面描写，从他人角度出发看主人公，更显其观点的客观真实。正面衬托，加强了语气，在一遍遍的肯定中让人笃信，真切感受到主人公鲜活的形象。而反衬效果更佳，反其道而行之，为展现其好反写他人之坏，为批判其坏反写他人之好。这一正一反的对比，巨大的反差给人强烈的视

---

① 阎真.沧浪之水[M].北京：人民文学出版社，2003.

觉、听觉等多方面冲击，让读者更深刻地感受到人物形象的生动鲜活。

丁小槐是贯穿全文始终的一个线索人物，对充实小说内容，展现职场的你争我斗、处世之道，揭示人生法则，表现小说主旨都起到不可替代的作用。丁小槐和池大为的明争暗斗是小说的一条暗线，从两人的官场地位和相互之间的态度可以品出很多人生况味。小说很明显地把二人放在了一个对立的位置。从整体来把握小说，我们姑且把池大为看作一个正面人物，前半段职场生涯里，他浑身充满了热血，洋溢着实现理想、改造社会的澎湃激情。他沿袭了父亲正义无比的人生观和价值观，试图把世间一切都以黑白划分阵营，并以自己的满腔热血把黑洗成白，因而他自命清高、疾恶如仇。可社会是个大染缸，仅靠注入一小股池大为般的清泉，对净化其性质起不了丝毫作用，在弱小势力与强大敌方的对抗中，毫无疑问，池大为输得一败涂地。而在后半部分的讲述中，虽然他退一步面对现实困顿，放弃了自己的精神节操，但他作为一名中国传统知识分子，还保持着骨子里的道德底线。

丁小槐则是反面的一个代表，他趋炎附势，爱好和特长是拍马屁，在上级和下级面前是完全相反的两副嘴脸。他的目光永远只盯在眼前的实际利益，从来不晓得这世间还有正义和原则，为了分房子、升迁，甚至不惜牺牲自己的尊严。池大为和丁小槐似乎是追求精神高度和物质满足的两个极端，从整体来看，二人的博弈是池大为占了上风，但在中间的对决中，丁小槐却占了一段上风。虽然对弈的主角是两人，丁小槐的存在始终还是为了反衬主人公池大为的形象，进而带给读者更深的思考。

从细节处把握，在每一个二人同时出场的情节，作者都将二人放在了对立的位置，使二人的性格特征表现达到了最佳效果。在准备去华源、丰源搞血吸虫调查时，池大为一直冷眼旁观，听着马厅长的指示做了记录，而丁小槐则像一个演员，随着马厅长演讲"时而带头用力鼓掌""时而点头似乎做着认真的思考"，在马厅长站起来准备离开时，"丁小槐也像装了弹簧一样跳起来，站在门口侧着身子让马厅长出去，再送到外面"。① 这一个对待马厅长讲话的小细节，作者把丁小槐趋炎附势的姿态写得活灵活现，极大地反衬了池大为的清高不屑，使两个人物形象都更加鲜活。

《沧浪之水》中的主要人物刻画细致，人物形象生动立体。阎真用一部小说浓缩了整个社会现状，引导每一个读者思考。

___

① 阎真. 沧浪之水[M]. 北京：人民文学出版社，2003.

第三节　艺术手法的微妙转换

阎真在接受湖南科技大学吴投文教授的访谈中曾说过这样一段话："一部小说题目的命意，是小说的核心表达。'活着之上'这个题目，还是直了一点，硬了一点，但出版社非常喜欢。我跟责编讨论过很多次，他们对这个题目是一见钟情，非常执着，其他题目他们都不愿考虑。《收获》编辑部建议的题目'谁也没有见过灵魂'，应该说还是很有想象力的，出版社也不愿考虑。还是尊重他们的意见吧。"《活着之上》这部小说讨论的是在市场经济背景下知识分子的社会角色选择。生活经验告诉我们，除了按市场的法则、功利主义的法则去生活，实际上也没有多大的选择空间。退守个人生存空间是多么自然而然的事情啊，世俗化是多么自然而然的事情啊！一个知识分子，他如果没有对生活经验的反思，他就会在这自然而然之中放弃更高的精神追求、精神境界，把现世的自我当作全部的价值之源，这种放弃抹平了知识分子和普通百姓之间的界线。我觉得这种界线还是存在的。知识分子应该更多地去关心与自己生活无关的事情。说"先天下之忧而忧"也许太高了，那至少是一个精神境界吧。如果活着就是活着的意义和价值的全部，那我们每天讲的人文精神还有多大的意义呢？

一、心灵剖析，表现灵与肉的震颤

小说的一个重要表现手法是心灵剖析和人物内心独白，但是，在中国小说作家这里似乎很少被用到，甚至很多作家刻意回避这样的心灵独白，简而言之也就是"评论"。他们坚持让作品和人物自己说话，而不应表达自己的态度，态度应该属于读者的阅读感知。尤其是以"我"的视角进行内心独白和观点表达，这等于把自己写进了作品，是自己在发声、传教和布道。为何如此？我们以为这和中国人的思维模式有关。说得好听一些，中国人这叫含蓄；说得不好听一些，中国人城府太深。实际上这种艺术手法在西方文学中的运用比比皆是，比如俄国作家陀思妥耶夫斯基和托尔斯泰，更不用说意识流的代表之作《追忆逝水年华》，或者是现代主义的巨擘卡夫卡。阎真不同，阎真很喜欢心灵剖析和内心独白，他的叙事主体一般都是"我"。"我"的视角是中国很多作家比较喜欢和比较擅长的方式，余华的《活着》就天衣无缝地将富贵变成了"我"，莫言通过合理的结构设计也将《檀香刑》的叙事主体变为各种"我"，说到底，只有"我"才适合心灵剖析和内心独白，换一个主体往往就会不合时宜。阎真也是如此，他在一开始就将池大为、聂致远等定位为"我"，这么做正是为了方便表达灵与肉的震颤。归根结底，阎真是一个有态度的作家，阎真所书写的是灵魂工程，无论是《沧浪之水》还是《活着之上》，我们可以看到"我"一直在思考和表达。

回到学校已经十一点多钟。我直接上床，把《红楼梦新探》拿来翻看……古人的苦难在后人心中总是非常淡漠，可对经历者来说，却是日积月累寸寸血泪的承受。就在这一瞬间，通过那蛛丝马迹般毫不连贯的行迹，我似乎触摸到了曹雪芹生命的温热，感受到历史的雪山融解之时那似有似无的簌簌之声。像他这样一位千年一遇的天才，风华襟抱浩渺无涯，才情学识深不可测，他的无限情怀，无限感叹，都使人对其人其事无限向往。

此时聂致远的心中"有了一种久违的熟悉而陌生的感动"，他回忆起了那种被现实生存压力掩埋许久的，曾经让自己从世俗的生存中得以超拔的力量。这种力量在聂致远的心中渐渐复苏，再次迸发出无限的力量，令他心驰神往。我们可以看到"我"一直在思考和表达。

这样一个曾经存在的生命，在某个历史瞬间，在某个寂寞的角落，过着贫窘的日子，却干着一件伟大而不求回报的事情。他生前是那么渺小，卑微，凄清，贫窘，不能不令人对天道的公正怀有极深的怀疑；可他又生活得那样从容，淡定，优雅，自信，好像是来自另一个星球的人。

生存和现实对聂致远进行猛烈地撞击之后，他在余震下重新思考着价值和意义的边界和人生的哲学。

以上节选自《活着之上》，初初阅读，感觉有些单薄和突兀，小说之中"凭空"插入的议论似乎有点"矫揉造作"，比之《沧浪之水》中人物内心独白的成熟、合理与深刻似乎欠缺了一些"功力"，但是，仔细想来这和人物的性格又很是契合，也和人物的精神变化统一。聂致远一开始就是这样的纯粹青年，他正好适合这样的独白，反复的精神独白将形成精神隆起和链条，贯穿小说始终，最终在"我"与现实之间恰到好处地刻画出人物的精神撕裂和阵痛，形成牢固而不朽的诗性。但是，读者未必能够全部领会这种灵魂的诗性，在读者那里，这种艺术手法的微妙转换往往会导致诗性被遗忘。以《沧浪之水》为例，突出表现在小说的第二阶段，即池大为从进入卫生厅到当上厅长的仕途爬升阶段。

二、"活的"人物是衡量小说艺术的标准

陀思妥耶夫斯基小说中的人物形象淹没在大段的讨论当中，心灵独白构成了小说的一大特色，他笔下的人物与传统的小说相比甚至谈不上形象，把故事情节拉到一块根本支撑不起一部小说的骨架，心理分析占据了小说的大量篇幅。他还直接让人物谈论宗教和哲学，人的神性和恶魔性的二元对立、共生共存，尼采哲学的上帝之死，康德哲学的内在矛盾，等等。陀思妥耶夫斯基非但没有避讳，还把它作为一种特色放置在小说之中，这无疑冲淡了文本的生动性，会使文本更加晦涩难懂，增加了文本的接受难度。但是与此同时，人物的哲学意蕴更加宽广，心理厚度更加立体。可见，生动性并不是评价文本优劣的唯一尺度。

自陀思妥耶夫斯基之后，这种手法在西方的小说当中已经相当普遍，但到了中国，"作家就要了人物的命"①，可见，大段的心灵剖析和人物内心独白在中国仍然是一种异数。问题还不在于使用什么样的艺术手法，技巧没有孰优孰劣，没有高低贵贱，关键是怎么运用、运用得是否恰当、和小说的氛围是否契合。美国作家海明威说："作家写小说应当塑造活的人物；人物不是角色，角色是模仿。如果作家把人物写活了，即使书里没有大角色，但是他的书作为一个整体有可能留传下来，作为一个统一体、作为一部小说，有可能留传下来。如果作家想写的那个人物谈论旧时代的大师，谈论音乐，谈论现代绘画，谈论文学或者科学，那么就让他们应当在小说里谈论这些问题。如果人物没有必要谈论这些问题，而是作家叫他们谈论，那么这个作家就是一个伪造者；如果作家自己出来谈论这些问题，借以表现他知道的东西多，那么，他是在炫耀。不管他有多好的一个词儿，或者多好的一个比喻，要是用在不是绝对必要、除它无可替代的地方，那么他就因为突出自己而毁坏了他的作品。"②所以，"活的"人物才是衡量小说手法运用是否恰当的标准，换一句话说，只要人物塑造是成功的，是活的，运用什么样的技巧还重要吗？如同一场格斗，你败下阵来，反过来却说："这不行，你用的招数不合乎拳法。"相宜而行、相机而动才是兵法的最高境界，胜败是衡量用兵的唯一标准。写作同样如此，表现效果才是唯一的衡量尺度。

事实是，这种表达确实起到了很好的艺术效果，给读者留下了深刻的印

① 李建军. 没有装进银盘的金橘——评阎真的长篇小说《沧浪之水》[J]. 小说评论, 2001(6)：43-48.

② 董衡巽. 海明威谈创作[J]. 北京：生活·读书·新知三联书店, 1985：2.

象，池大为的性格特征和心理流动痕迹得以准确记录，读者灵魂的惊颤基本都来源于这种艺术的表达。有论者认为："作者把自己对消极现象的印象和不满，变成了人物的牢骚，从而使人物完全成了作者的话语载体。这里只存在作者的视角，说话的实际是作者一个人。这样做的结果，破坏了人物性格的个性化及思想活动的真实性。"①这种批评的依据是作家借人物所说的话实际上是作家的牢骚，那么我们要问，作家为什么要发牢骚？姑且放下这个不论，如同上文所说，表达效果才是唯一的衡量尺度，事实证明这个部分是小说最大的亮点之一！略萨认为，你的技巧读者都知道是什么技巧，就是效果不好，照样是没有用的。如果读者感受到的只是作家虚构的艺术世界，那就是最高明的技巧。他说："在作品中有主题、风格和各种视角之间的完美配合与协调，因此使得读者一经开卷就会被故事内容所迷惑和吸引，以致完全忘记了讲述故事的方式，并且有这样的感觉：这部小说没有技巧、没有形式，是生活本身通过些人物、场景、事件表现出来，而让读者恰恰感到这些人物、场景、事件就是形象化的现实和阅读过的生活。这就是小说技巧的伟大胜利：努力做到不显山露水，架构故事极其有效果，使得故事有声有色、有戏剧冲突、精美而有魅力，以至于任何读者都丝毫没有觉察出技巧的存在，因为读者已经被高超的技巧所征服，他不感到是在阅读，而是生活在一个虚构的世界里，至少在一个短暂的时间里，对这个读者来说，是成功地取代了生活的虚构世界。"②

　　作家在小说中做出议论时，一般都是从池大为的视角出发，或者用人物语言，或者用心灵独白，基本上没有作家单独站出来说话。海明威认为"小说里谈论这些问题"关键在于有没有必要谈论，如果只是作家在炫耀，无论多么精彩都完全没有必要，因为那样做"只会让作家变成一个伪造者"。分界点在作家是在"突出自己"，还是在完善作品。如果作家在突出自己，那就选错了地方，文本是作家值得炫耀的唯一资本，但在文本中炫耀则毫无可取之处，没有必要而且是失败的。如果是后者，那么它会成为作品中一个不可或缺的组成部分。试想池大为的那些议论性话语和心灵独白去掉之后，作品还剩下什么？去掉之后，池大为的个性又通过什么去显现？

　　批评家接受不了，读者却津津乐道，作家在这个部分通常用第一人称的语气：

---

① 李建军. 必要的反对[M]. 济南：山东文艺出版社，2005：25.

② 略萨. 中国套盒[M]. 赵德明，译. 天津：百花文艺出版社，2000：74.

　　我想着，小人，你得志你得志去吧，就凭着你这掩饰不住的神态，你再会察言观色恭奉逢迎也得志不到哪里去。

　　我在心里对自己说："你在逃避，你害怕挑战，你心虚了，气短了。"我明白自己在往没有挑战性的方向走，我犹豫了。

　　在与自己的对话中，池大为渐渐明晰了种种现实行为下的内心所想，他看不惯甚至嫉妒得志的小人，但是又无力去改变这种现状，深究原因，他觉得是内心的逃避。当认识到自己的这种逃避时，他显现出了犹豫。

　　我的思维非常清晰，但心的深处却浮着一层梦，怎么也无法摆脱的梦，把我与现实隔开来了。到北京这么几天，我觉得自己清醒了许多，可清醒之后又跌进了更大的糊涂。空气中荡漾着一种气息，带有肉感意味的气息，我感受到了那种气息。这是一种呼唤，一种牵引，一种诱惑。你要抗拒它你必须为自己找到充分的理由，否则就跟着走。我忽然意识到"跟着感觉走"是一句多么聪明的话，又是一句多么无耻的话。除了几个敏感部位，感觉又能把人引到哪个方向去呢？可是，这个世界还有什么比这更真实的东西吗？时代变了，我变不变？别人都轻装上阵了，朝着幸福的道路上迅跑，而我还在原地徘徊。巨大的潮流涌来了，我感到了脚下的土地在震动，不，不只是震动，简直就是地动山摇，我自岿然不动？只有跟上潮流，才有希望。

　　池大为的这种认识逐渐清晰时，却又仿佛陷入了更大的迷茫与糊涂，思维与现实的混乱让他的意识似梦似幻。随之而来的是关于现实改变的种种思考和震动，他不断反问自己，想要找到自己应该何去何从的答案。

　　我意识到了自己的血液中流淌着一种异质的东西，这是一种情感本能，使我与潮流格格不入，我曾为之骄傲，可这骄傲越来越坚持不下去，也越来越令人怀疑了。没有人愿意理解，包括董柳，包括许小曼。只有在夜深人静中，自己面对着想象中那些逝去的圣者的亡灵，在虚无的空间充实地存在着的亡灵，我才感到了沟通的可能。我把自己设想成一个追随者，在追随中才有了找到归宿的感觉。

　　这里有心理流动的生动再现，有自我的心灵剖析，有长达数页的自我反思。总之，心灵的剖析使读者完全沉浸在和池大为同喜同悲的情感共振之中。

人物命运的每一步变化都是一个"不得不如此"的必然，是选择，却没有预先的心理准备。但是到后一部分时，池大为的每一步行动都是可以自由选择的，在卫生厅他是最有话语权的人，可以这样，也可以那样，于是池大为操纵了整个牌局。在这种主人公命运的变化当中，作家的叙述也完成了一次微妙的转换，从心灵剖析到全知叙述。通过写作的"我"与书中的"我"将现实与理想熔为一炉。

三、质朴叙事与心灵独白

阎真小说与其说是知识分子在现实与传统的徘徊中逐渐调整姿态的长篇小说，不如说是一部心灵描写作品。关于心理独白，戴维·洛奇曾有过一段经典的论述，他说："我们对书中人物的认识不是通过有关叙述，而是通过深入了解他们的所思所想。这些思想是作为无声的自发的持续不断的意识流表现出来的。对读者来说，这一过程倒像是戴上耳机，把插头插在人物的头脑中，然后操作录音装置，这样，人物的印象、反思、疑问、往事的追忆以及荒诞不经的想法等，无论是由身体感觉触发的，还是由联想触发的，便无休止地传达出来。乔伊斯不是第一个使用内心独白的作家（他把这一发明归功于十九世纪后期一个名不见经传的法国作家爱都华·都亚丁），也不是最后一个。"①与那些把叙述本身当作本体的小说家相比，阎真在叙述方面的确称不上出类拔萃，他对叙述的安排没有异于常人之处，甚至稍微有些俗套。在叙事理论已经如此发达的今天，阎真还在采用这样一种质朴的叙事方式，无疑和他文学教授的身份极不相符。河南大学的刘恪同样集教授和小说家于一身，他创作的小说充满了令人眼花缭乱的技巧，例如《蓝色雨季》等，还出版了小说理论技巧的专著。但是，这些小说著作除了机械地体现了其丰富的理论之外，在艺术上没有值得称道的亮点，在读者中也没有泛起丝毫的涟漪。当然我们这里丝毫没有厚此薄彼的味道，只是就这种写作现象所做的一种对比。起码说明刘恪在两种身份的权衡中更倾向于前者，小说创作也许只是教授消遣多余天分的一个通道。相反阎真在两个身份的选择上，把人生理想和价值归宿更多地寄托在了文学创作之上。写作对于作家而言，更多的是靠艺术本能和写作经验，而不是靠理论武装起来的方法论。在高校教授了十几年小说理论的阎真，对种种的小说理论并非一无所知或者熟视无睹。但是理论是一回事，创作又是另一回事，如果两者能够等同，作家将是学院里必然的胜利者。例外当然有，比如戴维·洛奇、福斯特、纳博

---

① 洛奇. 小说的艺术[M]. 王竣岩，译. 北京：作家出版社，1998：53.

科夫等。而且作家叙述风格的形成，与其个人性格和艺术侧重都有密不可分的联系。

与质朴的叙事相对应，阎真小说的一个重要特色就是心灵独白。心灵独白非常难以驾驭，洛奇说乔伊斯把心灵独白的艺术技巧发展到了至善至美的高峰，其他作家，除了福克纳和贝克特以外，都相形见绌。"乔伊斯长于驾驭语言，能把最平常的事物描绘得新奇有趣，好似天外来物；另一方面，把内心独白与自由间接手法及传统的叙事描写紧密结合，句式安排巧妙，富于变化。"①在洛奇看来，心灵独白这种文学技巧如若使用不当，就会拖慢小说的叙述节奏，心灵独白没有能够融入作品当中，没有成为其中的有机组成部分。如同植入身体的器官，形式上和身体组合到了一起，协调运转却很难，甚至会发生相互排斥，于身体而言，可能会危及生命；于作品而言，艺术性由此而大打折扣。《沧浪之水》中，池大为在做出违背自己意愿的事情后经常有心灵独白，有解嘲，有忏悔，有排遣。

当池大为当上厅长，叙述的重点自然发生了转变。人物的内心独白大量减少，全知叙述的比例上升。"全知叙述者的叙述和判断，通常被看作是权威性的，作者以此在虚构的小说世界里建立真实。"②在全知叙述的世界里，叙述更加顺滑，情节的编织更加得心应手，具体的表现是情节单元之间基本做到了无缝对接。如果仔细做一个对比，不难看出，小说的前四百页，也就是从小说的叙述开始到池大为当上厅长，故事的推进非常缓慢，人物在行进过程中经常突然停下来，陷入内心的思考和彷徨中，真正出现的人物和故事单元反而不及后一百三十页的内容，这是一个巨大的反差。但是读者的神经反而与小说主人公的心灵跳动形成了共振。当池大为的形象塑造基本完成的时候，作家却做了一个无意识的转向，也许在阎真看来，整个小说的庞大故事框架只剩下了细枝末节的修修补补。

到池大为当上卫生厅厅长后，叙述的节奏突然加快，众多未曾有过铺垫的人物粉墨登场。阎真让这些人物按照自己的意志像一堆纸牌一样，排好之后，放置在小说之中，"叙述者通晓所有需要被认知的人物和事件，他可以随心所欲地超越时空，按照他的选择，传达（掩饰）人物的言语行动。他不仅能够得知人物的公开言行，而且也对人物的思想、情绪和动机了如指掌。"③读者已经在

---

① 洛奇. 小说的艺术[M]. 王竣岩，译. 北京：作家出版社，1998：54.

② 艾布拉姆斯. 欧美文学术语辞典[M]. 朱金鹏，朱荔，译. 北京：北京大学出版社，1990：262.

③ 艾布拉姆斯. 欧美文学术语辞典[M]. 朱金鹏，朱荔，译. 北京：北京大学出版社，1990：262.

小说前四百页的阅读节奏中习惯下来，就如同坐在一个十九世纪的老爷车上惬意地行进，平稳而舒适，这时突然被扔到一个风驰电掣的摩托车上，自然是不适应的。小说理论的常识是，具有经典意义的小说一般不会去靠奇巧的情节取胜，所以《福尔摩斯探案集》虽然是通俗文学的经典，历经百年而不衰，但却从来不是文学意义上的经典。《金瓶梅》中有一个西门庆死后做道场的场面描写，情节流动到这里时停滞了下来，全部是精细的描述，作者似乎忘记了这是在叙述小说，这个部分如同一个道场的说明书。但是，细读之下，小说对生命的尊重和终极意义的关怀超越了奇巧情节的猎寻，所以，《金瓶梅》虽屡次被禁，却没有沦为庸俗的历史垃圾。

很明显，小说的两个板块之间出现了一个巨大的裂缝，后半部分隐匿的诗性被这个突然转向冲到了路基之下，读者对小说的理解也偏出了小说的诗性轨道。究竟是什么动因造成了如此之大的反差，使小说出现了两个迥然不同的叙述速度，而且导致了对主题的理解的偏差呢？卡尔维诺说："一个作家正在努力把头脑中的一些形象表示出来。他不甚清楚这些形象在他脑子里是如何协调一致的。他试着用这种方式或那种方式把他们表达出来，最后停留在某种表达方式上。他知道这种表达方式是如何诞生的吗？只是模模糊糊地知道。因为许多因素就像冰山一样，大部分沉在海水中，看不见，但是，他知道它们的存在。"①

第四节 从心灵剖析到全知叙述

从《沧浪之水》中男性知识分子对生存与现实深沉绝望下的妥协，到《因为女人》中女性知识分子深刻的苦与悲，当走到《活着之上》中聂致远的人生，阎真的笔触变得柔和和宽广很多。相对于池大为和柳依依来说，聂致远的人生平稳和顺畅很多，尽管同样遭遇现实的种种困境，但是这些苦难在聂致远身上得到了一些意外的化解。他没有刻意经营，却也评上了副教授、教授；他口无遮拦得罪领导，却也没有受到什么实质性惩罚。这种转变用阎真自己的话来说就是："我个人跟十多年前比，平和了一点，没有那么极端了，会承认人性在生存意义上的合理性。人是一个活生生存在的人，他有个人的欲望、想法，也能理解。"

① 卡尔维诺. 形象的鲜明性［M］//中国社会科学院外国文学研究所《世界文论》编辑委员会. 小说的艺术. 北京：社会科学文献出版社，1999：214.

一、欲望中的绝对化叙述

"绝对化"是阎真小说的一大特色。在《因为女人》里，他传神地写出了年轻知识女性的苦与悲，让主人公柳依依走上当"小三"的道路，从而发现那更是人生的死路一条，因而有人批评他"把人的自私、欲望和无聊概括为人性"。而在《沧浪之水》中，他通过池大为从纯知识分子到一个为了仕途费尽心思去上位的角色转变过程，深刻揭露了金钱权力对人的腐蚀，从而道破了这个时代独具特色、非同寻常的"冷暖炎凉"的"天机"。

阎真的心灵剖析和精神独白贯穿了他的所有作品，有关精神逼宫，有关现实的重量，以及灵魂对现实的妥协，通过心灵剖析实现了全知叙述。最早的心灵剖析出现在《曾在天涯》高力伟对理想和远方的困惑，后来，出现在《因为女人》柳依依对爱情与婚姻之间的抉择，最近的则是《活着之上》中聂致远对信仰与生存之间的挣扎。现实的生存压力和精神枷锁是如何将一个知识分子碾碎的？《活着之上》通过反复的内心独白直白而又有说服力地呈现出来。

知识也可能以另一种方式存在，人也可能选择另一种生活，这个我懂。可学问是我的工作，也是我的信仰，我再怎么穷，怎么想钱，学问也是我心中的泰山。郁明的话我不能接受，可也没法反驳，不要文凭我会来京华大学吗？

聂致远在反复思考，自己所谓的知识分子的信仰在现实生活面前究竟应该何去何从，是屈服于现实，"一切向钱看"，还是坚守自己心中的"学问泰山"？他在精神与现实的泥潭中反复挣扎。

我坐在床边等她打电话过来批判自己，心里很紧地揪着，仿佛是一只铁麻花拧在那里。虽然我也解释了，可我想她不会听我的解释，她整天想着的是钱，钱，钱。这不怪她，是生活的压力太大了，到处都需要钱来缓解。过了好久还没动静，我有些失望，批判早晚要来，还不如早点来，我也早点过关。我在头脑中搜索所有的词汇来批评自己，像一个侦察兵搜索在阴暗处潜藏的敌人，"没有用""意志不坚强""瞻前顾后"，等等。

聂致远的"困境"正是无数人的困境，仔细读来，我们常常以为这就是自己的内心独白。同样，聂致远的"困境"也是池大为的"困境"。阎真的内心独白叙事通过他最具代表性的作品《沧浪之水》彻底展示出来。《沧浪之水》讲述的是一个受传统文化浸染的知识分子在和生活中的沉浮，主人公池大为从中医学院研究生毕业后，来到了省卫生厅工作。传统知识分子家国情怀的理想、追求道德完善的价值去向，浸透了池大为的整个生命，并直接支配他在现实中的思维，以及在工作、学习和为人处事中的态度与选择。然而，跟单纯、热情、有抱负的他想象的大不一样，残酷的现实却让池大为处处碰壁，他工作不如意，人际关系紧张，生活贫困潦倒，前途毫无光亮。经历了痛苦的纠结和艰难的抉择之后，在"清"与"浊"的洪流中，池大为无可奈何地随波逐流，放弃了崇高的理想，全身投入到"浊"流中，他的工作、生活却得到了极大的改善，并且在官场中如鱼得水，青云直上。

二、文本分裂与诗性的光辉

从题目来看，很明显，"沧浪之水"即隐喻着"清"与"浊"的两种不同人生价值的选择，通过塑造池大为，阎真着力给我们描绘了一代知识分子在滚滚向前的社会变迁中，心灵受到的惊心动魄的挣扎。在文本结构上，《沧浪之水》以池大为的人生动向为主线，所以笔者把池大为的人生简单划分为三个阶段：大学和研究生生活的学生阶段（包括埋葬父亲），进入卫生厅之后到当上厅长之间的仕途爬升阶段，以及成为厅长之后的人格回归阶段。

必须看到，读者津津乐道于作品主人公的仕途过程，除去读者的接受需求之外，与作者把主要的文墨放在第二阶段也有很大关系。全书523页，其中对池大为第二人生阶段的描写占到了423页，达到全书的80%以上，而且这一部分的确显示了作品的现实主义力量。其中，出现"官场"二字的有93处，"权力"二字的有41处，"领导"二字的有10处，从级别上看，出现"科长"的只有1外，"处长"的11处，"厅长"的116处。这么多与机关生态息息相关的关键词和以这些关键词为主要情节构筑的内容，就很难摆脱一般读者把此书当成官场小说教科书来看待了。

尽管如此，如此大的官场篇幅仍旧不能掩盖小说内含的诗性光辉，第一阶段和第三阶段放在一起尽管只有一百来页，不足20%的篇幅，却寄寓了作者全部的文化理想和人性关怀，它不是鲁迅放在《药》的最后放在夏瑜坟上的一束白花，仅仅是平添的一点亮色或者了层暗喻。这种文本内在的分裂助长了误读产生的可能性，但也正是这种分裂使作品有了多种解读可能性，从而聚变出独特的魅力。多重意蕴是经典作品的必要内核因子和作品得以产生经久魅力的素质。因此，我们有必要回到作品本身，从小说的整体出发，结合"序篇"和池大为当上厅长之后的第三个人生阶段，希求得到一个更为全面的结论。

　　三个阶段放在一起理解才能构成一个完整的池大为。在青少年时期，父亲传统文化的影响，八年大学教育的塑造和定格，特定社会氛围的熏陶，使池大为的精神世界充满了理想主义的气息，前文已有详述。这是池大第一人生阶段的功能所在。第二阶段的池大为在现实的挤压和晏之鹤的指导下，调整心态，熟稔并适应了卫生厅的机关规则，最终走上了权力的顶端，这个阶段是池大为的人格调试阶段。当上厅长后，池大为采取了一系列行之有效的改革措施，既不冒进又不保守，成为一个现实可行的理想主义者。

　　但是由于第一阶段和第三阶段在小说中的比重加在一起也没有第二阶段的篇幅多，从而导致了读者把理解的重心和大量的注意力放在了第二个部分。在文本中，我们也可以看到"清"与"浊"之间的惊心动魄的对话。小说主人公池大为一出场，作者便赋予了他较为稳定的人格特征——中国传统知识分子的千秋情怀，然而，主人公的活动环境却是被置于与他的人格特质格格不入的官场中，对话由是产生。小说的对话是全方位的对话，它不仅仅表现在融合主人公内部的两种相互冲突的价值观念、道德选择上的冲突，它也表现在主人公与外部世界（整个社会意识形态、官场、单位、上司、同事、妻子）的冲突，以及每一个主体内部、各个主体之间的相互冲突。

　　到了《沧浪之水》的后半部分，小说渐渐趋向于独白立场。在"清"与"浊"的选择中，池大为渐渐失去抵抗的能力，他从思想深处理解了别无选择。董柳别无选择，刘跃进也别无选择，整个社会都是这样，别无选择。即使是在池大为当上了卫生厅厅长之后，他内心深处的理想复而萌发，然而很快我们又发现了他别无选择。在这个时候，小说由多个意识渐渐趋向于一个统一的意识，文本的对话性功能逐渐减弱，所有的主人公以及整个社会都融合到了一个声音里："别无选择"，"必须如此"。这样决断的对话，既是池大为做出痛苦抉择后奋力前行的自我鼓劲，又是他对抛弃理想、与社会大染缸融为一体的自我安慰，是属于独白型的意识形态。

三、灵魂对话的审美空间

　　正如有人指出的那样：对话源于人类存在本身的需要，存在就意味着交际，意味着为他人而存在，再通过他人为自己而存在。我与他人是同时共存，相互需要的。多个声音、多个意识同时并存、相互作用、激烈交锋，它们谁也战胜不了谁。这就是社会存在的状态，也是人的存在状态。阎真发现了，并极善于理解不同意识存在的矛盾状态，从而在作品中采取一种对话原则、对话立场，突破了传统的单声道小说的框架，为复调小说的发展开拓了新的审美空间。①

尤为重要的是，《沧浪之水》中的对话不仅仅是形式上小说人物的各式对话，也不仅仅是内容上小说主人公跟不同的人物、和自己的灵魂对话，更有文本艺术处理上的特异性，即阎真在这部小说（当然也包括他最早的《曾在天涯》和后来的《因为女人》）小说利用了大篇幅的对话，这些对话既体现了人物性格的发展和日常生活的原生态，又是推动小说情节一环紧套一环的有效手段。不仅如此，阎真没有使用古龙式带有诗歌分行的对话模式——这样的模式更适合当下年轻人的阅读习惯，而是使用《红楼梦》式的传统小说的古典风格，密密麻麻的大片大片的人物对话，让人看得人眼花缭乱，却也让人感觉沉重和厚实。如果用分行式的对话，阅读起来可能清爽一些，但带来的感觉却是文本的轻飘，与池大为的精神压抑和苦闷纠结相背离，一定程度上降低了人们对小说经典品相的期待。

在《沧浪之水》的结尾，池大为到父亲的坟上与父亲的灵魂进行对话，有两个细节值得注意：一是远远地看到父亲的坟时，"我心中忽然有一种怯意"；二是池大为把父亲的《中国历代文化名人素描》点燃时，"书页在黑暗的包围之中闪着最后的光……一点亮色在黑暗中跳动"。这两个细节耐人寻味，其潜台词是：只要这种"怯意"还会升起，只要这点"亮色"还在跳动，就说明在世俗化大潮中，随波逐流的当代知识分子心中对道、对精神的守望一念尚存，对中国当代知识分子的精神自守与自救就没有理由过于悲观。② 这样的文本结构以灵魂对话的方式获得了一种精神力量，也使整部小说在最后时刻带来一丝暖意，于沉重的气氛中得到一种压抑的释放。

阎真说，《沧浪之水》和《活着之上》都表现了知识分子的价值选择，前者是写当代知识分子对现实的妥协，后者则是写当代知识分子的坚守。"这两种状态在生活中同时存在，（《活着之上》）之所以转换了表现的方向，是因为我觉得，一个知识分子不会完全被功利主义所牵引。"这是阎真的创作自觉。"聂致远不是文化英雄，而是一个平凡的知识分子，他有他的坚守，也有他的犹豫。"诚然如他所说，《活着之上》将笔锋直指高校及中国知识分子中所谓的"圈子文化"、"学术潜规则"等触目惊心的现状，但"我不认为传统道德观念都是虚伪的

---

① 黄健辉. 阎真小说之复杂性分析[D]. 长沙：中南大学，2010.

② 谭桂林. 知识者的精神守望与自救——评阎真的《曾在天涯》与《沧浪之水》[J]. 文学评论，2003
（2）：62－67.

和不适用的，或者说过时的。传统文化对当代知识分子来说，仍然有思想资源的价值。"阎真为自己辩解，因为"我们都是凡人，学不了圣贤。但是，他们的精神，还是可以对我们形成一种精神上的感召，保证我们做人还有一个底线，不去做很坏的事。这种可能还是存在的。"这是小说中的知识分子聂致远的坚守，同时也是现实中的知识分子阎真的坚守，聂致远在全书最后展现了内心深处对传统知识分子独立人格的笃定，而阎真在敲下最后一个句号时毅然宣布此书为"最后一本"。我们无从知晓，面临着衰落的传统人文精神，中国当代知识分子的自我精神批判遇到了怎样的侵蚀和吞噬，目前又虚弱至何种地步，但我们希望并坚信会有越来越多的"聂致远"们、"阎真"们坚守着传统人文精神的圣洁领土。

第十章　阎真小说的"期待视野"

　　"期待视野"是接受美学中的核心概念，杨守森先生认为："在文学阅读之先及阅读过程中，作为接受主体的读者，基于个人和社会的复杂原因，在心理上往往会有一个既成结构图式。读者的这种据以阅读文本的既成心理图式，叫作阅读经验期待视野，简称期待视野（expectation horizon）。"①对在现实中生存的读者而言，作为第三生成物的意义总是建构在一定的即刻情境中，总是从自己即刻的期待视野出发与文本进行对话，而读者的期待视野又因审美倾向、道德标准、生活阅历、接受能力等因素的差异而有不同，这样，读者在文本的阅读过程中就会因期待视野的差异而与文本产生不同的视野融合，生成不同的理解。如鲁迅先生说，读《红楼梦》"单是命意，就因读者的眼光而有种种：经学家看见《易》，道学家看见淫，才子看见缠绵，革命家看见排满，流言家看见宫闱秘事……"。之所以读者能读出不同的命意，就在于读者有不同的"眼光"，这个"眼光"便是期待视野。

　　优秀的作家能敏锐而深刻地洞察到社会的变革、文化的转换，他就像一个探险者，走在人们的前面。因此，他的作品与读者的期待视野常有一段距离，读者阅读这样的作品，常会伴随着期待指向的遇挫。就小说来看，古今中外的优秀之作，无论是人物性格的发展，还是情节的变化、主题的呈现，总是出人意外地造成期待遇挫。例如雨果的《悲惨世界》，读者阅读时不会事先就料到盗窃成性的飞贼冉·阿让后来会变成消灭失业和苦难、兴办各种慈善事业、政绩卓著、深受人民爱戴的市长。阅读这样优秀的作品，由于作品中贯穿着某些共同的生活逻辑，获得与"期待视野"顺向相应的轻松。同时，读者的期待指向又时常受阻遇挫，迫使读者不断调整、追求，进入一个超越自己"期待视野"的新

---

① 童庆炳. 文艺心理学教程［M］. 北京：高等教育出版社，2001.

奇的艺术空间之中。读者在这样的活动中，可能会因"期待视野"的暂时受阻而不适，但很快又会为豁然开朗的艺术境界而振奋，会因拓展和丰富了"期待视野"而感到欣悦与满足。山重水复疑无路，柳暗花明又一村，读者在这样一种遇挫与开释交替出现的阅读中，体验到文学作品的艺术魅力。

阎真的小说，同样有这样的艺术魅力。他的四本小说，通俗易懂却语意深刻的为我们描绘了种种略带极端的现实。《曾在天涯》，他讲述的是一位历史系研究生出国后的曲折经历，最终出国之旅以折回国内的"失败"而告终；《沧浪之水》讲的是一位医学研究生被"逼良为官"，在现实的官场中逐步破灭自己清高的官场哲学，于合流或边缘中徘徊，苦恼难以排解的心路历程；《因为女人》则是讲了一个纯情大学少女步入中年怨妇的成长史，虽然初读觉得文字略显"油腻"，对现今情感生活描写过于悲观，但是那种把握时代脉搏，对于今时世俗恋爱的洞察确实让人钦佩。而他的最新力作《活着之上》同样写的是一个处于困境之中的知识分子，不同的是，《沧浪之水》写当代知识分子对现实的妥协，《活着之上》写的是知识分子的坚守。阎真的小说常常被定义为批判现实主义小说，他用接地气的笔触为我们展现了现实生活的百态，近乎白描的笔墨无疑是顺应了读者的"期待视野"的。而小说更具魅力的所在，应该是作者异于常人的创作手法和写作视角，它们往往超出读者的"期待"，也因此而大放异彩。

第一节 "前结构"的慢热基调

所谓"前结构"，是海德格尔在现象学中提出来的。海德格尔认为，理解是"此在"，也就是人存在的基本方式，它总是从人的既有，即人生存的时间性和历史性的处境出发，在现实中的表现就是理解的"前理解"或"前结构"。他指出，对象之所以能对理解者呈现出种种意义，主要是由于他带着理解的"前结构"。"前结构"表明人与现实发生关系是最直接的关系，强调文化累积和作家写作之前思考的重要性，表明每个人的文化传统对理解新的审美对象有至关重要的作用。

一、作者理解的"前结构"

以施莱尔马赫和狄尔泰等为代表的古典解释学认为，要正确理解历史，必须完全抛弃个人的诸如历史限制、个性特点和个性心理，并应当"想象的"创造出别人的经验来，设身处地，进入文本作者的心理状态、历史境况，唯如此，我们才可以得到一种客观公正的理解。他们坚持认为，作为一种理解和解释科学,其目的就在于恢复理解对象本来的唯一的真实意义。他们还指出理解者和理解对象之间会存在历史时间间距的鸿沟,每当人们解释时,不可避免带有解释者的主观成见,"误解便会发生,而理解必须在每一步都作为目的去争取"。这样,解释学的任务就是要克服成见,以达到对解释对象的正确而客观地把握。针对这种观点,海德格尔跳出一般方法论的窠臼,从解释学本体论出发,强调理解的前结构的重要性,认为理解在本质上是通过先行具有、先行见到、先行把握来发生作用。他指出,对象之所以能对理解者呈现出种种意义,主要是由于他带着理解的前结构。因此,理解对象的意义就不是、也不必是所谓的本来的唯一的客观意义,实际上理解也是对世界再构造的思考。海德格尔指出:"把某某东西作为某某东西加以解释,这在本质上是通过先有、先见和先把握来起作用的。解释从来不是对先行给定的东西所作的无前提的把握。如果按照正确的文本解释的意义,解释的特殊具体化固然喜欢援引'有典可稽'的东西,然而最先的'有典可稽'的东西只不过是解释者的不言自明的无可争议的先入之见。任何解释工作之初都必然有这种先入之见,作为随着解释就已经'设定了的'东西是先行给定了的。这就是说,是在先有、先见和先把握中先行给定了的。"

从海德格尔的"理解的前结构"来看阎真的小说。首先,作为小说的缔造者,作者所拥有的"前结构"对小说的题材选取、人物性格等起着决定性的作用,这些作品是作者根据自身的"先行具有、先行见到和先行掌握"的东西对现实生活的"理解"。作者写作前所做的文化积累和思考,是这些作品的生命之源。

阎真的小说,从来不是子虚乌有的虚构,他创作的灵感都来源于现实生活。《曾在天涯》可以说是作者加拿大生活的一个缩影;关于《活着之上》,阎真不认为自己的小说是揭"黑幕",只是对于生活的表达是零距离的。"小说里几乎每个细节都是生活中发生过的。素材大体来源于三个方面:亲身经历的,旁观到的,听同行说的。聂致远的一半素材来自他的某位同事。"①在《因为女人》的开头,作者写道:"女性的气质和心理首先是一个生理性事实,然后才是一个文明的存在;也就是说,其首先是文明的前提,然后才是文明的结果。生理事实在最大程度上决定了女性的文化和心理状态,而不是相反。把女性的性别气质和心理特征仅仅描述为文明的结果,就无法理解她们生存的真实状态。在这里,文明不仅仅是由传统和习俗形成的。在这个意义上我们可以说,性别就是

---

① 吴利红.《活着之上》艰巨的精神叙事[N]. 黑龙江日报,2015 – 04 – 30(10).

文化。"①阎真将波伏娃女权主义的论点作为自己批判的靶子，认为女性的命运首先是由其生理事实决定的，"性别就是文化"。这一观点遭到了女权主义者的强烈反对。阎真回应说："小说中关于女人年龄的话，没有一句是我杜撰的，全部来自生活。难道我不写出来，这个挑战就不存在吗？表现这种挑战是小说的主题，我不过是以文学的方式把生活表现得更集中更鲜明了，意识到挑战才能对应挑战。我是站在女性立场上，批判欲望化社会对她们的伤害。从小说开始到最后，我都坚持了这一立场。我表现的是我所理解的生活的平均数，柳依依作为第一主人公，大概地表现了这样一个平均数。有人说我写得太灰色太残酷了，我的回答是，柳依依的命运不是一个灰色和残酷的极端，她只是我所理解的平均数。"②"我表现的是我所理解的生活的平均数"，这句话非常直观地展示了艺术来源于生活，阎真的小说也不例外，它们因为作者从生活中"先行具有、先行见到和先行掌握"的东西而诞生。阎真的小说作品，可以说与他的生活有着千丝万缕的联系，阎真独特的生活经历给了他丰富的人生体验，而他本身也具有深厚的文学功底与敏锐的文学眼光，善于从平凡的生活之中挖掘出能够反映作者毕生心血与才情的句子和故事。如果了解他的为人和与他结交的部分朋友，就可以或多或少地从他的生活之中，看到其所作小说中的故事情节架构与人物形象塑造。但他的小说是超越生活的，这一点表现在他的小说没有局限于一般的生活语言的公共空间之中，而是经过了反复构思与锤炼，大到像大体的故事情节，小到具体的人物的一句话，或者一个生动的比喻，都是经过细致思考方才缓缓下笔的。

二、读者理解的"前结构"

小说家戴维·洛奇说："就我所知，每创作一部新小说总是反复构思，不想出满意的书名和开头一句绝不动笔。小说的开头就是一个门槛，是分隔现实世界与小说家虚构的世界的界线。因此，正如俗语所说，它应该把我们引进门。"③俗话说，良好的开端是成功的一半。作文也是这样的，但文章的开头不是一件容易的事，正如苏联著名作家高尔基曾经说过的那样："开头第一句是最难的，好像音乐里的定调一样，往往要费好长时间才能找到它。"托尔斯泰也

---

① 阎真. 因为女人[M]. 北京：人民文学出版社，2007.

② 余中华，阎真. "我表现的是我所理解的生活的平均数"——阎真访谈录[J]. 小说评论，2008(4)：47-51.

③ 洛奇. 小说的艺术[M]. 王竣岩，译. 北京：作家出版社，1997.

很重视作品的开头,《战争与和平》的开头,他经过 15 次的反复修改,才感到满意。文章如何开头,不仅对全篇结构有举足轻重的作用,而且会对读者心理产生直接影响。好的开头,能激起读者的兴趣,把读不读两可的读者吸引来,使之也有读下去的欲望。一篇文章不管如何开头,作者都要考虑如何更好地为表现文章的主题服务,为正文作铺垫。不能孤立地考虑开头,而要从文章的整体构思出发,全局考虑成熟了,开头也就水到渠成了。

开头之于小说的意义,往往在非常重要和不重要的两端来回摆动。对于有的读者而言,开头意味着他与作者缔结了一份契约,是否能接受这一契约,直接决定了他将看完全书还是中途把书扔在一边。对于有的读者而言,开头似乎完全无关紧要,他急着略过开头进入他的期待部分。然而,对于大部分作者而言,倘若找不到开头,就意味着整部小说胎死腹中,开头的语调、情境、人物等直接决定小说的全部走向。至于批评家如何看待这一问题,我们所知十分有限,除了以色列作家奥兹、英国作家戴维·洛奇等少数几个人或多或少涉及开头这一命题以外,只有美国文学批评家爱德华·萨义德对此做了充分的研究。在《开端:意图与方法》一书中,他赋予了"开端"以特殊的重要性:"开端就是意义产生意图的第一步。"

对一篇文章的标题或者第一段的阅读,是读者接触该文本的开始,也是读者开始形成相应"期待"、产生阅读兴趣的关键。很多文学作品的标题或者开篇都非常不明确,即有很多的空白点,可导致很多的可能性。读者一般不能确定相应的具体场景,或读者对标题和开篇内容描述的存在不止一种期待。在这种情况下,读者只能期望在下文的阅读中打破这种不确定性,建构起对作品内容的"期待视野"。小说的开头在一定程度上构建了读者理解文本的"前结构"。

一直以来,创作者对小说的开头都相当重视,阎真也不例外,他曾说:"很多人都注意到了,我的写作周期很长,要五六年才能出一本书。这种状态是由我的文学观念决定的。在动笔之前,我要经过长期思考来选择一个多少有点思想创意的方向,这个方向需要有比较大的精神背景,比较鲜明的历史因素,还需要很多鲜活的细节来支撑。"①开头就意味着为小说定下一个基调,现实世界和文本虚拟世界之间的分界点就是小说的开头,所以开头直接决定了作家以一种什么样的方式把读者带入自己的艺术世界,以及带入一个什么样的世界。文本开头的方式从某种意义上说,就是作家的出场方式,阎真作为一个学院出身的作家,他对开头的处理是不平庸的,并且富有创意。阎真小说的一大特色就

---

① 阎真. 崇拜经典　艺术本位——自述[J]. 小说评论,2008(4):44-46.

是常以发人深省的话作为开篇，一如《三国演义》的开篇："天下大势，分久必合，合久必分。"开篇这句话是很耐人寻味的，古人云，开宗明义，这句话亦可作如是观。阎真的小说开篇也充满了经典的意味，往往是一段发人深省的话，或者是一个看似平常却意蕴深远的景象，而这一段话或者一个景象往往能折射出整个故事。阎真的小说，开篇给读者的往往是一个慢热的基调，一种欲罢不能的体验。

读者从开篇基本无法推测将看到怎样的一个故事，也无法准确判定小说中的人物性格，一切都只能在接下来的文本中去找寻答案。而每每当读者品读完整本书，看遍了书中人的经历与感想，再回过头来看开篇，会豁然发现作者构思之精妙：原来作者在开篇早已埋下伏笔。这一点，阎真的新作《活着之上》就体现得淋漓。"《活着之上》起笔是从死写起。'小时候曾看到很多人离开这个世界，这在鱼尾镇总是一件大事，也是我们的节日。''我'——聂致远，小时候看到的死人景象，是大人们活着的理由，是小孩看热闹的所在，是所有人的归宿。这起笔很妙。看似闲笔，实则是为现实中的活着做伏笔。小时候对死的热闹景象的欢乐奔走和懵懂不知，与长大成人后在清醒中活着的挣扎与纠结，形成了一种强烈的反差、对比抑或互补，从而告诉人们，活着是需要力气和力量的，活着是需要智慧和能力的，但活着之上是有良知和底线的。"①

《沧浪之水》的开篇则引用了屈原的《渔夫》中广为流传的一句："沧浪之水清兮，可以濯吾缨。沧浪之水浊兮，可以濯吾足。"屈原被放逐后，在和渔父的一次对话中，渔父劝他"与世推移"，不要"深思高举"，自找苦吃。屈原表示宁可投江而死，也不能使清白之身蒙受世俗之尘埃。渔父走了，唱出了上面的几句歌：沧浪的水清，可以洗我的帽缨；沧浪的水浊，可以洗我的脚。这仍是"与世推移"的意思。在渔父看来，处世不必过于清高，世道清廉，可以出来为官；世道浑浊，可以与世沉浮。至于"深思高举"，落得被放逐，则是大可不必。屈原和渔父的谈话，表现出了两种处世哲学。读罢这个开篇词，相信很多人都无法理解作者意欲何在，最多只能猜测故事可能跟"清廉"二字沾边。再细读文本，我们会发现作者从一开始就为我们埋下了伏笔。《沧浪之水》的主人公池大为，一开始他作为一个崇尚先贤，保持平民尊严，愤世嫉俗，决心要为天下、为民众而活的耿直青年，是很可爱的。他的道德理想和价值基础，与他的父辈们的追求，与我们悠久而深厚的文化传统紧密相连，表现出刚健、仁爱、慎独、自强的情怀。后来，他发现自己"无欲则刚"了好几年，却一无所有，郁郁不得

---

① 彭学明. 活着之上是什么[J]. 长篇小说选刊，2015(3).

志。在物质环境的挤压和别人的劝诱之下，他忽然"大彻大悟"，心中的神圣感逐渐摧毁，并欺骗自己说"为了赢得自尊，首先必须放弃自尊。"当主人公池大为感觉人生陷入绝境，决定"重新做人"时，再次出现了这句话，随后主人公在"大势所趋的口实之中，随波逐流走上了另一条路。那里有虚拟的尊严和真实的利益，我因此放弃了准则信念，成为一个被迫的虚无主义者。"①主人公的前后不同的两种境遇，完美呈现了开篇的极具哲理性的两种处世方式。

与此同时，序篇中的池永旭高举理想的大旗，用响亮的人格阐释了知识分子的气节。《中国历代文化名人素描》其实是一个标尺，又是一个神殿里端坐的众位雕像，标尺标示出的是一个高度，而雕像则在时刻警示历史长河中的每一个人：每日三省吾心，在醒悟中比照内心世界，是在向标尺的高度靠近，还是背离了这些文化名人群像构成的磁场？池永旭通过自己的行为，用生命的陨落和精神的升华实现了对传统文化的精神皈依。他孤独而不绝望，清高而不孤芳自赏。序篇也为小说定下了精神基调。

《沧浪之水》的开篇是极具创意性的，慢热的基调使读者没有了开门见山的压迫感，意蕴丰富的开头为小说故事情节的发展埋下的大大的伏笔，更为小说奠定了扎实的精神基调，堪称典范。《因为女人》也是如此，开头从柳依依的意识开始，用女性那种细腻的心理触角感受周围的世界，就像昔日情人从空中飘来的气息。阎真曾经举例说，托尔斯泰的《安娜·卡列尼娜》修改了几十次，才有了那个经典的开头，所以阎真总是用这样的标准来比照自己的作品，这就能够解释阎真的写作周期为什么如此之长。阎真本人用"崇拜经典，艺术本位"来概括自己的写作信仰。阎真并非无欲无求，他想成为有经典意味的作家，或者经典殿堂里的大师级人物。他在谈及自己的理想和生命欲望时说："如果我对创作有什么梦想，那就是，在一个自己已经不存在的世界中，还有人在读自己的书。这是痴心妄想，但也是最大的生命诱惑，一个比千万富翁的梦想更大的梦想。"②我想，"前结构"的慢热基调将是他作为大师级人物进入经典殿堂的巨大助力。

第二节　类型化的先在理解

任何人在阅读任意著作的时候，不可避免地带有一些先入为主的观念，传

---

①　阎真. 沧浪之水[M]. 北京：人民文学出版社，2001.

②　阎真. 这是我的宿命[N]. 文艺报，2004 - 11 - 20.

播学中将其称为刻板印象（Stereotypes），又称为"刻板模式"。刻板印象（stereotype）本是印刷术语，专指印刷铅版。在 1922 年出版的《舆论》（*Public Opinion*）一书中，著名记者沃尔特·李普曼（Walter Lippman）引用该词，用以解释人们对世界的错误观念和偏见，专指那些事实上不正确的、非理性的、刻板固执的态度，从而首次将该词从印刷技术领域引入到社会科学研究领域。此后，刻板印象研究成为西方新闻传播学和心理学研究中的重要论域。在我国，自从李普曼的著作被华夏出版社以《舆论学》之名于 1989 年推出中译本之后，刻板印象（或称"固定的成见"）也逐渐成为理解媒介效果的重要理论资源，至今已经 28 个年头。李普曼从印刷术语中借用了这个词，他说，真实环境太大、太复杂，变化得太快，难以直接了解它，我们必须先把它设想为一个较简单的模式，才能掌握。因此，我们对某些人群（如女性、黑人、农民工、河南人等）会形成一定的成见，影响了对其的理解。

　　阎真的小说，不少读者和媒体都将其归类为官场小说，其实，这是一种先入为主的误读，他本人也反复强调他的作品是非官场小说，他更多的是想要表达知识分子所处的困境以及他们在困境中的心路历程。不管是《曾在天涯》里的高力伟，还是《沧浪之水》里的池大为，抑或是《因为女人》里的柳依依，又或者是《活着之上》里的聂致远，无一例外，他们都是知识分子，有着相对较高的学历，受过良好的教育，但是又无一避免，他们在现实生活中仿如困兽，找不到出路。他们有着不一样的人生经历，也有着不一样的心路历程，唯一没有改变的是他们的知识分子身份。知识分子身份书写与书写知识分子是《活着之上》的主导风格。此处所谓知识分子身份书写，专指作者以知识分子的身份现身说法：说人，说世界，说人生在世。所谓书写知识分子，则是指作品的主旨是替知识分子塑像：塑肉身像，塑精神像，塑灵魂像。凭借知识分子身份进行创作，阎真有着自己得天独厚的优势：多年从事大学一线教学、科研与管理，对高校生活的形形色色有着透彻的体认和领悟，在生活实践、教学和创作实践中养成了属于自己的理念。从《曾在天涯》《沧浪之水》到《因为女人》，阎真一直深情地关注着知识分子的命运。他不是用"他者"目光，而是站在知识分子"自己"的立场，用知识分子"自己"的视角，反观"自己"以及群体内部的生存状态，因此，更能真切细腻地抒写那些难由外人所察所道的真实细节与内在感受。阎真的小说因人论事，文人体验真切，知人论世，文史底蕴深厚，书写知识分子，刻画知识分子的生活史、心灵史，也是阎真小说运思、运笔的重点之所在。读者在将它们划分为官场题材小说、女性题材小说、留学题材以及高校题材小说的时候，也应该关注到小说所披露的中国当代知识分子的生存困境，以及一些深层次的问题。

在阎真的《这是我的宿命》一文里，这样写道："如果我对创作有什么梦想，那就是，在一个自己已经不存在的世界中，还有人在读自己的书。这是痴心妄想，但也是最大的生命诱惑，一个比千万富翁的梦想更大的梦想。"①在阎真看来，写作不是谋生，不是游戏，不是消遣，而是一种生活方式，一个梦想。可见阎真是以一种神圣的心态来写作的，简单迎合市场的写作是违背阎真的写作信仰的。在这种严肃而认真的写作态度支配下，阎真雕刻出来的"作品"，在读者的具体接受中却被做了简单化的处理，"类型化的先在理解"将作品的表层哲学意蕴弃之不顾，深层哲学命题更是在功利性的阅读中被漠视或者说被遗忘。

关于《沧浪之水》的类型化的先在理解，将其简单的定义为官场小说，应该是阎真小说被误读的一个典型。在《沧浪之水》中，作者十分精细地描述了池大为放弃坚守后，在官场厮杀拼打终于青云直上的过程，里面有一些细节深刻地揭示了当代官场起承转合的微妙之处，因而普通的读者很容易把它当作目前在文坛十分流行的官场小说来阅读。所以，当阎真本人否认《沧浪之水》是官场小说时，并没有多少人响应，相当一部分读者依然把它当作官场的教科书来读，依然在为小说最后结果的处理而不解，认为池大为当上厅长以后，小说就失去了说服力。由于功利性的阅读心理，小说的序篇只被当成池大为的出场方式，忽视了序篇给全文定下的精神基调，而实际上，小说中主要人物的出场方式就是作家的出场方式，文本的艺术质地和命意与实际接受之间出现了一个巨大的裂缝。由于社会环境、文本结构、读者的功利性阅读心理等多方面原因，人物形象被简单化，作品的哲学意蕴和形而上品质被遗忘。在一定程度上，细致入微的现实描摹被窄化为对官场现象的扫描和对官场规则的洞悉，彼岸情怀则被遗忘。

官场小说的大部分作品正如鲁迅所说，是"徒作消呵之文，转无感人之力，旋生旋灭，亦多不完"，没有起码的艺术感染力，和车站、路边翻印的杂志混杂在一起。这些书印制粗糙，封面常常用一些暧昧或者暴露的画面吸引读者，目录中充斥着一些耸人听闻的字眼。官场小说和谴责小说在命名的指向上不同，谴责小说是指小说所处的批判立场，而官场小说只是写作领域的概括。应该说，这两种小说的形成环境和社会背景均有着很大的不同，但是，精神底色的苍白和哲学意蕴的空洞使得两者呈现出了相似性，除了官场小说在篇幅上规模更大以外，似乎找不到两者之间的更多差异。把《沧浪之水》归入官场小说的领

---

① 肖迪. 阎真:《沧浪之水》不是官场小说[N]. 湘声报, 2005 – 01 – 13.

地，其实是以写作对象作为评判尺度，而采取的一种简单化处理。如同上文所述，官场小说已经被贴上了标签，被纳入官场小说的范畴，就意味着和一连串的标签和作品粘连在一起，情节模式化、人物脸谱化、语气雷同化、手法相似化，等等。所以，在一次访谈中，阎真旗帜鲜明地指出，自己的小说不是官场小说，他说："有人将《沧浪之水》看成是官场小说，但我的小说的关键词不是'官场'，而是'知识分子'。当然，我的小说写了官场，但写法与其他小说有所不同。以前有两种写法，一是写正义与腐败的斗争，如《抉择》《大雪无痕》等，这种写法对事情的理解有善恶二分法倾向；另一种是以揭露黑幕为主，如《国画》《羊的门》。我的态度在这两种之外。我不想以极端的态度表现现实。在我看来，现实的形态相当复杂，不是黑白二字分得清的。我要表现的是，知识分子在这种时代背景下，何去何从，以及他们的心态变化。歌颂和批判都不是我要表达的东西，我要表达的是知识分子的心灵史。"①很显然，《沧浪之水》在思想深度、哲学意蕴、理想情坏等方面均是官场小说不能涵盖的。阎真从知识分子的角度出发，设身处地地书写知识分子切身的感受与体会。

一部优秀的文学作品，出现多种意义解读的可能性和理解空间，是其之所以成为经典的重要质素，不能凭此认定其中的一种解读就是文本的唯一合法化阐释，从而导致小说内蕴的诗性光辉被掩盖、消解甚至歪曲。官场在小说中只是一个展开叙述的场域，一个躯壳，一种小说修辞，壳在外，而魂在里。官场中的诸种潜规则不是作者力图呈现的场景，而是在市场经济、消费主义、官本位思想的合围中，传统的知识分子价值观正在承受着空前的挑战，价值选择何去何从，人生意义标准需要重估，精神苍白与宦海沉浮复杂交映。从创作主体的角度来讲，《沧浪之水》的表现对象与写作重心不是官场和体制，而是知识分子，初衷不是批判、揭露，而是展示一种人格的力量和文学的诗性光辉。

第三节　主题与形式的内爆

内爆是由加拿大当代学者马歇尔·麦克卢汉（Herbert Marshall Mcluhan，1911－1980）在他的《理解媒介》（*Understanding the Media*，1964）一书中提出来的概念。麦克卢汉说："凭借分解切割的、机械的技术，西方世界取得了三千年的爆炸性增长。现在它正在经历内向的爆炸（implosion，又译作"内爆"——引者）。真实和意义的内爆，一个直接而严重的后果是整个社会的内爆，这是资

---

① 肖迪. 阎真:《沧浪之水》不是官场小说[N]. 湘声报, 2005－01－13.

本主义在媒介主导下内爆的最后形态。内爆是传播学概念，所谓内爆，就是消除区别的过程，各领域相互渗透，政治的，文学的，公共领域的，商业的。但内爆与资本的同一化不同，资本的同一化是把一切纳入自己的控制之下，而内爆更像是步入一种虚无的、空渺的交互形式，一种没有权威的境界。在机械时代，我们完成了身体在空间范围内的延伸，以至于能拥抱全球。就我们这个行星而言，时间差异和空间差异已不复存在。我们正在迅速逼近人类延伸的最后一个阶段——从技术上模拟意识的阶段。在这个阶段，创造性的认识过程将会在群体中和在总体上得到延伸，并进入人类社会的一切领域，正像我们的感觉器官和神经系统凭借各种媒介而得以延伸一样。麦克卢汉的内爆概念旨在说明，机械时代与电力时代的交替，导致自然、社会和人三者之间关系出现了根本性的变化。首先，内爆是指与"身体的延伸"相对立的"意识的延伸"，前者是机械时代的特征，后者是电力时代的特征。相对人的心理来说，内爆使地理意义上的距离变近，甚至消失，人具有了拥抱地球的能力，地球变为"地球村"。其次，内爆导致模拟时代的到来，因为电力时代媒介的强大制造和传播功能使得整个社会被媒介的信息所笼罩，这表明真实已经成为过去，对真实的模拟开始统治人们的意识，成为人们认识事物所依赖的基础。显然，麦克卢汉的内爆是对生产力发展后果的一种分析，是对文明进步的一种批判。

阎真的小说，形式上很传统，内容上也很实在，但反映的观念却很现代和很前沿，甚至有些先锋的特色。例如，他笔下的人物面对自己或他人无力改变的憎恨的事情，而做出有违自己良心的事情时，他总是报以同情而不是批判，总是报以理解而不是鄙视。阎真说："我力图写出普通知识分子日常生活中那种宿命性的同化力量，它以合情合理不动声色的强制性，逼迫每一个人就范，使他们失去身份，变成一个个仅仅活着的个体。我理解笔下的每一个人物，他们都有各自的非如此不可的理由。"

首先，内爆的发生意味着人性在自我坍塌，又回到了口语化的村落特征中。正如阎真所说，"他们各自都有着非如此不可的理由"，内爆使二元对立世界消失，一切事情不再是简单的正反两面，并不是凡事都要分出是非对错，人性的自我坍塌意味着包容性的增强。作为对揭露现实十分深刻并对现实提出诸多尖锐批评的有抱负的作家，阎真的小说常常有种真实得让人窒息的感觉，但是又无法抗拒、无力反抗，因为它反映的就是一种"真实"存在，读者只能去理解、去接受。

在一定程度上说，读者被人物形象所刺痛，或者在读完全书之后对人物的处理出现抗拒是必然的。类似《因为女人》《沧浪之水》《活着之上》这样的小说在叙述时，经常以娓娓道来的慢炖让读者不知不觉里完全沉浸其中，而当小说中的精细描写以渗透性的力量进入到读者的心理世界时，读者对小说叙述的一切都深信不疑。甚至认为比生活更生活，在调查中有读者感慨，"如果不是看到这本小说，还不是像傻子一样"，其心情怎一个"庆幸"了得。一方面是感慨不已，另一方面又为现实是如此残酷，和自己先前所认知的有着极大的反差而感到心痛，一旦沉浸其中就很难自拔，并形成一个心理定式。而当作家用另一新的图景取代那个在读者心中形成的定式时，读者必然会产生拒斥。这种现象在文学作品的实际接受中非常普遍，劳伦斯在《道德和长篇小说》这篇论文中指出："读一部真正新颖的长篇小说，总是会多多少少把人刺痛的。总是会有抗拒的。新的图画、新的音乐也一样要断定它们的真实性，可以根据一个事实：它们的确引起了某种抗拒，而最终又使人不得不表示某种默认。"①这不正契合了阎真的小说在目前的接受状况吗？唯一没有确认的是，劳伦斯最后的那句话"最终又使人不得不表示某种默认"，时间流逝，环境变迁，内爆的产生导致意义的消融，劳伦斯的论断必将再次得到印证。

　　其次，阎真的小说所表现出来的内爆，更多的可能是现实与文学创作之间界线的消失，即"真实"和"虚构"之间界线的模糊。博德里亚认为："内爆首先是指真实与虚构之间界限的内爆，是指意义的内爆。一切意义、信息和教唆蛊惑均内爆于其中，就好像被黑洞吞噬了一样。"②雷达先生说："《沧浪之水》深刻地写出了权力和金钱对精神价值的败坏，有一种道破天机的意味。"（见《沧浪之水》封底）与其说"天机"的"道破"，倒不如说是现实和文学创作之间那条无形的界线的消失，阎真用超真实的创作手法呈现的出来的人间百态，让读者分不清何为"真实"、何为"虚构"。众所周知，"虚构写实，相辅相成"是小说的一大特色，阎真的《曾在天涯》《沧浪之水》《因为女人》，构成了当下"知识分子困境三部曲"，再加上新作《活着之上》，或许可以称为"知识分子困境四部曲"，真实再现了当代知识分子在世俗化潮流中的心路历程。

　　阎真的小说有着照相写实主义般的真实，而且贴着地面来写，贴着时代来写，是知识者在当下时代生活的实录。精彩的细节、设身处地的对话以及一件件自然来到的事件作为情节的推进，共同构成了《活着之上》的真实，这种真实是那么平常，就像我们置身的环境，日日见怪不怪的现实。也正因为平常，才

①　劳伦斯. 道德和长篇小说[G]//洛奇. 二十世纪文学评论：上卷. 上海：上海译文出版社，1987.

②　连珩，李曦珍. 后现代大祭师的仿象、超真实、内爆——博德里亚电子媒介文化批评的三个关键词探要[J]. 科学·经济·社会，2007(3).

如此触目惊心，才有真相洞穿后给人的震惊，以及作为高校教师对学生前途与国家未来的深深忧虑。在当下中国小说过度钟情于荒诞夸张和寓意化写作的情形下，阎真一丝不苟的平实的现实主义写作却有着蚀人心骨的力量，因为这正是我们置身其中不得不接受的现实。在这样的现实中，正直、上进的青年的晋升之路越来越狭窄了，即使在以学术立身的高校和以真才实学立身的中学也不例外。

正如前文所说，谈到《因为女人》，阎真表示："我表现的是我所理解的生活的平均数，柳依依作为第一主人公，大概地表现了这样一个平均数。有人说我写得太灰色太残酷了，我的回答是，柳依依的命运不是一个灰色和残酷的极端，她只是我所理解的平均数。"说到《活着之上》，阎真不认为自己的小说是揭"黑幕"，只是对于生活的表达是零距离的："小说里几乎每个细节都是生活中发生过的。素材大体来源于三个方面：亲身经历的，旁观到的，听同行说的。"①而正因为书中的角色因"困境"而产生的每一种选择，都是真实、敏感而可理解的，如同阅者相似的经历，"真实"与"虚构"之间的界线就此土崩瓦解。

第四节 现实语言与书写语言的对立

正如前文所说，由于每个人的理解的"前结构"的差异，即使在同样的毫无争议的事情上，每个人理解问题和处理问题的方式都会存在各种各样的差异，更何况是文学创作，不可避免地会有创作者主观臆断的成分在里面。即使阎真的小说是镜子式的映照现实，但是镜子也都各有玄机，它能美化或者丑化一个人、一件事。所以即使阎真说"小说里几乎每个细节都是生活中发生过的。"也难以避免现实语言和书面语言之间存在的差距，这种差距大部分表现为一种对立，即书面语言美化了现实或者"丑化"了现实。阎真的作品有其特殊的语言特点，他写在小说之中的语言均是来自生活的，但又不能在生活中真真切切地找到一句一模一样的话语。那是因为阎真像所有作家一样明白，生活中平凡的语言如果直接用于小说写作之中，是无法给人留下独有的印象的。穷尽自己毕生的心血与才情，寻找超越公共空间的句子来丰富自己的作品，这是作家的使命。

首先，是书写语言对现实的一种美化，《扬子江评论》的编辑兼青年批评家方岩在看完阎真的《活着之上》后，做出如此评价："作品真实的是它并不把聂

---

① 吴利红.《活着之上》艰巨的精神叙事[N]. 黑龙江日报, 2015－04－30(10).

致远写成高高在上的道德模范，聂只是一个不忘理想也追求好生活的俗人。但为了保持聂致远胸中的理想，作家在一些大的是非面前虽写聂在道德底线上的挣扎，但又让他总在不违背道义的情况下幸运地获得成功。这样处理矛盾的方式让聂的心理变得太过温和，也有意美化了社会现实。"也有朋友看了阎真的《活着之上》之后说："功利主义的力量太强大了，你设置的那些文化英雄的力量，平衡不了现实的力量。这就像一杆秤，货物太沉重，秤砣不够大，这秤平衡不了。"阎真对此回答："他的话说到了我们生存状态的核心问题，生活现实就是如此。在这个意义上，我承认自己的小说还是有一种理想主义的。'生存是绝对命令，良知也是绝对命令，当这两个绝对碰撞在一起，你就必须回答哪个绝对更加绝对。'"①现实的残酷让阎真自己都不得不承认"自己的小说还是有一种理想主义"，这即是书面语言对现实语言的一种美化。

《活着之上》的第44节写到了一个的情节：几个教研室的老师合在一起给硕士研究生的毕业论文开题，吃饭的时候大家议论麓城师大最近出了个名人，是商学院的陆教授。他对自己的学生说："十年后没有赚到五千万，就别来见我。"网上都传遍了。聚餐的老师们议论道："一个教授居然跟学生说这样的话，钱简直就是这个时代的超级霸主了。""世界上到底有多少资源？有点能力的人都以五千万为标准，如狼似虎，老百姓还活不活？怪不得中国历史上有这么多农民起义。如狼似虎，大学是培养这种人的地方？""现在不是到处都在歌颂狼吗？难道狼性成了这个时代的人性？狼的生存法则是丛林法则，人的生存法则也是丛林法则吗？""他还说自己是励志呢，太不人道了。钱他妈的到底是个什么东西，能把一个教授的心熏成这样！""叫我们怎么跟学生讲人文精神？"

在小说中，狼性法则培养的学生已经出现了。聂致远没有想到，当他惊异于所谓"荷花姐姐"火爆于电视节目时，他哪里知道，自己带的研究生张一鹏就是策划、参与这类节目的人物。聂致远从张一鹏那里得知，由于此策划，张一鹏效力的报纸发行量增加了百分之三十。聂致远追问，没有谁比"荷花姐姐"更有素质吗？张一鹏的回答是："真有素质就不好玩了，不好玩就没人气了。""如今的法则是只要有人气就有市场，丑不丑说不清，钱在自己口袋里那是真的。""不疯就没有经济效益了。"又是该死的钱，钱，钱。难怪聂致远的妻子赵平平都认定："事情来了，你跟别人讲孔子孟子老子庄子都没有用，只有票子这个'子'才是真正管用的子。"

《新周刊》2010年第9期一篇署名陈漠的文章《可怕的大学》称："大学的理

---

① 阎真. 从《沧浪之水》到《活着之上》[J]. 南方文坛, 2005(4)：109－111.

念越来越混乱，而其行政管理、评估体系、课程、老师和学生，都出了问题。大学的定位和专业设置同质化严重，从教授到学生的造假舞弊令学术成为笑话。大学的腐败、两性和安全乱象总在社会新闻版出现。中国的大学不再精心培养能独立思考的'人'，而热衷于培养'就业员'。"从这一视域来观察，《活着之上》以腐化与疯狂为题材，它完全有理由做得更商业化一些，比如肉欲的要素不妨大量使用——连茅盾的《子夜》也不能避免之，但阎真不这么做，他连刺激性的故事都很少讲。他走的是真正的文学精英路线，其自信心来自对社会病态的无情揭露，来自对人的心灵世界的掘进，来自匠心独具的文学语言功力。他用几近白描的手法来写社会病态，而不是浓墨重彩的放大事实，如果只是要揭示知识分子在市场化过程中的集体堕落，媒体可以给我们提供的更多更真实。但文学不一样，他用书写语言美化着现实语言，让读者一点点去挖掘人的心灵世界。

其次，关于现实语言被书写语言所"丑化"的部分，更多的意义上，这种"丑化"应该只是书写语言合不合乎情理的问题。作为文学作品，为了增加它的可读性以及为了更好地渲染气氛、烘托主题，小说有时候难免刻意描写得比现实更具戏剧性。

如《活着之上》里边有一个场景，聂致远请来了自己读研时的师兄到自己任教的学校演讲，师兄是聂致远大费周章请过来的，吃饭时蒙天舒却把聂致远撤掉了。这样写可能是为了把蒙天舒的势利嘴脸写到极致，但这样的处理方式未免有失偏颇，蒙天舒既然那么"聪明"，他应该能够想到叫上聂致远吃饭效果更好，那么精明世故的人肯定懂得这个道理，而切掉聂致远反而不太符合人物性格逻辑和生活逻辑了。在接近尾声的时候，聂致远最终意外地通过了教授职称的评审，有人欢天喜地，有人号啕大哭，有人当场晕倒。那混乱的场面凸显出人性的脆弱与复杂，艺术地折射出知识分子面临的困境与对命运的无奈，但"号啕大哭"和"当场晕倒"有些过分追求艺术效果，而有些不太符合人物身份设定。久经"沙场"的老师们，怎么可能大庭广众之上做出如此失态的事情。

与此同时，《活着之上》中，在情节的安排、人物性格的描写等艺术处理上，有些为情造文的倾向。作者把自己的导师冯教授和吴教授这样对照着进行描写：一方面，作者谴责吴教授这样官僚化的、通吃的学者，通过张维和吴教授的对话表达了作者的谴责。张维说："吴教授推荐的论文，对刊物来说就是最高指示。"吴教授说："指示不敢说，也就是个十之八九。"吴教授大有小人得志的猖狂之态，却并不符合这一类善于官场运作的人物的言行。另一方面，聂志远对自己的导师冯教授的评论从根本上否定了严肃的学术追求和自守的可能性："我想着自己的导师冯教授都从来不敢承诺推荐论文，他老待在家搞学问，那个学问怎么搞得起来。时代变了，你不与时俱进，就会边缘化，而边缘化的结果，就是一无所有。"在这里完全否定学术自守的可能性。

现实语言被书写语言所"丑化"，人物言行被艺术化地处理，一般都是为了更好的凸显主题，创作者在运用这一艺术手法时，应当秉承有理有力有节的原则，做出符合人物性格设定和故事发展逻辑的处理。

第五节　绝望的抵抗与"创造性叛逆"

阎真说"小说里几乎每个细节都是生活中发生过的。素材大体来源于三个方面：亲身经历的，旁观到的，听同行说的。"①也难以避免现实语言和书面语言之间所存在的差距，这种差距大部分表现为一种对立，即书面语言美化了现实或者"丑化"了现实。阎真在小说之中的语言均是来自生活的，但又不能在生活中真真切切地找到一句一模一样的话语。穷尽自己毕生的心血与才情寻找超越公共空间的句子来丰富自己的作品，这是作家的使命。而绝望的抵抗与"创造性叛逆"也是阎真小说中重要的特点，它对阎真小说的价值不亚于语言对其小说的作用，甚至更加深刻地体现了阎真小说的思想境界意蕴。

一、绝望的抵抗

所谓"绝望的抵抗"，可以看成是一种"置于死地而后生"或"绝境中的突围"。正如日本学者竹内好对鲁迅先生的阐释，竹内好认为鲁迅在文本中构建起一个对比的二元关系：一方是以觉醒的奴才为历史主体的，从被压迫走向抵抗，在抵抗中构筑自我主体性，最终实现了自身之现代性变革；另一方是以虚幻的主人为主体的，从被压迫走向顺从，在顺中丧失自我主体性，最终成为"什么也不是"的附庸。竹内好进而认为，那个觉醒的奴才与作者鲁迅是重叠在一起的，这"奴才拒绝自己为奴才，同时拒绝解放的幻想，自觉到自己身为奴才的事实却无法改变它，这是从'人生最痛苦的'梦中醒来之后的状态。他拒绝成为自己，同时也拒绝成为自己以外的任何东西。这就是鲁迅所具有的，而且使鲁迅得以成立的'绝望'的意味。绝望，在行进于无路之路的抵抗中显现；抵抗，作为绝望的行动化而显现。把它作为状态来看就是绝望，作为运动来看就是

_____

① 吴利红.《活着之上》艰巨的精神叙事[N]. 黑龙江日报，2015 – 04 – 30(10).

抵抗。"①

阎真的小说里面的主人公，无一避免的都经历过这种"绝望的抵抗"，而作者自己也呈现出一种"绝望的抵抗"的姿态。有人说，在创作小说的过程中，"作者的能力越强，则权力越小；作者的能力越差，则权力越大。"这里的"权力"指的是作者对小说里边人物的"生杀大权"，而阎真明显属于"权力小"的那一类，他近乎苛求地反映着现实，小说的情节发展由小说人物性格而定。他是小说人物的缔造者，却表现出一种对情节发展的不可控的无力感，他理解小说中每一个人做出任何抉择的合理性。比如柳依依的沉沦、池大为的"觉醒"、聂致远对良知的恪守，但是作者的内心里又深藏着一种"无法抑制"的"悲凉"，从艺术的角度看，"悲凉"是具有高品格的一种审美境界，而且，他的"没有什么乐观主义可言"的现实心境，恐怕正是他的作品之所以能够获得成功的重要秘密之一。何况，笔者还认为，在这种"悲凉"感的背后，正好站立着一个不甘沉沦、不肯堕落、不愿放弃的知识分子正常、健康、孤独而坚韧的身影，这种"没有什么乐观主义可言"的社会感受与人生体验，可以说它与鲁迅当年的"绝望"感、"虚无"感是相通的。那么，即使是"困惑""怀疑"乃至"崩溃的感觉"，阎真仍然执意要把它们淋漓尽致地表达出来，这正是一种"绝望的抵抗"。

而在作品之中，阎真创造的小说人物也大多呈现出一种"绝望的抵抗"的姿态。如《沧浪之水》里作者一方面肯定一种坚守，把池永旭作为这种坚守的人格榜样；同时也对这种坚守产生了怀疑。作者并没有停留在理想层面，而是在现实层面做出了大量的分析，说明这种坚守要付出多大的代价，展现了坚持这种操守的小人物处于一种何等"绝望"的境地。小说中的池大为是一个有强烈的千秋情怀、以天下为己任的人，而要有大抱负、干大事业，就必须参与政治、参与现实，不能一味地清高。既然有了这种倾向、这种意识，那么他放弃操守而参与政治就是必然的。不能把参与政治看作一味地放弃，池大为进入官场并且取得官位，成为卫生厅厅长，从他上台后采取的种种利民措施来看，将其"放弃坚守"这一行为视为"绝望的抵抗"也未为不可。

在阎真的最新力作《活着之上》里边，生活中的潜规则、官本位思想如影随形，让主人公聂致远在现实面前无比痛苦和绝望。他不是文化英雄，而是一个平凡的知识分子，他有他的坚守，也有他的犹豫。正如书中所言："在自我的活着之上，有着先行者用自己的人生昭示的价值和意义。否定了这种意义，一个

---

①　赵京华. 活在日本的鲁迅[J]. 读书, 2011(9).

人就成为了弃儿，再也找不到心灵的家园。"①聂致远做梦也没有想到，当年抄自己答卷的同学蒙天舒，竟然与自己在一个学院里，因善于钻营，还很吃得开。"借鉴"他的论文，通过运作成为全国"优博"，登上了麓城学院院长助理的位置……一个高高在上，一个生活失意，尝尽苦难与挣扎。聂致远还要面对弥漫于当下高校的行政干预学术、资本侵蚀权利的体制、规则与风习，种种让他失去坚守勇气的内在心理与外部环境，而他却以抱诚守真的心态和事事较真的作为，坚守着知识分子的道德底线。在坚守中，聂致远也不是没有犹豫过，可是这个清高而可怜的知识分子最终以一种近乎绝望的姿态扼守住了心中的那片净土。聂致远不肯为了评职称而去钻营各种关系，只是做好自己的学问，虽很忐忑，他依然拿出优秀的学术成果去对抗自己的竞争对手们。最后，聂致远还是实现了自己的"利禄"，即便不是很丰厚，还是让人们看到了坚守良知底线的回报。在这里，聂致远在绝望中进行抵抗的方式就是恪守自己的良知底线。

二、"创造性叛逆"

"创造性叛逆"是译介学中的一个核心概念，它是原语文本在译入语境流传中发生的与作者本意相背离的理解、翻译与阐释。所谓"创造性叛逆"，即"对流行观点的主流文化进行过滤和筛选，形成自己的一套独有的话语体系，并试图用这套话语体系对抗强大的外在压力，以此'封闭自己'，实现与环境的适应、社会的融合和文化的对接。"②"创造性叛逆"一语只是英文术语 creative treason 的翻译，它是个中性词，是对一种客观现象的描述。在原文中，这里的"创造性"一词并无明确的褒义，"叛逆"一词也无明确的贬义。有关"创造性叛逆"这一术语在中文语境中引发的或褒或贬的种种联想，其实是中文语境增添给它的，这也恰好证明了翻译中"创造性叛逆"的存在。阎真的小说，始终有一套自己独有的话语体系，并且这套体系显得牢不可破，阎真自己则"封闭"在这套体系之中。

小说《因为女人》，作者将波伏娃女权主义的论点作为自己批判的靶子，认为女性的命运首先是由其生理事实决定的，"性别就是文化"。这一观点遭到了女权主义者的强烈反对。但作者坚定地认为："我觉得自己是在表明一个事实，而波伏娃'文化决定论'的观点是有明显缺陷的。女权主义者如果她同时又是一个理性主义者，我想她会冷静地思考这个问题。如果她持一种绝对的女权立

---

① 阎真. 活着之上[M]. 长沙：湖南文艺出版社，2015.
② 李夫生. 理解与误解[M]. 长沙：湖南大学出版社，2003：169.

场，那我也无话可说。一个人如果不承认最基本的事实，你只能无话可说。我的本意在于，女性要认识到，上帝对她有着更多的制约，因此她应该'认识你自己'，生活得更加理性、智慧和机智。"①

《活着之上》所打造的文化英雄的力量也曾遭受质疑，阎真在一次采访中说："我把新的长篇《活着之上》投给了《收获》杂志。编辑给我打电话，讨论小说的修改，他说，小说中以曹雪芹为代表的那些文化人物表达的精神力量，还是很难平衡现实生活功利欲求的牵引，这就像一杆秤，所称的物体太沉重，秤砣打不住。"②对此，阎真坚定了自己的想法，使他坚持下来的因素有两点，第一，古代那些文化英雄是真实存在的，而并非虚构，他们以自己的血泪人生证明了，现世的自我并不是最高的终极的价值。第二，作者身边有些同事也的确生活得相当从容而淡定，甚至优雅，而不是在现实功利面前放弃所有原则和信念。阎真不无感慨的说过："十多年前，我写了《沧浪之水》，表现的是功利主义对人的强大牵引和负面改造。市场决定了功利主义的合法性，一个人站在其对立面，不但是无法生存的，也是没有充分理由的。但是不是基于生存理由的功利主义就是意义和价值的全部呢？《活着之上》想表现的就是一个知识分子在现实面前的艰难坚守。功利主义的合理性并不是绝对开放而没有底线的。法律分开了生活的黑白地带，黑白之间广阔的灰色地带，则应该是由良知来统摄的。"③《沧浪之水》是阎真的成名作品，也是阎真毕生引以为豪的作品，其中所表达的思想，是阎真几十年生活经历和所见所感的沉淀。阎真在其中表达的对知识分子在现实面前的无奈与坚守，不仅代表了他自身对功利主义的态度，更代表了一种时代的声音，无论外界如何纷扰，保持内心的纯粹才最重要。

习近平在文艺工作者座谈会上指出，推动文艺繁荣发展，最根本的是要创作生产出无愧于我们这个伟大民族、伟大时代的优秀作品。作家们要静下心来，努力创作出传播当代中国价值观念、体现中华文化精神的精品力作。阎真的《活着之上》等作品在一定程度上，恰好传达了我们这个社会所需要的正能量，一份执着的对良知的坚守，高扬时代的主旋律，传达了知识分子的那一份坚持和态度，受到了读者的普遍欢迎。

---

① 余中华，阎真."我表现的是我所理解的生活的平均数"——阎真访谈录[J]. 小学评论，2008(4)：47–51.

② 阎真. 总要有一种平衡的力量[N]. 文艺报，2015–03–13(02).

③ 阎真. 总要有一种平衡的力量[N]. 文艺报，2015–03–13(02).

第十一章　哲学意蕴的形而上品质

　　朱光潜说，"逻辑愈精通，诗也会做得越好"。这位学问大家在谈到国人对诗性的忽略或文学中诗性的缺失时指出：在欧洲，从古希腊一直到文艺复兴，一般研究文学理论的著作都叫作诗学。中国向来只有诗话而无诗学，如欧阳修的《六一诗话》、许顗《彦周诗话》、袁枚的《随园诗话》和宋、元时印行的《大唐三藏取经诗话》等，实在不少。这些诗话在朱先生看来，"大半是偶感随笔，信手拈来，片言中肯，简练亲切，是其所长"。它的短处是零乱琐碎，不成系统，有时偏重主观，有时过信传统，缺乏科学的精神和方法，与真正的"诗性"并无多大关联。即便是刘勰的《文心雕龙》，条理虽然缜密，但所谈的不限于诗，与西方意义上的诗学也没有什么关系。

　　诗学在中国不甚发达的原因大概不外两种。首先，诗人与读者常存一种认知偏差，这造成了诗的精微奥妙可意会而不可言传，如经科学分析，则如七宝楼台，拆碎不成片段。其次，中国人的心理偏向重综合而不喜分析，长于直觉而短于逻辑的思考。谨严的分析与逻辑的归纳恰是治诗学者所需要的方法。

　　朱先生痛心地指出：诗学的忽略总是一种不幸。从史实看，艺术创造与理论常互为因果。例如亚里士多德的《诗学》是归纳希腊文学作品所得的结论，后来许多诗人都受了它的影响，这影响固然不全是好的，也不全是坏的。次说欣赏，我们对于艺术作品的爱憎不应该是盲目的，只是觉得好或觉得不好还不够，必须进一步追究它何以好或何以不好。诗学的任务就在替关于诗的事实寻出理由。①

　　王国维认为：古今大学问家、大艺术家必须首先是大哲学家。这一点，我们常常可以在欧洲文学史的研究中得到印证。荷马不是大哲学家吗？如果不是

---

① 朱光潜. 朱光潜：诗论[M]. 南京：江苏文艺出版社，2008.

的话，他怎么可能将人与神的关系描写得如此精彩？索福克勒斯不是大哲学家吗？如果不是的话，他又怎么能够将人与命运的关系挖掘得这般深刻？类似这样的结论，我们还可以在对于《神曲》的作者但丁、《浮士德》的作者歌德、《恶心》的作者萨特、《局外人》的作者加缪等人的研究中找到。而在瓦尔特·科夫曼的《从莎士比亚到存在主义》一书中，作者更是将存在主义的哲学概念一直追溯到《哈姆雷特》的台词，将"生存还是毁灭"的议论转换成"存在还是不存在"的命题①，可见西方学者对诗学和哲学的重视。而中国当代著名学者刘小枫在《诗化哲学》一书中将德国浪漫美学视为一种诗化哲学，认为它的终极问题不是宇宙的本体，而是人生的诗化。这种诗化主要是从五个维度上实现的：诗是浪漫的玄思；诗是全一的追寻；诗是现实的梦境；诗是升腾的力量；诗是恬然的栖所。② 基于此，如果说诗人是"美"的化身的话，那么，哲学家便是"真"的代言人。

　　诗和哲学，从某种意义上讲，都是要表现事物的本质，表现人对宇宙整体的丰富"体认"。但诗学的涉猎面没有哲学那么深邃，也没有哲学囊括世间万物的广度。但诗学如果朝着深层（内在的、灵魂的向度）拓展，同样可以在纵线上有超越世界的认识。有人认为，诗可以包含、体现一种哲学情怀。或者说，某种程度上，诗应该追求蕴有哲学的光芒，诗学则应该在哲学的基础上建立和发展。诗歌创作（进而推之至小说等一切艺术创作），如果能由表层的情感抒发深挖至深刻的哲理思考的层次，是可贵的，这样哲理与情感融成一片的诗也必是好诗。

　　值得警惕的是，诗可以作哲学式的思考与探索，可以阐扬哲学的启发，但万万不能成为哲学的说教工具。可以这样说，哲学可以为诗学服务，但诗学却不应该以"为哲学服务"为目标而发展。

　　同理，哲学与文学中的小说也是如此，它们是相通的。或是注重哲学的阐述，把文学当作外在形式；或是以文学为主，思考了哲学问题。但是，我们可以把它们都叫作哲学小说。其实，文学作品的深度与广度应该与作家的精神追求有关，大多的经典文学文本都含有哲学的因子，倘若单纯追求文学的审美性和生动性，而忽视文学的哲学底色，文学必然变得苍白，在历史风雨的冲刷下终会无影无踪。

　　阎真的小说，从《曾在天涯》《沧浪之水》到《活着之上》，只是从标题分析，

---

① 陈炎. 诗学与哲学的对话——读《中国诗哲论》[J]. 经济与社会发展，1994（2）.

② 刘小枫. 诗化哲学[M]. 济南：山东文艺出版社，1986.

就不难看出它们都有一个象征意义，一个对哲学的思考。《曾在天涯》的"天涯"既表示一个空间性质，又表示一个时间距离。它所叩问的就是人在浩渺时空下的生存意义，是一个终极意义的追寻；再看《沧浪之水》，这个题目本身是取自屈原《渔父》中的一句话"沧浪之水清兮，可以濯吾缨；沧浪之水浊兮，可以濯吾足"，它表达的是对屈原精神的思考，依然是一种精神性质的探讨；再看《活着之上》，"活着"，按照一般的说法，就是物质生活的追求，是一种保证生存的物质基础。那么"之上"呢，就是一种"精神"追求，一种"价值信仰"。把他的小说看成一个整体，那就是对生存意义的思考，对价值信仰的叩问。人到底该怎么活？人是不是仅仅只为活着而活着？为了那张绿卡，为了那个官，为了名利，其他的所有是否都可以不在乎？阎真小说中的所有主人公，都是活在生活的挣扎之下，内心的矛盾如洪水般，总是一波未平，一波又起。尤其是在《沧浪之水》和《活着之上》里面，那一个个文化名人：屈原、司马迁、嵇康、苏东坡、曹雪芹……每一个都可以成为精神文化的象征，上升为一种信仰。再就是阎真利用《活着之上》中出现的《石头记》和《红楼梦》告诉大家，活着之上是真真切切存在的，也就是说，人不能只为了活着而活着，活着不能仅仅只是活着。这些就是阎真的终极情怀。不过，在现实生活中，活着与活着之上的博弈从未停歇，对于我们大多数人来说，活着之上被活着吞噬和撕碎了。

由此，我们不难看出阎真小说的哲学意味。阎真是在用灵魂写小说，更是在进行人的终极存在和如何存在的哲学思考。当然，除了这些终极性意义的哲学思考，阎真小说中还有一个很重要的东西，那就是忏悔意识。可以说，阎真小说中的每个主人公，不管是高力伟、池大为，还是聂致远，都在承受着心灵的撕裂和痛苦，时时在内心的矛盾中挣扎和徘徊。主人公的这种痛苦，尤其是池大为那种被社会吞噬之后所承受的内心撕裂，实际上就是良心的不安、精神的折磨。这种痛苦和撕裂，正好预示着作家内心的挣扎——作家既承认现实中发生这种改变是存在的，而且是极大的存在；但是，同时也认为这种存在却不是所谓的"存在就是合理"，它是不合理的。所以，小说中的主人公在经历思想和行为的改变之后，作家并没有让他们由此走上人生巅峰，顺风顺水，而是让他们一直处在精神的痛苦之中，遭受着自己良心的折磨。主人公们对自己良心的叩问，对自己做法的不认同，其实就是渗透了作家的忏悔意识。

总之，阎真的小说是带有哲理性的小说，它不仅探索宇宙时空下人的生存意义，还追寻人在现实生活困境之下的价值信仰问题。并且，始终站在知识分子的立场，通过隐秘的内心活动，挖掘人与世界之间最本质的关系，探索着存在者的生命旅程。可以说，正是作品中哲学底蕴的支撑，使得小说在热闹的题材背景和喧嚣的时代里泛出冷峻的思辨色彩，成为值得一读的经典之作。

第一节 哲学小说的两种类型

首先要说明的是，这里所说的哲学小说不是通常定义范畴内的概念设定。

哲学化的小说在世界文学史上并不罕见，从卢梭的《爱弥儿》《新爱罗伊丝》，到加缪的《局外人》、萨特的《恶心》，再到卡夫卡充满哲学意味的《变形记》《城堡》，但在我们的直观概念当中，哲学小说还是一种西方文学的范畴，像伏尔泰的《老实人》和狄德罗的《拉摩的侄儿》都是西方文学作品。

事实上，中国古典文学就有"文史哲不分家"的传统，历史和哲学以各种形式穿插在文学当中，这是中国以像表意思维方式的具体体现。中国文学史把《史记》和《汉书》等历史著作也涵盖在内，并非是文学贪多求大，而是这些历史著作中的细节多有虚构，情节曲折，人物传奇，和小说的特征极为相近，显示出中国早期小说的最初特征。哲学同样如此，《老子》和《庄子》在中国文学史中占有显赫的位置，《老子》以"玄"作为作品的关键词，似乎故意远离艺术，但他的朦胧、模糊和含蓄足以使其成为经典的文学文本，尽管他提出"信言不美，美言不信"。《庄子》以极富浪漫的审美人生观把人引领向无边的逍遥世界，在那个世界里，羽化升仙，静听天籁之音。

明显可以看出，文学的最初概念非常模糊，不以虚构、想象作为基本特征，"文"在这里的指向很宽泛，甚至涵盖了人文、文化等在今天看来更大的意义范畴，只是到了近代，学科门类逐渐细化，文学开始让出部分领地。从一定意义上说，文学与哲学分属于不同的门类，甚至经常处于人文学科的两极。文学以塑造形象作为阐释世界的基本方式，通过虚构和想象获得生动性、可读性与感染力，生动是文学的生命。如果文学是性情中人的话，哲学则总是以冷峻的面孔出现在世人面前，它消除了一切附着在本体上的细枝末节，被称为一切学科的总结和综合，仿佛能统领一切学科。因为这种漂泊不定的形而上特征，它的影子和渗透力甚至似乎无所不在地辐射到所有的领域。

但大体来说，哲学小说分为两种类型。首先是直白的哲学小说，作者要表达的哲学思想以充满教化和理论气息的基调表达出来，小说只是一个用来外化哲学思想的躯壳，这时"哲学与文学间的紧密关系常常是不可信的，强调其关系紧密的论点往往被夸大了，因为这些论点是建立在对文学思想、宗旨以及纲领的研究上的，而这些必然是从现存的美学公式借来的思想、宗旨和纲领只能和艺术家的实践维持一种遥远的关系。当然，对哲学与文学间关系紧密的怀疑并非要否定它们之间存在的许多联系，甚至某种程度的相似。这些联系与相似由于一个时代的共同社会背景给予它们的共同影响而获得了加强"。① 如果仅仅靠哲学的渗透去提升文学的品质，那肯定是不可靠的。这种类型的哲学小说的价值只有放置在哲学意义上去衡量，才有品评的空间。在这种类别的小说中，小说的艺术性通常处于次要地位，人物塑造、叙述节奏、细节描绘等元素被抛掷，这通常成为此种小说被诟病的理由，所以，它在文学史上的地位不高，缺乏文学意义上的经典意味。在特殊的历史时期，如果这种哲学思想适应了历史发展的需要，还会充当革命思想宣传工具的作用。这种类型的小说还经常被划入哲学文本的范围之中，萨特的《存在与虚无》和海德格尔的《存在与时间》都是存在主义的哲学名著，萨特作为存在主义的先驱，同时又是现代主义作家的代表性人物。巴尔扎克的小说通过夸张达到真实，和其他以写小说作为副业和手段的思想家不同，巴尔扎克是名副其实的小说家，《驴皮记》就是一部纯粹的哲学小说。

另一种类型的哲学小说是真正文学意义上的哲学小说，它的哲学思想通常在生动的小说叙述当中自然而然地表现出来，用艺术的表现方法映射哲学的意蕴，却并不因为哲学而伟大。"哲理性的小说和诗歌(例如歌德的《浮士德》或者陀思妥耶夫斯基的《卡拉马佐夫兄弟》)，难道因为它们输入了哲学的内容就可以算是卓越的艺术品吗？难道我们不要做出结论说这样的'哲学真理'正如心理学或社会学的真理一样没有任何艺术价值吗？哲学或者说思想意识的内容，在恰当的上下文里似乎可以提高作品的艺术价值，因为它进一步证实了几种重要的艺术价值：即作品的复杂性与连贯性。"②例如钱锺书的《围城》和曹雪芹的《红楼梦》。《围城》所显现的哲学意蕴单纯而深刻，在《围城》中作者甚至直接用人生就如同笼子里的鸟，笼子里面的鸟想飞走，笼子外的鸟想飞进去，点出作品意欲表达的哲学意蕴，"人生如同围城，城外的人想进去，城里的人想出去"，这是一个隐喻。作为小说家的钱锺书没有直接把所要表达的哲学观流泻于纸面之上，相反，他选择了一个意象——"围城"。哲学思想体现得更为隐晦且庞杂的是《红楼梦》，它在艺术上要更加成熟。在书中甚至看不到一个公认的指引坐标，明确无误地告诉我们它的核心思想所在，至于那句"落了片白茫茫大地真干净"，还有"好了歌"，都很难成为解读《红楼梦》的钥匙。面对《红楼梦》，我们看到的是无数的入口，呈多样的蜂窝状，每个读者从不同的入口进

---

① 韦勒克，沃伦. 文学理论[M]. 北京：生活·读书·新知三联书店，1984：167.
② 韦勒克，沃伦. 文学理论[M]. 北京：生活·读书·新知三联书店，1984：169.

人，就会有不同的解读。"哲理诗无论怎样完整也只能算诗的一种。除非人们坚持这样一种理论，即诗是启示性的，在本质上是神秘的，否则，哲理诗在文学中的地位就不见得是举足轻重的。诗不是哲学的替代品；它有它自己的评判标准与宗旨。哲理诗像其他诗一样，不是由它的材料的价值来评判，而是由它的完整程度与艺术水平的高低来评判的。"①因而，哲学性的文学作品也必须用艺术的尺度去衡量其成就的高低。

所以只能说，大多的经典文学文本都含有哲学的因子，没有融入哲学思考的小说自然很难引发读者的哲学思考。所以，从更广泛的意义上讲，任何经得起时间考验的小说作品都是某种程度的哲学作品，也正因此它才能历久弥新地引起所有时间和不同他者的共鸣。从这一点出发，我们认为阎真的小说已经具备经典气质。不论是《曾在天涯》，还是《沧浪之水》《活着之上》，其时间宇宙观、人生终极意义、存在价值等哲学性的思考，都蕴含在故事情节中。并且通过细节描写，剖析人物内心，不断地叩问这些问题。倘若单纯追求文学的审美性和生动性，而忽视文学的哲学底色，文学必然变得苍白，在历史风雨的冲刷下终会无影无踪，更谈不上对历史的穿透力。诗虽不是讨论哲学和宗教的工具，但是它的后面如果没有哲学和宗教，就不易达到深广的境界，"诗好比一株花，哲学和宗教好比土壤，土壤不肥沃，根就不能深，花就不能茂"。② 有时文学就是在某种哲学思想的影响下产生的，这样的例子数不胜数，"如果没有柏拉图，怎么理费纳娜隆和雪莱？如果没有圣·托马斯，怎么理解但丁？如果没有笛卡尔怎么理解高乃依？没有莱布尼茨怎么理解蒲伯？没有洛克怎么理解狄德罗和斯特恩？没有斯宾诺莎怎么理解歌德？没有康德怎么理解希勒？没有谢林怎么理解柯尔律治？没有黑格尔怎么理解泰纳？没有凯林凯郭尔怎么理解卡夫卡？没有马克思怎么理解布莱希特？从毕达哥拉斯到斯多各派，所有希腊哲学家，大部分的现代哲学家，都在文学上造就了大批的后继者。"③

中国的山水田园诗是诗人对世界的一种诗意感受，直观来说，应该排除了哲学、思想对艺术的渗透。一般都认为，只要有思想和哲学的污染，文学就会变得涩滞，但实际上，中国的山水田园诗正是庄子哲学和禅宗在特定的时代中酝酿汇融的结果。"山气日夕佳，飞鸟相与还，此中有真意，欲辨已忘言。"这首诗表面上平淡如水，甚至在刻意逃避晦涩的思想，但却做到了物我两忘，所

① 韦勒克，沃伦. 文学理论[M]. 北京：生活·读书·新知三联书店，1984：170.
② 朱光潜. 诗论[M]. 北京：生活·读书·新知三联书店，1984：76.
③ 布吕奈尔，等. 什么是比较文学[M]. 北京：北京大学出版社，1989，120-121.

谓"羚羊挂角，无迹可求"。再看王维的"行到水穷处，坐看云起时。偶然值林叟，谈笑无还期。"表面上是一种生活中的闲适，实际上，它又是一种过滤了浮躁后的淡然，更是一种缥缈幽深的禅境。这样并不是说，陶渊明、王维这种山水田园诗人的作品中有什么高深的哲学思想，而是说，他们的诗作能把哲学的形而上思考熔铸在可感的形象之中，化为无形。这就好比，哲学思想是营养成分，诗作是人或者花木，如果营养在里边，却不能化为身体的有机组成部分，反而成了负担或肿瘤。

这两种类型的小说各有不同的偏向，一种侧重哲学，以文学为壳，以生动形象的方式将哲学思想展现出来；另一种侧重文学，以哲学作为小说的底色。学在形而下中迂回穿行，哲学则在形而上的层面上直接切入本原，力求无限贴近事物的本质。但它们精神上又是相通的，哲学存在的终极目的不是把问题弄得玄之又玄，而是以哲学的方式对人的精神世界予以温情的关怀。如果说哲学是远方的灯塔，文学则是人类心灵慰藉的炉火。

无疑，阎真小说属于第二种类型：《曾在天涯》是以高力伟在异国他乡的生存困境为背景，以他的内心世界为突破口，自然而然地引发他对时空宇宙的感悟，对人生终极意义的叩问；《沧浪之水》则是以池大为在卫生厅所遇到的种种有悖规则的认知，展开了内心激烈的矛盾冲突，从而思索起原则、精神、道德等形而上的东西。到了《活着之上》，那是直接对《沧浪之水》的质疑和思考，讲述了聂致远在学校遇到的种种不公平，生活也陷入了困境。在这个过程中，作者开始让聂致远思考"人活着"的这个"生存主题"。"活着"这个形而上的命题早在哈姆雷特就思考过——"生存还是毁灭，这是一个问题"。由此整个作品就由纯粹的文学上升到了哲学高度。"活着"，不仅仅是为了物质的生存，还要有精神的存在。在追求物质的过程中，是否应该首先有一个精神力量的东西在支撑着，这就又涉及一个价值信仰的问题。阎真的小说，是把人放在特定的环境之下，由环境激起人物的内心冲突，再引起人生终极意义的思考，从而达到了一个哲学高度。

第二节　阎真小说的双重哲学意蕴

挖掘作品的哲学意蕴总是一件吃力不讨好的事情，哲学意蕴如禅如道亦如诗，似乎只可意会、不可言传。表述本身就很难找到一个对应的准确词语。"哲学家不是小说家，哲学家们通常写作很糟糕的小说。可能让人觉得自相矛盾的是，小说家的思想不是产生于他的头脑，而是来自他的感觉，这犹如石油埋藏在地下很深的地方，需要借助钻井才能找到它，换句话说，感觉的每一次发现都导致主题的发现，但小说家常常不能自觉地意识到这一点。"①莫拉维亚举例说，"巴尔扎克作品的主题是什么，因为我们完全能够进行必要的批评的、历史的透视，但巴尔扎克本人是否准确地知道这些，便不由令人怀疑了。现今并非所有的人都能从事件、人物和情势的深处开挖出主题，除去思辨月日与分析的特殊才能，这种开挖同时还要求对以前忽视客观现实的价值和状况有着精神的、道德的体验。因此，作家的思想乃是处于叙述表层之下的各种主题的总和，它们犹如长期埋藏于地下的雕塑的碎片，被挖掘出来，获得整合。"②我们正是抱着这样的态度和想法去挖掘和阐释小说中本来就存在的哲学意蕴的。

　　阎真曾说对其影响最大的文学作品是《红楼梦》，并把它看作是古今中外最高的艺术标尺。他不仅对曹雪芹的人格推崇备至，更是经常把《红楼梦》放在床头，只要条件允许，每天都会打开看上几页，仔细品味，至少看过几十遍。由此可以推见阎真对《红楼梦》的推崇程度和《红楼梦》对阎真的影响。然而对于这个中国文学史上无法逾越的高峰，阎真表现出的不仅仅是顶礼膜拜，也不是学理层面上的精细解读，而是从作家创作机理的层面上进行理解，从这个意义上说，两者在有意无意间有了些许的相似性。由《红楼梦》的思考，阎真有了《曾在天涯》中对时间宇宙的叩问，《沧浪之水》中对生命良知的拷问，更有了《活着之上》中对价值信仰的追寻。可以说在《活着之上》中我们看到了阎真对《红楼梦》的虔诚推崇，阎真就是曹雪芹的崇拜者，将《红楼梦》立为知识分子在文学领域的精神标尺，而将曹雪芹奉为知识分子的代表楷模。

　　《红楼梦》缘何会被阎真精神符号化？这不仅仅因为它是中国古典四大名著之首，如果仅仅将它看成一部小说还不够。其实，《红楼梦》代表了更多，曹雪芹也代表了更多。阎真在尝试跟着曹雪芹行走，创造他的《红楼梦》。王国维认为《红楼梦》首先是一部悲剧，其他所有的理解都要建立在这个基础之上。阎真推崇《红楼梦》，在创作中自然会受到其影响，有一个显而易见的事实是，阎真小说书写的同样是悲剧。我们更愿意将《曾在天涯》《沧浪之水》《因为女人》和《活着之上》看为人的精神悲剧写作，这是哲思内核上的。但是，阎真的众多写作在整体的思维轮廓上没有用悲剧观念笼罩整部作品，而是选择了寻求

---

① 莫拉维亚. 关于长篇小说的笔记[G]//吕同六, 译. 20 世纪世界小说理论经典: 下卷. 北京: 华夏出版社, 1995: 34.

② 莫拉维亚. 关于长篇小说的笔记[G]//吕同六, 译. 20 世纪世界小说理论经典: 下卷. 北京: 华夏出版社, 1995: 35.

精神救赎，为人物留下精神回归的出口。阵痛之后，知识分子的良知最终还是找到了回家的路，这也是阎真的终极诉求。本节仍以《曾在天涯》《沧浪之水》和《活着之上》为例，展现阎真在创作上的哲学高度。

首先是以对时间宇宙形而上的思考，追寻人存在的生命意义。《曾在天涯》中，阎真利用笔下人物高力伟在坟场上、苍天下的遐想："面对这大片墓碑，生命的有限性不再是一个遥远的概念，它像墓碑表面有真实的质感……在这一片墓碑前，生命的短暂渺小无可掩饰地显示着本来面目"，"我抬头望天，又低头看地，想着这纷繁的世界，天地之间我这样一个人，忽然有一天来到了人间，忽然有一天会要离去，在这混沌的宇宙之中都算不得一件什么事情，不过是千万个世纪中存在过的亿万个人中间的一个罢了"，道出了天地的辽阔，时间的无限，生命的渺小。这种短暂与永恒，有限与无限的鲜明对比，又迫使着作者进一步追问人生的意义。"就在这一瞬间，我觉得自己洞悉了一切世事的秘密，参透了生死，生与死，痛苦和欢乐，伟大和渺小，成功与失败，希望与失望，爱与恨……扭结着，渗透着，汇聚掺揉，相互激荡，直至最后的界限渐渐消失。我忽然有了一种滑稽感，为什么名和利会像木偶后面的提线人，用苍白的双手操纵了人世间的一切。太可笑了，真的太可笑了。""人生最宝贵的东西是生命，这生命像无尽时间之流中的电光一闪，无法也没有必要去追寻最后的意义，那电光一闪的瞬间就是终极的意义。人不是为了承受苦难而来到这个世界的，苦难没有绝对的价值，苦难使苦难的意义化为乌有。在时间之流中每一个生命都那么微不足道，却又是生命者意义的全部。"生命的意义不在于名与利的追求，所有的钱、权和势都是虚幻，形而上的生命价值意义无法确认，反倒催生出一种悲凉的虚无感。好在阎真并没有让高力伟彻底陷入悲观绝望中，而是借回乡表达了一种隐含的希望，一种积极的抗争："我想在漫无边际的岁月虚空中奋力刻下一道轻浅的印痕，告诉在未来的什么年代什么地方生活着的什么人，在很多年以前，在天涯海角，那些平平淡淡的事，庸庸碌碌的人，也曾在时间里存在。"即使挣扎没有意义，也要给渺小的生命一个证明。

再就是，借逝去伟人的精神象征，进一步探讨形而上的价值信仰。《曾在天涯》中，阎真曾提到"我不能再依据古往今来的那些伟人的事迹去设想自己的人生，不能再去设想所有的牺牲和痛苦将在岁月的深处得到奇怪的不可理解的回报，痛苦不过只是痛苦者自身的痛苦体验罢了"。已经些许涉及生命的意义是否应该追寻伟人的足迹。但是，那时的阎真，对于这个问题，并没有得出令自己满意的答案。于是，又有了《沧浪之水》和《活着之上》。在《沧浪之水》的开头，就出现了《中国历代文化名人素描》，一幅幅肖像画闪耀着历史文人的精气神，代表着一种精神的信仰。进入卫生厅之前的池大为，遵循着父亲的遗志，有着基本的良知和道德。但是，被推入以权力为中心的大染缸之后，生存的困境动摇了他对父亲精神的信仰，"你是大智若愚，在没有天然尺度的世界上，信念就是最后的尺度，你无怨无悔。而我，你的儿子，却在大势所趋别无选择的口实之中，随波逐流地走上了另一条道路，那里有鲜花，有掌声，有虚拟的尊严和真实的利益。于是，我失去了信念，放弃了坚守，成为了一个被迫的虚无主义者"，他被迫丧失了道德和良知，深陷于权利斗争中。"沧浪之水清兮，可以濯吾缨；沧浪之水浊兮，可以濯吾足。"阎真借用屈原《渔父》中的这一段话，提出了人于名利困扰的世界中，是否应该"与世推移""随势而变"，《沧浪之水》的答案是人于现实的生存困境中，最终会放弃坚守和信念，迷失在权与利的漩涡中。也就是说现实的物质生存，战胜了形而上的精神信念。倘若仅仅是如此，阎真小说也谈不上哲学高度了。《沧浪之水》仅仅是表达了人在现实生活中可能存在的一种选择；还有另外一种选择，那就是《活着之上》。阎真继续追寻古代文人的脚步，尤其是曹雪芹存在的痕迹。在这一趟追思之旅中，阎真思考着：人除了活着，是否还有其他的个体价值追求？"生存是绝对命令，良知也是绝对命令。当这两个绝对碰撞在一起，你就必须回答，哪个绝对更加绝对。"在这里，阎真利用同样的生存困境，主人公聂志远却给出了不一样的答案，即使坚守良知底线非常困难，但是也绝不能抛弃。"我只是不愿在活着的名义之下，把他们指为虚幻，而是在他们的感召之下，坚守那条做人的底线。"

禅宗把人生分为三种境界，第一是见山是山，见水是水；第二是见山不是山，见水不是水：第三是见山还是山，见水还是水。池大为和聂致远，在初进官场或是高校时，属于"见山是山，见水是水"的第一层人生境界，是非长短界限分明，爱恨憎恶溢于言表。而在上攀爬的过程中则是"见山不是山，见水不是水"的第二层人生境界，化有形于无形，从如履薄冰到游刃有余，从规则的认知到潜规则的领悟。只不过池大为停留在了这里，被潜规则吞噬，被环境淹没。聂致远则超越了第二层境界，登上了第三层境界——"见山还是山，见水还是水"，重新回到是非长短和爱恨分明，达到了一种通透的超脱。阎真小说中的主人公思想境界发生的变化，在某种程度上，代表的是两部作品思想深度的一个变化。通俗地说，从池大为到聂致远，从《沧浪之水》到《活着之上》，这是作家思想体悟的一个过程。《活着之上》之前，他的思想是矛盾的。在重重困境的压迫下，在种种权势的诱惑下，人能否坚守住自己的人格底线。倘若坚守人格价值信念，人又会面临一种什么样的生存状况？现实的生存环境无法在短时间内改变，那么要么是人去适应社会，要么是被社会吞噬。谁都不愿意被社会吞噬，所以被迫要去适应社会。可是，作家的理性告诉自己，人的内心总是应该坚守点什么，有点精神，人才能称其为人。《活着之上》就是作家在经过谨慎思考之后，得出的一个答案。人在"活着"之上，还必须要有点精神，要有价值信仰。由此也预示着阎真的精神境界又上升了一层，达到了相应的哲学高度。

在《红楼梦》中真正解脱的只有三个人：惜春、紫鹃和宝玉，但三者之间亦有不同，王国维在《〈红楼梦〉评论》第二章中说，"一存于观他人之苦痛，一存于觉自己之苦痛"，"此《红楼梦》之主人公所以非惜春、紫鹃而为贾宝玉者也"。这个观点同样适用于《沧浪之水》和《活着之上》；与阎真的创作而言，《沧》中的所有知识分子，只有池大为是一个亲历者而非旁观者，一如《活》中的聂致远。惜春和紫鹃是观他人之痛苦，她们是旁观者，紫鹃看到了宝玉和黛玉之间爱而不能却要承受生离死别的痛苦；惜春看到了大观园的盛衰枯荣、大家庭悲欢离合的痛苦。宝玉则不然，他是金玉良缘和木石前盟的当事人，而且作为大观园中被瞩目的核心人物亲身经历了大观园从鼎盛走向败落，亲自经历感受到了痛苦。只有亲身经历了，才有可能从一个境界进入到另一个境界，换言之，只有经过了痛苦的煎熬和生活的磨砺，见惯了世事的沧桑，才会对世界、对人生有一个准确的看法，而不是片面的、单纯的理解。这是一个具有普适性的人生哲理。

所以，我们认为阎真小说的质感比所有读者能想象的要丰厚得多，阎真的精神也比所有读者已领悟到的要纯粹得多。"它不是一部官场小说——那种浅薄、无聊、类型化的小说，而是一部哲理性小说；一部反映社会转型时期知识分子的价值、尊严，追问知识分子的操守、立场，思考知识分子的生存、意义和表达知识分子的时代困惑、历史命运等时代问题的思想小说。"①可以说，阎真的小说既有强烈的现实意义：描述了当时的"出国热"所引起的，对传统文化精神的冲击，丧失了安身立命之本；揭露了市场经济下，官场和学校的"潜规则"，为了名和利，丧失了基本的道德操守。同时，又蕴含着深厚的哲学意味：传统文化精神的丢失，引起了人类终极意义的叩问；道德操守的丧失，造成了价值信仰的追寻。也就是"活着之上"的存在和意义。

再者，阎真设置的每个主人公，他们的内心都是矛盾的，做出的每一种选择，都是经过了无数次的思想斗争。即使是如池大为，最终被迫地同流合污了，但是，他的内心始终在承受着痛苦和不安，想着如何才能获取心灵的平衡。

---

① 周克平.《沧浪之水》找寻支点[J]. 阅读与写作，2004(10).

阎真就是通过这样一种方式剖析他人的内心，将最真实的一面呈现在大家面前，探索着人类的存在状态。从另一个方面来说，人物内心的矛盾和挣扎，那一大段一大段的心理描写，不仅仅只是为了丰富文学文本，为小说增添一种真实性，更多的可能是在传达作者想要表达的一种忏悔意识：小说中主人公的这种内心矛盾，就是把他们自己投入了狱中，要他们常常承受良心的折磨。通俗地讲，主人公内心的那种撕裂和挣扎，正是他们过于注重名利，轻易违背规则，所应付出的代价。也就是说，小说主人公的这种内心矛盾所引起的痛苦，恰恰构成了阎真小说中的另一种忏悔意识。

第三节 "味外之旨"与忏悔意识

味外之旨是司空图提出的一个文学范畴，在《与极浦书》中，司空图说，"诗家之景，如蓝田日暖，良玉生烟，可望而不可置于眉睫之前也。象外之象，景外之景，岂容易可谈哉？"尽管是一部以现实主义为典型特色的小说，但是如同上文所指出的，"仰望星空""焚书"等细节均体现出鲜明的精神超越性，这是阎真作品的味外之旨与象外之象，它把遥远的彼岸净土移植到此岸人的心中。

除了以上论述的这些诗性意蕴外，阎真的几部小说中还体现出了强烈的忏悔意识。"忏悔"一词源自佛教用语，在佛教中"忏"和"悔"各有不同的含义，"忏"的原意是"忍"，请求他人容忍、谅解的意思；"悔"是追悔、悔过的意思。"忏"是音译，"悔"是意译。但是这个词语的引入却是为了翻译西方《圣经》等神学典籍。所以，忏悔从一开始就带上了基督和佛教的宗教色彩。但是在全球化背景下，在多元文化的碰撞中，"忏悔"这一概念的影响已经超越了宗教和语种的界限，各民族在对这个词语的理解上均有偏差，但是其共性和核心要义仍在。它的使用范围日益扩大，其作为语言符号的能知界定和所知范围逐渐沉淀下来，越来越摆脱宗教语境的限制，成为一个日常生活中较为常见的词语。

忏悔是自我人格修正的最佳途径，而且它的有效性超越了其他任何外在的强制性手段。比如，律法明确规定："不可奸淫"，但这只是一种通过国家机器强制规定的外在约束，它的有效性是有限的，不可奸淫，可以去强奸；所以，关键是内心世界的自我约束。耶稣说，"凡看见妇女就动淫念的，这人心里已经与她犯奸淫了"。[1] 在西方宗教世界里，强调自己内心世界的自我净化，而不仅

---

[1] 《马太福音》，第5章第28节.

仅是约束。连想都不能想，动了淫念就是犯了奸淫罪。所以，宗教意义上的忏悔常常把事情推向极端。中国文化则不然，孔子的解决办法是"每日三省吾心"，和西方的宗教忏悔相比，显得比较宽松，也更加人性化。在《红楼梦》里，"意淫"是一种欣赏而不亵玩的情调，心里想了，但不去做，止停于"色而不淫"的合理限度上。王国维认为整个《红楼梦》都在示人以解脱之术，欲望无止境而不能满足，罪恶通过忏悔找到忏悔的通道。他在《红楼梦评论》中说："呜呼！宇宙一生活之欲而已。而此生活之欲之罪过，即以生活之苦痛罚之，此宇宙永远的正义也。自犯罪，自加罚，自忏悔，自解脱。"①欧阳修有首诗叫《食糟民》，文中对农民的贫困生活寄予深切同情，这是论及它时经常提到的观点，也很能体现古代士大夫的"忧民"思想。但还有一点被忽略的是，文中还体现出作为统治阶级一员对犯下这样的罪行有一种罪恶心理。他对"上不能宽国之利，下不能饱民之饥"充满自责，并自我忏悔说："嗟彼官吏者，其职称长民。衣食不蚕耕，所学义与仁。仁当养人义适，上不能宽国之利，下不能饱民之饥。我饮酒，尔食糟，尔虽不我责，我责何由逃。"中国当代文学中也不乏这样的例子，典型的如巴金的《随想录》，题为"随想"，却是伴着血泪的控诉和自我遣责，散发着浓重的赎罪和忏悔意识，在中国当代文学以粉饰和虚假浪漫为主调的氛围中显示出冷色的耀眼光芒，作为一种异质性的存在，它孤零零地矗立在中国文学的长廊之中。

　　与中国部分文人明确的忏悔意识相比，中国正统文化缺乏成熟的忏悔伦理和自觉的忏悔习惯。以《二十四史》为例，作为中国几千年历史权威的文字记载，其中关于失败和罪行的记载几乎是一片空白，"光荣""伟大""辉煌""开创"成为官修史书的关键词，精致的谎言掩盖了斑驳而复杂的历史真相。对过错的刻意掩饰和罪恶的下意识遗忘，使这种集体无意识向个人无意识播散，实际上能够做到"每日三省吾心"的人少之又少。中国文化是一种乐观文化，永远向前看，出了事故，有了问题，最经常的一句话是"过去的都过去了"。至于反思、忏悔则搁置一旁。忏悔要求把罪恶的过去刻在心里，时时扒出来"温习"，乃至定格在记忆当中。

　　在西方文学史上，忏悔是一个宗教背景下的重要范畴。像托尔斯泰的《复活》题目本身就表达了拯救、复活、升华的主题，据托尔斯泰本人讲，这部小说只是受报纸上一则凶杀案的启发，但是，却与东正教反复阐述的教义相契合。聂赫留朵夫甚至成为在忏悔中获得灵魂升华的代名词。《安娜·卡列尼娜》中

---

① 王国维. 静安文集[M]. 沈阳：辽宁教育出版社，1997：73.

列文在忏悔中灵魂反复挣扎，最后皈依了上帝。不止是托尔斯泰，从陀思妥耶夫斯基到莱蒙托夫均是如此。在陀思妥耶夫斯基的《卡拉马佐夫兄弟》里，因为杀父嫌疑而被起诉的主人公德米特里说："诸位，我们大家全是残忍的，我们大家全是恶魔，都在使人们，使母亲们和婴儿们哭泣，但是一切人里面，——现在就这样判定吧，一切人里面，我是最卑鄙的恶棍！随它去吧！我一辈子都在每天顿足捶胸，决定改过自新，可是每天仍旧做些同样的肮脏事。""我承受一切背着公开受辱的苦难，我愿意受苦，我将通过受苦来洗净自己！"[①]这是陀思妥耶夫斯基借小说人物之口言说自己的忏悔伦理观，期盼人们主动承受苦难，拯救灵魂，以赎罪的方式向受害者忏悔。所以在西方文学中，有时在敌对之间甚至很难用正义和邪恶来涵盖双方，善恶之间的界限也很模糊。《复活》中的聂赫留朵夫在年轻时诱奸了尚处于少女时期的玛丝洛娃，用一生的忏悔和所有的付出去赎罪。我们又如何界定聂赫留朵夫是好人还是坏人？在一定程度上说，他甚至是良心和正义的代称，是自我人格不断完善的典型。作为一个在社会上享有较高地位和崇高地位的法官，他完全可以忘记这样一段罪恶的往事，丝毫不影响他在社会上的体面和尊严，但他选择了认罪，并且抛开一切的荣誉和身份，走上人格和心灵的自我救赎之路。不但如此，他绝对没有道德上的优越感，反而在痛苦、不安和自责中认罪。

　　忏悔有时是为了醒悟，有时是为了达到一种心理的自我平衡与安慰。无论是为了哪一种目的，它都清晰地表明忏悔者仍旧心存良知，魂灵是活的，它的前提条件是清晰地意识到良知和道德的判断标准，在超越之前预设的标准底线时进行心理纠偏，或者说是自我审判。一旦忏悔没有了，那么，人也就成了死魂灵。

　　《沧浪之水》中的主人公池大为在进入到卫生厅之后的仕途人生中不断忏悔，不断否定自我，用池大为的话说就是"杀死过去的自己"，而实际上，这是在忏悔。他和丁小槐最大的区别就在于此，丁小槐用一条不变的准绳衡量自己的得与失。对于他人的痛苦或者麻木不仁，或者视而不见，比如在池大为刚进卫生厅时，遇上患了胃癌的赤脚医生到卫生厅救助，丁小槐非但不去施以力所能及的帮助，而且还用世俗的庸人眼光看着池大为。池大为提出向厅长马垂章汇报一下，丁小槐的回答是"那你想说你说"，而且对这件事情的判断是"那么一跪就可以跪出钱来，那不是搞诈骗？"，这难道是一个知识分子在面对一个患了绝症的弱者所应有的态度？当生命向无边的深渊毫不留情地快速跌落，没有

---

① 陀思妥耶夫斯基. 卡拉马佐夫兄弟[M]. 耿济之，译. 北京：人民文学出版社，1981.

表现出丝毫的同情和怜悯，海伦·加德纳说，"在莎士比亚的世界里，人与人之间的区别不在于谁具有更高的理性，而在于其感受爱与痛苦的能力，即能为友情所感动，能由感动而产生怜悯并富有同情心"。① 他们两人都不是道德上的楷模，池大为难称高尚，丁小槐却可以称之为"行尸走肉"，区别就是池大为的魂灵没有死，而丁小槐的已经"死了"。人在社会上总是要适应各种各样的事实和现状，所以难免有"屈尊"，难免有姿态的适当调整，但是不能总是心安理得，不能没有忏悔之心。但是，池大为的忏悔之心并没能阻止他"杀死过去的自己"，最终，他妥协了。

聂致远的忏悔似乎有些不同，阎真对这个人物似乎投入了更多感情，聂致远的身上多少有阎真自己的影子。在现实的精神逼宫面前，聂致远的忏悔要比池大为的直接得多，也强烈得多。阅读《活》很容易让我们想起卡夫卡的《变形记》，是的，聂致远的精神无时无刻不在承受现代社会和传统世俗的挤压，柴米油盐酱醋茶，一切的生活细节都给他带来压力，他所坚持的活着之上的精神高地似乎比池大为的更让人觉得"匪夷所思"，但是，却又很合情理、情真意切。

我整天就想着钱的事情，钱，钱，钱。生活动不动就要钱，我还真不能不想。其实我也知道想也没用，就像想飞到月亮上去摘桂花，想也没用。可还是不能不想，几乎成了一种本能，比身体的饥渴更加饥渴。这种状态让我害怕，一个知识分子，他怎能这样去想钱呢？说到底自己心中还有着一种景仰，那些让自己景仰的人，孔子、屈原、司马迁、陶渊明、杜甫、王阳明、曹雪芹，中国文化史上的任何正面人物，每一个人都是反功利的，并在这一点上确立了自身的形象。如果钱大于一切，中国文化就是个零，自己从事的专业也是个零。惭愧，惭愧。

中国有句古话叫作"说一套，做一套"，实际上，池大为也好、柳依依也好、聂致远也好，他们身上都有"想一套，做一套"的模式，这正是他们与当下社会众生最大的区别，想而不能做正好体现了他们的悲哀和良知的悲哀，这并非道貌岸然，我们愿意把这种忏悔看作为真诚，这是小说的真诚，也是阎真的真诚。要知道，想而不能做以为这些人物正在经受炼狱，是他们自己把自己投进了炼狱，相同的，阎真其实也在炼狱里，他一直在承受精神的逼问，在承受生命中几乎不能承受的重。阎真要告诉我们的是我们必须想，如果想都不想，如果想

---

① 加德纳. 宗教与文学[M]. 成都：四川人民出版社，1998：82.

的和做的已经完全一致，那么，人的形变将一直持续下去，所有的应该的忏悔就消失了。

在西方文化里，忏悔是人不断自我反省、净化灵魂的方式。他们对灵魂中的污浊通过向神职人员言说达到倾诉的目的，形式上的忏悔有两种动机，其一是向上帝坦白自己的罪过，或者哪怕是具有罪恶感的念头和想法，以荡涤灵魂中的污垢，这种类型的忏悔是虔诚的教徒或者笃信上帝存在的道德良知自觉者。再者是通过忏悔达到心安理得，也就是说，他不想承担罪恶感对良心的谴责，但是又在具有罪恶感的行为中不能自拔，也许那种行为已经成为他的生存或者生活方式；这种形式的忏悔是把自己不能承受之重挪开，而后照样回归日常生活中的自我，所以忏悔的结果各有不同。对于池大为而言，心中的上帝就是久远的传统文化积淀，是天空中父亲的影子和那本泛黄的《历代历史人物素描》，但是，单靠这些已经无法与当下的现实对话。事实是，父亲清贫一生，在山区为人治病，为朱道夫证明清白，换来的是恩将仇报，成为落井下石的牺牲品；自己对赤脚医生的捐助善行却被认为是陷厅长于不义，对卫生厅的奢侈浪费仗义执言则更是不识时务，导致其直接被贬到冷清的中医学会。传统价值观的理想之轻与冰冷无奈的现实之重形成了截然的反差。世界不能改变，能改变的只能是自己，只有自己先做出改变，掌握一定的话语权才能让世界在一定程度上有所改变。池大为正是认识到了这一点，于是他开始做出改变，但是世界上最难的事情也许就是战胜自己，于是灵魂撕裂与搏斗的过程就开始了。"根本就没有一个人自己没有罪，因而可以惩罚或者纠正别人的。"[1]关键是在为了达到特定目的的过程中所做的违背自己信仰和价值标准的事情，有自责、不安和忏悔，并用实际行动回归自己的信仰，使灵魂得以安静平和。池大为在当上厅长之后，就开始向自己的信仰和理想的地方靠近，做出的一系列的改革和措施甚至不惜得罪卫生厅所有人的利益，比如清理小金库等。他的信仰就是《中国历代文化文人素描》中的十二个人，就是父亲，就是知识分子的良知。

改变的过程中有许多事情是以前不愿也不屑的，但是也都做了。如前文所言，如果池大为完全卸去了心灵的重负，抛却了父亲所代表的传统价值观，就如同西方世界的基督教徒背弃了上帝，人物的矛盾性和丰富性变得干瘪而单调。一方面要改变，一方面又不能完全割裂传统的脐带，唯一的途径只能是不断忏悔。在这种忏悔中寻求一种心灵的平衡，找到一种灵魂的重量。不至于在名与利的漩涡中，完全迷失自己的本性，坠落到不可挽回的深渊。这也正是阎

---

① 托尔斯泰. 列夫·托尔斯泰文集：第 11 卷[M]. 北京：人民文学出版社，2000：589.

真小说的经典之处。

　　总之，阎真的小说是既具有现实意义的小说，同时也是蕴含丰富哲理的小说。他由当代知识分子面临的现实生存困境出发，用细腻的笔端刻画着那些人物的内心矛盾，集中在剖析知识分子的精神维度和价值信仰的形而上思考。小说从对个体的生活描摹上升到了对人类普遍命运的关注和表达，小说中的人也由人的生存走向人的存在，由人的物质追求走向人的价值信仰追求，作品被赋予了思想性和形而上的哲学品质。因着这些哲学底色的支撑，再加上小说细腻的文学叙述，文学作品才能有更加深厚的意蕴，才能够激起更多大众的认同，达到一种人性的普世价值。

第十二章　文化价值中的辩证法

阎真一直把自己定位为"写知识分子的作家"，其写作的核心议题，就是描述不同年代的高等知识分子的焦虑。在他的笔下，知识分子有着鲜活的生命，从《沧浪之水》中的池大为，到《曾在天涯》高力伟，再到《活着之上》的聂致远，每一个知识分子都生动而立体。这些知识分子群体都陷入了一个相似的选择困境，他们有着知识分子的良知和坚守，是本土传统文化的秉持者和守护者，可是随着市场经济的发展，太多的弊端和诱惑呈现在他们面前，谨守传统逐渐变成了束缚，溜须拍马、投机取巧变成了成功的垫脚石。在这样的大环境下，是坚守还是妥协成为这些知识分子内心挣扎的最大难题。阎真将这些知识分子内心的彷徨、徘徊，以及最后的不同抉择叙述得极为具体。

阎真笔下的这些知识分子群体一定程度上代表了当下知识分子的处境和状态，市场化催生了功利主义和拜金主义，改变了知识分子的信仰，其中有些人像池大为一样接受并从流，有些人像高力伟一样牢记知识分子的"根"和自尊，也有些人像聂致远一样在不公和阻碍中坚守住了本心，不与世俗同流合污。天真与经验的冲突是美国文学史上一个延绵不绝的主题，可以说，阎真的小说一定程度上就是关于这个文学主题的变奏，"天真"是灵魂的坚守，"经验"就是世俗化的妥协。从《曾在天涯》到《沧浪之水》，再到《活着之上》，坚守与妥协一直都是贯穿始终的冲突，也就是"天真和经验"的冲突，亦是"灵与肉"的冲突。从池大为到聂致远，是妥协到坚守，知识分子从不知所措到最终找到了属于自己的立场和存在方式。

世俗是大环境，但世俗化不能成为一种常态。聂致远也曾有过动摇，可他在踏进世俗大门之前醒悟了，虽也有过曲折，但命运和机遇并没有抛弃他，虽称不上最好，可他守住了自己的职业自尊。他是一个悲情的坚守者，可也是一个伟大的坚守者。

本章节重点阐述阎真小说中的人物面对市场经济下生存的处境与艰难的抉择，主要从时代知识分子的心灵之路、男性视角下小说人物的文化心理以及妥协与坚持、困境中的辩证法三个部分进行展开。

第一节　时代知识分子的心灵之路

一、拜金年代的心灵挣扎

改革开放之后，市场经济开始活跃，社会阶级开始了新一轮的重组，新的社会关系网开始织就。金钱和权利变成了密不可分的整体，成为划分社会等级的最重要标准，以及编织社会关系网的原材料。

在钱与权的社会巨型话语下，知识分子的处境变得尴尬。是向圣贤君子看齐，还是向现实低头妥协，这是萦绕在知识分子人生之路上的迷雾，也是阎真在其小说《活着之上》中提出的问题。而知识分子作为世间众人的一部分，一定程度上就是整个社会的缩影，知识分子的困扰也是世间众人的困扰之一。可以说，《活着之上》是通过知识分子处境的集中描写，向世人质询："活着之上，该追求什么？"

《活着之上》围绕这个主题，从高校知识分子这一群体出发，塑造了主人公聂致远这一形象，顶级学府毕业，大学老师，他有着文人的清高和操守，他憧憬着古代圣贤，并以君子为做人的榜样和标准，他专心学术，不屑于与小人同流合污，敢于放弃机遇，抗争不公，但社会现实却无情地逼迫着他，钱和权压着他放弃文人的节操，来自妻子、女儿和生活的重担压得他喘不过气，在一次又一次和现实的博弈中，他痛苦彷徨，辗转反侧，然而在一次又一次的斗争中，他心中的圣贤一直未曾被摧毁，他也质疑过，但一直到最后，他都没有放弃最后的底线。

而小说女主人公赵平平，则是物质、现实的代表，她也是名牌大学历史系毕业，然而她当了多年老师也无法获得编制，身边比她差的人渐渐地都开始比她过得好，嫉妒与不甘折磨着她，物欲在她内心横流，于是为了获得更好的生活，身为妻子的她开始不断抱怨和逼迫自己的丈夫聂致远。如果说聂致远代表着现代知识分子的挣扎，那么赵平平就代表着现代知识分子被现实的侵蚀和同化。

因为这种价值观的差异，聂致远和赵平平之间存在诸多矛盾冲突。在一定程度上，聂致远和赵平平可以说是典型的"凤凰男"和娇妻模式。在与赵平平结婚前的春节，未来的岳母娘孙姨就并未看好聂致远——只因为他还没有经济能力在省城操办婚礼，考上博士后，也没有经济能力在省城买房。不仅岳母娘不看好，就连聂致远的父母也并不理解他的成功。小镇出身的聂致远，能考上省城大学，进而在北京攻读博士，这对于鱼尾镇来说，已经算是一种荣耀了。可是聂致远的父母作为这份荣耀最大的受益者，却也搞不清楚在聂致远和已经在小镇高升为办公室主任的弟弟之间，二者谁的级别更高，更值钱，毕竟博士所产生的金钱收益实在太少了，没有弟弟的办公室主任来得实惠。聂致远面临的困境显然比凤凰男更为窘迫，即便博士毕业，等待他的窘境依然不减。这种窘境不仅体现在物质上，也体现在精神上。因此，聂致远一直无法获得快乐，生活与灵魂都难以舒展。

可在这种情况下，赵平平仍然给聂致远施加着诸多压力。一次聂致远正在上课时，怀孕了五个月的赵平平给聂致远发短信说不想要这个孩子，暗示要去医院做人流。聂致远瞬间五雷轰顶，意识到妻子这次是来真的，便不顾后果地跑出了课堂，奔向医院。赵平平做出这一决定的原因便是考虑到了孩子不可预料的未来。丈夫聂致远只是一个普通老师，至今还没评上职称，而赵平平自己也只是一个没有编制的小学老师。在她看来，丈夫不会"运作"关系、不求"进步"，前途十分渺茫，夫妻俩自己的日子过得不精彩也就罢了，但她不能忍受孩子一出生就比别人落后一大截：吃不上进口奶粉，请不起保姆，也上不起好的幼儿园……赵平平是虚荣的，她希望自己的孩子能拥有更多更好的资源。而聂致远作为一名有良知有坚守的知识分子，屡屡受到心灵的拷问：是卑躬屈膝、运作钻营，从而谋求生存发展空间，还是忍受清贫，坚守住自己的独立精神和自由思想？

书中的重要配角蒙天舒，则是知识分子中投机者的典型代表，他用搞行政的手段在搞学术，善于抓住时机，也肯为五斗米折腰，圆滑且肯舍下脸面，为了一点资源各处奔走，逢迎拍马，而他的做法无疑是成功的，他从考研成功缠着聂致远换了导师开始抢占先机，进而一步一步走上高位，他处处过得比聂致远要好，而人品学术均比他优秀的聂致远却只能在他身后艰难地追赶，这无疑是对知识分子现状最辛辣的嘲讽。除了这些人物之外还有一大批配角，学富五车却因没有钻营人际关系而在权威刊物没有任何话语权的聂致远的导师冯教授，如同蒙天舒进化版的童校长，坚持操守的陶教授，势利眼却爱女心切、如同大多数岳母缩影的女主之母孙姨，不学无术安排别人代考但因为家里关系却依然能每科及格顺利毕业的一个体育生，背景很硬不来上课却依然能拿高分的学生范晓敏，善于钻营、一门心思扑到不正经的小报上的研究生张一鹏，和主角一样坚守着但是却没有好下场的女生贺小佳。

在这些人物身上，我们看到原本被尊为一方净土的高校如今也已经被各种腐败和钻营渗透，也无怪乎有良知的知识分子也会陷入这种泥淖。阎真的《活着之上》便是直面了高校的潜规则，展现了学术生态的阴暗面，以锋利的笔触揭露高校腐败的内幕和一些中国知识分子的堕落。在聂致远考博士这个环节上，小说中写道，这几年考博士不同于前些年，博士招考的名额有限，但排队的人仍然很多，有些是想做学问、继续深造的研究生，但更多的却是各种关系户，乃至官员金主。而在博导的报考上，最抢手的不光有学术权威，更多的也是那些担任着行政职务的院长、校长。在这种现状下，纯粹搞学问的读书人享有的空间越来越狭窄，而那些关系户和"有资源"的学生却占有了更多的资源，往往成为导师优先考虑的对象。所以主人公聂致远连续考了三年的博士，才最终"搭帮"一个朋友的推荐，考到一个较为边缘的教授门下做学生。

聂致远认为，在高校做历史老师是自己的兴趣和职业的结合，只要自己用心，认真钻研，努力做出高质量的论文和研究成果，终将会有光明的前途。但是权利的触角早已深入高校，在行政权力面前，教师的地位不高，话语权极其有限。无论是评职称、评教授，还是评国家科研项目，都需要摆脱有权势的人，才能不至于落选。这种情况还存在于论文的发表上。发表论文原本是教师评价的外在、客观标准，如今这种学术竞争却也演变为了人脉和关系的竞争。一方面，几乎所有的学术刊物都需要收取一定的版面费，学术裁判变成了创收的经营者。《活着之上》中便提及了这一高价的版面费，一篇论文所收取的版面费为七千到两万五不等，不同等级的刊物价格还不尽相同。另一方面，资源与学术的位置开始对调，几乎所有的学者都开始了这一转变，资源变为优先考虑的因素。如果和刊物负责人没有直接或间接的交情，连交版面费的机会都将没有。

就连聂致远的导师、一向清高的冯老师，也为了儿子开始了"暗箱操作"。"丈夫虽有志，儿女固有忧。"因为儿子在平时的模拟中分数总是离一本线差一截，冯教授便暗中利用所带博士参加高考（课程）历史科目阅卷的机会，提高了儿子这一科的分数，最后让其顺利地进入人民大学商学院就读。曾经不屑于去拜码头、拉关系的冯老师，渐渐被学术圈边缘化，但他为了儿子的未来，还是迈出了这一步，走向了权利的风口。

同时，这些钻营不仅腐蚀了高校老师，而且在学生中也出现了"运作"。"大小运作"无处不在。"小运作"体现在为学生开小灶，提前透题，改分数，甚至竞选班干部、助学金上；"大运作"则体现在高考招生时通过体育生、文艺生等特招渠道进来，因为这类录取分数远远低于一般专业，等到进校后再进行运作，将其调入理想的专业。这些运作和钻营无处不在，都将成为社会潜规则的延伸，编织成一张巨大无形的利益网，让身处其中的主人公们感到压抑和愤懑。

而在这种背景下，男女主人公的形象也并非是平面的，主角聂致远的内心独白丰富而细腻，如："说自己不用这世俗的眼光看人生吧，可大家都是这样看的，我说我额外一根筋，谁信呢？我觉得有点对不起平平，也对不起安安，这担子我不挑起来，又推给谁去挑呢？一个在大学教书的教师，又怎么发达？想来想去，也只有向蒙天舒学习，把他走过的路再走一遍。想到这点我就气馁了，真要那样我还不如让自己就这样穷着呢。唉唉，本来我的职业就是教学生该怎么做人，可是现在，我连自己都不知道该怎么做人了。宁静以致远，可我不知道那个远在哪里，又该怎么去致。"这一段文字极好地反映出了主角内心的纠结，生活的重担压着他低头，他也多次困惑地思考要不要向那些钻营的小人学习，虽然想是这样想，每次事到临头，他都不愿意像那些人那样做。

聂致远在坚守心灵的这条路上反复挣扎，与现实抗争，与现实妥协，这就是当代知识分子心灵之路的一个缩影。

女主人公赵平平也不仅仅是一个扁平人物，她在唾手可得的富裕生活和爱情之间选择了爱情，嫁给了没钱没权的主角聂致远，她在对丈夫前途有利的事情上面花钱从来大方，她对女儿真心爱护，但同时她利欲熏心，为了赚钱不择手段，不停地攀比，折磨着自己和丈夫，她像很多女人一样，又和很多女人不一样。男女主人公的感情也不是一帆风顺，聂致远苦追赵平平许久终于如愿，却在女主人公母亲的逼迫下无奈分手，聂致远从头到尾只有赵平平一个女人，赵平平却在分手期间和别人交往过，但聂致远也不是全无二心，他曾对自己的女学生贺小佳怀有超出师生情谊之外的感情，但那又不是简单的爱情，那个女学生坚持着自己的本心，即使面对人生不公，她在人前也笑着吟诵："你所站立的地方，正是你的中国；你怎么样，中国便怎么样；你是什么，中国便是什么；你有光明，中国便不黑暗。"[①]心怀光明，不惧黑暗。他们的感情是聂致远单方面的，在文中只能看出女学生对老师聂致远怀有的崇敬之情。

二、门头村：一种价值隐喻

作者在开头采取倒叙的手法，先写自己家乡鱼尾镇对待生命离去的态度，"最让我们这群孩子眼红心动的就是那些鞭炮"，并描写小时候大家在葬礼上抢鞭炮的场景，写出小孩子对待葬礼的懵懂，在这种懵懂中主人公聂致远的爷爷

---

① 《为什么你所站立的地方正是"你的中国"》，《华商报》，2014 年 06 月 07 日.

去世，"爸爸把爷爷的头扶起来，将两本厚厚的书塞在他的头下，我看清了是《石头记》，黑色的封面上就是这三个泛白的字。爸爸说，这是爷爷唯一的遗嘱"。① 在爷爷的葬礼上，爷爷的陪葬品《石头记》给聂致远留下了深刻的印象并唤起了他的记忆中爷爷多次坐在门前一个字一个字读《石头记》的场景。

曹雪芹成了一种文化象征，更是作者的价值隐喻。阎真认为曹雪芹写作《红楼梦》做出了一种个人"牺牲"，而这种牺牲的悲剧在于"无人见证"。也就是小说中所表达的，连历史上是否真有曹雪芹这个人都存在争议，更不用说曹雪芹曾经居住过的地方要拆迁掉了。这是作者的感叹，心中的伤痛，也是无奈的现实。

接下来作者把无奈的现实淋漓尽致地表达出来：例如，他着重描写了聂致远考上了京华大学的博士，在坐火车去学校的路上遇到了极其喜欢红楼梦的台湾赵教授，之后聂致远无意中来到了西山脚下传说曹雪芹住过的门头村，在那里又再次巧遇专门前去拜谒的赵教授，这段记忆给聂致远留下了深刻的影响。之后作者采取顺叙的方法，将主人公从大四毕业考研到最终成为大学教授这一段时期发生的故事娓娓道来，详略得当，间或用插叙倒叙的手法来介绍说明别的人物。文章中间再次出现了曹雪芹的门头村，聂致远读博的时候被钱逼得异想天开，风风火火跑去门头村希望能收到几张曹雪芹的字画，从而让自己走上人生巅峰。在文章结尾的时候有一次出现了门头村，这个时候的门头村已经大改了原本的模样，它似乎已经不是曹雪芹的门头村，也不是作者的门头村了，成片的房子掩埋了时间的过往，当年的老槐树也失去了踪迹，只有西山立在旁侧，静默不语。时间在流逝，门头村在改，人在变，唯有曹雪芹却是不变的，"曹雪芹他做出了既不为现世功利，也不为千古流芳的牺牲，无人见证，也无需见证"。② 作者这样说，曹雪芹是这样一个人，他没有获得现世的回报，也不去追求身后的名声，他浑不在意身外的一切，他似乎活在大家之外，活在世界之上。曹雪芹和陶渊明有着某种共通之处，他们都有机会去获得一个官位，让自己过得更好一点，官场的那个缺口就在他们手边，只要他们放下文人的清高前去钻营，他们一定不会过得比别人差，然而他们没有，做出这种选择的他们，没有改变世界，也没有改变自己的生活，正如阎真所说，"唯一的理由，就是心灵的自由吧"。听似轻松，做起来却极难。小说中多次写到探访门头村这一情节，而阎真也曾提及自己在现实中多次造访门头村，门头村成为作者笔下

---

① 阎真. 活着之上[M]：长沙：湖南文艺出版社，2014.
② 阎真. 活着之上[M]. 长沙：湖南文艺出版社，2014.

知识分子们的一个心灵归处。

现实虽然残酷，但不遵循潜规则，你也未必不能成功。主人公就经历了好几次这样的事，为了能评上教授，聂致远必须在权威刊物上发表文章，而发表文章一般需要出价格不等的版面费，聂致远想在《历史评论》上发表文章，但需要出两万五的版面费，他的妻子在这件事上毫不犹豫地支持他。聂致远将稿子发过去之后，编辑认为他的稿子很好，最后竟然决定帮他争取免去版面费。这无疑是天上掉馅饼，虽然仍然有主编师兄帮忙的影子，但也仍然给了主人公一种信心，给了我们读者一种信心。而在评教授这件事上，童校长和龚院长两派相争，都想将自己这一边的人扶上教授的位置，谁也不让谁，最后两派相争，渔翁得利，反倒让聂致远这个局外人评上了教授。

总的来说，主人公聂致远的生命线还是呈"螺旋上升"趋势的。虽然没有拥有一流的资源，但第二流、第三流的资源还是没有落下他，如找工作、涨工资和评职称等等。正如聂致远尽管历经曲折、屡遭困顿，但他最终还是成功地评上了副教授、教授。而相比于《沧浪之水》中的池大为，聂致远着实要幸运得多。池大为的人生，是一个明显的 V 形。在他还坚守本真，"不为五斗米折腰"的时候，他没有房子，也没有职称，儿子被开水烫了也没有钱治，夫妻俩长时间与岳母睡一个房间导致他性障碍……而等到他幡然悔悟，放弃坚守，开始"摧眉折腰事权贵"的时候，便立刻得以在官场上春风得意，呼风唤雨。

从池大为到聂致远，主人公命运的不同安排，折射出的是作者心态的变化，阎真曾说："十三年前，我发表了《沧浪之水》，写的是环境对人的强制性同化，人在现实面前，除了顺应，别无选择。但后来我想，如果每个人都顺应环境，那还有谁去坚守一点什么，去做一个好人、一个君子呢？所以我想用一部小说，来表达知识分子的精神坚守。"在高校教书三十余年，阎真也一直很想写一部以高校为题材的小说，"我要写更加真实的高校小说，很多高校小说有负面黑暗的东西，其实不完全是那么回事，他们这么写，更多是一种小说的因素在里面，或者是情节故事的需要。就我对生活的体验而言，身边还有很多能够保持淡定、从容的高校老师，我希望把这种心态和状态写出来"。

虽然主人公聂致远不存在特定的原型，但阎真说："小说中间每一个情节、每一个细节我凭空想象得很少，绝大多数有生活的事实支撑。这些细节来自三个方面，自己经历的，从旁边观察到的，听同事和朋友说的。"所以在实际生活中，这样坚守本心的知识分子也的确是存在的。

小说用质朴的语言缓缓地引导着读者走向作者思考得出的归处，直刺人心。小说之中多处用到地方方言，贴近生活，比如说金书记让聂致远帮忙走后门让一个体育生及格，其中有一句对话是这样的："这是个化生子，跟白痴也差不多。""化生子"在湖南方言中是"叫花子"的意思。文章中的一大亮点是赵平平和聂致远之间的斗嘴，这对生活观念产生巨大分歧的夫妻，经常因为大大小小的事斗嘴，比如说为了送人情的几百块钱吵翻的这一节，最后聂致远只花出去两百，他回到家的时候有这样一段："我把那几张钞票捏在手里举起，旗帜似的挥舞说：'看，这是什么？省下来的，给你'递到她的眼前。她看也不看一眼，盯着电视说：'给我？这个家是我一个人的吗？'"①这段描写将男主人公底气不足的陪着小心的模样描写得活灵活现，而余怒未消的女主人公的模样也通过她"看也不看一眼"的冷漠样子和口中嘲讽的话语得以体现。夫妻之间冷战的情态刻画得入木三分。

小说行文顺畅，虽琐碎却也发人深省，家庭内外都在逼问聂致远为什么不选择同流合污，为什么不选择更便捷的生活状态，主角也曾多次自叩心扉，最后得出的结论是：无他，唯心不愿耳。我的心不愿意我变成那样的人，所以我不去做那些事。也许我清高耿直得让人发笑，被人在暗地里嘲笑，但我也不愿意让自己变得糟糕。

小说的最后一段用朴素清新的语言对这种心灵归宿做了个总结，"阳光在我的头顶，被树林遮挡。那些从树叶的缝隙中穿过来的阳光，在我眼前形成了一束一束的光柱，似乎伸手就能握住。春天的树林中浮着泛绿的空气，闻得见那绿色的气息"。② 在冗长的灰暗现实之后，自然而然带来了绿色的气息，在风和阳光中大步向前行走的人，躯体之内也像是被注入了新的能量。

三、中国经验的现实指引

从社会价值方面来看，文本揭露了高校知识分子真正的生存状态。大学机构组织越来越行政化，钱和权在背后牢牢地把持着整个学校的正常运营，人们为了办成一件事到处送礼物，走后门，拉人情，跑关系。这些事情连我们普通人都认为是司空见惯稀松平常，根本引不起人们的反思，而在作者的笔下，它们有了新的力量，一种负面的能量刺激着我们去思考，正如《曾国藩》的作者唐浩明的评价："小说写的是生活小事，人们已司空见惯，没有纠结，没有反思，甚至认为理所当然，当作者把这些小事聚集在一起，就会激发反思，以至震撼。小说通过凡人小事表现了当代生活的大命题。"

---

① 阎真. 活着之上[M]. 长沙：湖南文艺出版社，2014.
② 阎真. 活着之上[M]. 长沙：湖南文艺出版社，2014.

作者的这篇小说是立足于社会和自己的经验之上的，真实而又高于真实，知人论世，我们的种族在这个时代创造出了这样的环境，怎样革除社会的弊端，怎样让我们的国家变得更好，什么问题困扰民众至深，这些都是每个中国人或多或少关心着的问题，作者从自己的情感体验和职业经验出发，在某种程度上回答了这些问题。中国是个人情社会，要讲人情就需要关系，而疏通关系的最佳工具就是钱和权，除此之外，除非你有惊世的才华，才可以傲然凌视这张密密织就的关系网。这张网对大多数普通人来说是铜墙铁壁，对有资格进入的人来说就是一张可以继续编织的蜘蛛网，作者笔下的主人公是个无钱无权的大学老师，除了一点小才华他什么也没有，因为他有这么一点小才华，所以他是骄傲的，因为除此之外他什么都没有，所以他又是自卑的，这样一个和一般大众没什么区别的人，在故事中用他的经历给问题做了新的解答——是的，中国是个人情社会，但这并不代表着你需要为那些人情和关系而折腰。坚持点什么，这就是作者想向我们传达的。作者以笔代口，直探人心，主人公聂致远在他的职业和学术之路上不断地遇到问题，然后内心纠结不安，最后依然坚持了本身底线，这种遇到问题然后纠结最后坚守的故事模式重复着就像单曲循环，却奇怪的并不让人倦怠。

作者以中华民族传承多年的君子精神立在当下来审视如今这个光怪陆离的世界，圣人们用自己的行动践行遵守自己的价值观，牢牢地护住本心，那种与世相违仍然不改初心的精神令后代无数人为之拜服。我们身为后人，也许不能做到和他们一样，但我们也应该清楚地知道他们——这些圣贤君子，是真的值得放在我们精神的神坛上。作者用整部作品回答了这样一个问题，活着之上，确实有些什么，也应该有些什么，那是一个中国文人的心灵归处，也许我们没办法和社会的污浊抗衡，但我们也不应该与其同流合污，坚持点什么，哪怕被人说成愚蠢，被人嘲讽清高。当今社会，确实需要这样一股清流，来将污浊荡涤开去。

因此，阎真这样说道："也许，我不能希望每个人都是司马迁、曹雪芹的追求者，包括我自己。也许，我不能追求这么高的目标。但是我也不会放弃，为了职业的自尊，我都不会放弃，我在讲台上讲的话，我自己得相信。不放弃也许不能征服那些学生，但至少还有一种文化记忆，这是复活的种子。如果放弃，那不但丧失了职业自尊，连记忆都没有了。为了这点理由，我得做一个悲情的坚守者，在这个小小的阵地上坚守下去。"①

---

① 阎真. 活着之上[M]. 长沙：湖南文艺出版社，2014.

第二节 主题冲突：当天真遇上经验

除了《活着之上》，阎真在其他作品中也反复描绘了知识分子的心灵挣扎和灵魂伤痛。这种描述从作者的诉求而言，显得十分天真。而从主人公的文化心理和社会反差而言，显得十分愚蠢。正如美国评论家菲利浦·扬说："一切美国故事里最伟大的主题——讲天真遇上经验。"天真与经验的冲突是美国文学史上一个延绵不绝的主题，菲利浦·扬将这个"伟大的主题"看作神话，认为它和基督教义紧密联系："它讲人的堕落和怎样失去乐园。"而阎真的小说，从《曾在天涯》《沧浪之水》到最新力作《活着之上》，亦可看作是关于这个文学主题的变奏。

一、伪形文化：冲突的根源

无论是《曾在天涯》的主人公高力伟，还是《沧浪之水》中的池大为，抑或是《活着之上》的男一号聂致远，他们无不是中国伪形文化下的产物。刘再复受斯宾格勒《西方的没落》一书的启迪，把文化划分为原形文化与伪形文化。刘再复在其著作《文学十八题》中这样说道。"原形文化是指一个民族的原质原汁文化，即其民族的本真本然文化；伪形文化是指丧失本真的已经变形变性变质的文化。"①按照刘再复的观点，《山海经》可看作整个中华文化的原形原典：

"它虽然不是历史（属神话），却是中华民族最本真、最本然的历史。它是中国真正的原形文化。而且是原形的中国英雄文化。《山海经》产生于天地草创之初，其英雄女娲、精卫、夸父、刑天等，都极单纯，他们均是失败的英雄，但又是知其不可为而为之的英雄。他们天生不知功利、不知算计、不知功名利禄，只知探险、只知造福人类，他们是一些无私的、孤独的、建设性的英雄。他们代表着中华民族最原始的精神气质，他们的所作所为，说明中华民族有一个健康的童年，所做的大梦也是极单纯的、美好的、健康的大梦。"②

原形文化下塑造的人物，无不用自己的天真来挑战这个"庞大的泥淖世界"。但神话终将被现实所解构，天真也终会被经验所吞噬。原形文化伴随着中国历史的漫长进程逐渐异化成一种伪形文化，而《三国演义》和《水浒传》，则是这种伪形文化的代表：

---

① 刘再复. 文学十八题[M]. 北京：中信出版社，2011(1).

② 刘再复. 原形文化与伪形文化[J]. 读书，2009(12).

"以《山海经》为坐标和参照系,我们便可发现这两部小说发生了严重的'伪形'。其英雄已不是建设性的英雄,而是破坏性的英雄……他们已失去了《山海经》时代的天真,或把天真变质为粗暴与凶狠(如《水浒传》的李逵与武松),或埋葬全部天真与全部正直,完全走向天真天籁的极端反面,耗尽心术、权术与阴谋(《三国演义》)。"①

刘再复随后又提出:"《水浒传》与《三国演义》,一方面是中国英雄文化的伪形,另一方面又是中国女性文化的伪形。"②综合这两个方面来考察,这种伪形文化实则是一种男权文化。阎真的第一部长篇小说《曾在天涯》从这个角度看可以说是一个极佳的"男权文化文本",它淋漓鲜活地展现了男主人公高力伟敏感复杂的心灵世界和情感波流,以可触摸的细腻和真切,把一个男人刻画得既令人难堪又让人同情。

首先,从《曾在天涯》中,我们可以看到中国女性文化的伪形,这主要体现在高力伟对待爱情的态度上。爱情对于高力伟来说,只是自我肯定的一种途径,只产生和存在于女人对他的依赖和依靠。"我内心有一种很执着的心理定式,促使着我接受一个柔弱的而不是强干的女性。女性的柔弱在我心中激起一种爱怜,这种爱怜又会化为强大的心理动力,我在荫蔽了对方的同时证实着自己。而强干的女性则总是不断地证明着我的无能,使我感到多余感到沮丧。"③这段话可谓真切地说出了高力伟自身对女性的定位,在他眼里,女性如果表现出一种机巧、独立不倚、强横的姿态,那无疑这将会使自己感到陌生和恐惧,并引发心理上的排拒。林思文之所以能靠"丈夫说的都是对的"这一句话征服高力伟,那是因为从这句话中高力伟看到了林思文所表现出的柔顺以及对自己的崇拜。然而,当林思文游刃有余地办理好烦琐且复杂的出国手续时,高力伟的内心产生了一种"恐惧",他突然意识到自己的女人可以不依赖自己了。这段感情也自然而然地随着高力伟内心的"失落"而逐渐破裂。

在中国的原形文化中,女性具有创世的崇高地位。"女娲造人""精卫填海"等我们耳熟能详的典故便很好地证明了这一点。"到了战国时期,最早出现的由老子创造的伟大哲学著作《道德经》,更是崇尚柔性、崇尚雌性、崇尚牝性的文化……这种雌性优胜的哲学,是中国的原形哲学,是中国文化的真正精华。而《水浒传》与《三国演义》则是这种哲学的变形变质。两部经典都在崇尚

① 刘再复. 原形文化与伪形文化[J]. 读书, 2009(12).
② 刘再复. 原形文化与伪形文化[J]. 读书, 2009(12).
③ 阎真. 曾在天涯[M]. 人民文学出版社, 1998.

雄性暴力的同时蔑视、仇视雌性，砍杀和利用女性，从而展示了中国文化中最黑暗的一页。"①这种女性伪形文化下塑造出来的知识分子，譬如高力伟，永远也无法抓住爱情的真谛，也无法以一种正确的态度来对待女性。

其次，《曾在天涯》中与爱情掺杂在一起的另一大主题是金钱主题。如果以高力伟的观念来审视爱情，那么爱情的获得受制于物质条件。在高力伟看来，只有金钱所带来的价值肯定才能让他获得内心的充实，从而让自己高高地矗立在女人面前，让女人仰望和依靠。其实，这种由金钱所主导的价值观念正是中国英雄文化的伪形。

在中国的原形文化中，英雄"天生不知功利、不知算计、不知功名利禄，只知探险、只知开天辟地、只知造福人类"②，具有一种普世的价值观念。后来，这种具有人类终极关怀的普世观念被以"钱和权"为核心的功利观念所取代。阎真在《活着之上》一书中曾说："钱和权，这是时代的巨型话语，它们不动声色，却都坚定地彰显着自身那巨轮般的力量。"③毫不客气地说，"钱和权"成了"当代英雄"身份的象征。《沧浪之水》中的池大为，是中国传统文化下孕育出的当代知识分子典型，还保留着中国原形文化中"天真"的一面。一开始，他竭力地反抗和抵制市场经济下的从俗趋势和价值观，可慢慢地他发现，知识分子所谓的操守只会使他在这个社会上踽踽独行，犹如"局外人"。最终在权力和经济的双重压迫下，他选择了妥协和顺应，他知道自己无法改变这个时代的巨型话语，只能融入其中。

儿子池一波的"烫伤事件"可谓是池大为价值观念的转折点，从找车去医院到缴费住院，池大为每走一步都感受到了作为一个无钱无权的普通办事员的屈辱、艰难和作为一个知识分子的无能为力。面对这个被"金钱和权力"所操控的社会，他茫然了，他突然对自己先前的坚守感到了一种虚无与无意义。在这之前，他一直告诉自己，就算不能兼济天下，也要做到独善其身，至少也得保持做人的那份清高和尊严。可这一次，他发现连这最后的底线他都难以坚守了，于是他决定"杀死"过去的自己，向所谓的崇高说再见。以马厅长的孙女渺渺生病为契机，池大为开始了自己"无灵魂"时代的一系列动作：他无耻地出卖了与自己朝夕相处了四五年的同事尹玉娥，只是为了取得马厅长的好感及信任；随后，他又揭发了舒少华领导的联名签署匿名信反对马厅长的计划；在学术问题

---

① 刘再复. 原形文化与伪形文化[J]. 读书，2009(12).

② 刘再复. 原形文化与伪形文化[J]. 读书，2009(12).

③ 阎真. 活着之上[M]. 长沙：湖南文艺出版社，2014.

上，他也丧失了知识分子的最后一点尊严，无视公平的原则，按官职大小暗箱操作了中医学会的年度论著评奖。池大为的"努力"确实没有白费，他很快成了马厅长的"心腹"，从此在官场上顺风顺水，一路高升，从科长、副处长、处长，晋升的速度之快令人咋舌。

池大为最后成了世人眼中的"当代英雄"，当他选择在父亲坟头把象征着传统文化精髓的《中国历代文化名人素描》付之一炬的时候，这也就意味着他与中国知识分子的传统价值观彻底决裂。伪形文化又再一次地塑造出了一个"完成品"，天真也再一次败给了经验。

二、"媚俗化"的欲望泛滥

在米兰·昆德拉看来，小说实则是一种讽刺的艺术，这种讽刺不是嘲笑，也不是攻击，而是通过揭示世界的媚俗化来使人失去确信，对权威、固有观念的确信，对既定秩序的确信，甚至对信仰的确信。古罗马著名讽刺诗诗人朱文纳尔曾说："即使没有天才，愤怒出诗句。"从上述层面上来讲，小说存在的意义就在于反叛和抵抗这个社会。阎真的小说为我们勾画出现代社会中一幅幅生动的媚俗图景，这不仅显示出其丰富而深刻的社会内涵，更让我们感受到了作者坚决同媚俗做抵抗的决心和勇气。从《曾在天涯》到《活着之上》，阎真无疑是在用他的笔警醒世人：保持自我，抗击媚俗。

"媚俗化"的文化心态使得人的欲望无限制地膨胀和泛滥，《沧浪之水》的主人公池大为原本是一个知识分子，却在"媚俗"的过程中丢失了自己的灵魂，最后成为一具完全受"金钱和权力"操控的行尸走肉。从《沧浪之水》到《活着之上》，阎真同样是在写知识分子，态度和视角却大有改观。

池大为和聂致远，可谓代表着阎真心目中知识分子的两极。前者堕落到了极致，后者坚守住了能够坚守的一切。而前者往后者形象的过渡，有人会说是阎真的态度转向了"保守"，批判的力度不比从前。然而，阎真实则是想给这个泥浊的社会注入多一些的希冀和坚守的可能性。池大为在全社会"媚俗化"文化心态的驱使下欲望不断泛滥，为了钻营和高升不择手段，人格在堕落中变得猥琐。而出生在鱼尾镇的聂致远，毕业之后面对着和池大为一样的生存困境，尽管学业优秀，仅在读研期间就发表过数篇核心论文，却因自己的导师不在权力位置上，而没能获得留校资格，只能去麓城郊区的一所中学当历史老师，与此同时自己的恋爱也遭遇了危机。当然，这只是一系列"逼迫"的开始。正当聂致远考博之际，母校麓城师大历史学院拿到了博士点，"我是真正搞学问的人，这大家都知道"①，信心满满的聂致远无论如何也想不到，考完之后，童院长录取了"外语比我少十一分"的蒙天舒，徐教授录取了"从来没有学过历史"的校长夫人。这是一场靠规则而不是靠实力来决定的考试，聂致远也只能饮恨而去。之后残酷的现实和惨痛的生活让聂志远意识到"那些从书本上来的思想在生活中全部苍白、乏力，用不上。生活中讲的是另外一套道理，是钱，是权，是生存空间的寸土必争……大家都在利用自己的一切背景和关系在钻，在占位占坑，在钻和占的过程中实现利益的最大化"②，面对来自四面八方令人窒息的压力，聂致远"只能改变自己，不能不改，生活比书本来得更加生动、鲜活、感性"③，他妥协了。为了钱，他接受了室友的教育，替山东一个搞印染的企业家写部传记，之后又在评职称的过程中，在处理与领导、同事以及学生的关系过程中，做了许多违心的事，甚至加入了阿谀奉承、谄媚送礼的行列。这时在聂致远的身上，我们分明看到了池大为的影子。可剧情在这时候出现了反转，聂致远的灵魂深处传来了一个声音，这个声音让他突然明白，如果"以生存的理由把这种渴望的真实扼杀掉了"，那么他就"对不起司马迁，对不起曹雪芹，对不起无数在某个历史瞬间茕茕孑立形影相吊的坚守者"。④ 在这场灵与肉的冲突中，聂致远选择留住自己的灵魂，不让它被欲望的魔鬼所掠走。

阎真以历史学家的眼光创作了这部《活着之上》，他像巴尔扎克一样真实地记录下了社会生活的现状，不歪曲，不做作，给我们展示了一幅现代人在物质世界的诱惑下灵魂挣扎与变异的多彩画卷。这里有温情的理想张扬，也有欲望的无限膨胀。但这一回，经验终于败给了天真。

三、古老的浮士德难题

"我的胸中，哎！藏着两个灵魂，一个要与另一个各奔东西/一个要沉溺于粗鄙的爱欲里，把尘世紧紧抱住/另一个却拼命地想挣脱尘世，飞到崇高的净土"。几百年后的今天，我们依然纠结在这个古老的浮士德难题面前。天真与经验的冲突在根本上是灵与肉的冲突，只是现代社会将这个冲突无限度地放大了。

阎真的长篇小说，无论是《曾在天涯》《沧浪之水》还是《活着之上》，都将

---

① 阎真. 活着之上[J]. 长沙：湖南文艺出版社，2014.

② 阎真. 活着之上[J]. 长沙：湖南文艺出版社，2014.

③ 阎真. 活着之上[J]. 长沙：湖南文艺出版社，2014.

④ 阎真. 活着之上[J]. 长沙：湖南文艺出版社，2014.

男主人公放置在"灵与肉"冲突的中心，高力伟选择了卑微，池大为选择了堕落，而聂致远选择了"在一个骨感的世界去寻找一份丰腴的浪漫"。

《曾在天涯》中高力伟内心有着留学生的痛苦和困窘，《沧浪之水》里面充斥着理想主义的孤独，和生死予夺的官场厮杀，到《活着之上》中，这种冲突变得缓和了不少。读起来，或许很不"痛快"，但正是因为这种细细毛毛的憋屈，才使小说具有了真实感。阎真自己也曾说，书中描绘的所有高校学术腐败现象，包括关系与圈子对知识的腐蚀，以及金钱与权力对人格的扭曲，"几乎每个细节都是生活中发生过的"。虽然《活着之上》作为小说，有夸大生活的倾向，负面的东西相比起真实生活会偏多一点。但"我也基本上可以说，小说中每一个情节每一个细节我凭空想象的很少，大部分有生活的事实支撑，这些事实，有一些是自己经历的，有一些我不经意间听来的，另外我作为旁观者，别人在说，我听说的，我相信他们说的也是真实的"。而这种真实感，展现的是高校乃至科研机构在进入到网格化管理时代之后，知识分子精神上出现的一种普遍的情绪——在理想主义退潮之后，呈现出琐碎的无望。

当天真遇上经验，知识分子该怎样捍卫住自己的立场？这个问题从古至今一直普遍而真实地存在。但阎真并没有给我们提供明确的答复，或许从聂致远的身上，我们能看到一丝划破黑夜的曙光。

第三节 困境中的辩证法

妥协与坚持，可以说是阎真所有作品中都在呈现和探讨的一个话题，如何辩证对待两者的关系，选择何者，都是阎真作品中主要人物的最大难题，不同的选择代表着不同的立场和灵魂。

沧浪之清浊，宁静而致远，所谓人世间的姿态，不过是选择，无论被迫还是自愿。十年的思考与纠结缠绕，《沧浪之水》到《活着之上》是阎真从人之常情的妥协到背对俗世姿态的蜕变。

论者认为池大为与聂致远所面对的挑战是有同构性的，无论是从内容上还是性质上：首先，两者都是从卑微的家庭中一步步奋斗出来的知识青年，都深陷于生活的泥淖难以自拔。其次，两者身边都不乏趋炎附势、投机取巧并取得成功的人，因此，家人的规劝，生存的艰难，精神的安慰显得苍白。第三，特立独行就注定被边缘化的命运，是现当代知识分子共同面对的难题，而池大为与聂致远的行为正好基本涵盖了他们的生存方式的全部。

那么我们如何理解池大为和聂致远呢？如何理解这个社会种种不公平的存

在？如何去生活去走向未来呢？我们绝不能仅仅批判和谩骂，这样的进步是无理性的，也是不明智的。我们必须以更加睿智的眼光去看待这两种现象，因为无论是"池大为化"还是"聂致远化"，其实都凸显出了一种生存的艰难性和无奈。

一、两种生存状态

从官场走向高校，从池大为走向聂致远，从妥协走向坚守。在《沧浪之水》中池大为是医学院的学生，走进社会后举步维艰，在重重打击和失望之下最终选择向生活妥协，成为卫生厅的池厅长；《活着之上》中的历史博士聂致远，尽管生存艰难，却依旧守住了底线和良知。不同的遭遇，同样的本质，但无论哪种选择，都是合理的。一个走向了公共化的空间，一个恪守住了永恒。

市场化的功利主义改变了很多知识分子的信仰，池大为只是其中的代表之一，他最初也相信凭借实力，一定能活出一番境界；但丁小槐的一次次攀升也刺激着他的内心；分房子他落后了，孩子被烫伤的区别对待、签名举报事件以及与晏老师的谈话，让他一步步走向了现实。而聂致远其实同样面临着功利主义、人情社会，只不过他带点理想主义，带点希望，但其实也有失望，比如在助学金评选和学生成绩方面他仍受制，但所幸命运还是青睐了他少许，为了维护生态平衡他被评上了教授职称。

从这个层面上来说，有些时候，这两种生存状态并不是完全对立的关系，名利与精神也不是非此即彼。在现实生活中，两者协调的情况也是存在的。正如阎真在写小说的过程中，既表达了自己的思想，也收获了物质和精神的回报，但前提是阎真所写的就是自己想要表达的，这才是自我思想和人格的体现。如果是为了某种利益写出违心甚至反感的东西，那么就是人格的扭曲了。但就是这种人格扭曲，在现实生活中是普遍存在的，人们在激烈挣扎后最终向利益妥协，服从潜规则，金钱成了唯一的追求。精神和现实的尖锐冲突无处不在，难以协调。是坚守本心，还是向世俗妥协，二者难以抉择，体现的也是知识分子的精神世界和人格追求。

两种选择都是社会存在的产物，毋庸置疑。聂致远只是更坚定，更恪守内心而已，其实生活对他的诱惑并不亚于池大为，甚至更加猛烈。从2001年的《沧浪之水》到2014年的《活着之上》中间是相隔了十多年的时间的，十年来经济的市场化发展，相信阎真写作时能清晰感受到这其中冲击力的增强，但聂致远的坚持绝不是偶然和虚伪，他的形象来源于生活，可能是一个人，也可能是一类人的合体，即使这个群体很小。

人走进社会，会被社会复杂化。我们的生存常常面对两个环境，即大环境和小环境，或者说外部环境和内部环境，它们的波动或沉浮都不可避免会影响我们的心绪和抉择。在《活着之上》上中阎真带有"围城式"的"幽默"，这种"幽默"也极具"悲剧感"。就比如《活着之上》中谈到的：深圳一个女教师，十多年没编，最后跳楼了，结果几千人都解决了。唉，麓城怎么就没有一个人挺身而出，跳那么一跳。这其实也说出了生活中一个很现实的问题，作者看似在"幽默"，但实际是为解决如此一点问题要付出生命代价的现实感到可笑和悲凉。这样的描写不禁让人感到生存的艰难，明明有那么多条路可以走，却偏偏没有一条适合自己。于是就有无数个池大为诞生了，只有少数个聂致远依然坚守和承担。这可以看成整个社会的悲哀，这种悲哀可以说是一种集体性的。

世界上最简单的判断就是好与坏的抉择，对与错的判断，但往往有些东西无法用这些字眼去简单回答。而作为一种生存状态来说，就更为复杂了。池大为的妥协固然不值得推崇，但我们却不可忽视，其一是生存的艰难导致的软弱，其二是相比于趋炎附势、更虚伪的丁小槐诸人，我们似乎也不应该把全部矛头指向他，反而更应是可惜和同情——本来也许继续执着一点，也许生存艰难些，但至少人格不会被腐蚀，但是却还是被现实打败。

够悲哀——因为这就是当代中国知识分子的状态，即便笔者带着点理性精神去阐述二者的合理性，却也磨灭不了"池大为化"的趋势，尽管我们可以去批判，尽管我们自己少部分人能做到如同聂致远一样，仍然阻挡不了这个物质主义、潜规则时代所带给大众的巨大的负面影响。也许这就是当代知识分子的悲哀！无数心灵的城堡被现实击打得粉碎，妥协也是不得已而为之。特别是对于那些本来保持初心的人，中途退缩，于己于人，深感悲凉惋惜。

二、理性与感性的分野

从理性的角度分析，无论是池大为的妥协，还是聂致远的坚持，都值得被理解，虽前者谈不上被尊重。有学者孟繁华曾说道："中国人文知识分子历来就是一个矛盾的群体，在传统文化被不断重构、整合的今天，知识分子的道路选择仍然是一个问题。我们不是池大为，但池大为的心路历程和行为方式有极大的典型性。"的确如此，笔者认为池大为只能算作当代知识分子的悲哀，但我们却无法也没有权利去站在一个制高点去狠狠批判，其一"大为"只求出人头地，比起丁小槐和那些溜须拍马之人，他的"低头"甚至可以忽略，虽然最终却还是磨灭不了妥协的结局。其二可以这样说"池大为"是每个人心中的一面本心，只看他势力的强弱了，这是现代社会带给我们独特的心理状态。

但若是谈到尊重，那聂致远当之无愧。每次面临捷径，面临诱惑，他几乎都是在激烈的斗争中选择坚守，他的心中有一尊圣塔，时时有被摧毁的危险，但却始终拼尽全力保护。他也曾想过放弃，比如真正涉及自己利益的时候，给妻子找编制的时候，评教授职称的时候，但可贵的是每次他都选择了放弃捷径，尽管有些不彻底，比如内心的犹豫，比如几次话到嘴边却讲不出口的状态。但其实能做到如此已然难得。同时我们不可否认的是聂致远的坚守伴随着幸运，因为现实社会中这样的人，往往不如意十之八九。

因为池大为的存在很难避免，因此只有极少数人成为了聂致远。

虽然他的结局也谈不上完满，如同《喜剧之王》里的主人公尹天仇，不懈奋斗之后仍然是沧海一粟，就如同不是所有成功之后都必然伴随着一个伟大，聂致远的坚守最后的结局也只是平凡，但人格却值得钦佩。

这种分野在物质文化丰富背景下成长的当代文学中极富立体感，当今的知识分子面临着极大的诱惑，很容易失去底线和原则，于是造成了道路选择的两极分化，当然更多的人是偏向了"池大为化"，于是聂致远的存在成为一种标杆，甚至是遥不可及，当"聂致远们"得意、那份坚守得到认可时，人们觉得存在一种希望，存在一种人格自由；而更多的却是"聂致远们"的失意成为一种必然。也许存在本身就是一种悲剧美，只有残缺和失意才能造就这种美的壮丽。

但我们必须给予一种"尊重"的态度给所有的"聂致远们"，而不应该仅仅是理解，生活中缺少的就是这种姿态，不是为零的绝对，但绝对没有占到该有的比例。从《沧浪之水》到《活着之上》的转变，其实笔者十分疑惑是作者阎真希望给予人类一点自信，还是仅仅想填补空白，或者是想要表达自己的看法。也许三者都有。但唯一让笔者肯定的是作者阎真绝对是对主人公聂致远持有更多的肯定，聂致远固然也不完满，但一直都在和现实抗争，和既有的秩序唱反调，就拿"论文开题和评职称"这事来论，他经过那么多的波折和思想斗争还是坚守了内心，也许时有软弱，但姿态不凡，这种姿态无论是作为一个高校老师，还是其他身份的人——都需要。

三、乐与悲：坚守的滋味

世俗化不能成为一种常态，笔者认为这是阎真写作《活着之上》的重要原因，即便我们可以理解池大为的妥协，但聂致远才能作为我们的终极追求，尽管这样我们会遇到很多波折和阻碍。我们可以做一个这样的对比，从聂致远到池大为，从池大为到丁小槐、蒙天舒是一个完整的过渡，然而最终池大为是倒向丁、蒙一方，不论是出于什么样的原因——是自我选择，还是生活重担的客观原因——都充分说明了这种比例的不均衡性。在坚守中往往还是有许多人妥协，能够坚持底线，坚持道德和品格制高点的少之又少，在坚守中找不到出路时，悲观到极致，就往往脆弱。但也许正是出于这样的原因，显得难能可贵。

"妥协"这词来得可怕，能够打倒人所有的信心，"温水里的青蛙"慢慢死亡却全然不知，连一个悲壮的姿态都不肯施舍与你，如此想想人"妥协"之可怕，即使得到了短暂的所谓光芒，但实际却是一步步走向毁灭的脚步。社会的潜规则往往让我们忘记坚守的意义，人们总是目光短浅为暂时性的利益丢掉人本来的尊严。人们一方面渴求公平，另外一面却又希望自己获得不公平和更高级对待的权利，这种矛盾心理就造就了池大为和聂致远的共生，哪一面取得胜利，你就偏向哪边，但天平的朝向却也是在动态变化的。

聂致远并非英雄，他的坚守难能可贵却也不够彻底，比如他被迫修改学生分数，比如送礼。因为他始终避不开生活的现实，很多力量压迫他去做。但在《活着之上》中阎真一改《沧浪之水》中的批判和失望，给知识分子塑造了一个空间，这也是他思考多年的结果。《沧浪之水》中的无奈和苍凉是我们有目共睹的，在中国"无原则的攀爬"是"常态"，但不是我们随波逐流的理由。社会总是伴随着现实的残酷，每个人心里都有一个池大为，只是显性和隐性之分而已，他和聂致远是一个人的两面，显性到极致就是池大为的妥协。这就是坚守里的悲观，你永远也避不开俗世的要求以及眼光，你必然要去承受。

"做一个平凡的榜样"——这是我从池大为到聂致远的深刻体会。同时这也就注定了你孤独的状态，也许你的内心享受，但社会现实给你的压力足够让你悲哀很长时间，也许是一辈子。一旦选择坚守，就当做好十足的心理准备。当内心的乐观与现实的悲观给予你一种特殊状态，而恰巧你还在坚守本心，那你就是一个胜利者。这里的悲观和乐观既是一种对立的状态，也是一种内心与外界的对抗。

四、"知"与"行"：尴尬之镜

无论是聂致远，还是池大为；无论是坚守，还是妥协；无论在哪；无论遇到什么人、什么阻碍；无论社会的现实究竟怎样；从《沧浪之水》到《活着之上》带给我们的思考，笔者认为是在告诉我们如何成为一个大写的人。这不仅仅是一个选择的问题，也不仅仅是悲观与乐观的态度的转换，而是一种实践，我们需要在今后生活中践行的目标。

有人评价阎真的文章总是写实，而他也总是回答他的小说的确来自生活。他曾透露自己在写《活着之上》之前经过了三年多的酝酿，记下了一千多条的笔记，几乎所有主人公以及周围人物的经历都来自生活中真实的例子。这种写实明确告诉我们池大为和聂致远的经历在我们日常化生活中是存在的，而且不只是一两个人身上有他们的影子，这就呈现出一种迫切的状态。

在《沧浪之水》的开头说道："沧浪之水清兮，可以濯吾缨；沧浪之水浊兮，可以濯吾足。"①沧浪之水所代表的就是这个清浊合一的社会，选择何种道路去走向成功全在于你。于是池大为烧掉了《中国历代文化名人素描》，而聂致远却始终心系曹雪芹，佩服其人格，时时提醒自己。而对于我们自己，能做的又是什么？其实很难定论，即使我们选择了坚守，也有软弱退缩的时候，池大为就是如此，他的妥协并非全无道理，有成千上万个理由最终把他推向了那个顶端。但他绝不是我们应该成为的那个人。池大为的悲剧性和合理性在于，他初心甚好，亦愤世嫉俗，只是最后终于抵抗不了现实的逼迫，于是我们比同情丁小槐更同情他，但是我们一定不能忘掉他最终的选择与丁小槐其实没有本质的区别，我们不能以此作为"妥协"合理性的理由。

童年的我们曾是那么天真，而今天当我们以成人的姿态踏入这个社会时却显得如此不堪与苍白，但同时也是必然。这个社会是病态而真实的，就如同我们纠结妥协与坚持一样，人人都知道坚守的可贵，却鲜少有人能践行。鲁迅先生提出了"国民性"的现状，冷漠、自私、少爱等种种，一直到现今，反映病态人格和社会的小说或者其他文学作品，似乎都在思考和理解这一问题，但行为却又是另一种状态。

这就是笔者强调的"知行合一"，当我们理解坚守的可贵后，也许我们很难成为曹雪芹，成为杜甫，但我们可以秉持：用公平手段，行大义之事，求双赢之果。用"大写的人"来定论，作为一个导向。无论何时何地，需要我们进行选择然后践行的时候，一定要以此为临界点。因为人就这一辈子，没有了坚守，活着也是无望。被磨灭的本心，就是生而赴死的躯壳。"拒绝，是一种尊严的体现。不拒绝，是反复被生活折腾之后的一种尊严的残留。"

一种姿态造就一种人生，坚守比妥协来得艰难而可贵。常常失去风的方向，却并不妨碍我们像风一样自由。当代知识分子生存状态之艰难，当代人生存之艰难，我们身处其中，体会深刻。在2015年3月3日在京举行的作品探讨会上，文学评论家白烨便称阎真的《活着之上》是"通过很小的口子挖了一口深井"，能够深刻揭示现实普遍存在的问题，从而引人深思。从《沧浪之水》到《活着之上》的蜕变我们也清晰见到，我们一定能在绝对之上再去寻找一个绝对。

---

① 阎真. 沧浪之水[M]. 北京：人民文学出版社，2003.

第十三章　从单向度到多声部的审美嬗变

　　写作是属于个人的行为，而阅读则是穿越无数时间和空间的众人的事情。从某种意义上来说，任何一部作品都是作家本人的，他们根据他们所处的时代以及综合之前的所有时代和展望未来的所有时代进行创作，这个过程与他人无关，这是单向度的原点；从另一个维度分析，任何一部作品都是大众的，与作家无关，无数大众在阅读一本书时都会首先结合自己的经历、经验和所处的文化环境在自己的思维模式时获得他们的感知和认知，这则是多声部的主题。作家在创作过程中有他自己的思考，并将这种思考带进作品，他自然会影响读者的思考，但是，作家永远都无法决定读者的思考。人类历史上作品无数，但是，没有任何一部作品可以在大众读者那里一成不变，即便伟大如写出了所有人类的善与恶的莎士比亚，一千个读者眼中仍有一千个哈姆雷特。实际上这体现的正是传播学的特性。在麦克卢汉做出"传播即人的延伸"这个惊世言论之后，我们可以发现，传播学自从人类诞生之日起就已经存在，人类历史上所有的文学作品都处在大众传播的"场域"之内，它们的影响力也都是通过大众传播而实现的。文学首先是个人行为，这里的作家本人就是信源；其次文学是小众群体和小众传播事件，这里涉及的是作家和评论家等形成的群体，任何作品几乎都会先在这个小众群体中经过学术发酵；经过以上两个步骤之后，文学作品最终抵达大众视野，并获得真正的存在意义。也就是说文学本身就存在单向度到多声部的转换模式。

　　如前文所述，阎真是一位与众不同的作家，他习惯表达观点，擅长精神剖析，这些分析和陈述是他作为主体人通过自身的生活经验、知识存储和主动思考而获得，他将他的"企图"或者说"理想"放进了他的作品，他似乎在尝试去教读者怎样去认识他的作品，以及怎样去认识生活、思考人生以及应该怎样活着，诚如哈贝马斯所言，文化需要批判性，阎真的小说有足够的批判性，他做得足够好，但是，这并不足以让无数他者去按照他的逻辑而思考。他不能改变的是信源的传播单向度，他只能提供给大众思考的内容和基点，而无法控制他者如何思考，因为，每一个他者都是一个独立的主体人。在传播学理论中大众传播的"场域"就像隐秘的空气或者隐性的玻璃纸，信息接收者对从信源那里获得的是被这个"场域"过滤的和被加工的信息"虚像"，这个"场域"由大众文化构成。从阎真的作品出发我们可以发现，他批判的实际就是这个"场域"，而他的读者绝大部分都是身处这个传播场域中的大众，于是，吊诡的现象就这么发生了：当阎真想通过精神剖析来思考和批判当下的文化，以试图陈述我们不应该"这样活着"的结论，而应该"那样活着"时，无数读者恰好从他的小说中得出我们必须放弃"那样活着"而义无反顾地"这样活着"，原因就在于大众思考的维度和阎真的维度存在二元割裂，读者正是处在阎真所批判的大众文化的场域中以阎真所不希望的固有模式而思考和活着，也就难怪《沧浪之水》等被看为"官场小说"了。当然，于阎真而言这可能是一种缺憾，这也是所有书写当下的作者所面临的同样的问题：当代作家最不容易被当代读者所接受，尤其是直面当下大众的劣根性的作家，这等于是撕掉了他们的遮羞布。虽然被"误解"是表达者的宿命，但是，我们并不认为写作与阅读的这种从单向度到多声部的嬗变对于作家而言是所谓的悲哀和无奈。实际上，我们认为这并不是坏事，试想一下，如果大家没有"误读"，可能阎真的小说也就不会大卖，更不会有那么大的影响力存在了。

　　单向度与多声部这两者恰恰是一部作品从产生孵化到闻于世人的一个过程，就像此岸与彼岸的关系。任何作品的创作都需要单向度，否则作品就无法完成；任何作品的传播都需要多声部，否则作品就是死的。试想一下，如果阎真写什么，大众就信什么；如果阎真要大家怎么想，大家就怎么想，所有的人都有着同样的《沧浪之水》，那么，《沧浪之水》也就失去了可能性，作品才真的就死了。说到底，单向度的是作家的信仰，任何作家都不能脱离当下而去创作，只是作家属于少数派，他们的思考与大众传播是逆向；多声部的则是文化的回响，对于任何作品的解读也都无法逃脱当下的文化场域的影响，读者是处在传播场域中的多数派。随着历史的前行，大众的多声部必然会向作家的单向度回归和沉淀，经典才会成为最终的经典。

第一节　失望中寻找"希望"的彷徨者

　　阎真进行的是一种"疼痛写作"，众人皆醉我独醒的时候，他必然是疼痛的。只有疼痛他才能感知到自己的存在，身处大众文化包裹当中的他对生存有着深刻的认识，现实让他在单向度的创作过程中挖出自己的"疼痛"。从他的作品和他的表达中我们看到他一直在思考：人应该怎样活着？一个知识分子应该怎样活着？显然，面对世俗的价值观的精神逼宫，他对现实中的诸多种种是失望的，甚至是彷徨的，但是他同时是清醒的，在他的小说里，试图写出中国知识分子的生存状态和价值犹豫，他选择"一片冰心在玉壶"，在漫长的时间和体验里坚守着他的信仰并努力拾起希望。

他的《曾在天涯》《沧浪之水》《因为女人》三部小说不仅真诚地直面当下知识分子的生存境遇，更以深刻敏锐的笔触揭示了当代知识分子精神价值和现实选择的背离以及由此带来的内心煎熬，暴露出混乱的心理逻辑和分裂的人格，走在现实的道路上却心怀知识分子的文人理想与情怀，这样的人是扭曲的，变形的，与此同时也包含着对社会现实的批判，对生存困境和精神困境的反思。阎真是善于写困境的，其新作《活着之上》在主旨上也是对前面三部作品的继承，写知识分子在屈从与反抗中的生存困境。《活着之上》的主角仍是知识分子，一个名叫聂致远的大学教授。与《沧浪之水》不同的是，聂致远不同于池大为在屈服规则之后的如鱼得水，而是一直没有屈服，保持着他的底线。阎真自己也说道："《沧浪之水》写当代知识分子对现实的妥协，那么《活着之上》写的是知识分子的坚守。这两种状态在生活中同时存在，我的新小说之所以转换了表现的方向，是因为我觉得，一个知识分子不会完全被功利主义所牵引。生活是复杂的，人也是复杂的，我们很难去用一个概念去概括人和生活的多样性、复杂性。聂致远不是文化英雄，而是一个平凡的知识分子，他有他的坚守，也有他的犹豫。"[①]

知识分子是时代社会生活中的独特群体，也是文学创作最为重要的"母题"之一。他们要么被视为道德精神的化身，要么被视为启蒙改革的先锋，而阎真不仅以自己的创作续接了对知识分子命运关注的传统，而且为当代文坛提供了具有新的质感的知识分子形象。其笔下的知识分子呈现出现世性、世俗性与日常性的鲜明特征。不管是高力伟（《曾在天涯》）、池大为（《沧浪之水》），还是柳依依（《因为女人》），他们都是知识分子，但摆在他们面前的既非严峻的道势之争，也非启蒙思想的呐喊，或社会革新的吁求，而是真实具体、琐碎切近的日常生活。这些日常生活的琐碎点滴，不仅成了他们最为基本的生活内容，更

---

① 　冯翔. 保证我们做人还有一个底线——从《沧浪之水》到《活着之上》[J]. 南方周末. 2015 - 03 - 06.
http：//www. infzm. com/content/108060

是他们生命意义存在的一种基本在世状态。在时代精神与自我生活、社会发展与个体家庭、生命意义与具体事务之间，他们往往更为关心后者。这是时代与知识分子生活变迁的真实，也是作者对当下知识分子生存境遇与精神存在的直面与真诚。

《曾在天涯》描写的是一种"留学生文学"，主人公高力伟不是为寻求真理而远赴异国，也不是为了求知学业而奔走天涯，填满其生活的是与林思、张小禾之间的爱情纠葛，是找工作、发豆芽、站油锅、拿救济来谋求生存，是为了五万加元的积蓄而苦心经营、勉力支撑。他的留学生活是那样的灰色卑微、琐屑憋屈，无奈伤感。这是当下大部分留学生生活的真实图景，也是当代知识分子命运与生活的再平实不过的一种素描与写真。一个历史专业的研究生，本来应该在异域的北美传播长达几千年的中华文明史，然而当他遭遇困境后，却找不到人在历史长河中存在的意义。正是如此，他一度沉沦在非本真的状态中，当回首自己走过的那段碌碌无为的日子时，那种基于时间的恐惧感在高力伟的灵魂深处油然而生："三年多的北美岁月倏然而过……隔着这个一千多个日子望过去，我已经步入了中年，生命的暂时性……是如此清晰、如此现实。生命的一个阶段无可挽回地过去了，生命的终点已隐约可见。"

《曾在天涯》展示了在当代市场经济环境下的一个历史学研究生在继承、坚守中国文人固有的价值观、人生观过程中的尴尬、困惑、苦恼与动摇。他最终成了一个"被迫的虚无主义者"。而这种"被迫的虚无主义者"恰是当代相当一部分知识分子的精神写照。作品由此表达出对传统精神资源有效性的质疑，并提出了拿什么来拯救人文精神的问题。

而素有官场小说之称的《沧浪之水》，读者一般将其视为当代知识分子的心灵史。但是，真正贴近文本，你会发现，作品在开端处的确写到了池大为为保持自我人格的独立，拒绝了许小曼的爱情；感动于传统人文精神的高洁而珍藏起父亲的《中国历代文化名人素描》。但紧接着就是描绘他为获取地位、晋级、晋职所做的摸爬滚打，算计经营。在这种努力过程中，他时时在自我审视，自我反思，甚至是自我灵魂的拷问。他在为自己的精神的蜕变而惋惜，或者说自责，有着极为深厚而丰富的审美内涵。他身上体现了现代知识分子更为复杂与多样的需求，那就是物质需要与道德良知一体同在，权势地位与精神自由合而为一。

《因为女人》更为深刻地揭示了时间对于女性的悲剧："欲望化社会给女性带来了极大的困扰，因为一旦青春不再，她就不再是欲望的对象。"在同男性博弈时，女性一开始就失去了生理上的优势，这是女性的最大不幸，也加剧了她们与时间抗争的烈度。主人公柳依依从一个纯情少女蜕变为一个旷世怨女，从对爱情虔诚信仰到最后无奈丧失了爱的能力，从对生活充满希望到向现实步步投降，从傲视男人到对男人节节败退，落花流水春去也，只为她没有及早看透这世事，任青春散去依然没有能够抓住一个可以依靠的男人，或许她有过这个机会，可是早已在这充满欲望的世界里失了初心，也只能咽下这苦果。最后她向自己的命运进行了一次深刻的发问：自己作为一个女人是失败到底了，这失败到底是一种个人的悲剧呢，还是一个时代的悲剧？她没有思考出结论，但这个问题确实令人深思。这也是阎真想向读者提问的地方，他以男性之笔，深刻细致地写出女性在当今时代的生存困境和精神危机。

中国古代的"士"作为现代知识分子的前身，有着高尚的道德情操。孔子曾言："芝兰生于幽谷，不以无人而不芳；君子修道立德，不谓穷困而改节。"（《孔子家语·在厄》）在孔子的眼中，君子应该以道德为本，不能因贫穷而改变自己的操守。同样，孟子也说："古之人，得志，泽加于民，不得志，修身见于世。穷则独善其身，达则兼济天下。"（《孟子·尽心上》）在孔孟所倡导的道德视域中，利益的得失不足为知识分子挂齿。于是，他们就与"小人"划清了界限。可是随着现代化的出现，知识分子的道德藩篱被打破了。至当代社会，它更是遭到无情的解构。知识分子非但不以追逐物质为耻，反而将它看作自己身份或地位的象征。相对于传统知识分子而言，这实是对其固有精神的挑衅，换言之，他们被现实俘虏了，物质成了主人，支配了知识分子的生命……

《曾在天涯》中的高力伟渴望有所承担，拒绝平庸，希望和妻子林思文在海外创业，有所成就，而在强势女人和异域文化环境的逼挤下焦虑不堪，失去了生活的自尊和自信，最后夫妻分道扬镳，高力伟回国，认同了自己的渺小和平庸。《沧浪之水》中的池大为希望以天下为己任，将自己的精神结构建立在天下千秋上，但卫生厅的权力游戏规则和世俗生存压力让他备受煎熬，最后认同了世俗生存法则，陷入精神绝境。《因为女人》中的柳依依相信爱情，对爱情、婚姻怀有美好的憧憬，却在欲望化社会中被男人三番五次地抛弃，因此不再相信爱情，对女性命运充满悲观绝望。

从高力伟到池大为，再到柳依依，阎真为我们表现了当代知识分子在异域、官场、大学校园中的生存状态。这里没有忠奸之争、道势斗法，更没有启蒙与改革，而是深沉的失落、迷惘与无奈。如何在当下语境中谋求自己的生活，获取自我的价值载体，既是当代知识分子一个无法回避的现实性问题，也是任何一个时代知识分子所要面临的问题。物质生活、社会地位，是必须需要的部分，但自由精神、人文情怀与意义思考，也是不可或缺的内容。我们也可以见到其作为中国式知识分子的那种求安稳、求自足的那种中国传统文化与生俱来的保守、狭隘与自我本位的负面因子，其生命视域与精神存在的限度也显得极为狭小。

"当下知识分子在积极寻求着生命的自由与存在的意义，但来自现实与传统的、外界的与自我的、浅层的与深层的种种原因，形成了寻找的困惑与迷障。但一切都在蜕变中，寻找是永恒的指向，它孕育着新的希望的可能……"①

我们可以将此看作是一个作家对大众传播下的世俗文化和世俗观念的挑战，也正是一个作家以单向度的信仰坚守与读者多声部的阅读感受的对抗，这种对抗里有冲突，也有共振，核心看似有关"官场政治学"和"为人处世观"，实际上核心又远远在这些功利主义之上，于是，所谓的官场误读也就这样产生了。

第二节　后现代社会的理性之光

信息极度爆炸，传播高速发达，多元文化充斥，话语语境混乱，个人主义、消费主义和功利主义盛行，这些词语都可以用来形容后现代，后现代主义盛行的社会转型期形成了集体的喧哗与躁动，娱乐文化盛行。以电影为例，周星驰的电影风格就被称为后现代主义，其文化特征表现为恶搞、无厘头、非理性，这种非理性并非"真的非理性"，而是很多人的主动选择，以自嘲来麻木自我，言外之意也就是人们更愿意随波逐流地沉沉睡着。

20 世纪 60 年代开始，随着科学技术的革命和资本主义的高度发展，西方社会进入一种"后工业社会"，也称作信息社会、高技术社会、媒体社会与消费社会，在文化形态上称为"后现代社会"或"后现代时代"。"后"（post）的含义具有双关性，在一种意义上，"后"意味着一种"非"，即要与所有现代性的理论、文化、意识形态和艺术风格决裂，从旧的限制和压迫中解放出来。另一种意义上，"后现代"可以理解为一种"超级现代"（hyper-modern），它是对现代的继续和强化，后现代主义只不过是现代主义的一张新面孔或一种新发展。

"后现代主义"（postmodernism）一词最早见于西班牙人 F. D. 翁尼斯（F. D. Onis）1934 年编纂的《西班牙及西属亚美利加诗选》一书。1947 年，英国著名的历史学家阿诺德·汤因比（A. Toymbel）在《历史研究》中也采用该术语。50 年

---

① 周睿. 世俗生活的需要与人文精神的坚守及迷障——论阎真笔下的知识分子[J]. 湖南社会科学，2014(5)：203.

代，美国的理论家查尔斯·奥尔森(Charles Olsom)在他的评论文章中经常使用"后现代主义"一词。到 60 年代，后现代主义的概念得到了广泛的运用，涉及大众艺术、建筑、试验小说、后结构主义哲学及其文学批评，成为一个"仁者见仁，智者见智"的课题。波林·罗斯诺(Pauline Marie Rosenou)曾说："有多少个后现代主义者，就有可能有多少种后现代主义的形式。"[①]后现代基于对以往现代主义推翻和背离的思想倾向在 70 年代开始疯狂蔓延，这种倾向曾有过多种不同的称呼，如"反现代主义""现代主义之后"和"后现代主义"，后现代主义这个词被大家广泛运用，而且慢慢地在哲学、文学、美学等各个领域走红。

究竟什么是后现代主义，我们很难找到一个全面而准确的答案。其最重要的一点就是对现代性的否定——对现代主义的一元论、绝对基础、唯一视角、纯粹理性、唯一正确方法的否定，对现代主义、帝国主义家长制以及西方文化中心主义的否定。倡导多元化，它倾听和关注来自各个层面的不同声音，坚持与社会平均成员的最近距离接触。这与世界格局中政治、经济、文化等的国际化和多元化是息息相关的。后现代主义在思想上所看重的就是一种多维不同视角看问题的思维方式，这种思维模式也推进了后现代文化在各个生活层面的竞相争艳。

20 世纪 30 至 40 年代为后现代主义文学的萌芽阶段。以反传统为号召，以非理性为追求，以个体心灵活动为中心的基本特征。后现代文学得到长足发展和完全盛行，是在 20 世纪 50 至 70 年代。20 世纪 80 年代以来为衰落与衍生阶段。

20 世纪 90 年代，后现代主义已经成为一个关键词，其涵盖范围之广，超过以往任何一种文化思潮。对生活在当下的中国人来说，90 年代文化语境也是一个"中间状态"。中国学者看待后现代主义，大都倚靠一个或数个国外的后现代"导师"，将其理论做一番译介和演绎，他们眼中的后现代主义大都只是其中的一隅。加上中国具体的时代语境和传统文化积淀，自然使原本繁杂的后现代主义在中国更加复杂化。陈晓明认为，90 年代以来的文学进入了"仿真"的年代，王宁将 90 年代称为"后新时期"，张颐武认为这个后新时期的本质就是文化的"大转型"时期，也是宣告寓言写作终结的"反寓言"时代。旧的文学体制、文学范例似乎难以为继，新的话语并没有如期而至，文学失去了其中贯穿的主线，放弃了对昔日宏大叙事的岌岌追慕，而转向世俗的表象式叙述。

对于 20 世纪 90 年代中国文学而言，精神追求是抵达人的心灵深处和生存

---

① 罗斯诺. 后现代主义与社会科学[M]. 张国清，译. 上海：上海译文出版社，1998：18.

处境的最好呈现。关注主流意识形态，关注人的情感和灵魂，而更多的是一种多维的融合。90年代小说中人的主体不断零散化时，不能忽略作家主体潜在的焦虑和建构的努力，当我们阐释90年代小说文本的深度被无情地解构时，不难触摸到作家重绘历史版图的欲望，其中的复杂多样性，并非单用后现代主义文化理论可以涵括之。

"90年代小说是在西方后现代主义文学与文化理论的催生下，中国传统文化积淀和当代文学内部审美冲动共同作用的结果。"

后现代主义既是人本主义精神不断要求个人走向自由的结果，也是现代西方哲学多种精神资源相互碰撞的结果。解构主义、新实用主义、欲望哲学和块根思维、存在主义等都是其精神资源的一个分支。这些不同的哲学资源，汇聚成后现代主义文化理论的多元化和复杂性。解构哲学就是反对从纷繁复杂的现象背后，形而上学地抽象出普遍性的、简单化的虚假本质，主张消解中心，提倡多元形式下的差异表现。德勒兹将资本主义社会的发展看作是一个欲望生产到欲望压抑的过程，后现代社会就是要解放人的一切欲望，让其自由地流动。在 R. 罗蒂（Richard Rorty）看来，新实用主义是那种打破传统形而上学中心性、秩序性，倡导无主导性、差异性为特征的后哲学（post-philosophy）。这种哲学宣布与以往的传统决裂，放弃了柏拉图以来的传统哲学对于"绝对真实"的追求，不贬斥历史的、变化的、偶然的因素，也不把哲学当作反映现实的镜子。在后现代主义文化中，是不是"知识"，一切都以"有用性"为第一标准。人这个寻求终极意义的理性主体，变成了实用性的主体。这种实用主义精神，为后现代主义文化走向消费主义一维提供了理论依据。实用、满意作为知识和价值的评判标准，直接体现了大众文化的消费价值取向。

人的主体自由始终是西方人文主义精神探求的目标。当西方资本主义发展到现代时期，人的存在越来越受到理性的挤压，人成为非人。存在主义哲学正是反映了西方现代人普遍存在的生存危机和精神危机。后现代主义则在此基础上，认为人的反抗、超越、焦虑都丧失了可能性，人只有消解一切，将对自身处境的反思转化为对现实处境的反应，一种本能的、无追求的反应。从存在主义的超越转变为无所谓超越，从主动选择转变为无法选择，从内心的反抗沦落为本能式的反应，后现代主义本质上是存在主义发展到一定阶段的结果，是人对自我和异己力量失去控制后的虚无感流露。

后现代主义挣断历史的链条，抹去过去和将来，只有当下的存在。历史作为人类维系生存的"根"，对于某一个群体文化而言，它表现为深厚的传统；对于每一个个体而言，它就是一种文化的记忆。当这种文化记忆和传统被抛弃之后，维系人类的根也不复存在，人成为飘零的游荡者，而历史则成为没有线性时间联结的幻影或档案。

充满悖论和矛盾是后现代主义文化本身具有的一个显著特征。其理论的复杂性和多样性直接体现了文化的差异性和多元性。后现代主义大约20世纪80年代传入中国，但此时并没有得到广泛的发展。90年代作家的后现代意识并不是直接来自西方文学，而是后现代文化理论吸收后的再运用。

后现代主义为什么能够在中国20世纪90年代形成如此浩大的声势？20世纪90年代，市场消费话语不断深入和蔓延，为后现代主义话语一统天下创造了物质条件，反过来，后现代主义作为对主流意识形态挑战的生力军，为市场消费话语辅以观念的支撑。二者相互融合，形成后现代话语和市场消费话语在当代中国的共生关系。可以说，原来只限于文化层面的后现代话语，已经成为一种世俗实用的话语体系，在消解过去的主体、精神、启蒙中赢得世纪末的狂欢。毫无疑问，后现代主义话语为阐释90年代以来的中国问题提供了一套参照体系，却陷入话语理论与本土语境能否契合的焦虑。

"中国后现代主义文学的出现，是以'反'文学中过左的意识形态和权力话语为目标的。由于强大的启蒙和救亡主题，中国长期处于一种无理性的个人权威和集体意识形态的压抑之下，文学现代性被强行纳入主流意识形态轨道中，现代主义由于种种原因未能如愿，而后现代主义的到来，被认为是现代主义思潮的发展和超越。可见，中国后现代主义文学'后'的是文学中过多的意识形态控制机制。'后'过之后，目标在于建构一种西方式的现代性，其中包括理性、主体意识等形态的高度发达。"①

20世纪90年代，当代文坛的"断裂的一代"，"个人化写作"，"私人化写作"，甚至"身体写作"，以超凡脱俗的姿态，书写个体的身体、欲望，远离宏大的意识形态叙述和"大写的人"的神话。个体的人不再被遮蔽于过去的意识形态之下，成为一个个非理性、欲望化的后现代个体。

阎真的小说出现在世纪之交的社会转型期，恰逢20世纪90年代的后现代文学思潮。《曾在天涯》出版于1996年，《沧浪之水》出版于2001年，《因为女人》出版于2007年，随着中国社会的进一步商业化，经济的迅猛发展，整个社会的审美取向和价值观发生了深刻变革，世俗化的价值体系得到民众的广泛认同，个人欲望高度膨胀，知识分子的人文精神也走向滑坡和缺失，出现了信仰问题和精神危机。而《活着之上》在批判现实的基础上，舍弃了"活着至上"的

---

① 江腊生. 后现代主义与中国20世纪90年代小说[D]. 苏州：苏州大学，2006.

价值观，拾起了"活着之上"的东西。

市场经济淹没了一切，是在我们这个时代的决定性话语，资本的功利主义渗透到了这个时代生活的方方面面，以侵蚀一切的姿态。但是在阎真的小说里，我们看到了他坚持着自己的理想主义。《曾在天涯》中的高力伟最终抵御了加拿大的绿卡和对他一往情深的美女张小禾的诱惑，毅然回国了。《沧浪之水》中的池大为虽然给自己戴上了面具，成为虚无主义者，但在玉碎瓦全的权力博弈过程中，他的内心充满了纠结、痛苦。特别值得一提的是《因为女人》，虽然是一部女性题材的小说，以女性视角观照社会现实，反映女性在欲望化社会中被抛弃的命运，却与《曾在天涯》《沧浪之水》一脉相承，无意识地流露了作家本人的孤愤意识。

《活着之上》里，这种对理想的坚持表现得更直接和坚决，从主人公聂致远身上所经历的一系列选择和他面对选择的态度上可以观照出来。聂致远成家之际，最需要资金时，一名矿老板要给自己的爷爷立传著书，要求聂致远把作为满洲制铁汉奸的爷爷写成抗日企业家，挣扎许久，最终聂致远还是不愿意"篡改历史"，就算不署名也无法说服自己，于是拒绝了这笔买卖，让十万块钱打了水漂，最终他的同门博士最后接了这单活儿。此外，亦有学院金书记托聂致远给关系户学生多打一点分数，尤其是范晓敏争取公费留学需要成绩单上的数字更漂亮时，聂致远给了平时不来上课的范同学平时成绩，也给卷面分数只有八十以下的她打了八十六分，所以人情世故到聂致远这里，总要打一点折扣，这样做了才能勉强维持他自己内心的秩序。还有最终在金书记要竞选扶正时，先后组织了几次以拉票为目标的小范围宴请，聂致远同样被请了，但最后作为群众评委投票时还是在遵从自己内心的情况下投出了不具备决定性的否定票，金副书记当选了书记，蒙天舒当选了副院长，即使改变不了结果，但聂致远的这些微小的拒绝和不触及底线的行为都表现出了通过对人物行为选择的设置，阎真坚持让人物带去平衡，让功利主义不至于横行肆意。让一些价值仍旧存在并且展示出它们存在的意义，就是人总要有一些精神，哪怕是负隅顽抗，总要有一些信仰。就像他自己说的那样："功利主义有自身的合理性，欲望也有自身的合理性，但这种合理性不是无边无际的。欲望不能任性，不能野蛮生长。总要有一种平衡的力量。没有这种平衡的力量，整个社会心态就会失去平衡，互相攀比，永远欲壑难填，变得非常浮躁，以至疯狂。"①

在马克思主义理论中，"异化"作为社会现象同阶级一起产生，是人的物质

① 阎真.从《沧浪之水》到《活着之上》[J].南方文坛，2015(4).

生产与精神生产及其产品变成异己力量，反过来统治人的一种社会现象。被异化的人，因受到异己的物质力量或精神力量的奴役，人的能动性丧失了，这就使人的个性只能片面发展，甚至畸形发展。随着市场经济在中国的建立和深化，利润最大化成为人追逐的目标，个人的欲望也合法化。在这样的一个历史语境下，追求所谓人的终极意义，就成为一种奢侈的享受。在欲望化的社会中，作为终极意义肩负者的知识分子就陷入了尴尬的境地。如果与市场欲望苟合，他们就失去了自身存在的精神分量；反之，如果他们坚守知识分子的立场，他们就会为他人甚至体制所唾弃。于是，知识分子陷入到了两难的处境中。

而阎真的作品中透露着自己的知识分子操守，以及整个后现代文学社会下非理性中的"理性之光"，体现出对传统精神和文人信仰的坚守。

第三节　单向度的议程设置

1972 年，美国传播学家麦库姆斯和肖发展了李普曼的"拟态环境理论"，提出了"议程设置功能"理论。他们认为，大众传播往往不能决定人们对某一事件或意见的具体看法，但可以通过提供给信息和安排相关的议题来有效地左右人们关注哪些事实和意见以及他们谈论的先后顺序，大众传播可能无法影响人们怎么想，却可以影响人们去想什么。

阎真在他的每一本小说序言部分都有一个理论设计，将自己小说的中心提上议程，然后围绕这个理念去做小说，引导读者进行深度的阅读与思考。然而这仅仅是作者的，是单向度的，能否实现双向度，有赖于读者的知识经历和理解等。

在大众传播中，传播的信息流向通常是单向的，并且反馈信息少，反馈速度慢，从这个角度上来讲，传播者与受众双方的角色又是相对固定的。传播的核心问题就是传播者与接受传播者之间互相领会对方的含义。只有主体之间达到信息的共享，才能使传播更加流畅，这样也有助于拟态环境的形成。

《曾在天涯》中引言部分作者写道："写这一篇东西并不是为了什么，也许又为了点什么，我也说不明白。多少年来，我总忍不住想象在一百年一万年之后有一双无所不在的眼睛在遥望着今天的人们。从那个熙熙攘攘的世界望过来，今天的嘈杂纷繁焦灼奋起都像尘芥一样微茫。这种想象迫使我反复地自我追问，究竟有什么事情具有最后的意义？我知道这种想象无比虚妄，却又无比真实无可回避。在这种虚妄与真实的缝隙中，我意识到了生命的存在。我想在漫无际涯的岁月虚空中奋力刻下一道轻浅的印痕，告诉在未来的什么年代什么地方生活着的什么人，在很多年以前，在天涯海角，那些平平淡淡的事庸庸碌碌的人，也曾在时间里存在。"作者由这一部分来打开自己的留学生涯，引导故事的后续发展。在高力伟的留学生涯中拷问生命存在的终极意义。

而在《沧浪之水》这部小说中，作者开篇扉页就以一首"沧浪之水清兮，可以濯吾缨；沧浪之水浊兮，可以濯吾足。——屈原《渔父》"作为引子，来点名小说的主题。这一段话是屈原《渔父》中的名句，意为"沧浪的水如果是清的，可以用来洗我帽缨；沧浪之水如果是浑浊的，可以用来洗我的脚"。沧浪水清有水清的作用，沧浪水浊有水浊的作用。沧浪水清喻清廉之世，沧浪水浊喻乱世。一个人只要善于调整自己，清世乱世都可为我所用。渔夫站在世俗的角度，劝屈原要审时度势，不可太执着于自己的清高洁白的理想。要不然屈原会无法在这个世界上生存下去。

渔夫是个虚构的人物，就犹如小说中的矛盾体池大为，其实是作者内心的矛盾斗争。屈原想举贤任能，进行政治改革，以挽救日益衰退、濒临灭亡的楚国，但他遭到以公子子兰为首的保守派的排挤，几次流放，自己的才华得不到施展。而且他亲自苦心培养出来的学生也大多随波逐流。屈原自己也在痛苦地思索：到底是与世同流合污还是坚持自己的理想？在这种背景下，他写下了这篇著名的赋。最终，屈原还是坚持了自己的理想，投汨罗江自尽了。

小说中主人公池大为是一个矛盾知识分子个体，从当初坚守自己的信仰到最后随波逐流，虽然得到了厅长的位置，内心却还是无法得到片刻安宁，在小说最后他向父亲的亡灵祖露自己的苦闷："你的儿子，却在大势所趋别无选择的口实之中，随波逐流地走上了另一条道路。那里有鲜花，有掌声，有虚拟的尊严和真实的利益。于是我失去了信念，放弃了坚守，成为了一个被迫的虚无主义者。我心中也有隐痛，用洒脱掩饰起来的隐痛，无法与别人交流的隐痛，这是一个时代的苦闷。请原谅我没有力量拒绝，儿子是俗骨凡胎，也不可能以下地狱的决心去追求那些被时间规定了不可能的东西。"[①]

《因为女人》不同于前两部写男性知识分子的小说，是一部典型的写女性生存困境之书，小说表现了女性，特别是知识女性的生存困境。序言部分以编者按开启整个小说的基调，开门见山地提出"21世纪，我们怎么做女人？"编辑杨柳言："这是世纪性的问题，也是世界性的问题。这个问题主要是向知识分子女性提出的。作者是一位男性，他说见到了太多的实例，不得不写一部小说，来讨论现代知识女性所面临的情感和生存困境。在两性关系方面，欲望得到承

----

① 阎真. 沧浪之水[M]. 北京：人民文学出版社，2012：359.

认，道德趋向宽容，自由失去边界，身体大幅升值，电视、广告、网络、杂志、报纸……一切传媒所传递的价值信息难以抗拒，女人'非美不可'，美就是最高的价值。与之相对应的，是精神价值的贬值，'爱情'在许多人那里几乎灰飞烟灭，成了一个说不出口的词汇，被'感觉'所取代，而'感觉'无须深刻性与神圣性，它流动着，也引领'身体'流动着。这种状态日渐成为我们生活的主流景象。但是，流动着的心灵和身体又到哪里去寻求纯情？爱作为女性生命中最核心的价值和最重要的主题，是不是已经不合时宜？爱情是不是已经只是身体的感觉，已不再意味着责任、忠诚、永恒，而如小说主人公所说的那样，需要重新定义？"

爱情就是此部小说中柳依依唯一的信仰。她说人没有信仰，简直太可怕了。可是她自己最后还是成为现实的牺牲品，被现实所打败。从19世纪的精神分析学家弗洛伊德再到20世纪法国女权主义哲学家西蒙娜·德·波伏娃再到近现代的日本作家渡边淳一，他们的作品里无一不表现了性是人的原始欲望之一，某种程度上主导人的心理和肢体行为，以至于有了这句评判男人的社会标准"男人是用下半身思考的动物，除非他已经老了，心柔软了"。人的动物性决定着一个铁板钉钉的事实，每个人都有原始的生理欲望，这种欲望构成了文明发展的必然部分，在极大程度上决定了女性的文化和心理状态。

第十四章　理解与误读：文学增殖的受众元素

　　作家不能控制自己作品的接受状况，就如同商品制造者不能左右消费者如何去消费一样。商家按照自己的预先设定去制造商品，并且要求消费者按照产品说明书去使用、操作，但是，文学作品的生产则不能按照作家的意志去设计一个"阅读向导"，要求读者循此思路去感受作品。所以必将出现气态万千的理解结果和阐释方式。

　　造成一部文学作品多种解读现状的原因，除了诸如社会经济环境的巨变、社会制度或者体制的变化等外部的因素对读者的共同作用外，还有读者自身所处信息环境的差异性的原因。正如日本学者后藤和彦为信息环境所下定义："信息环境即在与自然环境相区别的社会环境中直接或间接地控制社会成员之行为方式的符号部分"[①]，每个读者群体甚至每个读者个人接触的信息，以及信息传播活动总体构成的环境是不同的，受到读者主观动机、知识水平、人生阅历、阅读积累、生活经历等多方面影响，这些信息不仅具有告知性，还具有指示性，指导着人们依据已知环境和知识做出相应的理解和行动。所以作品的完成只意味着文本意义上的结束，或者说，作家的精神创造和情感体验已经凝结在纸张之上，但这只是一个单维度的终结。当读者开始接触作品那一刻起，由于所处的信息环境不同，读者会对作品进行选择、判断，阅读之后形成相应的反馈，并向他人传播，这其中反馈和传播的内容未必是按照作家的设定去还原作家的本意，读者在阅读过程中形成的主旨概括、人物形象、情感体验可能迥异于作家的写作初衷。读者在阅读过程中形成再生文本，称之为"第二文本"。

　　第二文本是基于第一文本的个性化解读，其中存留着大量第一文本的痕迹，两个文本之间既不完全重合，也不完全分离；而是既有相交重合部分，又

①　郭庆光. 传播学教程[M]. 北京：人民大学出版社，1999：125.

有彼此相离、各自独立的区间，第二文本中从相交的部分中分离的板块就是读者的个人"再创造"，"第一文本"一旦形成凝固下来，就具有唯一性，而第二文本则千差万别。这种千差万别的第二文本就是形成了作品的多义性，因为这些理解是客观存在的。在作家、世界、读者、文本这个循环流程中，从文本到读者的过程同时是一个意义重组的过程，必然发生异变；所以，多种解读可能性的产生与作家写作的最初设定没有必然的联系。

鲁迅在《绛洞花主》小引里谈到《红楼梦》："单是命意，就因读者的眼光而有种种：经学家看见《易》，道学家看见淫，才子看见缠绵，革命家看见排满，流言家看见宫闱秘事。"①这是读者身份立场不同而产生理解差异的典型例子，身份的差异必然带来立场的多样化。而在实际阅读过程中，读者的主观动机、知识水平、人生阅历、阅读积累、生活经历都会对阅读命意产生影响，甚至阅读过程中彼时彼刻的情绪状态也会对阅读效果产生微妙影响。比如，同一个人在少年时期阅读《红楼梦》可能会着重关注宝玉、黛玉等主人公的感情线索，而老年时期阅读则更易关注到金钏、晴雯这些小人物的命运及背后的社会意义，对此形成的理解也有着巨大差异。

又如李敖在《上山，上山，爱》开篇写道：

十七年过去了，那个李敖又来了！不管"大头""小头"，还一起冒出来了！"上山·上山·爱"四月二十五日出版之日，因为此书来头大、两头大，必然掀起定位定性的高潮。是"黄色小说"？还是"情色文学"？还是"打开天窗说亮话，脱了裤子谈思想"的中文巨作？都可七嘴八舌、都可议论纷纷。但对构思三十多年、最后花四十多天一口气把它写完的作者说来，这本小说，却应了我在它扉页写下的十四个字：清者阅之以为圣，浊者见之以为淫。

正是大度接纳了不同读者对同一作品的多样解读和理解，接纳了读者产生"第二文本"的增殖，李敖写出"都可七嘴八舌、都可议论纷纷"，也充分地考虑到《上山，上山，爱》这部作品有可能被部分读者评价为"情色文学"，并对此表明了自己的态度，那就是"清者阅之以为圣，浊者见之以为淫"，这句话被李敖放置于小说的扉页之上。同样一个作品，关键是看读者持一种什么样的心境去阅读，李敖没有要求读者按照统一的模式和思维方式去接受和理解作品。是圣是淫取决于心态是清是浊。智者的心灵总是相通的，阎真在《沧浪之水》扉页上

---

① 鲁迅. 集外集拾遗·《绛洞花主》小引[M]//鲁迅全集：第8卷. 北京：人民文学出版社, 1981：145.

同样写上了"沧浪之水清兮，可以濯吾缨；沧浪之水浊兮，可以濯吾足"，寄托了和李敖大致相似的感受。

文学作品的理解和接受还受时代氛围和时代特征的影响，比如鲁迅的《论"费厄泼赖"应该缓行》，对于近三十年来的读者来言，就很难理解，会认为鲁迅是一个锐气十足的左翼战士，这样就把一个立体的鲁迅处理成了平面。作品的主旨如此，人物形象同样如此，鲁迅曾就林黛玉这一人物形象说过这样一段话，"譬如我们看红楼梦，从文字上推见林黛玉这样一个人，但须排除了梅博士（梅兰芳先生）的黛玉葬花照相的先人之见，另外想一个。那么，恐怕会想到剪头发穿印度绸衫，清瘦，寂寞的摩登女郎；或者什么模样，我不能断定。但试去和三四十年前出版的《红楼梦图咏》之类里面的画像比一比罢，一定是截然两样……"①鲁迅认为，仅从文字上去推想，林黛玉甚至可以是"穿印度绸衫，清瘦，寂寞的摩登女郎"，文学作品的人物形象具有规定性和模糊性，就外形上来说，林黛玉必须是体弱娇小、清瘦无力的，"心比比干多一窍，命比西子受三分"，这是规定性，活泼可爱、神采飞扬和温柔贤惠都和林黛玉沾不上边，但是瘦弱这个特征只是一个范围，这个范围内的年轻女性都可以成为林黛玉的形象，关键是看的想象空间，而这个想象空间的形成依赖于很多因素，包括读者所处的时代。所以在《沧浪之水》的误读成因中，读者所处的某个具体时代和社会环境会直接影响读者的"第二文本"，如商品化经济大潮、消费主义思潮、政治体制改革等等，因此时代思潮的遮蔽是一个重要的因素。

第一节 读者的画像分析及阅读传播研究

基于上文提到，读者在阅读作品过程中会因自身的主观动机、知识水平、人生阅历、阅读积累、生活经历等等诸多影响因素，受个人所处独特的信息环境的影响对作品做出不同的解读、反馈，形成"第二文本"，那么为了深入研究"第二文本"的形成过程，论者选取了阎真作品读者——为便于分析，主要针对《沧浪之水》的读者群——为样本展开读者阅读状况问卷调查，并利用传播学等相关学科知识，进行一个简要的画像分析。

问卷调查首先对读者的个人信息进行了了解，从读者文化程度上说，专科以上学历占到总比例的91%，也就是说样本中的绝大部分读者接受过高等教育，属于知识分子群体，而《沧浪之水》讲述的也是一个知识分子的命运，可见

---

① 鲁迅. 看书琐记［M］//鲁迅全集：第 5 卷. 北京：人民文学出版社，1959.

读者对作品主人公的关注，一定程度上来自自我的代入感，他们之间有共同的思想基础，有相近的工作生活经历，都面临着理想与现实冲突的相似处境。从读者的年龄分布上来看，35岁以下的比例达83.7%，可见大部分读者尚属于青年阶段，这个年龄阶段的知识分子大多在社会上还没有进入中心的舞台，和主人公一样面临激烈竞争和渴求晋升的问题，所以在阅读小说时和主人公有更多的共鸣。在阅读方式的选择上，超过半数的人选择了纸质书籍，占到66.5%，说明尽管电子阅读终端如手机、平板电脑的大范围普及，我们的读者中仍有半数以上愿意选择传统的阅读方式，可见传统的阅读方式依然有其不可替代的地位。尤其是当下图片、电影、视频等都通过电脑作为终端和介质，呈现方式和呈现内容都极尽可能地刺激视觉，可以说电脑已经在媒介中占据了绝对的统治地位，而阅读可以撇开电脑进行，再次证明纸质阅读有其不可替代的优势。除了阅读纸质书籍以外，网络下载的阅读方式占27.5%，这是一种新生事物，可能还会呈现上升的趋势，也应引起重视。

文学作品的传播阅读通常要有一个接触的契机或渠道，例如商业电影的宣传，有缜密的营销推广计划，电影开拍前的剧本敲定、演员选角，拍摄时的开机仪式、新闻释出，以及上映时的发布会，均会通过媒体像海浪一样一波一波席卷向观众，让观者始终卷入到相关信息之中，保持一定的、长时间的关注度，因此往往在没有放映之前，观众的期待视野和胃口已经被充分调动起来。书籍则不然，它的传播途径要单一得多，问卷结果显示通过朋友介绍占66.3%，也就是说主要传播方式为口碑传播，口碑传播主要来自私人关系（如家庭成员、同事朋友等），是读者之间传递的作品内容、特征的非正式信息，具有互动、迅速和少有商业偏见的特点[①]，其实这也解释了为什么读者受教育水平、年龄非常相似，正是由于口碑传播的方式使得作品会在相近的读者群中传递，而这个传递过程商业化的操作相对较少。但与此同时不能忽略的一点是，现在互联网极为发达，已渗透到人们生活中的方方面面，口碑传播也不仅仅只在现实的人际关系中存在，网络特别是社交媒体给了口碑传播更大的平台，单就阅读来说有相当数量的读书论坛、评书网站，读者阅读完后会在网站上发布书评、推荐指数，当书评汇聚到一定数量会形成具有态度指向性（正面或负面）的信息环境。另外不容忽视的是，在书评汇聚的过程中，必然会产生一些意见领袖，他们多是这个领域的专业工作者（如编辑、作家等），同时拥有大量的关注者，正是因为专业性和关注度的优势，他们的书评会更具有权威性，传播范围和影响

① 舒咏平. 新媒体广告[M]. 北京：高等教育出版社，2016：119.

力也更大，他们往往是也应该是第一批接触作品的读者，作者、出版社以及作品的推手们应该充分重视这些意见领袖。

对于阎真作品，尤其是已经出版十余年的《沧浪之水》至今依然具有了强大的文学生命力，对此读者各持观点，其中坚信者、否定者、不置可否者各有一定的比例。认为二十年后作品不会有生命力的读者认为，二十年在历史上是短暂的一瞬，但其中出现的文学作品无以计数，大部分都要被遗忘。认为新书层出不穷的读者占到66.4%，似乎在今天，经典要经历的挑战更多。尽管如此，时间仍然是衡量经典的唯一尺度。

另外由于阎真身为作家的同时还是大学教授，笔者在问卷中也相应设计了对于教授写作的认识问题。教授写作在现代文学上不乏先例，甚至很多作家的职业就是教授，如鲁迅、沈从文、老舍、钱锺书等，当代文学上也不乏张中行、余秋雨、曹文轩等。在调查中，大多读者认为教授写作会有很强的理性思辨，鲁迅、钱锺书都是如此。喜欢教授写作的人占37.6%，充分说明了这种类型作者的阅读接受程度之高。

总之，文学作品的具体接受是一个应该受到重视的问题，读者通过何种渠道接触到作品，在阅读过程中以及阅读做出何种评价，更重要的是这些评价如何传播以产生更大效应，这些都应充分考虑，与此同时可以将其应用于指导之后的文学写作和作品传播，以往的很多不解也可以从中找到答案。"在许多场合，社会上影响颇大的作品，其解放效果并不能归结为美学上的更新——理由多半是，要通过作品的主题思想，或通过解决读者生活事件而提出新的解决办法。"[①]文本内部的艺术问题和文本的主题思想与社会思潮的契合程度都是影响文学作品传播的重要因素。

第二节　两类读者误读的具体分析

一、专业读者：精英与世俗的截然分野与暧昧共生

文学研究者和批评家在文学作品的意义生成过程中起着非常重要的作用，为了叙述的方便，我们把这部分以文学作为研究对象或者职业的读者称之为专业读者；而把阅读作为职业或者专业内容以外的读者称之为普通读者，这里的

---

① 格里姆. 接受学研究概论［M］// 刘小枫. 接受美学译文集，北京：生活·读书·新知三联书店，1989：109.

界定只是一种以阅读目的为标准的区分。

以《沧浪之水》为例，部分专业读者认为，池大为从一个单纯、正直、富有良知的知识分子转变成为放弃知识分子操守的"猪人"，被体制异化，为了进入体制阶梯的顶端而做出虚假的姿态、诡诈的计谋，是一种十足的堕落和人性的沉沦。有论者明确指出，"阎真的长篇小说《沧浪之水》通过对主人公池大为形象的成功塑造，不仅真切地写出了权力和金钱对知识分子人格和价值观的摧毁，而且非常生动地写出了知识分子在逐渐放弃操守时复杂而痛苦的心路历程，作品是一部当代知识分子人格失落的悲剧"。① 这种说法很有代表性，它首先从正面指出小说中主人公池大为的形象塑造是成功的，但在定性时却失之偏颇，权力和金钱的确是影响池大为人格转变和心理彷徨的两大因素，与其说"人格和价值观的摧毁"，不如说是"重塑"更准确些。在专业化的读者看来，"池大为从知识分子转变为官员的过程就是知识分子失去身份和本性的过程"②，这是一个非此即彼的逻辑，知识分子转变为官员就不再是典型意义上的知识分子？就意味着身份丧失、本性陷落？为官和知识分子本身并不冲突，甚至他们在本质上有统一性，但是，为官和知识分子落入现实，精神撕裂产生，冲突也就在人的内心不可避免地形成。

再以《活着之上》为例，很多人认为，小说中的那句"生存是绝对命令，良知也是绝对命令。当这两个绝对碰撞在一起，你就必须回答，哪个绝对更加绝对"。堪比莎翁的"To be or not to be, it's a problem"。小说通过描述历史学博士聂致远二十年生活历程，探讨了当代知识分子在生活中的价值犹豫和徘徊。通过凡人琐事表现了当代生活中的精神命题。在直面生活真相的同时，作者并未停留在单纯的批判层面，而是提出了自己的思考和追问，并以历史上的文化英雄为价值引导，试图在平庸的生活中注入理想的光芒。通过描写与刻画一个小人物的灵魂世界的阵痛与挣扎，向死魂灵决绝地说不，向现实勇敢地说不。这里的聂致远身处的是学校，看似和为官无关，实际还是有关，因为，中国的官场法则无孔不入，它的根本是农耕文明，几千年传承积习，关系学潜规则渗透了社会。在"类官场"的学术圈，聂致远在晋升评级等问题面前陷入精神困境。

官员也好，学者也好，其实学而优则仕就是中国的传统。细想一下，知识分子身份是否是一个不依附于其他身份的独立存在？屈原离开权力统治的政治

① 余三定. 当代知识分子人格失落的悲剧——评长篇小说《沧浪之水》[J]. 云梦学刊, 2003(2).

② 汤晨光. 士人精神的时代性陷落[J]. 南方文坛, 2003(6).

中心就失魂落魄，自己的才华能够为当政者所用即使九死亦犹未悔。苏东坡一次一次向仕途发起冲击，虽屡遭贬谪而乐此不疲，不热衷于仕途的陶渊明也是在心灰意冷后隐居田园，在松菊间恬然自乐安适，离开何尝不是褪尽繁华的深沉？待到落英遍地之时，也正是"也无风雨也无晴"的自在自乐。按照这种解释，知识分子的本性是什么，难道知识分子只有远离金钱和权力才是保持知识分子的本性？和人文精神难道就是一种水火不相容的对立存在？或者即使能够共存，知识分子也要在和保持所谓的"出淤泥而不染"，像郑板桥那样用"竹子"托物言志，或者像屈原那样哀叹"世人皆醉我独醒"？告诉世人自己的品格高洁？难道知识分子一定要用各种物象和警语不断告诫自己才是保持了知识分子的本性？

这些观点的潜台词是知识分子"入仕"可以，但必须同时保持启蒙意识、精英立场和大众情怀，楷模就是屈原和辛弃疾，屈原虽被放逐，尚心忧天下；辛弃疾不被重用还"栏杆拍遍"，醉里挑灯看剑，把国家统一的重任扛在肩头。孟子说，"天下有道，以道殉身；天下无道，以身殉道"，由此可以看出，中国知识分子的使命意识和献身意识古而有之且根深蒂固，精英和拯救必然性地联系在一起。但问题是，启蒙立场和精英意识在市场经济环境下还有多少的存在空间，大众是否需要人文知识分子的精神启蒙？市场的启蒙力量已经以洪水滔天之势把社会大众席卷其中。坐而论道的知识分子面对商品经济的大潮和人们对物质的疯狂追求，由不屑而转入无奈。当便捷的私家汽车逐渐普及，舒适的家电和家居装修让先富起来的那一部分人神气十足，一觉醒来发现自己是如此清贫。在城市中他们不再是一呼百应的精神偶像，只是一个由中心走向边缘的普通角色。囊中羞涩却要意气风发怎样成为可能？仅仅是踌躇满志就能重新建构作家和知识分子的神圣？中心话语权的丧失使精英意识失去了寄生的土壤，所谓的启蒙变成了没有听众的自语。

市场是一种天然的资源配置，人在市场的分配之下流向不同的位置，人文知识分子的"呐喊"面对市场是配合还是反抗，配合则沦为市场的附庸，反抗就走向了主流的对面，关键还在于反抗在多大程度上是有效的？

而且这些观点共同指向的一个核心理念是，知识分子必须保持超然姿态，从世俗的生活中超脱出来，不落入现实生活的泥沼，这就是中国知识分子的精神伦理。在宗教世界里，神性的彼岸世界把现世与信仰区分开来，从而使人的精神世界不完全被现实的琐碎堆满，有一个隔离的地带提供一片虚空的"形而上"世界。在中国，超越个人现实的是道德良知、国家意识和精英情怀，而如果这些概念只是作为空洞的能指存在，有和没有的区别就滞留在了一个平面之上。知识分子的精神独立性和思想批判性必须始终贯彻，这种观点把精英与世俗完全隔离开来，世俗世界被定义为"文化的荒原"，而实际上，精英文化的统治地位已经结束，取而代之的是一个众声喧哗的大众文化时代。在旧有的文化秩序当中，雅俗之间的界限严格，而今隔阂的界碑倒下，已然化为沟通的桥。但是衡量的标准依旧，池大为或者切入现实，把自己融入和的规则之中；或者反思自己，在灵魂的挣扎之中调整姿态，寻找位置；这种行为被视为精神的沦陷。既然是沦陷，就要追问坚守什么，难道池大为在办公桌旁无聊度日，在报纸和茶水中消磨，用眼角瞥一眼那些"猪人"，然后在心里边鄙视很久，就算是坚守？池永昶固然让人肃然起敬，池大为在坟前无法用灵魂去和父亲对话，但是池永昶的崇高不是唯一的存在形式，高山的对立面并不一定是深渊，池大为就一定是池永昶的对面形象？何况，池大为始终有一种非常清醒的自省意识，这是一个一直保持良知的知识分子的重要标志。

在传统文化体系里，中国的知识分子是具有先天的优越感的。这种优越感一方面来源于知识分子对知识的独享，但更重要的是来源于知识分子和权力之间的同构关系。知识作为一种手段是知识分子晋升和安身立命的阶梯，不能直接转化为权力，而是需要通过科举选拔，读书人通常通过科考或举荐的方式"学而优则仕"，以此进入权力统治的体制之内，成为统治阶级的一员和制度维护者。辛亥革命以后，科举制度随着封建社会一同进入了历史的废墟。知识分子凭借知识获得身份改变的路子被堵死。但是接踵而至的混乱政治格局给了知识分子摇旗呐喊的舞台，振臂一呼，如影随形，于是知识分子的精英意识空前强烈，那种先在的优越感不但没有消失，反而在乱世硝烟中迸发出前所未有的力量。他们以昂扬自信的姿态在历史舞台上纵横捭阖、叱咤风云。

让他们保持自信的还不只是政治上的自我实现和满足。在经济上，他们同样优裕。据史料记载，鲁迅1926年在厦门大学任教时月薪是国币400元，按照当时的物价水平，雇一个保姆的月薪是3元，一个黄包车包月5元。也就是说，一个教授一周的薪水相当于一个黄包车车夫和保姆一年的收入！而当时一个北京市民一个月的生活费用大概是2元！可以想象当时知识分子的生活水平何等之高。而且鲁迅的收入并不是当时的顶级水准，像胡适等名流教授收入要超过鲁迅。

不唯如此，从事于文学创作的作家比其他的知识分子的地位要更高。人们对文学的政治功用有一种夸张性的期待。梁启超在著名的《论小说与群治之关系》中就指出，"欲新一国之民，不可不先新一国之小说。故欲新道德，必新小说；欲新宗教，必新小说；欲新政治，必新小说；欲新风俗，必新小说；欲新学艺，必新小说；乃至欲新人心，欲新人格，必新小说。何以故？小说有不可思议之力支配人道故。"①之后，越来越多的知识分子相信文学是启迪民智、除旧布新的一剂良药。文学比政治口号具有更大的号召力和凝聚力。远赴日本学医的鲁迅在经过了"幻灯片"事件的刺激之后，寻求转向，也是把救国的途径和自己的下一个人生出口定格在文学创作上。"因为从那一回以后，我便觉得医学并非一件紧要事，凡是愚弱的国民，即使体格如何健全，如何茁壮，也只能做毫无意义的示众的材料和看客，病死多少是不必以为不幸的。所以我们的第一要著，是在改变他们的精神，而善于改变精神的是，我那时以为当然要推文艺，于是想提倡文艺运动了。"②可见文学在当时的地位和所承担的社会功能。在《呐喊·自序》中，鲁迅把整个中国的现实比做一个"铁屋子"，而自己则是铁屋中唯一的清醒者，纵使振臂一呼，也难以唤醒铁屋中熟睡的人们，充分凸显了其知识分子的精英意识和启蒙情结。

历史语境已经今非昔比，今天的知识分子在经济上没有了民国时期的优越保障，在政治上不再是封建时代的光宗耀祖，不再是一人得道、鸡犬升天。现代社会在衡量人才和选用人才上更加宽泛，也更加复杂。抗压能力、决断能力、专业技术能力、学习能力、协调能力等都是衡量人才的标尺，知识不再是决定性的因素。既然如此，专业读者为什么还用传统的精英标准要求今天的知识分子？还用这样的标准和思维方式去评价池大为？这无异于刻舟求剑，船已走，水在流，刻痕何用？

"文革"十年，知识分子身心遭受了巨大摧残，斯文扫地，人格被击成碎片，不但失去了启蒙大众的权力，失去了话语权和作品发表权，而且连生存都遭受到了巨大威胁，甚至丧失了宝贵的生命。在这个特定的历史片段里，知识分子的自卑感和罪恶感达到了无以复加的地步，甚至一度被认为知识分子有着与生俱来的原罪。"文革"的结束首先意味着知识分子自身重新获得了自由和表达观点的权力，知识分子不再是需要改造的人民的对立面，而是"工人阶级的一个组成部分"。身份的认同使得知识分子有了重新成为精英的出发点。于是 20 世纪 80 年代形成了一个启蒙运动的高潮，伤痕文学、寻根文学等此起彼伏。只不过，这个时期的知识分子不再把大众当成"冷漠的看客"和"铁屋中的沉睡者"，不再从俯视的角度"哀其不幸，怒其不争"地陈列大众的种种愚昧。他们或者为民请命，或者为民代言，韩少功的《月兰》、张贤亮的《男人的一半

---

① 梁启超. 论小说与群治之关系[J]. 新小说, 1902.

② 鲁迅. 呐喊·自序[M]. 北京：人民文学出版社, 1985：3.

是女人》均是如此。

　　显而易见的是，五四启蒙运动和新时期启蒙运动之间对大众态度发生了巨大的转变。由俯视变为仰视，由批判转为讴歌，姿态的转变充分表明了新时期知识分子在经过"文革"后一定程度上自信心的丧失。批判的棱角销蚀，和社会主潮亦步亦趋。

　　以上是中国知识分子之所以形成浓烈精英意识的历史前提。环境改变了，基因也要随之进化。

　　专业读者本身是受过相当训练的知识分子，在他们的血管里一直流淌的是传统的血液，启蒙、精英、担当等词语一直是他们的关键词，并作为衡量一个知识分子合格与否的唯一标准，在这个标准视界中，精英和世俗之间的分野是截然分明的。他们也同样用这样的标准去要求作为表现知识分子精神困境的小说，在这样的眼光审视之下，池大为堕落了。因为池大为在物质的挤压之下，放弃了知识分子的伦理基准，和丁小槐以不同的方式同流合污。儒家思想主张安贫乐道，孔子曾赞扬颜回"一箪食，一瓢饮"，这是知识分子的美德，尤其是人文知识分子，怎么能因为住的房子小等外在条件的挤兑而放弃精神的坚守呢？但问题是这种坚守有价值和必要吗？在什么样的时代、什么样的时期类似这种类型的坚守实现了它的价值？

　　单纯的精英文化已经渐行渐远，而传统意义上的知识分子精英标准仍然顽强地支配着知识分子的评判尺度。实际上，精英和世俗一直处于暧昧共生的状态之中，以国家和民族担当为己任的辛弃疾在中华民族的历史长河中得到了永生，在"杨柳岸晓风残月"中浅吟低唱的柳永同样获得了文学史的承认；梅妻鹤子一样纯粹的林逋能够取代在政治权术中沉浮的王安石吗？所以这样的评判尺度多少显得有些牵强。

　　因而池大为的入仕切入了当下，融入了体制，将其说成是当代社会转型中的人格异化只是传统的评判标准在惯性的力量下推动使然。

二、普通读者：时代背景下的功利阅读

　　较之专业读者，普通读者因人数众多，是重要的基石，为了更深入了解和分析普通读者群体，笔者通过问卷调查的形式做宏观的数据和问卷分析，但是格式化的调查问卷能够获得大量的信息，却不够深入，为了更加翔实地了解读者的阅读状况和对作品的实际理解，笔者还做了两个有代表性的读者访谈，访谈对象分别选取政府公务员和物理学在读博士，两者都是《沧浪之水》的读者，希望通过这种有代表性的个案分析，能对问题有一个相对准确的认识。

个案1　李某简介：山东人，男，26 岁，大学本科，中文系毕业，政府公务员。

笔者：说说这本小说？

李某：从哪说起？

笔者：随便。

李某：我看到这本书后如获至宝，想不到会有人对政府单位有这么深入骨髓的理解，而且传达得这么到位。想想当初，我刚到单位的时候跟一傻子一样；有一次，我们下边的派出所民警出手过重打死了人，人家来我们局找局长，要求解决问题，我当时在院子里，人家问我们局长哪屋，我就随手往局长办公室方向指了一下。也不知怎么的，这事就让局长知道了，说是我把那些人领过来的，我好一番解释呀，都没人理，好在不久那个局长调走了，要不然我的日子真是无法想象，这辈子可就完了。

笔者：那这本书对你有什么影响？

李某：我后来就反思这件事，觉得单位里边的水太深了，那个人朝你笑，都觉得不怀好意呢，后来看了这本书，一下子有章可循了。

笔者：对池大为这个人物你怎么看？

李某：我看的时候就觉得自己很像池大为，特别像，上学的时候，老师说到了社会上要"外圆内方"，其实根本不是那样，你得彻头彻尾的"圆"，就像小说中所说的那样，要杀死过去的自己。

笔者：你怎么看小说的开头和最后？

李某：小说最后池大为当上厅长后，实现了他的精神回归，不可能吧，那部分我没怎么看。

从个案1的访谈中可以发现，被访者李某个人经历和作品《沧浪之水》主人公池大为有一定相似之处，因此他的关注点牢牢地锁在这些具有共性的地方，他不仅从中获得了共鸣，与此同时还在寻求一些工作处事方法，用以对照过往的发生的事例，并指导以后的工作。也可能正是出于这种"实用性"的功利态度，当笔者问到他怎么看待小说的开头和结尾，他的回答让人觉得既在意料之外又在情理之中："不可能吧，那部分我没怎么看。"可以说李某的回答是具有一定代表性的，较多普通读者在阅读小说的过程中并不会事无巨细地认真阅读，仅仅到了读者感兴趣的"精彩之处"才会充分投入进去并对作品产生相应的"记忆点"。而读者因为信息环境的不同，认可的"精彩之处"也各不相同，因此产生的"记忆点"多种多样也就不难理解了。与之相对，有"记忆点"就必然有"盲点"，作品中开头、结尾以及其他部分往往会被读者跳过，或者读过即忘。这也说明了普通读者阅读的功利性，在接下来第二位读者的深度访谈中，我们也再次印证了这一点。

个案2 徐某，上海人，32 岁，物理学在读博士，读博士之前工作两年。

笔者： 在你专业之外的时间里，经常读文学方面的书吗？

徐某： 不好说，什么时候想看的时候，就去弄几本，几本书当中有一本好看的就不错了，我看书很随便，不是很挑剔的那种，但那种很烂的书不看。

笔者： 读外国文学作品吗？

徐某： 国外现代主义的作品看不懂，是专门为你们这些读语言文学的人写的吧。

笔者： 中国古典的呢？

徐某： 看一些，但更多的是看当代的书，看的也不多。有些写得太随便。

笔者： 觉得《沧浪之水》怎么样？

徐某： 心理描写很出色，很多句子我都用笔画下来，如果让我再回到原来的工作单位，我绝对会和原来的我不一样，很多事情不会再用原来的处理方法。

笔者： 也就是说你认为这部小说最成功的地方还在于它对现实生活细致入微的描摹，对吗？

徐某： 对，是那种穿过表面现实生活的真实，很多真实的存在就摆在那里，我们认识到了吗？还有就是呈现现实的那种方式，我很佩服这个作家。

笔者： 你怎么从整体上看这部小说的主题？

徐某： 在中国，不深刻领悟单位的规则并去顺应它，就肯定被遗忘或者排斥。

笔者： 你怎么理解小说的开头和最后？

徐某： 不知道你说的"最后"是池大为当上厅长之后的那个部分，还是小说最后一页的结尾？开头就是从池大为小时候开始，那时候池永昶还没有死，就这样。还有就是觉得和最后的结局有点呼应的味道。

笔者： 最后一页的结尾呢？

徐某： 最后池大为仰望星空吧，"仰望星空"这一点在小说中出现了好几回，我懂作者的意思，好像是人还是有自己的内心、自己的理想的，我也是你问了才有这么一说，我喜欢的还是中间的主题部分。

从中可以看出，较多读者真正沉醉的是池大为从一个初入政府机关的普通公务员变成厅长的过程，在笔者所访问的其他阅读者中，大多表示记不得《序篇》的内容，认为最后池大为当上厅长后的部分写得很失败。

另外，关于《活着之上》的阅读也有一些普通读者给予反馈。他们的反馈是："聂致远太过迂腐，矫情，虚伪，反而，蒙天舒赤裸裸地无耻，无耻得光明正大又坦荡荡，将高校这个领域的关系攻略展露得一览无余又事无巨细。"

显然这是一种时代背景下的功利性阅读，功利性在这里有两层意思，首先，相当一部分读者在阅读动机上带有很强的功利性，并不是把它作为艺术作品进行品读，这种阅读动机决定了在阅读时的心境是在寻求一定的娱乐性和刺激性，不可能在夜半之时的片光之下赏析作品中的个中三昧，大多会选取跳读的形式，被跳过部分最多的是池大为当上厅长之后的部分。再者是社会思潮的功利背景，关于这一点在第二章已有论述。

产生这种阅读心理的原因在于，小说的主体部分满足了读者的期待视野。参加工作后的大学生在不同程度上都有不如意之处，之前从以升学为单一目的的中学到自由自在的大学，生活所能提供的素材总是美好的，大学生活的一个重要特征是从精神到形式的全面自由——自由无拘的思想，自由支配的时间和作息，自由组合的人际关系等，而工作单位则迥异于之前的大学生活，他们按照之前的惯性进入到工作岗位当中，对单位中存在的运行规则知之不多，就难免迷茫或者碰壁，小说关于这一点的精细描写满足了读者的阅读期待，而这种期待随着池大为成为厅长而结束，自然会产生一种失落感。"败笔"之说由此而生，所以这无关乎作品的现实主义力度和艺术品质。

而且，这一部分内容越细腻，越有艺术震撼力，对读者的影响越大，随着它的结束而产生的空白也就越大；所以败笔一说可能与读者期待的心理落差有必然的内在联系。

读者依据自己的阅读需要，只依据与自己阅读期待契合的文本部分片面肢解作品，从而产生误读，尽管正向的误读会丰富作品的审美价值，但一部意蕴深厚的作品却只有一种口径统一的解读，而且是误读，也委实是一种遗憾。批评家则依据传统的社会历史批评理论，用惯性的思维模式从作品主人公一段经历中武断地得出结论：作品的主题是体制对人的同化以及人在体制中被异化。也就是文本的本意与读者的实际接受产生了抵牾。

从接受的角度来讲，它的部分内容满足了读者的阅读期待，每一作者都依赖于他的接受者的环境、见解和意识形态；文学的成功所要求的是这样的书①，"它表现了群体所期待的东西，它为该群体描绘了群体自己的肖像②"。"根据作品的意图与社会群体的期待的吻合程度来确定文学成就的客观主义做法总是把文学研究引入两难困境。"③所以强调作品符合特定时代阅读心理的文本意义和文学价值，而忽视作品作为整体的艺术价值，把一个丰富的、矛盾的、具有跨越时空审美价值的人物形象，弱化为被官场吞噬了价值取向并被同化的知识分子形象，虽满足了当前的读者阅读心理，却未必能经得起时间的考验。

中国正处于社会转型期，各种矛盾错综复杂，利益分配和权力持有经常形成同一的关系，这个操作过程在普通人眼中很神秘，实际生活中却很无奈；人们渴望了解每天发生在身边却又琢磨不透的那些潜规则，同时也出于一种规避风险保护自我的需要，乃至从中获益。阎真小说的出现满足了这种心理期待，这使得读者在阅读中把心理能量全部放在池大为迈向厅长职位的第二个人生阶段，就像池大为进入卫生厅后艰难的适应中，抓住机会进入仕途快车道，乃至当上厅长，这让读者看到了自己的平民仕宦梦想；而且小说描写细致入微，引人入胜；政治宣传品一样的主旋律作品显然提供不了这些。于是在有意无意中其他的两个人生阶段被忽视了，一个多维度的、具有审美宽度和理想主义气息的人物被单一化了。

同样，很多人在阅读《活着之上》时更愿意去品味蒙天舒通过自己的小手段实现了一个又一个的学者之路上的突破，而觉得聂致远这个"失败的呻吟者"乏善可陈；更严重的情况出现在《因为女人》中，阎真以男人的身份写女人，很多读者也是以男人的身份阅读柳依依，他们鬼使神差地觉得这本书看到如何去"收割"柳依依们，而已女人的身份阅读，她们又觉得这本书描述了："干得好不如嫁得好；非处女在婚嫁市场上一文不值；女人的唯一依靠是男人，而怎么读都不像是批判这种现实的，反而像是对女人的告诫书。"言外之意，这些读者认为阎真似乎写作的时候就将男性意志强加到女性身上，他们只看到了表面，甚至去享受或者厌恶"男人对女人的征服"，而拒绝去质问自己的心灵。

归根结底，我们认为大部分读者都在以自己的世俗体验和价值去阅读，他

① 姚斯. 文学史作为向文论的挑战[M]//胡经之，张首映. 西方二十世纪文论选：第 3 卷. 北京：中国社会科学院出版社，1989.

② 胡经之，张首映. 西方二十世纪文论选：第 3 卷[M]. 北京：中国社会科学院出版社，1989.

③ 姚斯. 文学史作为向文论的挑战[M]. 胡经之，张首映. 西方二十世纪文论选：第 3 卷. 北京：中国社会科学院出版社，1989.

们自然也就只能管窥一斑，而不能得以见到全部。以《沧浪之水》为例，池大为本身是一个圆形人物，但是却被读者作为扁平人物对待。"扁的人物最大的优点就是不管在什么时候，只要他们一出现就很容易识别——被读者感情的眼睛而不是那双一再出现的专用名词的视觉眼睛所识别。对于一个能集中全部力量一口气写下去的作家来说，这是一个方便的条件，这时扁的人物对他就非常有用了，因为他们不需要再次介绍，从来不溜走，用不着去注意他们，他们发展着，他们都给自己准备好了气氛——形状大小预先安排好了的发光的小圆盘，像筹码一样在空间和星星之间推来推去；令人满意极了。"①但实际上，阎真不是一个"一口气写下去的作家"，他的目标是雕刻，对象是雕塑，这就决定了他的写作不可能是如泼墨般似的山水写意，一挥而就。所以，池大为的人物形象在当上厅长后有了一个转向，刻刀下的雕塑自然是靠凸凹去表现形体的精神意蕴。但问题在于为什么读者把池大为当作一个具有单一鲜明特点的扁平人物。首先扁平人物"容易识别"，迎合了读者的阅读惯性，如上文所说，圆形人物如同一个三维空间的雕塑，在人的识别功能中，不具备识别两维空间事物的人很少，"三维空间盲"则比比皆是。

也正是因为这个转向，池大为才从根本意义上成为一个名副其实的圆形人物，"测验一个圆的人物主要看他能否令人信服地感到惊奇。如果他从不令人惊奇，那就是扁的。如果他不令人信服，那他就是扁的假装成圆的"。②毫无疑问，这个结果确实让读者感到"惊奇"，但同时也感到不解。就现有的读者接受状况来看，读者是不认同这个结果的，也就是说，池大为当上厅长后，小说就失去了说服力。再反推过来，作为一部长篇小说的主人公，池大为不是一个圆形人物，《沧浪之水》在艺术上就是彻底失败的，不管它在细节上有多少亮点。

历史其实是一个纵向的线性历程，也就是说，它既有共时性，也有历时性。我们今天所处的时代、今天的读者群体在这个历时性的读者系统当中只不过是一个历史的截面，它无法代表整个读者系统的阅读接受和文化姿态。很多的文学作品在当时所处的时代是被遗忘的，或者是默默无闻的，但是，随着时间的流逝，历史语境发生了改变，从一个断面过渡到另一个断面，作品当中所投射出来的艺术光芒和思想力量才被认可、被推崇。也许作品超出了其自身所处的时代，它的超越性迎合不了当下；也许作品中的多个侧面在当时来讲只是一个鲜明的剪影。这样的例子在中外文学史上数不胜数。被时代暂时遗忘却在身后

---

① 福斯特. 小说面面观[M]. 苏炳文，译. 广州：花城出版社，1984.
② 福斯特. 小说面面观[M]. 苏炳文，译. 广州：花城出版社，1984.

大红大紫的原因，更多的是时代性的误读，比如鲁迅的小说，《孔乙己》一度被认为是控诉科举制度对知识分子的残害，这种解读的论据支撑很简单，如果孔乙己不参加科举，不把生命价值寄托在"十年寒窗无人问，一朝成名天下知"的幻象当中，不在"回字有四种写法"的无聊中虚耗，又怎会有最后的悲惨结局？这种论断显然脱离了当时的历史环境，试想一下，封建时代的知识分子如果不通过科举考试进入当时的权力体制当中，怎样实现自己的人生价值？恐怕连生存问题都无法保证。如果不能进入到权力体制当中，起码要有功名，功名在当时社会上的作用甚至超过了今天的文凭。它是知识分子证明自己身份和成就的许可证。即使是个秀才，也能给富家子弟做个私塾先生，聊以糊口度日。典型的例子如汤显祖和蒲松龄，蒲松龄在科举考试的道路上屡战屡败，只能通过做私塾先生获得生活的资本。郁闷和闲情在写作中找到了一个释放的通道：《聊斋》，在后人看来彪炳史册的皇皇巨著，如果回归到历史的褶皱中，我们会发现，原来它只是蒲松龄的业余爱好。文学经常在"无心插柳柳成荫"的轮回中把那些在时代风云里叱咤纵横的名流们狠狠地嘲笑了一番。所以责备孔乙己在科举制度中不能自拔的观点是站不住脚的。反过来，认为科举制度毒害了孔乙己的身体和灵魂也说得过去，不失为一种有代表性的解读。

但是，这种解读能够覆盖其他更具合理性的理解吗？时间进入到20世纪90年代后，人们注意到在《孔乙己》中仅笑声就出现了十九次，大笑、哄笑、讪笑等。但是没有一个笑声是善意而温暖的。所以，与其说孔乙己是被科举制度残害致死的，不如说是在冷漠中窒息而死的，《祝福》中同样充满了笑声，每当人们笑的时候，祥林嫂也就跟着讪笑，但祥林嫂所不知道的是，这些笑声和"抹在眼角上的鉴赏的眼泪"其实是一样的。笑声里没有欢跃，眼泪里没有悲悯；异形的表现，同质的心理。这是我们今天所能认识到的，但是我们不能由此去苛求七八十年代的读者用这样的思维方式去理解鲁迅的小说。今天的读者和鲁迅小说产生以后大半个世纪里的读者共同构成了小说所要面对的读者群。

所以，读者群体分为横向的读者（也就是同一个时代所有的读者）和纵向的读者（不同时代的读者）；在这个分类标准中，时间是划分的中轴。

花费这么大的篇幅来论证这个问题是要说明，我们今天所说的读者只不过是历时性纵向读者群中的一个组成部分。今天的解读也只是一种有代表性的解读。随着时代的变迁，当历史语境发生变化时，这种抓住一个方面的解读就只是一种有失全面的误读。误读不是谬误，这是需要澄清的。也许今天我们言之凿凿的一锤定音在若干年之后却是漏洞百出。

回到《沧浪之水》，对于今天我们一致得出的结论，其实也是时代情绪和时代背景渗透下的一种解读。就是说，理解的方式和结果均以现行的价值标准和社会伦理作为前提。如同在上文所指出的，认为《孔乙己》是在控诉科举制度是那个时代的需要，因为科举制度是封建制度中的重要的一环，是封建社会人才选拔的具体方式，所以，抨击科举制度在某种程度上也是在攻打封建制度的重要堡垒。换言之，《沧浪之水》的解读认为作品反映了体制的强大同化力量和知识分子人格的堕落，与今天我们这个社会还残存着一定程度的"官本位"意识有关。因而作家所处时代所做出的解读也许是最靠不住的。林语堂在《苏东坡传》中曾就为什么后世的传记和历史更可靠，有过一番精彩的评论，他说："要了解一个死去已经一千年的人，并不困难。试想，通常要了解与我们同住在一个城市的居民，或是了解一位市长的生活，实在嫌所知不足，要了解一个古人，不是有时反倒容易吗？姑就一端而论，现今仍然在世的人，他的生活尚未完结，一旦遇有危机来临，谁也不知道他会如何行动。醉汉会戒酒自新，教会中的圣人会堕落，牧师会和唱诗班的少女私奔。活着的人总会有好多可能的改变。还有，活着的人总有些秘密，他那些秘密之中最精彩的，往往在他死了好久之后才会泄露出来。这就是何以评论与我们自己同时代的人是一件难事，因为他的生活离我们太近了。"①传记和历史是就人物和事件做出的解读，文学评论是就文本做出的解读，所以有其同质性。这从侧面说明同时代的评论常常经不住历史的检验。

所以读者和文本之间的关系是微妙而复杂的，萨特说："文学对象是一只奇怪的陀螺，它只存在于运动之中。为了使这个辩证关系能够出现，就需要有一个人们称之为阅读的具体行为，而且这个辩证关系延续的时间相应于阅读延续的时间。除此之外，只剩下白纸上的黑字。鞋匠可以穿上他自己刚做好的鞋，只要这双鞋的尺码符合他的脚，建筑师可以住在他自己建造的房子里。然而作家却不能阅读他自己写下的东西。这是因为，阅读过程是一个预测和期待的过程。人们预测他们正在读的那句话的结尾预测下一句话和下一页，人们期待它们证实或推翻自己的预测，组成阅读过程的是一系列假设、一系列梦想和紧跟在梦想之后的觉醒，以及一系列希望和失望，读者总是走在他正在读的那句话的前头，他们面临一个仅仅是可能产生的未来，随着他们的阅读逐步深入，这个未来部分得到确立，部分则沦为虚妄，正是这个逐页后退的未来形成文学对象的变幻的地平线。没有期待，没有未来，没有无知状态，就不会有客

---

① 林语堂. 苏东坡传[M]. 张振玉，译. 西安：陕西师范大学出版社，1995：5.

观性。"①读者的预测和期待必然是"部分得到确立，部分则沦为虚妄"，萨特认为这是作品获得客观性的必要条件。也就是说，阎真在池大为当上厅长后的人物处理上已经超出了读者的期待视野，他们认为这样就显得不真实，而萨特的观点恰恰相反，读者的观点部分得到印证、部分沦为虚妄的处理方式才会有更大的客观性。

问题的关键还在于读者期待沦为虚妄的部分，结合上文的论述，今天读者期待视野逆向受挫的部分，很有可能在以后的读者中成为顺向相应的板块。池大为当上厅长之后的所作所为超出了今天读者的期待视野，在社会"官本位"思想逐渐淡化、消费主义热潮趋于冷却之后，读者会发现，池大为的"望星空"并非作家的败笔，"异化"说就成为众多解读方式中的一个维度，而不是盖棺定性的答案。

《沧浪之水》的超越性使其成为分阶段接受的典型，经典文学作品的重要特征之一是其浓缩性，其含义随着社会环境的变迁逐渐释放，其中会有一部分相对稳定。这种特质使文学作品在艺术和思想性上必须有前瞻性，它必须是历史的哨兵，但绝对不能成为时代的宦官。"艺术的职责，是揭示在一个生气洋溢的时刻，人与周围世界之间的关系。由于人类总是在种种旧关系的罗网里挣扎，所以艺术总是跑在时代前头，而时代其本身总是远远落在这生气洋溢的时刻后面。"②像英国女作家哈克奈斯的《城市姑娘》，描写了阳光明媚的美好生活和城市的繁荣景象，而后不久，巴黎就爆发了城市工人运动，所以哈克奈斯没有反映历史发展的内在必然性。文学是虚构，但必须有艺术的真实。这种作品不要说跑在时代的前头，甚至没有能够浮光掠影地表现身旁的生活碎片。相反《沧浪之水》的多层意蕴和超越性使其阐释在读者接受时必然是逐级释放的，所以产生误读与文本自身的艺术规定性有着必然的内在联系。

而当下的读者把池大为的人生经历比附到自己的生活中。作为小说的主要阅读对象，他们不可避免地会把自己的生活和作品中的人物进行比照，沿着池大为清晰可见的上升轨迹，自己也可能会在仕途上高歌猛进，关键是姿态和策略。这样，功利性的目的被放大，星空意识、彼岸情怀和诗性的细节被遗忘。

---

① 萨特. 为什么写作[G]. 洛奇. 二十世纪文学评论：下卷. 上海：上海译文出版社，1993.
② 劳伦斯. 道德和长篇小说[G]. 洛奇. 二十世纪文学评论：上卷. 上海：上海译文出版社，1993.

第三节　历时向度中的读者接受

从某种程度上说，文学的意义是阅读的产物。没有读者的文本就像一桌未曾食用的菜肴，它的味道美食效果不仅取决于菜肴本身，还受制于品尝者的个人口味，吃得惯中餐的人未必吃得惯西餐，中国菜系川、鲁、京、粤各有所好。每一个人在口感上的甜咸淡浓也会不同。所以按厨师的经验恰到好处地调兑，到了具体品尝者口中可能未必合适。文学同样如此，未经阅读的文本只是潜在的符号。

在中国传统文学观中，着重强调的是作家主体的个人感觉和写作经验，中国古典文论也从来没有把读者的因素考虑在文学批评的范围之内。读者没有独立的身份和存在的价值，一切都是作者主宰的产物。稍微有点读者意识的是明清章回体小说，因为章回体小说脱胎于说书艺人的口头文本，微弱的读者痕迹通过说书艺人的口头残留浮现在后来由文人整理重写的小说中。叙述者把读者称为"看官"，与饭馆当中的"客官"是极为较为相似的。实际上读者属于被操纵的接受者。在每一章结束时都有"欲知后事如何，且听下文分解"，算是给读者留了个悬念、卖了个关子，但读者没有参与到文学活动当中来。

接受理论的重要代表人物姚斯指出，"迄今为止的文学研究一直把文学事实局限在文学的创作与作品的表现的封闭圈子里，使文学丧失了一个极其重要的维面，这就是文学的接受之维。在以往的文学史家和理论家们看来，作家和作品是整个文学进程中的核心与客观的认识对象，而读者则被置于无足轻重的地位。实际上，只有通过读者，作品才能在一代一代的接受之链上被丰富和充实，永谋其价值和生命"。① 这对于至今仍然深受读者欢迎的阎真及阎真文本的研究无疑有着特殊的启示。

所以，尝试运用接受美学的方法，从读者接受的角度研究阎真的《沧浪之水》，把研究的范围和视角转移，从长期以来的"作家—作品"调整和扩大到"读者—作品—作家"的方面上来，从而丰富《沧浪之水》的研究维度。因为对于小说研究领域来说，这项工作不仅能够较大程度地拓展《沧浪之水》研究的视野，丰富研究的话语空间，更为重要的是，这样一个个案研究对小说研究的普适性也有一定的借鉴价值，而且也将更为深入地探寻到《沧浪之水》的文学意义，拓宽小说的审美空间。由于《沧浪之水》在新世纪小说创作中的地位和读者中的

---

① 姚斯. 接受美学与接受理论[M]. 沈阳：辽宁人民出版社，1987：342.

实际影响，这一个案研究对于当下的文学批评和创作实践也都将会有别样的启迪。

把接受因素引入《沧浪之水》研究的范围，把读者对本文的具体接受纳入文本意义的构成要素之中去，就必须考察读者接受的能动作用。从作者接受的角度讲，文学文本的意义一方面是文本自身所具有的，但它并不完整。因为意义并非作家独自创造，读者对文本的意义生成同样重要。读者对本文的接受过程就是对文本的再创造过程，读者结合自己的审美经验和生活阅历去解读属于自己的文本，有了这种阅读接受才使得文学文本得以具体化，所以文本的意义是阅读接受过程中文本与读者相结合的产物。

这里要讨论到的读者是历时接受中的读者，不是所谓历时传统意义上从现在往回推，回溯到文本出现时的读者接受，这个阶段是已经成为历史的过去。比如鲁迅作品的历时性研究，就是从鲁迅作品进入传播领域直到现在。它研究的是首先是当下的、具体的读者，尽管阎真最早的小说从出版到现在已有十几年，但对于文学史而言，这还不足以构成共时的链条，所以我们要考察的还包括没有出现的、未来的读者(具有阅读意向的、可能感兴趣的读者)。当下的读者和未来的读者共同构成文本的理想读者。在展开论述之前，必须在界定之后才可以进一步探寻阎真小说的期待视野。

期待视野是接受美学的核心概念，一般认为"在文学阅读之先及阅读过程中，作为接受主体的读者，基于个人与社会的复杂原因，心理上往往会有既成的思维指向与观念结构。读者的这种据以阅读文本的既成心理图式，叫作阅读经验期待视野，简称期待视野"。① 它是姚斯构建文学史理论中的核心概念之一，它指的是读者阅读、体验、接受一部作品时的"先在理解"。姚斯认为，读者在阅读任何一部具体的文学作品之前，都已处在一种先在理解的状态。也就是说他对作品的意蕴、人物形象、主题有一个心理预期。这种心理预期是建筑在上文所提到的信息环境之上的，信息环境又称为拟态环境，顾名思义拟态环境并不是真实的现实环境，而是读者生活所能接触的信息符号组成的总和，里面带有读者本人特有的观念和价值。这不仅制约读者本身的认知和行为，而且会通过读者改变现实环境。心理预期的建构前提是先在理解，这种先在理解就是文学的期待视野，没有这种先在理解，任何文学的阅读都将不可能进行。

那么对于阎真小说的读者而言，先在的知识是什么呢？以《沧浪之水》为例，从调查问卷的调查情况来看，自己在偶然中看到小说，然后去阅读的读者

---

① 　童庆炳. 文学理论教程[M]. 北京：高等教育出版社，2002：332.

不到读者总数的 13%；换言之，87% 的读者是通过报纸的推介、朋友的介绍等途径了解到《沧浪之水》，并去阅读的。那么其他预先阅读小说的读者的理解就构成了后来读者的先在理解。他们会对小说给出一个大致的轮廓性介绍，一般会是"这是一部官场小说……"如同前文对官场小说的论述那样，官场小说给人的印象就是"揭黑幕、泼污水"，主人公为了达到在官场升迁的目的不择手段，用异化和堕落这类字眼恰如其分。这样一来，后来的读者很快就会用之前"官场小说"的阅读经验进入到《沧浪之水》的阅读中去。这是《沧浪之水》阅读的先在知识。

这正契合了接受理论所构建的阅读过程："一部作品被读者首次接受，包括同已经阅读过的作品进行比较，比较中就包含着对作品审美价值的一种检验。"①读者对新作品的接受，总是通过先在经验验证之前的阅读期待，而后部分否定，把新经验熔进自己的意识水平，从而进入新视野。

"一部文学作品在其出现的历史时刻，对它的第一读者的期待视野是满足、超越、失望或反驳，这种方法明显地提供了一个决定其审美价值变化的尺子；而作品在其诞生之初，并不是指向任何特定的读者，而是彻底打破文学期待的熟悉的视野，读者只有逐渐发展去适应作品。"②所以，期待视野与文本之间存在距离，而先在经验与文本接受所需求的视野之间也存在距离，《沧浪之水》部分满足而又部分超越了读者的阅读期待，从而获得了读者的普遍接受，阎真也由此而崛起于文坛，并且迅速成为新世纪最重要的小说家之一。

《沧浪之水》在读者中的传播有几个明显的特点，分别是读者群体的集中性、传播形式的多样性和阅读热情的持续性。

《沧浪之水》这一文本在具体接受中所产生的价值或意义，最主要是由学生、公务员等读者参与完成的。从职业上来说，公务员、大学生（包括本科生和硕士和博士研究生）占到读者阅读总量的绝大部分比例，从年龄上讲，45 岁以下的读者占 83.7%。综合这两个因素分析，《沧浪之水》的读者可归纳为青年知识分子。他的文本意义主要也是由这个群体生成并锁定的。所以其阐释的意义也要从这个群体的特征开始分析。关于这一点在上文已有充分的分析，在此不再赘述。

图书、网络、文学杂志、手机电子书等共同构成了小说的多渠道阅读，阅读方式越来越呈多样化趋势，带有鲜明的时代特色。尤其是后现代语境的形成

① 姚斯. 接受美学与接受理论[M]. 沈阳：辽宁人民出版社，1987：342.

② 姚斯. 接受美学与接受理论[M]. 沈阳：辽宁人民出版社，1987：344.

对文学创作的"要求"越来越特殊。后现代社会是"非人化"的社会，它的源头是沉重感，出口则是多元化。"科技的发展使社会信息化、程式化、电脑化，社会越来越像一部运转的精密仪器，把每一个人都变成了零部件，便捷优越的生活条件使人们开始迷茫、焦虑不安甚至不知所措，对未来产生恐惧绝望，人们企求在疯狂的宣泄中解脱自我。"越来越多的作家将后现代元素的思考放进自己的作品，比如村上春树。《海边的卡夫卡》以黑色为底色的世界可以看作是后现代社会的缩影。在呈现这一时代的众生相之后，村上指出了黑色世界的前景，因为黑色与暴力血色调色之后，最终变为希望之色"绿色"。作为少年卡夫卡精神导师的大岛说：可我就是喜欢绿色。绿是林木色，红是血色。田村卡夫卡最终从"绿色森林"内心世界中挣扎着逃出，给后现代社会困惑、彷徨、感到前途渺茫与无望的人们指出了希望所在，"一觉醒来将成为新世界的一部分"。村上将语言的表达手段和方式本身转变成了一种复杂的理解和思考的过程，在有限的时空内生成了无限话语，因此，村上的文本世界，不再关注静态结构，而是着眼于文本的生产特性，并因此由规范描述转向文本开放，互文性被发挥到了极致。[①] 而相对于村上春树，阎真显然是一个传统的经典作家，他没有这一方面的考量，这也是经典作家的共性——不为迎合后现代的喧哗与躁动而放弃自己的精神品格和语言品格。

　　后现代语境影响的不仅是作家创作，更影响了读者的阅读，尤其对于阎真等经典作家影响更大。文学适应与所用时代，白纸黑字模式一直都是文学的最佳和最重要的创作和传播载体，进入 20 世纪，这种模式发生了变化。广播和电视的出现让图像和声音介入了传播，这也间接影响到文学。文字的传播增殖与图像传播增殖、声音传播增殖开始交互，传统的文学审美也开始发生变化。进入 21 世纪，网络的出现让虚拟社会变成"深度现实"，文字、声音和图像的交互变得空前广泛和深入，文学的传播场域也发生了质变。金惠敏就指出，"电视图像演变为'拟像'或'超现实'，其对于语言的独立性表现为它不像语言那样以现实内容的交流为目的，而是完全与指涉物，与所指涉的现实无缘，自成一体，并行于现实之外；再进一步就是它不把自己当成虚构的，而是融入现实和日常生活，甚而成为现实的灵魂和主宰，本来现实的倒成了非现实，而它这个人工'拟像'则变为真正的现实，即能够发生作用的现实。这种状态就是'泛美学'，就是'审美泛化'"。[②]"电子媒介的到来，其时代征候是图像增殖。这对

---

① 王玉英，赖晓晴. 后现代语境下村上春树文学语言的增殖策略[J]. 东方丛刊, 2010(2).

② 金惠敏. 图像增殖与文学的当前危机[J]. 中国社会科学, 2004(5).

以印刷媒介为基础的文学和文学研究产生了极大的冲击，甚至可以说形成了不可忽视的文学危机。具体表现为：重组了文学审美构成，并且瓦解了文学赖以存在的深度主体。"这正是我们所处的时代，也正是我们在经历的文学巨变，其实一开始"拟像"并不具有代表性，也未必存在普遍性，但是被放在媒体之上，通过网络传播以后，逐渐为更多读者接受，甚至演化成流行现象随处可见，于是"拟像"正在逐渐发展成为现实，而过去所谓的现实正不断地在被改变，普通读者由于现实中可接触到的环境有限，摄取信息的渠道相对局限，因此比较难区别"拟像"和现实之间的差别，这也使得"拟像"和现实之间没有泾渭分明，开始互相转换。诚然，当下情形对传统文学来说是一场必然的"危机"，新的市场需求之下，网络文学应运而生，即便对网络文学无感的很多传统作家也开始考虑网络文化的审美需求，并加入相应的创作元素。但是，这并不意味着我们要放弃文学的最初立场，白纸黑字最终不能一味迎合虚拟网络。经典写作的坚持者们并没有放弃，后现代语境影响愈演愈烈，他们反而更进一步坚守经典立场，这也正是阎真的立场。

没有充分考虑后现代语境的创作和传播影响注定了阎真小说会在很大程度上不容易被更多人接受，或者是被已经接受的人误读，但是，这并不等于说经典的就没有人去阅读。作品的成功和盛行最终的基础还是质量，好的作品始终都有生命力和大众市场。以《沧浪之水》为例，小说到目前为止共再版40多次，足以说明读者阅读热情的持续性，而《活着之上》的起印量也在10万以上，投放市场后迅速销售一空，不断加印。仔细分析，我们可以发现文学作品的接受本身就是文本与接受者彼此互动的过程，尤其表现在《沧浪之水》那里，这种迅速而持久的接受效果，首先就得益于文本的先在条件。《沧浪之水》出版之前，官场题材的小说已经成为图书市场中的宠儿。无论是知识分子题材小说，还是官场题材小说的先在理解或先在知识状态的读者，《沧浪之水》的文本几乎都能迅速唤醒其以往阅读的记忆，满足其期待视野，并且将其带入特定的情感态度之中。读者之前的先在经验中，小说的终结总是：贪污官员或因好色，或因受贿而入狱，或者在权力斗争中因失势而下马，《沧浪之水》将这种模式彻底地改变或部分地改写。

对于不同读者的接受来说，《沧浪之水》的文本在具体化过程中也就产生了各自不同的意义。每一读者在接受《沧浪之水》的文本过程中，其期待视野无论是得到了满足、超越、失望还是反驳，都将直接导致他修正原有的审美价值，使他们获得又一种新的先在理解或先在知识，并进而形成阅读阎真小说的新接受期待。在调查问卷"如果作家再出新作，你是否会关注"的回答中，肯定的回答占到 84.7% 。这是阅读期待跨越文本的延伸。

新时期的大学生基本已属社会转型后的青年，在经济大潮蓬勃高涨、人文精神日渐失落的语境中，他们带着由武侠小说、言情小说和肥皂剧等一次性文化消费品培养出来的先在经验，再加上年轻人容易产生简单偏激的，带着这个因素作用下的先在理解共同构成的期待视野阅读《沧浪之水》，进入文本之后面对没有看点的序篇，自然无法顺利接受，更无从与这一部分和文本进行交流并产生意义。对小说的整理理解出现偏差就在情理之中了。

新世纪语境下《沧浪之水》的接受表明，文本与读者的阅读期待有着某种"融合"。融合点在于作品的内容和之前读者想看到的和潜规则是重合的，这和其他的官场小说一样的。但是每一读者在接受《沧浪之水》的文本过程中，其期待视野在满足之外还有失望或反驳和超越，这都将直接导致他修正原有的审美价值，使他们获得又一种新的先在理解或先在知识。

文学本文要进入阅读，其基本条件是读者必须具备接受文本的视界，或文本具备足够的力量可以打破读者原有的阅读惯例。从上述《沧浪之水》的接受状况看，这一文本只有在那些对传统文化有一定的了解，并在心灵深处有认同感，有一定的工作经验的读者中，才能产生读者与文本"视野融合"的最佳效果，才能谈得上文本意义的产生、接受和理解。而且从共时接受而言，与《沧浪之水》产生共鸣的读者基本属于 70 年代和 80 年代初期出生，并受过高等教育的知识分子。其后更加年轻的一批人的社会阅历较浅，与作品产生共鸣的可能性较小。

作家的因素也应考虑在读者接受的范围之内。虽然从读者接受的角度看，意义的来源不再是作者，而在于读者与文本的交流，意义产生过程即接受主体与文本相互作用的过程，但是，文本在这过程中毕竟是一个重要的因素，无论以什么方式存在，它毕竟都是作者创作的产物，必然地包括了创作主体的立场。所以要对文本被接受状况进行深入的研究，就不能不把创作主体纳入考察范围。《沧浪之水》中大量的心理描写和心灵独白其实就是把读者当作交流某种情感或思想的对象，那些心灵独白或是自嘲，或是反思，总之在写作时已经设定了读者接受的向度。池大为的独白看似心理上的自言自语，其实有着比较明确的现实意图指向，都必须有较为具体的他者进行交流与对话。这就更有必要把创作主体纳入接受研究的范围。

对于阎真来说，他几乎是从一开始写作就有明确的读者在场意识，这与鲁迅散文《野草》拒斥读者的接受截然不同，它在整个世界文学史上都是一个异数。鲁迅只希望它是自己色调灰暗的心灵独语，它是不需要读者的，甚至是以作者与读者之间的紧张与排拒为其存在的前提。因而在鲁迅所有的作品中，《野草》是最晦涩、最难懂的文本。从这个意义上说，阎真小说的阅读接受一直较为顺利，因为它有潜在的读者设定。

《沧浪之水》文本的隐含读者或假设读者就是青年知识分子。因为要想让在卫生厅这个权力漩涡中败退的青年池大为同中老年读者产生共鸣是几乎不可能的。池大为首先和青年人在年龄上有共鸣性前提，再者，其心灵独语也是面向读者的感情宣泄和情感交流。这种明确的读者在场意识同时也透露了写作者自觉(或强烈)的交流愿望。所以，他在写作前往往先在地设计了读者，并通过"隐含作者"与他们在文本中交流。这种读者就是德国接受美学的代表人物伊瑟尔所说的"隐含读者"。它是相对于现实读者而言的，是"指作家本人设定的能够把文本加以具体化的预想读者。也就是说，是作家预想出来的他的作品问世之后，可能出现的或应该出现的读者。这种预想有时是自觉的，有时可能是不自觉的"。① 就阎真而言，他和现实读者之间的交流非常少，他甚至不知道有一个"阎真贴吧"，在这个自由的空间里，许多读者畅所欲言地发表自己的感受，他没有去看一下读者是怎样看待自己以及自己的作品的。当然这和阎真基本上不使用电脑有一定的关系。

所以阎真小说在一定程度上是一个相对独立的文本，无论是在文本生成前，还是在写作过程中，他和读者都没有交流和互动。白居易在写诗时有时会念给老妪听，以检验诗作是否达到了浅显易懂的目的。巴金在写作过程中经常会收到读者的来信，从而了解到读者的阅读兴趣和心理指向，还会根据读者的来信修订正在写作中的文本。因而阎真的读者在场意识和预想读者是不自觉的。

从作家研究的角度看，联系阎真青年时期的大学时代充满着理想主义、集体主义、爱国主义的文化语境，作品中出现的星空意识和彼岸情怀确有其历史的必然。而且阎真自身根深蒂固的文化传统所形成的人格精神也会渗透到文本当中，阎真在加拿大留学期间已经拿到了永久居住的绿卡，但是由于文化的隔阂和心理价值的分歧，促使他还是选择了回国。阎真说三件事情的转折对他的影响最大，考上北京大学、留学后回到中国和从事小说创作，这是他最正确的人生选择。

阎真先前的长篇小说《曾在天涯》远远没有《沧浪之水》这样的影响力，除了阎真早期小说在艺术上尚且不成熟外，还有一个重要的原因就是小说主调与

---

① 童庆炳. 文学理论教程[M]. 北京：高等教育出版社，2002：338.

时代心理背道而驰。尽管《曾在天涯》发表的 1997 年正是出国留学潮方兴未艾之时，按说出国留学题材的小说应该受到读者的欢迎，这样他们可以通过文本了解陌生的异域世界，所以就题材层面来说，《曾在天涯》正是社会的兴奋点，引起反响当在情理之中。但是恰恰相反，小说发表的影响有限，究竟原因何在呢？回到读者接受的层面上来看，《曾在天涯》是以作者阎真在加拿大留学的经历为蓝本写成的，留学生高力伟在异国学习和生活中都遇到了种种难题。对于"第三世界国家"都十分向往的加拿大，高力伟觉得自己更像是一个过客，留学生涯更像是一种漂泊。在加拿大，他失去了文化的根，失去了自尊，失去了自己的生存方式和心灵空间，文化上的失重和悬浮使自己变成了无根的浮萍，不甘平庸的生命在家庭和异域文化的挤压下更加平庸。总之，这是一个充满灰色的留学历程。而当时的留学热潮正在往上走，大家心目中的北美是一个文化发达、物质舒适、生活方便的乐土，留学而后定居是他们在出国前设定的步骤。所以《曾在天涯》在一定程度上是逆势而动。

而当留学热潮逐渐冷却下来，留学所带来的丰硕果实和个体负面效应都将凸显，毕竟文化的差异和隔阂始终存在，那时高力伟们的境遇将是今天留学生们同样面临的问题。所以，最有可能的情况是，《曾在天涯》在以后不长的时间里将会有一个接受的高潮。小说的历史预见性在彼时将得到印证。

这部小说由于文本主题与时代情绪的错位，未能为读者所广泛接受，也没有在具体化的过程中产生重要的价值与意义。但随着时间的推移，《沧浪之水》也成为历史的存在，社会语境的变化必促使其产生新的意义，也会超越时间与空间，为新的读者所接受，并产生新的反响，但要想规模上仍然保持当下的读者群体恐怕有一定的难度。

阎真小说出版以来一直稳定地受到读者欢迎的事实表明，《沧浪之水》文本的召唤性始终是存在的，其语义潜能也是丰富的，即使在历史语境变化以后，读者同样也能顺利地接受。《曾在天涯》《沧浪之水》，包括后来的《因为女人》《活着之上》等文本都将会成了文学史上的经典。而随着社会的转型和文化的变迁，读者的期待视野由变化、充实而趋向多元。在新的接受过程中，读者对阎真文本的理解不断得到充实和丰富，阎真文本也被赋予新的、多样的意义。

在专业读者与文本的互动中，产生了像"人格的堕落""人性的异化""仰望星空""末代文人的精神颓败""知识分子困境""士人精神的陷落""董柳姓名的隐喻"等诸多意义。而在普通读者中，特别是在年轻的读者群体中，阎真小说同样有其吸引力。但对于历时接受而言，关键已不在于其他作品是否召唤过读者，而在于成为历史文本的阎真小说具有何种召唤力。

以《沧浪之水》为例，其未来召唤力来源于文本本身在结构上的裂缝。在池大为的人生第二阶段，大量采用了心灵独白和心理剖析的手法，把读者当成情感宣泄对象，与读者产生了强烈的心理共振。而在池大为当上厅长之后的第三个人生阶段，这种手法的运用骤然减少。这可能与作家认为，当上厅长之后的池大为身份已经发生了巨大变化，与读者之间的产生心理共鸣的可能性同时减小，其叙事话语也不是那么统一。由此，池大为人生三个阶段之间过渡时的平滑性遭到了质疑，尤其是第二阶段到第三阶段之间。既然读者认为从池大为从当上厅长之前到当上厅长之后是一个突然转向，说明两者之间的有一定的"空白"，这个"空白"有待读者去填，这和英加登的"填空"学说是吻合的。"空白"是读者进一步接受的动力，也是新的意义生成的前提。它不仅激发着读者的阅读热情，而且让读者根据自己的先在理解和先在经验填充"空白"，从而参与文本意义的改写与重构。

因此，《沧浪之水》将不会是一个永不变更的客体存在，它将更多地像一部管弦乐谱，在其演奏中不断获得读者新的反响。阎真小说的意义潜能也不可能为某一时代读者所穷尽，它将在不断延伸的接受链条中逐渐由读者展开。

第四节　二元对立思维模式下的惯性阅读

二元对立原则是结构主义语言学的奠基人、瑞士语言学家索绪尔提出的系列概念之一。他提出了一系列的二元对立范畴：能知与所知、历时与共时、言语与语言等。但并不是说，二元对立逻辑就从索绪尔开始的，从中国的《周易》到西方的古希腊；从西方近代哲学到20世纪的结构主义，都不乏二元对立范畴的建构。

作为人类基本的思维方式之一，任何事物也都存在着对立而又共存的双方——天与地，男与女，明与暗，阴与阳，高与低等。有效地分清了这些概念，人类的认识活动才渐次展开，从数千年前的古希腊哲学到20世纪的结构主义，二元对立思维对于人类的意义随处可见，它是一种人类无意识中的思维模式。

就中国文学而言，这样的例子也比比皆是。尤其是在20世纪，这种逻辑思维开始逐渐发展到极致。从五四开始，在新与旧、传统与现代的对抗当中，五四时期的作家们在立场上是鲜明的，首先要证明自己是在现代的立场之上。以至于文言/白话这一范畴都成了传统/现代的外壳。从延续了几千年的"文""言"分离到"文""言"的合一只经过了几年的时间。二元对立逻辑成为最具主导性的思维方式。在新文学的旗帜下，陈独秀在《文学革命论》中列出了三组二元对立的概念，国民文学/贵族文学、写实文学/古典文学、社会文学/山林文学，前者一定要达到后者，"曰推倒雕琢的阿谀的贵族文学，建设平易的抒情的平民文学；曰推倒陈腐的铺张的古典文学，建设新鲜的立诚的写实文学；曰推倒迂晦的艰涩的山林文学，建设明了的通俗的社会文学"。① 从中可以看出，五四启蒙文学对传统决绝的姿态。其中胡适的性格和对传统的态度和五四新文化运动的这些先驱者还有差异，尽管他的言论旗帜鲜明，但却颤颤巍巍。毕竟这和一直信奉"小心求证"的胡适不相吻合，很明显他们并非真正认为传统就一无是处，其中的策略性是毫无疑问的，后来胡适在《逼上梁山》中做了如下解释：

《文学改良刍议》是1917年1月出版的，我在1917年4月9日还写了一封长信给陈独秀先生，信内说：此事之是非，非一朝一夕所能定，亦非一二人所能定。甚愿国中人士能平心静气与吾辈同力研究此题。讨论既熟，是非自明。吾辈已张革命之旗，虽不容退缩，然亦决不敢以吾辈所主张为必是，而不容他人之匡正也。

针对胡适的这篇文章，陈独秀在《新青年》（第3卷第3号）上发表了一文章，算是对胡适文章做出回应：

鄙意容纳异议，自由讨论，固为学术发达之原则，独至改良中国文学当以白话为正宗之说，其是非甚明，必不容反对者有讨论之余地；必以吾辈所主张者为绝对之是，而不容他人之匡正也。盖以吾国文化倘已至文言一致地步，则以国语为文，达意状物，岂非天经地义？尚有何种疑义必待讨论乎？其必欲摈弃国语文学，而悍然以古文为正宗者，犹之清初历家排斥西法，乾嘉畴人非难地球绕日之说，吾辈实无余闲与之作无谓之讨论也。②

这段文字的大意是：胡适对陈独秀表示，对传统的是非批判不是一朝一夕能下定夺的，也不是一两个人可以下定论的。希望更多人加入这个问题的研究之中，研究越深入，是非的问题也就越加清晰。虽然打着革命的旗号，但并不是说所作主张不可置疑，可以接受他人的指正。而陈独秀对此答复道：虽然容纳不同意见，自由讨论是学术发展壮大的原则，但个人以为中国文学一定要以

① 陈独秀. 文学革命论[J]. 新青年, 1917, 2(6).
② 胡适. 逼上梁山[M]//中国新文学大系·建设理论集. 良友图书印刷公司, 1935: 27.

白话为标准，于此是非意见非常清楚，容不得反对者有半点讨论的余地；必须要以我们这一辈的主张观点为绝对的标准，容不得其他人提出相左的观点。我国原本文言文已经被大家所摒弃，推广白话来达意状物那不是天经地义的事情吗？还有讨论的必要吗？那些提出摒弃白话而捍卫文言文为正统的人，和清朝排斥西法、否认地球围绕太阳运转的乾嘉学派有什么不同？我们实在没有闲工夫与他们进行讨论！这样武断的态度，真是一个老革命党的口气。我们一年多的文学讨论的结果，得着了这样一个坚强的革命家做宣传者，做推行者，不久就成为一个有力的大运动了。

很显然，胡适的态度明显是小心翼翼，瞻前顾后。中国新诗派的代表之一郑敏后来在提及五四时期有关文学改良话题时说道："将传统与革新看成二元对抗的矛盾，因此认为只有打倒传统才能革新"，她进而认识到："这正是一种形而上学的对待矛盾的封闭式的思维。"这也能使我们想起当年章士钊在著名的"反动"檄文《评新文化运动》中针对新文学倡导者所做的评论："彼以为诸反乎旧。即所谓新。今即求新，势且一切舍旧。不知新与旧之衔接，其形为犬牙，不为栉比；如两石同投之连钱波，不如周线各别之二圆形。"①从中可以看出，郑敏对简单化的二元对抗逻辑和对抗思维并不赞成。

在 20 世纪 90 年代中后期，对五四文学革命倡导者"二元对立"思维方式的指责几成一边倒之势，加之在市场经济环境下，由传统农业社会条件下孕育出来的传统文化几乎丧失殆尽，汹涌澎湃的经济发展浪潮使人们无暇照管心灵的田园，对传统的怀念油然而生。但是我们不能用今天的具体需求，离开当时的情势指摘历史，陈独秀说得很清楚，不是不明白传统的价值，而是一种策略，"不容反对者有讨论之余地；必以吾辈所主张者为绝对之是，而不容他人之匡正也"。② 所以，五四启蒙文学运动采取的二元对立的激烈姿态还是出于策略的考虑，只有采取激烈的狂飙突进才能击倒封建礼教、伦理等，所谓矫枉必先过正。如果对传统文化做筛选甄别，而后再逐步采取措施，对封建礼教的打击可能只起到隔靴搔痒的作用。与其循序渐进，不如毕其功于一役，给予致命一击。如果投鼠忌器，则只能在观望中停滞不前。

那么从 20 世纪 50 年代到 70 年代，二元对立全面升级，甚至开始超越文化领域的疆界，无论从范围还是力度都超过了以往任何时期。如果说新文学/旧文学的二元对立是五四时期文学最显眼的价值坐标，那么敌/我则构成了中华

① 郑敏. 评新文化运动[M]//中国新文学大系·文学论争集. 良友图书印刷公司, 1935: 196.
② 陈独秀. 答胡适之[M]//中国新文学大系·建设理论集. 良友图书印刷公司, 1935: 56.

人民共和国成立以后除新时期以外文学的唯一标准，在这三十年间，几乎所有的文学作品都是这种逻辑支配下的产物，不如此就无法获得其存在的合法性，尽管也有诸如"重放的鲜花"等溢出主流的情况。"五四"和"文革"并非两个相隔甚远且不相关联的时空，从"五四"到"文革"，从白话/文言的"对抗"到无产阶级/资产阶级的"斗争"，只是两二元对立逻辑在不同时期的不同表现。

"文革"结束以后，二元对立结构成为众矢之的，但是这种模式的长久存在不可能在短时期内烟消云散。就连开启新时期文学的《班主任》，本来是要控诉"文革"的阶级斗争对青少年造成的危害，最终也是落入了新的二元对立的窠臼。谢惠敏、宋宝琦作为两种价值观念的化身，和"文革"中敌我双方的斗争有什么区别？

从以上论述可以看出二元对立结构在 20 世纪的中国文学中被误读的程度。二元对立的"二元"之间既对立又统一，他们对抗的前提是一方以另一方的存在为前提。并不是一方要消灭另一方，天与地，高与低，阴与阳哪一对范畴不是相对应而存在？在我们的文化当中，无论是五四，还是中华人民共和国成立以后的中国文学，都是一种敌对式的二元思维。五四新启蒙运动中，现代是为了打倒传统而存在。中华人民共和国成立以后更是把二元结构变成了势不两立的双方，只是阶级对抗取代了文化对抗。于是变成了一方的存在一定要以战胜另一方为前提，显而易见，这种二元结构的本质是"一元"。二元对立较之逻各斯中心主义是一种明显的进步，但是，对二元对立的误解使文学重新陷入逻各斯中心主义的老路上去。

所以，我们在这里仍然称之为特定历史语境中的二元结构；通过用二元结构作为核心概念对 20 世纪文学进行大致梳理，可以看出，二元对立思维在我们的文化心理中根深蒂固的程度。

可以说，《沧浪之水》的阅读接受正是这种思维逻辑支配和影响下的产物，对于池大为人格当中的驳杂，读者基本上视而不见。"既然已经学过狗叫了，既然已经杀死了过去的自己，既然已经向马垂章屈服，向他送过礼了……而且还靠揭发同事，向马垂章告密获得了他的信任，最后还当上厅长了。他就是一个堕落的知识分子，其他的还有什么？"还是一种典型的非此即彼的二元逻辑。

中国文化讲究执两用中，讲究和而不同，"和"是中国文化的关键词，也是中国文化追求的最高境界。这是一种上升到哲学意味的中国文化，经常体现在个人行动上一般不走极端。老舍有个小说叫《离婚》，其中的张大哥是一个典型的老派中国人，他的哲学观念和处事原则就是"凡事经小筛子一筛，永不会走到极端上去；走极端是使生命失去平衡，而要平地摔跟头的"。但具体到狭义的文化领域比如文学、戏剧时，就滑入到二元对立的思维上来。以戏曲为例，中国戏曲文化谱系忠奸分明，中间人物很少，其中的一个重要特色是所有的人物都是化过妆的，分成不同的颜色，以此辨别人物的类型，我们称之为脸谱。白脸、黑脸、红脸、花脸都是格式化的，人物从登场到结束一直用同一种颜色，就是说人物的行为没有转向的可能性。如果他干了坏事，就得一直干到底，好人要好到天崩地裂。不然，一个性质混杂的人物怎么处理呢？在情节单元的设计上，所有人物的行为都围绕塑造人物性质服务，在中国戏剧里边，人物为理念服务，性格为社会伦理服务，先把伦理框架定下来，然后在历史人物中选择原型，根据伦理原则为人物量身定做一些体现其理念的事件。所以人物性格退在其次，复杂的个性更是无从寻觅。至于包公断错案，就算是稍微复杂的了，即便如此，他的初衷也是好的，他就是一个清官，案子断错只是发挥失常。正面人物的人格没有受到怀疑的时候，他的心理从不溢出人物类型设定的边缘。人物性格复杂性的缺失一直是中国戏剧文化的重要特色。

那么，在这种戏剧文化、文学思维下培育起来的读者接受自然也是其影响下的产物。从理论上说，读者或者观众会影响文艺的创作，因为绝大部分的作品最终还是要面向读者。另一方面，长期的文艺思维也会把读者的思维固定化，而后逐渐形成文学上的"约定俗成"沉淀下来。池大为的形象是那个被固定了色彩的脸谱。

长期以来，我们的文学体系已经习惯了人物的脸谱化。这是一个悖论，一方面反对文学创作中的人物脸谱化，另一方面，又已经习惯了人物的脸谱化。人物的性格必须是鲜明的，善恶区分一目了然，性格纯度清澈见地，要么罪大恶极，要么高风亮节。一个人物一定代表一种形象、一个类型。人物在小说中就是一个木偶，作家在上面提着它随意操控。在木偶表演中，观众知道那是一种游戏，游戏的内容并不重要，只要形象逼真就行了。提偶是一种独立的艺术，观众认可的就是这种表现方式。文学作品中的人物就不能像艺人手中的木偶一样随意。小说中人物必须能够自己站立起来，必须有连现实生活都代替不了的鲜活。他的生命是一个自在自足的体系，一旦人物形象开始生动起来，它甚至会脱离作家的控制，与作家对话，和他辩论，作家必须按照这个艺术人物自身的生命脉动去演进，如果不这样，作家就会痛苦不堪。

结语：走向时间深处的诗性

　　搞文学创作就跟做学问一样，要沉入时间深处感受灰垢的洗涤，并不是一件容易的事情。真正的大家的作品从来不缺乏争议，也需要争议。争议是作家和作品接受时间洗礼的大浪淘沙的过程，阎真也不例外。《沧浪之水》出版后的数年时间里，诧异的目光和喧哗的声音从来不曾真正停止过。它的阅读接受犹如一个会场，在主讲者的演讲结束之后，突然爆发出暴风雨般的掌声，随后必然性地转入相对的平静，但交头接耳的讨论断断续续，很快，又有来自某个角落中的失声喝彩。同样，《因为女人》和《活着之上》在荣誉与喝彩之中也不缺乏这样或者那样的批评声音。事实就是，作家写作是一个人的事情，怎么阅读理解则是每个人的。

　　读者对小说的理解汇聚在一个相对集中的区域，应该说这些阐释确有其合理性，甚至在一定程度上对作品的理解维度和审美层次提升起到了重要作用。在这些阐释当中有一块短板，那就是小说中的诗性因子，作为一种文学形式，小说属于艺术范畴，而其终极旨归应为"诗"。诗性应该是小说作为一种文学形式的突出特征。作家在创作中要艺术化地去处理现实，唯有"艺术的真实"，才能使小说产生强烈的艺术感染力和恒久的魅力，才能使读者感受到浓郁的诗意。于是要加强小说作为故事性文本的艺术含量，从而使其抵达更高层次的诗性彼岸。过度地沉迷于小说的故事性，便会忽视对于诗性艺术的发掘，而使小说堕入通俗性的歧途。如何合理地掌控故事性和诗性之关系，应当成为小说家的第一要务。那么，是什么原因使小说中蕴含的诗性被集体遗忘呢？

　　一些作家沉迷于玄妙的故事构思或叙事模式的实验，或一心想要展现宏大背景和魔幻现实的营造，直接漠视了小说诗性的构建。同时，过度商业化的氛围造成了他们心态的浮躁和对利益的追逐，从而进一步加剧了小说的通俗性和庸俗化，几乎成了"快餐文化"的一分子。这并非是对中国当代小说的全面否定。中国当代小说中不乏富有诗性、艺术水准颇高的佳作。但这类作品似乎正在日益被通俗性的潮流冲刷、侵蚀，于是诗性的审美渐渐湮没。很多作者刻意追求创造新奇的故事，却没有思考如何去呈现诗性的创新。

　　回顾阎真作品的时间线和进度，我们可以发现阎真进行的是一项系统工程；他关注的核心点始终没有变，说到底就是"人该如何自处"的问题！尤其是面对现实的精神逼宫"人该如何自处"。当然，你可以将它看作"知识分子"该如何自处，但是，我们更愿意将其引申为所有人，因为，知识分子本身就是文明的核心力量。只不过，这种"如何自处"是逐层深入的，这种逐层深入和时代的变迁以及阎真自身的体验成长密不可分。

　　阎真写了四个故事，四个人，但是，似乎都在写一个人！因为，四个人的精神纹理都是统一的知识分子，四个就成了一个，一个也成了所有。高力伟在《曾在天涯》中所处的环境是"月亮也是外国的圆"的时代，知识至上，活着至上，知识改变命运，大凡知识分子总想去国外镀层金，然后，就会有很好的"前途"，功利主义第一的思维里，一个知识分子在大洋彼岸面临的是内与外的双重精神逼宫，这里的精神逼宫尚且不够彻底，有很大一部分是文化差异，偏向小众体验；池大为在《沧浪之水》中所处的困境几乎就是高力伟的困境延续，这种困境更彻底、更真实、更具有普遍意义，它的起点还是知识改变命运，而且更中国化：及第登科，光宗耀祖，前途无量，这是几千年来无数中国知识分子的命运，在这个命运轨迹上，所有知识分子无一又不再现实的逼宫面前殊途同归地走上一条"精神幻灭"的道路上，知识成就了一个人，知识似乎也毁掉了一个人，正因为有了知识，人才有了知识所指向的理想彼岸，而隔着这个彼岸知识分子却只能无奈地发现他们必须生活在现实的此岸，并永远抛弃理想的彼岸，阵痛也就这样产生了，池大为最终所做的是妥协，即便他还能在午夜梦回之中看见当初的理想，但是，他终究还是自我毁灭地妥协了；柳依依与池大为则是并列的，池大为是男人的精神幻灭，那么，柳依依就是女人的精神幻灭，不变的仍旧是知识分子主题，尝试书写女人的精神和灵魂是男性的大胆尝试，阎真做得足够细致，足够好；聂致远在《活着之上》里则发生了变化，这也是阎真的心理变化，聂致远这样一个小人物的经历更细致，更疼痛，更纠结，现实如刀，刀刀见血，血肉模糊，痛不欲生，这就是聂致远的精神写照，但是，这一次阎真选择了坚守，聂致远在疼痛中保持着仅有的清醒，最终，也没有在现实的精神逼宫面前低头，这应该也是阎真的终极态度和信念。但是，目前来看，这些都是阎真自己的，很多读者却不这么认为。

　　任何读者的阅读都无法逃脱他所处的时代和文化，以及他自身的生存环境。先验论和体验论的基础就在于此：每个人会用自己的价值观去判断阅读。于是，有人说聂致远这个形象是有瑕疵的，他只会在鸡毛蒜皮的小事上喋喋不休地呻吟，有些矫情，似乎大家都期待着他应该像池大为一样妥协于现实、应用现实法则，似乎聂致远成为池大为并实现人生逆转才合情合理，但是，很抱歉，聂致远就是聂致远，他不是第二个池大为，只是池大为的另一面，这恰恰是阎真的高明之处，读者眼中的"小事"其实是阎真心里的"大事"，如果站在世俗的眼光去阅读，确实需要一个"人生逆转"，但是，如果真的设计这样的桥段，那么就没有必要有《活着之上》；有人说柳依依这个形象的心理拿捏得不够好，徒有其表，不够深入，事实上，一个男人去揣度女人的心理本身就是一种风险，阎真的目的是挖出现实面前女人的流血的灵魂，他写的是女人的困境，更是知识分子的窘境，读者从功利主义的角度去阅读，必然只能得到狭隘的结论。误读必然存在，大抵都和时代有关，这种关联在《沧浪之水》那里尤其具有代表性。

　　阎真的小说让我们对身边的痛苦有了切肤之感，但与此同时，我们却容易对作品中主人公在关键时刻做出的妥协表示理解与认同。这是一个很矛盾的事实。因为，中国人一直喜欢强调集体和关系，用孔子的话说叫"礼"。晚清时，梁启超提出来"小我"和"大我"，也就是个体利益和群体利益。1949 年之后，国家也提倡个体服从集体。中国人头脑中代表着反思和伦理的第二个小人，不断在打压代表个体欲望和个体利益的第一个小人，目的是为了做更好的关系人，也就是第三个小人。在改革开放以前，几乎每一个个体都是处在"单位"中的，个体被深深镶嵌在组织之中。而改革开放之后，个体开始从单位和组织中脱离，变得越来越重要。比如，人们称最早的商人是"个体户"。第一个小人的欲望在中国经历了羞羞答答地登台到完全合法化，然后极度膨胀。第二个小人自我不是去压抑第一个小人，而是对第三个小人，也就是关系人产生了深刻的质疑：我活得这么累难道就是为了满足他人对我的期待吗？汉语里有一个词叫"对得起"。它可以理解为，在伦理上要对某些人负责，要对自己的行为负责，要向其他人解释自己的行为。以前是对得起别人、家庭甚至更大的对象，比如说国家。现在出现的新的现象却是："我要对得起自己。"以往是"自我对关系人的负责"，现在变成了"自我向个体负责，自我要做更真实的自己"。现在每一个人都说自己活得不容易，尽管有各种各样的原因，但其中有一个原因就是在我们的文化中，"自我"这个概念一直处于上升成长阶段。而理性化、反思性的"自我"的增长和幸福无关。结果就是，我们的"自我"越强大，感受到的痛苦也就越多，这就是我们常常感到焦虑的原因所在。阎真的小说不是让我们去发现焦虑，而是让我们释放焦虑，因为，我们还有一种精神上的东西存在，那就是诗性的光芒。

不仅如此，阎真的小说还告诉我们，在不违背天地之道的情况下，每个人都应该成为一个自由而快乐的人。这就好比一台戏，优秀的演员明知其假，但却能够比在现实生活中更真实、更自然、更快乐地表达自己，表现自己。人生亦复如此，我们最重要的不是去计较真与伪，得与失，名与利，贵与贱，富与贫，而是如何好好地快乐地度日，并从中发现生活的诗意。从某种程度上说，人生不完满是常态，而圆满则是非常态，就如同"月圆为少月缺为多"道理是一样的。社会的黑暗、人性的残缺就如这"月缺"一样，是常态。如此理解世界和人生，那么我们就会很快变得通达起来，也逍遥自在多了，苦恼与晦暗也会随风而去了。

关于《沧浪之水》的写作动因，阎真曾经说："也许未来的思想史学者会对我们这个时代中国知识分子的精神境况予以特殊的关注。从 20 世纪 80 年代中期开始的历史转型至今仍在继续，历史转型给中国知识分子带来的精神裂变，则在 90 年代中期就基本定型。这一过程惊心动魄却又平静如水。数千年一大变局在不知不觉中完成，对这一过程予以具有历史眼光的理论透析可能为时过早，但感性化的叙述则已经成为可能。这是我写《沧浪之水》的基本想法。"①这里阎真提到了知识分子的精神裂变，前所未有的市场化和商品化浪潮席卷了原先固守了几千年的社会思想体系。之前的几千年历史长河中，也曾变法不断，改革不止，但大多停留在执政者姓氏更迭的改朝换代和都城的迁徙易址，其本质也就是左手换了右手。真正意义上的思想意识革新与重组是在市场经济以后才翻天覆地的。所以，市场才是最具解构性的力量。裂变就需要重新整合，池大为的人生姿态选择和竞争策略必须考虑时代语境的变化，没有这种人格的自我调适，难说是一个传统文化观照下的现代知识分子。没有调试和变化的两个极端例子是鲁迅笔下的孔乙己和丁举人，孔乙己在"回"字有四种写法的自我幻象中纠结，丁举人则成了知识分子中的豪族和"吃人者"。变化是必须的，不能由此就认为变化意味着彻底否定过去的自己。这是一种诗性的智慧，可谓生而有之，"诗性的智慧，这种异教世界最初的智慧，一开始就要用的玄学就不是现在学者们所用的那种理性的抽象的玄学，而是一种感觉到的想象出的玄学，像这些原始人所用的。这些原始人没有推理的能力，却浑身是强烈的感觉力和生

---

① 阎真. 时代语境中的知识分子[J]. 理论与创作, 2009.

动的想象力。这种玄学就是他们的诗，诗就是他们生来就有的一种功能"。①

在《活着之上》里，诗性是贯穿始终的一条耐人寻味的线索。正如第一届路遥文学奖的颁奖词所评价的那样："像路遥一样，阎真的写作也是一种充满道德诗意的超越性写作。他向往《红楼梦》所表现出的古典美和诗意情怀，试图在现实之上，建构一种健全的人格理想，建构一种有意义的生活图景。对于一个举目四顾心茫然的时代来讲，他的《活着之上》的建构，不仅具有切中时弊的现实感，而且具有照亮人心的理想主义光芒。"文学的诗性不仅仅要切中现实，也要具备应有的文学蕴含和诗性品格。

诗性通过语言、意象来呈现。语言应该是小说的本体，而不是可有可无的附加物，小说文学性和艺术性的实现、小说诗性的呈现，都要借助于语言。语言水平的低下，就是作品文学性和艺术性的低下，容易造成诗性的缺失。刘勰在《文心雕龙》中认为创作者应该"窥意象而运斤"。然而，意象并非为诗歌所独有的，它其实广泛存留于各种艺术形式中。如果在小说中能构建营造出鲜活的意象，必然能够增强小说蕴含的诗性魅力，从而焕发出强烈的艺术感染力。意象应该成为小说内容和意旨的聚合体与浓缩体，它涵盖、表征、提炼小说文本的终极诉求。

《活着之上》不是简单的揭露高校腐败的小说，阎真在创作时将《红楼梦》作为一个背景写了进来。小说以《红楼梦》开头，也以《红楼梦》结尾，开头是太阳升起，结尾是太阳西沉。"以《红楼梦》作为中国传统文化精神的符号，曹雪芹是中国文化英雄的代表。这是一个现代知识分子坚守良知底线的精神资源，至少是最重要的精神资源之一吧。至于它的结构意义，肯定也是存在的。小说中的故事都是发散性的，是靠一种精神线索结构为一个整体，这种精神线索就是一种结构性的力量。"②将《红楼梦》注入小说中，并非简单地营造某种悲凉的氛围和折射聂致远的命运。很显然，《活着之上》在思想深度、哲学意蕴、理想情怀等方面均是反腐小说不能涵盖的。一方面，《活着之上》表现出了聂致远的精神信仰在功利社会的各种利益和规则的冲击下摇摇欲坠，他人的迎合现实和如鱼得水令自己在信仰上呈现出犹豫和彷徨的一面；而另一方面，妻子对自己的理解，同事与自己共同的坚守，体现出了坚韧而温润的理想情怀，两者常常纠结在一起，聂致远的彷徨犹豫和信仰之战就是冰冷现实与温润理想的反复对

---

① 维科. 新科学[M]. 北京：人民文学出版社, 1986：162.

② 阎真. 写出知识分子的"价值犹豫". http://sd. dzwww. com/sdnews/201501/t20150130_11816689. htm.

撞。阎真想通过《活着之上》的聂致远在求学、求职、升职这一系列人生道路上的遭遇和选择以及面对他人的选择时的态度和立场，表达一个重大的思想命题，即，知识分子应该怎样活着？或者说人应该怎样活着？这是他基于当今时代的思考，是对现实社会的拷问。从这个意义上来说，才能思考"活着之上"到底有什么。

尼采被称为是最具颠覆性的哲学家之一，他公然宣称"上帝死了"，按照惯性的常识推断，尼采的著作必定是长枪短斧，十足的杀伐之气。实际上，连尼采自己都不这么认为，他曾经说，"总有一天，人们会宣称，海涅和我是德语世界里最伟大的艺术家。"作为哲学家的尼采也有诗歌创作，而且在他的哲学著作中，也处处可见诗性的闪光。《查拉图斯特拉如是说》是尼采的主要著作之一，曾经深刻地影响了鲁迅的世界观，是鲁迅案头必备的书籍之一，其实也是一首长诗。诗歌的特性之一是和乐伴奏，而《查拉图斯特拉如是说》曾被谱成交响乐在世界哲学大会上演奏。所以惯性思维有时常常会混淆是非的界限。按照常规的思维，哲学著作就是像康德和黑格尔那样的晦涩难懂，由此形成的印象放置在尼采身上显然不合时宜。那么现实主义的作品中的诗性气息难道就应该被遗忘？

在《论语》中有一章叫《子路冉有公西华侍坐》。孔子问学生们的志向，弟子们各抒己见，但听过那么多学生的回答，孔子的回答是，"吾与点也"。可见，孔子追求的是一种审美的人生，时间相隔千年，孔子和尼采无意相通。看来审美作为一种根本的人生态度和观察世界的视角越来越被忽视和遗忘。

整个时代缺乏审美的意趣氛围和审美心态，导致了审美阐释的严重匮乏。在尼采看来，上帝死了，以上帝为依托建构的价值体系也出现了整体性的坍塌，整个西方世界的伦理观和终极精神支柱都要重建，只有把人和世界作为审美对象，存在才具有合理性。而我们缺乏的正是把作品当作审美对象。尼采说"审美是我唯一承认的价值"①，似乎有些固执和偏激，但是从文学意义上说，除却审美，还有什么可以穿越历史和时代？

市场经济的激越氛围和物质财富的快速增长使整个社会呈现出一种功利心态，但是这种狂飙突进只是一段历史时期，之后必然要经过调整和沉淀。在以物质为中心的社会氛围被稀释之后，面对喧嚣留下的巨大真空，人们势必要去寻找精神的依托，诗性和彼岸必将再次浮现在一度被遗忘的精神地表之上。可以预见的是，随着激越的社会氛围趋于平缓，人们的思维和注意力从官位、金

---

① 尼采. 瞧! 这个人[M]. 北京：中国和平出版社，1986：51.

钱当中解脱出来，阎真小说的误读可能得以纠偏，阎真小说的意义才能最终爆炸。

实际上，我们毫不怀疑阎真的实力和野心。是的，阎真是一个有野心的作家。尽管，他看上去很腼腆，甚至很少在公众面前说话。而这恰恰正是他的野心。阎真的野心不仅仅是推崇曹雪芹，而是复兴中华传统文化。他的作品脉络体现出他进行的是一项系统工程，他一直在探寻的是世界视域下中国文化中的人类的永恒主题：人该如何自处？一个中国知识分子该如何自处？

对于一个作家或者作品的真正懂得和愿意懂得往往都是发生在很长时间之后，因为，作品需要沉淀，读者需要沉淀，历史和文化都需要沉淀。我们丝毫不怀疑，阎真的作品可以经得住时间的考验，而且时间越久，其作品魅力会更进一步得以彰显。在功利主义和碎片化文化盛行的今天，阎真的小说引导我们去正视生活的痛苦，去发现遮蔽已久的诗性的光芒。

因为，诗性可以是昆德拉作品《生活在别处》的"别处"，可以是沈从文笔下翠翠对于心上人的期待，可以是鲁迅先生《药》中的花圈，可以是海子的"面朝大海，春暖花开"的幸福时光。诚如仓央嘉措在诗中所说的：

> 你见，或者不见我
> 我就在那里
>
> 我的手就在你手里
> 不舍不弃
> 来我的怀里
> 或者 让我住进你的心里

参考文献

[1] 阎真. 沧浪之水[M]. 北京：人民文学出版社，2001.

[2] 聂茂，阎真. 转型时期的精神逼宫与知识分子的良知拷问——与阎真对话[J]. 芙蓉，2007(2).

[3] 李建军. 没有装进银盘的金橘——评阎真的长篇小说《沧浪之水》[J]. 小说评论，2001(6)：43-48

[4] 郑坚. 末代文人的"事业"成功史与精神蜕变史[J]. 理论与创作，2003(1).

[5] 维科. 新科学[M]. 朱光潜，译. 北京：商务印书馆，1989.

[6] 尼采. 论道德的谱系[M]. 周红，译. 北京：三联出版社，1992.

[7] 鲁迅. 中国小说史略[M]. 上海：上海古籍出版社，1983.

[8] 肖迪. 阎真：《沧浪之水》不是官场小说[N]. 湘声报，2005-01-13.

[9] 阎真. 崇拜经典 艺术本位——自述[J]. 小说评论，2008(4).

[10] 谢有顺. 小说的叙述前景[J]. 文学评论，2009(1).

[11] 阎真. "知识分子之死"的忧虑和抗拒[J]. 中国青年，2002(7).

[12] 刘小枫. 走向十字架上的真[M]. 上海：上海三联书店，1994.

[13] 冯友兰. 中国哲学简史[M]. 北京：北京大学出版社，1984.

[14] 龚伯禄. 从悲壮的坚守到主动的放弃[J]. 当代文艺评论. 2002(2).

[15] 卢伯克. 小说技巧[M]//卢伯克，福斯特，缪尔. 小说美学经典三种. 上海：上海文艺出版社，1990.

[16] 马尔库塞. 审美之维[M]. 李小兵，译. 北京：生活·读书·新知三联书店，1989.

[17] 尤龙. 从坚守信念到自我死亡[J]. 零陵学院学报，2004(3).

[18] 李建军. 必要的反对[M]. 济南：山东文艺出版社，2005.

[19] 鲁迅. 再论雷峰塔的倒掉[M]//鲁迅全集. 北京：人民文学出版社，2005.

[20] 谭桂林：知识者精神的守望与自救——评阎真的《曾在天涯》与《沧浪之水》[J]. 文学评论，2003(2)：62-67.

[21] 杨经建. 当代知识分子的精神困境——读《沧浪之水》[N]. 光明日报, 2002 - 06 - 19.

[22] 李洁非. 新生代小说(一九九四—)(续)[J]. 当代作家评论, 1997(2).

[23] 张颐武, 刘心武. 九十年代文坛的反思与回顾[J]. 大家, 1996(2).

[24] 张汝伦, 陈晓明, 朱学勤, 等. 人文精神寻思录之一——人文精神：是否可能和如何可能[J]. 读书, 1994(3).

[25] 叶嘉莹. 迦陵文集(二)[M]. 石家庄：河北教育出版社, 1997.

[26] 李国文. 中国文人的活法[M]. 北京：人民文学出版社, 2004.

[27] 卫慧. 像卫慧那样疯狂[M]. 珠海：珠海出版社, 1999.

[28] 洛奇. 小说的艺术[M]. 王竣岩, 译. 北京：作家出版社, 1999.

[29] 程文超. 瓦城上空的麦田[M]. 沈阳：春风文艺出版社, 2004.

[30] 王朔. 我是王朔[M]. 北京：国际文化出版公司, 1992.

[31] 梁振华. 彷徨者的哀痛与归途[J]. 甘肃社会科学, 2003(3).

[32] 梁晓声. 中国当代知识分子[J]. 世纪观察, 1998(2).

[33] 许纪霖. 中国知识分子死亡了吗？[J]. 出版参考, 2003(15)：9.

[34] 鲁迅. 集外集拾遗·《绛洞花主》小引[M]//鲁迅全集：第8卷. 北京：人民文学出版社, 1981.

[35] 鲁迅. 看书琐记[M]//鲁迅全集：第5卷. 北京：人民文学出版社, 1959.

[36] 格里姆. 接受学研究概论[M]//刘小枫. 接受美学译文集. 北京：生活·读书·新知三联书店, 1989.

[37] 余三定. 当代知识分子人格失落的悲剧——评长篇小说《沧浪之水》[J]. 云梦学刊, 2003(2).

[38] 汤晨光. 士人精神的时代性陷落[J]. 南方文坛, 2003(6).

[39] 昆德拉. 小说的艺术[M]. 上海：上海译文出版社, 2001.

[40] 王永进. 当代社会转型中的人格异化[J]. 辽东学院学报, 2002(4).

[41] 姚斯. 文学史作为向文论的挑战[C]//胡经之, 张首映. 西方二十世纪文论选：第3卷. 北京：中国社会科学院出版社, 1989.

[42] 陈立群, 马为华. 堕落：在整体名分和个体真实之间[J]. 作品与争鸣, 2002(6).

[43] 艾布拉姆斯：欧美文学术语辞典[M]. 朱金鹏, 朱荔, 译. 北京：北京大学出版社, 1990.

[44] 卡尔维诺. 形象的鲜明性[M]//中国社会科学院外国文学研究院《世界文论》编辑委员会. 小说的艺术. 北京：社会科学文献出版社, 1999.

[45] 韦勒克, 沃伦. 文学理论[M]. 刘象愚, 译. 北京：生活·读书·新知三联书店, 1984.

[46] 朱光潜. 诗论[M]. 北京：生活·读书·新知三联书店, 1984.

[47] 布吕奈尔, 等. 什么是比较文学[M]. 葛雷, 张连奎. 译. 北京：北京大学出版

社，1989.

[48] 周克平. 《沧浪之水》找寻支点[J]. 阅读与写作，2004(10).

[49] 朱光潜. 西方美学史[M]. 北京：人民文学出版社，1981.

[50] 阎真. 时代语境中的知识分子——说说《沧浪之水》[J]. 理论与创作，2004(1).

[51] 罗素. 西方哲学史[M]. 何兆武，译. 北京：商务印书馆，1997.

[52] 尼采. 瞧! 这个人[M]. 黄敬甫，李柳明，译. 北京：中国和平出版社，1986.

[53] 胡笑梅. 浅析《沧浪之水中》董柳姓名的隐喻意义[J]. 九江学院学报，2008(4).

[54] 金元浦. 接受反应文论. [M]. 济南：山东教育出版社，1998.

[55] 亚里士多德. 诗学·诗艺[M]. 杨周翰，罗念生，译. 北京：人民文学出版社，1962.

[56] 阎真. 这是我的宿命[N]. 文艺报，2004 - 11 - 20.

[57] 黄健. 中国美学的"内省"与西方美学的"忏悔"——中西审美意识比较研究[J]. 思想战线，2002(1).

[58] 陀思妥耶夫斯基. 卡拉马佐夫兄弟[M]//耿济之，译. 北京：人民文学出版社，1981.

[59] 鲍温. 小说家的技巧[C]. 吕同六. 二十世纪小说理论经典. 北京：华夏出版社，1995.

[60] 托尔斯泰. 安娜·卡列尼娜[M]. 草婴，译. 上海：上海译文出版社，1988.

[61] 劳伦斯. 长篇小说为什么重要[C]//洛奇. 二十世纪文学评论：上卷. 上海：上海译文出版社，1987.

[62] 劳伦斯. 道德和长篇小说[C]//洛奇. 二十世纪文学评论：上卷. 上海. 上海译文出版社，1987.

[63] 费德勒. 中间反两头[C]//洛奇. 二十世纪文学评论：下卷. 上海. 上海译文出版社，1993.

[64] 阿克顿：自由与权力[M]. 侯健，范亚峰，译. 北京：商务印书馆，2001.

[65] 川端康成. 美的存在与发现[C]//吕同六. 20世纪世界小说理论经典：下卷. 北京：华夏出版社，1995.

[66] 姚斯，霍拉勃. 接受美学与接受理论[M]. 金元浦，周宁，译. 沈阳：辽宁人民出版社，1987.

[67] 童庆炳. 文学理论教程[M]. 北京：高等教育出版社，2002.

[68] 梁启超. 论小说与群治之关系[J]. 新小说，1902(创刊号).

[69] 鲁迅. 呐喊[M]. 北京：人民文学出版社，1985.

[70] 林语堂. 苏东坡传[M]. 张振玉，译. 西安：陕西师范大学出版社，1995.

[71] 萨特. 为什么写作[C]//洛奇. 二十世纪文学评论：下卷. 上海：上海译文出版社，1993.

[72] 董衡巽. 海明威谈创作[M]. 北京：生活·读书·新知三联书店，1985.

[73] 莫拉维亚. 关于长篇小说的笔记[C]//吕同六. 20世纪世界小说理论经典：下卷. 北

京：华夏出版社，1995.

[74] 略萨. 中国套盒[M]. 赵德明，译. 天津：百花文艺出版社，1999.

[75] 吴福辉. 二十世纪中国小说理论资料：第三卷[C]. 北京：北京大学出版社，1997.

[76] 昆德拉. 被背叛的遗嘱[M]. 余中先，译. 上海：上海译文出版社，2003.

[77] 昆德拉. 小说的艺术[M]. 董强，译. 上海：上海译文出版社，2004.

[78] 巴特. 叙事的结构分析导言[C]//怀特. 后现代历史叙事学. 北京：中国社会科学出版社，2003.

[79] 布斯. 小说修辞学[M]. 付礼军，译. 南宁：广西人民出版社，1987.

[80] 加德纳. 宗教与文学[M]. 沈弘，江先春，译. 成都：四川人民出版社，1998.

[81] 托尔斯泰. 列夫·托尔斯泰文集：第 11 卷[M]. 汝龙，译. 北京：人民文学出版社，2000.

[82] 王国维. 静安文集[M]. 沈阳：辽宁教育出版社，1997.

[83] 田中阳. 湖湘文化精神与 20 世纪湖南文学[M]. 长沙：岳麓书社，2000.

[84] 李阳春. 湘楚文化与当代湖南作家[M]. 北京：光明日报出版社，2010.

[85] 唐欣. 权力镜像：近二十年官场小说研究[M]. 北京：社会科学文献出版社，2006.

[86] 孙培云. 沉沦于超越[J]. 美与时代，2004(1).

[87] 孟繁华. 尊严的危机与"贱民的恐慌"——评阎真的《沧浪之水》[J]. 理论与创作，2004(1).

[88] 宋晓英. 阎真小说对精神建构的拆解与对生命价值的还原[J]. 齐鲁学刊，2011(3).

[89] 陶春军. 《沧浪之水》中池大为丢失话语权之剖析[J]. 湖北职业技术学院学报，2009(1).

[90] 孙滋英，等. 由《沧浪之水》看公共人力资源管理[J]. 现代商业，2008(8).

[91] 李广奇. 以平民之身跻臻仕途的价值期许——读《沧浪之水》有感[J]. 今日南国(中旬刊)，2010(12).

[92] 杨海亮. 还有谁在仰望星空——读《沧浪之水》[J]. 娄底师专学报，2003(3).

[93] 雷达，等. 当代知识分子的精神困境——笔谈《沧浪之水》[J]. 书屋，2002(3).

[94] 胡经之，张首映. 西方二十世纪文论选[M]. 北京：中国社会科学院出版社，1989.

[95] 陈独秀. 文学革命论[J]. 新青年，1915，2(6).

[96] 胡适. 建设的文学革命论[A]// 中国新文学大系·建设理论集. 良友图书，1935.

[97] 汪叔潜. 新旧问题[J]. 青年杂志，1915，1(1).

[98] 胡适. 逼上梁山[A]// 中国新文学大系·建设理论集. 良友图书，1935.

[99] 郑敏. 评新文化运动[A]// 郑振铎. 中国新文学大系·文学论争集. 上海：上海文艺出版社，2003.

[100] 陈独秀. 答胡适之[A]//中国新文学大系·建设理论集. 良友图书，1935.

[101] 陈炎. 诗学与哲学的对话——读《中国诗哲论》[J]. 社科与经济信息，1994(2).

[102] 刘小枫. 诗化哲学[M]. 济南：山东文艺出版社，1986.

[103] 覃茜. 论《沧浪之水》主人公的道德悲剧[D]. 长沙：中南大学，2008.

[104] 周睿. 世俗生活的需要与人文精神的坚守及迷障——论阎真笔下的知识分子[J]. 湖南社会科学，2004(5).

[105] 罗斯诺. 后现代主义与社会科学[M]. 张国清，译，上海：上海译文出版社，1998.

[106] W. Lippmann. Public Opinion[M]. New York：Macmillan，1956.

[107] 朱婧. 简论拟态环境[J]. 新闻爱好者，2009(19).

[108] 余中华，阎真. "我表现的是我所理解的生活的平均数"——阎真访谈录[J]. 小说评论，2008(4).

[109] 郜元宝.《中国的"文学第三世界"》一文之歧见[J]. 文艺争鸣，2005(5).

[110] 原野. 海德格尔——"诗意地栖居"理论的解析[D]. 沈阳：辽宁大学，2007.

[111] 吴替. 中国文人的渔父情结[J]. 中国韵文学刊，2000(1).

[112] 海德格尔. 路标[M]. 孙周兴，译. 北京：商务印书馆，2000.

[113] 朱小平. 洞达者的无奈——评《曾在天涯》[J]. 理论与创作，1999(3).

[114] 张腾. 海德格尔存在哲学的诗意性[D]. 曲阜：曲阜师范大学，2010.

[115] 种海峰. 全球化境遇中的文化乡愁[J]. 河南师范大学学报(哲学社会科学版)，2008(2).

[116] 郑坚. 时间之妖 空间之魅——《曾在天涯》时空意识探究[J]. 中国文学研究，1998(4).

[117] 迟子建，阿成，张英. 温情的力量[J]. 作家，1993(3).

[118] 卡勒. 文学理论入门[M]. 李平，译. 上海：译林出版社，2014.

[119] 阎真. 因为女人[M]. 北京：人民文学出版社，2013.

[120] 波伏娃：第二性[M]. 陶铁柱，译. 北京：中国书籍出版社，2004.

[121] 阎真，赵树勤，龙其林. 还原知识分子的精神原生态——阎真长篇小说创作的访谈[J]. 南方文坛，2009(4).

[122] 阎真. 关于《因为女人》答北大校友[N]. 羊城晚报，2008-05-10.

[123] 吴彦彦. 以女人的名义维护爱情——评阎真《因为女人》[J]. 文学评论，2009(12).

[124] 马藜. 花落的声音：女性的身体与年龄——从《因为女人》看当代女性的生存困境[J]. 兰州学刊，2009(7).

[125] 潘延. 历史、自我与女性文本[J]. 苏州科技学院学报(社会科学版)，1999(2).

[126] 波德里亚. 消费社会[M]. 刘成富，全志钢，译. 南京：南京大学出版社，2000.

[127] 马克思，恩格斯. 马克思恩格斯全集(第42卷)[M]. 北京：人民出版社，1976.

[128] 王娟娟. 因为女人，所以种种——阎真《因为女人》中的男权意识[J]. 小说评论，2008(5).

[129] 吕前昌. 悖离与重建：走向生命关怀的道德教育[J]. 理论月刊，2010(7).

[130] 吴利红.《活着之上》艰巨的精神叙事[N]. 黑龙江日报, 2015 – 04 – 30(010).

[131] 彭学明. 活着之上是什么[J]. 长篇小说选刊, 2015(3).

[132] 阎真. 活着之上[M]. 长沙: 湖南文艺出版社, 2015.

[133] 阎真. 总要有一种平衡的力量[N]. 文艺报, 2015 – 03 – 13(002).

[134] 张光芒. 论中国现代文学的启蒙叙事[J]. 北方论丛. 2001(4).

[135] 贝斯特. 艺术·情感·理性[M]. 季惠斌, 等译. 北京: 工人出版社, 1998.

[136] 阎真. 阎真文集·因为女人[M]. 北京: 人民文学出版社, 2012.

[137] 马陵. 女人涟漪[M]. 北京: 大众文艺出版社, 2001.

[138] 巴拉巴诺娃. 女性经济依附性的实质原因及后果[J]. 国外社会科学, 2007(5).

[139] 尤小立. 生命精神与人文途径: 一种回到文本的阐释——简评《方东美思想研究》[J]. 哲学研究, 2007(2).

[140] 西美尔. 金钱、性别、现代生活风格[M]. 顾仁明, 译. 上海: 学林出版社, 2000.

附录：阎真《沧浪之水》读者阅读状况问卷调查数据

亲爱的朋友：

您好！当您接过这份问卷时，请接受我们对您的一声问候。

作家阎真系中南大学教授，作品有长篇小说《曾在天涯》《沧浪之水》和《因为女人》。

2001 年，作家阎真的长篇小说《沧浪之水》在《当代》杂志上发表，在社会上引起了极大反响，读者和评论界都予以极高评价，作品在未做宣传的情况下销售了 60 余万册，从 2001 年发表到现在共印刷了 49 次。为了了解这部文学作品在阅读接受过程中的具体情况，研究读者在阅读时对文本的还原、歧变，为文学批评研究提供第一手的资料，并从接受美学研究的角度研究《沧浪之水》，听取读者对作者及作品的意见和要求，促进文学创作的繁荣，我们特组织这项调查。

您的仔细填答，将帮助我们了解与您有着类似情况的读者的情况和意见。调查问卷中所列的每个备选答案都无所谓对和错，我们只想知道您自己的真实情况和想法，**请按照要求务必回答每一个问题。**

最后，再次感谢您对本次调查的配合与支持。

（共发放问卷 500 份，其中 175 人未读过《沧浪之水》，325 份为有效问卷）

请您认真填写下边的问卷，在您的选择答案上打"√"。

1. 您的性别

A. 男（64.5%）　　　　　　　　　　　B. 女（35.5%）

2. 您的年龄

A. 30 岁以下（45.5%）　　　　　　　　B. 30～45 岁（38.2%）

C. 45 岁以上(16.3%)

3. 您的文化程度

A. 硕士以上(34.5%)　　　　　　　B. 大学本科、专科(56.5%)

C. 专科以下(9%)

4. 您的月收入

A. 1200 元以下(20%)　　　　　　B. 1200～2000 元(53.6%)

C. 2000 元以上(26.4%)

5. 您的政治面貌

A. 中共党员(49.4%)　　　　　　　B. 共青团员(24.5%)

C. 无党派人士(12.1%)　　　　　　D. 群众(14%)

6. 您的职业

A. 公务员(34.5%)　　　　　　　　B. 公司职员(5.7%)

C. 教师(23%)　　　　　　　　　　D. 大学生、研究生(24.5%)

E. 其他(12.3%)

7. 通过什么途径阅读《沧浪之水》?

A. 书籍(66.5%)　　　　　　　　　B. 网络电子文档(27.5%)

C. 文学杂志(6%)

8. 最初怎么知道这部小说的?

A. 朋友介绍(66.3%)　　　　　　　B. 报纸宣传(23.8%)

C. 偶然看到(9.9%)

9. 你更倾向的阅读方式是?

A. 方便快捷的网络阅读(47.2%)　　B. 传统的纸质阅读(52.8%)

10. 你觉得主人公池大为的行为是知识分子的人格堕落吗?

A. 是(72.6%)　　　　　　　　　　B. 不是(22%)

C. 很复杂(7.4%)

11. 您是否认真看了小说的序篇?

A. 全书看完之后又看了一遍(17.2%)　B. 没有看(9.7%)

C. 略看(30%)　　　　　　　　　　D. 和其他部分一样看(44.1%)

12. 最能引起您阅读兴趣的文学作品类型为

A. 传统经典的、文学性强的作品(26.3%)

B. 当代著名作家新作(20.6%)

C. 市场畅销书(43.1%)

13. 你认为《沧浪之水》在二十年代后还会有生命力吗？

A. 坚信（38.3%）　　　　　　　　B. 不可能（26.2%）

C. 不好说（45.5%）

14. 如果您 11 题选择 A，理由是什么？

A. 艺术细腻（46.1%）　　　　　　B. 有心灵深度（21.2%）

C. 时代虽然变了，知识分子依然要面临相同的问题（22.7%）

15. 如果您 11 题选择 B，理由是什么？

A. 新书层出不穷（66.4%）　　　　B. 艺术价值不高（9.2%）

C. 读者阅读口味变化（24.4%）

16. 如何看待小说的《序篇》？

A. 全书的灵魂，不可不看（21.5%）

B. 顺着全看过去，没有选择（45.1%）

C. 跟全书有些脱节（33.4%）

17. 如果您 9 题选择 C，为什么把这部分略过去？

A. 从不看序言（11.2%）

B. 跟朋友介绍的精彩点不搭调（67.3%）

C. 故事流动太慢（21.5%）

18. 您认为池大为当上厅长后的部分，还同样精彩吗？

A. 是的（14.3%）　　　　　　　　B. 差一些（53.6%）

C. 说不清楚（32.1%）

19. 如果您 18 题选择 B，为什么？

A. 人物性格和思想一下子转化过来，不可能，所以不可信（42.5%）

B. 心理描写不出色了（26.3%）

C. 都当上厅长了，没有可借鉴的价值了（31.2%）

20. 您认为池大为当上厅长后的部分为什么突然不精彩了？

A. 满足中国传统的大团圆结局（46.5%）

B. 不生动（33.4%）

C. 和全书不搭调，堕落的灵魂做起好事太生硬（33.1%）

21. 如果您 18 题选择 A，面对人物的突然转向，你怎么理解？

A. 不认为是突然转向，很自然（32.3%）

B. 合情合理，人性的力量复苏（16.5%）

C. 向主旋律靠拢（47.2%）

22. 如果您 2 题选择 A，你是自己出钱买书吗？

A. 是(55.6%)　　　　　　　　　B. 借别人的书看(34.1%)

C. 单位报销(10.3%)

23. 如果您 2 题选择 B，你多少天看完整部小说？

A. 一星期以内(22.5%)　　　　　B. 半个月左右(44.5%)

C. 一个月以上(33%)

24. 如果您 2 题选择 C，您经常翻阅文学杂志吗？

A. 经常(7.4%)　　　　　　　　　B. 偶尔(92.6%)

25. 有人认为作品是在讽刺制度对人的异化，您怎么理解？

A. 同意(34.9%)　　　　　　　　B. 无稽之谈(19%)

C. 有一些，很复杂(46.1%)

26. 在艺术品质上，您怎么评价这部小说

A. 很好，堪称经典(53.2%)　　　B. 还行，有可读性(34.5%)

C. 茅盾文学奖那种层次的(22.3%)

27. 这本书曾被拍成电视连续剧，您是否看过

A. 看过(22.1%)　　　　　　　　B. 没听说(45.4%)

C. 知道，但没看过(37.5%)

28. 如果您 26 题选择 A，和书比，哪个更能吸引你

A. 书(94.3%)　　　　　　　　　B. 连续剧(5.7%)

29. 小说没有获得茅盾文学奖，您认为可能的原因是什么

A. 自身质量(32.7%)

B. 正常，很多经典作品也没有获奖(23.2%)

C. 主题(34.1%)

30. 你阅读的时候，是为了

A. 消遣(12.6%)

B. 学习作品中人物的处事方法(62.4%)

C. 好看(27%)

31. 看完之后，是否对现实有些失望

A. 不会，小说不能当真(23.3%)　　B. 有些沉重(44.2%)

C. 现实总有泥污，但是还有美丽"星空"(32.5%)

32. 怎么理解作品中反复出现的"望星空"？

A. 理想的彼岸情怀(26,2%)　　　B. 单纯的景物描写(15.3%)

C. 没注意到(58.5%)

33. 如果作家再出新作，是否会关注？

A. 肯定(84.7%)　　　　　　　　　　B. 不会(15.3%)

34. 你认为作品中的和细节描述是否会对社会产生负面影响？

A. 肯定会(12.2%)　　　　　　　　　B. 说不好(35.3%)

C. 不会(52.5%)

35. 你认为池大为是否是放弃了知识分子的良知？

A. 毫无疑问(43.4%)　　　　　　　　B. 部分保留(23.2%)

C. 说不清楚(33.4%)

36. 对于教授写作，你怎么看待？（可多选）

A. 多理性思辨(51.7%)　　　　　　　B. 文风死板(26.8%)

C. 用笔精致(%)

37. 是否喜欢教授写作？

A. 很喜欢(37.6%)　　　　　　　　　B. 视不同作家而定(52.2%)

C. 不喜欢(10.2%)

38. 现实生活中，是否会学习池大为的处事方式？

A. 肯定(47.5%)　　　　　　　　　　B. 不会(28.1%)

C. 文学作品不能当真(24.4%)

39. 怎么看待马垂章这个人物形象的出现？

A. 和的必然(78.4%)　　　　　　　　B. 个案(21.6%)

40. 请写下您对阎真下部作品的期待。

总跋：阳光多灿烂，生命就有多灿烂

人生有许多意想不到的事情发生，于我而言，这种意想不到的事情发生的频率还颇高。直到今天，我仍然感觉在做梦：一个地地道道的农家孩子，跳出农门，一脸兴奋地来到城里，吃上了"皇粮"；一个不安分的乡村医院的检验士，怀着对文学的无比向往，毅然辞掉工作，热情鲁莽地到北京、上海等地求学、漂泊；一个研习唐宋诗词的年轻学子，在"铁肩担道义"之现实力量的感召下，排除众多诱惑和其他选择，欣然成为省城第一大主流媒体的编辑、记者；一个在新闻战线上崭露头角、在文学创作上渐入佳境的"土疙瘩"，竟然放弃好不容易争来的一切，操着浓重的乡音，奔赴"长白云的故乡"新西兰，在 The University of Waikato(怀卡托大学)这所刚刚诞生过 80 后美女总理 Jacinda Arden(杰辛达·阿德恩)的综合性大学，攻读博士，并且破天荒获得全额奖学金，成为该校自建校以来第一位在人文社会科学院获此殊荣的亚洲学生；一位慢慢适应了异国他乡"慢生活"的游子，在顺利地取得学位后，又毫不犹豫地返回中国，手执教鞭，供职于中南大学，由助教直接破格晋升为教授、学科带头人……所有这一切，在我的人生履历上，都没有任何的暗示或预见，也许这就是命运吧，它将生命中看似偶然、实则必然的点点滴滴，以跌宕起伏的神奇方式，天衣无缝地嵌联起来，使之成为完整的、丰富的和真实的"我"，而这个"我"原本也可以是破碎的、单薄的和虚幻的"他者"，只要任何一次选择出现偏差，任何一次行动出现失误，任何一次前进出现犹疑，都不可能成为"现在的我"。

为此，我深深感恩。我庆幸变成"现在的我"。没有大福大贵，没有声名显赫，我只是一个走在大街上不会被任何人追着签名的普通人，身材矮小，长相平平，既不要出门时戴着口罩，又不用担心归来时被人拍照。上有老，下有小，每日三餐，粗茶淡饭。简单的生活，真实的情怀。山清水白，云卷云舒。

这一切，我都看见，体味，并且感悟。我欢喜。

人生苦短。人的一生有许多设想，但真正把设想变成现实的并不多，而愿意花费十年甚至更长时间对待一个设想并把它做出来的更是鲜见。我有幸成为这"鲜见者"中的一员。我常常想：我究竟有什么功德，让老天如此垂爱于我？特别是今天，当我面对《中国经验与文学湘军发展研究》这个宏大工程的最终成果：七卷本文集、三百余万字厚厚的作品，这份感恩尤其强烈。我十分惊讶：这是我的作品，是我的汗水、心血和智慧的结晶吗？

想想还真不容易。这十余年来，除了正常的教学，其余绝大部分时间，包括春节、中秋和双休日等几乎所有的节假日，我都义无反顾地坚守在故纸堆和自己的陋室里，查找，阅读，整理，写作。我像一个着了魔的人，强迫自己以一当十地往前走。肩膀痛，脑袋胀，眼睛涩，腰椎突出，都不能阻止我昂首挺进的步伐。

记得1980年诺贝尔文学奖获得者、波兰著名诗人米沃什曾经说过："直接锁定一个目标，拒绝被那些提出各种要求的声音转移你的注意力。"是的，这些年来，外面的诱惑、喧嚣和纷扰，包括应酬、闲聊、茶会、聚餐等等，都最大限度地从我的生活中清除出去。我明白自己在做什么，也明白拒绝的是什么。我的生活只有两点：学校与家，我每天往返于这两点之间，从容不迫，少有例外。别人的誉毁或议论都无法改变我内心的召唤。在奔向目标的过程中，我一直很清醒，不为热闹所动，不为喧嚣所困，不为得失所扰，守得住初心，耐得住寂寞。花开花落，冬去春来。我像一个辛劳的农民，守护自己的一亩耕地，日出而作，日落而息；我又像一棵倔强的水稻，忠诚于脚下的这片土地，纵然风吹雨打，也能淡然面对。

回首自己的学术生涯，我似乎一直行走在边缘甚至是荆棘丛中，没有鲜花和掌声，唯有自己给自己鼓劲，其间酸甜苦辣，冷暖自知，不足为外人道。十多年前，"中国经验"这个话题并没有像今天这样受到普遍关注。有关"文学湘军"的研究也断断续续地有过一些，但系统性和整合性或者说深度和广度都远远不够。而把"中国经验"和"文学湘军"关联起来，做全方位考察和研究的更是少之又少。因为热爱，也因为熟悉，我毅然决然投身其中，像一个苦行僧，手持油灯，怀揣自己的心跳，倾听文字敲打的声音，不计后果，默然前行。

我希望《中国经验与文学湘军发展研究》能够站在世界文学视野下，以"中国经验"为轴心，全面立体、客观真实地对新时期以来的湖南作家及其作品进行归纳、梳理、分析与整合，形成较为系统、相互独立又相互联系、完善又详细的"湖南作家创作图库"或"文学湘军精神谱系"。这样做，首先要突破的是"区域规制"和"专题研究"的单一视阈，我积极借助中华美学、传播学、心理学、社会学和民族学等跨学科理论知识，对全球化语境下中国特色的文学湘军进行全景式的还原、检示和呈现。这里所说的"中国特色"，是指文学湘军固有的地域底蕴、文化传统、时代背景、政治觉悟和创作诉求等宏大叙事所彰显出来的文本特质和品相；这里所说的"全景式"，是指本书系既有对文学湘军中的老作家或知名作家的历时性研究，又有对文学湘军中的中坚力量、新锐作家的共时性的阐释，还有是对名不见经传、但颇有潜力的文学新人或文学"票友"的"发现性"考察与分析，力图涵盖文学湘军的方方面面，带有较强的史料性和体系性，其中主要包括：人民文学的道路选择，家国情怀的叙事冲动，民族作家的生命寻根，文学湘军的湖湘气派，官场书写的价值重建，70后写作的艺术追求，诗性解蔽的精神原乡，等等。整个研究既聚焦文学湘军的总体气质和思想特性如人民文学和家国情怀等，又分析江华作家、湘军点将和政治叙事的文化传统和精神亮度，还对文学湘军五少将和阎真小说等进行文本细读和深入阐释。与此同时，本研究十分重视和充分吸纳国内外学术前沿最新研究成果，尤其是新时期文学研究中学术同行的立场观点和思维方法，通过作家及其作品的内在逻辑与话语建构，以及"镜与灯"式的对话与互证，努力从价值承载、中国智慧、闳阔意境、灵魂拷问、文化认同和个性追求等"文学深描"的多个维度上，对文学湘军书写中国经验的作品风格、人文关怀和内在特质进行从上到下、从局部到整体、从内到外的独到准确而富有深度的审美、品鉴、观照和把握。

古人云：非穷愁不能著书。此话在今天似乎不大成立。我们的生活早已走出了"菜色脸孔、营养不良"等物质上的贫困。比照鲁迅先生"一要生存、二要温饱、三要发展"的人生观，我做研究的动因更多的是为了"挑战"：一份或明或暗的责任或"自恃"，一种若有若无的担当或"自赌"，一缕时隐时显的对自我才情的检验与"自期"。因此，摆在面前的这七大本厚厚的书稿，既不是"穷则思变"的结果，也不是"不平则鸣"的见证，更不是"为赋新词强说愁"的镜像。

实际上，我有很多理由来说服自己走了一条并非贸然选择的道路，除了身在争创世界一流大学和一流学科的"双一流"这样氛围的全国重点大学，就得按照学院派的规制进行自我提升和创新发展，以确保"为稻粱谋"的高枕无忧以及"我行我素"的理直气壮，从更深层次上则可以实现我的另一份雄心或验证我的另一种企图：即在小说、散文、诗歌和报告文学或纪实文学等创作样式的书写之外，在文学评论的场域里我是否也可以有一番作为？这样均衡发展，固然损害了我在某一文体创作方面可能取得的应有成就，但人生的历练比某个方向的高度更令我满怀憧憬或心存异想。我希望用各类尝试、积极创新、不断"挑战"和体量庞大的超负荷"驾驭"来让自己的内心暴露得更为完整，也许这样的"完整"反而显得更为破碎。那又如何？没有经历，何谈成败？不经风雨，哪有彩虹？何况文学的马拉松赛不在于一时的成功或失败。既然命中注定，此生无法弃书远行，也不能特立独行，我乐意做一介抱书笃定的"穷困"书生或一只携书奋飞的"多栖"候鸟。不管怎样，是持续不断的写作向我提供了对于人生的丰富、深邃、充盈、真实的一切。我只有深入这一切，才能触摸真正的人生，探究命运的真谛，找到"现在的我"。我欢喜。

我笃信：奔跑的姿势离目标最近。时间是公平的，它会告诉我，未来是什么。

饮水思源。此时此刻，我要衷心感谢一直以来鼓励和支持我的领导、师长、同行和朋友们：

原湖南省委宣传部的魏委部长，湖南省社科基金规划办的骆辉主任，湖南省文联党组书记夏义生、原负责纪检工作的管群华书记，湖南省作家协会原主席唐浩明、现任主席王跃文和党组书记龚爱林，湖南省广播电视出版局的尹飞舟局长，湖南省社会科学院的周小毛院长，长沙市委常委、宣传部部长高山，长沙市文联党组书记王俏，等等。魏委部长高度的责任感和强烈的担当精神，骆辉主任的大局意识和对人文社科工作深沉的爱，夏义生书记"腹有诗书"的气质和丰沛的学术情怀，以及管群华书记的敬业精神、唐浩明主席的儒雅大度、王跃文主席的风趣洒脱、龚爱林书记的勤勉刻苦、尹飞舟局长的静水流深、周小毛院长的上善若水、高山部长的沉稳睿智、王俏书记的兰心蕙质，都给我留下了极其深刻的美好印象。他们都是学者型领导，是我的良师益友，不仅非常重视我的学术研究，而且嘘寒问暖，热情鼓励，同时高屋建瓴，提出许多中肯意见，令人感动。

中南大学校长田红旗，校党委副书记蒋建湘，校党委常委、副校长周科朝，以及校科研部人文社科处处长彭忠益等等，他们站在建设世界一流大学和一流学科之国家战略的宏观层面上，为中南大学的长远发展日夜操劳，竭忠尽智，不仅对重点院系、重点学科和重点人才给予应有的支持，以确保中南大学在中国乃至世界范围内的影响力和美誉度，而且对中南大学一般院系的学科和人才也给予了不遗余力的关心和爱护。在我的印象中，田红旗校长平易近人，虚怀若谷，锐意进取；蒋建湘书记严于律己，勇于担当；周科朝校长温文尔雅，谦卑正直；彭忠益处长热情大方，谦逊有加。他们怀着高度的职业操守、敬业精神和忧患意识，对中南大学的学科建设和发展，竭尽全力，积极作为，彰显了领导的魄力与担当，弥足珍贵。不仅如此，这些领导对我个人的教学、科研乃至日常生活等，都给予了足够的关心和爱护，充满着人情味和人文关怀。

　　文学与新闻传播学院原院长欧阳友权、原书记胡光华，现任院长刘泽民、书记肖来荣，以及副院长阎真、白寅、范明献，副书记马国荣，包括以晏杰雄为代表的诸多同事，都无一例外地对我伸出友爱之手，令我感受到集体的温暖和生活的美好。欧阳友权教授将我引入中南大学，对我有知遇之恩，作为国内知名学者，他不仅在教学和生活上给予我无微不至的关怀，在科研工作上给予我无私的支持，而且在最初当别人用怀疑的眼光看待我时，他一直强调学术的积累，坚信"是金子终会有发光的时候"。胡光华书记谦逊有加，无论台前幕后，一有相求，必鼎力相助。刘泽民院长宽厚真诚，温敦儒雅，待我如一名兄长。肖来荣书记虽是典型的"理工男"，骨子里却有着诗人气质和人文情怀。阎真童心永驻，白寅英俊豪气，范明献任劳任怨，马国荣宅心仁厚，晏杰雄才华横溢，其他同事都十分优秀，乐于助人，保持了文新院一直以来的"包容、自由、个性"的优良传统。

　　一路走来，风雨兼程。我要特别感谢的还有：硕士生导师刘庆云先生，博士生导师林敏先生和副导师玛丽娅女士，他们对我的职业规则和人生目标产生了极其重要的影响，都是我生命中的"贵人"和"恩人"，没有他们的悉心栽培和倾力扶持就没有我的今天。著名文学评论家雷达先生出于对后学的关爱和提携，欣然拨冗，写下热情洋溢的总序，令我终生难忘。撰写封底推荐语的 14 位名家都是我的良师益友，都对我的创作与研究给予大力支持，令我感动和自豪。青年作家唐朝晖为书系的后期制作献智献策；从未谋面的作家和书法家诸荣会题写了书名，并在封面设计上提了许多建设性意见，让我领略了作品和人品合而为一的人格魅力。

　　此外，我的师妹贺慧宇为人正直、善良、真诚，重情重义，诗文均佳，她和她的先生对我的科研工作给予温暖如春的可贵支持，让我深怀感激之情。以社长吴湘华和责任编辑浦石为代表的中南大学出版社的朋友们，他们的细心与耐心、效率与责任，以及对本书系所付出的辛勤劳动，我都看在眼里，感铭在心。以刘朝勋、李磊、曹雪冬、陈畅、徐宁、向柯树等为代表的弟子们也为这套书系贡献了自己的心血和智慧，在此一并谢过。

　　当然，最应该感谢的还是我平凡而温馨的家人：92 岁高龄的老父亲，在生活条件极其简陋的老家，以顽强的生命力和乐观精神，健康地活着，让我倍感欣慰；而以劳动模范著称的岳母几乎包下了所有家务，起早摸黑，任劳任怨，虽然很少阅读我创作的文字，包括我对她由衷的赞美，但她知道我在做正经事，做有意义的事情，毫不犹豫，全力支持；我的岳父性格温和，虽中风两次，留下后遗症，但努力锻炼，做到生活自理，不给晚辈增添压力；我的妻子，低调内敛，性格温柔，美丽善良，淑兰香远，是我一生最大的骄傲和成功，她不仅默默地支持我的工作，而且承担了耐心教育女儿、陪伴女儿成长的关键角色；我的女儿，聪明伶俐，活泼可爱，每每以出其不意的精彩和"创造性"的言语逗得我捧腹大笑，让我感受到学术枯燥中的亮丽，生活沉重中的轻盈。这些生命中的缘，我都珍惜，并深深感恩。

阳光有多灿烂，生命就有多灿烂；

内心有多愉悦，生命就有多愉悦；

境界有多辽阔，生命就有多辽阔。

眼下正是金秋十月。窗外小鸟啾啾。我伫立窗前，天高地远，心旷神怡。空气中弥漫一股淡淡的甜味，远处的山峦朦胧着一片黛色，一团火光突然闪亮出来，像一颗红豆，种在遥远的天际上。那难道不是新的起点吗？命运之神再次向我招手，新的征程、新的挑战已经出现，我审视"现在的我"，白发慢慢增多，这是岁月的沉淀和时间老人打磨的结果。我自嘲一下，卸下疲惫，收拾行囊，从零开始，准备出发。这一切，我欢喜。

2017 年 10 月 31 日于岳麓山下抱虚斋